神州風采

——余恢毅格律诗作选

余恢毅 著

西南师范大学出版社
国家一级出版社 全国百佳图书出版单位

图书在版编目(CIP)数据

　神州风采 : 余恢毅格律诗作选 / 余恢毅著. — 重
庆 : 西南师范大学出版社,2017.11
　　ISBN 978-7-5621-8955-8

　　Ⅰ.①神… Ⅱ.①余… Ⅲ.①格律诗－诗集－中国－
当代 Ⅳ.①I227.7

　中国版本图书馆 CIP 数据核字(2017)第 234706 号

神州风采——余恢毅格律诗作选
SHENZHOU FENGCAI
YU HUIYI GELÜ SHIZUO XUAN

余恢毅　著

题　　签:余恢毅
责任编辑:易晓艳
封面设计:周艺冬
版式设计:熊艳红

排　　版:重庆大雅数码印刷有限公司·杨建华
出版发行:西南师范大学出版社
　　　　　网址:http://www.xscbs.com
　　　　　地址:重庆市北碚区天生路 2 号
　　　　　市场营销部电话:023-68868624
　　　　　邮编:400715
印　　刷:重庆俊蒲印务有限公司
开　　本:787mm×1092mm　1/16
印　　张:24.25
字　　数:450 千
版　　次:2017 年 12 月　第 1 版
印　　次:2017 年 12 月　第 1 次印刷
书　　号:ISBN 978-7-5621-8955-8
定　　价:89.00 元

作
者
简
介

　　余恢毅，男，生于 1947 年 8 月。祖籍湖北汉阳，出生地重庆巴南。从事、分管教育工作凡三十六年，曾参与文化、旅游、新闻出版等工作。系研究员、中国书法家协会会员、中华诗词学会会员、全球汉诗总会会员。近七年创作旧体诗词 1008 首。其中 183 首在《寰球诗声》《夏声拾韵》《亚洲日报》《香港文汇报》《中外美术研究》《书法报》《重庆国诗》《重庆书学》或渝、沪、粤、鲁、豫、赣、苏、宁、吉、鄂等省、自治区、直辖市和香港特别行政区发表，有的收入《四海唐音》《二安遗韵——全国诗词大赛获奖作品集》《纪念黄庭坚诞辰 970 周年全国诗词大赛作品集》《郑板桥杯·全国诗词大赛作品选》。有作品获奖。《余恢毅书法作品集》《墨香律韵—余恢毅诗书作品选》正式出版。

风光无限咏神州（自序）

1

余自幼喜好读书，热爱中华传统文化，关心中国历史。当过知青，长期供职于教育事业，曾联系旅游、文化、新闻、出版工作。七十年的阅历为我的写作奠定了基础。中华国粹后继乏人使我感到肩上责任重大。中国诗词大会助燃了我创作的激情。习总书记关于文艺工作的重要讲话为我指明了前进的方向，增添了写作的动力。

2

中华文化博大精深，独具特色，为中华民族提供了丰厚的滋养。灿若星辰的文艺大师留下了浩如烟海的文艺精品，为世界文明做出了不朽的贡献。本书通过一个地域（如中原、荆楚）；一座城市（如西安、杭州、绍兴、南京、苏州、洛阳、开封、汉阳、梅州、凤凰、丽江、镇远);一处乡镇(如西递、婺源、乌镇、朱家角、枫泾古镇);一条街巷(如三坊七巷、南锣鼓巷);一座宫苑(如北京故宫);一座文庙(如南京夫子庙、山东孔庙);一片园林(如颐和园、承德避暑山庄、拙政园、留园);一座博物馆(如故宫博物院、西安碑林博物馆、上海世博会中国馆);一个民族(如蒙古、藏、维、满等 19 个民族);一件文物(如清明上河图、秦俑馆一号铜车马);一种特产(如武夷岩茶、宜兴紫砂、绍兴黄酒、蒙古弯刀)……写历史沿革,写文化渊源,写英雄豪杰,写高人韵士,写地方风物;从古至今,由点到面,由表及里,小中见大,热情讴歌中华民族的辉煌历史、人文积淀和自然资源,展示文化自信、民族自信和地域自信。

3

文学创作应当以人民为中心,把人民作为诗歌创作的主体;为人民抒写、抒情、抒怀;热爱人民,有忧国忧民情怀;扎根生活,向人民学习。

本书多处描述劳动者形象,赞颂劳动者优秀品质,介绍华夏风土民情,关注民众衣食住行,把人民作为诗歌创作的主体。诗中写及诸多劳动者。有建筑工（如万里长城、明清宫苑、三孔古建、苏州园林、中华民居、水利工程、交通建设者）；有农民（如大别山农民、瑶山农民工、金山农民画家）；有林业工（如西双版纳、大兴安岭、塞罕坝、西藏林工）；有牧民（如内蒙古、新疆、藏区牧民）；有缝纫工（如蒙古服创制者、鄂温克绣花女、瑶族莎腰妹）；有船工（如黄河船夫、乌苏里船工、川江纤夫、沱江渡娘）；有渔工（如渤海渔翁、漠河渔民）；有雕工（如著名石窟、石刻、碑帖、古建筑雕工）；有画工（如敦煌壁画、元代彩绘画工）；有窑工（如宜兴紫砂、山西陶壶烧制工）；有猎人（如蒙古、藏、瑶、赫哲、锡伯、高山族猎手）；有搬运工（如华山、泰山、天门山挑夫）；有茶工（如武夷山、武当山、九华山、洞庭君山、阿里山、西湖茶农）；有锻造师（如吴矛、越剑、夏鼎锻造工，铸剑大师欧冶子，可汗刀工匠那日苏家族）；有厨艺师（如兰州拉面、西安小吃、乐山佳肴、阆中五绝、绍兴闲食研创者）；有烹饪工（如乐山厨娘、杭州大厨、包水饺婆婆）；有酿造师（如杜康酒、绍兴黄酒、马奶酒、保宁醋酿造师）；有服务员（如婺源房东、漠河店主）；有影视人（如香港"星光大道"影视达人）；有旧时代家政工（如《西厢记》中的红娘、铜梁王翰林家的丫鬟）。不少诗作赞颂劳动者的优秀品质。如"兼修内外当家女，苦乐终生别样红"的客家女性；"女学阿妈承玉乳，儿随老父套苍骐"的蒙古族儿女;"襟怀似水瞳中蕴,品性如岩血内藏"的摩梭女性;"人称版纳金孔雀,不逊湘西火凤凰"的傣家女性;"穿针引线指如风,助力闻歌上古崇"的瑶家女性;"礁滩碱石光脚踩,洞管琵弦和泪鸣"的惠安女性;"步履沉沉腹内空,终年曝日古铜红"的华山挑工。书中抒写了具有代表性的华夏风土民情。如"回肠荡气吹埙孔,裂肺撕心吼秦腔"的西京民习;"壮士忠君能赴死,明臣护土不降藩"的齐鲁民风;"挣颈红腔云外走,驱牛慢调垄间来"的六安民谣;"归田守土简衣冠,退步方知宇宙宽"的西递民风;"达理知书诚可信,待客迎宾上古风"的婺源乡风;"刚烈疑由冬雪铸,真诚定系夏阳镶"的哈城民风;"江楼漫咏摇篮曲,埠岸频添火树花"的凤凰夜景;"吟诗续对书生酷,隔巷飙歌妹子雄"的丽江之夜。《惠安女》《蒙古服》《兰州拉面》《乐山佳肴》《乌镇民居》《西递古筑》《壶口瀑布》《勒勒车》等26首诗作分别介绍了华夏民众的衣食住行。

祈盼天下太平,渴望幸福安宁,乐于扶弱济困,敢于为民请命,直书民间疾苦,是本书为人民抒写、抒情、抒怀的主要内容。《大鹿海祭》《陆秀夫墓》《钓鱼城说古》《民稳国安》等篇主张科技兴邦、富国强兵、以守为战、以戈止武。诗中妈祖曾荣膺联合国授予的"和平女神"称号;王昭君、文成公主、熊耳夫人、香妃是和平使者。李广、岳飞、辛弃疾、文天祥、余玠、秦良玉、郑成功、邓世昌、袁寿山是黔黎卫士、民族英雄。"孟姜女哭长城"代表人类向往和平的共同愿望。黄巢、王审知、汤和保境安民反映民心对国祚的真实诉求。山西民歌《十对花》寄寓民间对幸福生活的热烈向往；大禹、李冰、海灯是为民解难的仁者。孙叔敖、白居易、韩愈、柳宗元、颜真卿、苏东坡、黄庭坚、滕子京、郑板桥为官一任，造福一方；王羲之、苏东坡直言进谏，为民请命；杜甫、黄庭坚勇揭世上疮痍，直抒人间疾苦。书中不少诗作痛苦人民的痛苦，忧伤人民的忧伤，幸福人民的幸福，快乐人民的快乐，血液和人民一起流淌，脉搏与人民一起跳动。期盼祖国统一，维护民族团结，祈望国家强盛，心系百姓安乐，关注生民福祉，敬重历史规律，是热爱人民、忧国忧民的应有之义。书中期盼祖国统一的诗作有《鼓浪书怀》《鼓浪寄语》《百族归心》《百年梦圆》等 10 篇；维护民族团结的诗作有《感恋漠河》《昭君墓》《东坡书院》《奢香夫人》《拉萨风情》等 12 篇；祈望国家强盛的诗作有《大鹿海祭》《三坊七巷》《陆秀夫墓》《瑷珲之痛》《名园式微》等 12 篇；心系百姓安乐的诗作有《伊犁河》《成祖陵》《赞松坡》《山海吟》《题白鹤梁》《三亚南山寺》《长寿湖》《妈祖阁》等 20 篇；关注生民福祉的诗作有《乐山大佛》《青铜峡》《柳侯祠》《忠县白公祠》《东坡书院》《潮州韩公祠》《勤廉为民》《都江堰》《悼邵逸夫》等 23 篇；敬重历史规律的诗作有《谒武侯祠》《钓鱼城说古》《民稳国安》《故宫感言》《剑门蜀道》等 12 篇。

扎根生活，向人民学习是文艺创作的本源。联系社会，取材生活，师法自然，就教人民，是追根溯源、吸取养分的必由之路。《诗领西江》讲述黄庭坚谪守黔州后体验世道艰难，感触民风淳朴，诗风为之转变。《咏公权》揭示柳体相对保守的本因，在于脱离社会实际。《人书一品》《书圣轶事》写王羲之为戬山老姥卖扇题字，为当铺题写店牌。以上是联系社会的案例。《名动书坛》记叙黄庭坚从川江船工划动大橹长桡悟出撇、捺、竖笔法。蒙古舞、马头琴、蒙古歌脱胎于狩猎、游牧生活。"慢赶牛"调源于大别山赶牛小调，"挣颈红"腔出自山民劳作间隙的开嗓喊唱。云冈石窟多处折射社会变革洪流，成为研究北魏历史、艺术、音乐、舞蹈、书法、建筑的珍贵资料，其精雕佛像明显带有中国北方民族的相貌特征。敦煌飞天、大足石刻、独乐寺彩塑是以时人形象施于佛图的案例。五羊石雕的群羊源于生活。《枫泾赏画》的画作描绘神州大地的房、船、桥、荷、桃、猪、鱼。以上是取材生活的案例。《观印象武隆》《印象刘三姐》的舞台、人物、情节、音乐、道具充分体现"物自天生，情由地设"，打造的是"天人合一"的意境。《名动书坛》记叙黄庭坚作草"似得江山之助"的体会。《咏张旭》借鉴韩愈对张旭"观物作书"的评价。《连南瑶山》点赞瑶族妇女刺绣复杂自然现象的能力。以上是师法自然的案例。《文兴彭水》写黄庭坚学习、改良竹枝词唱法。《咏蔡邕》写蔡邕见工匠用扫帚蘸石灰水写字,遂创出"飞白之书"。《书圣轶事》写王羲之观鸭儿水饺,悟学书心得。以上是就教人民的案例。

4

弘扬爱国主义;传递真善美和向上向善的价值观;传承中华优秀传统文化;弘扬中华民族独特的思想理念和道德规范;实现中华文化的创造性转化和创新性发展;学习借鉴世界优秀文化成果,是培育和践行社会主义核心价值观的主要体现,也是本书应尽之责。

弘扬爱国主义是本书创作的重头戏,在书中具化为热爱祖国大好河山;关注国人生存环境;珍惜祖国荣誉尊严;维护国家领土主权;崇敬英雄人物。本书纵情讴歌壮美的神州大地,写及九华山、庐山、华山、泰山、天门山、黄山、贺兰山、武夷山、阿里山等 23 座山岳;漓江、长江、黄河、乌江、岷江等 13 条江河;新疆天池、西湖、青海湖、洞庭湖、沙湖、日月潭等 16 个湖泊；东海、渤海、黄海、南海等 4 处海域；那拉提、锡林郭勒、木兰围场、羌塘等 4 片草原；虎跳峡、长江三峡、鲁阁幽峡等 3 处峡谷；壶口、黄果树等 2 道瀑布；腾冲热海、五大连池、长白温泉等 3 股热泉。作者深切关注国人的生存环境，或予以点评，或提供实例，或致以点赞，或表达期盼。《地下森林》《五大连池》《澎湖奇珍》等篇阐释绿化祖国的艰巨性和可行性；《木兰史话》反映大自然对人类毁坏生态的无情报复；《化外桃源》《南山奇木》《版纳树》《兴安林海》《木兰围场》《庐山钩沉》《宁夏沙坡头》等篇提供了保护生态的成功案例；《广州花市》《萨日朗》《颂草原》等篇展示了绿色植物的生机活力；《贺兰山》《交河故城》等篇表达了保护环境的殷切期盼；《绿漫长江》描绘了山清水秀的美好愿景。书中列举了彰显祖国荣誉的山川名胜。如泰山、黄山等 4 处"世界文化与自然双遗产"；中国长城、曲阜三孔、北京故宫等 18 处"世界文化遗产"；庐山等 2 处"世界文化景观"；新疆天山、湖北神农架等 7 处"世界自然遗产"；锡林郭勒、西双版纳等 10 处"世界生物圈保护区"；丹霞山、张家界等 8 处"世界地质公园"；中国传统桑蚕丝织、篆刻、木结构营造技艺等 4 项"人类非物质文化遗产"，还列举了荣获世界好评的中国特产。本书维护国家领土主权，回顾了甲午战争的历史教训；追忆了精忠报国、反遭陷害的岳武穆，战死吴淞炮台的陈化成，重义守诺、刎颈存城的巴蔓子，坚决抗金、收复失地的辛弃疾，以弱御强、苦守孤城的合川军民，英勇杀敌、守土殉国的袁寿山，镇守三关 20 年的杨家将。作者崇敬英雄人物，多处述及孔子、老子、屈原等学界宗师；舜帝、大禹、秦皇、汉武、唐宗、宋祖、成吉思汗、孙中山、毛泽东、周恩来等历史伟人，以上人物见于《南京夫子庙》《荆楚文脉》《中原访古》《屈原祠》《洞庭轶事》《青铜峡》《山西群雄谱》《宋代皇陵》《成祖诞辰》《广州中山堂》《绿漫长江》《北戴河》《泼水节》《百年梦圆》等 53 首诗作。

传递真善美和向上向善的价值观，是本书的艺术追求。传真主要体现为咏真人，写真事，抒真情，表真意，吐真言，求真知，寻真谛。如着重描写历史人物、历史事件，抒发忧国之情、思乡之苦、失地之痛、悲悯之意、恻隐之心，敬重劳动者，褒扬劳动女性，赞美高尚人格，探寻客观规律，思考人与自然和谐相处，鄙弃社会恶习，探索治国理政方略和朝代兴亡规律等。扬善主要体现为劝人向善、与人为善、惩恶扬善、从善如流。如《武当道茶》《庐山钩沉》《千山问古》《上海城隍庙》等 8 首诗作及书中造福百姓的善举；塑美主要表述自然界和人类社会的多元美感。如高山大岭的峻美、江河湖海的浩美、辽阔草原的旷美、峡谷瀑布的雄美、舍身成仁的豪美、华夏儿女的健美、未来世界的完美、传世古建的华美、镇馆国宝的精美、锦绣河山的壮美、万紫千红的娇美、山水林泉的静美、神话传奇的幻美、生离死别的凄美及酒逢知己的醉美。传递向上向善的价值观主要见于《泰山吟》《天门降世》《华山苍龙岭》《成祖诞辰》《咏怀素》《华山挑工》等14首诗作。

中华优秀传统文化涵盖国学、文学、书法、绘画、雕塑、音乐、舞蹈、戏剧、教育、体育、建筑诸多领域。中华传统国学博大精深,源远流长。孔子是世界公认的教育家、思想家,列"世界十大文化名人"之首。"四书五经"在世界文化史、思想史上具有极高地位。老子位列"世界文化名人""世界百位历史名人"。《道德经》是全世界发行量第二大的著作,与《易经》《论语》并列"对中国人影响最深远的三部思想巨著"。中华传统文学丰富多彩,成就辉煌,属世界文学瑰宝。本书涉及屈原、陶潜、杜甫、李白、韩愈、柳宗元、苏轼、白居易、李清照、辛弃疾、黄庭坚、王实甫、曹雪芹、鲁迅、郭沫若、茅盾等文学巨匠;涉及《诗经》《楚辞》、两汉乐府、唐诗、宋词、元曲、元代杂剧、明清小说等文学名著;涉及《楚辞》对《诗经》的传承、黄庭坚对杜甫的传承、苏轼对唐诗的继承和对宋词的创新。中华传统书法是中华民族的文化瑰宝,在世界文艺宝库中独放异彩。本书涉及篆、隶、草、楷、行等书法体式；涉及李斯、蔡邕、郑道昭、王羲之、王献之、张旭、怀素、颜真卿、柳公权、苏东坡、黄庭坚等书法大师；涉及《兰亭序》《祭侄文稿》《黄州寒食诗帖》等书法名帖；涉及西安碑林、泰山石刻、孔庙书廊、龙门书品、云峰刻石、西泠印篆等书法名刻；涉及蔡邕《书论》、苏东坡评黄庭坚书法、韩愈评张旭书法、柳公权言"心正笔正"等书法论述。中华传统绘画植根民族文化土壤，独具艺术魅力，并为世界现代艺术借鉴吸收。本书涉及《清明上河图》、敦煌壁画等传世名画；涉及郑板桥、丰子恺、丁聪、黄山山水等绘画风格；涉及华夏风情、时代人物、社会变革、生产劳动、生活细节、美好愿景等绘画题材；涉及远古岩画、石窟壁画、画像刻石等绘画传承。中华传统雕塑是中国传统绘画的同胞兄弟，在世界艺术之林中一枝独秀。本书涉及敦煌、龙门、云冈、大足石窟，乐山大佛，宋陵石刻，五羊石雕，婺源木雕，独乐寺彩塑，哈尔滨冰雕等雕塑名作；涉及历史、宗教、艺术、音乐、舞蹈、杂技、书法、建筑、陵雕、佛像、社会变革、纪念雕塑、劳动场景、世俗生活、动物植物、自然景观、装饰部件等雕塑题材；涉及铜、石、砖、泥、陶、玉、牙、木、竹、冰等雕塑用材；涉及圆雕、浮雕、透雕、线刻等雕塑技法。中华传统音乐博大精深，具有本民族固有形态特征和特色鲜明的音乐体系。本书涉及陕北、山西、神农架、梅州、彭水、六安、镇远、川江流域及壮、蒙古、赫哲、鄂温克、高山族民歌;涉及《高山流水》《阳关三叠》《梅花三弄》《十面埋伏》《夕阳箫鼓》《阳春白雪》《二泉映月》《渔舟唱晚》、纳西古乐、瑶族舞曲及二胡、冬不拉、手风琴、马头琴、牛角琴、芦笙、巴乌等民族器乐;涉及阿肯弹唱、《格萨尔王传》说唱、伊玛堪说唱、京韵大鼓、苏州评弹等曲艺音乐。中华传统舞蹈根深叶茂,形韵独特,是世界文化史上罕见的现象。本书涉及的传统舞蹈或表现生产劳动、日常生活;或模仿自然景物;或模拟神话世界;或展现民族风情;或延续文脉;或传承武学,使各民族传统文艺水乳交融,相得益彰。中华传统戏剧源于民间歌舞、说唱和滑稽戏,来自不同的声腔系统。本书涉及秦腔、徽剧、昆曲、越剧、藏戏、傩戏、彩调剧等地方剧种;涉及王实甫、汤显祖、洪升、孔尚任等优秀剧作家;涉及《西厢记》《牡丹亭》《长生殿》《桃花扇》等优秀剧作;涉及三秦大地、浙江绍兴等戏剧之乡。中华传统教育丰富深厚,源远流长,培养熏陶了无数仁人志士,是人类史上最宝贵的遗产之一。本书涉及孔子、蔡元培等学界宗师;涉及庐山白鹿洞书院、儋州东坡书院等著名学府;涉及朱家角、西递、婺源、安居古镇等教育之乡;涉及邵逸夫、韩愈、葛月潭等助学楷模。中华传统体育脱胎于生产实践和战斗技能,是我国优秀文化的组成部分。本书涉及藏族赛马节、蒙古族那达慕等体育盛会;涉及武术、马术、射击、田径系列,球类、水上、冰上运动及棋类比赛等传统竞技项目。少林功夫是中华传统武学的杰出代表。中华传统建筑是中国传统文化的重要组成部分,是举世瞩目的文化遗产。本书涉及"天地交泰,万物咸亨""天人合一、和谐共生、道法自然"等建筑理念及中国古代营造法则;涉及九宫格、中轴线、灵活布局等建筑格局;涉及紫禁城,祭祀坛庙,陵墓,佛教建筑,皇家、私家园林,住宅,小品建筑,文化名楼,城垣等建筑类型;涉及"藏、防、透、采"、向阳回暖等建筑功能;涉及大屋顶、木结构、生土建筑、藻井等建筑结构;涉及中国古代造园、中国传统木结构营造等建筑技艺。

中华民族的文化立场、文化基因及审美风范在本书诗作及注释中得到较为充分的体现。崇仁爱的有《荆楚文脉》等篇;重民本的有《柳侯祠》《五羊石雕》等篇;守诚信的有《巴蔓子墓》等篇;讲辩证的有《长白温泉》《枫泾三百园》《杭州灵隐寺》等16首;尚和合的有《咏列子》《北岳悬空寺》《四合民居》等8首;求大同的有《三坊七巷》《故宫感言》等篇。上述诗作着重体现中华民族的文化立场。体现自强不息的有《淡泊明志》《学贵有恒》《悼邵逸夫》等12首;体现敬业乐群的有《岳阳怀古》《柳侯祠》等篇;体现扶正扬善的有《荆楚文脉》《合肥孝肃祠》《海瑞墓》等6首;

体现扶危济困的有《忠县白公祠》《东坡书院》《上海城隍庙》等篇；体现见义勇为的有《登封少林寺》《笔存义烈》《齐鲁民风》等10首；体现孝老爱亲的有《傣家女》《鄂温情缘》《幺姑哭嫁》等9首；体现洁身自好的有《勤廉为民》《人书一品》《澳门博彩》等18首。上述诗作着重传递中华民族的文化基因。体现托物言志的有《黄山画》《广州中山堂》等篇；体现寓理于情的有《咏列子》等篇；讲求言简意赅的有《兰亭千古》《重游杭州》等篇；讲求凝练节制的有《中原访古》《绍兴台门》等篇；讲求形神兼备的有《屈原祠》《悼叔同》《书风绝代》等篇；讲求意境深远的有《四季西湖》《凤凰水》《虎跳峡》等篇；强调知、情、意、行相统一的有《咏东坡》等篇。上述诗作着重展示中华民族的审美风范。

本书追溯了中华文化创造性转化和创新性发展的历史轨迹。体现古为今用的有《翰墨薪传》《墨润涪陵》等篇；体现辩证取舍的有《书画交融》《世博中国馆》《云冈石窟》等6首；体现推陈出新的有《咏东坡》《兰亭千古》《咏献之》等5首。无论是唐诗到宋词的演变，婉约派到豪放派的演变，古文文风的演变，还是后代对前代书风的演变，传统书体的演变，诗书画的有机融合，乃至绘画雕塑风格和古代乐器乐曲的演变，都充分印证了中华文化创造性转化、创新性发展的历史作用和现实意义。

发扬光大中华传统文化必须学习借鉴世界优秀文化成果。本书体现洋为中用的有《鼓浪琴声》《登封少林寺》《三坊七巷》《悼叔同》《云冈石窟》等 16 首;体现开拓创新的有《敦煌壁画》《枫泾赏画》等篇;体现中西合璧的有《人文九华》《世博中国馆》《冰雕世界》《开平碉楼》等 8 首;体现融会贯通的有《北岳悬空寺》《琴岛小筑》等篇。它们分别涉及西方绘画、雕塑、建筑、音乐、话剧、哲学、政治、经济、科技、宗教、文化,是借鉴世界优秀文化成果的成功案例。书中写及的伊犁、吐鲁番、交河故城、宁夏沙坡头、西安、阳关、敦煌,是陆上丝绸之路沿线重镇;广州、福州、泉州、三亚,是水上丝绸之路的重要节点;腾冲、丽江、镇远,是南方茶马古道必经之地;《清明上河图》生动描绘了东西方商贸文化往来的胜景。这些重镇和节点在古代中国的对外交流中功不可没。

5

本书可视为拙作《墨香律韵》的后篇。《墨香律韵》书作释文81 首均收入本书正文,并加详注。本书 263 首诗作选自作者七年来创作的逾千首格律诗词,押平水韵,讲究平仄,力求对仗,多处用典,妥用入声字,谨守七律篇法,意在传承国粹。书后附注1095条,旨在介绍旅游景点,展现写作脉络,留存写作依据,丰富文化内涵,提高阅读效率。注释素材主要取自有关典籍和搜狗、百度、博雅等网页。作者笃定恒心,倾注热血,历时七载,增删六稿,以古稀抱病之躯,千淘万漉,百折不回,终聚沙成塔,集水为池。它是大海中的一朵浪花、莽林中的一株幼木。然没有浪花,不成其大海;没有幼木,不成其莽林。故不敢夜郎自大,亦无须妄自菲薄。

6

感谢家人的倾力支持,感谢广隶、重邑、乐陵、明月、常明、建华、渝夫等诗友的指点勉励,感谢西南师范大学出版社的细心审校、热情扶持,更感谢祖国,感谢人民,感谢时代,感谢生活。余虽身患重症,与日俱老,仍志在千里。因为人生有追求,人民有呼唤,笔端有诗意,心中有远方。

余恢毅

2017 年 8 月 20 日

目　录

1

第一章　山岳颂

一、山之魅

1.秀美九华 [1]

雨后行江望远晴，水喷纸帛润丹青。

中天玉树参差立，上壑朱霞次第明 [2]。

怪石百千皆胜画，奇峰九数尽传情。

叮咚山涧松涛伴，浣女临溪杵不停。

　　九华山风景名胜区为国家级风景名胜区。池州青阳县九华山风景区为国家 5A 级旅游景区。安徽池州九华山地质公园为国家地质公园。九华山森林公园为国家森林公园。九华山化城寺等九座寺庙被列入汉族地区佛教全国重点寺院。

2.庐山览胜〔3〕

夏避高温冬御寒，钟灵毓秀好山川。

千寻瀑布三层溅，万顷烟波一岭环。

楷韵十分颜体字，风情万种鼎炉山。

孤叟独钓斜阳下，远望枫林叶若丹。

江西庐山风景名胜区为世界文化景观。江西庐山为中国世界地质公园。庐山风景名胜区为国家级风景名胜区。江西庐山自然保护区为国家级自然保护区。九江庐山风景名胜区为国家5A级旅游景区。江西庐山地质公园为国家地质公园。九江市庐山南麓白鹿书院为全国重点文物保护单位。庐山山南森林公园为国家森林公园。

3.华山朝阳峰〔4〕

晨探旭日铁桩寒，鹞子翻身始可观〔5〕。

桧叶遮阴如伞盖，松风撼树动危峦。

亭铺铁瓦缘匡胤〔6〕，洞号三茅寄祖挕〔7〕。

巨掌痕纹今尚在〔8〕，杨公七魄几时还〔9〕？

华山风景名胜区为国家级风景名胜区。渭南华阴市华山景区为国家5A级旅游景区。

神州风采——余恢毅格律诗作选

4.观印象武隆[10]

时空隧道此山开,七彩霓光次第排[11]。

物自天生呈万象,情由地设荡千怀。

三桥隐匿唐时路[12],四景流通域外财[13]。

倘使瑶池邻胜苑[14],情思缕缕浪中来。

重庆武隆等七地被列入"中国南方喀斯特地貌"世界自然遗产。天坑地缝风景名胜区、芙蓉江风景名胜区为国家级风景名胜区。武隆喀斯特旅游区(天生三桥—仙女山—芙蓉洞)为国家5A级旅游景区。重庆武隆岩溶地质公园为国家地质公园。仙女山森林公园为国家森林公园。

5.肇庆鼎湖山[15]

明珠独秀北回归[16],鼎铸轩辕护翠微[17]。

买醉人游丰氧谷[18],行香客拜庆云扉[19]。

凌空素练青潭溅,悦耳唐筝绿蔓垂。

我爱湖光山色好,岭南腹地鹧鸪飞。

鼎湖山生物圈保护区为中国世界生物圈保护区。肇庆星湖风景名胜区为国家级风景名胜区。广东鼎湖山自然保护区为国家级自然保护区。

6.韶关丹霞山[20]

明霞璀璨赤朱纯,碧水丹山慰倩魂[21]。

候鸟三春知冷暖,阴阳二器定乾坤[22]。

司晨北望原石[23]蛋,御妹南征尽女身[24]。

荡桨翔龙烟雨碧[25],曹溪夜浴净凡尘[26]。

　　广东丹霞山等七地被纳入"中国丹霞"世界自然遗产。广东丹霞山地质公园为中国世界地质公园。丹霞山风景名胜区为国家级风景名胜区。广东丹霞山自然保护区为国家级自然保护区。韶关仁化丹霞山景区为国家5A级旅游景区。广东丹霞山地质公园为国家地质公园。韶关森林公园为国家森林公园。韶关市曹溪温泉度假村为国家4A级旅游景区。

二、山之骨

1.绵山[27]

高岩筑观寺深藏,洞口风铃叩瓦当。

舍利全身成正果,幽泉淌乳漫琼浆。

经通百会江山阔,德贯灵台日月长。

误死介推君有过[28],何如独钓志和张[29]?

晋中市介休市绵山风景名胜区为国家5A级旅游景区。

2.泰山吟[30]

泰岱升平万姓安,君王数代俱封禅[31]。

先师履踏诸峰小[32],圣母恩施信众繁[33]。

敢上巅峰迎旭日,能挑重荷步云团。

平生久仰担当石[34],暮岁相逢鬓已斑。

　　泰山、岱庙为世界文化与自然双重遗产。山东泰山地质公园被列入中国世界地质公园。泰安市为国家历史文化名城。泰山风景名胜区为国家级风景名胜区。泰安泰山景区为国家 5A 级旅游景区。泰山地质公园为国家地质公园。泰安市岱庙、泰山石刻、泰山古建筑群为全国重点文物保护单位。泰山森林公园为国家森林公园。

3.天门降世[35]

云顶高平澧水弯,通天步道九连环。

崇岗壁立扶摇上,巨索魂牵飘逸还[36]。

洞贯天门银翼健[37],挑悬鬼谷栈桥蜿[38]。

空中绿圃神仙住,万丈丹梯尚可攀[39]。

　　湖南武陵源国家级名胜区为世界自然遗产。湖南张家界地质公园为中国世界地质公园。武陵源(张家界)风景名胜区为国家级风景名胜区。张家界武陵源—天门山旅游区为国家 5A 级旅游景区。张家界、天门山森林公园为国家森林公园。

4.黄山石〔40〕

群巅秀美白云封，绝妙黄山冠世雄。

坦顶光明天阙健〔41〕，鱼脊险峻水莲崇〔42〕。

强横节理生奇石，代谢沧桑诞异峰。

步换情移观不尽，形销骨立视图中。

安徽黄山为世界文化与自然双重遗产。安徽黄山地质公园为中国世界地质公园。黄山风景名胜区为国家级风景名胜区。黄山市黄山风景区为国家 5A 级旅游景区。安徽黄山地质公园为国家地质公园。黄山森林公园为国家森林公园。

5.乐山大佛〔43〕

山原是佛佛为山，掌控三江抑巨澜〔44〕。

伟岸金身工匠塑，巍峨法相士民观。

通灵慧眼观兴替，蕴善慈眉佑泰安。

更有丰姿长八里〔45〕，无言浅笑庶心传。

四川峨眉山—乐山风景名胜区为世界文化与自然双重遗产。乐山市为国家历史文化名城。乐山峨眉山景区、乐山大佛风景区为国家 5A 级旅游景区。

6.华山落雁峰[46]

神游八极向鸿蒙,栈道攀升上太空。

百丈崖垂栖旅雁,千年洞注隐潜龙。

思从剑气寻高隐,欲醉瑶池听晚钟。

岂畏浮云遮望眼,今登华岳我为峰。

三、山之魂

1.黄龙沟[47]

辉煌宝刹颂梵音[48],匾字天书写古今。

瀑落梯田珠溅玉,云辉水凼翠流金。

高原善解胸中怨,旷宇能容物外心。

地老天荒神迹在,先王治水慰黎民[49]。

　　四川黄龙国家级名胜区为世界自然遗产。黄龙寺生物圈保护区为中国世界生物圈保护区。九寨沟—黄龙寺风景名胜区为国家级风景名胜区。阿坝藏族羌族自治州松潘县黄龙风景名胜区为国家5A级旅游景区。四川黄龙地质公园为国家地质公园。

2.天门传奇〔50〕

七星宝剑护天台，佛鼓梵钟耳际徘。

赵政驱山湘界止〔51〕，袁公盗字石纹开〔52〕。

操兵鬼谷知良将〔53〕，尚武高僧祛妄灾〔54〕。

善女虔男心欲静，挑夫旅客踏歌来。

3.贺兰山〔55〕

力拒狂沙挡酷寒，贺兰纵卧万民安〔56〕。

山脊跌宕如驰骥，草莽幽深护秀峦。

昔引将军抒壮语〔57〕，今驱旱魃止凶顽〔58〕。

人攻漠退行无止，卫我河西稻麦川〔59〕！

贺兰山为非正式世界遗产。宁夏贺兰山自然保护区为国家级自然保护区。吴忠市贺兰山岩画为全国重点文物保护单位。

4.雷洞烟云[60]

危崖古洞眺云烟,百种风姿画万千。

恍若青狮追白象,如同玉树绽金莲。

惊观电柱岩中射[61],慎谓蛟龙壑底潜。

往返无言当谨记,晴空霹雳慑丹田[62]。

四川峨眉山—乐山风景名胜区为世界文化与自然双重遗产。峨眉山风景名胜区为国家级风景名胜区。乐山峨眉山景区为国家 5A 级旅游景区。

5.华山云台峰[63]

总辖群巅据要冲,三边险绝一桥通。

罡风凛冽松增翠,峡雾腾蒸石减容。

勇士高攀青龙背[64],神兵智取太华峰。

云台岭上亭碑壮,烈士殊勋后代崇。

6. 华山苍龙岭 [65]

苍龙岭下古魂埋, 魅影盘旋动地来。

险越黄山鲫鲤背, 神追李白凤凰台。

韩公掷简呼援救 [66], 赵老还童亮体材 [67]。

尔若来登生死路, 人生孰道不能开?

7. 肇庆七星岩 [68]

镶天宝玉沥湖藏 [69], 北斗星罗夜未央 [70]。

碧水如同存西子, 葱峦好似坐漓江 [71]。

千年冷寂消浮躁, 万缕氤氲净胃肠。

一曲离歌思隽永, 高阳落岭在西方 [72]。

　　肇庆市为国家历史文化名城。肇庆星湖景区为国家重点风景名胜区。肇庆市七星岩摩崖石刻为全国重点文物保护单位。

四、山之韵

1.黄山云

分明非梦亦非烟[73]，万象翻新尺素间。

玉柱银凇凝血液，金晖紫霭暖丹田。

波涛弥漫峰成岛，雾幔腾蒸浪若棉。

顾盼深山流润处，人期富贵我慕仙。

2.化外桃源[74]

峭壁人行鸟断踪，悬桥索挂乱云中。

猿拥幼仔餐参果，鸟弃繁花恋琪桐[75]。

古磬鸣空清气紫，虬枝隐寺暮霞红。

天门卉雨潇潇下[76]，可是瑶池雾霭浓？

3.青城山[77]

冷艳清幽久著名,栖庐布道汉张陵[78]。

苔深不雨山常湿,树静无风暑自清。

断藕连丝鸣天籁,盈枝颤叶漫木精。

阴阳互补青春驻,返璞归真向翠屏。

四川青城山和都江堰为世界文化遗产。青城山—都江堰风景名胜区为国家级风景名胜区。成都青城山都江堰旅游景区为国家 5A 级旅游景区。都江堰森林公园为国家森林公园。

4.华山莲花峰[79]

六亲不认宝刀杨[80],疾恶如仇小二郎[81]。

三截石边存巨斧[82],莲花峰顶置新房[83]。

阿婆越轨方生舅[84],慈母思凡为嫁郎[85]。

最美人仙真爱恋,今观赞语满崖厢。

5.千山遐思[86]

拔地撑天竖慧根，芙蓉千朵下凡尘。

禅幢雨洗灯犹亮，宝榻云封谷自芬[87]。

莫哂岩松三观瘦[88]，频敲木石五音纯[89]。

千山似与前生系，梦里轻敲月下门[90]。

千山风景名胜区为国家级风景名胜区。

第二章　江海铭

一、江河赞

1.凤凰水[91]

沱江委婉下桃源，福地边城景色妍。

木柱撑楼山寨秀，江城锁钥炮台悬。

篷船荡漾清波上，倩女讴歌跳磴前。

碧咀溪边寻翠翠[92]，悠悠水逝泪涟涟。

凤凰县为国家历史文化名城。凤凰风景名胜区为国家级风景名胜区。湖南湘西州凤凰古城旅游区为国家 4A 级旅游景区。湖南凤凰地质公园为国家地质公园。湘西州凤凰古城堡和沈从文故居为全国重点文物保护单位。

2.水墨漓江^{〔93〕}

绿带青绸绕翠巅,婀娜凤尾伴炊烟。

交皴叠染丹青画,梦幻迷离水墨绢。

桂鲤翻身渔火畔^{〔94〕},漓礁鼓浪逆波前^{〔95〕}。

斑斓五色天河马^{〔96〕},径向人间结善缘。

桂林市为国家历史文化名城。桂林漓江风景名胜区为国家级风景名胜区。桂林漓江风景区为国家5A级旅游景区。阳朔森林公园为国家森林公园。

3.虎跳峡^{〔97〕}

云疆虎跳久传闻,夺路金沙似箭奔^{〔98〕}。

妙手神工开地缝,无情鬼斧破天门。

千寻激浪惊飞鸟,万壑狂涛慑倩魂。

矫健游龙星海过^{〔99〕},昂头甩尾不回身。

4.伊犁河[100]

天陲宝地甲西疆，塞外江南百草芳。

牧野新居临雪域，长河落日照沙场。

牛羊壮硕人丁健，雨水充匀果奶香。

汗血天驹驰骋处[101]，锡伯猎手箭穿杨[102]。

5.壶口瀑布[103]

浩瀚金波赴海洋，轩辕血脉浪中藏。

滔天巨漩倾壶口，掠地狂涛撼峻岗。

旱地行舟千载续[104]，河床漫雾万珠扬。

扳船水手今安在？荡气回肠号子昂[105]！

黄河壶口瀑布风景名胜区为国家级风景名胜区。黄河壶口瀑布地质公园为国家地质公园。

6.神农放舟[106]

鄂西山路十八弯,峡谷龙溪九曲环。

快意轻舟豌豆角[107],凝神浅底砾砂滩。

行舟徜徉空山秀,逝水皈依炮乐繁[108]。

酒醉歌酣情未尽,身归闹市趣存山。

湖北神农架为世界自然遗产。神农架生物圈保护区为中国世界生物圈保护区。湖北神农架地质公园为中国世界地质公园。神农架风景名胜区为国家级风景名胜区。湖北神农架自然保护区为国家级自然保护区。恩施州巴东神农溪纤夫文化旅游区为国家5A级旅游景区。湖北神农架地质公园为国家地质公园。神农架森林公园为国家森林公园。

7.绿漫长江[109]

长江自古水清幽,岸木萧森护碧流。

草退荒开增瘦土,涝淹旱裂黯金秋。

江兴巨坝拦洪汛[110],峡绽新枝跃禹猴。

寄盼他年繁亿树,渝州绿意下扬州。

宜昌三峡大坝旅游区为国家5A级旅游景区。

8.青铜峡[111]

塞上江南美誉扬，青铜铸峡大河黄。

风吹壑岭云绸蜿，渠绕阡畴玉谷香。

坝壁拦涛羁烈马[112]，塔群列岸蕴文藏[113]。

疑团自待来年解[114]，且赞先贤富智商[115]。

宁夏吴忠市一百零八塔为全国重点文物保护单位。

9.黄果群瀑[116]

飞珠溅玉落天穹，瀑吼如雷撼碧空。

不用弓弹花自散，无须杼纺锦犹工。

晨观雨链晶珠幻，夜览潭溪暮霭浓。

水洞帘垂风景异，江山壮美畅心胸。

黄果树风景名胜区为国家级风景名胜区。安顺黄果树瀑布景区为国家 5A 级旅游景区。

10.武夷泛舟 [117]

武夷魂在碧涟漪,竹筏轻飘九曲溪。

秀水三三清胜玉,奇峰六六翠涵玑 [118]。

中川石怪鱼虾动,两岸乔森兽鸟啼。

鬼斧神工形胜画,探山避暑莫迟疑。

福建省武夷山为世界文化与自然双重遗产。武夷山风景名胜区为国家级风景名胜区。福建武夷山自然保护区为国家级自然保护区。南平武夷山风景名胜区为国家5A级旅游景区。武夷山森林公园为国家森林公园。

11.感恋漠河 [119]

漠河远访车驱北,运系京师以太传。

圣祖天资生古纳 [120],神州地脉壮兴安 [121]。

熊熊篝火琴歌悦 [122],暖暖民居客主欢 [123]。

骨肉同胞心挽手,雄鸡一唱月团圞。

12.朱家角[124]

水景威尼落沪郊[125]，茫茫苇荡净尘嚣。

篷船日睹千年杏[126]，舵桨时穿五孔桥[127]。

水上灯珠随浪闪[128]，杯中埠影伴风摇[129]。

雕桩解缆轻舟去[130]，学子辞家万里遨[131]。

上海市青浦区朱家角镇为中国历史文化名镇。

二、湖泊韵

1.九寨水[132]

五色斑斓海水粼，轻纱半掩气氤氲。

湖中石底辉奇彩，镜内天穹走异云。

雪化沟洄溪网密，林筛石漫水源新。

此沟本系天堂物，留驻人间证果因。

四川九寨沟国家级名胜区为世界自然遗产。九寨沟—黄龙寺风景名胜区为国家级风景名胜区。四川九寨沟自然保护区为国家级自然保护区。阿坝藏族羌族自治州九寨沟景区为国家5A级旅游景区。四川九寨沟地质公园为国家地质公园。阿坝州松潘古城墙为全国重点文物保护单位。九寨森林公园为国家森林公园。

2.新疆天池^[133]

人间美景谷幽芳,四季瑶池玉液凉^[134]。

圣母倚窗思旧雨^[135],云杉抖雪焕新妆。

撑空石柱防星坠^[136],冻底冰湖化镜场。

阿肯高歌琴曲醉^[137],叨羊赛马会娇娘^[138]。

　　新疆天山为世界自然遗产。天山天池风景名胜区为国家级风景名胜区。昌吉州阜康市天山天池风景名胜区为国家5A级旅游景区。新疆天山天池地质公园为国家地质公园。天池森林公园为国家森林公园。

3.四季西湖^[139]

倩女风姿本色中,莺歌燕舞绿映红。

樽盈绍酒篁添醉,袖展吴娃柳带风。

万里江天枫色紫,千山草树菊香浓。

梅花傲雪何为伴? 竹笠孤舟独钓翁^[140]。

　　杭州西湖文化景观为世界文化遗产和世界文化景观。杭州西湖风景名胜区为国家级风景名胜区。杭州西湖风景区为国家5A级旅游景区。杭州市西湖十景为全国重点文物保护单位。

4.青海湖[141]

盆盈圣液宝珠蓝，碧野晶盘间翠山。

水耀多颜呈异色，时分四季现奇观。

千顷芥子镶湖景，万匹龙驹逐海船。

恳请苍天多眷顾，青湖永拒旷沙滩！

青海湖风景名胜区为国家级风景名胜区。青海青海湖自然保护区为国家级自然保护区。青海湖景区为国家5A级旅游景区。青海湖祭海为国家级非物质文化遗产。青海省青海湖地质公园为国家地质公园。

5.济南灵泉[142]

山骄鲁域水骄天，巷巷垂杨户户莲。

客向波间寻玉塔[143]，民趋虎口注晶涟[144]。

祠旁漱玉留清照[145]，馆内吴钩伴稼轩[146]。

百代延生黎庶血，刚柔并济谢灵泉。

济南市为国家历史文化名城。济南天下第一泉风景区（趵突泉—大明湖—五龙潭—环城公园—黑虎泉）为国家5A级旅游景区。

6.洞庭轶事[147]

湘妃望帝了无期[148]，泪竹斑斑晒嫁衣。

牧女思亲心欲碎，书生送柬胆称奇[149]。

纯阳大醉巴陵北，吕祖高吟洞水西[150]。

三落三扬旗不倒，君山玉液世间稀[151]。

岳阳市为国家历史文化名城。岳阳楼—洞庭湖景区为国家级风景名胜区。湖南东洞庭湖、西洞庭湖为国家级自然保护区。岳阳岳阳楼—君山景区为国家5A级旅游景区。

7.宁夏沙湖[152]

金沙绕水浪浇天，鱼鸟相依岁月绵。

翼若云浮遮白日，声如地动撼青涟。

千顷草梗扬芦苇，一叶轻舟载藕莲。

愿养深闺人不扰，随心所欲万斯年。

石嘴山平罗县沙湖旅游景区为国家5A级旅游景区。

8.苍洱奇观[153]

银妆玉砌老梨桠,世外桃源是汝家。

洱海苍山辉雪月[154],上关下隘靓风花[155]。

潮升翠泊千重浪,日降晶巅五彩霞。

一苦二甜三品味,金花笑奉白家茶。

大理市为国家历史文化名城。大理风景名胜区为国家级风景名胜区。云南苍山洱海为国家级自然保护区。大理崇圣寺三塔文化旅游区为国家 5A 级旅游景区。大理苍山地质公园为国家地质公园。崇圣寺三塔为全国重点文物保护单位。

9.长白天池[156]

银龙亘卧北东疆,宝镜天成美誉扬。

碧宇流云瞻雪水,金辉破雾照冰床。

关东子弟朝先祖,半岛游人汲乳浆。

愿借天池纯净液,冲浇下界利名场!

长白山生物圈保护区为中国世界生物圈保护区。长白山景区为国家 5A 级旅游景区。吉林长白山火山地质公园为国家地质公园。

三、海屿情

1.鼓浪书怀[157]

浪沫扬花幻彩虹，惊涛拍岸鼓声隆。

三千木栈围庄域，十寸银盘罩海空。

尔老兴园归故里[158]，光岩沐日浩长风[159]。

孤舟远泊云天外，两岸相期赤县同。

鼓浪屿—万石山风景名胜区为国家级风景名胜区。厦门鼓浪屿风景名胜区为国家 5A 级旅游景区。

2.鼓浪寄语

百载沧桑旧梦中，同胞会聚待天工。

金门战火随风淡，鼓浪乡思与日浓。

筑号谈瀛怀国姓，雕尊统帅纪英雄[160]。

劫波度尽亲情在[161]，一统神州定海穹。

3.鼓浪琴声[162]

名琴百部渡重洋，荟萃群英铸栋梁[163]。

旧第频弹肖圣曲[164]，胡先义馈键盘王[165]。

风姿典雅材唯贵[166]，格调清纯韵自刚。

五线翻飞千耳醉，琴音更比浪声长。

4.北戴河[167]

汉魏秦唐故事传[168]，悠悠史册后人翻。

曹公作赋观沧海[169]，领袖聊天访木船[170]。

浊浪排空豪气壮，汪洋极目匠心宽。

秋风瑟瑟洪波起，撼地惊天涌巨澜[171]。

　　秦皇岛市山海关区为国家历史文化名城。秦皇岛北戴河风景名胜区为国家级风景名胜区。河北秦皇岛柳江地质公园为国家地质公园。北戴河秦行宫遗址为全国重点文物保护单位。

5.大鹿海祭[172]

坡登大鹿鲁青寒[173]，祭罢军魂拜战船[174]。

政体违和千郡破[175]，科研掣肘百城殚[176]。

纹银掳掠肥东寇[177]，宝岛离分咎马关[178]。

海葬人杰华夏恸，何年雪耻胜凶顽！

第三章　生态篇

一、草木恋

1.九寨山 [179]

九寨沟幽古木森，闺中待字四无邻。

峰银岭黛冈峦秀，海碧天蓝草树荫。

紫杏绛槐镶绿柳，橙枥黄椴缀红林。

桃源美景神仙住，愿坐松间看白云。

2.那拉提草原〔180〕

天蓝宇白艳阳秋,四海宾朋万里游。

幕帐星罗原野阔,山花雀跃马蹄稠。

云杉翠叶浓如黛,牧草金辉软似裘。

达坂峰巅观落日〔181〕,轻纱五彩驻心头。

伊犁地区新源县那拉提旅游风景区为国家 5A 级旅游景区。那拉提森林公园为国家森林公园。

2.锡林郭勒赞〔182〕

碧浪滔天花海迎,黄羊竞走雁飞鸣。

锡林九曲春波曼〔183〕,高勒孤珍夏野青〔184〕。

草伏风吹驼马见,人稀地阔勒车行〔185〕。

毡包夜宴无由拒,一醉方休天色明。

锡林郭勒草原生物圈保护区为中国世界生物圈保护区。内蒙古锡林郭勒草原为国家级自然保护区。

3.武当道茶[186]

鄂西古树秀芽开,碧落琼浆注盏来。

挺锐挥旗驱脑闷,含烟带露散心哀。

贵生入静茶循道,返璞归真客释怀[187]。

落俗存私茗变味[188],清风两腋步蓬莱。

　　十堰市武当山金殿、紫霄宫、武当山建筑群为世界文化遗产。武当山风景名胜区为国家级风景名胜区。十堰丹江口市武当山风景区为国家 5A 级旅游景区。湖北武当山地质公园为国家地质公园。十堰市武当山金殿、紫霄宫、武当山建筑群为全国重点文物保护单位。

4.黄山松[189]

黄山树种古来珍,飒爽英姿寓国魂。

破壁扬枝迎友客[190],弯躯探海耐晨昏[191]。

甘居缝罅身弥壮,不惧冰霜品自尊。

地老天荒根不朽,拼将骨气寄传人。

5.南山奇木〔192〕

瀚海鳌山碧浪中,高僧异木两峦峰〔193〕。

亭亭玉立槟榔树,凛凛风生霸主棕〔194〕。

葫果开花杉落羽〔195〕,番棕挂枣楝缠榕〔196〕。

青幽满目心生爱,愿作丛林不老松。

三亚热带海滨风景名胜区为国家级风景名胜区。三亚南山文化旅游区为国家5A级旅游景区。

6.版纳树〔197〕

版纳名株越万千〔198〕,天人合一似神仙。

成林独木阳光靓〔199〕,犁地奇根雨露鲜〔200〕。

老茎开花添异彩〔201〕,纤藤绞树为华年〔202〕。

闻歌起舞风流草〔203〕,小巧玲珑唤爱怜。

西双版纳生物圈保护区为中国世界生物圈保护区。西双版纳风景名胜区为国家级风景名胜区。云南西双版纳自然保护区为国家级自然保护区。中科院西双版纳热带植物园为国家5A级旅游景区。西双版纳森林公园为国家森林公园。

7.武夷岩茶^[204]

蓝天白雾罩龙茶，沛雨苍林诞异葩。

活馥甘鲜珍品树，和清俭静贡茶桠^[205]。

荒坡砾壤传岩韵^[206]，碧水丹山注翠华^[207]。

万叶难超袍叶好，三坑两涧乐安家^[208]。

武夷山生物圈保护区为中国世界生物圈保护区。

8.兴安林海^[209]

丹青水墨素材丰，画卷平添五彩虹。

虎豹獐熊潜树莽，参榛蘑刺掩林丛^[210]。

参天巨木依山倒，接地清芬透叶浓。

敢请祝融怜翠玉^[211]，金鸡顶戴万年雄^[212]。

9.地下森林^[213]

环山口下茂林葱,不负屹羚搬运功^[214]。

乐睹苍松邻翠椴,欣闻厉虎斗憨熊。

探躯望壑人瞠目,坐井观天顶窒胸。

树死岩熔犹可绿,人间孰事不从容?

镜泊湖为中国世界地质公园。镜泊湖风景名胜区为国家级风景名胜区。牡丹江宁安市镜泊湖景区为国家 5A 级旅游景区。镜泊湖森林公园为国家森林公园。

10.木兰围场^[215]

坝上清风四季凉,蓝天碧野好围场。

河源水榭花疆界,兽寓禽居树海洋。

浩荡松涛传岭麓,绵延草浪入穹苍。

心聆万籁神如洗,酒醉归来马步跄^[216]。

河北塞罕坝自然保护区为国家级自然保护区。塞罕坝森林公园、木兰围场森林公园为国家森林公园。

11.广州花市[217]

蓝黄赤绿率先开，束立盆栽靓柜台。

异域奇葩南国会，神州远客北方来。

人涵瑞气花含笑，市贾康宁吉入怀。

莫诧羊城春信早，乌桓亟待化冰排[218]。

广州市为国家历史文化名城。

12.羊城春早

四季同堂巧手牵，争芳吐艳竞光鲜。

紫荆树挂千双蝶，爆竹花开九串鞭。

叶瓣横生栀子木[219]，唇苞酷似马蹄莲[220]。

巴西铁树枯如槁，暖水微浇便是仙[221]。

13.萨日朗

气韵清纯梦里飘，英姿飒爽胜千娇。

团团烈焰熔甘露，冉冉红云泛热潮。

远古传承花里续，今朝美好卉中描。

天堂有汝黔黎悦，逆旅逢君兴致高。

14.颂草原

仿佛东溟上地台[222]，星光未退艳阳开[223]。

娇颜永驻鲜花簇，丽质长春绿草徊。

壮硕牛羊原上走，清醇奶酒袋中筛。

年年暴雪封千里，亿万生灵孕在怀。

二、戈壁殇

1.吐鲁番盆地[224]

文明驶过路留香[225]，古道绸丝贾友邦。

雪瀑熔岩相间里，沙洲绿野共庭廊。

歌轻舞曼琴弦醉，泊翠峰晶乳液香。

达坂姑娘今若在[226]，精梳小辫易新装。

吐鲁番市为国家历史文化名城。吐鲁番葡萄沟风景区为国家 5A 级旅游景区。吐鲁番地区高昌古城、雅尔湖故城（交河故城）、柏孜克里克千佛洞、苏公塔、阿斯塔那古墓群为全国重点文物保护单位。

2.交河故城[227]

千年独步瀚沙航[228]，四大文明泛曙光。

瘦土罡风湮翠绿，悬崖断壁载凄凉。

张骞出使双行字[229]，玄奘通关几炷香[230]。

日落高台沧海颤，残墟脉动唤朝阳。

雅尔湖故城（交河故城）为全国重点文物保护单位。

3.宁夏沙坡头[231]

金坡绿浪朔风轻,碛下鸣钟诉隐情[232]。

岭底盈泉生蜜果,框中束草固沙屏[233]。

黄河九曲丝绸路,碧柳三春稻麦坪[234]。

我愿天公重抖擞,长留塞外好丹青。

宁夏沙坡头为国家级自然保护区。中卫沙坡头旅游景区为国家 5A 级旅游景区。

三、地热源

1.腾冲热海[235]

液化岩心地热源,喷珠溅玉倍开颜。

熔浆冷固六方柱[236],水汽腾蒸万孔泉。

太白温汤通脉络,神龙药液壮丹田。

云渲雾染腾冲路,恍若瑶池下九天。

腾冲地热火山风景名胜区为国家级风景名胜区。云南腾冲地质公园为国家地质公园。

2.五大连池 [237]

地火天工诞五池，山幽水美画如诗。

蛟龙蚰蜒三千态，猛犸腾挪百万姿。

冷洞冰寒人自乐，温湖水暖鸟先知。

依依绿树熔岩长，笑傲丹炉发嫩枝。

五大连池生物圈保护区为中国世界生物圈保护区。五大连池风景名胜区为国家级风景名胜区。黑龙江五大连池为国家级自然保护区。黑河五大连池景区为国家5A级旅游景区。黑龙江五大连池地质公园为国家地质公园。五大连池森林公园为国家森林公园。

3.长白温泉 [238]

温泉矿脉五重光，重碳高氡富氯磺。

矿壁殷红镶翠绿，砂岩靛紫耀金芒。

汤烹鸟卵清先固，雪冻晶川液未凉。

造物从来双手硬，冰心不改热中肠。

吉林长白山火山地质公园为国家地质公园。

4.天池隐忧〔239〕

炽热岩浆百里泻，冲霄烈焰漫天扬。

高峰泄水江河蕴，峻岭啣珠宝贝藏。

欲睹芳容须给脸〔240〕，思开铁幕闪登场。

天池浪底殷忧在〔241〕，地火眠休务慎防。

四、冰雪景

1.感触漠河〔242〕

冰封旷野匿千踪，雪掩房坡几烛红。

跃马驱犁银犬吠，开冰起网白鱼躬。

烧锅大汉蒸苞米，摘菜幺姑洗鲁葱。

湿热真无凉爽好，流连忘返且猫冬。

2.感悟漠河[243]

玉洁冰清景上佳,边陲极地故人家。

罡风洗面锥芒刺,冷气凝眉罩暮霞。

北斗晶镶蓝紫夜,东林雾漫白黄纱。

灵台若似清凉地,不恋红尘不羡花。

五、珍稀录

1.东北虎林园[244]

黑色条纹大氅黄,凌牙利爪性猖狂。

搜图首选张师画[245],伏虎先推武二郎[246]。

执搏摧坚千里惧,驱邪降福万民祥。

如今大腕成家宠[247],弱小相欺哂太阳。

2.丹鹤色 [248]

三元组合一身融,地孕天生造化功。

素雅堪同鲜艳配,青纱径与白衫容。

朱砂抹顶朝阳耀,玉翎浮云瑞雪烘。

项下毛端凝靛紫,煌煌鹤彩靓长空。

黑龙江扎龙自然保护区为国家级自然保护区。

3.丹鹤形 [249]

体态婀娜傲碧空,身躯矫健腿玲珑。

诗词曲赋多为句,画绣书雕屡采风。

玉立亭亭肖孺子,风生猎猎似翔龙。

人夸白鹤瑶池女,我赞仙禽得道翁。

4.丹鹤姿[250]

丰姿健美式无穷,一鹤冲天胆气雄。

尾翘头昂绅士步,躯伸足蹈稚童功。

凌霜傲雪能穿险,驭电鞭霆擅驾风。

万里苍茫迁徙路,群飞互励自从容。

第四章　人文志

一、文明史

1.汉阳怀古[251]

峡谷幽深似九匡[252]，东湖浩渺翠荷香。

行吟阁畔瞻骚祖[253]，武圣祠前拜羽王[254]。

古寺归元铭匾竖[255]，高山瀑水乐音长[256]。

吴矛越剑虽锋利[257]，莫胜人和国运昌。

　　武汉市为国家历史文化名城。武汉市木兰天池大峡谷为国家 4A 级旅游景区，属大别山森林公园。武汉东湖风景名胜区为国家级风景名胜区。中国武汉—东湖生态旅游风景区为国家 5A 级旅游景区。

2. 长安文脉 [258]

遗存厚重细收藏，古董盈街万店忙。

十二经书刊范本 [259]，千方法帖刻碑廊 [260]。

寻常巷陌王张众 [261]，不朽诗歌李杜长 [262]。

欲览真经攀雁塔 [263]，心闻鼓磬半天扬。

西安市为国家历史文化名城。西安大雁塔—大唐芙蓉园景区为国家 5A 级旅游景区。西安碑林、西安城墙、汉长安城遗址、大明宫遗址、西安钟楼鼓楼、西安市大雁塔为全国重点文物保护单位。西安碑林博物馆为中国国家一级博物馆。

3. 丽江文脉 [264]

江城艺苑有宣翁 [265]，荟萃奇葩汗马功。

曲调安魂情婉切 [266]，形声造字义朦胧 [267]。

新陈代谢根基壮，左右均衡羽翼丰。

水碾农耕茶马道 [268]，千年古蕴落霞红。

云南丽江古城为世界文化遗产。丽江市为国家历史文化名城。丽江古城景区为国家 5A 级旅游景区。

4.南京夫子庙[269]

自古明君重讲台，文星硕儒踏歌来。

先师问礼安邦域[270]，俊彦加封揽异才[271]。

治国宏文陈正殿，修身简札列偏斋。

书生怎近胭脂水[272]？个里缘由后世猜。

　　南京夫子庙—秦淮河风光带（江南贡院、白鹭洲、中华门、瞻园、王谢故居）为国家5A级旅游景区。南京市南京城墙为全国重点文物保护单位。

5.绍兴人杰[273]

曲水流觞纪二王[274]，青藤拂案伴文长[275]。

山阴侠女秋门诞[276]，学界精英蔡府藏[277]。

百草滋生民族魄[278]，三香浸润儒生狂[279]。

群星璀璨先贤慰，绍酒缠绵翰墨香[280]。

　　绍兴市为国家历史文化名城。绍兴市鲁迅故里—沈园景区为国家5A级旅游景区。绍兴市兰亭、青藤书屋及徐渭墓、秋瑾故居、鲁迅故里、蔡元培故居、"犭央犭茶"（Ang Sang）湖避塘、柯岩造像及摩崖石刻为全国重点文物保护单位。兰亭森林公园为国家森林公园。

6.西湖人望[281]

三潭鼎立一峰孤[282]，两吏倾心治翠湖[283]。

志士高风传正史[284]，文豪大作靡临都[285]。

雷峰塔畔金钵黯[286]，宝石山边彦曲殊[287]。

武穆含冤千古愤[288]，精忠报国字连珠[289]！

杭州西湖风景区为国家 5A 级旅游景区。杭州市岳飞墓为全国重点文物保护单位。

7.杭州文脉[290]

西湖浸润宋唐风，昔日繁华旧梦中。

景釉千年烹玉馔，精雕百代砺刀锋[291]。

删繁就简丰翁画[292]，返璞归真李祖容[293]。

自古钱塘衰复盛，朝朝畅饮女儿红[294]！

杭州蚕桑丝织技艺(中国传统桑蚕丝织技艺)和西泠印社篆刻(中国篆刻)为人类非物质文化遗产代表作。杭州西湖风景区为国家 5A 级旅游景区。杭州市西泠印社、于谦墓、保俶塔为全国重点文物保护单位。浙江省博物馆为国家一级博物馆。

8.登封少林寺[295]

少室山中武术源[296]，禅宗立寺继千年。

达摩面壁人留影[297]，法棍撑唐义在先[298]。

七柏十房湮战火[299]，六兵四技耀金莲[300]。

神光膝雪身垂范[301]，挚映心珠动昊天[302]。

郑州市为国家历史文化名城。郑州登封嵩山少林景区登封少林寺为国家 5A 级旅游景区。郑州市初祖庵及少林寺塔林为全国重点文物保护单位。登封市少林寺为汉族地区佛教全国重点寺院。

9.山西黄河史

九曲黄河万里沙[303]，奔腾跌宕孕中华。

陶壶夏鼎传文脉[304]，晋帖唐书发艺葩[305]。

后世高吟诗曲句[306]，前朝恶斗蒙明叉[307]。

通观冷热沧桑史，忽恋民谣十对花[308]。

10.山西群雄谱

太行腹地大河东，祖业龙兴沃土中。

赵莅山西车并轨[309]，光平汉北剑如虹[310]。

秋风祭土吟刘彻[311]，晋庙铭碑撰太宗[312]。

战将如云臣似海，文星闪耀史诗雄。

太原市为国家历史文化名城。太原市晋祠为全国重点文物保护单位。

11.人文九华[313]

印度高僧种福田[314]，新罗大德守青莲[315]。

樊川绝句儿童唱[316]，梦得山歌石匠镌[317]。

地藏栽茶生雀舌[318]，诗仙种树长铜钱[319]。

流连太白挥毫处，手迹金沙耀醴泉[320]。

12.荆楚文脉[321]

并蒂中原学脉醇,贤才俊秀汇荆门。

屈平宋玉千辞祖[322],老子荀卿百派尊[323]。

樊氏知贤推令尹[324],庄王匿过笼能臣[325]。

高山瀑水千秋奏[326],楚地遗珍处处闻。

13.庐山钩沉[327]

江鄱腹地水云间,匡俗庐居年四千[328]。

杏植西田源董奉[329],花观东岭自陶潜[330]。

书香洞府驰神鹿[331],纸贵临川赋李仙[332]。

古径新逢司马白,方知果蕊暮春鲜[333]。

九江市白鹿洞书院为全国重点文物保护单位。

14.庐山书怀

鸦战狼烟扰秀峦,名山万壑起楼盘[334]。

为平国难商幽谷[335],底定方针议翠山。

独雁离群鹰挂甲[336],寒梅傲雪凤涅槃[337]。

风云跌宕从容渡,险径无才不可攀。

九江市庐山别墅建筑群、九江市庐山会议旧址为全国重点文物保护单位。

15.三坊七巷[338]

地脉钟灵睿智开,安民只为少荼灾[339]。

开蒙复法宗光论[340],拒侮师夷少穆才[341]。

鼓岭长传林觉信[342],乡江久沁婉莹哀[343]。

人间五柳孤松客,每自三坊七巷来[344]。

福州市为国家历史文化名城。福州市三坊七巷和朱紫坊建筑群、严复故居和墓、林则徐墓、林觉民故居为全国重点文物保护单位。

16.梅州文脉[345]

世界名都美誉崇[346]，死生柏树露华浓[347]。

乡音不改中原语[348]，天籁犹存十国风[349]。

宅院龙围亲族聚[350]，菠萝气换佛香濛[351]。

兼修内外当家女，苦乐终生映日红[352]。

　　梅州市为国家历史文化名城。梅州梅县区雁南飞茶田景区为国家级风景名胜区、国家5A级旅游景区。梅州市叶剑英故居为全国重点文物保护单位。

17.千山问古[353]

仙姑积翠庶民尊，七彩为莲大地春[354]。

断米刘琳徒四壁，倾囊道长为全真[355]。

月潭泼墨襄饥馑，葛老延师启后昆[356]。

太极原由无极始，三元总自一元分[357]。

千山风景名胜区为国家级风景名胜区。千山仙人台森林公园为国家森林公园。

18.上海城隍庙[358]

护卫黔黎佑一方[359]，多经劫火屡沧桑[360]。

百年梦魇三兵燹[361]，一世清明五庙堂[362]。

夜辟新河滋稻黍[363]，慈援饿殍度灾荒[364]。

人间善恶城隍晓，项上三分隐剑芒[365]。

上海市为国家历史文化名城。上海黄浦区豫园(城隍庙西园)为全国重点文物保护单位。

二、人物志

1.成祖诞辰[366]

大志宏图苦少年，家慈教诲系心田。

身先士卒为表率，脑富谋韬效前贤。

善用良能君借势，精抓要务众开颜。

鞭梢所指无人拒，隐墓无碑佑草原[367]。

鄂尔多斯市成吉思汗陵为全国重点文物保护单位。

2.柳侯祠[368]

子厚趋新未遇时[369]，平生抱负梦郎知[370]。

忠公更法生奴婢，种树资农布善慈。

笔墨雄深当局厌，文辞淡雅后人师。

清名一世传千古，绿箸青波掩柳祠。

柳州市为国家历史文化名城。柳州市柳侯祠碑刻为全国重点文物保护单位。

3.喀什香妃墓[371]

喀州市外古陵堂，外壁琉玻彩釉镶。

筑体墙砖兼檩柱，摩天拱顶似穹苍。

安边镇叛家功显[372]，伴圣承恩刺柳香[373]。

演义长传花不败，身居大内恋故乡。

喀什市为国家历史文化名城。喀什地区阿巴和加麻札墓为全国重点文物保护单位。

4.昭君墓[374]

西陵皓月冷宫闱[375]，远赴阴山作爱妃。

塞外云开商旅笑，边陲雁落戍人归。

非因旷野强中土，实恐生民付劫灰。

圣母殡天落葬处[376]，单于子弟泪双垂。

呼和浩特市王昭君墓为全国重点文物保护单位。

5.成祖陵[377]

伟岸辕门座北开，天骄浩气漫陵台。

金戈铁马谋安乐，侠骨柔肠祛祸灾。

抱负千钧心底蕴，宏图一卷帐中怀。

功勋盖世黔黎敬[378]，壮阔军歌动地来。

成吉思汗陵景区为国家5A级旅游景区。

6.李广墓[379]

渭水穿城古墓凉，槐荫树下傍操场。

弓张大漠驱胡虏，日落长河卫汉疆。

起死回生今不二，逢凶化吉古无双[380]。

开诚耿介何为过？冷落公卿失庙堂！

7.开封包公祠[381]

色正芒寒黑大人，风高节亮不沾尘。

抑强助弱驱魑魅，矫枉明冤泣鬼神。

治本清心公德在，谋身直道族规存[382]。

开封府尹川流过，孝肃铭牌见指痕[383]。

河南开封开封府景区为国家4A级旅游景区。

8.宁静致远[384]

屡顾茅庐主谒臣[385]，隆中妙对定三分[386]。

谋荆占益承先策[387]，讨许攻祁续后文[388]。

伟略难施功载史，孤忠尽废志传神。

襄城宛郡何争祀[389]？相父原为散淡人。

隆中风景名胜区为国家级风景名胜区。襄阳市襄阳古隆中为全国重点文物保护单位。

9.淡泊明志[390]

六边石井注清涟[391]，半月溪头古镜圆[392]。

隐士幽居潜大泽，寒窗紧闭望中原。

晴舒手足身躯壮，雨诵书经意志坚。

内助英姿天下少，何传貌丑逾千年[393]？

10.屈原祠[394]

罗江碧浪泪痕斑[395],屈庙三迁血脉传[396]。

楚韵千章惊宇内[397],橘香万里净尘寰[398]。

长筒贮米鱼虾乐[399],劲鼓争先舵桨欢。

我敬青纯棱角粽,年年蒸煮届时还。

11.当阳关陵[400]

大意输荆悔暮年[401],陵堂气派柏参天。

常倚偃月三军抖,枉失戎机一念偏。

赤兔刚蹄湮野草[402],茅庐阔论化轻烟[403]。

英雄授首花凋树[404],苦酒寒樽墓底眠。

荆州区为国家历史文化名城。宜昌市当阳关陵为全国重点文物保护单位。

12.合肥孝肃祠〔405〕

庐阳邑外赐河东,孝肃祠堂绿柳中。

靛壁廉泉彰铁面,苍髯素貌绘真容。

刀寒色厉千官惧,语峻风清万姓崇。

盛德归民长不没〔406〕,三销四建祭恩公。

13.谒武侯祠〔407〕

帝相同祠蜀汉风〔408〕,心碑尽在巷谈中。

先王享配除庸子〔409〕,亚父知恩报主公〔410〕。

六败六攻非势审,七擒七纵是心攻〔411〕。

长分必合天之道〔412〕,晋代三雄水向东〔413〕。

四川成都武侯祠为国家 4A 级旅游景区。成都市武侯祠为全国重点文物保护单位。成都武侯祠博物馆为国家一级博物馆。

14.海通禅师[414]

跋涉经年募八方,艰难困苦筑经堂。

开山造像丰功伟,舍目捐躯禀性刚[415]。

正气轩昂天地助,宏图远大士民襄。

巍巍宋塔十三跃[416],恍若清莲顶上光。

15.巴蔓子墓[417]

七星岗底拱庐门,石墓犹存蔓子身。

护国班师韬睿智[418],丢头谢楚信忠纯。

无分冷热容樵丐,罔顾寒酸蔑士绅。

上将情怀民仰敬,千秋万代忆英魂。

16.秦良玉 [419]

比武招亲素扮妆 [420] ，夫冤大狱殁云阳 [421] 。

秦门勇将标青史，土寨英姑爱武装。

荡寇勤王桃花马，安民护境白杆枪。

三皇奖勉人称颂 [422] ，战锦描龙绣凤凰。

17.忠县白公祠 [423]

无拘海角与天涯，大抵心安即是家 [424] 。

励政亲民多赞誉，宽刑减负少喧哗。

栽花植树东坡绿，作序描图南荔华。

万古流芳诗百首 [425] ，犹如再世木莲花 [426] 。

18.东坡书院[427]

屈配边陲寄海疆,黎胞重义暖肝肠[428]。

桄榔舍里栖词圣,载酒堂间育学郎[429]。

掘井清浆人乐水,栽秧种麦谷盈仓[430]。

天公有意怜文脉,使认他乡作故乡。

儋州市东坡书院为全国重点文物保护单位。

19.海瑞墓[431]

林森竹翠阁清风,御赐朱批震粤东[432]。

正肃廉明官德富,刚强耿介仕途穷。

千年劲草凌霜雪,一代英魂傲海穹。

法网如羁贪墨吏,修书快递汝贤公。

海口市为国家历史文化名城。海口市海瑞墓为全国重点文物保护单位。

20.奢香夫人〔433〕

蔺州异女慧名扬，弱冠加封众寨王〔434〕。

促统安邦功甚伟〔435〕，鸣冤雪耻气高昂〔436〕。

三边驿马龙场过〔437〕，十万雄兵女帅当〔438〕。

日暖黔西彝汉睦〔439〕，腾蛟起凤唱辉煌。

毕节市奢香墓为全国重点文物保护单位。

21.咏列子〔440〕

遗珠隽永味深长〔441〕，境界同尘亦和光〔442〕，

辩日神童言有据〔443〕，移山老者志如钢〔444〕。

三无浸润文章秀〔445〕，四不偎依寿岁长〔446〕。

倘与先生常叙旧，春风浩荡渡重洋！

22.广州中山堂[447]

巍巍华表鹤高翔,器宇轩昂品自刚。

两树银兰襄总统[448],单桩火蕊傲南疆[449]。

陈军纵炮庭前炸[450],日寇躬腰阁内降[451]。

天下为公横匾耀,红框蓝底箔金镶。

广州市中山纪念堂(含中山纪念碑)为全国重点文物保护单位。

23.枫泾三百园[452]

白牛隐士阁清风[453],九沐三薰铸乃翁[454]。

守节忠公才屡废,偏居谢世趣无穷[455]。

悲欢好比潮升降,聚散如同日西东[456]。

最喜明堂添异彩,百篮百业百灯红[457]。

上海枫泾古镇为中国历史文化名镇。

24.陆秀夫墓[458]

秀墓香沉草色青，千秋百代祭英灵。

臣驱妇孺悲填海，帝丧江山痛殉情。

抑武扬文耽大宋，歌莺舞燕陷长鲸[459]。

如将剩勇安离岛[460]，战史当辉陆相名。

25.潮州韩公祠[461]

潮州八月易乡风[462]，碧水韩山悼令公。

劝学兴农追大禹[463]，驱鱼释婢见英雄[464]。

祠崇圣哲功难抹，木卜科名运未穷[465]。

独憾尊儒攘佛老[466]，须知治水贵疏通[467]。

潮州市为国家历史文化名城。潮州市韩文公祠为全国重点文物保护单位。

26.勤廉为民[468]

娘亲一饼终生念,不逊君禄百万钟[469]。

护土修城黔首悦,开仓赈贷板桥雄。

人人遮道留廉吏,户户焚香祀郑公[470]。

惟取一竿清瘦竹,秋风江畔钓残红[471]。

27.赞松坡[472]

地实寒微图报国[473],年将弱冠已从戎[474]。

清癯俊雅书生气,淡定雍容儒帅风。

庙里观音云里电[475],人中吕布马中龙[476]。

魂归故里民心碎,遍地麻衣万巷空[477]。

湖南省蔡锷故居、公馆及墓地为全国重点文物保护单位。

第五章　翰墨缘

一、风雅轩

1.杜甫草堂[478]

杜圣贫居陋草堂，临溪乏酒怎流觞？

民间疾苦凝诗句，世上疮痍入字囊[479]。

草稿盈筐纱帽小，华文盖世笔锋长。

放翁山谷双同祀[480]，客寓成都望洛阳。

　　成都市为国家历史文化名城。四川成都杜甫草堂博物馆为国家 4A 级旅游景区。成都市杜甫草堂为全国重点文物保护单位。四川成都杜甫草堂博物馆为国家一级博物馆。

2.悼叔同〔481〕

闽海蓬莱第一山〔482〕,文涛舍利未回还〔483〕。

长亭古道芳林碧,海角天涯别梦寒〔484〕。

贝叶珍藏般若句,梵钟雅诵菩提观。

人间固好书生累〔485〕,一片冰心鉴月盘〔486〕。

清源山风景名胜区为国家级风景名胜区。泉州市清源山风景名胜区为国家 5A 级旅游景区。泉州市清源山石造像为全国重点文物保护单位。

3.赞易安〔487〕

压倒须眉愧女红,文辞婉约骨为宗〔488〕。

书斋儒雅心常泰,逆旅孤凄志未穷。

国丧徽钦词峻烈〔489〕,家亡赵汝语沉雄〔490〕。

灵泉永淌诗无尽,短句长歌万里风!

4.怀稼轩[491]

人生苦短志难酬,本色豪强意象优[492]。

槊扫千军如锻句,辞空万古赛封侯。

英雄气短词牌愤,儿女情长钺剑愁。

十论美芹今可用[493]？翱翔海宇试吴钩[494]！

5.教化黔州[495]

因言获罪影投荒[496],上溯川江入画廊[497]。

草屋犹如工部宅[498],寒窗好似子瞻房[499]。

壶头西岭三贤聚[500],县治东坡万卷藏[501]。

郁水屏山衣冢在[502],传言万世读书郎。

6.文兴彭水

诗雄四海腹中囊,笔冠千秋美誉扬[503]。

趣借溪山舒块垒,身栖寺院教儿郎。

弦歌有若江山秀,翰墨如同岁月长。

莫道浮云终蔽日[504],竹枝调里看红裳[505]。

7.诗领西江[506]

生新崛悍诗风转[507],巴曲渝歌血脉浸。

摘句寻章胎换骨,餐风沐雨铁成金[508]。

朝思靖节东篱菊[509],暮忆少陵北布衾[510]。

窘且弥坚根骨壮,生花妙笔得于心[511]。

8.诗以载道

世态炎凉皆入句,幽兰竹石溢清芬。

诗中四美风和骨,笔下三真魄与魂[512]。

骂鬼呵神抒禀性,追元伐髓见精神。

至情至理天人赞,看似平常立意珍。

二、墨香阁

1.墨润涪陵[513]

黔州卸任赴西川,手足情深别亦难[514]。

鲁直钩深思致远[515],伊川点易为驱寒[516]。

禅诗饱蕴安身念[517],朋乐深藏教子观[518]。

杜作三章留墨宝,神交律韵寸心丹[519]。

涪陵区白鹤梁题刻为全国重点文物保护单位。

2.情系三峡[520]

云阳木刻幽兰赋[521]，奉节碑铭白帝家[522]。

墨洒西山存妙迹[523]，书题禹锡荡浮华[524]。

细腰宫赋怜朱翠[525]，铁盐盆记叙藕花[526]。

十二巫峰遗作健[527]，朝朝暮暮伴云霞。

长江三峡风景名胜区为国家级风景名胜区。长江三峡（湖北宜昌、恩施、重庆）地质公园为国家地质公园。奉节县白帝城、云阳县张恒侯庙为全国重点文物保护单位。

3.名动书坛[528]

涪翁似得江山助[529]，转益多师壮墨痕[530]。

大橹长桡毫下舞[531]，腾辰走巳砚中存[532]。

公平论作倾斜字，朴实篇书游戏纹[533]。

寒食伏波皆上品[534]，旧游诸上照乾坤[535]。

4.书画交融

板桥三绝诗书画[536]，八怪巅峰意气豪[537]。

皴石诚由平仄替[538]，画兰竟以撇竖描[539]。

名家过往诗传意[540]，乱石铺街浪插篙[541]。

取法天然真率性，诗文配画见清高。

5.咏怀素[542]

用笔圆融转若环，狂僧故里菩萨蛮。

惊辰走已挥长壁，作雨兴风卷巨澜[543]。

漆板行毫书韵破，蕉林练字笔锋寒[544]。

清风皓月常为侣，醉素名声四海传。

6.咏张旭[545]

浩酒狂书世谓颠[546]，齐名李贺饮中仙[547]。

凭杯助兴生风雨，以发为毫散云烟[548]。

大草名垂三绝位[549]，高诗韵盖五色笺[550]。

抒情状物皆成字[551]，剑舞公孙意象翩[552]。

7.咏道昭[553]

魏碑鼻祖有昭公，北郑南王众所崇[554]。

刻石云峰存国宝[555]，联歌大殿谥文恭[556]。

方圆并济骨筋健，结体博宽书意雄[557]。

不任威刑民自爱，书声直与吏声同[558]。

8.咏公权[559]

瘦劲阳刚百炼锋，书成一体万年松[560]。

玄篇写塔生前技，神策题碑逝后荣[561]。

善向三门求互补[562]，能将二正谏皇宗[563]。

惜君久做笼中鸟，若闯江河起卧龙[564]。

9.笔存义烈[565]

书坛巨擘摘星辰[566]，看似寻常却苦辛。

笔斥权臣争座位[567]，戈平燕赵建奇勋[568]。

秃锋祭侄唯抒愤[569]，大匠筹粮不讳贫[570]。

磊落雄奇中兴颂[571]，讴歌盛世物华新。

10.学贵有恒

祖学渊源圣手传[572]，三更烛火五更寒[573]。

书需领悟千番学[574]，艺在民间九度攀[575]。

趁兴修编毫若电，无心起草笔如椽。

简书放纵难如稿[576]，心手相忘入洞天[577]。

11.艺耀古今

书坛泰斗聚星忙[578]，数美兼收比二王[579]。

整密端庄书宝塔[580]，雄浑峭拔赞东方[581]。

豪锋告帖生奇古[582]，素简陈贫易米粮[583]。

鲁郡祠旁流韵在，龙盘虎踞蜡梅香[584]。

12.咏东坡[585]

横轻竖重味悠长[586]，骨劲肉丰承鲁杨[587]。

墨韵归功文养厚[588]，书风得益自由翔[589]。

时宜不合毫锋转[590]，古调新翻造意狂[591]。

夜静波澜江海逝，何须锦帽卷平岗[592]。

13.咏蔡邕[593]

六经隶写宫门外[594]，岁月难销九势雄[595]。

笔下空灵飞白妙[596]，书前立意自然工[597]。

身沉苦海风波里[598]，女陷匈奴漠野中[599]。

自古高贤多薄命，冯唐易老广难封[600]。

14.咏李斯[601]

小篆开山李祖先[602]，亲书仓颉易桑田[603]，

字形长纵圆收起，结构均衡线铰连[604]。

宰相修同诸国字[605]，标杆锁定学童篇[606]。

交朋不善分身死，纵是英雄也汗颜[607]。

15.兰亭千古[608]

鼠须醉写临河序[609]，物我相忘锦绣呈。

天马行空章法美，明珠浴水映带生[610]。

情融翰墨清纯在，气贯云霓意象横。

大小参差千百态，真容未见露先承[611]。

16.书风绝代

银钩铁划古今雄[612]，绝妙裁成点曳工[613]。

婉若游龙翩若雁，华同寿客茂如松[614]。

为尊化阁缘光义，获赞皇书自太宗[615]。

建瓴高楼传地脉[616]，风姿绰约气如虹。

17.翰墨薪传

世代书香幼启蒙[617]，宏闻博取羽毛丰[618]。

天台学永千秋效[619]，水饺投锅一窍通[620]。

众体皆工融旧体，群风并撮创新风[621]。

龙生九子皆才俊，独有官奴百世宗[622]。

18.人书一品

崬山卖扇怀仁爱[623]，帖述荀恒见义怀[624]。

待友惟彬知尔雅[625]，推人向善劝贤才[626]。

坟前退进红尘远[627]，雪夜驱寒晓色开[628]。

道德澄心人谓圣，清风屡伴暗香来。

19.书圣轶事

勤书久练池成墨[629]，代写黄庭换白鹅[630]。

坦腹倚床偏中彩[631]，含锋入木隐操戈[632]。

春联妙续凭才气[633]，当铺亲书值几何[634]？

逸少为人心坦荡，声名远挂万枝柯。

20.咏献之[635]

官奴冠世震袁昂[636]，启后承先誉未央[637]。

帖载三希称国宝[638]，书存化阁冠双王[639]。

丹腾紫鼎金凰舞，墨洒澄泉玉巳翔[640]。

比世皆崇王令帖[641]，张癫醉素一般狂[642]。

第六章 华夏风

一、民族心

1.印象刘三姐[643]

屏山傍水唱排轩，壮女天音赛众仙。

美妇临溪身浴水，村夫执炬影投涟。

新姑出嫁娇千态，旧侣于飞誓百年。

已罢弦歌情未了，繁星野火照无眠。

刘三姐歌谣为国家级非物质文化遗产。

2.蒙古舞[644]

脚踏肩摇着彩衣,风姿矫健目光犀。

时如猎隼长舒翅,忽若天驹闪奋蹄。

女学阿妈承玉乳,儿随老父套苍骐。

天骄有后歌为伴,节律流波舞步奇。

3.蒙古歌[645]

马背儿郎牧调长,抒情状物话沧桑。

曾闻赞歌弥京畿[646],复有传说继天堂[647]。

厚重深沉原野颤,悠扬婉转美声扬。

腾齐德降余常爱[648],为解乡愁唱北疆。

4.马头琴[649]

自幼心仪大草原,琴声牧韵润丹田。

深沉壮阔呼天马,醉美清悠唤醴泉。

骏骥腾飞弓颤鼓,萌羔跳跃指勾弦。

情牵漠北花香处,绕耳天音慰暮年。

5.那曲赛马[650]

羌塘八月好风光[651],马背英雄聚一堂。

勇士开弓前靶贯,英雄拍骥后尘扬。

百斤首饰妆安女[652],万里高原沐艳阳。

贸易成交情义近,茶楼共赞格萨王[653]。

6.拉萨风情〔654〕

五色经幡四季春，天香袅袅供油纯。

骄阳热抹高原赤，雪线寒添谷地纹。

寺欲长明勤续火，人期大顺早摸轮。

山南藏北垂杨绿，义结唐蕃誓永存〔655〕。

西藏布达拉宫(大昭寺、罗布林卡)为世界文化遗产。拉萨市为国家历史文化名城。拉萨布达拉宫景区、拉萨大昭寺景区为国家5A级旅游景区。拉萨市大昭寺、布达拉宫、罗布林卡为全国重点文物保护单位。

7.日喀则〔656〕

山南秀谷富珍藏〔657〕，藏地西陲茂柳杨。

快乐堆谐邀姐弟〔658〕，崎岖险道入穹苍。

珠穆朗玛仙峰峻〔659〕，扎什伦布佛殿黄〔660〕。

顺转经筒怀愿走〔661〕，尼玛山上望斜阳。

珠穆朗玛峰生物圈保护区为中国世界生物圈保护区。日喀则市为国家历史文化名城。西藏珠穆朗玛峰自然保护区为国家级自然保护区。日喀则扎什伦布寺为中国4A级旅游景区。日喀则地区萨迦寺、扎什伦布寺、夏鲁寺、白居寺、曲德寺为全国重点文物保护单位。

8.那达慕[662]

骑射摔跤寿岁长,那达慕会竞高强。

雕弓挽箭生明月,骏骥催鞭向艳阳。

三艺争雄强者胜[663],千家际会牧歌扬。

炊烟袅袅星光下,敖包相亲会海棠。

内蒙古自治区锡林郭勒盟那达慕民俗为国家级非物质文化遗产。

9.泸沽湖[664]

蓝山黛水女儿乡,特异人家故事长。

不嫁非婚续族谱[665],同圈异步跳锅庄[666]。

襟怀似水瞳中蕴,品性如岩血内藏。

静享安宁纯爱恋[667],阳春白雪荡云疆。

10. 傣家女^{〔668〕}

满月如盘凤尾扬^{〔669〕}，千窗万户泛珠光^{〔670〕}。

村姑窈窕天生俏，傣女飘逸自带妆。

干练勤劳襄父母，温柔体贴待儿郎。

人称版纳金孔雀^{〔671〕}，不逊湘西火凤凰^{〔672〕}。

11. 泼水节^{〔673〕}

七女屠魔获美名，年年泼水润英灵^{〔674〕}。

轻撩细洒唯甘露，猛注狂浇俱热情。

象鼓声声烦闷解^{〔675〕}，欢呼阵阵怨尤平。

恩来总理尊民俗，净水银缸送泰宁^{〔676〕}。

12.钓鱼城说古[677]

苦守孤城六六冬[678]，凌强以弱赞余公[679]。

元戎坠马渝关外，上帝折鞭恶战中[680]。

保土堪为黔首幸，休戈亦乃霸王功[681]。

硝烟散去亲情在，几度山青暮日红[682]。

合川区钓鱼城遗址为全国重点文物保护单位。

13.赫哲情愫[683]

兴安岭上春天至，雪化乌苏杜宇红[684]。

越岭攀峰寻猞猁，轻生忘死斗罴熊。

桦舟畅响赫尼调[685]，兽鼓频传依玛风[686]。

地窨撮罗今尚在[687]，关东已是艳阳彤。

14.鄂温情缘[688]

图腾典雅饰鹄鸿[689]，女子玲珑刺绣工。

敬老迎宾延礼数，亲神近火葆遗风。

情歌韵盖敖包会[690]，健舞功摧草树丛[691]。

吾与鄂温知遇晚，神交百会两相融。

15.连南瑶山[692]

穿针引线指如风[693]，助力闻歌上古崇[694]。

笕注杉槽通净水[695]，蓑缝锦绣饰英雄[696]。

城中阿贵鸿书短，寨内莎腰爱意浓[697]。

世外青山谁护守，瑶山火炬几时红[698]？

二、民风廊

1.西京民习 [699]

金乌唤醒古城岗 [700]，健体修身长幼忙。

主客欣餐羊肉泡，公婆热饮辣糊汤 [701]。

回肠荡气吹埙孔 [702]，裂肺撕心吼秦腔 [703]。

自古西京龙虎地，承源继脉待儿郎。

西安市西安城墙为全国重点文物保护单位。秦腔为国家级非物质文化遗产。

2.齐鲁民风 [704]

仗义疏财度量宽，山东好汉蠹人寰。

齐烟九点融筋骨 [705]，地涌千秋控暑寒 [706]。

壮士忠君能赴死 [707]，明臣护土不降藩 [708]。

柔情素与豪情俱，婉里存刚李易安 [709]。

3.六安民谣[710]

六安古曲笑登台,俚俗乡风简谱怀。

挣颈红腔云外走[711],驱牛慢调垄间来[712]。

蜂音高亢丹田颤,牧调低沉鼻翼徊。

最美红歌环宇唱[713],天香八月漫山开[714]。

六安市金寨县天堂寨风景区为国家 5A 级旅游景区。

4.西递民风[715]

归田守土简衣冠,退步方知宇宙宽[716]。

莫道人生无逆势,且观递水正西传[717]。

欢愉每自辛劳获,利润终由损欠还。

忍让三分能预后,终生平静是康安[718]。

安徽古村落西递、宏村为世界文化遗产。安徽省黟县西递镇西递村、宏村镇宏村为中国历史文化名村。黄山市黟县皖南古村落—西递宏村为国家 5A 级旅游景区。

5.婆源乡风[719]

曾投远宿扰房东,待客迎宾上古风。

主母慈祥唇浅笑,村姑秀婉面微红。

民居间遇天官第[720],祖庙时逢进士公[721]。

达理知书诚可信,思栖婆镇作文翁。

江西省婆源县沱川乡理坑村、江湾镇汪口村、思口镇延村、思口镇思溪村为中国历史文化名村。上饶婆源县江湾景区为国家5A级旅游景区。上饶市婆源宗祠、理坑村民居为全国重点文物保护单位。

6.版纳佛趣[722]

佛祖传经焕彩霞,僧衣七彩耀袈裟。

逢场赶摆皆参寺,遇户生男必出家[723]。

小乘经书铭贝叶,大悲弟子免香疤[724]。

精神悟道先操守[725],凤竹轻扬佛殿纱。

7.惠安女 [726]

风姿绰约百花屏,美慧勤能负盛名。

竹笠花巾衫窄短,银圈绣带裤宽盈。

礁滩碱石光脚踩 [727],洞管琶弦和泪鸣。

岂谓胸中无苦难,忧思只在浪肩行。

8.哈城民风 [728]

中西合璧屹东方 [729],百载商机腹内藏 [730]。

刚烈疑由冬雪铸,真诚定系夏阳镶。

如花笑靥随风展,似水柔情借酒扬。

吾辈当交哈市友,明宣爱恨汇柔刚。

哈尔滨市为国家历史文化名城。哈尔滨市圣索菲亚教堂和哈尔滨文庙为全国重点文物保护单位。

9.华山挑工 [731]

步履沉沉腹内空,终年曝日古铜红。

千钧重荷双肩负,万级崇阶两腿逢。

足系游人安与乐,心牵陋舍媪和童。

腰扛背挺歌相伴,老幼期归暮霭中。

10.观西厢记 [732]

实甫名扬西厢记 [733],豪门倩女恋平民。

丫鬟月下牵红线,小姐花间会彦君。

所幸高僧非法海 [734],能邀白马退千军 [735]。

两情若是真长久,一片痴心破白云。

山西永济普救寺旅游区为国家 4A 级旅游景区。为我国古典戏剧名著《西厢记》故事发生地。

三、边关谣

1.西出阳关 [736]

阳关三叠古流芳 [737],海市蜃楼替短墙。

箭垛聊磨前客砚,狂沙且护后妃妆 [738]。

滩头觅宝无空手 [739],塞外吟诗有绝章。

最爱骄杨镶绿柳,甘泉蜜饯慰心房。

2.瑷珲之痛 [740]

龙江万里戍楼空 [741],六十余屯血泪中 [742]。

割地风波江上起 [743],丧权契约袖间笼。

惊天泣地海兰泡 [744],取义成仁寿山公 [745]。

赤县兴衰何所似? 魁星阁畔百年松!

　　黑河市瑷珲新城遗址为全国重点文物保护单位。爱辉历史陈列馆为国家一级博物馆。

3.民稳国安

襟联大海臂连山，壁垒森严第一关[746]。

锁钥封城输利器，传信举火逊尖端。

邦强远胜边陲固，国弱难维社稷安。

莫负梁兄姜女泪[747]，恒言警世古今传。

　　中国长城为世界文化遗产。秦皇岛景区、山海关景区为国家 5A 级旅游景区。秦皇岛市万里长城山海关为全国重点文物保护单位。

4.山海吟

巨壑缠龙铁骑寒，城连古堡拒群番。

屏墙倒挂燕山壁，锁链横陈渤海湾。

北徙灾民噙泪去，南飞候鸟带春还。

白云长长潮朝落[748]，护土精诚万代传。

5.雄关三险^{〔749〕}

箭扣黄花司马垣^{〔750〕},鹰飞倒仰兽难攀。

千丝冷漠遗苍野,一片坚贞鉴玉盘。

垛堞无言屏万里,城池有信戍千山。

征夫血汗荆钗泪,百世犹闻笛意残。

四、宫苑图

1.孔庙感怀^{〔751〕}

老桧曾沾周雨露^{〔752〕},陈碑昔泛汉文澜^{〔753〕}。

权奸祭孔孤枝训^{〔754〕},寿柏拥槐五指团^{〔755〕}。

御榜开科镌进士^{〔756〕},皇家继位请门砖^{〔757〕}。

琴焚鹤煮昙花谢^{〔758〕},不废经书万代传^{〔759〕}。

山东曲阜孔庙、孔府及孔林为世界文化遗产。曲阜市为国家历史文化名城。济宁曲阜明故城三孔旅游区为国家 5A 级旅游景区。济宁市曲阜孔庙、孔府及孔林为全国重点文物保护单位。北京市东城区孔庙亦为全国重点文物保护单位。

2.百族归心

十二禅林摹晋唐,群星拱月护山庄[760]。

人心向背关天运,百族亲疏系国疆。

扈特东归中草沃[761],高山北觐岛樟香[762]。

明修垛堞清修寺,一庙犹如十万枪[763]。

　　河北承德避暑山庄及周围寺庙为世界文化遗产。承德市为国家历史文化名城。承德避暑山庄外八庙风景名胜区为国家级风景名胜区。承德避暑山庄及周围寺庙景区为国家 5A 级旅游景区。承德市普宁寺、普乐寺、普陀宗乘之庙、须弥福寿之庙、避暑山庄、殊像寺、安远庙、溥仁寺、普佑寺为全国重点文物保护单位。承德市普宁寺为汉族地区佛教全国重点寺院。

3.热河遗恨[764]

离宫草树郁苍苍[765],始历繁华后毁伤。

揽政垂帘慈禧乐[766],丧权辱国奕䜣忙[767]。

倭酋夜盗宗镜阁[768],伪逆烟销广元堂[769]。

倘若康雍锋刃在[770],何容宵小逞凶狂!

4.木兰史话[771]

马背儿郎禀性刚，牧游部落擅刀枪。

行围狩猎磨兵器，肆武绥藩固域疆。

尚武先挑拉练地，屯军早备草粮仓。

惟悲解禁遗孤树，北徙尘沙绿易黄[772]！

5.故宫感言[773]

王侯将相斗争史，剑影刀光六百年[774]。

耀祖光宗难济后，安民强国实为先。

涵元殿里君休政[775]，养心斋中后揽权[776]。

代谢新陈终有律，长河滚滚浪超前。

北京故宫为世界文化遗产。北京市为国家历史文化名城。故宫博物院为国家5A级旅游景区。北京东城区故宫为全国重点文物保护单位。北京故宫博物院为国家一级博物馆。

6.颐和冬韵 [777]

颐园冬景异春光,冻水屏山布赛场。

海面凝波镶白玉,冰刀破镜溅银霜。

身如紫燕穿波疾,足似蜻蜓点水忙。

待到风和阳暖日,红妆笑靥满庭芳。

北京颐和园为世界文化遗产。颐和园为国家 5A 级旅游景区。海淀区颐和园为全国重点文物保护单位。

7.名园式微 [778]

紫绿黄蓝釉彩摇,残山剩水品难高。

湖边牛角挑魔怪,柱首狮丁护月桥。

仁寿殿中抨旧政 [779],玉澜堂里废新桃 [780]。

石船纵使余威奋,又有何能载弱朝!

8.沈阳故宫〔781〕

井字中庭帝后家〔782〕，精心构筑饰装华。

十王殿似栖身帐〔783〕，索伦杆酬救命鸦〔784〕。

扩牖南窗镶厚壁，回温暖炕泛春霞〔785〕。

先人善学能攻玉，子弟无良铁锁枷〔786〕。

沈阳市沈阳故宫为世界文化遗产。沈阳市为国家历史文化名城。沈阳故宫为全国重点文物保护单位。

五、中国派

1.世博中国馆〔787〕

东方巨冕好风光〔788〕，华夏奇珍四海详〔789〕。

梦寐宏图终面世〔790〕，经科盛会靓登场。

明朝妙想今天绘〔791〕，万国奇思赤县囊〔792〕。

北宋清明屏幕展〔793〕，环球互助有余粮。

上海市为国家历史文化名城。

第七章　沉思录

一、名邑汇

1.重游杭州[794]

五月杭州夏雨漓，良辰美景未如期。

飞来寺里香烟旺[795]，武穆陵前轿马稀[796]。

欲品甘泉龙井液[797]，先尝醋鲤丐帮鸡[798]。

思瞻印谱寻昌硕[799]，水静山孤柳漫堤。

　　杭州蚕桑丝织技艺和西泠印社篆刻为人类非物质文化遗产。杭州市为国家历史文化名城。杭州西湖风景区为国家 5A 级旅游景区。杭州市岳飞墓、飞来峰造像、西泠印社、灵隐寺石塔和经幢为全国重点文物保护单位。浙江省博物馆为国家一级博物馆。杭州市灵隐寺为汉族地区佛教全国重点寺院。

2.凤凰夜景[800]

筏影溶江浪沁沙,流光溢彩拱桥华。

江楼漫咏摇篮曲,埠岸频添火树花。

滚乐芦笙鸣日夜[801],巴乌傩戏竞喧哗[802]。

更深寄愿东流水,梦载船灯赴海涯[803]。

3.丽江之夜[804]

桥街水榭色殷红,烛火霓灯淡夜空。

把酒贪杯心寂寞,凭栏望月眼朦胧。

吟诗续对书生酷,隔巷飙歌妹子雄。

古镇无眠今始信,星移斗转曙光浓。

4.姑苏夜山塘[805]

漫步姑苏富贵乡,灯光桨影暮山塘。

男醺女醉迷昆曲[806],武偃文休聚艺廊。

夜泊轻舟依岸树,日吹烛火启轩窗。

闲居闹市无人问,冷暖由心遂肚肠。

苏州古典园林为世界文化遗产和人类非物质文化遗产。昆曲为人类口述和非物质文化遗产。苏州市为国家历史文化名城。苏州昆山景区为国家 5A 级旅游景区。

5.旧日秦淮[807]

金陵秀女聚秦淮,贵胄文豪接踵来。

酒肆歌台盈埠岸,河房水榭满裙钗。

歌轻舞曼销魂魄,纸醉金迷酿祸灾。

难得香君余傲骨[808],桃花溅血扇中开[809]!

南京市为国家历史文化名城。南京夫子庙一秦淮河风光带(江南贡院、白鹭洲、中华门、瞻园、王谢故居)为国家 5A 级旅游景区。

6.苏州虎丘〔810〕

吴中胜景甲东方,晚桂花开十里香〔811〕。

古塔千年林外现,苏丘百代寺间藏。

椁中阖间银霜暗〔812〕,墓侧鱼肠紫气昂〔813〕。

石上千夫聆妙语〔814〕,平沙落雁彩铺江〔815〕。

　　苏州古典园林为世界文化遗产和人类非物质文化遗产。苏州园林(拙政园、留园、虎丘)为国家 5A 级旅游景区。

7.婺源写意〔816〕

舟楫不探古桃溪,战马鲜临隐士居。

峻峭巅峰屏帐险,深幽谷地镜湖奇。

逢山见穴千般景,入洞临泉百段堤。

一棹烟波何处散?双鸠对唤两山啼。

8.镇远小照[817]

河行太极状阴阳,纽带双飞贯八方[818]。

战地硝烟弹角羽,城垣戍斗奏宫商[819]。

英雄武艺刀尖试[820],重镇文风坊内藏[821]。

宅畔乌篷摇橹过,江南水墨贵东乡[822]。

镇远县为国家历史文化名城。潕阳河风景名胜区为国家级风景名胜区。潕阳湖森林公园为国家森林公园。

二、古迹考

1.题白鹤梁[823]

江心白鹤随仙走[824],石刻奇观水底留[825]。

义鲤千秋丰岁稔[826],邑民万代忆春游[827]。

齐天巨坝惊环宇[828],护古蓝图化隐忧[829]。

点染三绝新创意[830],涪翁往返信无愁[831]。

涪陵区白鹤梁为全国重点文物保护单位。

2.中原访古^[832]

龙门石窟冠奉先^[833]，御驾巡行六马喧^[834]。

肃穆千秋关帝庙^[835]，清明百代上河园^[836]。

开封建塔观衰盛^[837]，将相分湖辨善奸^[838]。

古刹门庭垂柳绿^[839]，中原俊秀续新篇。

河南洛阳龙门石窟为世界文化遗产。洛阳市为国家历史文化名城。洛阳龙门风景名胜区为国家级风景名胜区。洛阳龙门石窟景区为国家5A级旅游景区。洛阳市关林为国家4A级旅游景区。洛阳市龙门石窟(含白居易墓)、洛阳关林、洛阳东周王城为全国重点文物保护单位。

开封市为国家历史文化名城。开封清明上河园景区为国家5A级旅游景区。开封包公祠、开封铁塔公园、中国翰园碑林、龙亭、大相国寺、开封府为国家4A级旅游景区。河南开封大相国寺为全国重点文物保护单位。开封森林公园为国家森林公园。

3.大观长联^[840]

妙对佳书四海传，珠玑闪耀寸心宽。

抒情壮物歌今貌，论古推今述史观。

赤县硝烟楹护壁^[841]，滇池预测信如椽^[842]。

城西墓穴留铮骨，亮节高风载月还^[843]。

昆明市为国家历史文化名城。昆明滇池风景名胜区为国家级风景名胜区。

4.银屏乌镇[844]

茅盾书斋故事长[845]，林家铺子老街坊[846]。

楼头隐布吴王靠[847]，几侧微闻越菊香。

意透窗棂寻子夜[848]，帘遮梦魇卸花黄。

年华似水穿杨去[849]，四月人间忆水乡[850]。

　　浙江省桐乡市乌镇为中国历史文化名镇。嘉兴桐乡乌镇古镇为国家 5A 级旅游景区。嘉兴市茅盾故居为全国重点文物保护单位。

5.杭州灵隐寺[851]

法号东吴灵隐山，奇峰降世坐尘寰[852]。

梵音浩渺西天寄，烛火长悠东晋传[853]。

自恃流清甘冷落，虽为波跳总回环。

乔松弱柳同船渡，百代娑罗亦坐禅[854]。

杭州市灵隐寺石塔、经幢和飞来峰造像为全国重点文物保护单位。

6.北岳悬空寺〔855〕

千钧峭壁寺玲珑，庙柱参天挂碧空。

石托椽梁同稳固，榫穿斗拱俱枯荣。

双峰合抱仙楼外，三教相安法座中〔856〕。

往返禅关心顿悟，儒家释道本相通！

恒山风景名胜区为国家级风景名胜区。大同市悬空寺为全国重点文物保护单位。

7.宋代皇陵〔857〕

青沙紫霭绕洛伊〔858〕，帝墓湮消景象凄。

石像凝眉悲逝骨，灵幡拭泪悼亡旗。

三关稳固陵增制，两宋隆兴冢扩基〔859〕。

可叹民伤天下乱，宏图未遂葬熊罴〔860〕。

郑州市为中国历史文化名城。郑州市宋陵为全国重点文物保护单位。

神州风采——余恢毅格律诗作选

8.开封相国寺[861]

开封古刹世间崇,眼手千千造化功。

弥勒慈颜容万相,天王法器卫三宗。

新科进举僧铭榜[862],大德升迁帝赐封[863]。

八角琉璃无二殿,霜钟报晓撼苍穹[864]。

河南开封大相国寺为国家 4A 级旅游景区、全国重点文物保护单位。

9.岳阳怀古[865]

鲁肃当年此阅兵[866],宋墩楠柱固楼亭[867]。

纯阳饮酒千盅醉[868],宗谅为官百废兴[869]。

子美五言堪绝唱[870],希文二字总关情[871]。

湖山一色连广宇,月韵无边洗耳听。

岳阳市为国家历史文化名城。岳阳楼—洞庭湖景区为国家级风景名胜区。岳阳楼—君山景区为国家 5A 级旅游景区。岳阳市岳阳楼为全国重点文物保护单位。

10.西递钩沉[872]

凝神命笔写苍凉,一合人天味道长。

不喜闻达亲翰墨,专欣箬叶伴幽篁。

雕窗绣榻生秋草,陋巷贫居匿幼王[873]。

九百年前明月在[874],于今复照镂花床。

11.都江堰[875]

岷江暴烈水恣狂[876],悯世天公诞二王[877]。

鱼嘴中分高矮水[878],宝瓶下锁后前江[879]。

逢弯截角飞沙砾,遇正抽心垒石筐[880]。

岁掘河滩低作堰[881],川西沃野向安康[882]。

　　四川青城山和都江堰为世界文化遗产。都江堰市为国家历史文化名城。青城山—都江堰风景名胜区为国家级风景名胜区。成都青城山—都江堰旅游景区为国家5A级旅游景区。成都市都江堰为全国重点文物保护单位。都江堰森林公园为国家森林公园。

12.剑门蜀道[883]

雄关险峙剑门山,借道如同羽化难[884]。

皓月飞梁通绝壁[885],清风险道系危峦[886]。

昭仪掌玺由兹去[887],弱帝偏安过此还[888]。

浊世违天清世替,桑田瀚海总回环。

　　剑门蜀道风景名胜区为国家级风景名胜区。四川广元剑门关风景区为中国 4A 级旅游景区。广元市剑门蜀道遗址、广元市皇泽寺千佛岩石窟为全国重点文物保护单位。剑门关森林公园为国家森林公园。

13.石宝感言[889]

重登石宝吾心忡,细琢精嵌腹内空。

傲骨严公人未见[890],英姿玉帅马无踪[891]。

新闻武圣临山寨[892],乐睹文师励学童[893]。

寄望巴裔肝胆赤[894],橘城浪涌大江东[895]。

重庆忠县石宝寨为国家 4A 级旅游景区、全国重点文物保护单位。

14.三亚南山寺[896]

毓秀南山烛火明,山门不二颂心经[897]。

鉴真六渡东瀛慰[898],大士三观南海宁[899]。

佛殿珠辉金造像[900],兰亭墨韵石刊铭[901]。

今祈菩萨莲花手,抚得苍生块垒平。

15.西夏王陵[902]

贺兰走马矗奇岗,九代王陵器宇昂。

状似东方金字塔,威存西域古沙场。

鸟鸣雀啭人间罕[903],石刻番书墓底藏[904]。

碎片拼装西夏史[905],千年应悔擅称皇[906]!

西夏王陵风景名胜区为国家级风景名胜区。银川市西夏陵为全国重点文物保护单位。

16.福州涌泉寺[907]

名称泉涌问波澜，御匾高悬二帝颁[908]。

一桌奇材知燥润[909]，三桩铁树耐温寒[910]。

诚为净地何须扫？既是空门不用关[911]。

最敬阿逸囊若洗，心平气顺素颜欢[912]！

鼓山风景名胜区为国家级风景名胜区。福建鼓山涌泉寺(摩崖石刻)为全国重点文物保护单位。福州市涌泉寺为汉族地区佛教全国重点寺院。

17.峨眉万年寺[913]

人文荟萃两千年[914]，桫琪花开佛座前[915]。

鸟啭猿啼超绝唱，钟鸣鼓颤荡心弦。

万年寺畔蛙声起[916]，洗象池边月影悬[917]。

最妙无梁砖石塔[918]，秋风白水伴普贤[919]。

峨眉山万年寺、洗象池为汉族地区佛教全国重点寺院。

18.后海消闲〔920〕

什刹邀餐当数九〔921〕,浮华远避脑清新。

窗含燕岭京都雪〔922〕,第属红楼贾府门〔923〕。

铸铁炉边京韵醉〔924〕,雕花阁里杜康醺〔925〕。

酸甜苦辣心知味,瑞雪纷飞尽抹痕。

北京市西城区恭王府景区为国家 5A 级旅游景区。宋庆龄故居、恭王府及花园、郭沫若故居为全国重点文物保护单位。

19.登鹳雀楼〔926〕

北周始建盛于唐〔927〕,历尽河东古战场。

之涣思穷千里目〔928〕,畅当鸟瞰万家房〔929〕。

高台累拱威风现,黑瓦朱楹宝贝藏〔930〕。

溢彩流光今古耀〔931〕,名齐鹤岳比滕王〔932〕。

山西运城永济鹳雀楼为国家 4A 级旅游景区。

三、旧地游

1.黄水感喟〔933〕

四十年前被下乡〔934〕，重生五岁再居场〔935〕。

犹怀弱冠房东善，倍盼高年闾里强。

冷暖人缘无例外，循环天道有纲常。

红尘看过无牵挂，且把平庸换傲狂。

重庆市石柱土家族自治县黄水森林公园为国家森林公园。

2.避暑言商

城乡贸易计当先，营运方针务善全。

大放小抓诚上策，先施后获岂虚言。

规章是镜分良莠，信用为标辩善奸。

永守忠纯昭本色，桃源福气旺千年〔936〕。

3.铜梁科甲坊〔937〕

贵在诗书富在船〔938〕,宫坛廿七厚文澜〔939〕。

王门笔纂全书库〔940〕,吴府囊包鼎甲冠〔941〕。

欲破寒窗先烬槁〔942〕,思登御榜首攻关。

夫妻误会丫鬟解,碧玉高腔四海传〔943〕。

重庆市铜梁区安居镇为中国历史文化名镇。

4.川江号子〔944〕

桃园峡谷苦寻踪,印象良深号子雄〔945〕。

卵石长怀黔水碧,船篷久映火锅红。

纤夫故事沉江底,竹索深痕没浪中。

雾海空暝心有寄,惟期血脉万年同。

川江号子为国家非物质文化遗产。

5.幺姑哭嫁

人生苦短菜花黄,转眼幺姑变嫁娘。

果腹添衣情在目,移干避湿景廻肠。

儿时快乐心中系,嫁后艰辛足下扛。

所幸巴渝多孝女,何愁父母梦黄粱。

6.长寿湖 [946]

渝州异女铸丹魂[947],列岛葱茏草木春。

伯帅疗伤湖畔愈[948],周公视事寿书存[949]。

狮滩发电输金液[950],龙水开源注客樽[951]。

我愿湖澄民永寿,巴清睿智有传人。

重庆市长寿湖风景名胜区为国家 4A 级风景名胜区。

第八章　工艺廊

一、园林范

1.拙政园 [952]

沧波荡漾濯缨红,七彩虹霓悦眼瞳 [953] 。

匾额楹联书体富,楼轩阁馆户型丰。

荷邀商隐非听雨 [954] ,竹敬板桥不放松 [955] 。

自赏孤芳何与坐? 东坡皓月对清风 [956] 。

　　苏州古典园林(中国传统木结构营造技艺)为世界文化遗产和人类非物质文化遗产。苏州园林(拙政园、留园、虎丘)为国家5A级旅游景区。苏州市拙政园为全国重点文物保护单位。

2. 留园天籁 [957]

笛弄梅花古乐鸣,箫声九绕牡丹亭 [958]。

吴娃软语弹评话 [959],越女柔歌叙社情。

珠溅琵琶盘里迸,音穿户牖耳边行 [960]。

高山泄水丝桐颤,唱晚归舟满落英 [961]。

苏州古典园林为世界文化遗产和人类非物质文化遗产。昆曲为人类非物质文化遗产。苏州市留园为全国重点文物保护单位。

二、雕绘群

1. 敦煌壁画 [962]

造像如生美若花,飞天妙曼反弹琶 [963]。

眉凝目展含颦笑,首俯颐支耐噪哗。

学贯中西千载壁 [964],工承上下万朝华 [965]。

终身面壁初心定,不绿荒原即是家。

酒泉市莫高窟为世界文化遗产。敦煌市为国家历史文化名城。甘肃敦煌雅丹地质公园为国家地质公园。酒泉市莫高窟为全国重点文物保护单位。

2.云冈石窟 [966]

朝晖暮霭罩崖基,昙曜精雕四海稀 [967]。

隆准宽眸鲜族诞,薄唇大眼晋山居 [968]。

飞天妙曼空中秀,伎乐清新耳畔弥。

悟透玄机人不老,半痴格律半菩提。

云冈石窟为世界文化遗产。大同市为国家历史文化名城。大同市云冈石窟为国家 5A 级旅游景区、全国重点文物保护单位。

3.黄山画 [969]

满目琳琅山水笺,淋漓酣畅幻云烟。

搜峰觅谷临摹细,劈斧披麻点染全。

理论清高图拙雅,画风简略意缠绵。

黄山绘过难描景,名作无声胜赘言。

4.大足石刻[970]

栩栩如生屹佛湾[971]，传奇入化近天然。

如庄似喜眉毛瘦，若闭犹开视野宽。

玉臂修圆肖琢铣，朱颜细嫩忌吹弹。

尊神本是人间秀，寄语雕工率意刊。

重庆大足石刻为世界文化遗产。重庆市为国家历史文化名城。大足石刻景区为国家 5A 级旅游景区。大足区北山、宝顶山摩崖造像为全国重点文物保护单位。

5.冰雕世界[972]

冰晶世界夜辉煌，袖里乾坤四海装。

宛见洪都玛雅殿[973]，如临罗马竞技场[974]。

天竺佛庙移中土，希腊神坛起北疆。

古老文明齐聚首[975]，时空跨越在东方。

6.独乐寺彩塑[976]

服饰飘逸法相庄，金身彩塑耀穹苍。

三层造像观八隅[977]，十六阿罗护四方[978]。

广济慈悲资善信，常消劫难化宁祥。

拈花不语千年寿，接引迷痴罢苦航。

天津市为国家历史文化名城。蓟县独乐寺为全国重点文物保护单位。

7.五羊石雕[979]

越秀西郊瑞气祥，仙遗谷穗饲群羊。

长髯屹立珍珠耀[980]，卷娄环陈叶草香[981]。

母畜回眸传挚爱，萌羔仰首吮琼浆。

今期大运神州至，赐福华裔壮库藏。

8.枫泾赏画〔982〕

吴风越韵古今同〔983〕,里巷廊桥汇笔锋。

细品丁聪连轴绘〔984〕,精研十发独门功〔985〕。

神州锦绣牵游子〔986〕,竹舍篱笆诞画农〔987〕。

志趣深融方寸里,生活尽在素材中〔988〕。

枫泾镇为中国历史文化名镇。

三、人居赋

1.乌镇民居〔989〕

旷史鸿篇轴内藏,丹书铁券妥封装。

轻摇桨下乌篷艇,细览藤间马首墙。

弄里庭轩含古意,楼旁宅寓漫新凉。

如吟宋版参差句〔990〕,起凤腾蛟韵味长〔991〕。

2.绍兴台门[992]

流连鲁镇越风廊[993]，慢品灵湖绍酒黄[994]。

过巷穿街行曲径，观檐辨瓦鉴雕梁。

前居后舍青砖紫，古埠新渠碧水长。

入夜船头听社戏[995]，霉干醉蟹下茴香[996]。

3.蒙古包[997]

犹如雁落草花怀，恰似芙蕖水面开[998]。

帐幕传承民族梦，摇篮孕育栋梁材。

天圆地方含机理[999]，雪漫风狂任折摧。

伯仲相交歌舞会，豪情激荡酒中来。

4.西递古筑

黑白兼容徽派风，和谐对立妙无穷。

明墙暗瓦檐挑马[1000]，曲巷平居路绕宫。

屋宇今铺唐石奠，门楣昨嵌宋砖封。

藏防透采功能备[1001]，古筑民居羡鲁公[1002]。

黄山市宏村古建筑群、西递村古建筑群为全国重点文物保护单位。

5.婺源宅第

石库门楼院脸镶，青岩奠地马头墙。

清衣素帽邀明月，翘角飞檐斗烈阳。

阁榭亭桥依古树，祠堂府第缀新篁。

圆深浅透雕功细[1003]，不愧人间技艺廊。

6.琴岛小筑 〔1004〕

史迹斑斑列画廊，玲珑小巧妥包装。

前人故里逐年老，后世新居比日芳。

院落奢华陪陋荦，围栏朴素衬娇篁。

中西合璧精彩荟，欧美衣冠汉厝房。

厦门市鼓浪屿现代建筑群为全国重点文物保护单位。已正式申报 2017 年世界文化遗产。

7.四合民居 〔1005〕

坐北朝南合自然，围房合璧院庭宽。

观花荫树春秋乐，透气通光老幼安。

冬暖夏凉舒肘腋，邻和里睦慰心肝。

京都胜迹何为贵？首选民居世代传。

8.南锣鼓巷 [1006]

京都碧玉众人夸,画栋雕梁户镂花。

匾耀金辉迎显客,堂盈赤彩黯明霞。

八仙案几陪书圣,五色屏风伴画家。

昔日王公堂下枣,今归闹市酒茶吧。

9.开平碉楼 [1007]

繁星密布古碉楼,野绿平开一望收。

简约墙躯承祖制,豪华顶冠效西欧 [1008]。

维宗立本时人敬,载道藏书后世求 [1009]。

可叹先生乘鹤去,乡愁一脉荡悠悠 [1010]。

开平碉楼与古村落为世界文化遗产。江门市开平碉楼为全国重点文物保护单位。

神州风采——余恢毅格律诗作选

四、名特榜

1.兰州拉面〔1011〕

神州肉面孰称雄？尽在兰州陋巷中。

牦骨煲汤通夜白，滚油泼辣满锅红。

揉抻北麦方筋道，拌和蓬灰始正宗。

大蒜芫荽提口味，当家佐料草茴充。

2.宜兴紫砂〔1012〕

泥皮古雅水浸砂，妙手龚春塑异葩〔1013〕。

色仿青铜精作锈，形摹绿果巧堆花。

魂牵古董如灵玉，水沏陈壶似淡茶〔1014〕。

画篆诗书融一体，纯青火候贾方家。

宜兴市为国家历史文化名城。

3.乐山佳肴〔1015〕

食在神州味在川，厨师多向女儿传。

坝西豆腐开锅乐，浪底江团借酒欢。

酱肘红焖苏子创，牛杂药煮路人餐〔1016〕。

肴佳得益文风厚，水质清优不一般！

乐山市乐山大佛、峨眉山古建筑群、郭沫若故居为全国重点文物保护单位。

4.阆中五绝〔1017〕

酱浸油酥蛹满筐，蜂儿脆嫩色金黄。

心红表赭三爷肉〔1018〕，水煮香腌百草霜〔1019〕。

醋酿保宁须秘制〔1020〕，醇蒸阆苑必封藏〔1021〕。

白糖馒首天然酵，口感甜绵蜀麦香。

阆中市为中国历史文化名城。阆中市阆中古城旅游区景区为国家 5A 级旅游景区。

5.勒勒车[1022]

绳牵牛角响铃铛，万里高原勒辐忙。

碾碎荒滩穿捷径，喷涂月色唤朝阳。

燃烧岁月征途远，运载青春故事长。

世代艰辛民族梦，勒车永载我心房。

蒙古族勒勒车制作技艺为国家级非物质文化遗产。

6.蒙古服[1023]

七彩云霞巧手裁，蓝红粉绿靓登台。

风狂雪暴围栏护[1024]，棘挂蚊叮袖靠排。

阔带缠腰身板硬，尖靴刺马路途开。

衣衫欲览原生貌，贝尔呼伦等你来[1025]。

7.马奶酒 [1026]

昔日宫廷宴玉浆，今朝百姓饮毡房。

舒筋活血功劳显，健胃驱寒赞誉扬。

马乳成醇芳漫野，羊羔佐酒齿留香。

当饥止渴甘霖液，奉与昭君细品尝 [1027]。

8.蒙古马 [1028]

骏马离尘不用鞭，餐风宿露五千年。

严寒酷暑无遮蔽，利箭锋刀少爱怜。

昔荡东欧平西亚，朝辞大漠夜中原 [1029]。

神威不减当年勇，老骥归槽志在天。

9.可汗刀 [1030]

珐琅巧饰紫青霜,贝鞘钦封马背郎 [1031] 。

月刃师从流体学 [1032] ,星芒耀闪演兵场。

千年曲折收心底,万里江山入画廊。

敌我相交刀伺候,亲朋过访宰肥羊。

第九章　游子吟

一、香江旅

1.东方之珠[1033]

东方靓港夜无眠[1034]，物货优廉品类全[1035]。

客聚旗山观丽景[1036]，车驰青马近蓝天[1037]。

卡通乐苑寻童趣[1038]，佛祖香坛叩宝莲[1039]。

帝后尖沙留手迹[1040]，邵翁乐善寿期年[1041]。

2.百年梦圆〔1042〕

回归夙愿一朝圆，伟业丰功史册镌。

股暴金危平稳渡〔1043〕，禽流典疫后先痊〔1044〕。

三心在手争优势〔1045〕，四要担纲免戏言〔1046〕。

十亿神州如后盾，东珠璀璨倍光鲜〔1047〕。

3.悼邵逸夫〔1048〕

香江就教会同行〔1049〕，到访天坑兴味长〔1050〕。

伟业原由汗水奠〔1051〕，宏图自靠人才襄〔1052〕。

三桥巧扎先生轿〔1053〕，四野平添弟子房〔1054〕。

纵使楼名因故改〔1055〕，慈恩若旧暖寒窗。

二、濠江游

1.松山古堡〔1056〕

百米平岗可望洋，青礅古堡绿苔镶。

婆娑竹木浮光影，浩荡涛风掠树墙。

三胜遗观湮野草〔1057〕，百年古塔射金芒。

何甘破敝居幽处？为越时空望故乡。

澳门历史城区为世界文化遗产。

2.妈祖阁〔1058〕

拥苍坐翠澳山巅〔1059〕，面海倚坡五百年。

泽润生民承后土〔1060〕，德周化宇继皇天〔1061〕。

禅林失火神无恙〔1062〕，劫海宁波信有缘〔1063〕。

博爱天妃如细雨，长存祀庙紫云间。

3.澳门博彩 [1064]

日落星辉幻彩虹，倾城夜战续乡风。

梭哈吸引观光客 [1065]，扑克掀翻博命翁。

彩票金花同白粉 [1066]，章台酒店似樊笼 [1067]。

倾家暴富轮流转，苦乐人生一念中。

三、绿岛行

1.台北乡恋 [1068]

龙山古庙旺香堂 [1069]，鹿港商街蔽日光 [1070]。

小镇悲情抒九份 [1071]，茶楼圆芋飨三方 [1072]。

骚人笔下乡愁重 [1073]，倩女溪边怨曲长 [1074]。

最爱沿江单骑走，兜风唤雀览初阳。

2.诚品书斋〔1075〕

清高占据主厅堂,媚俗书刊少市场。

饮料飘香精品醉,音符助兴典章狂。

不徐不疾谈论语〔1076〕,有抑有扬奏春江〔1077〕。

极品书斋名气大,通宵阅览见晨光。

3.小憩日月潭〔1078〕

向晚还林似暮鸦,深山小筑即为家。

庭廊满种孟宗竹〔1079〕,逆旅频开鸡蛋花〔1080〕。

躺椅精镶南国柚,陶壶漫浸乌龙茶。

欣观竹杖高山舞〔1081〕,日月同辉焕彩霞。

4.阿里山悼樱〔1082〕

陨落崇山峻岭间,来时迅疾去无言。

银蛾影灭晨曦里〔1083〕,粉靥形消暮霭前。

半宿寒风千滴泪,五张老瓣一丹田。

山樱不是无情物,半作春泥半化烟。

5.澎湖奇珍〔1084〕

海上桥墩列岛驮,星光夜火耀青波。

农田砌垒珊礁硬〔1085〕,海岸围墙蜜舍多〔1086〕。

风柜狂涛千顷雪〔1087〕,通梁巨树万枝柯〔1088〕。

霞辉西屿彤蓝海〔1089〕,绚丽桃珊饰月娥〔1090〕。

6.鲁阁幽峡〔1091〕

夔门胜景现东台〔1092〕,鬼斧神工莫妄猜。

万尺流泉穿秀谷,千年涌浪灭苍苔。

文山造像邑民祭〔1093〕,壮士功勋祀庙怀〔1094〕。

九曲回廊观不尽〔1095〕,原为一斧一锤开。

注　释

〔1〕九华山古称陵阳山、九子山，唐天宝年间（742—756年）改名九华山。其位于安徽省池州市青阳县境内，方圆120平方千米，海拔1342米。山体为花岗石，有九十九峰，北临长江，南望黄山，凌空峭拔，山奇峰秀。山中寺庙众多，香火鼎盛，传为地藏王菩萨道场，入列"中国佛教四大名山"。丰厚文化、秀丽风光、佛国气氛和山乡风情在这里熔于一炉，给人以超凡脱俗的感受。

〔2〕此联借用九华山法华寺佚名楹联。

〔3〕庐山位于江西省北部，北濒长江，南襟鄱阳湖，占地302平方千米。此处大山、大江、大湖浑然一体，以雄、奇、险、秀闻名于世，为世界著名避暑胜地、中国田园诗诞生地、中国山水诗策源地和中国山水画发祥地。山中白鹿洞书院建于南唐升元四年（940年），列"中国四大书院"之首，谷帘泉被唐代"茶圣"陆羽誉为"天下第一泉"。

〔4〕华山古称太华，因"远而望之若花状"（《水经注》）得名，为中国"五岳"中之西岳。其位于陕西省华阴市城南，海拔约2200米，北瞰黄、渭，南依秦岭，西望长安，东临洛阳，山势雄伟，横空出世，峰峦耸削，嵯峨峻秀。山顶有朝阳、落雁、莲花三峰。之下有云台、玉女诸峰。朝阳峰又称东峰。朝阳台为观日佳境。知名景点有甘露池、清虚洞、下棋亭、鹞子翻身等。

〔5〕"鹞子翻身"是华山朝阳峰通往"宋太祖赵匡胤与陈抟老祖博弈处"（下棋亭）的必经险道，凿于倒坎悬崖。去此处须面壁挽索，脚探石窝，交替而下，途中数步犹如鹰鹞翻身转体。游人多望险却步而欲罢不能。

〔6〕朝阳峰清虚洞前孤峰顶上有铁瓦亭及一杆铁棋。相传赵匡胤与陈抟曾在此赌棋。陈抟三盘连胜，赢得华山，使此地百姓免交税赋。

〔7〕朝阳峰三茅洞内有陈抟塑像。陈抟（871—989年）字图南，号扶摇子，赐号希夷，汉族，亳州真源县太清宫镇人。为五代宋初著名道教学者、隐士，传统神秘文化中富有传奇色彩的一代宗师。

〔8〕朝阳峰石楼峰侧崖有大自然风剥雨蚀形成的掌形石纹。其高数十米，五指分明，生动逼真，人称"华岳仙掌"，列陕西"关中八景"之首。"巨灵神开山导河"故事源出于此。

〔9〕"杨公"指杨虎城。朝阳峰杨公塔、落雁峰杨公亭、莲花峰杨公塔传为杨将军所建。塔面有将军手迹"拓迹巍峨""高掌远跟""众山之长""万象森罗"等。

〔10〕"印象武隆"是为重庆市武隆县仙女山和天坑三桥打造的一台实景歌会。2011年10月1日首度亮相。由"印象铁三角"张艺谋、王潮歌、樊跃联合业界巨匠精心打造，选择独特视角及艺术手段，采用多种高新科技，并与当地淳朴的风土人情深度融合，带给观众完美的视听享受和精神震撼。歌会主题是"消失"。主要反映川江号子和孝道文化。由200多位特色演员真情献唱。川江号子在浪尖飞翔。"哭嫁"歌声使人心灵震颤。观众可在短短70分钟内领略武隆的灵山秀水、时空苍茫，欣赏巴渝大地的风土人情和爱恨悲欢。开演后观者如鹜，好评如潮。

〔11〕歌会选址于仙女山镇桃园村干沟"U"形峡谷，距镇上9千米，高低落差200余米。此处远山神秘，近山雄奇，沟壑清幽。游客入场前须穿过一条隧道。隧道两壁上方有44个投影仪投放武隆动态景观，呈现七彩绚丽的梦幻景致，给人以穿越时空之感。

〔12〕"三桥"指武隆天坑中的天龙、青龙、黑龙三桥。其位于武隆县城东南20千米处，距仙女山约15千米，是全国罕见的地质奇观生态型旅游区，也是武隆喀斯特世界自然遗产核心区。天龙桥高235米，厚150米，宽147米，平均拱高96米，平均跨度34米，形象逼真，宛如人造。青龙桥又名中龙桥，高281米，厚168米，宽124米，平均拱高103米，平均跨度31米，为世界喀斯特天生桥高度之最。雨后飞瀑自桥面倾泻成雾，经日照成虹，似青龙扶摇直上。黑龙桥高223米，厚107米，宽193米，平均拱高116米，拱孔跨度16—49米。拱洞幽深暗黑，似有黑龙蜿蜒洞顶。北侧有雾泉、珍珠、一线、三叠等四处悬挂泉，风格迥异。"唐时路"指天坑三桥陡壁下的唐代"天福官驿"。此为张艺谋大片《满城尽带黄金甲》搭设的唯一外景拍摄基地。

〔13〕"四景"指武隆四大旅游景点天生三桥、仙女山、芙蓉洞、芙蓉江。

仙女山地属重庆东部武陵山脉。流经山脚的是奔腾咆哮的"天险"乌江。此山海拔2033米，有森林33万亩、天然草原10万亩，夏季平均气温22℃，由江南高山草原、南国林海雪原、青幽秀美的丛林碧野和雄、峻、秀、奇、阔的地质地貌构成，有"南国第一牧原""东方瑞士""落在凡间的伊甸园"等美誉。

芙蓉洞为大型石灰岩洞穴，形成于大约120多万年前的第四纪更新世，发育于古老的寒武系白云质灰岩。洞内深部稳定气温为16.1℃。主洞全长 2500 米。游览道长 1860 米。洞底约宽 12—15 米,最宽 69.5 米。洞高 8—25 米,最高 48.3 米。洞底总面积 3.7 万平方米。其中"辉煌大厅"面积大于 1000 平方米。最大静态容量 18.5 万人。洞内有石钟乳、石笋、石柱、石幕、石幔、石瀑布、石旗、石带、石盾、石葡萄、珊瑚晶花等 70 余种钟乳石沉积类型。矿物组成主要为方解石、石膏、文石、水菱镁石。矿物形态有针状、丝发状、丝缕状、发簪状等,琳琅满目,丰富多彩。全洞有三大景区、30 余处主景,含 10 余处特级景点。巨型石瀑布、珊瑚瑶池、"生命之源"、石花之王和犬牙晶花石号称芙蓉洞"五绝",为世界洞穴景观之稀世珍品。芙蓉洞不仅具有很高的旅游、美学价值,在地层学、矿物学、地貌学、水文学、地球化学、生物学、第四地质学、古气候学与古环境学、考古学等科学领域也极具研究价值。中国洞穴研究会会长朱学稳教授称芙蓉洞"是一座斑斓辉煌的地下艺术宫殿"。世界洞穴协会会长安迪称芙蓉洞为"世界最好的游览洞穴之一"。芙蓉洞是中国唯一以"洞穴"申报"世界自然遗产"的提名地。1994 年曾获中国"溶洞之王"美名。与美国的"猛犸洞"、法国的"克拉姆斯洞"并称"世界三大洞穴"。

芙蓉江古名濡水、盘古河,在武隆江口镇与乌江交汇,因多植芙蓉树得名。其发源于贵州省绥阳县石瓮子,由南向北流经贵州省遵义地区、重庆市彭水县、武隆县,全长 231 千米,天然落差约 1100 米,为乌江最大支流。芙蓉江重庆段约长 35 千米,主要流经典型的、规模宏大的"U"形峡谷,于 2003 年江口电站蓄水后形成秀丽的高峡平湖。景区面积约 150 平方千米,拥有众多岛屿、港湾、半岛。此处山清水秀、崖雄峰奇、峡幽涧深、滩险流急、瀑飞泉涌,兼具瞿塘之雄、巫峡之幽、西陵之险,是游人青睐的水上乐园。

〔14〕武隆仙女山属石灰岩地质构造,难以蓄水。近年来武隆县旅游度假区开发速度加快,用水需求与已有水源及供水工程的矛盾日益突出。该县已着手建设三级泵站,从附近水库提水,扩建新水库、水厂,用以解决 916 万旅游人口和 6 万当地居民的饮水困难。

〔15〕鼎湖山位于广东省肇庆市东北,距城区 18 千米,传说黄帝曾在此铸鼎,因以得名。此山列"岭南四大名山"之首(其余为罗浮山、丹霞山、西樵山),以"奇峰、丛林、飞瀑、烟云、古刹"取胜,占地 11.33 平方千米,最高处鸡笼山海拔约 1000 米。山麓到山顶依次分布沟谷雨林、常绿阔叶林、亚热带季风常绿阔叶林。后者为原始森林,有四百多年历史。山中生长着野生高等植物 1843 种、栽培植物 535 种,含珍稀濒危的国家重点保护植物 23 种、原生地植物 30 种,有鸟类 178 种、兽类 38 种,含国家保护动物 15 种。因物种兼容,生机浓郁,被誉为华南生物种类"基因储存库""绿色宝库"和"活的自然

博物馆"。

〔16〕鼎湖山地处北纬 23°10′、东经 112°31′。地球北回归线穿过的地域多为沙漠或干旱草原,唯有鼎湖山绿意盎然,故被中外学者誉为"北回归线上的绿宝石""岭南绿肺"。

〔17〕"鼎"原为古代煮食用具,一般为三脚二耳,在夏、商、周被视为镇国之宝、宗庙社稷之器、国之象征,后被历代帝皇视为富贵、荣耀之象征。其以青铜铸造,需高超技术工艺,代表中华古代文化。鼎湖山上有号称"亚洲最大"的九龙宝鼎。鼎径五六米,雕九龙。鼎足各二三百斤,呈弓形,雄浑古朴,雍容典雅。"翠微"指浓绿翳天的森林。鼎湖山中有人称"活化石"的古老孑遗植物桫椤;有格木群落及观光木、鸡毛松的后代;有生机勃勃的银杏古树、菩提古树;有年逾二百岁的买麻藤;有高达二十余米的鱼尾葵;其行道树种为独特的长叶竹柏。这既是大自然对人类的无私馈赠,又归功于肇庆人对自然环境的保护。据《鼎湖山志》记载:从唐高宗仪凤三年(678 年)起,寺僧及信众就植树造林,保护环境。寺内设知山负责种植、管理树木,立"和尚禁伐树木碑""众僧护山碑"严禁乱砍滥伐。即使在最混乱的年代,肇庆人也坚持造林护林,保护原始植被,把绿意葱茏、清新宁静的生存空间留给子孙后代。

〔18〕"买醉"指醉氧。"丰氧谷"指品氧谷。鼎湖山负离子含量为 10.56 万/立方厘米,为目前国内负离子最高含量区。山岭最深处的飞水潭"品氧居",负离子含量更高达 13.5 万/立方厘米,为普通城市的数百上千倍。负离子含量极高的主因缘于森林茂密、山中飞瀑、溪流湍急和跌水滚筒效应。鼎湖山有品氧生态旅游、品氧清肺区。吸入大量负离子可杀菌治病,促进新陈代谢。在山中尽情呼吸名曰"享受森林浴"。"你到鼎湖山吸氧去了吗?"是当下肇庆人谈论的时髦话题。

〔19〕"庆云"指庆云寺。"扉"指门扇。庆云寺居"岭南四大名刹"之首,原名白云寺,初建于唐仪凤元年(676 年)。改建、改名于明崇祯六年(1633 年)。其建筑群落依山取势,寺庙庭院九曲连环,菩提佛树苍凉古直,石雕画壁栩栩如生,殿阁连绵,菩萨满堂,为唐代以来著名佛教旅游胜地、汉族地区佛教重点寺庙。

〔20〕丹霞山位于湘、赣、粤三省交界处,广东省韶关市仁化县境内,方圆 292 平方千米,距韶关市 45 千米,由 680 多座顶平、身陡、麓缓的红色沙砾岩石构成,"色如渥丹,灿若明霞"。"丹霞山地质学"以丹霞山为名。同类地貌被命名为"丹霞地貌"。世界丹霞地貌主要分布在中国、美国西部、中欧和澳大利亚等地,在我国分布最广,尤以广东丹霞山面积最大,发育最典型,类型最齐全,形态最丰富,风景最优美,故有"中国红石公园"美誉。

〔21〕"倩魂"指天仙霞女。在丹霞山流传着丹哥与霞女的爱情故事。霞女爱上了勤劳憨厚的丹哥并下嫁为妻,两人十分恩爱。玉帝得知后命霞女即返天庭。霞女抗命,天威震怒。一阵电闪雷鸣使霞女变成锦江边上仰卧的美人石,丹哥变成隔江相望、寂寞千年的僧帽峰。丹霞山因此成名。

〔22〕丹霞山阳元山游览区的阳元石素称"天下第一奇石",又称"祖石""求子石""男人石"。民间以其代表阳刚之气。石高28米,直径7米。因风化作用,其于三十万年前从石墙分离,形成今态。丹霞山长老峰"玉女拦江"景区的阴元石素称"天下第一奇景"。石高10.3米,宽4.8米,藏于深山幽谷,于1998年被发现。人们把这处造型、比例、颜色相当配称的景点视为"母亲石""生命之门",以其代表阴柔之气。二石分别象征乾坤、天地、阴阳、水火、刚柔的天然造化,蕴含妙不可言的阴阳五行之理。

〔23〕"司晨"为公鸡别名,指金鸡岭,位于广东省乐昌市坪石镇,距京珠高速公路坪石出口3千米。其西北峰顶巨石名"金鸡石"。鸡背、鸡头、鸡身由大小不同的三块"石蛋石"叠成,貌似雄鸡昂首北望,引颈欲啼,为广东省"八大景"之一。

〔24〕金鸡岭东门有一字峰,长400米,高130米,宽仅2—6米,竖看成峰,横看成壁,如同巨大屏障。太平天国洪秀全之妹洪宣娇曾率二千女兵驻守此岭,阻击北援清兵。岭上仍保留当年的练兵场、秣粮坡、鱼池、点将台、观武台、舂米石、兵器岩等遗迹。摩崖峭壁上雕刻洪宣娇故事及《盘古开天》《女娲补天》《后羿射日》等神话故事,气势恢宏,技艺精湛,在风景区中实属罕见。

〔25〕"翔龙"指翔龙湖。夏秋游丹霞的最好方式莫过于翔龙湖觅幽。是处湖波如烟,水道狭长,群峰峨立,轻风拂面,令人惬意。

〔26〕"曹溪"指曹溪温泉。位于韶关曲江马坝,距广州约2小时车程,依山傍水,为度假旅游胜地。此处有百花池、中药池、瀑布池、鸳鸯池等103个富含偏硅酸的养生温泉池,占地5万多平方米,掩映于山水园林、古桥木道之间。出户小径由鹅卵石铺成。夜间风铃极富韵味,悦耳动听。有着完全释放自然的构筑理念,展现世外桃源之美。曾获"广东十佳优质温矿泉""最佳人居温泉""最佳自驾游目的地"等称号。

〔27〕绵山古称绵上、介山,为中国历史文化名山、中国清明(寒食)节发源地,位于山西省晋中市介休市东南20千米处,纵跨介休、灵石、沁源三市、县。绵山景区占地40平方千米,山峰海拔多在2000米以上,最高海拔2571米,是集峰、桥、洞、岩、崖、泉于一身,纳雄、奇、险、绝、秀、幽于一体的名山胜地。山中有不少佛寺道观。绵山"三大奇观"为佛教全身舍利、岩壁圣乳、岩腹挂

铃。主要景点有抱腹岩等。

〔28〕相传晋文公为求介之推出山为官曾火焚绵山,之推拒不从命,母子相拥而死。此后绵山成为介之推封田。"清明"前日为介子推忌日。当地人家均不烧火,只吃冷饭,谓之"寒食"。

〔29〕"志和张"指张志和。张志和(732—774 年?)字子同,初名龟龄,号玄真子,安徽祁门县人,祖籍浙江金华,先祖居浙江湖州。其 3 岁能读书,6 岁能作文,16 岁明经及第,历任翰林待诏、左金吾卫录事参军、南浦县尉等职。后感宦海风波、人生无常,于母亲和妻子相继去世后弃官离家,自号"烟波钓徒",浪迹江湖,渔樵为乐。传于天宝九年(750 年)曾垂钓绵山,其钓无饵。家人多次唤其归乡,均以"斜风细雨不须归"作答,后功德圆满,驾鹤西去。绵山水涛沟小石潭有张志和渔船垂钓像。神韵飘逸,栩栩如生。

〔30〕泰山古称岱山、岱宗,列中国"五岳"之首。其位于山东省泰安市,主峰海拔 1545 米,台阶 6600 级,是传说中与天连接的神地、中华民族精神的象征、华夏文化的缩影。"泰山四奇"为日出、雾凇、佛光、云海。"泰山三宝"为沉香狮、温凉玉、瓷葫芦。岱庙天贶殿名列"中国古代三大宫殿式建筑"。泰山有二千五百余处历代石刻,堪称"中国书法第一山"。

〔31〕据《史记·封禅书》记载:"古者封泰山禅父者七十二家"。据唐代张守节注释:报天之功曰"封",报地之功曰"禅"。秦始皇、汉武帝、则天武后、清康熙帝、乾隆帝等十二位帝王、帝后曾登临泰山。其中汉武帝登泰山七次。乾隆帝登泰山十次。

〔32〕"先师"指孔丘(公元前 551—公元前 479 年),字仲尼,汉族,春秋鲁国陬邑(今山东曲阜南辛镇)人,为春秋末期思想家、教育家、政治家。其所创儒家文化集华夏上古文化大成,对中国、朝鲜、韩国、日本、越南等有深远影响,被后世统治者尊为圣人、至圣、至圣先师、万世师表,位居"世界十大文化名人"之首。"登泰山而小天下"出自孟轲转述的孔丘语录。泰山现存"孔子登临处""孔子小天下处""孔子望吴胜迹"。孔子庙建于泰山极顶,地位高于山下的东岳大帝主庙。据《礼记·檀弓下》载:孔子过泰山侧,闻妇人哭墓,曾提出中国古代政治学中"苛政猛于虎"的著名命题。

〔33〕"圣母"指碧霞元君,又名泰山老奶奶。其供奉于泰山碧霞祠,被信众视为中国妇女保护神。生活于中国封建社会底层的妇女,依据自己的生活体验,将东岳大帝座前玉女神化为碧霞元君偶像,并将治病救人、主宰生育等神力和职司转至其身。神灵信仰的这一变化,表明只有人民的愿望,才是天地间最高的意志。

〔34〕"担当石"指泰山石敢当。古人常把石头当作山神膜拜。几千年的文化

积淀和神奇信仰,使之成为正义的力量、和平安宁的承诺和富足繁荣的象征。明清以来更被传颂为百姓的保护神和善良勇敢、力大无比、驱妖拿邪、治病救人、镇守乾坤、鬼祟畏避的勇士。

〔35〕"天门"指天门山,古称云梦山、嵩梁山,位于湖南省张家界市永定区,离城8千米,主峰海拔1518.6米,初以山势高绝如梁山嵩岳得名。三国时期吴永安六年(263年),嵩梁峭壁忽然洞开,玄朗如门,形成罕见奇观。吴帝孙休以为吉兆,改山名为天门。此山以神奇独特的地质外貌、秀美无比的自然风景、深远博大的文化内涵和异彩纷呈的人文胜迹闻名遐迩,被尊为张家界文化精神之魂,享有"湘西第一神山"美誉。

〔36〕"巨索"指天门山登山索道,总长7455米,高差1279米,单程用时30分钟,为世界最长单线循环式高山客运索道,可将游客从现代城市景观带入原始空中花园,使之感受凌空飞升的神奇体验,置身壮丽多姿的山水画卷。

〔37〕"天门"指天门洞。为世界海拔最高的天然穿山溶洞,高131.5米,宽57米,深60米,南北对开,悬于千寻绝壁,终年云蒸霞蔚,有天门吐雾、天门灵光和梅花飘雨"三大奇景",充满天宫帝阁神秘之感。1999年12月,匈牙利世界特技飞行大师彼得·贝森耶曾驾机穿越此洞,实现人类首次穿越自然溶洞的壮举,在全球引发轰动效应。

〔38〕"鬼谷栈桥"指鬼谷栈道。其起于倚虹关,止于小天门,悬挑于鬼谷洞上侧,全长800米,平均海拔1400米,在栈道终点悬崖之间建有160米悬索吊桥。在海拔最高点设有挑战心理极限的玻璃站台。栈道建于2007年底,为天门山又一惊世力作,是观览天门山奇险风光的绝佳场所。因海拔及气流影响,小鸟多不能飞与栈道齐平。雨前雨后四处雾气盘绕,云海翻腾,有抬腿驾雾,迈步踏云之感,堪称世外洞天、人间仙界。

〔39〕"万丈丹梯"指天门山盘山公路,又称通天大道。长约11千米,海拔高差1000余米。九十九弯弯弯紧连,层层叠起,宛若飞龙盘旋,堪称"天下第一公路"奇观。尾句借用杜甫《滕王亭子》诗句。

〔40〕黄山秦时称为黟山,唐天宝六年(747年)改名黄山,为"三山五岳"中"三山"之一,位于中国安徽省南部黄山市,地跨黟县、休宁县、黄山区、徽州区。相传轩辕黄帝曾率臣子来此炼丹并得道升天。山脉面积为1200平方千米。核心景区面积约161平方千米。主体为花岗岩。兼有"泰岱之雄伟、华山之险峻、衡岳之烟云、匡庐之飞瀑、雁荡之巧石、峨眉之清秀",以"五绝"(奇松、怪石、云海、温泉、冬雪)、"三瀑"(人字瀑、百丈泉、九龙瀑)、"六景区"(玉屏、北海、温泉、白云、松谷、云谷)、"四传说"(猴子观海、梦笔生花、仙人晒鞋、飞来石)等风光闻名于世。旅游时间四季皆宜。被誉为"天下第一奇

山"。入列"中国十大最佳旅游景区"。

〔41〕"坦顶"指光明顶。"天阙"指天都峰。二者与莲花峰并称黄山三大主峰。光明顶位于黄山中部,海拔1860米。因顶上地势平坦,高旷开阔,日照久长得名。明代曾建大悲院。现建黄山气象站。此处可观东海奇景、西海群峰,为黄山看日出、观云海最佳地点之一。天都峰位于黄山东南,西对莲花峰,东连钵盂峰,海拔1810米,古称"群仙所都",意为天上都会,因以得名。此峰健骨竦峹,卓立地表,险峭雄奇,气势博大,在黄山群峰中最为雄伟壮丽。古时无路,唯唐代岛云和尚历经千险,从东侧攀上峰顶。

〔42〕"鱼脊"指黄山鲫鱼背。从天都峰脚沿"天梯"攀登1564级台阶即至此地。石梁长约10米,宽仅1米,形似出没波涛的鲫鱼之背,因以得名。此处海拔1770米,两侧为千仞悬崖,坡陡约85度,若遇风吹云涌,仿佛山摇石动,攀登尤为惊险。1937年怀宁石工队历尽艰险开通此道,并护以石柱铁索,使游人攀登览胜得感安全。"水莲"指莲花峰,海拔1864米,为黄山和华东地区第一高峰。此峰峻峭高耸,气势雄伟,主峰突兀,小峰簇拥,俨若新莲初开,仰天怒放,因以得名。峰顶方圆丈余,可东望天目山,西望庐山,北望九华山及长江。

〔43〕乐山古称嘉州,因"城西南五里有至乐山"得名。其位于四川省西南部。坐落于岷江、青衣江、大渡河交汇处,毗邻眉山市、自贡市、宜宾市和凉山彝族自治州,总面积1.28万平方千米。有三处世界遗产(乐山大佛、峨眉山、东风堰);有七个中国重点文物保护单位(乐山大佛、麻浩崖墓、峨眉山古建筑群、杨公阙、犍为文庙、千佛岩石窟、郭沫若故居);有四十一处省级文物保护单位;还有大量未开发的自然原生态景区(如木城杪椤沟)。著名人物有郭沫若、海通和尚、陆游、岑参、丁佑君、胡坤升、毛文书等。为中国优秀旅游城市、国家园林城市。乐山大佛又名凌云大佛。其位于四川省乐山市峨眉山东31千米处,依凌云山栖霞峰,由临江峭壁凿造而成,为世界最高大的弥勒坐像,身高71米,头长14.7米,头宽10米,肩宽24米,耳长7米,可内立2人,足宽8.5米,可坐百余人,人称"佛是一座山,山是一尊佛"。佛像开凿于唐开元初年(713年)。由凌云寺名僧海通等募资开建,川西节度使韦皋等募工续建,朝廷诏赐盐麻税款资助,历时九十年始成,具有很高的艺术价值和丰富的文化内涵,为中华民族文化瑰宝。

〔44〕乐山大佛凿造前,岷江、大渡河、青衣江汇聚乐山,直冲凌云山脚,势不可当,过往船只屡遭触壁粉碎。海通禅师为此发起造佛愿念,以石块坠江减缓水势,意在借佛镇水。

〔45〕"丰姿"指乐山睡佛,1989年5月被广东顺德游客偶然发现。睡佛头南

足北,卧眠江东,南北直距约 1300 米。以乌尤山为佛头,山嘴为肉髻,景云亭为睫毛,山顶树冠为额、鼻、唇、颌,凌云山栖鸾峰、集凤峰为佛胸,灵宝峰为佛腹、大腿,就日峰为小腿,龟城山南坡为佛足。乐山大佛位于睡佛心胸部位,隐含"心即是佛""心中有佛"禅意,形成"佛中有佛"奇观。

〔46〕落雁峰又称华山南峰,因大雁回归落息得名,海拔高程 2200 米,为华山极顶。峰周松桧迤逦,浓阴匝地。峰上有金天宫、老君洞、仰天池、南天门、长空栈道、贺老石屋、老子峰、炼丹炉、八卦池等名胜古迹。

〔47〕黄龙沟位于四川省阿坝藏族羌族自治州松潘县境内,沟底海拔约 2000米,山顶海拔约 3800 米,为中国海拔最高的风景名胜区之一。沟内有雪山、瀑布、原始森林、峡谷景观,占地约 700 平方千米。特殊岩溶地貌与珍稀生物资源相互交织,浑然天成,展现"雄、峻、奇、野"的景观特色,享有"世界奇观""人间瑶池"等美誉。其最大特色为地表碳酸钙华沉积,长约 3.6 千米,呈梯田状排列,如金色巨龙腾空而起。

〔48〕"宝刹"指黄龙寺,位于黄龙沟景区顶端,面向黄龙谷,背倚玉翠峰。相传黄龙真人曾养道于此,因以得名。寺庙古朴大方,为木构建筑,始建于明代。

〔49〕相传上古时期大禹治水曾路经黄龙沟。神龙曾助其开山凿道,疏通河浚,后功成身退,隐居于此。

〔50〕"天门传奇"指天门山神话传说。天门山简介参见〔35〕。

〔51〕秦始皇(公元前 259—公元前 210 年),嬴姓,赵氏,名政。天门山东南有马头山四十八座,相传为嬴政赶山填海时座下天马所化。嬴政见蜀地大片山脉,突发奇想,欲以蜀山一部填平东海,扩展疆域。他鞭劈峨眉山,驾天马赶山填海,途中小憩张家界。东海龙女不愿让地,趁秦皇熟睡盗走神鞭,使所赶蜀山长留湘西,成为武陵山脉云梦仙顶。

〔52〕天门山上有一处奇石仙境,上带天然裂纹,酷似汉字笔画。其中一块隐现"天门山"字样,人称"天书石"。相传看管"天书阁"的袁公私自将一百零八本如意宝册刻于天门山白云洞中,欲以书中天文地理、阴阳五行、万事至理普度众生,留传下界。玉帝得知后命雷公、电母缉拿袁公,将刻书石壁炸为碎石,罚袁公流落人间,面壁思过。天门山金柜峰即袁公私藏天书处。老道峰为袁公化身。原先的白云洞即后来的小天门。

〔53〕"鬼谷"即鬼谷子(生卒年不详,约在公元前 400 年前后),姓王名诩,亦作王禅、王利、玄微子。后世称王禅老祖或玄都大法师。史称其为东周卫国人,师从老子,常年入清溪云梦山采药修道,有"千古奇人"之誉,是中国历史上极为神奇、神秘的人物,为战国诸子百家之一,有《鬼谷子》《本经阴符七

术》传世，曾在天门山中潜心修炼。苏秦、张仪、孙膑、庞涓均师从鬼谷，操练于鬼谷兵盘。天门洞右侧石柱酷似老人壁立，相传为鬼谷化身。天门山百丈壁有倒梯形山洞，洞口有树木、瀑布、甲子篆文及头挽高髻、下巴微翘、五官清晰的老人头像，人称"鬼谷显影"。

〔54〕"尚武高僧"指闯王李自成旧部李过。相传清顺治年间（1638—1661年），李自成在湖南省石门县夹山寺圆寂，部将李过迁至大庸县天门山挂单隐居，法号野拂。清廷曾派高手前往斩草除根，却为野拂神功震慑，转而拜师学艺，剃度习武。

〔55〕贺兰山古称贺赖（《晋书·四夷列传》）、驳马（《元和群县志》）。宋代胡三省《资治通鉴》注疏称："兰，赖语转耳。"唐李吉甫《元和郡县志》云："山多树林，青白望如驳马，北人呼驳为贺兰。"蒙古语称骏马为"贺兰"。贺兰山脉位于宁夏回族自治区与内蒙古自治区交界处，占地6600平方千米，海拔2000—3000米，主峰海拔3556米，属强烈地震带。山谷均东西向，自古为交通要道，长期处于秦与匈奴，汉与匈奴，唐与突厥、吐蕃、西夏、辽国，元与西夏、明朝、瓦剌、鞑靼之间的战争状态。清时蒙古部落在贺兰山西边屯牧，使之相对宁静。贺兰山地区有西夏陵园、青铜峡、滚钟口、拜寺口双塔等名胜古迹和独特的沙湖景区。贺兰山西侧有内蒙古重镇巴彦浩特（蒙语"富饶之城"）、中国著名池盐产区及"中国驼乡"阿拉善、"中国滩羊之乡"盐池县，盛产优质煤炭"太西乌金"及贺兰石砚。贺兰山岩画为匈奴、鲜卑、突厥、回鹘、吐蕃、党项等中国北方游牧民族传承数千年的艺术画廊。

〔56〕贺兰山脉是中国仅有的三座南北走向的大山脉之一（另为六盘山脉、阿里山脉），是中国西北地区重要的自然地理分界线、中国河流内流区与外流区分水岭、季风与非季风气候分界线、中国草原与荒漠分界线、中国200毫米等降水量线。山体东侧巍峨壮观，峰峦重叠，崖谷险峻，可俯瞰黄河河套与鄂尔多斯高原。山体西侧地势和缓，没入阿拉善高原。贺兰山既削弱西北高寒气流东袭，又阻止潮湿的东南季风西进，遏制腾格里沙漠东移，对银川平原成为"塞北江南"功不可没。

〔57〕"将军"指岳飞。所作《满江红》词中有"驾长车，踏破贺兰山缺。壮志饥餐胡虏肉，笑谈渴饮匈奴血"等名句，系以西夏贺兰山指代东北黄龙府（昔金国故都、今吉林农安），以匈奴指代金贵族掠夺者。南宋初期爱国词作写及金兵，常以贺兰、西海、西北、楼兰指代。北宋姚嗣宗《崆峒山》诗云"踏碎贺兰石，扫清西海尘"，抗金名臣赵鼎《花心动》词云"西北欃枪未灭，千万乡关，梦遥吴越"，爱国词人张元幹《虞美人》词云"要斩楼兰三尺剑，遗恨琵琶旧语！"同出一辙。

〔58〕贺兰山原为宁夏重要的水源涵养林区之一。因乱采滥伐、过度放牧、连年干旱,沙漠与山体隔离带植被屡遭破坏,致使腾格里沙漠、乌兰布和沙漠顺利爬上贺兰山,西北生态日益恶化。一旦沙漠翻山,将给银川市和宁夏平原带来极大的危害,进而危及华北地区。旱魃是传说中引发旱灾的怪物。《诗·大雅·云汉》有"旱魃为虐,如惔如焚"等语。道教亦云:旱魃出世,方圆百里滴水无存。古人将频繁发生的旱、涝等自然灾害归咎于鬼神的支配,认为干旱就是旱魃作怪。

〔59〕腾格里、毛乌素与乌兰布和沙漠,分别为中国第四、第五、第八大沙漠。三漠包围的宁夏,是中国土地沙化最为严重的省区之一。近年来宁夏防沙治沙取得了一定成效,但要实现"人进沙退"的良好局面,仍任重道远。

〔60〕"雷洞烟云"为四川峨眉山著名景观之一。峨眉山耸立于四川盆地西南边缘、四川省峨眉山市境内,为大峨、二峨、三峨、四峨山之总称,以"两山相对如峨眉"(北魏郦道元《水经注》)得名。景区面积 623 平方千米,核心区面积 154 平方千米,游览线路约 60 千米,最高海拔 3099 米,山势陡峭,风景秀丽。特色景点有峨眉金顶、峨眉灵猴、摩崖石刻、迎宾石滩、第一山亭等。"六大奇观"为云海、日出、佛光、圣灯、金殿、金佛。有"秀甲天下"之美誉。山中气候多样,植被丰富。有植物 3000 余种、动物 2300 余种。此山入列"中国佛教四大名山",传为普贤菩萨道场,有寺庙 28 座,含报国寺、伏虎寺、清音阁、万年寺、洪椿坪、仙峰寺、洗象池、华藏寺等八大寺庙。雷洞坪为弧形大断层,形如半天构筑的巨型回廊,有道道横纹酷似树干年轮,其间点缀深林茂树、杂丛青苔。历代文人雅士多以"荒烟岑樾""空岩万仞""万状森列""山势冷峭""烟云空灵""雷洞幽深"形容此地。

〔61〕天晴时,雷洞坪半岩偶尔会射出一道强烈光束,或由小至大,或由大至小,或由下至上,或由上至下,稍现即逝。此种光学奇观极难得见,至今仍为峨眉山之谜。

〔62〕相传雷洞烟云只能静观,不能高声嬉笑,否则招致雷击。昔时山民过此须焚香磕头,祈雷神保佑路途平安。明万历年间(1573—1620 年)崖畔曾立"禁语"铁碑。今废。

〔63〕云台峰又称华山北峰,为总辖华山四峰之要冲。其三面悬绝,一岭通南,环境险要,山势峥嵘。峰顶有真武宫等名胜古迹。四周为苍松翠柏,风景如画。华山简介参见〔4〕。

〔64〕据史料载:1949 年解放大西北战役中,人民解放军某部八位干部、战士在当地樵夫和民众帮助下,从向来无人攀登的星星沟、青龙背,凭竹竿、绳索攀上峭壁悬崖,占领"千尺幢"等险要高地,于次日黎明接应我军主力攻占华

山北峰,全歼顽敌,活捉匪首,创造了飞越天堑的奇迹,打破了"自古华山一条路"的传言。

〔65〕由华山云台峰南上,经诸多险要,即达苍龙岭。此岭长数十丈,宽二尺余,坡度极陡。岭侧为千丈绝壁,仅以石脊通达彼岸。行走其间,令人胆战心悸。华山简介参见〔4〕。

〔66〕据李肇《国史补》及明代王履、袁宏道、清代李柏诗作载:唐代大文学家韩愈被贬离京,东行赴任,途经华山苍龙岭,见谷深万丈、山路险绝,恐难生还,竟痛哭失声,修书投涧,与家人诀别,时任华阴县令闻讯前往,助韩下山。后人将苍龙岭逸神岩命名为"韩退之投书处"。

〔67〕据传山西武乡赵文备曾于百岁之年登华山苍龙岭,在"韩退之投书处"增刻"苍龙岭韩退之大哭辞家赵文备百岁笑韩处"等字。

〔68〕广东省肇庆市七星岩景区位于市区北面2千米处,由五湖、六岗、七岩、八洞组成,占地8.23平方千米。其主体为阆风、玉屏、石室、天柱、蟾蜍、仙掌、阿坡(又称禾婆)等七座石灰岩山峰。星湖原为西江古河道形成的沥湖。林荫湖约长20千米。湖堤如绿色绸带,连接仙女湖、中心湖、波海湖、青莲湖和里湖。湖面约6平方千米,波平如镜。湖中有山,山中有洞,洞中有河,湖光山色绰约多姿,美如仙景。七星岩摩崖石刻是中国南部保存最多、最集中的摩崖石刻群。

〔69〕传说七星岩的七座山峰,是女娲补天留下的七块灵石。

〔70〕七星岩七座峰岩列如北斗七星。六个小岛、七座山岩、八千米湖堤共安装路灯560盏、千瓦射灯和彩色泛光灯250盏及彩虹管3000米,运用第三代光源的变化多姿,以不同颜色交错投射景物,勾画神秘幽雅的堤岸、小桥、花木、岩山与湖水,使夜幕下的七星岩更加绚丽多彩。同时开辟的星湖夜游为市民和游客提供了新的旅游时间、方式和环境,再造出"第二星湖"。

〔71〕此联借鉴叶剑英元帅《游七星岩》诗意。原句为"借得西湖水一圜,更移阳朔七堆山"。

〔72〕七星岩景点有歌仙台。传说刘三姐和情人白马郎曾来此唱歌三日三夜,吸引了许多听众。离别时白马郎依依不舍。三姐在其耳边轻唱离歌一首,化作石像,成仙而去。流传下来的歌词是:"少陪了,日头落岭在西方。天各一方心一个。"本诗末句化用三姐离歌。

〔73〕此句借用邓拓《留别人民日报诸同志》诗句。黄山简介参见〔40〕。

〔74〕"化外桃源"指天门山空中盆景花园。

〔75〕珙桐为世界著名观赏植物、国家一级保护植物,有"植物活化石"之谓。天门山珙桐湾现存珙桐一百余株,为世界罕见的高山珙桐群落。

〔76〕"卉雨"指梅雨。

〔77〕青城山位于四川省都江堰市,为中国道教发祥地之一。前山以人文景观为主,以天师洞、上清宫为中心。后山以自然景观为主,以泰安寺、沙坪为中心。此山林幽水秀,石怪山雄,有"秀绝人寰"之美誉。日出、云海、圣灯为青城山三大自然奇观。山中道观亭阁取材自然,不假雕饰,融入山林岩泉,体现道家对朴素自然之崇尚。

〔78〕相传东汉末年道教创始人张道陵曾在青城后山(现大邑鹤鸣山)结茅传道。其子张衡、孙张鲁相继嗣法于此。山上有张天师掷笔槽、试剑石、手植银杏、天师池等文物古迹。

〔79〕莲花峰又称华山西峰,是华山最为秀丽奇峻的山峰。峰顶有翠云宫、莲花石,相传为神话故事《宝莲灯》中沉香劈山救母处。峰西北有舍身崖。峰顶有西元洞、莲花洞等古迹。华山简介参见〔4〕。

〔80〕"宝刀杨"指三圣母杨婵胞兄二郎神杨戬,为"宝莲灯"故事人物。

〔81〕"小二郎"指三圣母之子沉香,为"宝莲灯"故事人物。

〔82〕"三截石"为莲花峰翠云宫旁巨石。其石体中裂,形若斧劈。"巨斧"指三截石旁竖立的铸铁长把月牙大斧,名"开山斧"。

〔83〕"新房"指三圣母与汉代书生刘彦昌居住的翠云宫。

〔84〕"阿婆"指沉香外婆、玉帝之妹瑶姬。"舅"指沉香母舅杨戬。相传瑶姬曾私婚凡间书生杨天佑,生下杨蛟、杨戬、杨婵。

〔85〕此句指刘彦昌与杨婵的人仙之恋。

〔86〕千山又名千顶山、千华山、千朵莲花山,位于辽宁省鞍山市东南17千米处,占地44平方千米,素有"东北明珠"之称,亦为道教主流全真派圣地。景区由近千座状似莲花的奇峰组成,以独特的群体英姿,将无穷无尽的秀美画卷展示于辽东大地,虽无五岳雄峻,却有千峰壮美。"欲向青天数花朵,九百九十九芙蓉"是清代诗人姚元之献给千山的绝唱。主要景点为仙人台、弥勒大佛、天上天景区、百鸟园。"四大景观"为奇峰、岩松、古庙、梨花。

〔87〕颔联化用清人函可《七律·香岩寺》诗句"宝幢雨洗灯还亮,禅榻云封草渐新"。函可(1612—1660年)字祖心,号剩人,人称剩和尚、千山剩人。北魏时千山即有佛教徒踪迹。辽金时代佛教更盛,形成香岩寺、大安寺、祖越寺、中会寺、龙泉寺等著名的"五大禅林"。明清以来道教日盛,建有九宫、八观、十二茅庵。千山景区共有寺庙30余座、僧道数百人。千山第一峰仙人台上有八仙石像和石制棋盘。相传有仙人乘鹤飞来,在台上对弈。千山庙宇中最大的一座为北沟无量观。其建筑之精美居于千山之首。

〔88〕"三观"指高、粗、古。在千山草丰烟笼的老林中有一株几近四百龄的古

松。其娇小玲珑,摇摇欲坠,人称"可怜松",饱经风霜,傲视白云,给人以鼓舞和斗志,又名"顽强松"。"莫把岩松号可怜,空山涵养已多年,频看乔木催斤斧,是彼真诚地上仙",是清代诗人蓬莱子对它的点赞。

〔89〕"木石"指木鱼石,亦称"木鱼神钟"。这是一块"会唱歌"的椭圆形青石板,位于千山无量观至罗汉洞路旁,以石块敲其平坦处,声如木鱼。相传关东才子王尔烈曾以此石为题考核嘉庆皇帝,并随驾千山找寻答案。之后,嘉庆帝以两年时间深入民间,体察民情,为日后成为明君打下基础。游人路经此地,多用拳头、木棍或石块敲击此石,领略诵经节奏。有音乐素养的游人还可调节敲击力度,敲出音乐节奏。天长日久,木鱼石被敲打得十分光滑,有的部位已呈凹形。

〔90〕尾句化用唐人贾岛《题李凝幽居》诗句"僧敲月下门"。

〔91〕"凤凰水"指流经凤凰古城的沱江。凤凰古城地处湖南怀化、吉首与贵州铜仁之间交通要道,隶属湖南省湘西土家族苗族自治州,建于清康熙年间,因西南山形如飞凤展翅得名。其自然风光与人文特质水乳交融,是吸引八方游客的中国旅游强县。

〔92〕"碧咀溪"是沱江流域的一处地名。翠翠是沈从文名著《边城》的女主人公。她与一条船、一只狗独守碧咀溪头,苦苦等待"也许永远不回来,也许明天回来"的恋人傩送二佬。

〔93〕漓江发源于桂北越城岭猫儿山,经桂林、阳朔流至平乐县恭城河口,全长 170 千米,是世界上风光最为秀丽的河流之一。桂林阳朔段长约 84 千米,如青绸绿带缠绕万点峰峦,风光旖旎,情牵梦绕,好似一幅淡雅的水墨长卷。

〔94〕"桂鲤"指桂林鲤鱼。"鲤鱼挂壁"为漓江一景。

〔95〕"漓礁"指漓江浪石,为江中一片突兀交错的礁石,如簇簇浪花突现碧波绿水之上。

〔96〕漓江右岸冷水村对面有九峰相连,壁削屏立,五色斑斓,如天然壁画,上现赭、黄、青、白、灰等各色九骏,称"九马画山"。相传九马原为天界神马,被不愿作弼马温的孙猴子释放下凡,爱上漓江百里画廊,不愿回清冷的天庭。为摆脱雷神仙索,九马扬蹄狂奔,撞进了这块巨大的崖壁。

〔97〕虎跳峡位于云南省香格里拉县东南部,由金沙江从玉龙、哈巴雪山之间穿山破岩形成。其距中甸县城 105 千米,距长江第一湾 35 千米,长 1700 米,分上、中、下三段,水面落差 200 米,江面最窄处约 30 米,有险滩 18 处,江岸雪峰高 2500—3000 米,是世界上最深、最窄、最险的大峡谷之一。江水入峡处有巨石横卧江心,宽 30 米。激流从石侧奔涌而出。传说猛虎常经此

神州风采——余恢毅格律诗作选

跃上对岸,虎跳峡因以得名。

〔98〕"路"指虎跳峡谷。"金沙"指金沙江。

〔99〕"星海"指虎跳石高坎下暗礁棋布的半里长滩。金沙巨流从虎跳石夺路而出,以雷霆万钧之势跃过高坎,砸下星滩。漫江银浪浩若星海。

〔100〕伊犁河是中国著名内陆河,由三大支流汇于中国境内,流向哈萨克斯坦,注入巴尔喀什湖,是哈萨克各族人民心中的母亲河,也是草原文化的起源地之一。伊犁哈萨克自治州位于新疆维吾尔自治区西北部,与哈萨克斯坦接壤,为古丝绸之路北线要道、中国西部外贸重镇和著名边塞旅游地区。这里雨水相对充沛,天气温润,土壤肥沃,草原辽阔,物产丰富,瓜果飘香,是中亚腹地的温馨绿岛、遥远西陲的天赐宝地、千里塞外的杏花江南。

〔101〕"汗血天驹"指汉武帝曾经吟诵的"西极天马",即今天的伊犁马。伊犁是伊犁马的故乡。

〔102〕在伊犁可以欣赏到锡伯族猎手百步穿杨的飒爽英姿。

〔103〕壶口瀑布景区位于黄河中游、晋陕大峡谷中段,占地约 60 平方千米,水面落差 9 米。此段河岸壁立,河道收束,狭若壶口,以涛声如雷、气势磅礴、排山倒海的独特雄姿闻名于世,是全世界最大的黄色瀑布、中国第二大瀑布,也是中华民族精神之象征。

〔104〕壶口至孟门的箱形峡谷长约 5 千米,宽约 400 米。谷底十里河槽宽 30—50 米,深 10—20 米,传为龙身穿凿。槽旁大部分砂岩河床已成为非洪水期的河岸,可以行车。"旱地行船"即是利用这一地质地貌的交通方式,已有上千年历史。

〔105〕"扳船水手"指黄河船工、著名歌手李思命。"号子"指《黄河船夫曲》《扳水船》等船工号子。黄河是中华民族的摇篮,造就了不屈不挠的中华儿女,熏陶了民族诗人,孕育了民族文化。李思命生于 20 世纪 20 年代,是陕西佳县螅镇荷叶坪村民。一家三辈在黄河渡口以扳船为生,使之形成了爽朗正义的性格,练就了粗犷豪放的金嗓,收集了极好的创作素材。其成名曲《黄河船夫曲》有问有答,朴素鲜活,短小精悍,平稳有力,辽阔开朗,是对黄河的深情咏叹和船工生活的真实写照,引起劳苦大众强烈共鸣,被著名音乐家冼星海列为交响乐《黄河大合唱》第一乐章。李思命创编的曲调歌词,至今仍在秦晋两岸民间传唱。

〔106〕"神农放舟"为鄂西神农架神农溪叶子坝至龙昌峡口的一段航程。龙昌峡壁立千仞,气象森严,有小三峡风韵。

〔107〕"豌豆角"为当地常见、两头尖尖的木船。

〔108〕"炮乐"指神农架的山锣鼓与火炮歌。山锣鼓是歌唱与打击乐结合的

田歌,为板腔结构。火炮歌又称花鼓子歌,传承古老习俗,富有乡土情趣,于打火炮时演唱,节奏欢快,朴实无华。

〔109〕"绿漫长江"指重庆长江段造林绿化工程。1958年3月毛主席视察三峡,曾发出"绿化长江"的号召。由于自然、历史等多方面原因,日前长江沿岸森林资源匮乏,生态环境脆弱,水土流失严重,洪涝、干旱、山体滑坡频发,土地石漠化堪忧。绿化长江,打造长江流域生态屏障,确保三峡库区生态安全及三峡大坝工程正常运转,已然刻不容缓。搞好库区生态建设,是各级政府、部门的应尽之责,是中华民族文化传承的应有之义,也是中华儿女不容推辞的历史担当。

〔110〕"巨坝"指长江三峡大坝工程,位于西陵峡中段湖北省宜昌市三斗坪,距下游葛洲坝水利枢纽38千米,为世界第一大水电工程,含主体建筑及导流工程,总投资约954.6亿人民币,于1994年12月开建,2006年5月竣工。2012年7月入库流量曾达7.12万立方米/秒,已安全通过建库以来最大洪峰。

〔111〕九曲黄河自青藏高原奔流而下,从甘肃省黑山峡进入宁夏,穿过牛首、峡口两山,形成长八千米、出水数十米的陡壁,人称青铜峡。是处山高岭峻,岩怪石奇,古木蔽江,地势险要,向为兵家必争之地。相传远古贺兰山阻塞黄河,形成大湖,上游水涝,下游干旱。为解百姓苦难,大禹在此开山劈峡,使农田滋润,黄河畅流。是时,夕阳余晖将牛首山青岩染成铜色,大禹在岩壁题书"青铜峡",为这段峡谷留下美名。人们在他住过的山洞旁修建了禹王庙。青铜峡市位于宁夏回族自治区中部、银川平原之南,于秦代设县,现为吴忠市所辖县级市。其地理位置优越,自然条件独厚,旅游资源奇特,人称"塞上明珠"。境内有秦汉古渠水系、广武口子门沟岩画、北岔口明长城、牛首山寺庙群、一百零八塔、青铜峡大坝、库区鸟岛、金沙湾、黄河风情园和回乡民俗风情园等旅游胜景。

〔112〕"坝壁"指举世闻名的青铜峡拦河大坝。其水利工程作用堪与都江堰媲美。青铜峡市内黄河段约长58千米,年过境水量约400亿立方米,地下水补给总量约3.5亿立方米,可利用水量约1.2亿立方米,引出秦渠、汉渠、唐徕渠等九大干渠。拦河大坝长约600余米,像一把利剑,腰斩气势汹涌的黄河。八台转桨式巨型水轮发电机组与七孔溢流坝相间布置,与河水齐鸣,犹如千万匹烈马在旷野上奔腾驰骋。

〔113〕"塔群"指宁夏一百零八塔,始建于西夏,有八九百年历史,位于青铜峡大坝西侧阶梯式陡坡,为喇嘛式实心塔群。塔群坐西向东,背山面水,自上而下按奇数排列。第一层顶塔呈方形,高3.5米。余塔为单层八角须弥座,

约高 2.5 米。首行塔体形似覆钵,面东,有龛门。2 至 4 行塔体为八角鼓腹尖锥形。5 至 6 行塔体为葫芦形。7 至 12 行塔体为宝瓶形。塔以砖砌,外涂白灰。众多塔体依律合群,在全国现存古塔中实属罕见。"一百零八"为佛教惯用数字。人生苦恼、佩珠、念佛、敲钟等均为一百零八。20 世纪 50 年代末建造青铜峡大坝时原拟迁移佛塔,后在塔座中发现题录西夏文字的《千佛图》帛画、与喇嘛教有关的彩绘、佛经残卷及其他文物,引起历史学家极大关注,使一百零八塔得以原址保存。

〔114〕据《大明一统志》有关记载,15 世纪中期塔群已然存在,但具体修建年代和建造者众说纷纭。或认为蒙古族人建于元代。或认为党项人建于西夏。为后人留下了难解的谜团。

〔115〕一百零八塔和青铜峡水电站两座宏伟工程,虽建于不同年代,采用不同方式,但都因黄河而生,为黄河而建,源于"让黄河造福子孙"的同一心愿。多少年来,它们共同见证了黄河文明在中华大地上艰辛而辉煌的历史,充分展示了先辈的智商、情商与胆商,为后人留下了弥足珍贵的记忆。

〔116〕黄果树瀑布位于贵州省安顺市镇宁布依族苗族自治县白水河,以黄果树大瀑布为中心,含大瀑布、天星桥、石头寨、郎弓、灞陵河峡谷、三国古驿道和滴水滩瀑布七大景区,形成庞大的瀑布家族,十八处瀑布风格各异。大瀑布高 77.8 米,宽 101 米,主瀑高 67 米,顶宽 83.3 米,综合实力列全国瀑布之首,是中国进入世界级瀑布的唯一代表,1999 年以"世界最大瀑布群"列入世界吉尼斯纪录。

〔117〕武夷山位于福建省武夷山脉北段东南麓,面积 70 平方千米,平均海拔 350 米。相传尧时寿翁彭祖曾隐此山,生武、夷二子开山挖河,疏浚洪水,此山因以得名。此山为典型丹霞地貌,有"碧水丹山""奇秀甲东南""世界环保典范"美誉。

〔118〕此联化用前人诗句"三三秀水清如玉""六六奇峰翠插天"。"三三"指九曲溪,取"三三得九"之意。"六六"指武夷三十六峰,取"六六三十六"之意。

〔119〕漠河亦称墨河,传因水黑得名,位于中国最北端,隶属黑龙江省大兴安岭地区。其东临塔河,西南接内蒙古额尔古纳左、右旗,北至黑龙江主航道中心线,与俄罗斯阿穆尔州、赤塔州隔江相望,地理位置独特,资源丰富,天象奇特,有"金鸡冠上璀璨明珠"美誉。

〔120〕"古纳"指额尔古纳河,为黑龙江支流,全长 970 千米,发源于蒙古克鲁伦河,流经呼伦湖。此河在蒙古帝国及北元时期为中国内陆河,清康熙二十八年(1689 年)《中俄尼布楚条约》签订后,成为中国与俄罗斯界河。其河道

蜿蜒曲折,勾画出中国雄鸡状版图上鸡冠的轮廓。右岸的山岭森林,是一代天骄成吉思汗的故乡。

〔121〕"兴安"指大兴安岭,即满语"极寒之地",位于黑龙江省及内蒙古自治区北部,为内蒙古高原、松辽平原分水岭。其北起黑龙江畔,南至西拉木伦河上游谷地,呈东北—西南走向,长约1200千米,宽为200—300千米,海拔1100—1400米,主峰为索岳尔济山。此处原始森林茂密,主生兴安落叶松、樟子松、红皮云杉、白桦、蒙古栎、山杨等林木,是我国重要的林业基地之一。

〔122〕"琴"指手风琴。

〔123〕"民居"指木刻楞,为俄罗斯族典型民居,以手斧木制,木楔加固,苔藓塞缝,结实耐用,冬暖夏凉,因规范整齐、有棱有角得名。

〔124〕朱家角镇曾名朱家村、珠街阁、珠溪、角里、珠里。其位于上海市青浦区中南部,东临西大盈与环城分界,西濒淀山湖,南与沈巷镇合并,北与江苏省昆山市淀山湖镇接壤。全镇总面积为54.5平方千米,古镇占地1.5平方千米。成陆时间约在七千年前,湖底曾发现新石器时代至春秋战国时代遗物。位列上海"四大历史文化名镇",素有"江南明珠""沪郊好莱坞"等美誉,镇街明净疏朗,老树参天蔽日,河道水泽连绵,石桥古风依存。最具特色的人文景观为一桥(放生桥)、一街(北大街)、一寺(报国寺)、一庙(城隍庙)、一厅(席氏厅堂)、一馆(王昶纪念馆)、二园(课植园、珠溪园)、三湾(三阳湾、轿子湾、弥陀湾)、二十六弄。路通街,街通弄,弄通弄,形成网络式棋盘格局,以多、古、奇、深名闻遐迩。青石小路、大红灯笼、三里长街、百家铺子在这里组成一幅幅古意盎然的江南水乡彩画。

〔125〕"威尼"指威尼斯。朱家角享有"上海威尼斯"美誉。淀山湖为天然淡水湖,面积62平方千米,湖东区大部在朱家角境区,面积相当十一个杭州西湖。乘艇游湖,可见碧波茫茫,水天一色,芦苇轻摇,水鸟惊起,给人远离尘嚣、心旷神怡之感。

〔126〕"千年杏"指朱家角报国寺中的千年古银杏,与缅甸白玉雕成的释迦牟尼玉佛及新加坡赠送的第一尊白玉观音同为"镇寺三宝"。

〔127〕"五孔桥"指朱家角放生桥,素称"沪上第一石拱桥",也是江南地区最大的五孔石拱桥。桥顶为七月二十七日观看"摇快船"最佳去处。朱家角有三十余座壮美的古代石桥,如构筑、工艺双绝的中和桥、西栅桥,三步之遥的高低桥,微缩景观的课植桥,咯咯作响的戚家桥,纪念国耻的永丰桥等。

〔128〕朱家角居民和游客常在湖中散放油灯,任其随波飘逝,成为水中之星。景区波光流翠,彩灯摇曳,橹声咿呀,涌泻千里。

〔129〕"埠影"指朱家角北大街水中倒影。此处老式店招林立,大红灯笼高

挂,为江南古镇最热闹的长街。

〔130〕"雕桩"指花岗岩缆船石。其镶嵌于水巷石驳,布满大河小巷,或雕成牛角,或凿成宝剑,或刻成怪兽,或琢成如意,皆为历史、文物、建筑、风情和艺术综合体,琳琅满目,趣味无穷。

〔131〕朱家角因水而秀,因水而盛,是读书治学的风水宝地,文儒荟萃,人才辈出。明、清两代共出进士 16 位、举人 40 余位。数百年间,无数豪杰从这里走向社会,走向世界,其中包括清代学者王昶、御医陈莲舫、小说家陆士谔、报业巨头席子佩、画僧语石等。

〔132〕九寨沟位于四川省阿坝藏族羌族自治州九寨沟县漳扎镇境内,距县城45 千米。与甘肃省相接,因有九座藏族村寨得名。景区由原始生态、清新空气和雪山、森林、湖泊组成,自然风光神妙、奇幻、幽美,被誉为童话世界、人间仙境。九寨沟国家级自然保护区建于 1978 年,占地 643 平方千米,大部为森林覆盖。有藤本植物 38 种、陆栖脊椎动物 122 种,内含名贵中药、国家级保护植物和国家一、二级保护动物。翠海、叠瀑、彩林、雪峰及藏羌风情并称九寨"五绝"。日则沟区段主要景点有珍珠滩瀑布、孔雀河、孔雀海、高瀑布、五花海等;树正沟区段主要景点有盆景滩、芦苇海、火花海、树正瀑布、犀牛海等;则查洼沟区段主要景点集中于季节海、五彩池和长海。宝镜岩区段主要景观为宝镜岩。

〔133〕新疆天池为天然高山湖泊,位于新疆维吾尔自治区阜康市博格达峰山腰,距乌鲁木齐 110 千米。湖面呈半月形,长约 3400 米,宽约 1500 米,深约105 米,占地 4.9 平方千米,海拔 1900 米。此处群山环抱,湖水清澈,杉松遍岭,绿草如茵,野花似锦,为避暑胜地和冬季冰场,享有"天山明珠"美誉。

〔134〕新疆天池又名瑶池、冰池、龙湫、龙潭、神池,传为西王母住地。

〔135〕"圣母"指西王母。据《穆天子传》:公元前 989 年,周穆王从遥远的东方来到天山瑶池,受到西王母盛宴款待,二人即席唱和,相见恨晚。临别时西王母谓周穆王:"祝君长寿,愿君再来!"穆王却一去不返。唐人李商隐有感于此,写下了"瑶池阿母绮窗开,黄竹歌声动地哀。八骏日行三万里,穆王何事不重来"的千古绝唱。

〔136〕"撑空石柱"指池西灯杆山上耸立的三块犹如擎天神柱的巨石。人称"顶天三石""摩天石"。

〔137〕"阿肯"系哈萨克语,即民间优秀诗人和歌手。阿肯弹唱会是哈萨克民族古老的庆典盛会之一。每年盛夏,新疆各地知识渊博、才思敏捷、能歌善舞、出口成章的优秀阿肯,皆怀抱冬不拉会聚一堂,赋诗作曲,弹唱歌舞,与慕名而来的牧人共叙友情,分享快乐。

〔138〕每年山花盛开时节,哈萨克人都在天池岸边赛马叼羊,演"姑娘追",展示优美的民间歌舞,倾洒马背民族的豪迈热情。

〔139〕西湖旧称武林水、钱塘湖、西子湖,位于浙江省杭州市西部,为著名潟湖。其基本格局为一山(孤山)、二塔(雷峰塔、保俶塔)、三岛(小瀛洲、湖心亭、阮公墩)、三堤(苏堤、白堤、杨公堤)、五湖(西里湖、小南湖、岳湖、外湖、里湖)。底色为云山秀水,格调为山水人文交融。妙在湖裹山中,山屏湖外,相得益彰。美在晴中潋滟,雨中空蒙,四季别韵,阴晴皆景。西湖曾入选"中国十大名胜古迹""中国主要的观赏性淡水湖泊"。

〔140〕此句化用唐人柳宗元《江雪》诗句"孤舟蓑笠翁,独钓寒江雪"。

〔141〕青海湖又名库库诺尔(蒙语"青色的海"),地处青海省东北部青海湖盆地,距西宁市约 200 千米。其成湖时间距今 20—200 万年。东西长 105 千米,南北宽 63 千米,湖周长 360 千米(北魏时曾达千里),湖面约 4354 平方千米。近八年持续增大,位列中国内陆湖、咸水湖及最美湖泊之首。湖深 21 米,最深 32.8 米,蓄水量 1050 亿立方米,湖面海拔 3260 米。环山海拔 3600—5000 米。山脚至湖畔为广袤的草原。湖东有两片子湖。咸湖尕海面积为 10 平方千米。淡湖耳海面积为 4 平方千米。湖区有大小河流近 30 条、自然景观 6 处(主景为青海湖、鸟岛、海心山)。湖滨有自然景观 10 处(主景有日月山、倒淌河、小北湖)。夏秋山清水秀,天高气爽,景色绮丽。每年 11 月湖面封冻,冰期半年。青海湖为西北地区最大的天然鱼库,产青海裸鲤(俗称湟鱼)。湖中鸟岛素称"鸟类天堂",位居"中国八大鸟类保护区"之首,为亚洲特有的鸟禽繁殖所。海心山(又名龙驹岛)神骏善驰,能征惯战,是秦马与乌孙马、汗血马的后代。

〔142〕济南即济水之南,以地理方位得名。因境内有名泉 72 道,又称泉城。趵突、黑虎、珍珠、五龙潭四大泉群及郊区泉群汇入大明湖,与千佛山、鹊山、华山构成"一城山色半城湖"的独特风景,使济南成为"山、泉、湖、河、城"一体、世界少有、魅力独特的城市。此地为龙山文化发祥地,有 2700 年历史,曾涌现李清照、辛弃疾等众多文人墨客。

〔143〕"玉塔"指趵突泉中三股泉水涌出水面形成的高平圆润的馒状水顶。其生机勃勃,形如玉塔。透过泉顶可见池底细沙。趵突泉号称"天下第一泉""七十二泉之首"。

〔144〕"虎口"指黑虎泉出水口。其镶嵌于护城河南岸,为方形大池,池南有三座虎头石雕喷吐甘泉,水流湍急,清醇甘冽,日流量 24 万余立方米,每日均有多人围此注水。

〔145〕"祠"指李清照纪念祠。位于大明湖畔趵突泉边垂杨深处。"漱玉"为

双关语。既指祠外漱玉泉，又指李清照《漱玉集》。"清照"亦为双关语。既指词人李清照，又指漱玉泉清新小照。

〔146〕"馆"指稼轩祠，位于大明湖东南角，位置相对冷清。"吴钩"典出辛弃疾《水龙吟·登建康赏心亭》词句"把吴钩看了，栏杆拍遍，无人会，登临意"。"稼轩"为双关语。既指辛稼轩，亦指稼轩祠。

〔147〕"洞庭"指洞庭湖，古称云梦湖、九江湖、重湖。湖名始于春秋战国，为神仙洞府之意，或以洞庭山（今君山）命名。湖北、湖南之称即出自洞庭湖。此湖位于湖南省北部、长江荆江段以南，纳湘、资、沅、澧四水，由岳阳城陵矶注入长江，占地2820平方千米（1998年），号称"八百里洞庭"，原为中国第一大淡水湖，因近代围湖造田及自然泥沙淤积，已退列鄱阳湖之后。景区湖外有湖，湖中有山，烟波浩渺，山峦突兀，渔帆点点，水天一色，变化万千，四季各异。拥有岳阳楼、君山、杜甫墓、杨幺寨、铁经幢、屈子祠、跃龙塔、文庙、龙州书院等名胜古迹。流传"刘海戏金蟾""东方朔盗饮仙酒""娥皇女英万里寻夫"等民间传说。古时"潇湘八景"之洞庭秋月、远浦归帆、渔村夕照和江天暮雪，仍为当今洞庭写照。

〔148〕"湘妃"指娥皇、女英。"帝"指舜帝。相传四千年前尧将首领之位禅让于舜，将女儿娥皇、女英嫁舜为妻。舜帝德才兼备，辛勤为民，不辞劳苦，深得人心，于南巡时命绝于九嶷山。娥皇、女英万里寻夫追至湘山（即洞庭山），忽闻噩耗，以涕挥竹，染以成斑，泣血而死。为纪念娥皇、女英，后人将湘山改名君山，将此竹取名斑竹、湘妃竹、泪痕竹。

〔149〕"书生送柬"指柳毅传书故事。典出唐代李朝威《柳毅传》。传云：唐仪凤年间（676—679年），书生柳毅赴京应考落第，归经泾阳，遇泾阳君虐待洞庭龙女，令其牧羊，顿生怜悯，欲助其解困。龙女以玉簪为信，嘱柳生求助洞庭龙王。柳生从君山古井进入龙宫，具言龙女惨状。龙王幼弟钱塘君闻讯暴怒，化百丈赤龙，往灭泾阳君，接回龙女，招柳毅为婿。后人亦为建柳毅传书亭，改君山古井为柳毅井。此井水面高出湖面十余尺，任人抽提，水源不竭，水质甘甜清冽，为烹茶酿酒上品。立于井边，可闻洞庭波涛。

〔150〕"巴陵"即岳阳。"洞水"指洞庭湖。联语典出吕洞宾《沁园春》。据史料载：真有吕洞宾（796—? 年）其人、其诗。民间相传洞宾为行侠仗义之仙，为人间做不少好事。道教典籍称吕洞宾为"上洞八仙"之二、全真道教"北方五祖"之一，尊称"吕祖"。《沁园春》词传为作者自画像，中有"指洞庭为酒，渴时浩饮；君山作枕，醉后高眠""谈笑自如，往来无碍，半是疯狂半是仙"语句，豪放潇洒，气势雄浑，可列仙家诗词榜首，比苏轼、陆游、辛弃疾之作毫不逊色。

〔151〕"君山玉液"指君山银针茗茶,其盛称于唐,始贡五代。唐名黄翎毛,宋名白鹤茶,清名旗枪。据君山岛崇明寺明碑记载:君山茶系娥皇、女英首植。此茶芽头苗壮,颗粒匀称,外裹白毫,内色橙黄,茶汤杏色,茶香清鲜,叶底明亮,入口留芳,雅号"金镶玉"。置入杯中以沸水冲泡,即见群叶上冲,悬空竖立,上下浮动,而后下沉,簇立杯底,如是三起三落,井然有序。军人谓其刀枪林立,文人赞其雨后春笋,艺人誉其金菊怒放,世人称其琼浆玉液。位列"中国十大名茶",曾获莱比锡国际博览会金奖。

〔152〕沙湖位于宁夏回族自治区平罗县境内,距银川市 56 千米。其为南沙北湖,拥万亩水域、五千亩沙丘、两千亩芦苇、千亩荷池,盛产鱼、鸟。栖居白鹤、黑鹤、天鹅等十余种珍禽,繁衍北方罕见的武昌鱼、大鲵、巨鳖等几十种珍稀鱼类。这里人天谐处,沙水相连,鱼鸟互存,苇禽相依,构成一幅令人神往的美丽画卷。

〔153〕"苍"即苍山,又名点苍山,位于云南省大理白族自治州云岭山脉南端,因麓体苍翠,山顶点白得名。其南北连绵 50 千米,最高海拔 4122 米,有十九峰、十八溪。溪水东流注入洱海。山顶白雪经年不化。"洱"即洱海,古称昆明池、洱河、叶榆泽,因状似人耳得名,素称"高原明珠",宛若无瑕美玉。苍山雪纯净无瑕,倒映洱海,洱海月冰清玉洁,雪月交辉,构成"银苍玉洱"奇观。

〔154〕"苍山雪""洱海月"同属"大理四大名景"。

〔155〕"下关风""上关花"亦属"大理四大名景"。

〔156〕"长白"指长白山。古称不咸山、太白山。汉称单单大岭。后魏称盖马大山。金定名长白山。清称白山或白头山。因覆盖白色粗岩、每年积雪九月、长年洁白如洗得名。长白山脉位于东北平原东部,自西南往东北绵亘千余千米,入选"中国十大名山",与"五岳"齐名,有"人间第一峰"美誉。长白山天池坐落于吉林省白山市长白山主峰火山锥体顶部,现为中国与朝鲜之界湖。湖区北部在吉林省境内,为松花江源头。湖面海拔 2189.4 米。湖周奇峰林立,湖水碧绿清澈,长年云雾弥漫,时有暴雨冰雹,难睹芳容。为中国最深湖泊、中国最大火山口湖、世界海拔最高火山湖。长白山天池瀑布是世界落差最大的火山湖瀑布。长白山天池景区为"生态游、风光游、边境游、民俗游"四位一体的旅游胜地。

〔157〕"鼓浪"指鼓浪屿,为福建省厦门市西南隅小岛。其初名圆沙洲、圆洲仔,因海浪拍击岛上中空巨石声如鼓音更名。此岛原为半渔半耕村落,面积约 1.91 平方千米,隔 600 米宽的鹭江海峡与市区相望。岛上丘陵起伏,林木丛生,环境清雅,四季如春,有"海上花园"美誉,为闻名中外的旅游胜地。

神州风采——余恢毅格律诗作选

居民文化素养甚高。

〔158〕"尔老"指鼓浪屿菽庄主人林尔嘉,别名叔臧。清光绪二十年(1894年)甲午战争爆发,清廷战败,翌年割台湾予日本。林维源、林尔嘉父子不愿作亡国奴,遂迁居鼓浪屿。1913年林尔嘉在鼓浪屿建造花园,用"叔臧"谐音命名,以寄怀台北板桥故园。菽庄由山上庭院、菽庄藏海及四十四桥组成,园在海里,海在园中,十景浑然天成。1951年林尔嘉将菽庄捐献国家,对外开放。

〔159〕"光岩"指日光岩,原名晃岩。郑成功以其景色胜过日本日光山,故改其名。此岩位于鼓浪屿中部偏南,由竖、横两巨石相倚而成,海拔92.7米,为鼓浪屿最高峰。沿石梯登岩,沿途有日光岩寺、莲花庵、古避暑洞、郑成功水操台遗址及多处历代名人题刻。在岩顶圆台凭栏远眺,厦、鼓风光尽收眼底。

〔160〕"筑号谈瀛"指菽庄谈瀛轩。"雕尊统帅"指皓月园郑成功雕塑。郑成功(1624—1662年)原名森,幼名福松,字明俨,号大木。因忠于朝廷,被南明隆武帝赐姓朱,改名成功。人称"国姓爷"。又因南明永历帝封其延平王,人称"郑延平"。其先祖居河南固始,后移居福建南安。清顺治二年(1645年)清军攻入江南,成功父郑芝龙降清。成功则率其父旧部抗清,成为南明后期一支主要军事力量。郑成功据金门、厦门四年,在鼓浪屿日光岩龙头山寨屯营扎寨,操练水军,形成抗清复台根据地。清顺治十八年(1661年)四月,郑成功率数百战船、二万五千名官兵,从金门科罗湾跨海作战,一举收复被荷兰殖民者侵占三十八年的台湾,鼓励垦荒,发展生产,兴办学校,开发宝岛。次年七月病逝于台湾。三百多年来,闽、台民众一直尊其为民族英雄、开台圣王,相继建庙祭奠,并在鼓浪屿建延平公园。园中指净泉俗称"国姓井",传为郑公屯军所开。鼓浪屿皓月园以《延平二王集》中"思君寝不寐,皓月透素帏"诗句命名。内有郑成功及部将之青铜群雕、巨型石雕、微雕展馆和石刻碑廊。群雕为目前国内历史人物同质群雕中罕见的一组,为厦门市重要标志。鼓浪屿覆鼎岩有郑公巨型花岗岩雕像。岛上有郑成功纪念馆。

〔161〕此处化用鲁迅《题三义塔》诗"度尽劫波兄弟在"句。

〔162〕鼓浪屿素称音乐家摇篮、音乐之岛。岛上有音乐学校、音乐厅、交响乐团、钢琴风琴博物馆。节假日有家庭、团体、社区音乐会。有"音乐世家"一百余户。人均钢琴拥有量居全国之首。馆存风琴五千余台,为国内唯一、世界独大。漫步小岛,总能听到悠扬悦耳的琴声、优美动人的歌声和波涛拍岸的浪声。音乐氛围十分迷人。鼓浪屿简介参见〔157〕。

〔163〕鼓浪屿现存古典钢琴一百余部,均为舶来品,可追溯到18世纪。蜚声

中外的钢琴家殷承宗、许斐星、许斐平、许兴艾,中国第一位女声乐家、指挥家周淑安,声乐家、歌唱家林俊卿,男低音歌唱家吴天球,著名指挥陈佐湟、李嘉禄、卓一龙等均出自鼓浪屿。

〔164〕"肖圣"指波兰作曲家、钢琴家肖邦(1810—1849年)。其6岁学音乐,7岁创作波兰舞曲,8岁登台演出,20岁前成名,从小表现出非凡的艺术天赋,是史上最具影响力和最受欢迎的钢琴作曲家之一,为欧洲19世纪浪漫主义音乐代表人物。平生创作多系钢琴曲,有"钢琴诗人"美誉。

〔165〕"胡先"指爱国华侨胡友义、黄玉莲伉俪。胡友义生于1936年,青年时代赴比利时布鲁塞尔学习音乐,多年在国外从事音乐研究,定居澳大利亚,常往返厦、澳之间。鼓浪屿钢琴博物馆陈列了胡先生收藏的七十余架古钢琴。中有稀世名贵的镏金钢琴、世界最早的四角钢琴、最早最大的立式钢琴、古老的手摇钢琴、一百年前的脚踏自动演奏钢琴和八个脚踏的古钢琴,基本展现了近二百年钢琴演变史。

〔166〕鼓浪屿收藏的钢琴多用名贵材料。19世纪中叶产于德国柏林的"舒维登"钢琴,以上等桃花芯木制作外壳,以乌木、象牙制造琴键;1864年产于美国纽约,号称世界钢琴第一品牌的"士坦威"四角钢琴,以铸铁制作弦板,配交叉式琴弦、名贵烛台,动用400名工匠,耗时一年,八成为手工工艺;德国宫廷制琴师制造的"罗尼西"钢琴,镶嵌了三枚特颁宫廷勋章;1862年产于英国的"科尔门"钢琴,外壳、琴腿均为木雕,弦框镏金花,浇铸金粉;19世纪上半叶产于英国的"科洛德"钢琴,以红、蓝细木镶嵌花鸟,红鸟与我国五代时期花鸟画名家黄泉的写生如出一辙;1857年产于奥地利的"博森多福"三角钢琴,由史上著名钢琴制造大师博森多福师生量身定制。谱架精镂美人鱼,镜框镶嵌古典音乐大师莫扎特头像,脚键由双鱼构成钟琴形状,琴脚雕刻栩栩如生的雄鹰,琴键由象牙精心拼制;20世纪初产于阿根廷的"科尔门"钢琴,以上等桃花芯木制作外壳。以纯金浇铸花纹镏金,仿明代宣德炉图案;号称"镇馆之宝"的艺术钢琴,仿制16—17世纪的羽管键琴,琴身的花草虫鸟图案均为澳洲特有动植物,以澳洲细木手工镶嵌,配钢琴、键琴两套;20世纪初产于德国的"纽麦亚"钢琴,以整段乌木雕刻德国伟大作曲家、钢琴家贝多芬头像;20世纪30年代产于美国的"海那斯"名琴,是当时最昂贵的全电动钢琴,纯机械制造。能精确复制演奏技巧和风格。能充分表现演奏家对音乐的理解与感受,已达到当时钢琴制造的最高境界。

〔167〕北戴河隶属河北省秦皇岛市,面积约70平方千米,居民约6万人。此地阳光充足,气候温宜,冬无严寒,夏无酷暑,人称"中国夏都",是观日出、看海潮、浴海水的上乘之选,为驰名全国的旅游、避暑胜地。秦皇、汉武、唐宗、

魏帝均在这里留下史迹。中央领导集体在这里做出关乎国家命运的重大决策。数十国传教士、外交官和富商大贾在此购地建房,留下蔚为壮观的"世界建筑博览馆"。1948年后又新添二百多家休、疗养院。每年有600余万游客来此休闲度假,旅游观光。

〔168〕秦始皇三十二年(公元前215年)嬴政第五次东巡,曾刻碣石门,修筑大型行宫,留下"拜海求仙入海口"遗迹。汉元封元年(公元前110年),刘彻东临碣石,筑汉武台。汉建安十二年(207年),曹操北定乌桓班师回朝,登古碣石,赋《观沧海》。唐贞观十九年(645年),李世民亲征高丽,途经秦皇岛,作《春日望海》,班师回朝时再入临渝关,并"次汉武台、刻石记功。"

〔169〕"曹公"指魏武帝曹操(155—220年),字孟德,小名阿瞒,沛国谯县(今安徽亳州市)人,三国时期政治家、军事家、诗人。《观沧海》为曹操四言名作,借古碣石景物,描绘高山大海的雄阔壮丽,抒发毕生的胸怀抱负,表达豪迈乐观的进取精神,为建安时代写景抒情名作,也是我国古典写景诗中较早的名篇。

〔170〕"领袖"指毛泽东主席。1954年毛主席曾两赴北戴河,其间不时下海游泳。一次游至离岸较远的海域,登渔船小憩。未及擦干身体,便与老渔民聊天,从吃喝穿戴、鱼鳖虾蟹、锅台灶头、老婆孩子、新旧社会聊到互助组。不久写出著名词作《浪淘沙·北戴河》,以"秦皇岛外打鱼船,一片汪洋都不见,知向谁边?"追述与渔民交谈的美好回忆,寄托一代领袖对国计民生的关怀牵挂。

〔171〕此联上句化用曹操《观沧海》诗句"秋风萧瑟,洪波涌起"。下句化用毛主席《十六字令三首(二)》词句"倒海翻江卷巨澜"。

〔172〕"大鹿"指大鹿岛,位于辽宁省东港市大孤山镇,为我国海岸线北端第一大岛。其西海域与庄河、大连相连,东海域与大东港、丹东鸭绿江融汇,与南、北朝鲜唇齿相依,面积约6平方千米,北高南低,形如马蹄,素为辽东半岛海上要塞。明崇祯年间(1628—1644年),辽东总兵毛文龙曾驻岛抗金,率将士立下"指日恢复金辽,吾赤心报国"等誓言。大鹿主峰及西山有明代旗语台、炮台。山巅至海滨有石砌马道。岛上有大刀、头盔、炮弹出土。震惊中外的中日甲午海战爆发于大鹿岛黄海水域。致远舰管带邓世昌等七百名将士和北洋水师四艘战舰即在此牺牲、沉没。岛上有邓世昌墓地及塑像。岛前月亮湾、双珠滩为我国北海角最大天然浴场,是拾贝、垂钓、冲浪、观日、听海的理想去处。

〔173〕"鲁青"指邓世昌鲁青石雕像。其巍立于大鹿岛月亮湾中部,身着披风,左手按剑,右手执单筒目镜,目视云天,面向大海。

〔174〕中日甲午海战是中国近代历史上规模最大、最惨烈的一场海战。在1894年9月17日大东沟海战中，邓世昌指挥的致远舰遭到日舰围攻，舰体多处受伤，起火倾斜。邓世昌毅然驾舰，全速撞击日主力舰"吉野"九，决意与敌同归于尽，不料舰载鱼雷发射管被倭炮击中，鱼雷爆炸，舰体沉没。邓世昌坠海后，随从投圈救生，爱犬衔臂以救，均为之拒绝。终与舰上二百五十余名官兵同沉波涛之中。战后大鹿岛人为邓世昌及无名烈士打制上棺，修筑简陵，并迁陵刻碑为记。经专家、学者考证：致远舰驾驶室中骸骨即邓世昌遗骨。"甲午海战无名将士墓"遂改名"邓世昌墓"。

〔175〕甲午战争120周年之际，新华社解放军分社和《参考消息》报社曾联合推出"军事名家的甲午殇思"大型系列报道，约请了二十八位知名专家和边海防一线部队指挥员，对甲午战争进行全景式深入梳理和系统报道。有关人士从政治、经济、军事、文化等方面进行了多维度阐述，集中归纳为"甲午之殇殇在政体""甲午之败败在贪腐，败在文化"。国防大学战略研究所所长、少将金一南认为"甲午之败，腐败使然"。军事科学院科研指导部部长皮明勇指出：甲午战争失败是因为文化力不足，人心不齐，散而不聚，中华民族严重缺乏海洋意识，海权观念淡薄。

〔176〕战斗力的较量归根结底在于科技和人才的比拼。1870年开始的清王朝"同光中兴"时代虽然出现过科技发展高潮，但发展科技的国家政策和科技水平不如日本。日本专家下濑雅允研制的炸药在甲午战争中占尽优势，使北洋水师深受其害。甲午海战前两月，北洋水师可用战舰仅有8艘，日本则多达31艘，且船速、炮速更快。2014年习近平总书记在中国科学院和中国工程院院士大会上强调：要实现中华民族伟大复兴的目标，必须坚定不移贯彻科教兴国战略和创新驱动发展战略，坚定不移走科技强国之路。

〔177〕甲午战争结束后，中日双方商定增开沙市、重庆、苏州、杭州为通商口岸；中国割让台湾岛及其附属各岛屿、澎湖列岛与辽东半岛给日本；赔偿日本2亿两白银；允许外国人在华投资开矿办厂。这使日本获得了巨大利益，进一步刺激了日本的侵华野心和列强的对华资本输出，大大加深了中国半殖民地化程度，民族危机空前严重。

〔178〕"马关"指《马关条约》，于光绪二十一年（1895年）三月在日本马关（今下关市）签订，原名《马关新约》，日称《下关条约》《日清讲和条约》。中国清朝政府全权代表为李鸿章、李经方。日本明治政府全权代表为伊藤博文、陆奥宗光。《马关条约》签订后，台湾人民曾自发抵抗，黑旗军也加入抵抗行列。打了近一年台湾方才沦陷（日称"乙未战争"），台湾人民为此做出了极大牺牲，日军也付出了惨痛代价。在台湾被侵占的苦难岁月里，无数台胞用

鲜血和生命证明自己是中国人,是中华民族大家庭不可分割的成员。在1919年台湾拍摄的照片中,台湾士绅服装依旧是没有顶戴花翎的清朝士绅服装。2014年2月习近平总书记会见中国国民党荣誉主席连战及随访的台湾各界人士时说:"120年前的甲午,中华民族国力孱弱,导致台湾被外族侵占。这是中华民族历史上极为惨痛的一页,给两岸同胞留下了刻心之痛。"

〔179〕九寨沟生物圈保护区为中国世界生物圈保护区。九寨森林公园为国家森林公园。九寨沟简介参见〔132〕。

〔180〕"那拉提"为蒙语,意即"最先见到太阳的地方",传为蒙古人征服中亚时留名。草原位于新疆伊犁州新源县那拉提镇楚鲁特山北坡,素为著名牧场,是"世界四大草原"之一。在新疆的浩瀚大漠中,这片草原犹如镶嵌于黄缎的翡翠,格外耀眼。

〔181〕在维语和蒙语中,"达坂"意为高高山口和盘山公路。

〔182〕"锡林郭勒"系蒙古语,意为丘陵地带的河。锡林郭勒盟位于祖国首都正北方、内蒙古自治区中部,总面积20.3万平方千米,北与蒙古国接壤,国境线长1098千米;东邻内蒙赤峰市、通辽市、兴安盟;西接乌兰察布市;南邻河北承德、张家口,是距北京最近的边疆少数民族地区和国务院批准的沿边开放城市,也是我国连接蒙古、俄罗斯、中亚和东欧各国的重要大陆桥。锡林郭勒草原较为平坦开阔,旅游资源十分丰富,具备草甸草原、典型草原、半荒漠草原、沙地疏林草原等草原类型和河谷湿地生态系统,优质天然草场面积达18万平方千米,有地上植物1200余种。这里有横贯草原中部的秦燕金古长城与世界著名的元上都遗址;有典雅庄重的洪格尔岩画和明成祖五次北征驻足的玄石坡、立马峰;有内蒙古四大庙宇之一的贝子庙与祭祀圣地白音查干敖包;有世界闻名的"恐龙之乡"通古尔盆地;有烤全羊、手把肉、涮羊肉、奶茶等草原旅游者必尝的美味;有骑马、乘驼、射箭、坐勒勒车、牧羊、祭敖包、蒙古族歌舞、服饰表演、体验牧户生产生活等传统旅游项目,还有二十余项特种专项旅游项目。每当盛夏,乌珠穆沁草原便成为绿色的海洋,锡林河像飘落草原的洁白哈达,辉腾锡勒草原繁花似锦。空旷幽深的壮阔美、风吹草低的动态美和人与自然的和谐美,在这里绘制出一幅幅迷人的图画。

〔183〕"锡林"指锡林河。是锡林郭勒草原上著名的内陆河和草原人民赖以生存的母亲河。它从赤峰市克什克腾旗境内的大兴安岭余脉缓缓而来,给锡林郭勒草原束上了银色的腰带。"锡林九曲"是锡林郭勒草原风光的形象代表,锡林郭勒盟因此得名。

〔184〕"高勒"指乃林(那林)高勒,位于锡林郭勒盟东乌珠穆沁旗境内,是内

蒙古最美的夏季牧场、内蒙古形象的一大代表。传统游牧方式在内蒙古将近消失。乃林高勒是内蒙古最后的牧民迁徙地之一。

〔185〕"勒车"指勒勒车。

〔186〕武当山又名太和山、谢罗山、参上山、仙室山,明代受封大岳、治世玄岳,尊为道教圣地、皇室家庙,为五方仙岳之冠。其位于湖北省十堰市境内,占地312平方千米;有古建筑53处、面积2.7万平方米,建筑遗址9处、面积20余万平方米;保存文物5035件。武当山风景名胜区以天柱峰为中心,由上下十八盘险道、七十二峰朝大顶和金殿叠影组成;含七十二峰、三十六岩、二十四涧、十一洞、三潭、九泉、十池、九井、十石、九台胜景;有太和宫、古铜殿、紫金城、净乐宫、玄岳门、玉虚宫、磨针井、太子坡、南岩、琼台观、隐仙岩、北南西东神道及武柱峰等著名景点,以绚丽多姿的自然景观、规模宏大的古建筑群、源远流长的道教文化和博大精深的武当武术传名于世。

"武当道茶"又名太和茶,与西湖龙井、武夷岩茶、寺院禅茶并称"中国四大特色名茶",与寺院禅茶并称"中国两大宗教名茶"。有上千年历史,隐含"人生至境为平和至极"深意,形美香高,有机味醇,养身养心,养性长寿,品质上乘,文蕴深厚。据传常饮此茶可心平气顺,心清目明,心旷神怡。

〔187〕武当道茶受道家"贵生、养生、乐生"思想影响,特别注重保健养生、怡情养性。"入静"即"至虚极,守静笃",为道家的茶道境界。致静法门为"坐忘"。即忘掉自己的肉身和聪明,沟通人与自然,融化物我界限。

〔188〕"茗"是药书对茶的称谓。全真道二任掌教马钰词云:"一枪茶,二枪茶,休献机心名利家,无眠未作差。无为茶,自然茶,天赐休心与道家,无眠功行加"(《长思仁·茶》)。意谓贪图名利者饮茶失眠,是因精神境界太差;清心寡欲者饮茶提神,更能体道悟道。

〔189〕黄山千峰万壑。无树不松,无石不松,无松不奇。黄山松是中国松树变体,因独特地貌、气候形成,多生于海拔800米以上山崖,以石为母,顽强扎根。或循崖度壑,绕石而过。或穿罅穴缝,破石而出。因常年面对风刀霜剑、冰封日晒,针叶粗短,冠平如削,苍翠浓密;枝干坚韧,长速缓慢,枝条偏侧;根部发达,长于树干数倍至数十倍。"黄山名松"有迎客松、陪客松、送客松、黑虎松、卧龙松、龙爪松、竖琴松、探海松、团结松等。黄山简介参见〔40〕。

〔190〕迎客松立于海拔1670米的黄山玉屏楼青狮石旁,高9.9米,围2.1米,枝下2.5米,树龄约八百年。两大侧枝前伸,长达7.6米,如主人挥展双臂,喜迎四海宾客。其枝干道劲,生机蓬勃,仪态优美,雍容大度,为黄山奇松代表、黄山标志性景观、北京人民大会堂安徽厅铁画原型,也是全国唯一配备

专职护理的名木。

〔191〕探海松又名小迎客松，位于海拔 1670 米的黄山天都峰顶卧云峰危崖，树高 3.5 米，树龄约五百年，因侧枝倾伸前海得名，入列"黄山十大名松"，传为痴迷黄山云海烟霞的仙人所化。

〔192〕"三亚"指海南省三亚市，为中国唯一的热带海滨城市。"南山"居琼州（海南省别称）之南，海拔 500 余米，形似巨鳌，若观音慈航普度坐骑。此处丘陵环抱，面朝南海，迤逦叠翠，祥云缭绕，浪激石音，水照天色，有海天佛国气象。据佛教经典记载：观世音菩萨曾发"十二大愿"，第二愿即"常居南海"。三亚南山为观音菩萨长居之"补怛洛迦"（意为观音说法之处、著名佛教圣地），有"大光明山"称谓。琼州素有观音出巡南海之说。南山侧望之东、西二瑙，传为观音挑土遗迹。南山寺占地 0.27 平方千米，仿盛唐风格，居山向海，依山就势，气势恢宏，错落有致，为近五十年来中国新建的最大佛教道场，也是南方规模最大庙宇。园内景致与雕塑协调，建筑与绿化相融，规整肃穆，幽雅清净。名山、名寺、名僧交相辉映，相得益彰。"南山寺""海天丛林"两处题款，为中国佛教协会会长赵朴初居士手迹。海南省三亚市南山生态文化旅游区是国家旅游局确定的中国旅游业发展优先项目，是全国罕见的超大型文化生态旅游园区。这里有众多古树名木，是大自然留给人类的重要遗产。其特色林木有四季开花的三角梅、古老苍劲的龙血树、粗壮挺拔的木棉树、遮天蔽日的酸豆树、超凡脱俗的菩提树、羽化登仙的海枣树、高大修长的霸王棕、椰子树、油棕树、亭亭玉立的槟榔树、顶天立地的银杏树等；骨干树种有大叶紫薇、九里香、双荚槐、咖啡树等；稀有植物有破布木、海南椴、海南细辛等。南山寺中的分杈椰子树，教海观澜前的落羽杉，观海平台旁的榕包椰，时来运转祈愿树对坡的榕楝同体树及三摩地对面的酸豆王等，人称"南山奇木"。

〔193〕"高僧"指南山寺开山祖师、首任住持圆湛，曾任中国佛教协会常务理事、海南省佛教协会会长。现任方丈印顺为中国佛教协会副会长、海南省佛教协会会长。异木参见〔192〕。

〔194〕"霸主棕"指霸王棕，又名俾斯麦桐，为棕榈科植物珍稀种类，原产于非洲岛国马达加斯加西部稀树草原，近年引入中国华南。有极高观赏价值。

〔195〕"杉落羽"指落羽杉。其寄生攀缘植物与母树形成整体，长两种树叶，使本不结果的落羽杉结出葫芦状果实。

〔196〕"番棕"指海枣树，属棕榈科常绿乔木，为优美的热带风光树，约有七千多年历史，是人类栽培的最古老的果树之一。今栽海枣树起源于沙漠野生海枣树。西汉年间，海枣树曾沿丝绸之路引进中国，时称波斯枣。17 世纪

后期,海枣树又从海路引入中国南方,人称番枣。目前主要在广东、福建、云南等省种植。"楝缠榕"指华山楝与垂叶榕长成一体。一树两叶,蔚为奇观。

〔197〕"版纳"指西双版纳傣族自治州。在傣语中,西双即十二,版纳即千亩(即1个收税单位)。西双版纳即十二个版纳。西双版纳古称勐巴拉娜西,意即理想神奇的乐土。其位于云南省南端,与老挝、缅甸接壤,和泰国、越南相邻,是我国面向东南亚、南亚的重要通道和基地,也是云南省对外开放的窗口。这里拥有全国1/4的动物物种和1/6的植物物种,是名副其实的动植物王国。西双版纳国家级自然保护区占地2000平方千米,其中原始森林占地466.7平方千米,是北回归线沙漠带上唯一的绿洲,也是国内保存最完整、最典型、面积最大的热带雨林生态系统,还是地球上少有的动植物基因库,以神奇的热带雨林景观和少数民族风情闻名于世。

〔198〕西双版纳有2万余种植物,含0.5万余种热带植物、1万余种食用植物、五十余种野生水果、四十余种速生珍贵用材树。内有历经一百万年、人称"活化石"的树蕨、鸡毛松、天料木;树龄1700多年的古茶树;特有植物细蕊木莲、望天树、琴叶风吹楠;稀有植物依兰香、铁力木、紫薇、檀木;人工栽培的高等植物野稻、野荔枝、红砂仁;一日三变的变色花、闻乐起舞的跳舞草、变酸为甜的神秘果、吞食蚊虫的小草、见血封喉的箭毒木;经济作物橡胶、茶叶;中草药植物美登木、嘉兰、槟榔及国外引进的药用植物龙血树、萝芙木等。

〔199〕西双版纳有许多"独木成林"景点。最有名的是勐海县打洛镇森林公园的成林榕树。这株古榕树龄二百余年,高28米,离地10米左右分枝,有30余条支柱根扎入泥土,根径10—40厘米,形色同于母树,酷似一片树林,背靠青山,面对平坝,掩于翠竹,衬以竹楼,十分美观。

〔200〕"犁地奇根"指板状根。为热带雨林高大乔木的一种特殊适应现象。板根沿地面走向。与主干构成三角形根体。高达3—4米。能有效增强和支撑地面植被抵御大风暴雨袭击,解决树冠宽大、头重脚轻等问题。

〔201〕西双版纳的花果通常开结于树木的大枝粗干乃至树干基部。此亦热带雨林的一种特殊现象。老树生花、老茎结果便于输送养分,减少能耗,显露花朵,方便授粉,是植物进化的高级形式。西双版纳茎花、茎果种类繁多,常见的有波罗蜜、番木瓜、木瓜榕、聚果榕、地果榕、木奶果、可可等。扁担藤、老鸦花等林中古藤也有茎花、茎果。槟榔、椰子、王棕、油棕等棕榈科植物只有一根主干,多开花结实于顶部。

〔202〕西双版纳的成材大树常被无数藤条缠绕生长。缠藤在树腰汇成一枝,与母树争夺阳光、水源、养分,直至大树枯萎。此为自然界植物生存竞争的

一种模式。

〔203〕"风流草"又名跳舞草,生长于西双版纳丘陵山沟,是能"闻歌跳舞"的小型灌木。其一茎三叶,叶一长两短。每遇光照,小叶就缓慢上收,再迅速下垂,如表针回旋运转,此起彼落。每聆歌声,尤其是情歌,奔放的叶片就会随声舒展,上下舞动。据植物学界推析,此草神经特别灵敏,还是一味舒筋、活络、祛淤的草药。

〔204〕武夷岩茶为乌龙茶总称,以岩韵(即岩骨花香)名世,有一千五百余年历史,产于福建省武夷山市(原崇安县)武夷山,以传统独特工艺制作。据史料记载:唐代将此茶作为民间馈赠佳品。宋、元时期将此茶列为贡品。元代在武夷山设焙局、御茶园。清康熙年间,此茶远销西欧、北美、南洋。武夷岩茶分大红袍、名枞、肉桂、水仙、奇种五种。大红袍最为名贵。传明代有举人进京赴考,路经此地,腹痛难忍,得和尚名茶止痛,后中状元。举人知恩图报,重返武夷,绕茶丛三周,披红袍于树,此茶因以得名。武夷山简介参见〔117〕。

〔205〕"甘、鲜、活、馥"是高明茶师对武夷岩茶"岩韵"的概括。"甘"指茶汤可口,回味甘夷。"鲜"指茶色清亮,茶味清纯。"活"指舌本辨之、杯底留香。"馥"指茶香绵厚,茶氲幽雅。

〔206〕上品武夷岩茶的生长条件为碧水丹山、硝风深壑、高岭幽泉、烂石烁壤、春潮夏湿、秋爽冬润、迷雾沛雨和早阳多阴。经纬、海拔、气候同为重要因素。武夷山地处北纬 27°43′、东经 118°01′,平均海拔 600 余米,最高峰 729 米。我国名优茶特别是乌龙茶,几乎都产于此类中海拔地区。茶圣陆羽所著《茶经》以"上者生烂石,中者生砾壤,下者生黄土",精准概述了武夷山独特的丹霞地貌,指出了武夷岩茶生长的立地条件,暗示了武夷岩茶"花香岩韵"的不凡来历。

〔207〕"俭、静、和、清"为武夷岩茶的茶礼箴言,体现中华民族的处世之道。

〔208〕"袍叶"指大红袍。按生长条件,武夷岩茶分正岩、半岩、洲茶,正岩香高味醇,品质尤佳。"三坑两涧"指慧苑坑、牛栏坑、大坑口、流香涧、悟源涧,为武夷山海拔较高且产茶等级最高的区域。

〔209〕"兴安"指黑龙江省大兴安岭林区,为我国位置最北、面积最大的现代化国有林区,林地面积 7.3 平方千米,森林覆盖率 80%,林木蓄积量逾 5 亿立方米,占全国总蓄量 7.8%。林区美丽富饶,古朴自然,没有污染。四百余种寒温带珍禽异兽、一千余种野生植物繁衍生息在此,是我国高纬度地区不可多得的野生动植物乐园。

〔210〕"参榛蘑刺"指人参、榛子、草蘑、刺五加。人参是我国传统珍贵常用天

然补药,人称"百草之王",列"东北三宝",历史悠久,中外驰名,老幼皆知。榛子又名中国板栗,原产于中国,分布于越南、中国台湾及大陆二十五个省、区、市,口感香美,余味绵长,有"坚果之王"美誉。草蘑属东北特有山珍,是真正的天然绿色食品,富含营养,清香怡人,有多种药效。刺五加又名五加参,主产于黑龙江省山区,为添精补髓、延缓衰老良药。明朝李时珍所著《本草纲目》称"宁得一把五加,不用金玉满车""以金买草,不言其贵"。

〔211〕"祝融"本名重黎,为中国"上古三皇"中之西皇,因以火施化,又称赤帝,后尊为火神、水火之神、南海神。据《山海经》记载:祝融最早发明钻木取火。在日常用语中,祝融是火的代名词,一旦失火,便以为祝融君降临。本句特指 1987 年 5 月 6 日兴安林区特大火灾。此灾祸及大兴安岭 1/5 林区,使 1.01 万平方千米森林受害,5 万余人受灾,210 人丧生,间接经济损失逾 69 亿元。时任林业部部长、某副部长、大兴安岭地区专员、漠河县县长均被撤职。直接责任人被追究刑事责任。"翠玉"指大兴安岭原始林区。

〔212〕"金鸡顶戴"指中国版图上状似雄鸡鸡冠的东北边境地区。

〔213〕"地下森林"指黑龙江省牡丹江市镜泊湖西北火山口原始森林。其位于张广才岭东南坡山顶,距镜泊湖约 50 千米,平均海拔约 1000 米,长 40 千米,宽 5 千米,有火山口 10 个,口径 400—550 米,口深 100—200 米。三号火山口最大最深。其间蕴藏红松、黄花落叶松、紫椴、水曲柳、黄菠萝、水曲柳等名贵树木;生长人参、黄芪、三七、五味子等名贵药材及木耳、榛蘑、蕨菜等名贵山珍;穿行鸟、蛇、兔、鼠、马鹿、野猪、黑熊及国家保护动物青羊、东北虎。游客可在火山口顶部俯瞰地下奇观,亦可经峭壁石阶下行,体验坑底神奇。石阶尽头暗藏火山溶洞,夏有薄冰,冬有清泉。地下森林起源于一万年前的火山爆发。经长期风化剥蚀,火山口内岩与火山灰已变为肥土。历经千万年沧桑变化,松鼠、群鸟天然播撒的植物种子终于长树成林。

〔214〕"圪羚"即松鼠。地下森林的植物多因松鼠储"粮"越冬、搬运树种成活。

〔215〕木兰围场位于河北省承德市围场满族蒙古族自治县,距承德 117 千米,占地 1 万平方千米,与内蒙古草原接壤。"木兰"系满语哨鹿之意,"哨鹿"为戴雄鹿角,仿雄鹿叫,以诱杀雌鹿的一种打猎方法。围场原为清代皇家猎苑,是水草丰美、禽兽繁衍的草原,四季分明,气候宜人,风景优美。晚清宫廷废弃围场后,原始森林几乎砍伐殆尽。1962 年新中国重建塞罕坝(蒙语"鲜花"之意)大型机械化林场。一千五百名干部职工扎根木兰,以五十年不懈努力,重育 667 平方千米草原、733 平方千米林地,植树八亿株,使森林覆盖率达到 78%,恢复了浩瀚森林的勃勃生机,焕发了辽阔草原的青

春活力。国家领导人曾赞此地为"水的源头、云的故乡、花的世界、林的海洋、珍禽异兽的天堂"。

〔216〕化用蜀人《将进酒》诗句"踏花归去马蹄香"。

〔217〕广州别称穗城、花城、羊城,有二千二百多年历史。晋代顾微《广州记》称:"战国时广州属楚,高固为楚相,五羊含谷至其庭,以为瑞,因以五羊名其地。"北宋乐史《太平寰宇记》云:"周时南海有五仙人,衣五色衣,骑五色羊来集楚庭(广州古称),各以谷穗一茎六出留与州人,且祝曰:愿此阛阓永无饥荒。言毕,腾空而去,羊化为石。城因以名。"广州区划面积 7434 平方千米,为广东省省会,华南地区经济、文化、科技、教育中心、交通枢纽,是中国南方最大、历史最久的对外通商口岸,是海上丝绸之路起点之一,也是世界最著名的港口城市之一。其地处广东省东南部,珠江三角洲中北缘,西、北、东三江汇合处;濒临南中国海;连接东莞、惠州、佛山、清远、韶关、中山;毗邻香港、澳门,素称"中国南大门",地理位置优越。广州有沙面、白云山、广州塔、中山纪念堂、五羊石像、黄埔军校旧址等著名景点;有文物保护单位 322 处。其中国家级 24 处、省级 45 处、市级 253 处;曾获"中国大陆生活质量最好的城市""中国文明城市""中国卫生城市""国家环保模范城市""国家森林城市""中国特色魅力城市""国际花园城市"诸多殊荣。广州也是全国最大的花卉主产区、全国盆栽观赏植物生产供应中心、全国花卉主要集散地和进口花卉调运中心。广州花市名列"明朝广东四市"(余为罗浮山药市、东莞香市、廉州珠市),为中国独一无二的民俗景观。其规模影响及游客人数举国无双,饮誉四海。花市融合广州人"讲意头"的传统,形成独特的花卉语言,不仅承传古老的岭南春节习俗,更与广州日常生活密切相关。1920 年后,大规模除夕花市定型于农历腊月二十八至除夕深夜 12 时。迎春花市繁花似锦、人海如潮,热闹非凡。

〔218〕"乌桓"河为黑龙江别称,为我国最北部冬季结冰期最长的一条河流(广州珠江结冰期最短)。约每年 11 月初流冰结冻,翌年 4 月中旬下游解冻。

〔219〕将栀子树头养于清水盆中,可长出片片绿叶,人称"水横枝"。羊城简介参见〔217〕。

〔220〕"唇苞"指唇苞花,引自斯里兰卡。其娇妍艳丽超过来自新加坡的含笑。形状酷似马蹄莲。

〔221〕巴西铁树引自美洲,数寸一段,树干如臂,形同枯木。只要气温适当,浸以清水便抽芽发叶,栽入泥土便长成树木。

〔222〕"东溟"指东海。"地台"指内蒙古高原。其位于中国北部,是中国第二

大高原，为蒙古高原一部，东起大兴安岭，西至马鬃山，南沿长城，北接蒙古国，海拔 1000—1400 米，地面坦荡，起伏和缓，多宽广盆地，从飞机上俯视犹如烟波浩瀚的大海，古人称之"瀚海"。

〔223〕内蒙古的辽阔常令人难以置信。其东西之间直线距离有 2400 多千米。太阳从内蒙古东端冉冉升起时，内蒙古西端还沉睡于甜蜜的梦乡，约两小时后才初露晨曦。

〔224〕吐鲁番盆地古称姑师，位于新疆维吾尔自治区中部，北隔天山，邻乌鲁木齐。此处有两千四百万年前的巨犀化石、沐浴两千多年风雨的高昌古城、交河故城、千佛洞壁画、千年古墓群、神奇火焰山、宏伟的人造地下河坎儿井、结构独特的伊斯兰建筑苏公塔、别具风味的大巴扎和风情浓郁的维吾尔族歌舞，盛产葡萄瓜果。此处是两汉以来我国西域地区的政治、经济、文化中心；古丝绸之路重地；"火、风、沙、绿"四洲一体的自然史地博物馆，也是荟萃古代文史遗产的一块宝地。

〔225〕吐鲁番有七十余处古代文化遗迹，含原始遗址、故城遗址、古墓群、石窟寺、烽燧驿站、岩画，出土文物数以万计。许多文物流存于德、日、俄、英、印、朝、美等国家博物馆，其中最有价值的是丝绸织品和古代文书。

〔226〕歌曲《达坂城的姑娘》是王洛宾整编的第一首维吾尔族民歌，也是现代中国第一首用汉语译配的维吾尔族民歌。据传二百多年前清政府移民屯田，曾从陕、甘各省移民入疆。民族融合孕育的后代男健女美，在天山脚下的这片绿洲劳作生息，产生了这首脍炙人口的歌曲。达坂城位于新疆天山东段博格达峰南部 312 国道两侧。距乌鲁木齐市区 86 千米，原为极不起眼的小城，常年风沙弥漫。解放前夕仅存二十来户人家、几株榆树。歌曲《达坂城的姑娘》使这座小城名扬天下，达坂城的姑娘尽人皆知。

〔227〕交河故城位于新疆吐鲁番市以西 10 千米，建于雅儿乃孜沟河床中央，地处柳叶状半岛平台，因两河绕城交汇得名。古城故址作西北—东南走向，长 1650 米，最宽处 300 米，占地 0.43 平方千米，建筑面积 25 万平方米，是世界上唯一的生土建筑城市，也是二千三百年来我国保存最完整的都市遗迹。秦汉以前，古城为车师前部王国国都，由庙宇、官署、塔群、民居和作坊等组成。西汉年间，古城为西域地区政治、经济、文化中心。唐朝在此设安西都护府，为西域最高军政机构。因长年河水冲刷，古城台地周缘形成三十米高断崖。地势险峻。易守难攻。为历代兵家必争之地。

〔228〕从空中俯视，交河故城犹如一艘漂泊于千年岁月、茫茫沧海的航母。汉唐时期，伟大的丝绸之路由此穿过。中原、印度、波斯、地中海沿岸的商贾、僧侣、使节相互往来，络绎不绝。海路开通前，这里是地球几大洲人文会

聚的唯一通途。古老的四大文明在这里碰撞出炫目的光芒,映照着人类几千年的升华。国外有人类学家认为交河故城是世界文化的摇篮、开启世界文化大门的钥匙。

〔229〕据《汉书·西域传》记载:公元前2世纪汉代张骞出使西域时,交河故城已然存在。

〔230〕唐玄奘西行取经曾路过交河故城,在大寺院佛堂讲经,受到热烈欢迎。一代高僧滔滔雄辩的风采和众僧屏息聆听的情景,早已随风飘散。

〔231〕"沙坡头"系沙陀头的讹音,因黄河岸边宽2千米、高100米的大沙堤得名。景区位于腾格里沙漠南缘、黄河北岸、宁夏回族自治区中卫县城以西20千米处。此处集聚大漠、黄河、高山、绿洲等独特自然景观,人文内涵丰厚,兼具西北雄奇与江南灵秀,被誉为世界垄断性旅游资源。又因治沙成果丰硕,获国家科技进步特别奖,为中国第一个沙漠自然生态保护区、全球环保500佳单位。有"世界沙都""人类治沙史奇迹"等美誉。

〔232〕沙坡头为中国三大鸣沙山之一(另为甘肃敦煌鸣沙山、内蒙古鄂尔多斯响沙湾)。沙坡长100米,倾斜60度。天气晴朗、气温升高时从沙坡下滑,坡内会发出嗡鸣之声,如金钟长鸣,悠扬洪亮,有"沙坡鸣钟"之誉。

〔233〕20世纪50年代初,中国决定开建通往大西北的第二条战略通道——包兰铁路。从经济、技术角度考虑,须在宁夏中卫至干塘一线修筑140千米路段,六次穿越腾格里沙漠。为保护包兰铁路,中卫人与治沙、科技工作者创造了"麦草方格固沙"方案,以麦草、稻草扎成方格,固阻流沙,在草方格中栽种沙蒿、柠条,再将草方格连网,以"五带一体"防护体系(含卵石防火带、灌溉造林带、草障植物带、前沿阻沙带、封沙育草带)综合治沙,以最经济、简便、原始的方法,确保包兰铁路数十年安全运行,畅通无阻。

〔234〕奔腾而下、一泻千里的黄河横穿沙峰林立、绵延万里的腾格里沙漠,在沙、河之间留下沙坡头这片葱郁的绿洲,为宁夏博得了"塞上江南"的美誉。西汉元鼎元年(公元前116年),汉武帝屯兵戍边,在沙坡头筑堤、引水,挖渠,创造了黄河堤坝引水的辉煌历史。元太祖成吉思汗七次亲征西夏,其中两次征战中卫,屯兵营盘水,勒马沙坡头,列兵黄河九渡,病殂固原六盘山。中卫山川见证了成吉思汗的归宿,留下了一代天骄最后的足迹。

〔235〕腾冲位于滇西边陲,毗邻缅甸,曾为西南丝绸之路要冲,又是著名侨乡、文化之邦、翡翠集散地、省级历史文化名城和中国三大地热区之一。境内有沸泉、气泉、喷泉、温泉,分属碳酸泉、硫磺泉、硫酸泉。最高水温摄氏96.3度。有90余座火山雄峙苍穹,88处温泉喷珠溅玉。地热区高温中心位于城西20千米处的热海,面积约8平方千米。澡塘河依山蜿蜒。热水泉

高低错落。大小滚锅、万年蛤蟆嘴、醉鸟神泉、怀胎奇井、美女仙池、扯雀魔塘、热龙抱珠等名泉千姿百态,令人叹为观止。

〔236〕腾冲大盈江对岸有一片排列有序的山岩,由纵横石柱组成。中含六方柱、五方柱、七方柱,人称神柱谷。相传这片石柱为鲁班之女鲁姬为民造桥所余,被视为鲁姬化身。

〔237〕"五大连池"是由火山熔岩阻塞河流形成的五个相连的堰塞湖。位于黑龙江省黑河市五大连池市(原名德都县),为我国著名的火山游览胜地。此处先后爆发过14座火山。早期爆发距今约130万年。近期喷发距今约280年。火山风景奇特,火山地貌完整,矿泉疗效显著。素有"天然火山博物馆"美誉。具有游览观光、疗养休息、科学考察多种功能。

〔238〕长白山温泉属高热温泉。泉温多在摄氏60度以上,最热泉温摄氏82度。温泉含大量硫化氢和多种微量元素,具有较高医疗价值,对肠胃病、皮肤病、高血压、心脏病及妇科病疗效尤显,有"神水"之谓。此地集特色医疗、温泉洗浴、生态旅游、资源开发为一体,为中国东北地区旅游度假胜地。长白山简介参见〔156〕。

〔239〕"天池"指长白山天池。长白山是年轻的休眠火山。16世纪以来曾两次爆发,相隔不到百年。最近爆发约在三百年前,至今仍有内热外流。星罗棋布的长白山温泉群,是地热异常直接、明显的标志。

〔240〕长白山常年云雾弥漫,冰封雪掩,时有飞沙走石、雷雨冰雹,气候瞬息万变,美景稍纵即逝,每年只有数十天晴好日子。故两千多年来少有文人墨客登山吟诗作赋,亦无帝王将相祭天封禅。不少游客千里迢迢赶赴此地,却难见天池真容,往往乘兴而来,败兴而归。

〔241〕远古时期的长白山是一座火山。所喷大量熔岩在山口凝成盆状,长期积水,成为天池。据史籍记载:五千年前和1199—1201年长白火山至少有两次大规模喷发。后一次是全球近两千年来最大的火山喷发。喷出的火山灰远降至日本海及日本北部。16世纪以来,长白火山又有三次喷发。较大两次发生在1668年和1702年。据中国地震局监测研究:长白天池下方尚存地壳岩浆囊,仍具爆炸式喷发危险,但目前未发现火山复苏征兆。天池储水20亿吨,一旦喷发,破坏性极大。

〔242〕漠河简介参见〔119〕。

〔243〕漠河简介参见〔119〕。

〔244〕东北虎林园坐落于黑龙江省松花江北岸,毗邻太阳岛,占地1.44平方千米,集保护、科研、旅游为一体,是目前世界上最大的人工繁育东北虎基地,也是哈尔滨市独具特色的旅游景区。林园拥有异龄纯种东北虎三百余

只。自然特色浓郁,空气质量优良,是休闲度假理想之地。

〔245〕"张师"指现代名画家张泽(1882—1940年),字善、善子、善之,人称"虎公",自号"虎痴",四川省内江市人,善画山水、花卉、走兽,尤精画虎,曾豢虎写生,为著名国画家张大千二兄。其曾于抗日战争初期作《猛虎扑日图》,表达国人抗击日本侵略者的气概与决心,又作《飞虎图》赠予美国空军上校陈纳德,支持其援华作战。陈纳德将此图视同拱璧,将空军志愿队更名为"飞虎队",并按图制作旗帜、徽章,以鼓士气。原图珍藏于美国国家博物馆。

〔246〕"武二郎"即武松。中国古典文学名著《水浒传》二十二回"横海郡柴进留宾 景阳冈武松打虎"中有相关描述。

〔247〕据传媒报道:因长期人工驯养、野性严重退化,林园曾出现几只东北虎扑食一只牛犊而相持不下的情景。

〔248〕"丹鹤"指丹顶鹤,亦称仙鹤、鷩鹩、仙禽、胎禽,因头顶红肉冠得名,属鸟纲鹤形目鹤科鹤属丹顶鹤种,为东亚特有鸟类,在本土文化中具有吉祥、忠贞、长寿等寓意,为国家一级保护动物、世界濒危物种。幼鹤体羽棕黄,喙黄。亚成体羽色黯淡,头顶裸红渐艳。成鸟颜色分明,体态优雅。嘴呈橄榄绿色。头顶呈朱红色。喉、颊、颈呈暗褐色。颈部及飞羽末端呈黑色。其余呈白色。飞羽长而弯曲,呈弓状。覆尾羽。鹤顶红色裸区古称"鹤顶红"(亦称鹤顶血),谓含剧毒,此言不确。鹤血其实无毒。"鹤顶红"应指砒霜,即不纯的三氧化二砷。"三元组合"指黑、白、红三色配搭。

〔249〕丹顶鹤简介参见〔248〕。

〔250〕丹顶鹤简介参见〔248〕。

〔251〕"汉阳"指湖北省武汉市汉阳区。其位于武汉市西南部,与武昌隔长江相望,与汉口隔汉江相守,在武汉城邑中建制最早,汉末以来为风景胜地。此地流传大禹治水、俞钟交友、关羽洗马、李白夜游等故事。拥有归元寺、晴川阁、古琴台、汉阳树、榴花塔、子期墓、琴断口、祢衡墓、升官渡等古迹。

〔252〕"峡谷"指武汉市木兰天池大峡谷。"九"指九寨沟。"匡"指庐山。木兰天池大峡谷景区位于武汉市黄陂区石门山,处大别山南麓,距武汉城区55千米,占地13平方千米,主题园占地3.2平方千米,由浪漫山水、高峡人家、森林公园组成。大峡谷长10余千米,有飞瀑、溪潭、怪石、奇木200余处。著名景观为上下八潭、大瀑布、喋血溪。此处沟壑纵横,林木茂盛,四季流水,山水交融,风光特点与九寨沟、庐山相似。

〔253〕行吟阁位于武汉东湖听涛轩东小岛,四面环水,由荷风桥连通长堤,以"行吟泽畔"(《楚辞·渔父》)得名。此阁筑于新中国成立初期,为钢筋混凝

土仿古建筑,飞檐翠瓦,古香古色,雄健俏丽。阁匾为郭沫若手书。"骚祖"指屈原。行吟阁前有屈原对天长吟全身塑像。造型清癯飘逸,端庄凝重。周缀佳木,意境开阔。

〔254〕"武圣祠"即武圣庙。"羽王"指关羽。景区位于武汉市武胜路(原武圣路),供奉关羽、岳飞,昔供古人武考前拜祭。武汉东湖磨山景区东一峰林中亦有武圣庙,主供关羽。关羽简介参见〔400〕〔835〕。

〔255〕归元古寺即归元禅寺,以佛经"归元性不二,方便有多门"语意得名,列武汉佛教四大丛林。其位于汉阳城翠微路,始建于清顺治十五年(1658年),占地约30亩,存殿堂楼阁28栋、200余间,平面布局呈袈裟状,铭牌为国内佛寺罕见的直匾。寺内珍品有二:一为书于六寸见方纸面的《金刚经》和《心经》全文,由5424个小字组成"佛"字;二为《华严经》《法华经》血书。武汉市归元禅寺为汉族地区佛教全国重点寺院。

〔256〕"高山瀑水"指高山流水景点,传古代琴师俞伯牙曾在此弹琴,唯钟子期(一说钟为樵夫。一说钟为隐居山林的楚国贵族)知其意,遂成知己。子期病故后伯牙悲痛不已,于墓前摔琴罢弹。后人称俞、钟住过的村落为集贤村,摔琴处为碎琴山,断弦处为琴断口,龟山古琴台为伯牙台。

〔257〕"吴矛"指春秋末期吴王夫差用矛,"越剑"指越王勾践佩剑。夫差矛1983年出土于湖北江陵楚墓,矛头长29.5厘米,最宽处5.5厘米,以青铜铸造,镶鸟虫篆错金铭文,矛刃锋利,铸工精细,在同类兵器中少见。勾践剑1965年出土于湖北江陵楚墓,通高55.7厘米,宽4.6厘米,柄长8.4厘米,重875克,以青铜铸造,极其锋利,镶鸟篆铭文,亦为中国青铜短兵器中罕见珍品。两器均藏于湖北省博物馆。

〔258〕西安古称长安、京兆,为最早确定的世界历史名城之一、世界四大文明古都之一(另为罗马、开罗、雅典)、中国四大古都之首,是中国历史上建都朝代最多和影响力最大的都城、中华民族的摇篮、中华文化的杰出代表、中华文明发祥地、中国历史文化首善之都。盘古开天地、女娲补天缺等传说在这里发端;远古时代的蓝田猿人在这里繁衍生息;新石器时代的半坡先民在这里建立部落;周、秦、汉、唐等十三个王朝在这里建都;名列"世界八大奇迹"的秦始皇陵兵马俑在这里出土;著名的"丝绸之路"从这里启程;文物古迹的种类、数量、价值在国内首屈一指,许多稀世珍宝为世界罕见,中国仅有。它以世代传承的雍容儒雅、博学智慧和大气恢宏,成为中国古代历史的一张底片和中国文化的一张名片,向世界展现出文明中国和中华民族的自信、开放、包容、大度。为世界著名旅游胜地。

〔259〕"十二经书"指《周易》《尚书》《诗经》《周礼》《仪礼》《礼记》《春秋左氏

传《春秋公羊传》《春秋谷梁传》《论语》《孝经》《尔雅》，为中国封建社会知识分子必读书目。共六十五万余字。为避免传抄失误并能永存，长安国子监将十二部经书刻碑立范，供人校对。加清代补刻的《孟子》刻石，合称"十三经"刻石。东汉以来曾七次刻经。西安碑林第一陈列室的《开成石经》刻于唐开成二年(837年)，两面镌文，用石114方，是目前仅存的一套完整的石刻经书。

〔260〕"碑廊"指西安碑林，因藏碑如林得名。其创建于北宋元祐二年(1087年)，是收藏我国古碑时间最早、数目最大、驰名中外的一座艺术宝库，陈列从汉至今四千余块碑石和墓志，既是我国古代书法艺术宝库，又是古代文献典籍和石刻图案的汇集，反映中外文化交流历史，记述我国文化发展的部分成就。

〔261〕"寻常巷陌"典出辛弃疾《永遇乐·京口北固亭怀古》词句"斜阳草树，寻常巷陌"。"王"指王世襄，为中国著名文物专家、学者、文物鉴赏家、收藏家，有"京城第一玩家"称谓。"张"指张宗宪，为我国著名收藏家，主藏中国瓷器、字画，是苏富比、佳士得两大国际拍卖公司拓展香港市场的主推者。此句以"王张"泛指文物收藏家和爱好者。

〔262〕"李杜"指李白、杜甫。李白(701—762年)字太白，号青莲居士，祖籍陇西成纪(今甘肃天水附近)，为唐代伟大的浪漫主义诗人，人称"诗仙"。李白诗作讴歌理想，抒发悲愤；不畏权力，仗义抗争；蔑视权贵，追求自由；情绪起伏，充满矛盾；高自期许，表现自我。李白诗风豪迈奔放，清新飘逸；想象丰富，意境奇特；语言精妙，感情充沛；文思浪漫，立意清晰；对大自然有强烈的感受力。李白尤擅乐府、歌行、绝句。杜甫(712—770年)字子美，自号少陵野老，别名杜陵布衣，世称杜工部、杜老、杜少陵。汉族，原籍湖北襄阳，生于河南巩县(今郑州巩义)，是盛唐时期伟大的现实主义诗人，有1400余首诗作传世，人称"诗圣"。杜甫诗作社会内容丰富，时代色彩强烈，政治倾向鲜明，敢于描述民间疾苦，大胆抒发悲天悯人、仁民爱物的忧国忧民情怀，全方位显示唐朝由盛至衰的历史过程，堪称"诗史"，代表作为"三吏""三别"。杜甫诗风沉郁顿挫，兼容并蓄，炼字精到，对仗工整，符合中国诗歌的建筑美要求。杜甫长于古体、律诗。在中国古典诗歌中影响深远，备受推崇，扬名海外。李白、杜甫合称"李杜""大李杜"。李白年长，但不以才名倨傲。杜甫"性豪业嗜酒""结交皆老苍"。两人平等论交，友谊深厚。

〔263〕"雁塔"指大雁塔。景区位于西安慈恩寺内，属楼阁式砖塔，造型简洁，气势雄伟，有鲜明的民族特色和时代风格，是古城西安独具风格的标志。传由玄奘法师于唐永徽三年(652年)请建，用于存放取自印度的经籍。大雁

塔南门两侧镶嵌《大唐三藏圣教序》《大唐三藏圣教序论》石碑。前碑镌刻贞观二十二年(648年)唐太宗为玄奘译经所作总序。先由唐初四大书法家之一的褚遂良书写,称《雁塔圣教序》。后由沙门怀仁从王羲之书作集字刻碑,名《唐集右军圣教序并记》。后碑镌刻唐高宗《圣教序》纪文,由褚遂良书写。二碑均为研究唐代书法、绘画、雕刻艺术的重要文物。塔西石门有线刻殿堂图,是研究唐代建筑的珍贵资料。

〔264〕丽江古城又名大研镇,位于云南西北丽江坝中部,为丽江纳西族自治县中心城镇。古城建于宋元,盛于明清,集中了纳西文化精华,完整保留了宋、元历史风貌,有"高原姑苏""东方威尼斯"美誉。

〔265〕"宣翁"名科,生于1930年,藏裔纳西族,云南丽江人,早年求学于昆明教会学校,挚爱并长期研究音乐,为音乐民族学家。其祖辈是明朝嘉靖年间从安徽宣城充军到云南鹤庆的汉人,曾祖母是纳西族,祖母是藏族康巴公主,父亲能说七种民族语言,是纳西族第一个会说英语的人。宣科其貌不扬,但才华横溢,风流倜傥,狂放不羁,人称"怪才"。1957年曾遭无妄之灾,被关进监狱,1978年重返故土,出狱后致力发掘、整理、推介纳西古乐,组建"垂垂老矣"的专业演奏班子,使之成为丽江的一道风景和文化产业的一大财源。多民族的血缘、聪颖的天赋和进取的气质,使宣科具有运用多种语言的能力,惯以多民族的不同方式理解和思考问题。他在饱经忧患之后所表现出来的振作有为的生活态度和锲而不舍的求知精神为世人瞩目。"大器晚成"是学术界对他的共识。

〔266〕"曲调"指国际公认的"丽江三宝"——东巴音乐、白沙细乐和洞经音乐。东巴音乐是纳西族东巴教的法事、道场音乐。白沙细乐反映七百年从宋以来的中国历史,是有乐章、故事、哲理、和声的大型管弦乐套曲。洞经音乐是纳西化的汉族传统音乐,既保留江南丝竹的清丽韵味,又糅合纳西民乐的粗犷豪放,为儒、释、道合流的宗教性科仪音乐,亦称雅集型儒家细乐。"三宝"统称纳西古乐。使用苏古笃、曲项琵琶、芦管、竹笛、胡琴、三弦、锣、镲、铙、钹、鼓、磬等二十种乐器,有"音乐化石"美誉,是纳西族在历史长河中多元融汇的艺术结晶。

〔267〕"形声造字"指东巴文字。是目前世界上唯一传袭至今的象形文字。

〔268〕"水碓"指丽江四方街口的大水车,象征农耕时代。其日夜回旋,沧桑古雅,深镌纳西族的农耕历史,诉说纳西文明的不朽与辉煌。"茶马道"指关藏茶马古道。其发自云南普洱茶产地(今西双版纳、思茅一带);经下关、大理、丽江、中甸(今香格里拉)、德钦到达西藏邦达、察隅、昌都、洛隆、工布江达、拉萨;再经江孜、亚东分赴缅甸、尼泊尔、印度,国内行程三千八百余千

米,为明清时期五条茶马古道之一,是世界上最高、最险、最远的文明古道,也是生存、探险、人生之道。丽江四方街是茶马古道的一道金字招牌,在中西贸易往来中发挥举足轻重的作用。

〔269〕南京夫子庙原为东晋学宫,位于南京秦淮河北岸贡院街旁,由孔庙、学宫、江南贡院组成,于北宋景祐元年(1034年)原地扩建,用于供祀中国古代著名大思想家、教育家孔子,名列"中国四大文庙"(另为北京孔庙、吉林文庙、山东孔庙),为明清时期南京文教中心、秦淮风光精华所在和国内外著名游览胜地。夫子庙布局为前庙后学,有别于其他孔庙。门前设泮池,庙前建广场、照壁、棂星门、东西牌坊。泮池为天然河道,在国内孔庙中独一无二。照壁为朱红色石砖墙,位于秦淮河南岸,长110米,高10米。孔子铜像立于大成殿前,高4.18米,重2.5吨。孔子画像悬挂于大成殿中,高6.5米,宽3.15米。照壁、铜像、画像均为全国之最。

〔270〕"先师问礼"典出《孔子问礼图碑》。此碑刻于南朝齐永明二年(484年),记载孔子的相关经历。鲁昭公二十四年(公元前518年),孔子曾怀抱兴国安邦、济世访贤的愿望,从家乡曲阜出发,前往周都洛阳考察礼乐典章制度,意欲巩固鲁国奴隶主政权。碑上图文清晰可辨,为难得一见的珍贵文物,原立于南京市政府院内,后迁至夫子庙正门内侧。

〔271〕"俊彦加封"典出《封四氏碑》。此碑位于孔庙正门内侧。碑中记载:元至顺二年(1330年)文宗皇帝诏封颜回、曾参、孔伋、孟轲为"四亚圣"。"异才"指侍立于大成殿丹墀的孔门十二贤,以及庙院碑廊早先供奉的孔门七十二贤。

〔272〕"胭脂水"指旧秦淮河。古城南京曾十一次定都。六朝时代南京乌衣巷、朱雀街、桃叶渡等处多居高门大族。夫子庙一带十分繁华。明代将夫子庙设为国子监科举考场,时考生云集,商贾荟萃,酒楼、茶馆、书肆、小食店铺、服务行业及青楼妓院应运而生,形成秦淮河上畸形繁华的景象。

〔273〕绍兴别名会稽、山阴,有二千五百余年历史,为夏禹朝会之都、春秋时代越都、魏晋中心城市、宋朝都城、历代兵家必争之地,是中华文明发祥地之一。绍兴名人主要有舜帝、夏禹、勾践、西施、欧冶子、王充、嵇康、谢灵运、王羲之、谢安、王献之、陆游、王冕、徐渭、秋瑾、竺可桢、鲁迅、周恩来、谢晋等。绍兴市曾获联合国人居奖城市、中国最具幸福感城市和国际旅游城市称谓。

〔274〕"曲水流觞"为一处木化石题刻,位于绍兴流觞亭前"之"形曲水。东晋永和九年(353年)农历三月初三,会稽内史、大书法家王羲之曾邀四十二位国家军政高官及社会贤达修葺兰亭,商讨国事。时宾主酒杯漂于曲水,由当杯者饮酒作诗,否则罚酒三觚(约一斤半)。席间二十六人作诗37首,汇为

《兰亭集》。十六人无诗自罚。王羲之趁酒作序，以鼠须笔、蚕茧纸一气书成《兰亭集序》，获称"天下第一行书"。"二王"指王羲之、王献之父子。献之自幼苦练书法，据称曾写干18缸水，后成名家。

〔275〕"青藤"指徐渭书斋的外墙植物。徐渭（1521—1593年）字文长，号青藤道士，明代著名诗人、戏曲家、画家、书法家，在文学、美术史上占有崇高地位。其一生坎坷，怀才不遇，抱愤而卒，尘霾无闻。直至明代袁宏道《徐文长传》付梓，方知名于世。

〔276〕"山阴侠女"指秋瑾（1875—1907年），原名闺瑾，字璇卿、竞雄，号旦吾，乳名玉姑，自称鉴湖女侠，笔名秋千、白萍，祖籍浙江山阴（今浙江绍兴），生于福建闽县（今福建福州）。其幼年就读家塾，十五岁骑马击剑，蔑视封建礼法，提倡男女平等，以花木兰、秦良玉自喻。曾自费留学日本，投身革命，参加三合会、光复会、同盟会，创办《白话报》《中国女报》，宣传民主革命、妇女解放，后联络会党，欲响应萍、浏、醴起义，又参建光复军，拟在浙、皖举义。因事泄被捕，从容就义于绍兴轩亭口。秋瑾好文史，工诗词，其作感情深沉，笔调雄豪悲壮。有《秋瑾集》等传世。

〔277〕"学界精英"指蔡元培（1868—1940年），字鹤卿、仲申、民友、子民，化名蔡振、周子余，汉族，原籍浙江诸暨，生于绍兴山阴，系革命家、教育家、政治家。其曾任民国首任教育总长、北大校长，兼任中法大学校长；经历清朝、南京临时政府、北洋政府、国民党政府四个时代；始终信守爱国民主政治理念，致力废除封建主义教育制度，为建立我国新式教育制度、发展我国教育文化科学事业，做出了富有开创性的贡献，堪称学界泰斗、人世楷模。代表作有《蔡元培自述》《中国伦理学史》《蔡元培教育文选》《蔡元培教育论著选》等。

〔278〕"百草"指鲁迅故里百草园。"民族魄"即民族魂。

〔279〕"三香"指鲁迅故里三味书屋。"儒生"指鲁迅著名小说《狂人日记》中的主人公。

〔280〕"绍酒"别称鉴湖美酒、老酒、料酒、甜酒，属黄酒系列，因产地得名，入列世界三大古酒（另为啤酒、葡萄酒）。其色泽澄黄清亮，醇厚甘甜，素称黄酒之冠、酒中极品，主要得益于酿酒工艺和鉴湖水质。绍兴人对绍酒质量、品味、色泽独有见地，对饮法、配菜及酒器的研究颇具地方特色和文化内涵。鲁迅小说多处提及绍兴黄酒和绍兴酒俗。元红、加饭、善酿、香雪为绍酒四大名品。

〔281〕西湖素称文化名湖，为世界著名文化景观，联系着许多学术名家、文人墨客和艺术巨擘。其中有炼丹祖师葛洪、著名学者章太炎、经学大师俞樾、

教育大家竺可桢；有"未能抛得杭州去，一半勾留是此湖"的白居易、以"梅妻鹤子"闲适自乐的林和靖、两度结缘西湖并留下千古名句的苏东坡；有巧笔画西湖的夏硅、诗书画印四绝的吴昌硕、"二十文章惊海内"的弘一法师。诸多名人归葬于西湖山水，传承西湖文脉，共诉天下兴亡，永为后人怀念。西湖简介参见〔139〕。

〔282〕"三潭"指三潭印月。"一峰"指孤山。三潭印月为西湖"三岛十景"之一，有小瀛洲美誉，于明万历三十五年（1607年）以湖泥堆成，主要景观为湖岛南面的三座小型石塔及相应水面。三塔呈等边三角形布列，间距62米，塔身球形中空，环开5孔，出水2米，塔顶如葫芦，塔基为扁圆石座，造型别致优美。每逢仲秋之夜，皓月当空，水天相映，塔中燃烛，烛月争辉。天月、水月、塔月、心月融为无限悠思与寄托，使人怡然忘返。

〔283〕"两吏"指唐代白居易、宋代苏东坡。唐长庆二至四年（822—824年），白居易曾任杭州刺史，于任内疏通六井，整治西湖，筑建湖堤，留下一湖净水、六井清泉、二百诗作、一道白堤（即白沙堤。或云白居易来杭前此堤已经存在，有白诗为证）。其离任时百姓扶老携幼，箪食壶浆，难分难舍。宋熙宁四年（1071年），苏东坡就任杭州通判，于任内致力于西湖水利与城市发展，大规模整治杭州六井。宋元祐四年（1089年），苏东坡就任杭州太守，于任内呈《乞开杭州西湖状》，发动全城募捐，动用二十万民工疏浚西湖，筑建长堤，吟诗千首。后人将长堤称为"苏堤"，将"苏堤春晓"列为西湖佳景。

〔284〕"志士"指与西湖有关的仁人志士，如"西湖三杰"岳飞、于谦、张苍水；"浙东三侠"徐锡麟、秋瑾、陶成章；宋朝义士、打虎英雄武松等。民国政府曾将孤山清代行宫御花园辟为中山公园，旁建浙江忠烈祠；在西泠桥畔建徐锡麟、秋瑾墓；翻修岳王庙、岳王坟；在二、五公园码头建北伐阵亡将士纪念塔和八十八师淞沪战役阵亡将士纪念碑。

〔285〕"文豪大作"指宋代苏东坡《饮湖上初晴后雨》、南朝苏小小《苏小小歌》、唐代白居易《忆江南》、宋代林逋《山园小梅》，合称"西湖四韵"，分别吟诵苏堤春雨、西泠夏荷、碧湖秋月、梅园冬雪四景，为脍炙人口的咏湖佳作。"临都"指南宋都城杭州。

〔286〕雷峰塔是民间故事《白蛇传》中法海禅师镇压白娘子的古塔。时法海宣称：须待雷峰塔倒，白娘子方能重见天日。善良的中国百姓对法海拆散恩爱夫妻十分愤恨，对许仙、白素贞的不幸深表同情。多年后，侥幸脱逃的青儿在峨眉山修成正果，终将雷峰塔推倒，使白娘子重获自由。

〔287〕西湖岸边、宝石山下时常回荡着盲人阿炳的《二泉映月》名曲。阿炳（1893—1950年）原名华彦钧，为无锡民间音乐家、正一派道士，因患眼疾双

目失明。他广泛吸取民曲精华，刻苦钻研道教音乐，一生创演民乐 270 余首，至今留传《二泉映月》《听松》《寒春风曲》《大浪淘沙》《龙船》《昭君出塞》等六首二胡、琵琶名曲。

〔288〕"武穆"指岳飞(1103—1142 年)，字鹏举，宋代相州汤阴县(今河南安阳汤阴县)人，中国历史上著名的战略家、军事家、民族英雄、南宋中兴四将之首(另为韩世忠、张俊、刘光世)，为宋、辽、金、西夏时期最杰出的军事统帅、两宋以来最年轻的建节封侯者和联结河朔之谋的缔造者。南宋建炎二年(1128 年)以来，其率岳家军与金军进行数百次战斗，所向披靡。后于南宋绍兴十年(1140 年)挥师北伐途中，收到宋高宗和宰相秦桧十二道退兵金牌，因孤立无援被迫班师，受诬陷入狱，以"莫须有"罪名遇害。岳飞的文学才华在将帅中亦属少有。近九百年来，其作《满江红》一直震撼着中华民族的心灵。

〔289〕"精忠报国"典出岳母刺字故事。元人《宋史本传》记载："……飞裂裳，以背示铸，有'精忠报国'四大字，深入肤理。"清代钱彩评《精忠说岳》第二十二回"结义盟王佐假名，刺精忠岳母训子"，详叙岳母在岳飞背上以毛笔书写"精忠报国"四字，复用针刺，涂以醋墨，使永不褪色。岳母姚太夫人名列"中国古代四大贤母"(另为孟母、欧母、陶母)，为母教典范、女性楷模。她在国家危亡之际励子从军，教子报国，在中国民间传为佳话。

〔290〕杭州简称杭，为浙江省省会，位于中国东南沿海、浙江省北部、钱塘江下游北岸、京杭大运河南端，是浙江省政治、经济、文化、科教、交通、传媒、通信、金融中心，典型的山水文化名城和中国主要会展城市之一，也是吴越文化发源地之一。其历史悠久，文脉深厚，市内人文古迹众多，以西湖景区为最。周边有大量自然景观及人文遗迹，包括良渚文化、丝绸文化、茶文化等最具代表性的独特文化及许多故事传说。杭州有博物馆二十四处，囊括茶叶、丝绸、印学、伞具、扇具、动漫、铜雕、围棋、刀剪剑、江南水乡文化、西湖博览、杭州历史、中国湿地、浙江自然、杭州水利、京杭运河、南宋官窑、南宋钱币、世界钱币、中国财税、都锦生织锦、胡庆余中药及中国西药等领域；有文化名人馆祠五处，分别纪念白居易、苏东坡、章太炎、潘天寿、黄宾虹；有陈列馆四处，含杭州城墙、孔庙碑林、西湖保护、民生药业。古代名人有孙权、于谦、张苍水、宋应昌、葛云飞等。近现代名人有任伯年、夏衍、高阳、马叙伦、梁实秋、章太炎、郁达夫、戴望舒、陈叔通、杭立武、施蛰存、钱学森、盖叫天、李叔同、俞平伯等。杭州简介参见〔794〕。

〔291〕此句点赞西泠印社的篆刻艺术。该社创建于清光绪三十年(1904年)，由浙派篆刻家丁仁、王禔、吴隐、叶铭等发起，以保存金石、研究印学、兼

及书画为宗旨。社址位于西湖孤山南麓,东至白堤,西近西泠桥,北邻里西湖,南接外西湖,近代艺术大师吴昌硕于 1913 年首任社长,李叔同、黄宾虹、马一浮、丰子恺、吴湖帆、商承祚等为印社社员,杨守敬、盛宣怀、康有为等为赞助社员。此后二十年西泠印社迅速发展,声望日隆,逐步确立了"海内金石书画重镇"的地位,是海内外研究金石篆刻历史最久、成就最高、影响最广的学术团体,有"天下第一名社"美誉。

〔292〕"删繁就简"是对丰子恺画风的评价。丰子恺(1898— 1975 年)原名丰润、丰仁,号子顗、子恺,浙江桐乡石门镇人,中国现代画家、散文家、美术教育家、音乐教育家、翻译家,是在多方面卓有成就的文艺大师,主要师从李叔同、夏丏尊。他是同辈中唯一的男孩,脉脉温情伴随一生,浸透了他的性格,造就出纯仁的画风和平易的文字。其漫画多为儿童题材,真实执着,自然淡泊,常使成年人心存愧疚。其画风简易朴实,意境含蓄隽永,寥寥数笔便能勾勒出雍容恬静的意境,成为沟通文学与绘画的桥梁。

〔293〕"李祖"指李叔同(1880—1942 年),又名李岸、李良,字息霜,谱名文涛,幼名成蹊,学名广侯,法名演音,号弘一、晚晴老人,别号漱筒。他是中国新文化运动的前驱、思想家、革新家,著名音乐、美术教育家、书法家、戏剧活动家、中国话剧开拓者之一,中国传统文化与佛教文化结合的优秀代表,也是国际声誉甚高的知名人士;赴日留学归国后曾任教师、编辑;后看破红尘,剃度为僧,是中国绚丽至极又归于平淡的典型人物。他以教印心,以律严身,精研律学,弘扬佛法,是中国近现代佛教史上杰出的一位高僧,被奉为律宗第十一代世祖。其充满传奇色彩的一生,为世人留下了咀嚼不尽的精神财富。

〔294〕"女儿红"归属黄酒,以糯米、红糖等发酵而成,主产于浙江绍兴一带。当地人家生女满月,常选酒数坛,以泥封口,埋于地底窖内,于嫁女时取出宴客,因以得名。其多呈琥珀色,透明澄澈,芳香馥郁,日久愈烈。集"甜、酸、苦、辛、鲜、涩"六味,兼"澄、香、醇、柔、绵、爽"六风,含人体所需大量氨基酸,有高出其他酒品的营养价值。

〔295〕少林寺又名僧人寺,地处河南省郑州市登封城西少室山茂林之中,以禅宗祖庭和少林武术并称于世,有"天下第一名刹"之誉,现存山门、客堂、达摩亭、白衣殿、地藏殿、千佛殿、塔林等古迹。塔林始建于唐贞元七年(791年),林中有二百二十余座佛塔及初祖庵、二祖庵。千佛殿有明代五百罗汉朝毗卢壁画,保存唐代以来诸多碑刻。重要碑刻有《唐太宗赐少林教碑》《武则天诗书碑》等。少林寺曾历尽沧桑,屡兴屡废。新中国成立后千年古刹屡获修缮,重放异彩。

〔296〕少林武术发源于嵩山少林寺。少林功夫是汉族武术体系中最为庞大的门派，武功套路多达七百余种，以禅入武，习武修禅，有"武术禅"之谓，因武艺高超享誉域内海外，成为汉族传统武术的一个象征。古龙小说称少林武术为"中华武术七大门派"之第一门派，余为武当、昆仑、峨眉、点苍、华山、海南（或为峨眉、武当、青城、崆峒、华山、昆仑）。唐初少林寺十三棍僧曾助秦王李世民讨伐王世充，受唐朝封赏，允特设常备僧兵，促成了少林武术的发展。

〔297〕"达摩"指菩提达摩，又名菩提达磨、菩提多罗，意译觉法，自称佛传禅宗第二十八祖。原为南天竺国（今印度一带）香至王第三子，后秉遵师嘱，驾舟浮海，于南朝梁普通七年（526 年）抵达广州传授禅法；次年至南朝都城建业（今江苏南京），因与梁武帝面谈不契，又一苇渡江，到达北魏都城洛阳，卓锡嵩山少林，在此面壁九年，授《楞伽经》四卷，传禅宗衣钵；后出禹门，游化终身，于西魏大统二年（536 年）卒于洛滨熊耳山，终年一百五十岁，唐代宗谥其"圆觉大师"。经五代弟子大力弘扬，佛教禅宗终于一花五叶，盛开秘苑，成为中国佛教最大宗门。后人称中国禅宗为"达摩宗"，尊少林寺为"中国禅宗祖庭"，尊达摩为"中国禅宗初祖"。其一苇渡江、面壁九年、断臂立雪、只履西归等故事在民间广为流传，寄托了后人的敬仰与怀念。

〔298〕"法棍撑唐"指"十三棍僧救唐王"的历史传说。电影《少林寺》使这一传说家喻户晓。民国初年梁启超在《中华新武术棍术科》序言中称："隋大业末，天下乱。流贼万人，将近少林寺。寺僧将散走。有老头陀短棍冲贼锋，当之者皆辟易，不敢入寺。乃选少壮僧百人授棍法。唐太宗征王世充，用僧众以棍破之。叙其首功者十三人。"姜容樵著《少林棍法》及韩慕侠所序亦持此说。《唐太宗告柏谷坞少林寺上座书》《唐太宗赐少林寺教碑》《皇唐嵩岳寺碑》等碑，有昙宗等十三人生擒王仁则记载。少林寺观音殿有"十三棍僧救唐王"壁画。《太宗文皇帝御碑》刻有李世民赏少林寺耕地四十顷、水磨一具的亲笔圣旨及昙宗、惠玚、志操等棍僧法号。亦有专家认为"十三棍僧助唐王"更近史实。

〔299〕"七柏"指七株巨柏。"十房"指钟楼、鼓楼、客堂、库房、香积厨、东西禅堂、紧那罗殿、六祖堂、阎王殿和龙王殿十处建筑。1928 年，军阀石友三部曾将少林"三大殿"（天王殿、大雄宝殿和法堂）焚毁。七柏十房及"五品封槐"同时被毁。传大火蔓延四十余天，为少林寺史上最惨重的火劫。

〔300〕"六兵"指拳术、棍术、枪术、刀术、剑术和其他兵术。拳术有罗汉拳等36 套；棍术有猿猴棍等 14 套；枪术有少林枪等 21 套；刀术有少林双刀等 50余套；剑术有达摩剑等 14 套；其他兵器有三股叉（南方称大钯）等 34 种。

"四技"指器械、器拳对练套路,技击散打,气功和软硬功夫。器械、器拳对练有空手夺刀等32种套路;技击散打有闪战移身把等16种套路;气功有易筋经等5种套路;软硬功夫有卸骨法等6种套路。

〔301〕"神光"指嵩山名僧、旷达之士慧可。其闻达摩卓锡少林,前往拜谒。大师却面壁端坐,不置可否。神光自思:"古人求道,无不历尽艰难险阻,忍常人所不能忍,竟至敲骨吸髓,扎血充饥,割发掩泥,舍身饲虎。吾有何德何能? 当自勉励!"遂默默无语恭候室外。时夜幕低垂,大雪纷扬。立至天明,雪没双膝。达摩问:"汝久立雪中,所求何事?"神光泣曰:"只愿和尚慈悲为怀,打开甘露门,普度众生。"达摩曰:"诸佛有无上妙道,是天长地久勤奋精进,行难行之事,忍难忍之情修得。岂凭小德小智,轻慢之心,欲得真乘。白费辛苦。"神光知其意,乃取利刃自断左臂,置残肢于前。达摩感其堪承大业,遂收为徒,赐名慧可。经九载,达摩意欲归西,嘱慧可一宗之奥秘,授袈裟及《楞伽经》四卷。慧可自此成为东土禅宗二代祖师,禅宗也在中国有了自己的传法世系。

〔302〕"挚映心珠"化用少林寺立雪亭清乾隆帝题匾"雪印心珠"。立雪亭建于明代,纪念慧可断臂求法,亭柱有题记,亭内供奉达摩铜质坐像,现为佛事场所。

〔303〕借用唐人刘禹锡《浪淘沙》诗作首句。

〔304〕"陶壶"指山西出土的一种陶制扁壶,上有中国最早的毛笔朱书,字形结构酷似甲骨文。"夏鼎"指晋国赵卿墓大镬鼎,于1988年出土于太原,直径、高度均超一米,为迄今我国发现的最大春秋鼎,表明晋国是当时生产力最发达、经济实力最强盛的诸侯国。

〔305〕"晋帖"指晋代书法名家王羲之、王献之法帖。"唐书"指唐代杰出书法家颜真卿、柳公权、欧阳询、褚遂良等人的楷书。"艺范"指米芾书法。颜真卿、欧阳询、赵孟頫、柳公权并列"楷书四大家"。欧阳询、褚遂良、虞世南、薛稷并称"初唐四大书家"。米芾(1051—1107年)祖籍山西太原,系书法家、画家、书画理论家,为"北宋书法四大家"杰出代表(另三为苏轼、黄庭坚、蔡襄),自幼读诗书,学书法,摹碑刻,小有声誉,深受颜、欧、褚等人影响,习二王法帖后进一步提升了书法造诣。他工书法,精鉴别,擅篆、隶、楷、行、草诸体,对古代大师用笔、章法、气韵有深刻领悟,临摹古人书法几可乱真。

〔306〕"诗"指唐诗。"曲"指元曲。一代文宗柳宗元、初唐四杰王勃、斗酒学士王绩、田园诗派领袖王维、七绝圣手王昌龄、边塞诗人王翰、晋阳诗才王之涣、江州司马白居易、大历才子卢纶、花间派鼻祖温庭筠等人籍贯为山西,诗耀九州,脍炙人口。山西也是中国戏曲故地,宋金时期戏曲日臻繁荣,元杂

剧演遍城乡。"元曲四大家"中的关汉卿、白朴、郑光祖（另一为马致远）均为山西籍人士。他们在元杂剧领域取得了巨大成就。

〔307〕"蒙"指元军。"明"指明军。"叉"指武器。

〔308〕《十对花》为山西民歌,寄寓民间对和平安宁和幸福生活的追求与向往。

〔309〕"赵"指秦始皇嬴政（别名赵政）,他曾在太原、上党留下足迹。

〔310〕"光"指宋太宗赵光义。"汉北"指北汉。北宋太平兴国四年（979年）,在太祖赵匡胤两伐北汉失败后,太宗赵光义再次领军出征,终于征服十国时期最后一国。

〔311〕"秋风"指《秋风辞》。"土"指后土。汉元鼎四年（公元前113年）,汉武帝刘彻率群臣到河东郡汾阴县（今山西万荣县）祭祀后土,立后土祠。其间泛舟汾河,饮宴中流。时秋风萧瑟,鸿雁南归。刘彻触景生情,因物起兴,以《秋风辞》写舟中盛宴,叹人生易老,借"怀佳人兮不能忘"等句抒发思贤求才的迫切心情。

〔312〕"晋庙"指晋祠。唐贞观十九年（645年）,唐太宗李世民东征高丽班师回朝,曾驻太原三月。其间题写《晋祠之铭并序》碑文,颇得王羲之书韵。

〔313〕九华山具有深厚的人文底蕴。晋唐以来,陶渊明、李白、刘禹锡、费冠卿、杜牧、杜荀鹤、苏东坡、王安石、文天祥、陆游、萨都剌、王守仁、汤显祖、袁牧、杨万里、解缙、吴襄、魏源等文坛大儒,先后在此吟诗作画,创写千古绝唱。黄宾虹、张大千、刘海粟、李可染等丹青巨匠亦来此挥毫泼墨,留下传世佳作。李白曾三上九华,写下数十首赞美诗。其"妙有分二气,灵山开九华"等句成为九华山定名诗篇。刘禹锡游历九华,留下了传世之作《九华山歌·并序》。古新罗国僧人金乔觉曾将九华山辟为地藏王菩萨道场。九华山现存文物两千余件、诗文歌赋名作五百余篇;有太白书堂、滕子京书堂、阳明书堂等书院书堂遗址二十余处;所藏唐贝叶经、明大藏经、血经、明万历帝圣旨和清康熙、乾隆墨宝堪称稀世珍宝。九华山简介参见〔1〕。

〔314〕"印度高僧"指天竺僧人杯渡禅师。据明代《池州府志》、清代《九华山志》及《安徽通志》卷四十记载:东晋隆安五年（401年）杯渡曾来此山传经布道,创立茅庵。

〔315〕"新罗"指古新罗国（公元前57—935年系朝鲜半岛上与高句丽、百济并存的王国,位于朝鲜半岛东南部）。"大德"指有大德行者,原为比丘长老、佛祖或菩萨敬称,此指金乔觉（696—793年）,俗称金地藏。相传金乔觉为古新罗国王金氏近族,早年留学大唐,汉学修养颇深,对佛教兴趣浓厚,后毅然抛弃王族生活,削发为僧,于唐开元七年（719年）西渡大唐,在九华山闽

公地建大愿道场,苦修七十五载圆寂,三年后开缸入塔,颜貌如生。佛徒以其生前苦行及坐化形迹与地藏菩萨相若,尊其为地藏化身。将其肉身妆漆镀金塑为菩萨,配石塔、殿宇,享千年香火。九华行祠为其早年栖身之所。金仙洞、地藏泉、神光岭等处留有他的足迹。

〔316〕"樊川"指杜牧(803—852年),字牧之,号樊川居士,人称杜紫薇、杜樊川,汉族,籍贯京兆万年(今陕西西安),为晚唐杰出诗人。其平生有抱负,好言兵,以济世之才自诩,人称"小杜",与李商隐并称"小李杜"。其诗以七绝著称,多咏史抒怀。其古体诗受杜甫、韩愈影响,题材广阔,笔力峭健。其近体诗文词清丽,情韵跌宕。其时政之作忧国忧民,感时伤世。其抒情小诗画面鲜艳,意境深远。杜牧亦擅文赋,著有《樊川文集》,代表作为《阿房宫赋》。其行、草书气格雄健,书、文互为表里。"绝句"指杜牧七绝《清明》。为杜牧任池州刺史时所作,人称千古绝唱,家喻户晓,亦使池州杏花村名播青史,蜚声中外。

〔317〕刘禹锡(772—842年)字梦得,亦称宾客,汉族,祖籍洛阳,生于彭城(今江苏徐州),世代儒学相传。曾任监察御史、太子宾客、夔州(今重庆奉节)、和州(今安徽和县)刺史,永贞革新失败后被贬为朗州(今湖南常德)司马。系唐代文学家、哲学家、中晚唐著名诗人,人称"诗豪",与柳宗元并称"刘柳",与白居易并称"刘白"。其诗继承《诗经》讽颂传统,以寓托物,抨击权贵,爱憎鲜明,反映社会生活重大问题。他认真汲取民歌营养,创作了一批题材广阔、含蓄婉转、朴素优美、清新自然、健康活泼、充满情趣、反映下层民生和风土人情的诗作。晚年诗风趋于含蓄,讽而不露。其寄托身世、咏怀古迹的诗作,渗透哲人的睿智与诗人的挚情,气势雄直,极富张力,为人称道。现存诗作八百余首、词作四十余首,代表作为《陋室铭》《乌衣巷》《石头城》《登长安凤云楼遥赠乐天》等。所作《九华山歌·并序》是李白之后诗赞九华山影响最大的一篇诗作。刘禹锡也是唐代古文运动的积极参加者,以论说文成就为大。

〔318〕"地藏"指金乔觉。传其从新罗国引来优质茶种,植于九华后山闵地源(今闵园),名金地茶,为九华山早期佛茶。史籍记载:其叶如雀舌,根株壮硕,茎条修长,汤雾结顶,香味浓纯,圆润祥和,叶色酷似浙北顾渚山紫笋茶,符合陆羽《茶经》对佳茶品相的描述。

〔319〕"诗仙"指李白。据后人诗证:李白曾在九华山植金钱树。此树又名青钱柳、金钱柳、摇钱树,系胡桃科落叶乔木,长羽状复叶,为第三世纪古热带区系子遗树种之一。九华山现存金钱树十二株。上禅堂金沙泉边的连理金钱树高三十余米,胸径一米,于树干2米处分枝,传为李白手植。

〔320〕李白三上九华,五游秋浦,写下数十首赞美池州山水的不朽诗篇,留存了天柱仙迹、炼丹井诗刻、李白书堂、太白井等众多圣迹。相传上禅堂后院小水池为李白洗砚处,池壁所镌"金沙泉"三字为李白手迹。

〔321〕荆、楚原意为一木二名,是江汉流域山林中极常见的树木,此处为楚族、楚国和荆楚地域之特称。楚地大体以当今湖北全境和湖南北部为中心,向周边扩展到一定范围。楚人借天时地利,融汇中原文化与南方土著文化,开创出独具异彩的荆楚文化。湖北省位于我国中部,物华天宝,地灵人杰,素有重教兴学、培养人才的优良传统。从古至今,在钟灵毓秀的荆山楚水之间,走出了许多风华绝代的思想家、政治家、军事家、文人、学者、科学家、艺术家……他们在各自领域开宗立派,独领风骚,开拓、建设荆楚文化,是"惟楚有才"的最好诠释。出自荆楚的领袖人物有炎帝、嫘祖、楚庄王、刘秀、陈友谅、朱厚熜、黄兴、黎元洪、陈潭秋、董必武、李先念;著名文臣有孙叔敖、庞统、张居正;著名将领有花木兰、养由基、伍子胥、熊廷弼、林彪、项英、徐海东、王树声;和平使者有王昭君;著名文艺家有钟子期、优孟、屈原、宋玉、孟浩然、张继、皮日休、米芾、袁宗道、袁宏道、袁中道、谭鑫培、胡风、曹禺、叶君健、严文井、关肃霜;著名学者有熊十力、黄侃、李济、杨献珍、闻一多、王亚南;著名科学家有陆羽、毕昇、李时珍、李四光等。

〔322〕屈原(公元前340—公元前278年)名平、正则,字原、灵均,汉族,楚国丹阳(今湖北秭归)人,出身楚国贵族,历任左徒、三闾大夫,兼管内政外交,主张内举贤能,明修法度,联齐抗秦,后遭贵族排挤,被流放沅、湘流域,于公元前278年秦将白起攻破楚国郢都之后,在长沙附近汨罗江怀石自尽。据传端午节为他的忌日。屈原是我国古代伟大的爱国诗人和古代浪漫主义诗歌奠基者,曾写下许多不朽诗篇,以诗歌抒发炽热的爱国情怀和对理想的不懈追求。他在楚国民歌基础上创造的楚辞,与《诗经》并称"风骚",对后世诗歌创作产生积极影响。主要作品有《离骚》《九章》《九歌》《天问》。1953年入列"世界四大文化名人",受到世界和平理事会和全世界人民隆重纪念。宋玉(公元前298—公元前222年)别名子渊,汉族,战国时期鄢(今襄樊宜城)人,为屈原之后的楚国辞赋家,在楚辞与汉赋之间起承前启后作用,是屈原诗歌艺术的直接继承者或弟子,后人多称"屈宋"。其物象描绘细腻工致,抒情自然,用语贴切,据传作品甚多,留传《九辩》《风赋》《高唐赋》《登徒子好色赋》等作(后三篇作者尚存歧义)。成语"下里巴人""阳春白雪""曲高和寡"皆由宋玉而来。

〔323〕"老子"(公元前571—公元前471年)字伯阳,又称李耳,别名老子、老聃,谥号聃(古时老、李同音,聃、耳同义),汉族,楚国苦县历乡(今河南鹿邑

太清宫镇)人,是我国古代伟大的哲学家、思想家、道家学派创始人,被尊为道教始祖,位列"世界文化名人"和"世界百位历史名人"。所著《道德经》(又名《老子》)主张无为而治,其精华为朴素辩证法,被公认为世界最古老的哲学经典,是除《圣经》外发行量最大的著作,与《易经》《论语》并列"对中国人影响最深远的三部思想巨著",对中国哲学发展具有深刻影响。"荀卿"即荀子(公元前 313—公元前 238 年),名况,又称孙卿,汉族,战国末期赵国人,为我国古代著名思想家和杰出文学家、政治家、教育家,是孔、孟之后又一位儒学大家和儒家代表人物,也是秦国名将蒙恬及法家著名代表人物李斯、韩非的业师,曾三任齐国稷下学宫祭酒,后任楚国兰陵(今山东苍山兰陵镇)县令,晚年从教著述,对发展儒家思想、重整儒家典籍有显著贡献,精通围棋,喜好花草,脾气古怪,为人严苛,是一位神清气俊、仙风道骨的老者。

〔324〕"樊氏"指春秋霸主楚庄王的嫔妃樊姬。"令尹"指楚国宰相蔿敖。相传樊姬曾劝楚庄王重视群才,广纳贤士,派人赴云梦泽接回兼具将相之才的蔿敖,拜为令尹。蔿敖字孙叔,人称孙叔敖,是楚国历史上著名政治家、军事家。其鼓励民众上山采矿,使楚国青铜冶炼和铸铁工艺处于当时领先地位;重视水利建设,主持兴修我国历史上第一个大型灌溉工程期芍陂和大型水库海子湖;严明法度,制定实施了许多有利于民生的政策法令;擅长军事,辅佐楚庄王在邲地(今河南荥阳东北或郑州西北)大败晋军,为雄楚称霸奠定了基础。在他悉心治理下楚国进入了政治、经济、文化、军事全盛时期。孙叔敖贵为令尹,功勋盖世,但一生清廉,屡拒赏赐,家无积蓄。临终竟无棺椁入葬。去世后儿子仍靠打柴度日。

〔325〕"庄王"指楚庄王。平定斗越椒叛乱后,楚庄王设太平宴款待属下,点烛夜饮,让许姬向属下敬酒。孰料狂风尽灭厅烛,健将唐狡暗拉许姬衣袖,意欲非礼。许姬揪其帽缨,密报庄王,请点烛查看。庄王却令群臣先摘帽缨,再亮厅烛,照常宴饮,显示了雄主海量。其后楚国讨郑,唐狡自荐先锋,进兵神速,庄王欲赏。唐狡却拒赏坦言:"承蒙君王不杀,今特舍命相报。"庄王曰:"当时若查明治罪,今焉能死命效力?"遂记头功并予重用。大臣将士感佩不已。

〔326〕"高山瀑水"指《高山》《流水》古琴曲,典出"伯牙鼓琴遇知音"故事。据考:俞伯牙原籍为楚国郢都(今湖北荆州),为春秋战国时期晋国上大夫、著名琴师、作曲家,善抚七弦琴,有"琴仙"之誉。其知音钟徽,字子期,春秋楚国(今湖北汉阳)人。传为头戴斗笠、身披蓑衣、背负冲担、手执板斧的樵夫,或为楚国隐贤。据《列子·汤问》记载:"伯牙善鼓琴,钟子期善听。伯牙鼓'志在高山',钟子期曰:'善哉,峨峨兮若泰山';鼓'志在流水',钟子期曰:

'善哉，洋洋兮若江河'"。《吕氏春秋》有相似记载，并交代了子期死后伯牙"终身不复鼓琴"的结局。西汉《韩诗外传》《淮南子》《说苑》，东汉《风俗通义》《琴操》及《乐府解题》等众多古籍多引《列子》《吕氏春秋》之说，并有更多相关描述。两首琴曲，一段佳话，蕴含着山水的灵韵与天地的浩远，包含着深厚的中华文化底蕴，体现了中国古代"天人合一""物我两忘"的文化精神，也寄寓着知音难求的憧憬和怀才不遇的缺憾，两千年来引起无数共鸣。

〔327〕本诗主叙庐山人文历史。庐山简介参见〔3〕。

〔328〕据史料记载：西周（公元前1046—公元前771年）初期匡俗曾隐居庐山，潜心修行。传其洞晓地理天文、人事玄机，虽周天子屡请其出山，仍不为所动。后渺无行踪，得道成仙。其隐居的草屋人称"匡庐"，隐居的深山人称庐山、匡山。以隐者行迹命名名山，在中国或世界史上可能绝无仅有。

〔329〕"董奉"为三国时期吴国侯官（今福建福州）人，同为庐山著名隐者。据传其修行成果斐然，能以道术、医术起死回生，深受官民信仰，人称"董神仙"。其行医不取分文，仅让病愈者在庐山植杏五株。数年后，十万杏树郁然成林。庐山景区有多处杏田、杏林。"杏林"一词还被国人公认为中医、中药代名词。这是庐山隐者对中国文化的一大贡献。

〔330〕陶渊明（365—427年）名陶潜，字元亮，号五柳先生，浔阳柴桑（今江西九江）人，出身没落仕宦家庭，曾任江州祭酒、建威参军，因不堪上级打压，任彭泽县令仅八十天便愤而辞官，归隐田园，过着"种豆南山下，草盛豆苗稀"的清苦生活，享受"采菊东篱下，悠然见南山"的人生乐趣。其名列"浔阳三隐"，人称"千古隐逸之宗"。他在庐山创作了大量山水田园诗篇，成为中国古代山水田园诗鼻祖，有《陶渊明集》传世。

〔331〕"洞府"指庐山白鹿洞书院。"神鹿"指李渤所养白鹿。相传唐贞元年间（785—805年），年方弱冠的李渤、李涉兄弟曾在白鹿洞隐居苦读，潜心治学，历时15年，其间携白鹿游山访友，传信驮物，有"白鹿先生"之谓。唐末五代战乱频繁，学子纷赴庐山避难求学。南唐国主遂在李渤读书处建立庐山国学，任国子监李善道为白鹿洞主，聘山长辅导生员。北宋天福五年（940年）重建、扩充庐山国学，改名为白鹿洞书院，邀大儒朱熹等讲学。该院名列"中国古代四大书院"（另三为河南商丘应天书院、湖南长沙岳麓书院、河南郑州嵩阳书院）。

〔332〕"李仙"指诗仙李白，此处泛指众多诗人。李白、白居易、苏轼、王安石、黄庭坚、陆游、康有为、陈三立、胡适、徐志摩、郭沫若等一千五百余位诗人曾登庐山，成诗四千余首。名作灿若珠玑，致使临川纸贵。《望庐山瀑布》为李白咏庐山代表诗作。

〔333〕"司马白"指白司马居易。此联化用白居易《大林寺桃花》诗句"人间四月芳菲尽,山寺桃花始盛开"。

〔334〕19 世纪末至 20 世纪初,庐山相继出现英、俄、美、法等十八国修建的近千幢别墅。其建筑风格各异,代表了西方文化侵入中国的大趋势。

〔335〕20 世纪 30 年代,庐山曾为南京国民政府"夏都"。1937 年,周恩来代表中国共产党再上庐山,与蒋介石会谈,之后发表了有关抗日的重要讲话。

〔336〕"独雁离群"指前国防部长、中共中央和中央军委副主席林彪(1907 —1971 年)因结党营私、篡党夺权阴谋败露,于 1971 年 9 月 13 日与妻、子等驾机外逃,坠毁于蒙古人民共和国温都尔汗。1973 年 8 月中共中央决定开除林彪党籍。1981 年 1 月中华人民共和国最高人民法院特别法庭宣判林彪为反革命集团案主犯。"鹰挂甲"指 1959 年庐山会议期间彭德怀(1898—1974 年)因"上万言书"等问题被免除国防部长、国务院副总理等职务,从中南海移居北京西北郊挂甲屯吴家花园,先后遭受错误批判、审查、抓捕、批斗、关押,患直肠癌病逝。1978 年 12 月中共十一届三中全会审查和纠正了对彭德怀所作的错误结论。闭会次日,中共中央在人民大会堂隆重召开追悼大会,为彭德怀平反昭雪。

〔337〕1959 年、1961 年、1970 年中共中央主席毛泽东曾三上庐山,主持召开世人瞩目的八届八中全会、中央工作会议和九届二中全会。这三个会议对中国革命和建设产生了难以磨灭的影响。年轻的共和国如凤凰涅槃,浴火重生。

〔338〕"三坊七巷"指福建省福州市南后街由北到南依次排列的十条坊巷。"三坊"为衣锦坊、文儒坊、光禄坊。"七巷"为杨桥巷、郎官巷、塔巷、黄巷、安民巷、宫巷、吉庇巷。这片 0.44 平方千米的地区保留了二百多座古宅、丰富的文物古迹、一批名人故居和明清时代建筑,有的历经千年格局犹存。区内大院比肩,深宅云集;坊巷纵横,院落相连;整齐对称,井然有序;白墙青瓦,石板铺地;房屋精致,匠艺奇巧,集中体现闽越古城民居特色,荟萃闽江文化,被喻为规模庞大的明清古建筑博物馆。

〔339〕"安民"指北邻黄巷、西通文儒坊的安民巷。据《福州地方志》记载:唐代黄巢义军兵入福州,得知诗人黄璞隐居于此,曾张贴布告:"以璞儒者戒无毁,灭炬而过。"此巷因以得名。五代十国时期雄才王审知入主闽都,以"宁为开门节度,不为闭门天子"而得君心,以"轻徭薄赋,保境安民"而得民心,奠定了闽国基业。明朝大将汤和攻入福州后亦在此巷张贴告示,安抚民心。民间还有改不"留"一人为不"杀"一人的"易字救城"之说。几则故事说明民众渴望和平安宁,感念和平安宁的缔造者,安民巷名称千古不易,是民心对

国祚的祈求,也是三坊七巷的民本坐标。

〔340〕严复(1854—1921年)原名宗光,字又陵、几道,汉族,福建侯官人,是清末很有影响的资产阶级启蒙思想家、中国近代翻译史上具有划时代意义的翻译家、教育家。毛泽东曾推崇洪秀全、康有为、孙中山、严复为"中国近代向西方寻找真理的先进的中国人"。严复曾作《天演论》《原富》等八大译著,通过译书办报,系统介绍西方民主科学,宣传维新变法。其历任北洋水师学堂总办、安徽高等学堂监督、复旦公学和北京大学校长,培养了民国大总统黎元洪、南开大学校长张伯苓、北洋大学教务提调王劭廉、著名翻译家伍光建等杰出人才。1915年参与袁世凯帝制运动、组建筹安会后,严复名声一落千丈。1920年赴福建避冬,次年10月卒于福州市郎官巷。其功过是非、成败得失值得后世研究总结。2001年严复故居得以修复,作为其生平事迹陈列馆。

〔341〕林则徐(1785—1850年)字元抚,又字少穆、石麟,晚号俟村退叟、竢村老人,为矢志报国的闽都赤子、清正务实的社稷名臣、放眼世界的左海伟人、举世共仰的禁毒先驱和抗敌御侮的民族英雄。其生于福州(时名侯官)。先祖系出九牧。族人林默娘被尊为"航海女神""妈祖"。林则徐少时家贫,父以教书为业,母系当地名儒之女,婚后以剪裁手工艺品维生,均重视后代的培养教育。林则徐主办虎门销烟,为中外禁烟运动史上最为辉煌的壮举。他首开"师夷强国"之路,努力学习,积极引进西方军事、造船、制炮技术,让美国传教士翻译《各国律例》,首次将《国际法》引入中国。其故居位于福州市南后街,现为林则徐纪念馆。

〔342〕鼓岭位于福州市晋安区,距市中心约13千米,海拔800余米。夏日气温低于摄氏30度,是江西庐山、浙江莫干山、河南鸡公山以外有影响的避暑胜地,清光绪十二年(1886年)由西方传教士开辟。"林觉"即林觉民(1887—1911年),字意洞,号抖飞、天外生,为黄花岗七十二烈士之一、《林觉民与妻书》的作者。其少时聪颖过人,读书过目不忘,年方弱冠即立誓"为天下人谋永福"。广州起义前夕,他携六箱枪械由日本东京回到香港。临战前写《绝笔书》,入"选锋队"(即敢死队),起义失败后负伤被捕,英勇就义。《林觉民与妻书》交错着缠绵与壮烈,为后人长久传诵,被选入海峡两岸中学课本。

〔343〕"乡江"指闽江。"婉莹"即谢婉莹,为谢冰心(1900—1999年)原名。冰心为现代著名诗人、作家、翻译家、儿童文学家,毕生推崇爱的文学,在列强入侵、山河破碎、军阀混战、遍地狼烟的旧中国,始终保持一颗纯洁的爱心。她告知世人:这个世界除了仇恨,还有爱和同情。她用洁净得如同闽江

之水的文字和笔下流露的母性温柔,滋养感染着无数求知的青年,不想让仇恨和厮杀泯灭人的良知。冰心故居位于福州市鼓楼区杨桥路与南后街交界处,原为林觉民旧居。林家避难福州远郊后,由 谢家买下此屋。民国建立前后,冰心曾在故居西厢房(即紫藤书屋)居住,在散文中多次描写老宅生活。林觉民侄女、近代才女林徽因(建筑师、教授、诗人、作家梁思成之妻)亦曾在此居住。

〔344〕"孤松"原指单独生长的松树,此指有学养、重气节的大文人。典出陶渊明《归去来兮辞》名句"景翳翳以将入,抚孤松而盘桓。"陶渊明(365—427年)名潜,字元亮,自号五柳先生。为东晋诗人、辞赋家、散文家。本联化自福州近代著名诗人陈衍楹联"谁知五柳孤松客,却住三坊七巷间"。

〔345〕梅州别称循州、义安、嘉应、崎里,因盛产梅花得名,秦、汉时期隶属南海郡。其位于广东省东北部,与福建、江西相连,是全国最大的客家人聚居地之一,有二百九十万名海外侨胞分布在八十多个国家和地区。梅州人才辈出,拥有黄遵宪、丘逢甲、罗香林、林风眠等著名乡贤及宋湘、叶璧华、李惠堂等文化名人;文化发达,为中国著名的文化之乡、华侨之乡、足球之乡、山歌之乡、金柚之乡、客家菜之乡、单丛茶之乡,拥有围龙屋、走马楼、五凤楼、土围楼、四角楼等古朴的客家民居,客家菜入列广东三大菜系(另二为潮州菜、广州菜);旅游资源丰富,有 1 个国家 5A 级旅游景区、4 个国家 4A 级景区,有唐代古刹灵光寺等人文古迹,有泮坑瀑布等风光名胜,有丰顺龙鲸河漂流等特色景点,有叶剑英等名人故居,历史名流文天祥、祝枝山、韩愈等也曾在此留下足迹。梅州市曾被评为中国优秀旅游城市、中国自驾游最佳目的地、中国十佳绿色环保标志城市及国家园林城市。

〔346〕"名都"指客都。梅州是当之无愧的世界客都,为客家民系最终形成地和最大聚居地。有专家认为客家人是中原士族"衣冠南迁"的后裔,或是畲族与南迁汉族结合的后裔。也有不少专家指出:客家是文化概念,判别客家人应多从语言、意识、习俗入手。梅州独特的文化魅力,首先体现在方言、传统、围屋、山歌、礼俗、餐饮等文化领域。海外有人将客家人喻为东方犹太人。有不少影响世界和中国近现代进程的大人物在梅州诞生。在甲午中日战争、保台抗倭战争、太平天国运动、辛亥革命、二万五千里长征、抗日战争中曾涌现出丁日昌、丘逢甲、叶剑英、范汉杰等赫赫有名的梅州客家籍将领。旅外成功的客家人如张弼士、曾宪梓、田家炳等更不胜枚举。勤劳俭朴、崇文重教、爱国爱乡、重义轻利、勇于开拓的传统特性,在众多客家名人身上得到了淋漓尽致的体现。

〔347〕"死生柏"即生死柏,为灵光寺"三绝"之一。该寺原名圣寿寺,相传创

建于唐懿宗咸通二年(861年)，坐落于梅州市梅县区雁洋镇阴那山腰海拔五百米处。景区占地八平方千米，建筑面积约六千平方米，入列"广东四大名寺"。寺前草坪上长有两株古柏，一生一死，传为唐代高僧潘了拳手植。生柏高三十余米，枝繁叶茂，傲然挺立，树龄长逾千年。死柏高二十七米，约死四百年，铁骨铮铮，枯而不朽。两树一荣一枯，给灵光寺增添了几分神秘。生死柏被称为"广东宝树"，或喻为"夫妻树"。珠江电影制片厂的影片《生死树》即以两树为背景。

〔348〕"中原语"指中原地区的唐宋书面、口头用语。梅州客家人的先祖携带自己的优势语言和先进的中原文化进入赣、闽、粤交界的梅州山区，对当地语言产生了重要影响。客家方言中有不少唐、宋时期的书面用语，保留着大量唐宋时期的古汉语音韵，与标准普通话有颇多相近之处。简言之，客家话是以唐、宋汉语为基础，以百越土语为辅助的一种语言共同体，可称之为唐、宋中原古汉语活化石，是客家文化最显著的标志之一。绝大多数梅州人使用客家方言。梅州广播电视台也使用客家话播音。《客家话方言词典》已修订出版。客家话是梅州维系世界客家人的重要情感纽带。全世界客家人公认梅县话是纯正的客家话。阔别故土多年的海外客家人多以乡音不改为荣。

〔349〕"天籁"指客家山歌。"十国风"代指《诗经》十五国风。据考证：梅州客家山歌继承了《诗经》十五国风的风格，受唐诗律绝和竹枝词影响，脱胎于魏晋南北朝乐府民歌，是客家人在长期劳动和生活中集体创造的民间文艺奇葩，是梅州文化的一个重要组成部分。客家人能歌爱歌，山歌多即席歌唱，歌词、曲调富于变化，优美动听。客家情歌集中了客家山歌的全部艺术成就，代表客家山歌最强烈的人文精神，表现客家男女爱情的悲欢离合和忠贞不渝。在梅州广泛流传着歌仙刘三妹和众秀才斗歌的故事。近代著名维新变法先驱、外交家、诗界革命领袖黄遵宪生于梅州，是客家山歌发展的重要推动者。

〔350〕"龙围"指客家围龙屋，是客家民居中存世最多、最著名的民居类型(余为土围楼、五凤楼、走马楼、四角楼等)，与北京四合院、陕西窑洞、广西橄榄屋、云南一颗印并称"中国五大特色民居"。梅州围龙屋始于唐宋，盛于明清，采用中原汉族最先进的"抬梁式"与"穿斗式"建筑技艺，建于丘陵或斜坡地段，以南北子午线为中轴，东西对称，前低后高，主次分明，错落有序，布局规整，屋型以半月形和围龙式为主，基本结构为"一进三厅两厢一围"。主体为堂屋，两边有衬祠，两侧为横屋，后有半月形房屋围合正中"龙厅"，围龙屋因以得名。大门前禾坪用于晒谷、乘凉和其他活动，半月形池塘用于蓄水、

养鱼、防火、抗旱和调节气候。小型"围龙"为1—2条。大型"围龙"为4—6条。一座围龙形成一个客家宗族社会和功能齐全的群体生活社区,彰显客家人"崇正"和"天下一统"的理想追求,反映"天人合一""聚族而居"的生活理念。在梅州市区和城郊四十千米内有几百座大、小围龙屋。

〔351〕"菠萝"指菠萝顶,为"斗八藻井"俗称,入列灵光寺"三绝"。主殿藻井用一千余块精制长方木接嵌垒成,高达丈余,下部呈八角形,上部呈圆锥形,愈高愈小,似螺旋宝塔,如菠萝纹状。其工艺高超,结构严谨,风格独特,巧夺天工,集结了古代建筑排风系统和烟雾过滤系统之精华。殿内香烛浓烟一经菠萝顶过滤,即变成透明的空气与二氧化碳混合物,袅袅升空,不留烟缕,堪称我国建筑科学史和寺庙建筑艺术的杰作。同样的菠萝顶在我国仅有两处,另一处为北京天坛方形藻井。因本地居民保护意识不强,20世纪80年代,美、英、法建筑师曾以低价拆开灵光寺藻井分析建筑奥秘。现存菠萝顶已经失去当年的魅力。

〔352〕客家妇女勤劳智慧,胸怀宽广,任劳任怨,堪称中国劳动妇女的楷模,凡"耕、种、樵、臼、炊、纺织、缝纫之事,皆能一身兼之;事翁姑、教儿女、理家政井井有条,聪明才力直胜于男子"。不少客家男子外出经商,读书,求官,革命,操持家务和教育子女的重担便落在客家妇女肩上。"名人出客家"的后盾和底气实为千千万万客家妇女。

〔353〕千山又名积翠山、千华山、千顶山、千朵莲花山,为长白山支脉,位于辽宁省鞍山市东南17千米处,南临渤海。其主峰海拔708.3米,占地72平方千米,以九百九十九座山峰得名,有"东北明珠"美誉,是吸引众多游人的风景旅游、避暑度假胜地。此山有北、中、南、西四大景区,20个小景区、228处景点。步换景移,玲珑剔透,四季各异。千山"四大景观"为奇峰、岩松、古庙、梨花。人文景观主体为宗教文化,三千余处寺、观、宫、庙、庵,或高耸险峰之巅,或依偎群山怀抱,或坐落向阳坡面,或隐蔽松石之阴,与自然景物彼此烘托,融为一体。众多的洞、塔、亭、碑,也是千山人文景观的重要组成部分。

〔354〕千山的来历大致有两种传说。一为女娲补天遗石说,二为积翠仙子造山说。前说女娲烧炼五色石补天时不慎遗落一块,坠入辽东落地生根,开出千朵石莲,化作千山群峰。后说远古洪荒年代,辽东一带尚属汪洋,人称太子海。海上有积翠岛,岛上有积翠山。美丽善良的积翠仙子为世间温馨感动,欲以五彩云锦绣织莲花,为人间增添春色。她夜以继日织出九百九十九朵莲花,不幸被玉皇大帝发现。在抓回天庭之前,她将绣好的莲花洒向大地,化成了九百九十九座青山。

〔355〕"刘琳"即全真教龙门派第九代弟子刘太琳。相传康熙六年(1667年)刘太琳奉师命来千山扩大道教势力,曾寄居佛教寺院。僧人发现他传道入山,便将其软禁于后山罗汉洞。刘太琳十分苦闷,四十余日不进饮食。俗家师弟洪将军得知此事,便助他修建了一座道教庙宇。因四十余日断粮,罗汉洞又属无梁洞府,故将该庙起名"无粮观"或"无梁观",后按道教"功德无量"之意,改名为"无量观"。

〔356〕"月潭"指葛月潭(1854—1934年),道人,系张作霖幕僚好友,精通琴棋书画,为人善良,每遇灾荒,均写字作画换取银两,赈济灾民,并为穷苦孩子开办学校,是东北有名的慈善家、教育家。通向千山峰顶途中有葛公塔,系民国八年(1919年)张学良等将领为葛月潭所建。塔高8.78米,为密檐卷云式建筑,由细晶花岗岩制成。六面塔壁镶嵌汉白玉浮雕,雕刻葛公手绘的兰草、幽竹。塔身洁白素雅,弥漫道教气氛。塔前镌刻"淡泊宁静"四字,代表葛公的精神境界。

〔357〕尾联化用千山三宫殿楹联。原文为"极是道宗,太极还从无极起;元为善长,三元总自一元分。"意谓宇宙万物的存在和发展,是在最原始的、无形无象的本体中开始和形成。滋养人类,孕育万物的天、地、水,是从宇宙形成之初浑然一体的状态中分离和产生。

〔358〕上海城隍庙坐落于上海市城隍庙旅游区,原名淡井庙、华亭城隍行殿。始建于宋代,于明永乐年间(1403—1424年)移建今址,繁盛时占地49.9亩,"文革"时神像被毁,庙宇挪为他用,1994年重为正一派道教宫观,2005年二期修复。现有霍光殿、甲子殿、财神殿、慈航殿、城隍殿、娘娘殿、父母殿、关圣殿、文昌殿九个殿堂。总建筑面积约2000平方米。城隍庙西园又名豫园,始建于明嘉靖年间(1559年),占地30余亩,原系潘氏私园,有古建筑四十处,收藏历代匾额、碑刻百件,多为名家手笔。该园设计精巧,布局细腻,小中见大,清幽秀丽,玲珑别透,体现了明清两代南方园林的建筑风格,为江南古典园林中的一颗明珠。园内楼阁参差,山石峥嵘,湖光潋滟,有"奇秀甲江南"美誉。

〔359〕"城隍"一词源于古代城墙和护城河。"城"指土筑高墙,"隍"指无水护城壕。在古人心中,城隍是护卫百姓安全,保佑一方平安之神。城隍神多系为国家民族立下汗马功劳的功臣名将,或为地方百姓造福一方的贤哲廉吏。他们生前名垂青史,功勋卓著,备受百姓爱戴推崇,死后主持人间正义,主宰生死祸福。城隍信仰寄托着人们对英雄圣贤的纪念与崇拜,深入民心,广为流传。

〔360〕据史料记载:明万历三十四年(1606年)上海城隍庙曾遭火灾;清乾隆

十三年(1748年)城隍庙寝宫毁于火灾;清道光十六年(1836年)城隍庙西庑毁于火灾;民国十一年(1922年)城隍庙被大火焚毁;民国十三年(1924年)城隍庙大殿全遭火毁。

〔361〕清道光二十二年(1842年)夏,英军攻陷吴淞,占领上海县城,在城隍庙驻军,将庙内设施劫毁一空;咸丰三年(1853年)小刀会首领刘丽川在上海起义,以城隍庙西园为指挥所,为时一年半。清军攻破上海城后,与小刀会在城内激战,使城隍庙宇及西园复遭重大损失;咸丰十年(1860年)太平军包围上海城,清政府"借师助剿",英、法军队利用驻扎城隍庙之机,摧毁假山,填塞池塘,破坏庙观,使城隍庙再遭浩劫。三次兵燹使园内景致全无,庙宇破败不堪。

〔362〕上海有"一庙三城隍"和"一城五城隍"的说法。"一庙三城隍"指霍光、秦裕伯、陈化成。霍光系西汉名将霍去病之弟,为西汉大司马、博陆侯、大将军、汉武帝重臣,其神像原在霍光神祠,于明永乐年间(1403—1424年)迁至上海城隍庙前殿;秦裕伯为元朝旧臣、明朝翰林院待制,精于世道,多次与朱元璋论学,与刘伯温同为科举主考,晚年隐居浦东陈行,一生为民多做好事,死后敕封上海城隍,供于上海城隍庙后殿;陈化成是1842年第二次鸦片战争时战死吴淞炮台的民族英雄,生前任江南提督,是上海人真正顶礼膜拜的城隍,神像原在果育堂街陈公祠,1937年抗日战争爆发后,被市民转供于城隍庙大殿后进,用以表达抗战决心。"一城五城隍"指县城隍秦裕伯和上海建县后的财帛司、高昌司、长人司、新江司城隍。秦裕伯神像供于城隍庙大殿。财帛司神像供于大殿东庑。高昌司神像供于大殿西庑。长人司(春申君黄歇)神像供于福佑路旧校场街口春申侯府。新江司(即敕封海崇侯)神像供于三牌楼新庙。"一城五城隍"的民间说法更符合明清以来的习俗。

〔363〕相传早年上海金山遇旱,土地开裂,禾将枯死,农民十分焦急。有人建议引入黄浦江水,以水车浇田,可挖掘引河起码得需几年。一位虎背熊腰的大汉挺身请命,保证于当晚开河。次日果有河水从黄浦江流来,足足灌溉了几千亩良田。人们方知是大将军霍光带领子孙开河灌田,为民解难。于是铸造霍光神像,将他请进城隍庙,将此河取名新开河。现存城隍庙确系明代永乐金山庙改建,金山庙又名霍光神祠,建祠后常有神灵保佑百姓安居乐业,使百姓少受倭寇与风潮之害。

〔364〕抗日战争爆发后,上海城隍庙曾作为难民区,供无家可归的难民临时居住。

〔365〕尾联化用上海城隍庙慈航殿楹联。原文为"善恶到头终有报,举头三尺有神明。"

〔366〕"成祖"指成吉思汗(1162—1227 年),属孛儿只斤氏,姓奇渥温,名铁木真,乞颜(起延)部人,为蒙古帝国可汗、世界杰出政治家、军事家。其幼年失父,靠母亲打猎、采集维生,曾遭结拜兄弟迫害,在严酷的生存环境中培养了刚毅、乐观、深沉、细致、坚韧的品质,形成了胸襟开阔、气度恢宏、智勇超群、处事公正、高瞻远瞩的品格。北宋开禧二年(1206 年),成吉思汗被推举为蒙古帝国大汗,随后统一蒙古各部,为进攻中原奠定了坚实基础。他逢敌必战,每战必胜,人称战神,是后人难以比肩的军事奇才。在位期间曾多次对外征讨,远及西亚及东欧黑海之滨。蒙军西进促进了欧亚大陆的联系,并被正在形成的欧洲新文明充分利用。近八百年来成吉思汗的影响不减反增,且渗透到政治、军事、经济、文化等领域,形成世界范围的"成吉思汗热"。其殁于六盘山,相传密葬于蒙古国境内的肯特山起撵谷。

〔367〕成吉思汗陵为衣冠冢,曾多次迁移。1954 年由青海省湟中县塔尔寺迁回内蒙古自治区鄂尔多斯市伊金霍洛旗。

〔368〕柳宗元(773—819 年)字子厚,世称柳河东、柳柳州,宋代追封文惠侯,原籍河东(今山西省永济市虞乡镇),为我国中唐时期杰出的文学家、思想家、政治家、朴素唯物主义者、无神论者,著述之盛,名动于时。所撰《天说》《地对》《非国语》《贞符》为哲学论著,具有朴素唯物主义观点。曾与韩愈共倡古文运动,入列"唐宋古文八大家",世称"韩柳"。其散文峭拔矫健,说理透彻,笔锋犀利。代表作有《捕蛇者说》《三戒》等文。贬谪柳州期间兴文教,释奴婢,修城郭,植树木,易风俗,留佳作百篇,政声颇著。柳侯祠位于柳州市中心柳侯公园西隅,原名罗池庙,系柳州人士按宗元"馆我于罗池"的遗愿修建。宗元灵柩已于病逝次年归葬长安,现存祠堂按清代风格重建。祠分三殿,供奉柳子厚石像、塑像及荔子碑等四十余方历代珍贵石刻。留存自宋至今名诗、名联 183 件。荔子碑亦称"三绝碑",荟萃韩愈诗、苏东坡书、柳宗元事,为镇祠之宝。

〔369〕柳宗元曾任唐朝礼部员外郎,因参与政治革新失败,被贬湖南永州,过了十年孤寂荒凉的日子。期间亲朋不与之来往,地方官员时刻监视他。后贬柳州五年(815—819 年),客寓,客死柳州。柳州时为远未开化的南荒之地、朝廷流放罪人之所。

〔370〕"梦郎"即刘梦得(刘禹锡)。柳宗元被贬柳州时,刘禹锡亦被贬广东连州。两位文豪在衡阳分手,以诗惜别,泪流不已。后来刘禹锡将柳宗元的六七百篇诗文汇编为《柳河东集》,为后人保存了一份宝贵的文化遗产。刘禹锡简介参见〔317〕。

〔371〕喀什香妃墓位于新疆维吾尔自治区喀什市东北郊外五千米处,地处清

真寺东院阿巴和加麻札(阿帕克霍加)陵寝东北角,上书"香妃墓"字样。此墓为噶尔伊斯兰教白山派首领阿帕克霍加家族墓地,为典型的伊斯兰宫殿式建筑,风格古朴,曾经历三百余年自然风雨和历史洗礼。墓室高四十米,塔楼玲珑别透,厅堂高大宽敞,墓丘安置于半人高平台,以蓝色玻砖包砌,上覆花布。据《大清典事例》记载:史上实有香妃(1734—1788年)其人,封号容妃,入清宫28年,葬于河北省遵化市清东陵。喀什香妃墓应为衣冠冢。据清代诗人萧雄《听园西疆杂述诗》记叙:其墓造型四方,顶圆中空,绿瓷覆瓦,时称"香娘娘庙"。此处虽非香妃真实墓地,但由此流传的香妃故事,却寄托了民族团结、祖国统一的美好心愿。

〔372〕在平定大小和卓叛乱中,香妃家族为清朝一统天下立下了大功。叛乱平定后,香妃的叔父和哥哥先后受封辅国公。乾隆二十五年(1760年)香妃进宫为妃,时年26岁。

〔373〕"刺柳"为沙枣别名。香妃身上有沙枣花的芳香,深得皇帝宠爱。乾隆十分尊重她的宗教信仰和生活习惯,将其部分亲属接到北京居住,渐次封其和贵人、容嫔、容妃。翌年乌拉纳喇皇后去世,乾隆不再立后,容妃地位日显。

〔374〕王嫱(约公元前52年—约公元前15年)字昭君、明君,乳名皓月,史称明妃,汉族,湖北秭归(今湖北兴山县)人。与西施、杨玉环、貂蝉并称"中国古代四大美女",为"闭月、羞花、沉鱼、落雁"中的落雁。西汉竟宁元年(公元前33年)匈奴呼韩邪单于远赴长安,对汉称臣,请求和亲,愿结永好。不甘做白头宫女的王昭君毅然请命,肩负和亲重任,跋涉一年到达漠北,受封宁胡阏氏,受到匈奴民众热情欢迎,促成了民族和睦、国泰民安。西汉建始二年(公元前31年)呼韩邪单于去世。昭君以大局为重,按匈奴"父死,妻其后母"之风俗,再嫁呼韩邪长子复株累若鞮单于,为维护汉匈关系长期稳定继续发挥重要作用,为民族和睦亲善与经济文化交流做出巨大贡献,使"昭君出塞"成为历久不衰的佳话。

〔375〕"西陵"指长江西陵峡。兴山县位于西陵峡北岸,原名秭归,西汉时属南郡,为王昭君出生地。汉建昭元年(公元前38年)昭君入选为宫女,在宫中默默无闻生活了五年。

〔376〕"圣母"指王昭君。其去世后被厚葬于内蒙古呼和浩特市旧城南大青山下、大黑河(古称敕勒川、黑水,为黄河上游支流)畔,人称"青冢"。

〔377〕"成祖陵"指成吉思汗陵,坐落于内蒙古自治区鄂尔多斯市伊金霍洛旗甘德利草原。具有十大特色:一有世界上最大的蒙古历史文化旅游景区;二有世界上最大的蒙古包(位于天骄大营);三有世界上最具蒙古特色的陵门

（山字形"气壮山河"陵门）；四有世界上唯一再现成吉思汗铁骑的大型军阵（铁马金帐）；五有世界上最大的蒙古帝国疆域图（亚欧版图）；六有世界上唯一收藏、展示、研究蒙古历史文化的博物馆（蒙古历史文化博物馆）；七有世界上最长的油画（长达206米的《蒙古历史长卷》）；八有世界上唯一以蒙文"汗"字造型的建筑（蒙古历史文化博物馆）；九有世界上唯一并世代祭祀成吉思汗的守陵人（达尔扈特人）；十有世界上祭祀文化最完整的祭祀场所（成吉思汗陵）。成吉思汗简介参见〔366〕。

〔378〕"黔黎"即黔首、黎民，指老百姓。

〔379〕李广墓位于甘肃省天水市城南石马坪，仅葬宝剑、衣物，为衣冠冢，始建年代不详，墓区题书"飞将佳城"。碑塔高6米。三间祭庭为20世纪30年代初建造。墓冢呈半球形，高约2米，周长26米，围砌灰砖，顶覆青草，庄严肃穆。墓碑为清乾隆己未年间题刻。庭前有两匹汉代石雕骏马，造型粗犷，风格古朴，石马坪因以得名。李广（公元前186—公元前119年）为陇西成纪（今甘肃静宁）人，祖籍天水，为西汉名将。其身材高大，两臂如猿，灵动自如，擅长骑射，不善言辞。二十岁以良家子从军击胡，勇力胆气超群，敢于冲锋陷阵，以战功升郎中令，补武骑常侍（皇帝侍卫），甚得文帝喜爱。帝曾曰："惜乎！子不遇时，如令子当高帝时，万户侯岂足道哉！"李广作战智勇，治军简约，与兵将同甘苦，士卒皆乐于效命，乃上将之才，然未获武帝信用。后从大将军卫青出塞，以步卒弱旅接敌，失导迷路，兵败归营，因耻与刀笔吏对簿，以自杀殉职，部属尽哀。司马迁高度评价李广的才干，深切同情李广的际遇，在《史记》中为之列传。

〔380〕据史料记载：李广精骑射，善征战，每遇危急，必有奇谋，屡化险为夷，转危为安。汉建元四年（公元前137年）广以卫尉为将军，出雁门击匈奴，因寡不敌众，身遭重创，兵败被擒。匈奴联结二马，使广卧其间，行十余里，广装死，觑身旁有胡骑路过，突飞身跃起，取其弓箭，夺马南逃。匈奴以数百骑追赶，广策马飞驰，箭射追者，脱险而回。另，广迎击左贤王，以四千兵马对战四万匈奴，军几没，罢归。

〔381〕开封包公祠位于河南省开封市包公湖西岸，为纪念包拯的公祠。包拯（999—1062年）名文正，字希仁，世称包公、包青天，庐州合肥（今安徽肥东）人，为我国北宋著名清官，历任龙图阁直学士、礼部侍郎、开封府尹，以一身正气、两袖清风、铁面无私、执法如山享誉古今中外，赢得万民景仰。开封包公祠占地约1公顷，始建于金元，为仿宋古建筑群，气势宏伟，典雅凝重，通过史料典籍、铜蜡画像、拓片碑刻全面介绍包公生平，集中展示其高尚人格、清德美政、廉洁家风、后世影响。祠东古井世称"廉泉"，据传"不廉者饮此头

痛"。祠周包河生红花藕,相传断之无丝,世谓"包老直道无私、竟及于物"。东殿《铡美案》蜡像群按真人比例制作,形神兼备,毫发毕现,色彩鲜明,栩栩如生。该祠曾接待党和国家领导人、新加坡资政、泰国王后、泰国前总理等贵宾,共接待游客六百余万人次,是国内资料最全、规模及影响最大的纪念包公的场馆。

〔382〕"谋身直道"典出包拯《出仕明志诗》。原句为"清心为治本,直道是身谋"。"族规"指包拯留下的《铁严家训》。其训曰:"后世子孙仕宦有犯赃滥者,不得放归本家,亡殁之后,不得葬于大茔之中。不从吾志,非吾子孙。"充分反映了包拯疾恶如仇、清廉传家的高贵品质。

〔383〕"孝肃"是宋仁宗赐给包公的谥号。开封包公祠内有"开封府题名记碑"。上刻北宋开国一百四十八年来一百八十三任开封府尹的姓名和任期,相当于京官花名册,唯包拯名下有一道深痕,系人们观赏碑文时在包拯名下指点所致,是历代百姓爱戴包拯的明证。

〔384〕"宁静致远"典出诸葛亮《诫子书》"非淡泊无以明志,非宁静无以致远"。为诸葛亮五十四岁时写给八岁儿子诸葛瞻的家训。《三国演义》第三十七回"司马徽再荐名士,刘玄德三顾草庐"中,诸葛草庐的门联亦为"淡泊以明志,宁静而致远"。

〔385〕"屡顾茅庐"典出《三国志》"凡三往,乃见"及《出师表》"三顾臣于草庐之中"。史书未载细节。"三"在古汉语中可解释为多,刘备有可能多次光顾草庐与诸葛亮谈话。谈话内容概括为《隆中对》。

〔386〕"隆中妙对"指《隆中对》。其着重分析董卓擅权、豪杰并起、群雄角逐的天下大势。认为曹操主占天时,孙权主占地利,刘备主占人和,荆州用武必争,益州人心思变。对策是:与曹、孙三分天下;攻占荆、益,保其岩阻;西和诸戎,南抚夷越;外结孙权,内修政理。待天下有变,则将荆州之军以向宛、洛,率益州之众出于秦川,则霸业可成,汉室可兴。

〔387〕"荆"指荆州。"益"指益州。古荆州包括今湖南、湖北全部及四川、重庆、江西一部分。古益州包括今四川盆地和汉中盆地一带。

〔388〕"许"指许昌。"祁"指祁山。河南许昌为魏国国都。祁山位于甘肃礼县东、西汉水北侧,西起北岈(今平泉大堡子山),东至卤城(今盐官镇),绵延五十华里,连山秀举,罗峰兢峙,被誉为"九州之名阻,天下之奇峻",地扼蜀陇咽喉,势控攻守要冲,故为三国时期魏、蜀必争之地,亦为诸葛亮北伐出兵之所。

〔389〕"襄城"指湖北襄阳。"宛郡"指河南南阳,亦称宛城。据考:东汉时隆中隶属南阳郡邓县。明以后划归襄阳。据此,河南、湖北不必引发"诸葛躬

耕地"之争，古隆中方为诸葛亮隐居躬耕之地。

〔390〕"淡泊明志"典出诸葛亮《诫子书》："非淡泊无以明志，非宁静无以致远"。淡泊明志参见〔384〕。

〔391〕"六边石井"即六角石井，亦称葛井，传为诸葛家用水井，是"隆中十景"中唯一真迹。此井原在诸葛宅院之内，由后人加砌正六边形石栏。

〔392〕"半月溪"是青年诸葛亮经常在此赏月的一条小溪。"古镜"指圆月。

〔393〕"内助"指诸葛亮夫人黄月英，又名黄婉贞、黄硕，小名阿娇，为东汉末年荆州沔南(今湖北襄阳)名士黄承彦独女。其幼读经史，博览兵书，才华出众，聪颖美丽，为巾帼奇女、创发机器人的开山鼻祖，传为诸葛亮"木牛流马"创意人。一千八百年来世人皆云黄氏貌丑，盖源于裴松之引注的《襄阳记》和罗贯中编撰的《三国演义》。《襄阳记》记载：黄承彦尝谓诸葛亮曰，闻君择妇，老身有丑女，黄头黑色，而才堪相配。孔明许，即载送之。据《三国演义》记载："诸葛瞻……母貌甚陋，而有奇才。"另有学者认为：黄承彦性格洒脱，不拘小节，对诸葛亮欣赏有加，故诈称其女"阿丑"，与国人称家室子女"拙荆""贱内""犬子""小女"同出一辙，裴、罗之言不足为信。黄氏乡人云：黄月英深慕诸葛亮学识人品，方托其父提亲。故言其丑，实为试探诸葛亮是否以貌取人。

〔394〕屈原祠位于湖北省秭归县新城东部凤凰山，距三峡大坝一千米。其占地14000平方米。山门、铜像、碑廊、陈列馆、衣冠冢依山排列，古朴清幽，肃穆壮观。屈原青铜像高约3.9米，作低头沉思、顶风徐行状，展示其爱国爱民的满腔激情和孤忠自清的精神境界，令人油然而生敬意。像前"求索"二字出自《离骚》，与铜像相映生辉。屈子衣冠冢存放的红木吊棺号称"天下第一棺"，下托巨大石莲，体现了家乡人民对屈原的极度尊崇。屈原简介参见〔322〕。

〔395〕"罗江"指汨罗江，为东洞庭滨湖区最大河流，因流经上古罗国得名。战国末年楚国大诗人屈原因反对楚怀王、楚顷襄王对外政策，被流放至汨罗江畔玉笥山，在这里写出其一生最重要的作品《离骚》《天问》，将楚辞发展到前所未有的高度。楚顷襄王二十一年(公元前278年)，秦军攻占楚国郢都(今湖北江陵境内)。屈原深感救国无望，决定以死明志，于农历五月初五作《怀沙》一诗，投汨罗江河泊潭身亡(或云屈原"怀沙自沉")。此后每年端午，汨罗江百姓都以盛大的龙舟竞渡纪念屈原，使汨罗江成为龙舟和粽子的发源地。汨罗江两岸粉墙黛瓦，桃红柳绿，民风淳厚，水草肥美，属典型的江南水乡风貌，有屈子祠、骚坛、屈原墓群等古代遗迹。

〔396〕屈原祠初建于湖北省秭归县屈原镇乐平里屈原诞生地，名屈原庙，位

于城东北 30 千米处。宋元丰三年(1080 年)宋神宗尊封屈原为清烈公,修缮屈原庙,更名为清烈公祠。1976 年因兴建长江葛洲坝水利工程水位升高,清烈公祠迁往距县城 3 千米的向家坪,重新更名为屈原祠。1998 年因建设长江三峡水利枢纽工程,秭归县城整体搬迁至凤凰山,屈原祠随迁。2003 年底屈原新祠落成,正式对外开放。

〔397〕"楚韵"指楚辞,又称楚词,是屈原创造的一种诗体。它运用楚地文学样式和方言声韵,叙写楚地山川人物与历史风情,具有浓郁的地方特色。楚辞之称最早见于西汉前期。据《汉书·朱买臣传》记载:"会邑子严助贵幸,荐买臣。召见,说《春秋》,言《楚词》,帝甚说(悦)之。"《汉书·王褒传》记载:"宣帝时修武帝故事……征能为《楚辞》九江被公,召见诵读。"宋代黄伯思《校定楚辞序》记载:"盖屈宋诸骚,皆书楚语,作楚声,记楚地,名楚物,故可谓之(楚辞)。"汉代刘向以屈原及宋玉等人作品编辑的《楚辞》,是《诗经》之后对我国文学产生深远影响的诗歌总集,也是中国汉族文学史上第一部浪漫主义诗歌总集。

〔398〕此句隐含《橘颂》诗意。《橘颂》为屈原早期作品,为中国文人第一首咏物诗。诗人认为橘树外形漂亮,内涵珍贵;坚贞忠诚,不可移植;操守坚定,公正无私,是天地间最美好的树,愿以橘为师,生死不弃,展示了诗人高洁的人格,表达了其追求美好品质和人生理想的坚定信念,体现了屈原忠于故国、至死不渝的爱国情怀。

〔399〕"长筒"指较长的竹筒。南朝梁吴均《续齐谐记》记载:"屈原以五月五日投汨罗,楚人哀之,每年此日,以筒贮米祭之。其遗事,亦曰筒粽。"以竹筒贮米投诸江中,喂食水生动物,使其免吞屈原遗体,反映了古人对屈原的敬仰之情。

〔400〕当阳关陵为中国三大关庙之一,保留了明代建筑风格,有一千七百余年历史。关羽是海内外华人普遍尊崇的偶像。其忠义仁勇不仅在民间广为人们敬奉,也为儒、佛、道三家及历代帝王极力推崇。宋代封关羽伽蓝神、武安王。明代封关羽武圣人,加封大帝,改关墓为关陵。清代将神、圣、帝集关羽一身,与皇帝齐位,与孔子齐名。随着关羽地位不断提高,关庙规模也日益扩大。关羽简介参见〔254〕、〔835〕。

〔401〕"输荆"指丢失荆州。据《三国志》载:建安二十四年(219 年),因大意轻敌,关羽被迫撤离荆州,败走麦城,于临沮夹石(今湖北省远安县回马坡)为吴兵所杀。

〔402〕"赤兔"指关羽坐骑赤兔马,本名赤菟,意为色红如虎的烈马,传为汗血宝马,日行千里,夜走八百。据《三国演义》记载:此马初为西凉刺史董卓坐

骑。后用于收买丁原义子吕布。布死后，曹操将此马赏予关羽。羽遇害，吴将马忠又将此马献予吴主孙权。赤兔马思念旧主，绝食而亡。亦有史书认为吕布战败后赤兔马去向不明，并未成为关羽坐骑。

〔403〕"茅庐阔论"指刘备、诸葛亮隆中之对。详见〔386〕。

〔404〕"英雄搜首"源于关羽"头枕洛阳，身困当阳，身首异处"的传说。关羽死后，孙权怕刘备为弟报仇，将关羽首级献予曹操，欲嫁祸于人。操识破其计，反设牺礼祭祀，刻沉香木为躯，以王侯礼葬关羽首级于洛阳南门外，并亲率百官拜祭。权闻之，亦以诸侯礼葬关羽正身于当阳城西北。此即关羽身首异处传闻的由来。

〔405〕"合肥孝肃祠"初名"包公书院"，定名"包公孝肃祠"，位于合肥市环城南路东段土墩，为包河公园主体古建筑群，建于明弘治元年（1488年）。其主建筑为包公享堂。堂中塑像及石刻图像威严不阿，正气凛然。廉泉设置与红花藕传说与开封包公祠略同。孝肃为宋仁宗赐给包公的谥号，是对包拯忠孝一生的高度评价。包公简介参见〔381〕。

〔406〕此句化用郭沫若悼周恩来诗句"盛德在民长不没"。

〔407〕成都武侯祠位于四川省成都市武侯祠大街，是纪念蜀汉的祠堂。其占地15万平方米，含文物、园林、锦里三大板块，门匾题书"汉昭烈庙"，门内有6通石碑，门侧有两列碑廊，祠内供奉刘备、诸葛亮等五十余尊蜀汉英雄塑像，保存唐代以来五十余通碑刻及七十余幅匾额、楹联。据《三国志》记载：蜀汉章武三年、建兴元年（223年），刘备病故于四川白帝城（今重庆奉节县），归葬于成都惠陵，同建汉昭烈庙。蜀汉建兴十二年（234年），诸葛亮积劳成疾，卒于北伐前线五丈原（今陕西省宝鸡市岐山县城南约20千米处）。专祠与汉昭烈庙相邻。史称"武侯祠"，以祠主生封武乡侯，死谥忠武侯得名。祠内主建筑重建于清康熙十一年（1672年），最大石碑为"蜀汉丞相诸葛武侯祠堂碑"，立于唐元和四年（809年），由唐朝名相裴度撰文，书法家柳公绰书写，名匠鲁建镌刻，世称"三绝"碑（亦说"三绝"指诸葛亮功绩、裴度文章、柳公绰书法）。昭烈庙正殿西壁有诸葛亮《出师表》木刻，传镌岳飞手迹（亦说为明代士人白麟托书）。正殿东壁有《隆中对》木刻，由现代书法家沈尹默作书。祠内最著名的楹联为清人赵藩撰书的"攻心审势"联。成都武侯祠是目前国内最负盛名的武侯祠。其三国遗迹博物馆在全世界影响很大，享有"三国圣地"美誉，每年有上百万游客参观游览。

〔408〕"帝相同祠"指君、臣合祀。南北朝时期（或曰明初），成都武侯祠与惠陵、汉昭烈庙合而为一，是中国唯一的君臣合祀祠庙。

〔409〕"先王"指刘备。"庸子"指蜀汉后主、刘备之子刘禅。武侯祠刘备塑像

左侧原为刘禅塑像。因其昏庸无能,不能固守祖宗基业,以致丧权辱国,于宋真宗时被四川官员撤除,后改为刘备之孙、北地王刘谌陪祀。刘禅降魏时,刘谌曾到刘备墓前哭拜,并杀掉家人,自杀身亡。

〔410〕"亚父"即视同或仅次于父亲的人。此指诸葛亮。刘备临终前嘱咐阿斗:须视诸葛亮为父,方能保住蜀国,一统天下。其意有二:一是阿斗年幼,须诸葛亮扶持;二是安抚诸葛亮,使之效命阿斗而不越位。"主公"指刘备,对诸葛亮有知遇之恩。

〔411〕"六败六征"指诸葛亮六出祁山六次败北。"势审"即审势。"七擒七纵"指诸葛亮七擒七释孟获全胜而归。"心攻"即攻心。此联典出武侯祠诸葛亮殿赵藩楹联。全文为:"能攻心则反侧自消,自古知兵非好战,不审势即宽严皆误,后来治蜀要深思。"联文总结了诸葛亮、蜀汉政权及刘璋政权的成败得失,提醒后人治国必须审势,用兵重在攻心。

〔412〕"长分必合"典出《三国演义》开篇词"话说天下大势,分久必合,合久必分",指人事变化无常,政权分合无定,是对中国封建社会的一个概括性总结。中国历史上四次大的统一,分别发生在秦朝、晋朝、隋朝、元朝。四次大的分裂,分别发生在战国时期、三国时期、南北朝时期和五代十国辽宋夏金时期。其主要症结在于自给自足的封建自然经济和封建的中央集权制度。每一次分裂,都意味着中央集权衰落、地方集权膨胀和民众对腐败统治强烈不满。每一次整合,都意味着割据势力壮大,反映生产力发展要求生产关系随之调整,反映民众对生存条件的基本需求。"天之道"指不以人们意志为转移的客观规律。

〔413〕"晋"指晋国。"三雄"指魏、蜀、吴。"晋代三雄"指三国归晋。"水向东"即百川归海,水向东流,指生存进化的自然规律和社会发展的历史规律。

〔414〕海通禅师(? —730 年)又名海通和尚,本名清莲,取"荷花出淤泥而不染"之意,原籍贵州,12 岁出家,师从高僧慧净,24 岁游历天下,在嘉州(今四川乐山、峨眉等地)凌云山结茅修行,后任凌云寺方丈,为开凿乐山大佛的发起人。唐中宗、睿宗年间(705—712 年),海通遍行巴山蜀水及物产富庶的湖、广、江、浙,化得十方檀越乐捐,初步解决了开凿大佛的资金问题,返寺后广聘能工巧匠勘察策划,于开元元年(713 年)动工开凿乐山大佛,于开元十八年(730 年)将阻塞三江急流的山崖全部打通,大佛头、胸、肩部建成。开元二十八年(740 年)、贞元初年(785 年),剑南道节度使章仇兼琼、剑南西川节度使韦皋续建大佛。贞元十九年(803 年)大佛竣工。此项工程历经唐玄宗、肃宗、代宗、德宗三代四帝,挖凿石方约 10 万立方米,历时九十年。乐山大佛简介参见〔43〕。

〔415〕嘉州某地方官员闻知海通筹得建佛巨款,前往勒索。海通怒斥曰:"目可自剜,佛财难得!"竟"自抉其目,捧盘致之"。

〔416〕"宋塔"指凌云寺灵宝峰灵宝塔,又名凌云塔。其建于唐代,修葺于明、清,为砖筑十三层空心密檐式四方锥体,坐东向西,高29.29米,内分5层,以小孔通光,层设石刻佛像,原为三江合流处航行标志,现为嘉州古城的一座城标,为四川省文物保护单位。本联以宋代灵塔赞誉海通禅师,纪念他为民造福的功德善举。

〔417〕巴将军蔓子墓俗称"将军坟",坐落于重庆市渝中区七星岗莲花池畔,距崖顶公路数十米。墓庐置于拱形石洞,面积约20平方米。墓身为石砌六角体,棱高1米,顶部呈圆形,以三合土封砌。正面以青峡石碑题刻墓名。巴蔓子(生卒年不详)为两千多年前战国时代的巴国将军,于东周末年生于临江城(今重庆忠县县城),为保留巴国城池自刎。后人念其忠诚,改临江为忠州。有诗赞其事曰:"刎颈高风悬日月,存城旧事邈山河。"

〔418〕据《华阳国志·巴志》记载:东周末期巴国将军蔓子求楚国出兵平息内乱,许以三城相谢。乱既平,蔓子不忍割让巴国城池,"乃自刎以头授楚使",致歉楚王。楚王感动,"以上卿礼葬其头"。巴国"亦以上卿礼葬其身"。在中国历史长河中,身首异处而由交战两国以上卿或诸侯礼举哀安葬的将军仅有二人。一为春秋战国时代的蔓子,一为三国时代的关羽。

〔419〕秦良玉(1574—1648年)字贞素,汉族,四川忠州(今重庆忠县)人,嫁石砫(今重庆石柱)宣抚使马千乘为妻,为明末战功卓著的女将军、军事家、抗清名将,也是中国封建社会历史上被当朝皇帝正式册封的唯一一女将。

〔420〕据《明太保秦良玉生平事略年谱简表》记载:忠州纨绔子弟曹皋曾向秦良玉求婚,被断然拒绝,遂以"支持抗税"为由,陷秦下狱。明万历二十二年(1595年),秦良玉比武招亲,打败前来应征的曹皋,故意输给石砫宣抚使马千乘,嫁马为妻。

〔421〕据《明史》记载:马千乘为汉朝将军马援之后,以忠烈传家。明万历四十一年(1613年),监税太监丘乘云向马千乘索贿。马千乘恃功不予,被丘乘云指使手下捏造罪名,捕入云阳狱中折磨至死,时年四十一岁。秦良玉殡殓丈夫后,按"夫死子袭,子幼妻袭"的土司制度,袭任石砫宣抚使。

〔422〕"三皇"指明熹宗、明毅宗、明昭宗。熹宗朱由校(1621—1627年在位,年号天启)曾赐秦良玉"忠义可嘉"匾额,封诰命夫人,进二品服,授总兵职。毅宗(原称思宗)朱由检(1628—1644年在位,年号崇祯)曾封秦良玉都督同知,挂镇东将军印,于平台召见,赐彩帛羊酒,并赋诗彰功。昭宗(即南明皇帝)朱由榔(1646—1661年在位,年号永历)曾加封秦良玉太子太傅,授四川

招讨使。

〔423〕忠县白公祠位于忠县城西长江北岸,建于明崇祯三年(1630年)。白居易(772—846年)字乐天,晚年号香山,曾任忠州(今重庆忠县)刺史,官至翰林学士、左拾遗、刑部尚书、太子少傅,是中国文学史上久负盛名、影响深远的唐代诗人和文学家,有"诗魔""诗王"称誉。其政治态度开明,不为权贵所屈,不受党争之累,常以诗文揭露、抨击官僚贵胄的荒淫腐败,故遭打击排斥。忠县白公祠与洛阳香山唐少傅白公墓祠齐名,是全国仅有的两座白居易祠庙之一,为重庆市独特的历史文化资源。白居易简介参见〔283〕。

〔424〕此联借用白居易《种桃杏》诗"无论海角与天涯,大抵心安即是家"句。

〔425〕唐元和十三年(818年)白居易贬任忠州刺史。其间忠公体民,劝农务桑,宽刑减赋,怜老爱子,开山修路,种花植树,身先躬行,苦乐同民,深受民众爱戴。所写百余首诗词不乏思想性、艺术性很强的佳作,对当时和后世颇有影响。

〔426〕据传唐代忠州生长红花木莲树,俗名"黄心树",高约20米,树干通直,枝叶浓密,叶厚无脊,花大如盘似荷,世属罕见,白居易诗有赞。宋代以后此树在忠县乃至重庆失传,现为我国濒危珍稀树种。忠州邑人秦思平耗时十年,在云南原始森林中觅得此树,于2005年春捐赠忠县白公祠,已移植成活,长叶开花。

〔427〕东坡即苏轼(1037—1101年),是中国历史上杰出的文学家、书画家、词人、诗人,入列"唐宋八大家",对中国文学艺术的发展曾做出多方面贡献。东坡书院位于海南省儋州市中和镇,为海南重要人文胜迹之一。书院现存东坡讲学彩雕、东坡笠屐铜像和明代唐寅《坡仙笠屐图》,素为邑人敬仰。东坡贬任琼州别驾左迁儋州期间,曾栖身茅舍,在学府讲学授业,其文化影响深植儋州大地,源远流长。2009年东坡书院被收入中国第二批《古代书院》特种邮票(另三为石鼓书院、安定书院和鹅湖书院)。

〔428〕宋绍圣四年(1097年),花甲之年的苏东坡被贬至广东惠州,因心中不服,写诗讥讽朝廷,复以琼州别驾虚衔远谪海南岛昌化军(今儋州中和镇),见此处潮湿蒸郁,暗无天日,蛇蝎横行,人烟稀少,瘴疬疟疾横行,已不作生还之想。某上官得知东坡入儋后曾住官房,食官粮,竟谴使渡海,将东坡逐出官舍,从此,东坡过上"食无肉、病无药、居无室、出无友、冬无炭、夏无寒泉"的悲惨生活。汉、黎百姓同情东坡的不幸际遇,助其搭建草屋,馈赠食物粗布,使之抛开压力,摆脱烦恼,过上相对轻松自在的生活。三年后哲宗驾崩,徽宗即位,东坡方得调离海南。临行前,他写下了"九死南荒吾不恨,兹游奇绝冠平生"的千古名句,又在李公麟所作画像上题跋:"心似已灰之木,

身如不系之舟。问汝平生功业,黄州惠州儋州。"将儋州视为平生贬谪之地中最绚烂、最有成就、最难忘怀的福地。北宋建中靖国元年(1101年)七月,一代大文豪苏东坡在回归途中命殒常州。

〔429〕"桄榔舍"即桄榔庵,为东坡在儋州城南桄榔林中搭建的茅屋。"载酒堂"为一处会所(清代改称东坡书院),由儋州州守张中和与黎胞黎子云兄弟集资建造,供东坡会亲聚友,讲学授业。东坡在海南的最大成就,是为当地培养人才,改变了海南教育历史。他接近劳苦民众,开辟学府,自编讲义,传授诗书,教学明道,带动当地塾师用四川官话讲学,培养出大批饱学之士。据史书记载:海南第一位举人姜唐佐、第一位进士符确都是东坡的得意弟子。东坡获赦北归后,其他弟子也陆续考上功名。宋代海南出过十二位进士。东坡的门生也举起教学育人的旗帜,使海南这片"蛮荒之地"教化日兴。

〔430〕东坡谪居儋州时,此地恶疾流行,缺医少药,百姓多饮咸滩积水,常年患病。为解除民众疾苦,改变地方陋习,东坡亲领乡民挖井取水,从广州索来黑豆,制成辛凉解毒的中药淡豆豉,使当地疾病减少,挖井种豆成风。后人念其功绩,将他领挖的水井命名"东坡井",称他引进的黑豆为"东坡黑豆"。在《劝和农六首》诗中,东坡还力劝黎族同胞改变不麦不稷、朝射夜逐的劳动习惯,重视农耕,开垦荒地,改进农具,优选良种,促进了当地农业发展,改善了民众的生产生活。儋州有多地命名"东坡村""东坡巷""东坡田""东坡桥"。东坡在儋州的文品与人品,已成为海南弥足珍贵的文化遗产。

〔431〕海瑞是中国家喻户晓、妇孺皆知的名人。其早年丧父,中年丧妻,一生无后,晚景凄凉,然为官清廉,刚直不阿,正气凛然,无私无畏,以"不怕死,不贪财,不结党"著称于世,是我国明朝著名清官,也是中国历史上著名的"两大清官"之一,死后仅留下八两俸银、数件旧袍及"南包公""海青天"等千古美誉。海瑞墓位于海南省海口市秀英区滨涯村,现名海瑞纪念园,始建于明万历十七年(1589年)。传海瑞灵柩本拟运回海南琼山县下田村(现海口市琼山区府城镇金花村)老家入土,途经现址时棺绳断裂,人皆以为海瑞自选风水宝地,遂就地安葬。1983年地方政府重建海瑞墓园。每年农历二月二十二至二十五日为当地"祭海公"节。是时墓前人山人海,有戏班演出。四百年来几乎从未间断。"文革"期间,海瑞遗骸曾被游街示众,焚烧于海口市中心广场,此后海瑞墓成为衣冠冢。

〔432〕"御赐朱批"指海瑞纪念园正门石牌坊"粤东正气"四个朱红大字,为明万历帝御笔题赐,是海瑞生前为官的真实写照。

〔433〕奢香夫人(1358—1396年)彝名舍兹、朴娄奢恒,为古代彝族女政治家,娘家为四川永宁(今四川叙永)宣抚司、彝族恒部扯勒君亨奢氏,十四岁

嫁于贵州宣慰使陇赞·霭翠,婚后常辅佐丈夫处理政事。明洪武十四年(1381年)霭翠病逝,其子年幼,由奢香摄理贵州宣慰使一职。其于履职期间修筑道路,开设驿站,沟通内地、边陲交通,巩固西南边疆政权,促进了贵州社会、经济、文化发展,因积劳成疾英年早逝,葬于大方城北云龙山下。明太祖朱元璋谥封其"大明顺德夫人"。朝廷遣专使吊祭,敕建陵园、祠堂。

〔434〕"弱冠"原指男子二十岁左右。奢香袭任贵州宣慰使时年仅二十三岁。

〔435〕奢香摄理贵州宣慰使后,明王朝发起消灭故元梁王政权的战役。盘踞云南的元蒙割据势力,将位于云、贵、川交界处的黔西北视为军事重地,暗结地方土酋,欲阻明军征讨。奢香审时度势,力避分裂割据漩涡,主动提供粮马通道,允明军安营过境,并向乌撒(今贵州威宁)、芒部(今云南镇雄)土酋晓以大义,使割据势力失去支持,助明军顺利攻入云南,实现了明王朝对西南边陲的统一。

〔436〕洪武十六年(1383年),明王朝贵州都指挥使马烨执文化偏见,视奢香为"鬼方蛮女",对其卓著政绩忌恨不满,拟以打击彝部头领为突破口,一举消灭少数民族地方势力,改土归流,设置郡县,邀功朝廷,专横贵州。他趁有人污蔑奢香之机,将奢香抓至贵阳,用彝族最忌讳的侮辱人格的手段,"叱壮士裸香衣而笞其背",试图扩大事态,借机出兵。奢香无辜受辱,极为愤怒,即与宣慰同知刘淑贞走诉京师,与马烨对簿朝堂,以兵不血刃的方式洗雪挞辱,客观上起到了反对分裂、消弭战乱、维护民族团结和国家统一的进步作用。

〔437〕"三边"指滇、川、湘省界。奢香主持修建的两条驿道纵横贵州,贯通九驿龙场,直达滇、川、湘境,向明王朝岁贡马匹、廪积,改变了贵州险阻闭塞、"夜郎自大"的现状,沟通了边疆与内地的政治、经济、文化联系,增进了汉族与西南少数民族的广泛交流,促进了贵州的经济开发和社会进步。其间,奢香亲率各部凿山伐木,披荆斩棘,投入了巨大的人力、物力。

〔438〕明太祖朱元璋曾言:"奢香归附,胜得十万雄兵!"

〔439〕黔西指水西。

〔440〕列子(公元前450—公元前375年之间,享年不详)名寇,又名御寇、圄寇、国寇,郑国莆田(今河南郑州)人,生活于东周威烈王时期,与郑缪公同时,相传为战国前期著名哲学家、文学家,是老子、庄子外又一位道家思想代表人物。其学说本于黄帝、老子,主张清静无为,终生致力道德学问,不求名利,主张循名责实,无为而治。《逍遥游》《战国策》《尸子》《吕氏春秋》等诸多文献均提及列子。天宝元年(742年)唐玄宗诏封列子为"冲虚真人",诏称《列子》为《冲虚真经》。宋徽宗封列子为"致虚观妙真君"。

〔441〕"遗珠"指列子遗著《列子》。其一生安于贫寒,不进官场,隐居郑地四十年,潜心著述 20 篇,逾 10 万字。汉代以后其作有所散失。《列子》中的"天体运动说""地动说""宇宙无限说"远早于西方同类学说。《列子》一书存《天瑞》《黄帝》《周穆王》《仲尼》《汤问》《力命》《杨朱》《说符》八篇,对后代哲学、文学、科技、宗教有深远影响。《黄帝神游》《愚公移山》《夸父追日》《杞人忧天》《两小儿辩日》《纪昌学射》《汤问》等脍炙人口的寓言故事,篇篇珠玉,妙趣横生,意味隽永,发人深省,家喻户晓,广为流传。

〔442〕"同尘亦和光"典出《老子》第四章"挫其锐,解其纷,和其光,同其尘"。"同"为混合,"和"为缓和,指代不露锋芒、与世无争的消极处世态度,是道家"无为而治"思想的体现。史上曾有"子列子居郑圃,四十年人无识者"的说法,可谓真正达到了和光同尘的境界。

〔443〕"辩日神童"典出《列子·汤问》中的《两小儿辩日》。此文语言简洁,善用比喻,事中见理。谓一方从视觉出发,以"如车盖""如盘盂"作比,说明太阳形状的大小。另方从感觉出发,以"如探汤"作比,说明太阳距离的远近。语言生动形象,颇有说服力,极易被人理解接受。

〔444〕"移山老者"指北山愚公。典出《列子·汤问》中的《愚公移山》。此文以智叟的胆小怯弱反衬愚公的坚持不懈,反映我国古代劳动人民改造自然的伟大气魄和惊人毅力,说明无论遇到什么困难,只要下定决心,坚持奋斗,即可成功。这则寓言从前鲜为人知,被毛泽东在一次讲话中提及,自此家喻户晓。

〔445〕"三无"即"天地无全功,圣人无全能,万物无全用",典出《列子》第一卷"天瑞"。它从认识论上澄清了世人求全责备的误区,引入了"位"的概念:即天、地、人各有定位,各有定职,各有所能,各有不能;对老子的"无为"思想做了明晰的诠释;申述了"无为之道"的要义。

〔446〕"四不"典出《列子·杨朱》。原文为:"不逆命,何羡寿? 不矜贵,何羡名? 不要势,何羡位? 不贪富,何羡货?"意即不预测命运,还美慕什么长寿? 不以位高为荣,还美慕什么名望? 不追求权势,还美慕什么地位? 不贪爱富贵,还美慕什么财物。不美慕,不追求,也就不为所累。一切顺其自然,就会成为自由自在的人。这几句话表现了旷达、自然的人生观和自主自尊、超凡脱俗的人格。

〔447〕中山纪念堂位于广州市越秀区东风中路原总统府旧址,地处城市传统中轴线,背靠越秀山,正对市政府,左邻省政府,1929—1931 年由广州人民和海外华侨集资兴建,为广州市标志性建筑 ,也是广州市大型集会、演出的重要场所。其坐北朝南,总体布局呈方形,占地 6 万平方米,总建面 1.2 万

平方米。主建筑大礼堂系钢筋混凝土八角形宫殿式建筑,直径 71 米,高约 52 米,分上下层,可容五千人。撑顶大柱藏于壁内,显得新颖、宽敞、明亮。礼堂上部为八角攒尖重檐歇山屋顶,盖宝蓝琉璃瓦。金顶、总理遗嘱、建国大纲及奠基石字体镶贴金箔。梁柱饰民族风格彩绘。正门"天下为公"的横匾为孙中山手书。整栋建筑富丽堂皇,庄严肃穆,恢宏壮美。广州简介参见〔217〕。

〔448〕"银兰"指白兰树。中山纪念堂的两株白兰树是市内最大的白兰树,终年常绿,亭亭如盖,树冠荫地数百平方米,如同两位高大忠勇的卫士,伴随纪念堂度过了大半个世纪的坎坷岁月。每年初夏至深秋,洁白的小花缀满枝头,香飘数里,象征着中山先生万古流芳的丰功伟绩。

〔449〕"火蕊"指木棉花。木棉花为广州市花。中山纪念堂的木棉树号称广州"木棉王"。其树龄三百二十多岁,中部枝干侧出,像一位历尽沧桑的老母伸开双臂,召唤远方久违的游子。

〔450〕1922 年 6 月 16 日,广东军阀陈炯明部下叶举发动政变,令粤军携步枪、机枪围攻总统府,以煤油焚烧天桥,炮击粤秀楼,使卫士死伤枕藉,总统府化为灰烬。中山先生于事前两小时得到密报,由间道出总统府,至海珠登舰,方幸免于难。

〔451〕1945 年 9 月 16 日,日本 23 军司令田中久一在广州中山纪念堂向国民党第二方面军司令张发奎签署《投降书》。1947 年 3 月 27 日,双手沾满中国人民鲜血的田中久一被五花大绑游街示众,枪决于广州流花桥。

〔452〕枫泾古镇又称清风泾、枫溪、白牛塘,别号芙蓉镇,因镇内界河为春秋时期吴、越界河,又称吴越古镇、吴越名镇、吴跟越角。"泾"即河渠。古镇位于上海市西南方,与上海金山、松江、青浦和浙江嘉善、平湖接界,是通往西南各省的重要门户。枫泾有一千五百多年历史,成市于宋;建镇于元;明代南北分治,南属浙江嘉善,北属江苏华亭;1951(或 1953)年南北合并;1966年由松江划入金山。因长期跨吴、越,形成独有的文化特质。又因交通相对闭塞,经济相对落后,现代文明浸渗较慢,古风雅韵得以留存。此地是典型的江南水乡古镇,也是上海规模较大、保存完好的水乡古镇。镇周水网遍布,镇内河渠纵横。有 52 座桥梁连接河岸茶楼、长廊,串起众多景观。有29 处街坊,84 条巷弄。和平街、生产街、北大街、友好街古建筑保存完好,总面积达 48750 平方米。五里廊棚沿河铺展,避风遮雨。大红灯笼廊下高悬。小桥流水人家门户洞开,从加拿大引种的深色红枫傍依清碧河渠,展现出一幅幅平实的生活场景。这里民风淳厚,崇尚耕读,注重教育取仕。曾孕育 3名状元、56 名进士、125 名举人、235 位文化名人(其中包括 100 名知县、3 名

六部大臣、2名宰相），唐代以来有史记载的名人共639位。"枫泾三百园"是三座收藏馆之合称。收展三种"百样民俗用品"，有石砌院门、三进大院，为白牛居士陈舜俞旧宅。古镇为"新沪上八景"之一。

〔453〕"白牛隐士"即白牛居士陈舜俞（1026—1076年）。"阁"指清风阁。陈舜俞为枫围乡北庙港人，二十岁中进士，曾任明州观察推官、浙江天台从事，中因其父病故，回乡葬父，闭门苦读。宋嘉祐四年（1059年）考取制科第一，历任光禄丞、秘书省著作任郎等职。任中廉洁秉公，乐善好施，为百姓屡做好事。宋熙宁三年（1070年）升屯田员外郎，因反对王安石变法被两次罢官，遂立书发誓，绝意仕途，曾骑白牛游庐山，自称白牛居士。后人感其清风亮节，称枫泾为白牛村、白牛镇，在镇西筑清风桥、清风阁。

〔454〕此句化用著名诗人司马光吊陈舜俞诗。原诗为："海隅方万里，豪隽几何人，百汰求才尽，三薰得士新，声华四方耸，器业一朝伸，他日苍生望，非徒泽寿春。"意谓陈舜俞是天涯海角、方圆万里中才智出众、百里挑一的人才，他经过三起三落的考验，才得以扬名四方；他为百姓所做的善事，天下苍生有目共睹。

〔455〕隐居枫泾后，陈舜俞常邀老友欧阳修、苏东坡、司马光醉酒吟诗，手牵白牛，往来白牛荡，以消心中烦闷。其间著有《都官集》《应制策论》《庐山记略》等大量诗作，并为周边寺院撰写《藏经记》。

〔456〕此句化用陈舜俞《七律·青龙江醉眠亭》诗句"聚散看同旦暮潮"。

〔457〕"百篮"指100件提篮。"百业"指100件行业用具。"百灯"指100件灯具。百篮馆已正式建成开放，设在中间一排楼房，收藏100件江南水乡农家提篮。"百篮"形制不一，用途各具：有婴儿入睡的摇篮、学生手提的书篮、家中的礼篮、日用的饭篮和菜篮、上坟祭祖的香篮、做寿的寿篮、做女红的针线篮、蒸食物的烘篮及装烟叶、烟具的烟篮等，全面反映提篮与历代百姓生活的密切关系，彰显提篮在江南民生中的地位。馆前摆放巨大的古代元宝篮仿品作为馆标。

〔458〕陆秀夫（1236—1279年）字君实，江苏盐城人，二十岁与文天祥同中进士，官至端明殿学士、签书枢密院事，因与丞相陈宜中朝议不合而遭贬谪，举家迁居澄海辟望港口（今属澄海港口村）。时元兵进犯，宋京临安陷落，皇室仓皇南逃。国难当头，陆秀夫毅然应召，护帝辗转粤海，坚持抗元。祥兴二年（1279年）二月初六，元水师大败宋军于崖门海上，前有大海，后有追兵。秀夫仗剑驱妻儿入海，背负年仅七岁、腰系玉玺的少帝赵昺（bǐng）投海殉国，其遗体漂至海边被人捞起，近葬于二城（今台山市都斛镇义城村）。四年后，元朝枢密院副使兼潮州路总管丁聚感其高风亮节，于南澳青径口为陆太

夫人营墓,为"宋忠臣左丞相陆公墓"题碑。明初地方政府在二城为陆相建造了庄严肃穆的坟墓,以沉香棺木装殓遗骨,墓前设石狮、石马,置守墓人。明正德十四年(1519年)地方官在潮州东郊建陆相衣冠墓,占地百亩,配石人、石马、石坊。清初,二城村当权人贪图陆墓风水,私自毁墓建屋。清朝中期,陆相后裔在开平县东山镇马山另建陆相衣冠冢。2003年,地方政府在英山村枫塘山重建陆公墓,扩为陵园。

〔459〕宋代在经济、文化诸多方面达到了中国历史的巅峰,成就远超隋、唐、明、清,是中国历史上唯一没有抑制工商业的朝代。但两宋三百余年重文抑武,屡受外敌之辱,因军事策略失败导致政权灭亡。

〔460〕周恩来总理曾经指出:南宋流亡政权不应在崖山殊死搏斗,而应撤到海南或台湾,在那里继续保留汉人政权。

〔461〕韩愈(768—824年),字退之,祖籍河北昌黎,生于河南河阳(今河南省孟州市),三岁而孤,受兄嫂抚育,早年流离困顿,虽孤贫却刻苦好学,有读书经世之志,三岁始识文,七岁前读完诸子之著,为唐代杰出的文学家、思想家、古文运动领袖。他反对华而不实的文风,提出"文道合一,气盛言宜,务去陈言,文从字顺"等散文写作理论。其文章气势宏大,豪逸奔放,曲折多姿,新奇简劲,逻辑严整,融汇古今,风格独特,著有《韩昌黎集》《外集》《师说》等。被苏轼称为"文起八代之衰"。被明人推为"唐宋八大家"之首,与柳宗元并称"韩柳",有"文章巨公""百代文宗"之誉。韩愈在科名和仕途上屡受挫折:三次考进士榜上无名;三次参加吏选均告失败;三次上书宰相无一回复;三次拜访权贵被拒之门外;任监察御史时因体恤民情被贬阳山令;任刑部侍郎时因谏迎佛骨被贬潮州刺史。韩愈政声颇著:任阳山令三年,深入民间,参与耕作、渔猎,"有爱于民,民生子以其姓字之。"与青年学子吟诗论道,著作颇丰;任潮州刺史八个月做了四件大事,使治所逐步成为礼仪之邦、文化名城;任京兆尹兼御史大夫时治下社会安定,盗贼收敛,米价不敢涨;任职袁州期间政绩卓越,培养出江西省第一个状元。他反对藩镇割据,维护唐王朝统一,曾协助宰相裴度讨伐淮西叛藩吴元济,也曾单枪匹马宣慰镇州乱军,不费一兵一卒,化干戈为玉帛。韩祠正门上方"韩文公祠"匾额,为1984年胡耀邦总书记视察潮州时所题。

〔462〕此句指韩愈治潮仅为时八个月,却使潮州风气发生很大变化。

〔463〕到潮州后,韩愈极力兴办乡校,捐俸银支教,起用地方贤士主持教育;积极发展农桑,兴修水利,灌溉排涝,如同古之大禹。

〔464〕指韩愈在潮州驱逐鳄鱼,为民除害;计庸抵债,释放奴婢。

〔465〕相传韩公祠前橡树为韩愈所植,其形如华盖,皮如鱼鳞,叶面细长,叶

脉凸起,状似棱角,春夏之交开花,红白相间,甚为美丽,但开花不常。潮州人崇拜韩愈,认为此木可"以花之繁稀卜科名盛衰"。《潮州府志》有"乾隆九年调堂橡木花,科名大盛"之载。

〔466〕唐宪宗兴师动众,耗费巨资,遣使者去凤翔迎请佛骨,使京城掀起迎拜佛骨狂潮。韩愈以儒家正统自居,崇奉儒学,力排佛老,反对佛教的清净寂灭、神权迷信,在《论佛骨表》中痛言佛不可信,要求将佛骨"投诸水火,永绝根本,断天下之疑,绝后代之惑"。

〔467〕指释、道、儒三教应相互包容、求同存异;整治异端邪说应像大禹治水,重导轻堵。

〔468〕此诗纪念郑板桥。郑板桥(1693—1766年)原名郑燮,字克柔,号板桥,汉族,江苏兴化人,为清代著名画家、书法家,入列史上著名的"扬州八怪"(余为金农、汪士慎、黄慎、李鱓、李方膺、高翔、罗聘),乾隆时进士,五十岁时任范县令兼署朝城。其间重视农桑,体察民情,爱民如子,室无贿赂,案无留牍,百姓安居乐业。五十四岁调署潍县,于山东大饥之年开仓赈贷,大兴工赈,籍大户开厂施粥,尽封积粟之家,复捐廉代轮,尽毁借条,活民无数。宰潍期间勤政廉政,无留积,无冤民,深得百姓拥戴。

〔469〕郑板桥出生后家道中落,生活拮据。三岁时生母汪夫人去世。十四岁继母郑夫人去世。其乳母、祖母侍婢费氏为报主恩,不顾自己夫、子,留郑家共度患难,每日清晨背负瘦弱的板桥到市上作小贩,宁肯自己饿肚,也要先买个烧饼给孩子充饥。即使己子后来为官,也不回家享福。板桥曾为乳娘费氏写诗一首,缕述乳母患难恩抚情景。诗云:"平生所负恩,不独一乳母。长恨富贵迟,遂令惭恧久,黄泉路迂阔,白发人老丑。食禄千万钟,不如饼在手。"

〔470〕六十一岁时,郑板桥因为民请赈忤逆大吏去官。离潍之际,百姓遮道挽留,家家画像以祀,并自发于潍城海岛寺建板桥生祠。

〔471〕卸任时郑板桥仅带走三头毛驴、一车书籍,两袖清风,飘零而去,之后仍以卖画为生。此联化用板桥画竹诗:"乌纱掷去不为官,囊橐萧萧两袖寒。写取一枝清瘦竹,秋风江上作渔竿。"

〔472〕蔡锷(1882—1916年)原名艮寅,字松坡,汉族,湖南宝庆(今邵阳市)人,曾响应辛亥革命,发动反对袁世凯洪宪帝制的护国战争,是中华民国初期杰出的军事领袖。1911年10月,蔡锷与革命党人李根源等在昆明领导新军响应武昌起义,被推举为临时革命总司令、云南军政府都督。1913年蔡锷被袁世凯调至北京笼络监视。1915年末袁世凯称帝,蔡锷抛出"为四万万同胞争人格"的誓言,冒巨大危险,从北京辗转潜回云南,与唐继尧等人

宣布云南独立,组织护国军,发动护国战争,亲任护国第一军总司令。1916
年春蔡锷率部在四川纳溪、泸州一带击败优势袁军,迫袁取消帝制,为挽救
民国做出巨大贡献。袁死后蔡锷任四川督军兼省长,于 1916 年 8 月经上海
去日本治病,11 月病逝于福冈大学医院。蔡锷公馆为湖南省爱国主义教育
基地、省级重点文物保护单位。

〔473〕蔡锷生于贫寒的裁缝家庭。六岁时在当地一位名士帮助下免费入私
塾学习,十二岁考中秀才。十六岁考入长沙时务学堂,师从梁启超、谭嗣同,
接受维新思想。此时腐败的清王朝统治下的中国山河破碎,国力孱弱,帝国
主义列强虎视鹰瞵,民族危机空前严重。蔡锷像许多热血青年一样,怀着急
迫的心情寻求救国救民的道路,在自撰"流血救民吾辈事,千秋肝胆自轮囷"
的诗句中倾吐满腔的爱国抱负。

〔474〕1899 年 7 月,十七岁的蔡锷东渡日本,入陆军成城学校学习,开始"军
事救国"生涯。1902 年底,蔡锷考入东京陆军士官学校学习,其思想活跃,
成绩突出,与同学蒋方震、张孝准并称"中国士官三杰"。1904 年初蔡锷学成
归国,先后在湖南、广西、云南等省教练新军。1911 年初任云南新军协统。

〔475〕护国军要求"一律严守军纪",不得"乱入民家""购买须要公开,不得依
势估压。"深受民众拥护。护国第一军"出征以来,未滥招一兵,未滥收一钱,
师行所至,所部士兵未擅取民间一草一木"。在川南战斗中连续"五月无饷,
而将士不受馈一钱,蜀人爱戴之如骨肉也"。朱德曾云:"自滇以达蜀地,无
不箪食而迎。"民国大总统黎元洪《祭蔡锷文》赞曰:"君故贫,靡有康食,而务
敏于学,及御事至专阃,所入悉分赡隶军者。驭士卒严而有恩,皆乐为致
死。"蔡锷艰苦奋斗,身先士卒,鼓舞了护国反袁的广大将士。他组织指挥的
四川战役,无论是制定计划,组织协同,还是实施指挥均有条不紊,果断坚
决,堪称护国战争精彩一战。

〔476〕年轻英俊的蔡锷脚蹬长筒靴,腰挎指挥刀,扬鞭跃马,技艺娴熟,讲解
精辟,指挥有度,深受官兵敬佩,被誉为"人中吕布,马中赤兔"。

〔477〕蔡锷艰苦作战,久病不治,为捍卫民国献出了年仅三十四岁的宝贵生命。
1917 年 4 月 12 日蔡公魂归故里,成为民国史上"国葬第一人"。民国政府在长沙
岳麓山为之举行国葬。是时大雨滂沱,举国震悼,万人空巷,岳麓含悲。

〔478〕杜甫草堂位于四川省成都市西郊浣花溪畔,又称浣花草堂、工部草堂、
少陵草堂、成都草堂,原址为杜甫流寓成都居所,现为杜甫草堂博物馆。唐
乾元二年(759 年)冬,杜甫为避安史之乱,由陇右(今甘肃省南部)举家辗转
入蜀。次年春得友人相助,在浣花溪畔筑茅舍居住,在此四年生活相对安
定,诗歌创作丰厚,留下 247 首诗作,约占其全部诗作的 1/6,中含《春夜喜

雨》《蜀相》《茅屋为秋风所破歌》《绝句四首(其三)》《闻官军收河南河北》等佳作名篇、千古绝唱,使草堂故居成为中国文学史上的一块圣地。唐永泰元年(765年)成都尹兼剑南节度使严武英年早逝,使杜甫失去唯一的依靠,不得不携眷离蓉,两年后经三峡流落荆、湘等地,成都草堂遂倾毁无存。五代前蜀诗人韦庄寻得遗址,重结茅庐,复存草堂。宋代重建草庐,绘杜像于壁,使成祠宇。元、明、清多次修复草堂。明弘治十三年(1500年)和清嘉庆十六年(1811年)的两次重修,使草堂演变为兼具纪念祠堂格局和诗人旧居风貌的博物馆。今杜甫草堂占地0.2平方千米,规模宏伟,庄严肃穆,古朴典雅,清朗秀丽。草堂博物馆珍藏各类资料三万余册、文物二千余件,是现存杜甫纪念馆及行踪遗迹中规模最大、保存最好、最具特色、最为著名的遗迹。园内小桥勾连,流水萦回,香楠蔽日,梅苑傲霜,兰香四溢,松竹如云,极富诗情画意。杜甫简介参见〔262〕。

〔479〕此联化用郭沫若题杜甫草堂楹联。原文为"世上疮痍诗中圣哲,人间疾苦笔底波澜"。

〔480〕"放翁"即南宋著名诗人陆游。"山谷"即北宋著名诗人黄庭坚。清代重修杜甫草堂时,在杜甫神龛左右增配黄庭坚、陆游神龛。主要理由是:杜、黄、陆的忠君爱国思想一脉相承;黄庭坚为江西诗派领袖,以杜诗为宗;陆游创立剑南诗派,学杜成就卓著;三人均流寓蜀中,去蜀而不忘蜀。杜甫神龛楹联"荒江结屋公千古,异代升堂宋两贤"为清人钱保塘所撰,是对黄、陆配祀杜甫的恰如其分的评价。

〔481〕"叔同"即李叔同(1880—1942年)又名李岸、李良,祖籍浙江平湖(亦说山西),生于天津,著名艺术家、艺术教育家、著名佛教僧侣,曾在多领域开创中华文化艺术先河。他"二十文章惊海内";曾培养名画家丰子恺、音乐家刘质平等文化名人;是中国首开裸体写生课的教师;是向中国传播西方音乐的先驱者、百年金曲《送别歌》词作者;曾联创"春柳社",演出《茶花女》,开中国话剧先河;其书法洁静净简,质朴无华,浑然天成,独具一格。1918年8月,李叔同抛却娇妻幼子及心爱的诸般艺术,于杭州虎跑寺遁入空门,苦心向佛,精研佛法。1936年6月赴福建厦门鼓浪屿日光岩寺闭关8月。1942年圆寂于福建泉州开元寺。李叔同简介参见〔293〕。

〔482〕"闽海蓬莱第一山"指福建泉州清源山,亦名泉山、齐云山、北山、三台山,位于泉州市北,因泉眼众多得名。景区由清源山、九日山、灵山圣墓组成,占地62平方千米,主峰海拔498米。据《泉州府志》记载:清源山启于秦代,兴于唐代,盛于宋、元,是兼容儒、道、释、伊斯兰、摩尼及印度诸教的文化名山。山中有宋元大型道佛石雕七处九尊;有历代摩崖石刻七百余方;有

元、明、清花岗岩仿木结构佛像石室多处及弘一法师舍利塔、广钦法师塔院。宋刻老君造像是我国现存最大、雕技最绝、年代最久的石雕造像,为我国道教石刻独一无二的艺术瑰宝。千手岩因供奉观音坐像著名。弥陀岩亦为此山精华。山中著名景点有三十六洞天、十八胜景,尤以七岩一泉一洞为胜,人文、自然景观巧夺天工,浑然一体,有"秀出东南"美誉。

〔483〕"文涛"即李叔同。"舍利"又称舍利子,梵语音译"设利罗",中文含义为灵骨、身骨、遗身,为人死火化后的结晶体,主要呈圆形、椭圆形、莲花形、佛形或菩萨形,主色为白、黑、绿、红,光泽似珍珠、玛瑙、水晶、钻石。二千五百年前佛教祖师释迦牟尼圆寂火化后的遗骨和珠状宝石样生成物,历来被视为佛门珍宝、圣物,被佛教信众争相供奉。大德高僧及居家信徒往生后也能得到舍利。近代弘一、印光、太虚、章嘉、本焕等长老大师都留下了相当数量的舍利。据佛经称:佛教修道者须通过"戒、定、慧"修持,加上本人"慈、悲、喜、舍"等无量功德的长期积累,方能修得舍利子。弘一法师舍利子现存清源山弥陀岩舍利塔中。

〔484〕此联化用李叔同《送别歌》词意。歌词作于1905年作者赴日留学途中。全文为"长亭外,古道边,芳草碧连天;晚风拂柳笛声残,夕阳山外山。天之涯,地之角,知交半零落;一杯浊酒尽余欢,今宵别梦寒"。曲作者为美国音乐家福斯特。这首经典名曲家喻户晓,耳熟能详,跨越世纪,至今仍能激荡起人们的往日情怀。

〔485〕此句化用邓拓(1912—1966年)《留别人民日报诸同志》诗句"文章满纸书生累"。邓诗作于1959年2月其调任北京市委书记处书记前,发表于作者离职大会。"文革"前夕,邓拓因在《北京晚报》副刊开辟《燕山夜话》专栏,并与吴晗、廖沫沙在《前线》杂志合撰《三家村札记》,被打成"三反"分子,诬为"狗叛徒"。1966年5月18日凌晨,邓拓留下遗书,含冤自尽。1979年8月中共北京市委彻底平反"三家村"冤案。同年9月7日,时任中共中央政治局委员、中央纪委第三书记、中共中央秘书长兼中央宣传部部长胡耀邦,在八宝山革命公墓为邓拓主持追悼大会。

〔486〕此句化用唐人王昌龄《芙蓉楼送辛渐》诗句"一片冰心在玉壶"。王诗构思新颖,重写高风亮节,淡写离情别绪。一、二句以苍茫的江雨和孤峙的楚山烘托送别的孤寂。三、四句自比玉壶,表达开朗的胸怀和坚强的性格。全诗即景生情,寓情于景,含蓄蕴藉,韵意深远。

〔487〕李清照(1084—1155年)号易安居士,山东省济南章丘人,为宋代女词人,位居"婉约词派宗主",早年与丈夫致力于搜集整理书画、金石,家庭生活优裕,词作多写悠闲生活,韵律优美。金兵入据时流寓南方,词作多叹不幸

身世、凄凉晚境,情调忧伤。其作词自辟途径,语言清丽;论词强调协律,崇尚典雅,反对以诗文作法填词;部分诗作感时咏史,情辞慷慨,著有《易安居士文集》《易安词》,现散佚。后人有《漱玉词》辑本、《李清照集校注》。

〔488〕李清照善以白描手法表现身边事物,刻画细腻的心理活动,表达丰富的感情体验,塑造生动的艺术形象。其真挚情感和完美形式水乳交融,浑然一体。其词作"语尽而意不尽,意尽而情不尽",既具巾帼淑贤,更兼须眉刚毅;既怀愤世感慨,又有爱国情怀;不仅才华卓越,而且理想高远。她将婉约风格发展到极致,形成独特的艺术风格;亦有部分词作笔力横放,铺叙浑成,对辛弃疾、陆游及后世词人形成豪放词风产生积极影响。

〔489〕"徽"指宋徽宗。"钦"指宋钦宗。宋建炎元年(1127年)北方女真(金)族攻破汴京,徽宗、钦宗父子被俘,高宗南逃。

〔490〕"赵"指赵明诚。"汝"指张汝舟(亦作张汝州)。赵明诚(1081—1129年)字德甫(或德父),密州诸城(今山东诸城)人,为宰相赵挺之第三子,系著名金石学家、文物收藏鉴赏大家、古文字研究家,授鸿胪少卿。李清照十八岁与之成婚,婚后生活幸福。北宋大观元年(1107年)赵挺之去世,死后遭奸相蔡京诬陷,被追夺赠官,株连家属,致使清照夫妇在青州乡下屏居十三年,于汴京陷落后流落江南。宋宣和、建炎年间赵明诚出任莱州、淄州知州、江宁知府。因在江宁平叛中擅离职守、绝城而逃失去官职。清照对其心灰意冷,于逃亡江西途中写下著名的《夏日绝句》,明赞项羽,暗讽明诚。明诚愧病交加,卒于赴任湖州知事途中。张汝舟为李清照第二任丈夫。据《上内翰綦公启》《建炎以来系年要录》《云麓漫钞》记载:明诚去世后清照孤苦伶仃,居无定所,渴望有所依靠,能较为安定地生活。汝舟为骗清照钱财,百般示好,乘虚而入。婚后不足百日,汝舟发现清照并无万贯家财,清照亦发现汝舟虚情假意,不堪其虐待折磨,毅然提出离婚,并状告其行贿买官。按宋律:妻告夫须判刑两年,故二人同时入狱。翰林学士、清照亲戚綦崇礼闻讯后助清照离婚免刑。明、清有人对"清照改嫁"提出异议,"改嫁"说与"辩诬"说各执其理,但无损李清照在中国文学史上的地位和声誉。

〔491〕辛弃疾(1140—1207年)字坦夫、幼安,号稼轩居士,山东历城(今山东济南)人,汉族,为中国历史上伟大的豪放派词人、著名将领、爱国者、军事家、政治家。其出生时中原已为金兵所占,21岁参加抗金义军,率部归宋,历任湖北、江西、湖南、福建、浙东安抚使,42岁受弹劾免职,闲居乡里。辛弃疾素以气节自负,以功业自许.一生坚决抗金,力主收复失地。然平生抱负不得施展,忧愤而卒。传临终时大呼"杀贼!"

〔492〕"本色豪强"指词风豪放、壮志凌云。辛弃疾系南宋豪放派代表词人,

与北宋豪放派词家苏轼并称"苏辛",与婉约派词宗李清照并称"二安"。"意象"指客观形象与主观心灵融合、带有某种意蕴情调的创作要素,包括寓意形象、构思形象、神态风度、想象印象、意境心境等。辛词的基本思想内容为强烈的爱国思想、不懈的战斗精神、保国安民的热情、壮志难酬的悲愤,对怯弱当局的谴责和对大好河山的吟咏。其词风慷慨悲壮,豪迈沉雄,热情洋溢,善于用典,虽以豪放为主,亦不乏柔媚细腻。现存词作六百余首。作品集有《稼轩长短句》等。

〔493〕"十论美芹"指南宋绍兴三十二年(1162年)辛弃疾向南宋朝廷呈送的《美芹十论》。主要内容为分析敌我形势,条陈战守之策。之后又上呈《九议》,进一步阐发《十论》的基本观点。两篇奏折显示出卓越的军事才能与爱国热忱,但均未得到采纳实施。

〔494〕"吴钩"为春秋时期流行的一种弯刀,以青铜铸成,为吴国利器、冷兵器典范。因充满传奇色彩,常被历代文人入诗,成为驰骋疆场、励志报国、骁勇善战、刚毅顽强的精神符号。辛弃疾怀着满腔热血,带领少许人马,冲过战场烽火来到南方,本望一展宏图,孰料深陷无为之境。十二年后他重游当年南归首站,在《水龙吟·登建康赏心亭》中写下"把吴钩看了,栏杆拍遍,无人会,登临意"等词句,以此抒发山河破碎的悲哀,倾诉壮志成空的苦闷,挥洒自许英雄、不甘沉沦的壮志豪情。

〔495〕"黔州"指彭水。早在春秋战国时期,这里便诞育了巴蜀最古老的黔中文化。西汉建元元年(公元前140年)彭水郁山镇置涪陵县,北周建德三年(574年)置黔州费县,隋开皇十三年(593年)置彭水县,唐代置黔中道、黔州,将彭水作为渝、黔、湘、鄂接合部的政治、军事、经济、文化中心,羁縻、统治西南边陲中部约30万平方千米地区的少数民族,直至南宋末年。唐、宋时期中原纷乱而黔州独守。因地处边远,黔州(治今汉葭镇)又成为唐、宋王朝流放、贬谪朝廷命官和皇室要人的寓所。唐朝废太子李承乾、皇十四子李明、国舅长孙无忌等均被流放并死于黔州。

〔496〕本诗为纪念黄庭坚而作。黄庭坚(1045—1105年)字鲁直,号山谷道人,晚号涪翁,今江西修水人,为北宋著名诗人、书法家、治平年间进士。北宋绍圣元年(1094年)宋哲宗即位后,曾召黄庭坚为校书郎、《神宗实录》检讨官。不久,黄庭坚的政敌弹劾他歪曲史实,有损神宗形象,将其贬任涪州(今重庆涪陵区)别驾,遣黔州(今重庆彭水县)安置。"影投荒"化用黄庭坚词作《醉蓬莱》词句"万里投荒,一身吊影",此词为黄庭坚途经巫山县所作。

〔497〕北宋绍圣二年(1095年)正月,黄庭坚在长兄黄大临(字元明)陪同下,从陈留(今河南开封市陈留镇)出发,经尉氏(今河南省尉氏县)、许昌(今河

南省许昌市),穿越汉水,到达江陵(今湖北省江陵县),再溯江西上,于三月到达峡州,经巫山、建始、施州(今湖北恩施市),于四月二十三日抵达黔州贬所。

〔498〕"工部宅"指杜甫流落奉节时在瞿塘峡口白帝城后草堂河边所建草堂。杜甫在此居住两年,写诗四百余首,中含名篇《秋兴八首》《古柏行》。这是杜甫创作的黄金时代。据史料记载:黄庭坚左迁彭水时曾寓居县城开元寺。黄庭坚《与唐彦道书》称:"到黔中来得破寺墟地自经营筑室以居。岁余拮据乃蔽风雨。又稍葺数口饱暖之资。买地畦菜二年始息肩。"黄庭坚《与秦世章文思》称:"某黔中尚未有生计,方从向圣与乞得开元寺上园地高下两段,既募两户蔬圃矣。年岁间亦须置二三百房钱贵悠久不陷没耳。"黄庭坚《答泸州安抚王补之》称:"某忧患之余瘴疠未除须发半白学问之气衰茶。惟是自断才力百无所堪。""愧拙于谋生,一失官财,以口腹累人,愧不可言……某比葺江滨一舍,粗可御寒暑。已分长为黔州民矣。"黄庭坚《与太虚》书亦称:为了"粗营数口衣食使不至寒饥",不得不躬自建房、种地、畦菜以维持生计,以致"耳目昏塞,旧学废忘,直是黔中一老农耳"。

〔499〕"子瞻房"指苏东坡流放海南儋州时曾执教讲学的载酒堂。据史料记载,黄庭坚曾在彭水、郁山等地讲学。

〔500〕北宋崇宁四年(1105年)黄庭坚逝世后,彭水官民将县城壶头山上的"伏波祠"改为"三贤祠",同祠祭祀黄庭坚、东汉伏波将军马援与唐朝太傅长孙无忌。

〔501〕"万卷"指万卷堂。据《明一统志》《大清一统志》、嘉庆《四川通志》、光绪《彭水县志》记载:"万卷堂在彭水县东,宋黄庭坚建,聚书万卷,因名。"亦说万卷堂为彭水民众最早集资兴办的一所学堂。据《舆地纪胜》记载,"万卷堂"三字为黄庭坚题写并在此讲学授业。黄庭坚逝世后此处改名为丹泉书院,仍悬万卷堂匾额。丹泉书院于明万历二十七年(1599年)、清嘉庆二十三年(1818年)重建、扩建,跻身"彭水三大书院"。此院秉承山谷遗风,选聘名人执教,治学严谨,成效颇丰。从同治八年(1869年)起,三十二年间培养学子近二百名,其中京考恩科首名1人、二甲进士2人、省考中举4人、州考秀才23人,补廪生16人。

〔502〕今编《彭水县志》中《黄庭坚衣冠冢》条目称:郁山士民为追念黄庭坚遗风,在中井河北岸玉屏山麓为其建衣冠冢。清道光六年(1826年)冬月,郁山巡检许承之以砖封旧冢,重立"宋史官黄文节公之墓"石碑,现尚存下部。1983年彭水苗族土家族自治县人民政府将此冢列为县级重点保护文物。1985年据原碑重刻。

神州风采——余恢毅格律诗作选

〔503〕"诗雄四海""笔冠千秋"化用川东道台锡佩楹联。原文为"从渝州按步而来,喜闻岩邑弦歌,真不愧位列三贤,堂开万卷;是山谷读书所在,留得墨池模范,又何难诗雄四海,文冠一时"。

〔504〕此处借用陈毅元帅《赠同志》诗句。全文为"二十年来是与非,一生系得几安危?莫道浮云终蔽日,严冬过后绽春蕾"。

〔505〕黄庭坚自荆州上三峡,入黔中,备尝山川险阻,特别欣赏当时十分流行的民间《竹枝》歌曲,乃至入迷。他在《送曹黔南口号》诗中称"荔枝阴成棠棣爱,竹枝歌是去思谣",留下《竹枝词二首》等千古名篇,对《竹枝》的演唱方法提出了新的创议,并让"巴娘"付诸实践,为此后《竹枝》歌词的演唱提供了模板。"红裳""翠袖"为当时彭水仕女所穿服装。舞红裳、垂翠袖为当时彭水流行舞蹈。

〔506〕"西江"即江西,此指江西诗派。这是我国文学史上第一个有正式名称的诗文派别。北宋后期黄庭坚在诗坛影响很大,与张耒、晁补之、秦观并称"苏门四学士";诗与苏轼齐名,并称"苏黄";词与秦观齐名,接近苏轼。其创作成就虽不及苏轼,但更加体现宋诗的艺术特征。他在诗歌技巧上总结出一套完整的方法并传授后学,追随、效法者日多,逐渐形成以之为中心的诗歌流派。宋徽宗时,吕本中《江西诗社宗派图》罗列陈师道等二十五人,认为他们与黄庭坚一脉相承,后来陈与义等五人也加入江西诗派。宋末称杜甫、黄庭坚、陈师道、陈与义为江西诗派的"一祖三宗"。黄庭坚诗风奇崛瘦硬,力摈轻俗之习,开一代新风。黄庭坚词风流宕豪迈,深于感慨,豪放秀逸,时有高妙。陈师道(1053—1102年)亦为苏轼门下重要诗人,名列"苏门六学士",写诗以黄庭坚为师,人称"黄陈",其运思遣词颇具工力,字面洗净风华绮丽,体现"以平淡为美、以思理见长"的宋诗特色。陈与义(1090—1138年)为爱国诗人、南宋重臣,专学杜甫,推崇苏轼、黄庭坚、陈师道,能参合各家,融会贯通,博览约取,善于变化,留下不少忧国忧民的诗篇,是江西诗派后期的代表作家和改革派。江西诗派强调"夺胎换骨""点铁成金",即师承前人辞、意;崇尚瘦硬奇拗诗风;讲究字字有出处;力求以故为新,自成一家,在掌握技巧基础上摆脱技巧束缚,达到"无斧凿痕"的最高境界。苏、黄之后,陆游之前的四五十年间,江西诗派的崛起是宋代诗坛最重要的文学现象。它代表北宋诗风向南宋诗风的转变,是宋诗发展中的重要环节。杨万里、陆游、姜夔等著名诗人都曾受江西诗派熏陶。宋代以后江西诗派的影响亦不绝如缕,余波延及近代同光体诗人。

〔507〕黄庭坚诗风独树一帜,"句法奇矫,音节拗健,想象奇特不凡,且有一股兀傲之气。"谪黔前黄诗文人气、书卷气十分浓厚,人文意象特别密集。谪黔

后的命运转折和人生艰难，使其诗风为之转变。《苕溪渔隐丛话后集》引《豫章先生传赞》云："山谷自黔州以后，句法尤高，笔势放纵，实天下之奇作。自宋兴以来，一人而已矣。"《西清诗话》亦云："鲁直自黔南归，诗变前体。"黄氏谪黔诗歌现存二十七首。这些诗作不再调风弄月，拈花吟草，而是直面乡村生活，触及黔州民风，描写被贬荒远的切肤之痛，抒发宦海沉浮、人生无常的真情实感；语言质朴平易，形象生动，对仗疏宕，蕴含古意，剥落浮华，符合宋诗"平淡为美"的审美追求。

〔508〕黄庭坚作诗喜欢借鉴前人艺术经验，主张"点铁成金""夺胎换骨"。"点铁成金"说最早见于黄庭坚《答洪驹父书》："自作语最难，老杜作诗，退之作文，无一字无来处。盖后人读书少，故谓韩、杜自作此语耳。古之能为文章者，真能陶冶万物，虽取古人之陈言入于翰墨，如灵丹一粒，点铁成金也。"这段话往往被认为是翻用古人陈言，提倡蹈袭剽窃，其实是借用道家术语，以"铁"比喻被陶冶的万物，即诗歌素材；以"金"比喻点化后的成品，即诗词作品；以"灵丹"比喻诗人的主观思想和精神修养；意谓出色的诗人善借外事外物为己所用；关键在于将诗人的主观思想和艺术修养作为统摄万物的根本，将古人的陈言变旧为新。"夺胎换骨"说最早见于宋代释惠洪《冷斋夜话》。其文引山谷言："诗意无穷而人才有限，以有限之才追无穷之思，虽渊明、少陵不得工也。然不易其意而造其语，谓之'换骨法'，窥入其意形容之，谓之'夺胎法'。"此言曾招致"寻章摘句老雕虫"之议（李贺《南园》）。实际上这是学习欣赏他人诗文的一种方法，也是诗学批评和阐释的一种方式，学习前人作品的关键，就在于点化创新。黄氏《谪居黔南十首》即由白居易诗句组接而成。其中第四首以"山郭灯火稀，峡天星汉少。年光东流水，生计南枝鸟"反映诗人谪黔的真实生活与感情，创造性地把反映生活、抒发情感与化用、改造前人诗句紧密结合，达到了情真言美的艺术效果。黄氏《跋子瞻和陶诗》诗中"子瞻谪岭南，时宰欲杀之。饱吃惠州饭，细和渊明诗。彭泽千载人，东坡百世士。出处虽不同，风味乃相似"等句，不着景语，难见情语，但意境清新，语言流畅，精光内敛，亦颇具陶氏淡远之风。

〔509〕"靖节"指陶渊明。"东篱菊"典出陶渊明《饮酒·其五》诗。全文为："结庐在人境，而无车马喧。问君何能尔？心远地自偏。采菊东篱下，悠然见南山。山气日夕佳，飞鸟相与还。此中有真意，欲辨已忘言。"陶潜简介参见〔330〕。

〔510〕"少陵"指杜甫。"北布衾"化用杜甫《茅屋为秋风所破歌》"布衾多年冷似铁，娇儿恶卧踏里裂"句意。杜甫简介参见〔262〕、〔478〕。

〔511〕此句典出黄庭坚《道臻师画墨竹序》。序云："夫吴生之超其师，得之于

心也,故无不妙;张长史之不治他技,用智不分也,故能入神。夫心能不牵于外物,则其天守全,万物森然,出于一镜。岂待含墨吮笔槃礴而后为之哉!故余谓臻:欲得妙于笔,当得妙于心。"认为书画之道应"得之于心",不为外物所制。

〔512〕这也是一首吟诵郑板桥的诗。"四美"指四时不谢之兰、百节长青之竹、万古不败之石、千秋不变之人。"三真"指真气、真意、真趣。

〔513〕涪陵区为重庆第三大城市,地处重庆中部,邑枕长、乌两江,素为乌江流域物资集散地,有"渝东门户"之称。五千年前区境已有人类居住。夏商至春秋前期为濮人居住区。春秋中后期至战国中期为巴国地,曾为巴国国都、巴先王陵墓所在地。战国中后期为楚国地。战国后期为秦巴郡地。秦昭王三十年(公元前 227 年)首置枳县。东晋穆帝永和三年(347 年)首置涪陵郡(又名枳城郡)。隋置涪陵县。唐、南宋、元、明、清置涪州。中华人民共和国成立后置涪陵专区、涪陵地区、地级涪陵市、涪陵区。该区自然条件较好,人文资源丰富。涪陵榨菜、涪陵水牛、涪陵红心萝卜"三大特产"及水下碑林白鹤梁、程朱理学点易洞等名胜古迹名扬中外。白鹤梁题刻有"长江一绝、中国一绝、世界一绝"之誉。

〔514〕据有关史料:黄庭坚于北宋绍圣五年(1098 年)三月初三离黔州下乌江,月中到达涪陵。因堂弟黄嗣直时任"涪陵尉",故在此地"少留"月余看病休养,与亲人团聚。当年四月十七日黄庭坚离开涪陵溯长江而上,于元符元年(绍圣五年六月改元)六月初抵达戎州(今四川宜宾)贬所,途中用时近两月。

〔515〕"鲁直"即黄庭坚。"钩深"指钩深堂。其位于涪陵北崖东部,唐、宋时为普净院。绍圣年间,宋代理学家、西京国子监教授程颐曾在涪陵北岩凿洞著书讲学,面壁点《易》,撰成《周易程氏传》。绍圣五年(1098 年)【或元符三年(1100 年)或建中靖国元年(1101 年)】三、四月间,黄庭坚第二次来涪时,曾游涪陵北岩寺,过伊川先生堂,题写"钩深堂山谷书"六字。题铭幅宽 48 厘米,高 80 厘米,楷书,原为钩深堂大门门额,后移刻北岩,字迹清晰可辨。"钩深"语出《周易·系辞》"探赜索隐,钩深致远",一般用来比喻学问广博精深。南宋后钩深堂改名为北岩书院、钩深书院,为川东著名书院之一,历久倾圮无存。现坐落于北岩点易洞公园中的钩深堂系后世重建。

〔516〕"伊川"即程颐。据《方舆胜览》记载:"绍圣丁丑,伊川谪居于涪,即普净院辟堂传《易》,阅再岁而成。元符庚辰,徙夷陵(今湖北宜昌)。"

〔517〕《山谷内集》卷十五有《赠嗣直弟颂十首》。诗前《序》云:"涪陵与弟嗣直夜语,颇能明古人意,因戏咏云:'人皆有兄弟,谁共得神仙?'故作十颂以

记之,此二句唐赤松观舒道士题赤松子庙诗也。"此序表达了诗人因兄弟相聚相知而产生的喜悦心情,也交代了组诗内容是与堂弟夜语时领悟的"安身立命"真谛。"颂"亦称"偈颂""偈诗""诗偈""禅诗",是参禅者(禅师或居士)把修习禅、理解禅的心得体会以诗歌形式表述的一种特殊的文学载体。黄庭坚出生于洪州分宁县,从小耳濡目染禅宗文化,对佛理禅机多有接触,把"治心养气"视为自己终生追求的目标。他认为士大夫安身立命之本不是外在的政治伦理信条,而是内在的不受污染的清净之心。《赠嗣直弟颂十首》运用佛典、公案表现自己在获得生死解脱后所体悟的人生哲理,所有诗句无不指向淡泊自持。在这些诗里,"平常心是道"的审美愉悦,已经取代了"长恨此生非我有"的遗憾。

〔518〕"朋乐"指朋乐堂。由涪州士人蔺大节为改变当地学人"独学无朋"而建。据宋、元地理志书《舆地纪胜》《方舆胜览》《大元混一方舆胜览》记载:朋乐堂为山谷先生命名及为记。《朋乐堂记》写于绍圣五年(1098年)黄庭坚初到涪州时,迄今仍存黄公文集。堂名源于孔子名言"有朋自远方来,不亦乐乎"。文中勉励后学"于爱惜日力,相开以多闻,相尽以改过"。明、清后此堂荡然无存。

〔519〕黄庭坚师承杜甫是时人及后世的共识。唐代以来历代诗人中,黄庭坚最推崇杜甫,学杜最下功夫,诗作受杜甫影响最深,对杜甫的崇敬至老弥笃。他不仅肯定杜甫的忠义之气、忧国爱民之忱,且在诗作上力追杜甫,教人学诗以杜甫为指归,在全面总结继承杜甫诗艺基础上,形成了自己独特的风格。流放黔中时虽生活困顿,仍念念不忘搜罗杜诗,"尽刻杜子美东西川及夔州诗,使大雅之音久湮没而复盈三巴之耳。"《山谷别集》卷四中保留了他潜心研究杜诗的部分成果,对杜甫诗歌的用典出处及名物制度等提出了独到见解。杜甫主张"读书破万卷,下笔如有神",黄庭坚广学前人优秀成果,提出"点铁成金""夺胎换骨";老杜作诗"字字有出处",黄庭坚主张"无一字无来历";杜诗以句律精细及"老境美"著称于世,黄庭坚力追杜甫晚年"不烦绳削而自合"的诗法和诗境;杜诗不避拙句俚语、口语方言,使之与工整细密的语言相互映衬,黄诗也有"拙朴"的表达方式和使用俗语、俚语、散文化的句式。这对后世继承、弘扬前人的文学或文化成果提供了有益的启示。

〔520〕"三峡"为瞿塘峡、西陵峡和巫峡之总称,因这一地区地壳不断上升,长江水强烈下切形成。其西起重庆市奉节县,东至湖北省宜昌市,全长193千米。白帝城至黛溪称瞿塘峡。巫山至巴东官渡口称巫峡。秭归香溪至南津关称西陵峡。两岸高山对峙,峭崖壁立,江面紧束。山峰约高出江面1000—1500米。江面最窄处不足100米。水道曲折,多处险滩。舟行峡中有

"石出疑无路,云升别有天"之感。长江三峡风光无限:瞿塘峡的雄伟,巫峡的秀丽,西陵峡的险峻,大宁河、香溪、神农溪的神奇古朴,使这段驰名中外的山水画廊气象万千。这里的群峰重岩叠嶂,峭壁对峙,烟笼雾锁;这里的江水汹涌奔腾,惊涛拍岸,百折不回;这里的奇石嶙峋峥嵘,似人若物,千姿百态;这里的溶洞奇形怪状,空旷深邃,神秘莫测……这里的一山一水,一景一物以及动人传说、美丽神话无不如诗如画,令人神往。长江三峡地灵人杰:这里是中国大溪文化发源地之一;曾孕育伟大的爱国诗人屈原和千古名女王昭君;曾留下杜甫、李白、白居易、刘禹锡、范成大、欧阳修、苏轼、黄庭坚、陆游等诗圣文豪的足迹及其千古传颂的诗词佳作;这里是三国古战场,有白帝城、张飞庙、黄陵庙、南津关等名胜古迹;这里有原汁原味、土生土长的三峡文化,端午龙舟赛、巴东背篓世界、土家独特婚俗等风情民俗交相辉映,名扬四海;这里有丰都鬼城、忠县石宝寨、大三峡、小三峡、小小三峡、三峡工程等美不胜收的景区景点,入列"中国十大风景名胜""中国最美十大峡谷",位于"中国40佳旅游景观"之首。

〔521〕重庆市云阳县张飞庙有黄庭坚书木刻屏风《唐韩伯庸〈幽兰赋〉》。每字大六七寸,勇气四溢,全无儒雅之气。或云清人依托伪本所刻,但终为云阳士人怀念山谷所致。

〔522〕据《入蜀记、蜀中名胜记》记载:北宋建中靖国元年(1101年)黄庭坚曾为奉节白帝城石笋题字,内容不详。

〔523〕"西山"指《西山碑》,又名《南浦西山勒封院题记》《西山南浦行记》《宋南浦题名摩崖》。其位于重庆市万州区高笋堂流杯池清建三重檐六角亭内。碑石横260厘米,高1米。字径约10厘米,共173字,当为建中靖国元年(1101年)二月黄庭坚东下出峡过万州题书。通碑字口清晰,字形准确,笔意连贯,章法和谐,呼应自然,气似浩荡江流,字如嶙峋溪石,落笔劲健爽利,朗润清新,雄强大气,潇洒灵动,有川江船夫健臂撑篙、橹桨搏浪之美,与黄氏出川后次第写出的《伏波神祠诗》《松风阁》诗同气连枝,充分展现了晚年臻于至善的"黄体"风韵,具有较高的学习、收藏价值,先后入列四川省、重庆市重点保护文物。

〔524〕据《蜀中广记·风俗记·夔州》记载:"刘禹锡……《别夔州官吏》诗云:'三年楚国巴城守,一去扬州扬子津……惟有九歌词数首,里中留与赛蛮神。'后黄鲁直过夔门,书之。"

〔525〕"细腰宫"指古楚离宫。据《明一统志·夔州府》记载:"古楚宫,在巫山县治西,楚襄王所游之地,遗址尚存。宋黄庭坚石刻所谓细腰宫是也。"据《韩非子·二柄》:"楚王好细腰,宫中有饿死者。"据《入蜀记》:"楚故离宫俗

谓之细腰宫。"黄庭坚细腰宫碑刻已因历史久远湮没。"朱翠"指女子的朱颜翠发,代指美人。典出黄庭坚《醉蓬莱》"巫峡高唐,锁楚宫朱翠"。此词为黄庭坚被贬涪、黔,途经巫山所作。面对烟雨迷蒙、乱峰错杂的巫峡高唐,诗人想到的不是自由自在、超凡脱俗的巫山神女,而是被深锁楚宫的朱翠,这是去国怀乡、郁闷忧愤之情的自然流露。

〔526〕从汉代始盐属官方专营。为有效控制盐源,防止私盐生产,增加国家税收,汉代盐铁盆均由官府铸造登记发放,为煮盐之重要工具。《蜀中名胜记》《碑目》云:"《汉盐铁盆记》,在巫山。"据其记载:黄太史《石刻》云"余弟嗣直,来摄邑事。堂下有大盐盆,有款识,盖汉时物也,其末日永平二年。"《隶续》中"建中靖国初,黄鲁直自戎州东归,厥弟叔向摄巫山,有大盐盆积水堂下,以植莲芡。鲁直去其泥而识之,其文铸出铁上,故虽有发笔而势不可纵,人或指以为篆"一段文字,更准确记述了黄庭坚在巫山县认真考辨汉代盐铁盆并为之记等情景。陆游《入蜀记》亦叙及:"巫山县廨有故铁盆,底锐似半瓮状,极坚厚,铭在其中,盖汉永平中物也。缺处铁色光黑如佳漆,字画淳直可爱玩。有石刻鲁直作《盆记》,大略言建中靖国元年,予弟叔向嗣直自涪陵尉摄县事,予起戎州,来寓县廨,此盆旧以种莲,余洗涤乃见字云。"巫山盐铁盆石刻今已不存,但黄庭坚关于《汉盐铁盆记》的记叙与1997年四川蒲江出土的汉盐铁盆大体一致。

〔527〕"十二巫峰"指巫山十二峰。分名登龙、圣泉、朝云、神女、松峦、集仙、净坛、起云、飞凤、上升、翠屏、聚鹤。其中净坛、起云、上升三峰隐于岸上山后,神女峰最为美丽动人。有关仙女瑶姬为民除害,协助大禹治水并化作神女峰石,永保三峡航路平安的传说,使此峰蒙上了一层神秘的色彩。据光绪《巫山县志·流寓》记载:"黄庭坚……尝手书十二峰词,刻于巫山。"书写内容现无从查考,但黄庭坚《减字木兰花》(襄王梦里)(苍崖万仞)(浓云骤雨)、《喝火令》(见晚情如旧)、《两同心》(巧笑眉颦)、《满庭芳》(明眼空青)(初绾云鬟)、《醉蓬莱》(对朝云叆叇)(窜易前词)、《采桑子》(虚堂密候参同火)、《菩萨蛮》(细腰宫外清明雨)等词作,以及《次韵周德夫经行不相见之诗》《泊大孤山作》《再和寄子瞻闻得湖州》《以峡州酒遗益修复继前韵》《次韵和台源诸篇九首之云涛石》等诗作,多处提及朝云、暮雨、巫峡、翠峰。

〔528〕黄庭坚是北宋书坛的杰出代表,与苏轼同为一代书风的开拓者,与苏轼、米芾、蔡襄并称"宋四家",在草书、楷书、行书三个领域同时取得巨大成功,不仅在宋代找不到第二人,在近千年书法史上也少有匹敌。宋、元、明、清历代书论者皆以黄庭坚为宋代第一大家。他反对食古不化,强调精神继承;强调个性创造;注重心灵、气质对书作的影响;反对工巧,强调生拙,且见

解与创作互证。其大字行书凝练有力,结构奇特,中宫紧收,四缘发散,行笔曲折顿挫,几乎每字都有夸张的长画。其草书单字结构奇险,章法富于创造,常用移位方法打破单字界限,使线条形成新的组合,节奏变化强烈,具有特殊魅力。其传世草书目前可见十八幅,绍圣年间(1094—1098年)所作几乎件件精彩,独具神韵。《李白秋浦歌十五首并跋》《廉颇蔺相如列传》《诸上座帖》《李白忆旧游诗卷》等巨幅长卷堪称中国书法史上的奇迹。

〔529〕黄庭坚尝言:"余寓居开元寺之怡思堂,坐见江山,每于此中作草,似得江山之助。"

〔530〕黄庭坚《山谷自论》云:"余学草书三十余年,初以周越为师,故二十年抖擞俗气不脱,晚得苏才翁、子美书观之,乃得古人笔意。其后又得张长史、僧怀素、高闲墨迹,乃窥笔法之妙。"

〔531〕"大樯长桅"指黄氏行楷笔画。黄书结体中宫紧收,向外辐射,纵伸横逸,气宇轩昂,如荡桨撑舟,个性特点十分显著,对后世产生很大影响。

〔532〕"辰"为地支第五位,属龙。"巳"为地支第六位,属蛇。惊蛇入草,龙蛇入笔,均为黄庭坚草书的自我评价。详见《黄庭坚全集》别集卷三《墨蛇颂》、外集卷三十二《李致尧乞书书卷后》。

〔533〕此联化用苏东坡《跋鲁直为王晋卿小书尔雅》句意。原文为:"鲁直以平等观作欹侧字,以真实相出游戏法,以磊落人书细碎事,可谓三反。"

〔534〕"寒食"指黄庭坚《东坡寒食诗跋》,于北宋元符三年(1100年)八、九月作于四川青神县。东坡是山谷情谊极深的师友,也是翰墨场中唯可对峙的对手。作此跋时,山谷书法综合造诣已超其师,故当仁不让,为东坡书法直下评论。跋文神完气足,精妙绝伦,足令古今书者叹为观止,与东坡《寒食诗帖》构成中国书法史上最典型的合璧。以此为志,山谷行楷形成的书法语言范式,已成为晋唐以来中国书法史上又一丰富和有价值的艺术宝藏,可从中窥探篆、隶、楷、行、草之间的内在奥妙,启发人们思考中国书法章法的构成原理。"伏波"指《经伏波神祠诗卷》,北宋靖国元年(1101年)五月作于湖北荆州沙尾(今沙市),是黄庭坚大字行楷中最佳代表作,历受书家激赏,流布广泛。此作超迈神奇,格调清雅,笔圆韵胜,意足神完,奇伟豪迈,在中国书法史上无与伦比,堪与《兰亭序》《祭侄稿》《寒食诗帖》等相提并论。因格高难合俗眼,历来对其艺术价值的认识不免肤浅,当代更绝少有人识其雅韵。

〔535〕"旧游"指《李白忆旧游诗卷》,又名《黄庭坚书李白忆旧游寄谯郡元参军书卷》,上有张铎、沈周等跋,纵37厘米,横392.5厘米,卷首已断烂,缺80字,无年款,于北宋崇宁三年(1104年)作于黔州,清入乾隆内府,民国年间被溥仪售予日本人,今藏于日本京都藤井有邻馆。"诸上"指《诸上座帖》卷。

纵33厘米，横730厘米，约五百字，是山谷为江津李任道所书《五代释文益禅师语录》。此书学怀素狂草，笔意纵横，气势苍浑雄伟，字法奇宕，如马脱缰，无所拘束，尤能显示书者悬腕摄锋运笔的高超书艺。《语录》后黄氏又作大字行楷自识一则，结字内紧外松，出笔长而道劲有力，一波三折，气势开张，一卷书法兼备二体，相互映衬，尤为罕见，是其晚年杰作。卷无年款。当于北宋靖国元年（1101年）出峡途中书于重庆江津。南宋绍兴时期此卷为内府收藏。清代为王鸿绪收藏。《庚子销夏记》《式古堂书画汇考》等书有载。今藏于北京故宫博物院。

〔536〕"三绝诗书画，一官归去来"是对郑板桥生平最精辟的概括和最贴切的赞颂。

〔537〕郑板桥是"扬州八怪"的主要代表。他"画得怪，文章怪，性情怪，行为怪"。"怪"中又含几分真诚、几分幽默、几分酸辣，颇有济公活佛之风。每当贪官奸民游街示众，他便画一幅梅兰竹石挂作犯人围屏，以此吸引观众，警世醒民。

〔538〕绘制《兰石图》时，板桥别具匠心地书写诗句以代皴法，由此产生形式美、艺术美、节奏美和韵律美，既深刻揭示兰花的高尚品质，又恰到好处地表现石头的体感肌理，成为一种不可或缺的表现方法。

〔539〕板桥善画兰、竹，画竹以焦墨挥毫，藉草书中竖、长撇运之，多而不乱，少而不疏，脱尽时习，秀劲绝伦；画兰多画山野之兰，以重墨草书之笔，尽写兰花烂漫天性。蒋士铨《题画兰》诗云："板桥作画如写兰，波磔奇古形翩翩，板桥写兰如作字，秀叶疏花是姿致"，将板桥作品中"书"与"画"的关系说得淋漓尽致。

〔540〕三十岁后板桥曾弃馆至扬州卖画为生，托名风雅，实救困贫。在扬州十年结识了许多画友，与金农、黄慎等过往甚密，对自己的创作思想乃至性格产生了极大影响。去官后，他复以卖画为生，往来扬州、兴化，与同道书画诗酒唱和，复游杭州，过钱塘，至会稽，探禹穴，游兰亭，参加虹桥修葺，并结识袁枚，以诗句赠答。这段时期板桥书画作品极多，流传甚广。

〔541〕板桥工楷隶，综合草、隶、篆、楷四体，加入兰竹笔意，字迹大小不一，歪斜不整，自称"六分半书"，以黄山谷笔致增强作画气势，以"乱石铺街，浪里插篙"形容书法变化，作为立论依据。

〔542〕怀素（725—785年）字藏真，俗姓钱，幼年出家，僧名怀素，长沙人（另说零陵人），为唐代书法家，精勤学书，是书法史上领一代风骚的草书家，与唐代草书家张旭合称"张颠素狂"或"颠张醉素"，书称"狂草"。其用笔圆劲有力，使转如环，奔放流畅，一气呵成。代表作品有《自叙帖》《苦笋帖》《食鱼

帖》等。传世书迹有《千字文》《清净经》《圣母帖》《藏真帖》《律公帖》《脚气帖》《四十二章经》等。晚年草书从骤雨旋风转为古雅平淡,字与字不相连属,笔道更苍劲浑朴,由绚烂之极复归平淡,素为书林所重。其性格疏放率真,不拘小节,尤喜杯中之物,曾一日九醉,时人呼之"醉僧"。

〔543〕怀素所居寺内有数十间粉壁长廊。为豁酒后胸中之气,其常于粉墙提笔疾书,势若惊蛇走虺,狂风骤雨。唐末五代著名画僧贯休《观怀素草书歌》云:"金尊竹叶数斗余,半饮半倾山衲湿。醉来把笔猛如虎,粉壁素屏不问主。"

〔544〕怀素的勤学苦练精神十分惊人。买不起纸张,就找木板、圆盘涂白漆书写。因漆板光滑,不易着墨,且已写穿,便在寺院附近荒地种芭蕉一万余株,在蕉叶上挥毫临帖。老蕉叶剥光,又带笔墨至芭蕉树前,在鲜叶上轮番书写。无论寒暑,从不间断。

〔545〕张旭(675—750年)字伯高、季明,汉族,为中唐知名书法家,生于吴郡吴县(今江苏省苏州市)。其母陆氏为初唐书家陆柬之侄女、虞世南外孙女。陆氏以书传业有称于史。张旭尝任常熟尉、金吾长史,人称"张长史"。旭善草书,后世誉为"草圣"。诗以七绝见长,别具一格,与贺知章、张若虚、包融并称"吴中四士"。传世书迹有《肚痛帖》《古诗四帖》等。常熟城内至今保留"醉尉街"。旧时城内建"草圣祠"。祠内楹联为"书道入神明,落纸云烟,今古竞传八法;酒狂称草圣,满堂风雨,岁时宜奠三杯",表达邑人对草圣的深深崇敬。

〔546〕旭善草书,性好酒,把满腔情感倾注于点画之间,旁若无人,如醉如痴,如癫如狂,世称"张颠"。

〔547〕旭才华横溢,学识渊博,与李白、贺知章相友善。杜甫将三人列为"饮中八仙"。

〔548〕旭性格豪放,常在大醉后手舞足蹈,大呼狂走,后落笔成书,一挥而就,甚至以头发蘸墨书写。

〔549〕唐文宗曾下诏,以李白诗歌、裴旻剑舞、张旭草书为"三绝"。

〔550〕张旭曾在名贵的"五色笺"上,以独特的狂草书体,纵情挥写南北朝文豪谢灵运、庾信古诗四首。此帖落笔千钧,倾势而下,奔放豪逸,有飞檐走壁之险,且婉转自如,急缓相宜,连绵不断,为张旭代表作之一。

〔551〕传张旭见公主与担夫争道,又闻鼓吹,而得笔意。唐韩愈《送高闲上人序》称张旭:"喜怒、窘穷、忧悲、愉佚、怨恨、思慕、酣醉、无聊、不平,有动于心,必于草书焉发之。观于物,见山水崖谷,鸟兽虫鱼,草木之花实,日月列星,风雨水火,雷霆霹雳,歌舞战斗,天地事物之变,可喜可愕,一寓于书。故

旭之书,变动犹鬼神,不可端倪,以此终其身而名后世。"

〔552〕传张旭在河南邺县时爱看公孙大娘舞西河剑器,由此得草书之神。

〔553〕郑道昭(? —516年)字僖伯,荥阳开封(今属河南)人,北魏大臣郑羲幼子,为北朝魏诗人、书法家。郑氏跻身北魏时期崔、卢、王、郑四大名门望族。道昭幼年生活在"文为辞首、学实宗儒"的环境中,少而好学,博览群书,文采出众。二十四岁任秘书郎,官至通直散骑常侍,迁秘书监,后受从弟郑思和谋反株连,被免黄门侍郎,改任国子祭酒,远任光州刺史,转任青州刺史,复为秘书监。死后追赠镇北将军、相州刺史,谥文恭。所作《中岳赋》为孝文帝喜爱,获称"天下第一",故有"中岳先生"雅号。

〔554〕道昭为我国古代著名书法家。其正书体势高逸,大字尤佳,为时人称道,孝文帝下令全国学习,后人称之"魏体"。其体多以碑版传世,又称"魏碑"。传世魏碑绝大多数为民间书法家杰作,仅少数有书家署名,道昭则是其中最有代表性的一位,被誉为"魏体鼻祖""书法北圣",与王羲之齐名,有"南王北郑"之说。

〔555〕由郑道昭书写,刻于山东青、光二州的众多摩崖题刻总称"云峰刻石",已发现四十余处,与龙门石窟造像题记、邹县四山摩崖刻经并称"中国北魏书法艺术三大宝库"。云峰刻石的艺术风格略分三类:一类端庄雄浑,以《郑文公碑》为代表;一类豪逸疏宕,以《论经书诗》为代表;一类雄奇紧峭,以《白驹谷题名》为代表。云峰刻石书法艺术不独在北朝碑版中位居首席,在历代真书作品中亦属翘楚。清代前扬帖抑碑,不重刻石。清代乾嘉时期碑学之风兴盛。众多书法、金石学家开始推崇和著录石刻。隐迹千年的云峰刻石渐显于世,经康有为等人大力宣扬而闻名天下。《郑文公碑》结字端严宽博,用笔方圆兼施,笔力雄强,气势浑厚,素为学者、书家推崇。《白驹谷题名》结构宽博,笔意苍老,为道昭碑刻之最,亦堪称一千五百年前中国榜书之最。清代碑学大家赵之谦、邓石如、包世臣、康有为、张裕钊、李瑞清等无不受道昭碑刻影响。现当代于右任、陆维钊、孙伯翔等无不从道昭碑刻汲取营养。他们的书法艺术成就都与云峰刻石密不可分。

〔556〕孝文帝实行改革需要招揽人才,尤为赏识道昭文采,时召其饮酒唱和,并升职为黄门侍郎。太和十九年(495年)孝文帝在悬瓠方丈竹堂宴请南征随臣,与道昭联句作歌,传为佳话。不久又将道昭升为中书郎正职,转任通直散骑常侍。

〔557〕道昭下笔多用正锋,大起大落;起落转折,处处着实;间用侧锋取势,忽而峻发平铺;既有锋芒外耀,尤多筋骨内含;不方不圆,亦方亦圆,方圆并用,示人以结体宽博,笔力雄强之感。康有为《广艺舟双楫》称:道昭云峰刻石

神州风采——余怀毅格律诗作选

"体高气逸,密致而通理",应列"妙品上"。

〔558〕道昭就任光州刺史期间,政务宽厚,不任威刑,为吏民所爱。

〔559〕柳公权(778—865年)字诚悬,汉族,唐朝京兆华原(今陕西耀县)人,为著名书法家。其幼年好学,善辞赋,懂韵律,三十一岁进士及第,当年宏词登科,历仕宪宗、穆宗、敬宗、文宗、武宗、宣宗、懿宗七朝,曾任翰林院侍书学士、中书舍人、翰林书诏学士、太子少傅、少师、太师,封河东郡公,世称"柳少师""柳河东",为颜真卿后继者,唯悬瘦笔法自成一格,后世以"颜柳"并称,树为历代书法楷模。其一生作品甚多,代表作有《金刚经碑》《玄秘塔碑》《神策军碑》《大唐回元观钟楼铭》《冯宿碑》及墨迹《蒙诏帖》《王献之送梨帖跋》等。

〔560〕柳公权初学王羲之,能取其神而离其形。筋骨显露,结体谨严的欧书和蹲锋纤劲、流利秀美的褚书,也给了柳公权有益的启示。柳学颜主要学四:一学笔法、结字;二学雄媚书风;三学人格书品契合;四学变法精神。他在广泛师法魏晋、初唐诸家基础上,在晋人劲媚和颜书雄浑雍容之间自创"柳体",其书体结构严谨,笔画锋棱明显,斩钉截铁,遒媚劲健,以骨力见长,获"颜筋柳骨"美誉。

〔561〕柳公六十岁后的十年为柳书鼎盛时期。其间书写的《玄秘塔碑》和《神策军碑》为柳书典型,声名卓著。《玄秘塔碑》骨力矫健,筋骨特露,刚健遒媚;结字瘦长,大小错落,巧富变化;顾盼神飞,气脉流贯,无一懈笔,可谓精绝。《神策军碑》法度谨严,精魄强健,雄厚端重。二碑一变中唐肥腴之风,其用笔骨力深注,爽利快健,以方为主,济之以圆,在蹲锋与铺毫之间显示瘦硬劲挺之线条。其长横瘦挺舒展,短横粗壮有力;竖较横粗,以为主笔,求其变化;撇长者轻,撇短者重;以重捺显示矫健力度;钩、提、挑必顿后回锋迅出。其结字正面示人,左右匀衡,纵长取势,中密外疏。整体书风如"辕门列兵,森然环卫"(岑宗旦书评)。通碑法度森严,清劲挺拔,瘦硬通神,以一种崭新书体及劲媚之美博得人们赞赏。

〔562〕"三门"指儒、道、释。柳公权研习儒学,也研习《庄子》,且深得精微,与佛、道接触颇多,并有多种书法创作,同时从儒、道、释汲取心灵滋养,求得互补平衡,故在滚滚红尘中颇能超脱,对家奴经常盗用其钱财器物亦淡然处之。

〔563〕"二正"指心正、笔正。据《旧唐书》载:穆宗政僻,尝问公权笔何尽善,对曰:"用笔在心,心正则笔正。"上改容,知其笔谏也。穆宗怠于朝政,柳公权以书喻政,由此及彼,巧妙进谏,此"心正笔正"说流传至今。其在"侍书中禁"时敢于直言或婉言进谏的行止,于此可见一斑。

〔564〕除少许时间在外任官,柳氏一生基本上都在京城、宫中和皇帝身边生活,不断为皇家、大臣和亲朋书碑,颇像一只关在笼中的金丝雀。这样的生活使他缺少壮阔的气度、宽广的视野和浩瀚的生活源泉。颜体在不断地变化,柳体成熟后却变化较少。颜真卿像奔腾咆哮的洪流。柳公权则像深山老林的洞水。这是两种不同的生命情调。

〔565〕颜真卿(709—784年)字清臣,别称颜平原、颜鲁公、颜文忠,琅琊临沂(今山东临沂)人,为唐代著名政治家、书法家。其二十六岁中进士,登甲科,历任宪部尚书、监察御史、殿中侍御史、吏部尚书、光禄大夫、太子太师、上柱国,封鲁郡公,谥文忠。颜真卿秉性正直,笃实纯厚,为人正义,从不阿谀权贵,屈意媚上,以义烈名于时。曾受权臣杨国忠排斥,被贬任平原郡(今属山东)太守,后遭宰相卢杞陷害,被遣往叛将李希烈部晓谕,因凛然拒贼而被缢杀。三军将士闻之痛哭失声。德宗皇帝痛诏废朝八日,举国悼念,并亲颁诏文,赞其"才优匡国,忠至灭身,器质天资,公忠杰出,出入四朝,坚贞一志,拘胁累岁,死而不挠,稽其盛节,实谓犹生"。

〔566〕颜真卿楷书一反初唐书风,行篆籀之笔,化瘦硬为丰腴雄浑,结体宽博,气势恢宏,骨力遒劲,气概凛然,体现大唐帝国的繁盛气度,契合自身的高尚人格,是书法美与人格美完美结合的典例,为唐代楷书树立了典范,成为二王之后成就最高、影响最大的书法家。他与柳公权并称"颜柳"。与赵孟頫、柳公权、欧阳询并称"楷书四大家"。有书法作品138种。代表作有楷书《多宝塔碑》《麻姑仙坛记》、行草书《祭侄文稿》《争座位帖》《裴将军帖》《自书告身》等。真卿少时家贫,曾以毛笔蘸黄土水在墙上练字,书法成就来之不易。

〔567〕"争座位"指《争座位帖》,亦称《论座帖》《与郭仆射书》,为唐广德二年(764年)颜真卿与郭英义之书信稿,宋时曾归长安安师文,以此上石,存陕西西安碑林,墨迹不传。《争座位帖》为颜真卿不满权奸骄横跋扈而奋笔直书的作品,为行草精品。全篇一气贯之,字字相属,气势充沛,劲挺豁达,横溢粲然忠义之气,显示出刚强耿直、朴实敦厚的禀性,虽时逾千年,仍令人肃然起敬。

〔568〕颜真卿任职的平原郡属安禄山辖区。安禄山谋反苗头初露时,颜真卿即暗筑高墙,深挖城壕,招募壮丁,积储粮草,严加防范。安氏谋反后,河北全境仅平原城未陷敌手。之后颜真卿联络堂兄颜杲卿起兵抗敌,被附近十七郡推为盟主,统率二十万联军横扫燕赵,辅佐河东节度使李光弼讨伐叛军。

〔569〕"祭侄"指《祭侄文稿》。"安史之乱"时颜杲卿任常山郡太守。贼兵进

逼时太原节度使拥兵不救,以至城破。颜杲卿、颜季明父子双双罹难。颜真卿派长侄泉明前往善后,仅得杲卿一足及季明头骨。鲁公一门忠烈,大义凛然,其精神气节必应于翰墨,遂以一管微秃之笔,用圆健笔法,若篆书流转,一气呵成《祭侄文稿》。此稿情怀起伏,神采飞动,笔势雄奇,姿态横生,竭笔牵带历历在目,黑灰浓枯多所变化,被元代著名书法家鲜于枢评为"天下第二行书",且最为论书者乐举。

〔570〕此句典出颜真卿《乞米帖》。鲁公五十六岁时关中大旱,江南水灾,农业歉收,"举家食粥来已数月,今又罄竭",不得不求告同事好友李光弼"惠及少米,实济艰辛"。而困窘的原因则是自己"拙于生事",除俸禄外无生财之道。《乞米帖》是中华民族的精神财富,读之可受颜真卿高风亮节之熏陶。

〔571〕"中兴颂"全称《大唐中兴颂》,为唐代著名文学家元结撰文,由颜真卿书于湖南祁阳县浯溪摩崖,时年六十三岁。浯溪为元结罢官后居所,溪边峰峦迭障,石壁嶙峋,《中兴颂》刻于其中最大石壁。颂文记叙平叛安禄山经过,颂大唐中兴之事。书作磊落奇伟,方正平稳,不露筋骨,为颜真卿最大楷书。因石质坚硬,历经千年保存完整。《集古录》赞其"书字尤奇伟而文辞古雅"。《广川书跋》评曰:"太师以书名,中兴颂尤瑰玮,故世贵之。"

〔572〕颜真卿为琅琊氏后裔,家学渊博。六世祖颜之推为北齐著名学者,著有《颜氏家训》。五世祖颜师古为唐初儒家学者、经学家、语言文字学家、历史学家。真卿初学褚遂良,后师从张旭得笔法,又汲取初唐四家特点,兼收篆隶和北魏笔意,方自成一格,创成颜体楷书,树立唐楷典范。

〔573〕此句化用颜真卿脍炙人口的《劝学》诗"三更灯火五更鸡"。全文为:"三更灯火五更鸡,正是男儿读书时。黑发不知勤学早,白首方悔读书迟。"

〔574〕颜真卿向张旭请教习书妙诀。张答:"学习书法,一要'工学',即勤学苦练;二要'领悟',即从自然万象中接受启发。"

〔575〕在向前辈书法家学习的同时,颜真卿也非常注重从民间书法艺术吸取营养。

〔576〕此句典出元代张敬晏题跋:"告不如书简,书简不如起草。盖以告是官作,虽楷端终为绳约;书简出于一时之意兴,则颇能放纵矣;而起草又出于无心,是其手心两忘,真妙见于此也。"

〔577〕颜真卿《祭侄文稿》在极其悲愤的心情下进入最高艺术境界,获称"天下第二行书"。《争座位帖》本系草稿,作者凝思词句,不着意笔墨,却写得郁勃之气横溢,与王羲之《兰亭序》合称"双璧"。苏轼赞曰:"此比公他书犹为奇特,信手自书,动有姿态。"米芾《书史》称其"有篆籀气,为颜书第一,字相连属,诡异飞动,得于意外"。

〔578〕全国政协副主席、佛教协会会长赵朴初为颜真卿纪念馆题匾"书坛泰斗"。颜真卿生前身后弟子无数。

〔579〕颜体"端庄美、阳刚美、人工美"数美并举，尤为后世立则，是二王之后书法史上成就最高、影响最大的书法家。

〔580〕"宝塔"指《多宝塔碑》，全称《大唐西京千福寺多宝塔感应碑》。由岑勋撰文，颜真卿书丹，徐浩题额，史华刻字，现藏于西安碑林，在佛教史上具有特殊意义。此为颜真卿早期成名之作，也是他继承传统的作品。整篇结构严密，点画圆整，端庄秀丽，静中有动，飘然欲仙。《书画跋》云："此是鲁公最匀稳书，亦尽秀媚多姿，第微带俗，正是近世撰史家鼻祖。"

〔581〕"东方"指《东方朔画像赞》。作书时颜真卿四十六岁。苏东坡题云："颜鲁公平生写碑，唯此碑为清雄。字间不失清远，其后见王右军本，乃知字字临此书，虽大小相悬，而气韵良是。"明人有云："书法峭拔奋张，固是鲁公得意笔也。"

〔582〕"告帖"指《自书告身帖》，楷书，书法苍劲谨严，结衔小字一丝不苟，清淡绝伦。詹景风称此书："书法高古苍劲，一笔有千钧之力，而体合天成。其使转真如北人用马，南人用舟，虽一笔之内，时富三转。"董其昌谓："此卷之奇古豪放者绝少。"从此帖字里行间可体会颜书行笔的气韵和结体的微妙变化，是后人学习楷书不可多得的良范。

〔583〕"素简"指《乞米帖》。著名艺术家黄裳《溪山集》云："予观鲁公'乞米帖'，知其不以贫贱为愧，故能守道，虽犯难不可屈。刚正之气，发于诚心，与其字体无异也。"米芾评此帖"最为杰思，想其忠义愤发，顿挫郁屈，意不在字，天真罄露，在于此书"。《乞米帖》是书法艺术的无价之宝。研读《乞米帖》，可从中领略颜鲁公书法艺术真谛。《乞米帖》简介可参看〔570〕。

〔584〕颜真卿纪念馆坐落于南京市广州路，东连乌龙潭公园，南望蛇山，西邻龙蟠里，北依清凉山、虎踞关，清静幽雅，翰墨流香。这里原为颜鲁公祠，是全国唯一保存完好的祭祀颜真卿的祠庙遗迹。

〔585〕苏轼（1037—1101年）字子瞻、和仲，号"东坡居士"，眉州眉山（今四川眉山）人，为北宋著名文学家、书画家，与其父苏洵、其弟苏辙皆以文学名世，世称"三苏"；与唐代韩愈、柳宗元，宋代欧阳修、苏洵、苏辙、王安石、曾巩并列"唐宋八大家"；与黄庭坚、米芾、蔡襄合称"宋四家"，代表宋代书法最高成就。存世作品有《赤壁赋》《黄州寒食诗帖》《祭黄几道文》等帖。《黄州寒食诗帖》被后世誉为"天下第三行书"。黄庭坚《山谷集》称："本朝善书者，自当推（苏）为第一。"

〔586〕苏轼书法横轻竖重，吸取了颜体特点，以书作《归去来兮辞》最为明显。

〔587〕苏轼行书肉丰骨劲,温良敦厚,极少枯笔、飞白,扁肥朴拙,拙中藏巧,兼有颜鲁公、杨凝式之长,如《辩才老师帖》《与董长官帖》等。

〔588〕苏轼的诗文歌赋都十分精彩。他将词从诗的附庸地位中解放出来,开创了豪放派,同时开创了写意绘画的理论基础。这种百科全书式的"全才"在"唐宋八大家"中唯此一人,在中国历史上也很难找出另一人与之媲美。苏轼书法朴拙厚重,平和中正,端庄娟秀,毫无做作狂怪,在书坛独树一帜,与其深厚的人文修养有关。

〔589〕苏轼一生屡经坎坷,数起数落。40 岁前主要亲人相继去世。42 岁因"乌台诗案"入狱。43 岁谪居黄州。57 岁谪居惠州。60 岁谪居儋州。64 岁北返常州。65 岁逝世。坎坷际遇带给他诸多苦难,但又歪打正着,助他突破藩篱,冲出重围,获得灵感与自由。只有经历大风大浪的洗礼,才能看透人生,充沛感情,撰写豪放大气、感悟良深的诗文,创作风格跌宕、天真浩瀚的书法。只有"能文而不求举,善画而不求售",方能返璞还真,回归自然。黄庭坚谓苏轼书法"早年用笔精到,不及老大渐近自然"。又云"到黄州后掣笔极有力"。此话在理。

〔590〕苏轼最突出的个性是不合时宜。其书风独特缘于个人性格独特。正因不合时宜,才导致人生起伏,官场失意,外放贬官,才形成与众不同的书法特色。别人用墨适中,他用墨极浓;别人写字方正,他力求扁平;别人写字大小匀称,他写字大小悬殊;别人讲求法度森严,他讲求随意自然;别人追求华丽时尚,他追求古朴粗拙。或云苏轼执笔的手法与今人执钢笔手法相似。苏轼性格中的豪放与婉约、得意与窘迫、顿悟与绝唱,与他的书法特征一脉相承。

〔591〕苏轼曾遍学晋、唐、五代名家,再将王僧虔、徐浩、李邕、颜真卿、杨凝式等名家的创作风格融会贯通,终成一家。自称"我书造意本无法",又云"自出新意,不践古人"。

〔592〕尾联上句化用苏轼《临江仙·夜饮东坡醒复醉》"长恨此身非我有,何时忘却营营? 夜阑风静縠纹平。小舟从此逝,江海寄余生"词意。尾联下句化用苏轼《江城子·密州出猎》"老夫聊发少年狂,左牵黄,右擎苍,锦帽貂裘,千骑卷平岗"词意。

〔593〕蔡邕(133—192 年)字伯喈,人称"蔡中郎",陈留圉(yǔ,今河南开封陈留镇)人,为东汉末年大文学家、大书法家、大史学家、大音乐家、大画家,通经史,善辞赋,精篆隶。其隶书结构严整,体法多变,章法自然,笔力劲健,结字跌宕有致,"骨气洞达,爽爽如有神力"(梁武帝语)。汉献帝权臣董卓当政时,任蔡邕为左中郎将,从献帝迁都长安,封高阳乡侯。邕为著名才女蔡琰

（文姬）之父。其传诗四百余首皆由蔡琰凭记忆写出，原稿已在连年战乱中丢失。

〔594〕汉灵帝熹平四年（175年），蔡邕为不误后学，奏请正定儒家六经（《诗》《书》《礼》《易》《春秋》《乐》）文字。诏允。由蔡邕书丹四十六块，命工匠镌刻，立洛阳太学宫门外，史称《鸿都石经》或《熹平石经》。每日观摩石经来车多逾千辆。石经书体是较为标准的隶书，结构严整，点画顾盼，法度多变，面貌古朴。

〔595〕蔡邕《书论》含《篆势》《隶势》《笔论》《九势》四章，分别讲述书法写作技巧与特点。《笔论》《九势》深受后人推崇。《笔论》认为书法作品不仅体现书法技巧，也流露精神面貌。要想提升书法技巧，宜多在大自然中走动，观察飞禽走兽的形态和样式，这样写出的书作才有形象美。《九势》提出了书法创作的九条运笔规则，认为只有采用正确的运笔方式，才能展现汉字的美感。文中介绍了多种写字手法及姿势技巧，将写字的力度描写得非常清楚，将如何下笔和运用笔尖介绍得十分详尽。有关书法线条等细微之处的介绍，也值得后人研究学习。

〔596〕汉灵帝命工匠装修鸿都门（鸿都为东汉时期皇家藏书之所）。蔡邕路见工匠用大扫帚蘸石灰水在墙上写字，字画间形成很多牵丝，特别好看，回家后便仿照工匠写法，以大笔练字，创出"飞白之书"。此书笔画丝丝露白，似以枯笔写成，书体独特。唐朝张怀瓘《书断》称蔡邕飞白体"妙有绝伦，动合神功""得华艳飘荡之极，字之逸越，不复过此。"

〔597〕蔡邕强调书法创作要自然而然，书写意念要集中专一。曾云"夫书，先默坐静思，随意所适，言不出口，气不盈息，沉密神彩，如对至尊，则无不善矣。"后世有关"意在笔前"的无数书写技巧和说法，无不以此为基础。有了自然而然的状态和集中统一的意念，一笔在手，就会形成有生命融入的笔力，产生"势来不可止，势去不可遏"的节奏感与韵律美。

〔598〕乱世蔡邕才华横溢，却因议事招宦官之祸，北上南下亡命江湖十二年；逢董卓之乱，被强迫为官，作乱世点缀；董卓亡又以"怀其私遇，以忘大节"获罪；自求脸上刺字，砍去双足，受最大侮辱，受最大苦刑，却保不住性命；死后更遮护不了才华横溢的女儿，致其被掳至匈奴二十年。

〔599〕董卓死后，其部将李傕等人攻占长安，各路军阀混战，羌胡番兵乘机掠掳中原。蔡邕之女蔡文姬被掳至南匈奴，嫁给匈奴左贤王，饱尝异族异乡异俗生活之痛苦并生育二子，直至曹操统一北方，感念师恩，方以重金赎回。文姬归汉后嫁给董祀，创作了动人心魄的《胡笳十八拍》和《悲愤诗》。

〔600〕尾联下句化用初唐王勃《秋日登洪府滕王阁饯别序》"时运不齐，命途

多舛;冯唐易老,李广难封"。形容老来难以得志,慨叹功高不爵,命运乖舛。
"冯唐易老"典出《史记·冯唐列传》。冯唐为汉文帝时大臣,以孝悌闻名,拜
中郎署。因为人正直,敢于进谏,不徇私情遭受排挤,久未升迁。后北方匈
奴入侵,汉文帝征将,偶遇冯唐,赏识其才。冯唐趁机申诉云中太守魏尚削
职冤案,推荐魏尚官复原职,率兵迎敌。魏不负众望。冯也因荐贤升迁。汉
景帝即位后,冯唐再因性格耿直被罢官。时匈奴再犯,武帝求将,有人荐唐,
唐已年过九旬,无法任职。"李广难封"典出《史记·李将军列传》。广英勇
善战,智勇双全,一生与匈奴战斗七十余次,屡险中取胜,以少胜多,使匈奴
闻名丧胆,称其"飞将军","避之数岁"。广体恤士卒,治军简易,身先士卒,
先人后己,士兵甘愿追随,"咸乐为之死"。然而这位战功卓著、倍受士卒爱
戴的名将却一生坎坷,未得封侯。皇帝嫌他命运不好,不敢重用。贵戚借机
将他排挤,致其含愤自杀。太史公记叙了李广的悲剧结局,揭露并谴责统治
者任人唯亲、刻薄寡恩、压杀贤能,为《李将军列传》赋予了深层的政治意义。
尽管李广自身存在睚眦必报、诛杀降卒、急于求成、冲动鲁莽等不足之处,但
功大于过,瑕不掩瑜。战场的血污终究不能掩盖勇士的光芒。飞将军的形
象远远高于那些坐而论道、纸上谈兵、临阵畏缩、背主求荣的小人,他依然是
黎民百姓和下层官兵心中的偶像。

〔601〕李斯(公元前280—公元前208年),上蔡(今河南上蔡县)人,著名思想
家荀子的学生,秦代政治家、文字改革家、书法家,曾为吕不韦的客卿、秦始
皇的丞相,助秦灭六国,成帝业,定郡县制,参制法律,统一车轨、文字、货币、
度量衡。秦始皇死后,他与赵高合谋篡改始皇遗诏,废太子扶苏,立胡亥为
秦二世,后被赵高诬陷谋反,腰斩于咸阳。李斯是我国书法史上有名传世的
第一位书法家,虽书法真迹已不存世,但他改革汉字,整理小篆,结束春秋战
国文字异形的局面,为我国方块汉字的形成和发展奠定了重要的基础。其
诸多历史功绩千秋永存,受后辈学人景仰。

〔602〕李斯是秦代书法开创者、小篆书法主要书写者,后世称"小篆之祖"。
其小篆又名"玉箸篆",为秦篆的典型代表,作楷隶之祖,为不易之法。秦始
皇好功名,喜登山游水,刻石记功。每到一处都要丞相李斯撰写颂文,书刻
上石。泰山、峄山、琅琊山、芝罘、碣石、会稽等六处七通刻石传为李斯所书。
秦代著名碑、碣、玺、印的小篆多出自李斯之手。李斯《论用笔》文字不长,却
涉及"如何体现自然美"的书法艺术基本理论。他要求写字作画如"鹰望鹏
逝""游鱼得水""景山兴云",无论"或卷或舒"还是"乍轻乍重",都要将自然
美创造为艺术美。此文虽就篆书而论,但对其他书体也有普遍的指导意义。

〔603〕李斯亲作《仓颉篇》七章推广统一文字,每四字一句,作学习课本,供人

临摹。后又打破篆书曲屈回环的形体结构,采用秦代小吏程邈所创书体,形成新体隶书,作为官方书体。隶书始于秦,盛于汉,直至魏晋才渐被楷书取代。但篆、隶独具一格,仍深受后人喜爱,在中国书法四大书体"真、草、隶、篆"中占有半壁江山。此为李斯功劳。

〔604〕李斯小篆画如铁石,字若飞动,章法井然,坚劲畅达,字形纵长,线条圆匀,结构均衡,用笔单一,藏锋逆入,圆起圆收,转角圆柔,锋无外拓,笔法敦古,浑朴简易,于对称中求变化,符合黄金分割法则,兼具图案之美与飞动之势,具有节奏韵律。

〔605〕统一后的中国急需统一的官方文字。公元前221年,丞相李斯建议秦始皇"书同文",令诸侯国禁用古文字,以秦篆为统一书体,并奉命制作标准字样,将史籀大篆省改为小篆。

〔606〕"学童篇"指启蒙教材。为使小篆迅速推广于实际生活,服务社会经济和政治发展,李斯等高官既采用行政手段,又以身作则,率先垂范,由李斯作《仓颉篇》,中车府令赵高作《爱历篇》,太史令胡毋敬作《博学篇》,将三篇定为学童识字课本和小篆书写标准,使小篆书体通行于世。

〔607〕李斯、韩非、赵高曾经交好。李斯想将韩非留在秦国,为秦所用。秦王嬴政却顾忌韩非才华,认为其建议不利于秦国发展,加上姚贾从中陷害,决心剪除韩非并嫁祸李斯。李斯迫于压力,不得不背负骂名,投毒于韩非饮食,使之暴毙而亡。李斯曾与赵高合谋篡改始皇诏书,废太子扶苏,改立胡亥,后却被赵高诬陷谋反,腰斩咸阳,殃及三族。足证交友不善,后患无穷。

〔608〕王羲之(303—361年,或云321—379年)字逸少,号澹斋,汉族,祖籍琅琊临沂(今属山东),后迁会稽(今浙江绍兴),晚年隐居剡县金庭,为东晋书法家、政治家、军事家,历任秘书郎、宁远将军、江州刺史、会稽内史,领右将军,人称"王会稽""王右军"。其真、草、行书造诣颇深,并精研体势,心摹手追,广采众长,冶于一炉,创造出"天质自然,丰神盖代"的行书,被后人尊为"书圣",与其子王献之合称"二王"。代表作品有楷书《乐毅论》《黄庭经》、草书《十七帖》、行书《姨母帖》《快雪时晴帖》《丧乱帖》、行楷《兰亭集序》等。《兰亭集序》又名《兰亭序》《临河序》《禊序》《禊帖》,为草稿,有28行、324字,记述当时文人雅集情景。这篇序文后来名震千古,被宋代书法大家米芾赞为"中国行书第一帖"。

〔609〕东晋永和九年(353年)三月三日,五十一岁的王羲之与谢安、孙绰等四十位达官显贵、文人墨客雅集于绍兴兰亭,临河修禊(一种被除疾病和不祥的活动)。众人饮酒作诗,结诗成集,推羲之作序。羲之趁着酒兴,提起鼠须笔,在蚕茧纸上一挥而就,写成《兰亭集序》草稿,酒醒再写,已不能逮。

〔610〕《兰亭序》文风清秀,语句珠玑,为古代序跋散文之绝佳妙品,书法艺术更达到了登峰造极的境界和难以企及的高度。其章法古今第一。其字法映带而生。其笔法"天马行空,自由自在,无拘无束,随心所欲,为所欲为"。二十个"之"字、七个"不"字、五个"怀"字依类赋形,千变万化,在不同位置有不同表现。或如楷书工整,或似草书流转,大小参差,千变万化,道媚多姿,神清骨秀,攲斜疏密,错落有致,充分体现了王羲之书法的艺术风神。

〔611〕王羲之将《兰亭序》视为传家之宝,代代相传,直到王家七世孙智永手中。智永在绍兴云门寺出家为僧,后无子嗣,又将祖传真本授予弟子辨才和尚。唐朝初年唐太宗大量搜集并经常临习王羲之墨宝,多次重金悬赏,索求《兰亭序》真迹,最终从辨才和尚手中赚取。唐太宗视此帖为稀世珍品,曾诏名手赵模、冯承素、虞世南、褚遂良等钩摹数个乱真副本,分赐亲贵近臣,民间亦广为临摹,但无一胜过原作。唐太宗去世时,《兰亭序》真迹随葬昭陵。千百年来《兰亭序》有多个版本在世间流传。最受推崇者为冯承素钩摹本,又称《神龙本兰亭》,现藏于北京故宫博物院。《冯本》由唐代内府供奉拓书人冯承素以"双钩"法摹写,引首处钤"神龙"半印,帖中破锋、断笔、结字、行墨精微入神,最接近兰亭真迹。

〔612〕前人评价王羲之书法"铁书银钩,冠绝古今"。

〔613〕此句典出唐太宗所写《王羲之传论》:"观其点曳之工,裁成之妙,烟霏露结,状若断而还连;凤翥龙蟠,势如斜而反直。玩之不觉为倦,览之莫识其端。心慕手追,此人而已;其余区区之类何足道哉?"

〔614〕此联化用曹植《洛神赋》"翩若惊鸿,婉若游龙,荣曜秋菊,华茂春松"句意。世人多以此赞美王羲之书法。"寿客"指菊花。宋代姚宽《西溪丛语》云:"牡丹为贵客,梅为清客,兰为幽客……菊为寿客。"清代俞樾《茶香室三钞·寒菊》云:"菊为寿客,自是耐久。"

〔615〕梁武帝萧衍把当时书学位次由"王献之—王羲之—钟繇"转变为"钟繇—王羲之—王献之"(《观钟繇书法十二意》)。唐太宗李世民亲作《王羲之传论》。宋太宗赵光义敕令刊刻《淳化阁》帖,使王羲之的"书圣"地位得以确立。

〔616〕汉晋时期是中国书法意识趋于自觉、书风新旧变换的时期。张芝、钟繇、王虞等无数书家为建立新书风做出了贡献。王羲之自幼在卫铄、王滇等书家指导下临习钟繇《宣示表》等法书。由于站在无数前代书家肩上,他具有比常人更高的起点和视点;由于深深扎根传统,他具有更强大的使书艺突飞猛进的动力,这对今人浮躁的学书心态有着更大的警示意义。

〔617〕王氏家族是东晋最具代表性且精通书道的文化士族。伯父王旷善行、

隶。叔父王廙擅书、画。王羲之从小由伯、叔启蒙,受家学熏陶,七岁善书,十二岁从父亲枕中窃读前代《笔论》,书法大进,后从东晋著名女书法家卫夫人学书。卫夫人名铄,字茂猗,号和南,师承钟繇,向王羲之传授钟繇之法、卫氏数世习书之法及本人书风法门。《唐人书评》曰:"卫夫人书,如插花舞女,低昂芙蓉;又如美女登台,仙娥弄影;又若红莲映水,碧沼浮霞。"今人沈尹默分析:羲之从卫夫人学书,自然受她熏染,一遵钟法,姿媚之习尚亦由之而成。

〔618〕沈尹默称:王羲之博览秦汉以来篆隶淳古之迹,发现与卫夫人所传钟法新体有异,对师传逐渐不满。后渡江北游名山,比见李斯、曹喜等书;又之许下,见钟繇、梁鹄书;又之洛下,见蔡邕《石经》三体书;又于从兄洽处见张昶《华岳碑》,开阔视野,广闻博取,探源明理,方从卫夫人书学藩篱中脱出,转益多师,博采众长,备精诸体,冶于一炉,摆脱汉魏笔风,自成一家。

〔619〕兰亭修葺前王羲之曾到天台山。山中日出奇观、云涛雾海和山光胜景使其书法得到润色。他不停地练字,洗笔,洗砚,染黑了一个澄澈清碧的水池,使"墨池"因以得名。一日灯下练字,疲倦至极,伏案入睡。梦见鹤发银髯的白云先生在其手心写了一个"永"字笔诀,终于悟出:方块字的横、竖、勾、点、撇、捺笔画和间架结构的诀窍,无不体现于"永"字。此后练字更加勤奋,书法更加洒脱奇妙。回绍兴后写出了流传千古的《兰亭集序》。为感谢白云先生传授"永"字八诀,王羲之虔诚地抄写了一部《黄庭经》,将之置于天台山顶一个突兀峭险的岩洞。后人称其"黄经洞"。

〔620〕某日王羲之路过集市,见一家饺子铺门口人声喧嚷,热闹非常,门旁对联为"经此过不去,知味且常来",横匾为"鸭儿饺子铺",但字迹呆板无力。近观铺内有开水大锅,设矮墙一侧。包好的饺子如白色小鸟越墙飞来,逐一落入滚沸大锅,颇似鸭儿浮水。等一锅下满煮熟捞完,"鸭饺"又排队飞来,个个玲珑精巧,清香扑鼻,鲜美可口。绕过矮墙,见一白发老媪坐于案前,擀皮包馅,动作麻利。包完一抛,鸭饺便越墙入锅,准确无误,使人惊叹不已。王羲之问老人:"像您这样深的功夫,须多长时间方能练成?"老人答:"熟练需五十年,深熟需一生。"王羲之又问:"您手艺这样高超,为何门前对子不请人写好一点呢?"老人气鼓鼓地说:"非老身不愿请,是不好请啊!有人写字刚有点名气,就眼睛向上,哪肯为老百姓写字。照我看来,他们写字的功夫,还不如我扔饺子的功夫深呢!"老人的话不知所指,可王羲之听了羞愧难当。便特意写了一副对联,恭敬地送给这位老人。

〔621〕王羲之志存高远,富于创造。唐代张怀瓘《书断》云:王羲之学钟繇,学张芝,均能研精体势,对张芝草书"剖析""折衷",对钟繇隶书"损益""运用",

无所不工。沈尹默赞曰：王羲之不在前人脚下依样画葫芦，而是不泥于古，不背乎今，运用自己心手，使古人为之服务。他"兼撮众法，备成一家"，推陈出新，将博览秦汉篆隶所得各种笔法，悉数融入真行草体，形成那个时代的最佳体势，故而受人推崇。

〔622〕王羲之有七子一女。七子在书法上均有成就。长子玄之工草、隶，有帖传世。次子凝之工草、隶。三子涣之善行草，有帖传世。四子肃之亦善书法。长、次、三、四子均参加过其父主持的兰亭雅集。五子徽之善正草。六子操之善正行。七子献之善草书。黄伯思《东观徐论》云："王氏凝、操、徽、涣之四子书，与子敬书俱传，皆得家范，而体各不同。凝之得其韵，操之得其体，徽之得其势，涣之得其貌，献之得其源。"献之在书法史上与王羲之并称"二王"。人称"小圣"。

〔623〕王羲之有仁者恻隐之心。其任会稽内史时，见蕺山老姥持六角竹扇出售，无一卖出，十分着急。征得同意后，王羲之题书其扇，各为五字。姥初有愠色。因谓姥曰："但言是王右军书，以求百钱邪。"姥如其言，人竞买之。对生活困难和身处基层的人士，王羲之往往能主动发现，主动关爱，利用自己的长处和资源，帮他们走出窘境。

〔624〕"义怀"指忧国忧民的爱国情怀和社会担当。在《荀葛帖》中，王羲之把东汉末年的杰出政治家、战略家、曹操首席谋臣荀彧和三国蜀汉丞相、著名政治家、军事家、书法家、散文家、发明家诸葛亮加以比较，希望朝廷重视人才。在《桓公帖》中，他赞扬东晋重要将领、权臣、军事家、谯国桓氏代表人物桓温北伐的精神和决心，字里行间充满对朝廷的忠诚及拳拳报国情怀。

〔625〕此句典出王羲之《奉橘帖》。全文为："丹阳旦送，吾体气极佳，共在卿故处，增思咏。知须米，告求常如云，此便大乏，敕以米五十斛与卿，有无当共，何以论借？雨寒，卿各佳不？诸患无赖，力书不一一。羲之问。明或就卿围棋邑散，今雨寒，未可以治谢。奉橘三百枚，霜未降，未可多得。"此帖是羲之与人来往的一个见证。老朋友熟悉彼此字迹，不用落款题名，却有情致摇曳于笔墨之间，表现了为人豁达、慷慨热情的良好修养。《奉橘帖》现藏于台北故宫博物院，为摹本。

〔626〕谢安为王羲之挚友，素不愿为官。一日，王羲之借同游冶城之机，推心置腹劝说谢安："今四郊多垒，宜思自效，而虚谈废务，浮文妨要，恐非当今所宜。"望谢安在国难当头之际为国家做一些贡献。东晋将军殷浩与大司马桓温闹矛盾，羲之亦好言相劝，望他们效仿史上的廉颇、蔺相如，以国家利益为重，顾全大局，搞好团结。

〔627〕任刺史、右军将军期间，王羲之性情率真，敢说敢做敢当，对国家弊端

和涉及百姓大事常直言进谏，为民请命，不与黑暗势力同流合污，因之触怒权贵，毅然辞官，到父母墓前发表辞官宣言。其《誓墓文》曰："止足之分，定之于今""自今之后，敢渝此心，贪冒苟进，是有无尊之心而不子也。子而不子，天地所不覆载，名教所不得容。信誓之诚，有如曒日！"以一种非同寻常之举结束了违心的宦缘，验证了"作字先做人，心正则笔正"的古训。羲之身处乱世却能坚守信仰节操，彰显了古代仕人的正气风骨，得到了后人的理解与同情。

〔628〕动荡年代的高层士族背景、不安的社会现实和相对优越的生活条件，造就了王羲之特立独行的人格。虽出仕较晚，却很快博得"誉贵""清贵有鉴裁"等名声。在担任地方官的短暂时日里，他重视解决社会实际问题，理政务实宽简。任会稽内史期间，他针对徭役、赋税问题，向朝廷提出具体解决措施，并实行一年禁酒令，节约粮食十余万斛，超过当年租赋收入。东土发生灾荒时，他果断开仓放粮，赈济灾民。在士族当权且"有所不为"的社会现实中，其所作所为显得十分另类，仿佛后世士人心中的一轮明月，为黑暗的世界祛除了一股寒气，增添了一抹亮色。

〔629〕王羲之为官时在后院池边练字，在池中洗笔，日久天长，池水尽黑。

〔630〕王羲之爱鹅，认为养鹅可陶冶情操，还能从鹅的姿势体态领悟执笔运笔的道理。山阴道士养好鹅，羲之往观，意甚悦，固求市之。道士云："为写《黄庭经》（或云《道德经》），当举群相赠耳。"羲之欣然命笔，笼鹅而归，甚以为乐。

〔631〕太尉郗鉴爱才，想给女儿挑一如意郎君，派人到王羲之堂伯父王导家择婿。王家子侄素闻郗小姐佳人有才，皆想入选，俱精心修饰，乔装打扮，坐等择婿。只有羲之不动声色，仍专心写字，还敞衣坦腹。郗府来人观察一番，回禀太尉说：王家子弟个个优秀，难于比选。唯一人袒胸露腹，举止随意。孰料郗太尉认为此人聚精会神研习书法，不以个人婚娶为意，是有出息的表现，反选羲之为婿。后来王羲之、王献之果真成了杰出的书法家。其中自有郗夫人一份功劳。

〔632〕晋元帝拟到北郊祭祀，让王羲之将祝辞书于木板，交工匠雕刻。工匠雕刻时发现字迹竟渗入木板三分有余，十分惊讶，招致众口交赞。成语"入木三分"即来源于此。

〔633〕王羲之从山东老家移居浙江绍兴时正值年终岁尾。便书写春联，让家人贴于大门两侧。联为"春风春雨春色，新年新岁新景。"因王羲之书法盖世，为人景仰，此联方贴，即被揭走。羲之又题写一联让家人张贴。联为"莺啼北星，燕语南郊。"又被人连夜揭走。次日即大年初一，家家有联，独自家

无联,王夫人十分着急。羲之微微一笑,再提笔写出一联,剪成两截,先将上半截"福无双至,祸不单行"贴于门口。夜间果然又有人想偷揭。见这副对联太不吉利,只好作罢。初一天亮,羲之即出门贴好下半截春联,将春联变成"福无双至今朝至,祸不单行昨夜行。"众人观之,不禁齐声喝彩,拍掌称绝。

〔634〕王羲之往杭州访友,路经苏州酒后受寒,在旅馆病了一月,所带盘费悉数用光。想起对面当铺的"当"字破旧不堪,便新写一个"当"字,让书童拿去当银30两。老板说:"字是好字,但带病容,不值不值。"羲之又写一字让书童拿去。老板说:"这个当字有力多了,只是带着孤气和怒气。我要了。"即交付书童30两银子。羲之到杭州后,有朋友设宴招待。一位朋友有亲戚开当铺,想求王羲之写招牌。羲之说:"我已在苏州写好一个当字,取回便是。"那人带当票、银两到苏州回当。当铺老板欺生,连本带利索要40两银子,并问此字有何珍贵。那人说:"这是当代大书法家王羲之真迹。您老有眼不识金镶玉!"老板急喊:"你回来,我拿50两银子买这个当字,要不100两!"那人置之不理,将"当"字带回杭州交予羲之。羲之两把撕碎此字,笑曰:"生意人最重要的是和气生财。我给你重写一字,包你发财。"遂运气着力,写下一个很大的"当"字,经高级工匠刻制,挂于杭州通衢大道,十分显眼。杭州当铺从此门庭若市,成为全国最有名的当铺。

〔635〕王献之(344—386年)又名王大令,字子敬,小名官奴,系王羲之第七子,为东晋书法家、诗人,与王羲之并称"二王",尊称"小圣"。其历任州主簿、秘书郎、秘书丞、长史、吴兴太守等职,后为简文帝驸马,官至中书令(相当于宰相),人称"王大令",但政绩远不如书名显赫。献之自幼聪明好学,勤勉专注。七八岁即学书法,师承其父,专攻草、隶,亦擅绘画。其名作《洛神赋》世称《玉版十三行》。传世墨宝《鸭头丸帖》《中秋帖》《东山帖》亦属草书瑰宝。

〔636〕袁昂(461—504年)为南朝梁时书画家。其《古今书评》云:"张芝惊奇,钟繇特绝,逸少鼎能,献之冠世。"将四贤并称。

〔637〕王献之以行、草闻名,楷、隶亦有深厚功底。其书法艺术主承家法,又兼众家之长,集诸体之美,且敢于创新,不为其父所囿。他将王羲之的传统书体改为非草非行的"破体";将王羲之"上下不连"的草书模式改为连贯数字的"一笔书"模式;将王羲之的"中和清雅"转为"开张激扬";将王羲之的"内拓"笔法转为"外拓"笔法;将王羲之的刀刻斧削改为连续翻转,笔势与气韵亦超过其父。概言之,王献之增加了运笔的难度和书法的内容,使书法艺术水平得到进一步提升。六朝时期其新派行书较为流行。晋末至梁代的一

个半世纪中,其影响甚至超过其父。宋齐之间书学地位最高者也一度首推献之。北宋书法家米芾主要学献之。宋徽宗雅好献之书法,《宣和书谱》所收献之书迹增至八十余件。现代著名学者、书法家胡小石更认为张旭、怀素一派"狂草",是由献之草书发展而成。

〔638〕王献之《中秋帖》行草神采如新,片羽吉光,书法豪迈,气势宏伟,世所罕见,为人所重,被清朝乾隆帝收入《三希帖》,视为"国宝"。

〔639〕宋太宗赵光义留意翰墨,曾购募古先帝王名臣墨迹,命侍书王著摹刻著名的《淳化阁帖》十卷。"凡大臣登二府,皆以赐焉。"帖中一半为"二王"作品。其中王献之书帖七十三件(含伪作或他人所书二件)。

〔640〕此联化自前人对献之书法的评论"丹穴凤舞,清泉龙跃"。以《中秋帖》和《鸭头丸帖》为代表的王献之草书,摆脱了其父王羲之严谨、含蕴、拘束的风格。其字法跳跃奔放,起收随意,出入无迹,多处圆转,用笔灵活。其章法继承张芝"一笔书"特点,大刀阔斧,连绵不绝,浩荡恣肆,既开阔了字法与章法的无穷变化,也为增大用笔力度开辟了广阔空间。"巳"为地支第六位,属蛇,此处代龙。

〔641〕此句化用南朝梁时书法家陶弘景(456—536年)《与梁武帝论书启》"比世皆尚子敬书"句意。

〔642〕王羲之的草书,严格地说是章草或隶书基础上的草书。孙过庭的《书谱》,实际上是智永草书的路子,亦即王羲之草书的路子。王献之创新书法风格与用笔,既影响了楷书、行书,也影响了草书。献之极大地启发了狂草艺术,搭建了行草到大草的桥梁,成为楷基狂草的奠基者。在羲之眼中,献之书法是一种醉态和狂态,这正好与后来的颠张、醉素遥相呼应,一脉相承。张旭、怀素继承献之草书,使草书进入了新的天地。没有献之,就只能写智永、孙过庭,不可能有米芾、张旭、怀素。

〔643〕刘三姐(705—710年)真名刘三妹,是壮族杰出的民歌手、壮族"歌圩"的开创者和领导者,有"歌仙""歌圣"美誉。三姐勤劳善良,聪慧机敏,心灵手巧,容貌绝伦,歌声优美,能出口成歌,以歌代言,其对歌、情歌及劳动歌曲对后世影响深远。每年三月三广西宜州壮民都在柳河边上以赛歌纪念三姐。彩调剧《刘三姐》由广西罗城邓昌伶创作演唱,风靡全国。电影《刘三姐》数十年名扬四海。张艺谋等人导演的大型实景演出《印象·刘三姐》,以大写意手法,将经典山歌、民族风情、桂林山水、漓江渔火等元素创新组合,成功展示了山水的灵魂、绿色的安抚、自然的洗礼和人性的回归,诠释了人与自然的和谐相处,创造了天人合一的意境,焕发出神奇的艺术魅力。

〔644〕蒙古舞指中国内蒙古自治区和吉林、黑龙江等省蒙古族聚居地区的民

间舞蹈,与蒙古族的狩猎、游牧生活联系密切,在国内外久负盛名。蒙古人每逢喜事必以歌舞助兴,有歌舞必以美酒释怀,说蒙古族是与歌舞为伴的民族应不为过。蒙古舞形式多样,异彩纷呈。新疆蒙古族的"萨吾尔登舞"是广为流传,深受喜爱的民间舞蹈;科尔沁"安代舞"是古代蒙古族踏歌顿足、连臂而舞、绕树而舞等集体舞蹈的演变和发展;鄂尔多斯"顶碗舞"在蒙古族民间舞蹈发展史上占有重要地位。"筷子舞"以肩部动作见长,着重表现热情开朗、剽悍豪迈的民族个性。"盅碗舞"着重表现蒙古族妇女端庄娴静、柔中有刚的性格气质,具有古典舞蹈风格;锡林郭勒"角斗舞"幽默滑稽,生动灵巧;巴拉特蒙古部落的"普修尔乐舞"主要表现生产劳动、日常生活或模仿飞禽走兽、自然景物。典型动作为硬肩、耸肩、压提腕、抖手、绕臂、托重;蒙古族民间流传的"圈舞"热情奔放,纯朴自然,具有远古情调;科尔沁地区的"查玛舞"和"博舞"原为喇嘛教舞蹈,分经堂查玛、米拉查玛和广场查玛。或古朴雄壮,或典雅健美,或刚柔相济,或风趣幽默,或舒缓曼妙,或潇洒明快。在蒙古族舞蹈文化中占有举足轻重的地位。

〔645〕蒙古族男女老少都爱唱歌,尊崇歌手和善唱的人。按歌词内容分,蒙古歌有礼歌和牧歌。前者多唱于喜庆场合,主要歌咏爱情和英雄。后者多唱于放牧和路途,主要是抒情状物、赞美家乡。按音乐特点分,蒙古歌有长调和短调。长调为牧歌式体裁,篇幅较为长大,旋律及唱腔辽阔宽广,嘹亮悠长,豪爽粗犷,舒缓自由,亲切感人,颤音装饰独特细腻,朗诵性较强,不同地区风格各异,主要反映游牧生活。短调又名爬山调、山曲儿,篇幅较短,曲调紧凑,音域较窄,节奏整齐鲜明,歌词简单灵活,主要流行于河套平原、土默川平原及蒙汉杂居的半农半牧区。多用汉语即兴演唱。

〔646〕《赞歌》是二十世纪六十年代中期风靡全国的大型音乐舞蹈史诗《东方红》中的一首民歌,以蒙古族长调为创作基础,由著名歌唱家胡松华演唱。

〔647〕《传说》为电视连续剧《成吉思汗》主题歌,《天堂》是近年来脍炙人口的蒙古族民歌,均为蒙古族著名歌唱家腾格尔的成名曲。

〔648〕"腾齐德降"指蒙古族著名歌唱家腾格尔、齐峰、德德玛和擅唱蒙古民歌的藏族女中音歌唱家降央卓玛。

〔649〕马头琴为蒙古族民间拉弦乐器,蒙语称"绰尔"。相传察哈尔草原牧童苏和为怀念死去的小马,取其腿骨为琴柱,头骨为琴筒,尾毛为弓弦,刻马头于琴顶,马头琴因以得名。琴箱两面蒙皮。琴弓在弦外擦奏。指甲从侧面触弦发音。以小指弹装饰音。琴音清晰明亮,柔和深沉,豪放洪阔,悠扬动听,适于演奏蒙古长调,能准确表现草原的辽阔、狂风的呼啸、心情的悲伤和牧歌的欢快,极富草原情趣和生活气息。有人说:一首马头琴曲对于草原的

描述,远比画家的色彩和诗人的语言更为传神。

〔650〕"那曲"旧称"那曲卡",意为"黑河边上的土地"。"那曲赛马"指那曲赛马节,藏语称"达穷"。八月是那曲一年中最好的季节,也是举办赛马节的日子。赛马节书写和延续着大草原的古老传统,是藏北地区规模盛大的传统节日,也是当地无以替代的旅游观光项目。牧区人对赛马节的看重,甚至超过藏历新年。在经受漫长一年的日晒风吹后,方圆几百公里的牧民会携带帐篷,身着艳丽的民族服装,佩戴珍贵的珠宝饰物,从花海似的草原踏歌而来。一夜之间,便将帐篷挤满赛马会场四周,连成一片蔚为壮观的"城市"。赛马节安排物资交流、文艺会演、民间体育活动和有关宗教活动。体育活动有骑射、打靶、竞技、短道冲刺、马上拾哈达、献青稞酒、点烟斗、走马赛及拔河、跳远、抱石头等比赛内容。参赛选手按年龄分组,形式相对自由,表演意味较浓。赛马结束后,"世界之星""黑色闪电""草原雄鹰"等夺冠宝马的名字即迅速传遍草原,进入故事与传奇。赛马节也是恋爱的时节。赛会期间年轻牧民都有机会邂逅梦中情侣,喜结天赐良缘。

〔651〕"羌塘"为中国五大牧场之一,位于昆仑山脉、唐古拉山脉和冈底斯山脉之间,南缘距拉萨 99 千米。那曲是最能代表羌塘的地区,有数不尽的神山圣湖、大江大河、浩瀚草原、银色冰川和温泉地热。怒江上游的黑河滋润羌塘,生出短小如"板寸"、富含蛋白质的牧草"那扎",使这里成为野生动植物的天堂和积淀丰厚文化的沃土。在一望无际的草原上,到处是牦牛、羊群和牧民栖息的帐篷。世代牧民在这里创造了远古岩画、古象雄国遗址等梦幻迷离、色彩斑斓的游牧文化。英雄格萨尔王在这里留下故事和足迹。著名的唐蕃古道在这里纵贯草原。随处可见的玛尼堆、经幡、古塔,为苍莽的草原增添了神秘的色彩。

〔652〕"安女"指那曲安多美女。安多县素称"美人之乡",是藏族美女的摇篮,与盛产美女的四川丹巴县难分伯仲。每年八月,藏族女儿都会穿上自己最美的衣裳,戴上自己最珍贵的首饰,盛装出席那曲赛马节。节日期间,赛马场犹如巨大的民族服饰走秀台,无数衣着艳丽的藏族姑娘翘首以待,为参赛的心上人助威加油,场面感人而温馨。藏女身上的服饰均系数代家传。有些大户人家的女儿服饰延续百年,轻则数十斤,重则上百斤,需家属搀扶方能勉强站稳。

〔653〕格萨尔王戎马一生,抑恶扬善,弘扬佛法,传播文化,是藏族人民心中的旷世英雄。《格萨尔王传》是藏民族篇幅宏大的英雄史诗,以口耳相传的方式,在西藏、青海、四川、甘肃等藏民族聚居地长期创作,广为流传,逐渐形成内容专一、一曲多变、配图讲解的藏语说唱表演。20 世纪以来著名的《格

萨尔王传》说唱艺人有已故的扎巴（藏族）、琶杰（蒙古族），健在的才让旺堆、桑珠、玉梅（藏族）和罗布桑（蒙古族）等。他们本人及其表演的故事被视为民族瑰宝。参与格萨尔史诗传承抢救的民间说唱艺人几近百位，其中十多位享有盛誉。说唱表演的伴奏乐器为藏族拉弦乐器牛角琴，又称弦子，以短牛角凿空制作琴筒，以蛇皮绷紧制作琴皮，以木料制作弦竿、琴耳，以马尾制作琴弦。琴音清脆悦耳，悠扬动听。

〔654〕拉萨是中国西藏自治区首府，位于西藏高原中部，海拔 3650 米，四面环山，地势平坦，全年日照约 3000 小时，气候温和，是全区政治、经济、文化、宗教中心，有"日光城"美誉。公元 7 世纪中叶，松赞干布在这里建立吐蕃王朝。唐文成公主入藏后，建议用白山羊背土，填湖建庙。藏语中羊叫"惹"，土为"萨"，为纪此功，寺庙及所在城池被命名为"惹萨"，后演化为拉萨，意即羊土城。一千三百多年来拉萨几度成为西藏政教活动中心和名副其实的圣地。西藏人认为严格意义上的拉萨只包括布达拉宫、大昭寺和八角街。布达拉即"普陀罗"，为藏语译音。藏传佛教认为布达拉宫所在地红山，可与观世音的第二普陀罗山媲美，布达拉宫因以得名。布达拉宫海拔约 3700 米，占地 0.36 平方千米，有殿室 999 间，是当今海拔最高、规模最大、耗资巨大的宫殿式建筑群。由红宫（历世达赖灵塔殿和各类佛堂）、白宫（历世达赖宫殿、大经堂、噶厦政府机构和僧官学校）、龙王潭（布达拉宫后园）和"雪"（噶厦政府监狱，印经所、作坊、马厩、碉堡及周围宫墙）组成。红宫、白宫和"雪"纵向排列，体现藏传佛教中的"三界"（欲界、色界、无色界）之说。大昭寺位于拉萨市中心，公元 647 年由松赞干布、唐文成公主和尼泊尔尺尊公主共建，是现存吐蕃时期最辉煌的建筑和藏传佛教信仰中心。其占地 37.7 亩，有 20 余个殿堂，主殿四层，顶盖镏金铜瓦，具唐代建筑风格，也吸取尼泊尔和印度建筑特色。殿中释迦牟尼十二岁等身镀金铜像由文成公主从长安带来。寺内香火缭绕，油灯长明，人流如潮。八角街系"帕廓街"音误，意即围绕大昭寺的街道，呈圆圈形。绕寺一周称为转经，是对寺内佛祖的朝拜。每天都有朝圣者磕"三步等身长头"远道而来。八角街也是西藏著名的商业中心和重要的商品集散地。有 120 余家手工艺品商店、200 余个摊点。在此可淘到藏饰、尼泊尔首饰、小工艺品、地毯、唐卡等商品。这里也是美食者的天堂。

〔655〕"唐"指唐朝。"蕃"指吐蕃王朝。唐穆宗长庆元年、吐蕃彝七年（821年）唐、蕃使节在长安盟誓，次年又在逻些（拉萨）重盟，两年后在拉萨大昭寺前以汉、藏文字刻碑，史称"甥舅和盟碑"，又称"唐蕃会盟碑"或"长庆会盟碑"。碑阳刻汉文，有"社稷如一""商议叶同，务令万姓安泰""彼此不为寇

敌,不举兵革,不相侵谋""结立大和盟约,永无沦替,神人俱以证知"等语。碑阴刻藏文,字意相同。盟约朴实无华,严谨细密,流畅通俗,浑厚雄壮,表达了"和叶社稷如一统"的迫切心情和真诚意愿,千余年来受人景仰,是汉、藏人民团结友好的历史见证。

〔656〕日喀则在藏语中为"昔喀孜""昔卡桑珠孜",意为水土肥美的庄园,为西藏粮仓之一。该地区位于青藏高原西南部、雅鲁藏布江与年楚河交汇处,西衔阿里,北靠那曲、山南,与尼泊尔、不丹等国接壤,距拉萨约 300 千米。其区域面积约 18.2 万平方千米,平均海拔超 4000 米,属高原温带半干旱季风气候区,国境线长 1753 千米。所辖日喀则市为西藏第二大城市,曾为后藏政教中心,距今有六百多年历史,年日照约 3233 小时,拥有古老的藏族文化、雄伟的寺庙建筑和优越的地理位置,为西藏最有吸引力的旅游胜地之一。后藏素有"歌舞之乡"美誉。"堆谐"热烈欢快,"果谐"场面宏大,极具特色。情歌、牧歌、酒歌、祝福歌自娱自乐,随编随唱。后藏也是藏戏发源地。藏戏创始人汤东杰布(1365—1455 年)诞生于昂仁县。《文成公主》《朗萨姑娘》《诺桑王子》等优秀剧目深受欢迎,长演不衰。日喀则地区为历代班禅驻锡之地,有浓郁的宗教文化。久负盛名的扎什伦布寺、萨迦寺、夏鲁寺、白居寺、曲德寺均坐落于此。扎什伦布寺被称为日喀则的象征。萨迦寺被誉为西藏文化宝库。白居寺素称西藏塔王。一年一度的扎什伦布寺展佛节、跳神节与夏鲁寺的西姆钦波节,均以风格独特享誉世界。从拉萨沿雅鲁藏布江溯流而上,沿途有"西藏三大圣湖"之一的羊卓雍湖和为人敬仰的宗山抗英遗址。从日喀则向南,可达美丽的冰川世界及世界第一高峰珠穆朗玛。

〔657〕日喀则地区土地总面积约 17.6 万平方千米,耕地面积约 795 平方千米,可开垦荒地约 330 平方千米。区内草场面积约 9.47 万平方千米,可利用面积约占 77.5%。藏南谷地是西藏草质最好的地区,出产闻名全藏的"桑桑酥油岗巴羊";区内可采森林面积约 416 平方千米,林木蓄积量约一千万立方米,有大量人工造林。有牦牛等 10 余种家畜家禽。有小熊猫、藏羚羊、雪豹等 100 余种野生陆地动物及黑颈鹤等 200 余种鸟类;区内河湖纵横,水面广阔,主产亚东鲑鱼等裂腹鱼亚科和条鳅属鱼类;区内已发现矿床、矿(化)点及找矿线索 234 处,有金、银、锌、铅等 46 种矿产;区内有地热能、太阳能、风能。雅鲁藏布江和年楚河的年径流量约为 270 亿立方米,天然水能蕴藏量约为 1000 万千瓦。

〔658〕"堆谐"是公元 10 世纪以来流传于日喀则西部及阿里地区的男女圆圈舞。传统堆谐为身体前后交叉拉手,与羌族的洒朗和古格王朝宫堡壁画舞蹈形式相同,以六弦琴伴奏,后逐渐盛行于拉萨,演变为小型乐队伴奏,以

神州风采——余恢毅格律诗作选

踢踏步为特色,由男子表演。

〔659〕"珠穆朗玛"指珠穆朗玛峰,意译圣母峰。藏语为第三女神之峰。相传很久以前珠峰附近是无边的大海。珠峰脚下花草茂密,蜂蝶成群。五头恶魔意欲霸占这片美丽的土地,把这里变得满目疮痍,乌烟瘴气。正当鸟兽走投无路、人们坐以待毙之时,五位仙女从东方飞来降伏恶魔,并化身为马卡鲁、洛子、珠穆朗玛、卓奥友和希夏邦马五座山峰,永远留驻这片土地,与众生共享太平。其中排行第三,长得最高、最俊的仙女,就是珠穆朗玛峰。珠峰为喜马拉雅山脉主峰,也是世界最高山峰,位于喜马拉雅山中段、中尼边界、日喀则地区定日县正南,北坡在我国西藏境内,南坡在尼泊尔境内。清康熙五十六年(1717年)编绘的《皇舆全览图》将其标注为"朱母郎马阿林",阿林即满语的山。1952年中国政府将珠峰正名为珠穆朗玛峰。1960年、1975年中国登山队两次由北坡登上峰顶。2005年中国测量登山队在珠峰峰顶精确测量出珠峰新高度为8844.43米,峰顶位于中国。中国科学院曾多次组织有关大规模综合考察。珠峰为弧形山系,近似东西走向,山体呈巨型金字塔状;总面积1457.07平方千米,冰川均厚7260米,冰川最长26千米,北坡雪线海拔5800—6200米;北、东、西南有三大陡壁,分布548条大陆型冰川,拥有千姿百态、瑰丽罕见的冰塔林、高达数十米的冰陡崖、步步陷阱的明暗冰裂隙、险象环生的冰崩雪崩区以及刀脊、刀峰、冰斗等冰川地貌。珠峰周围20千米群峰林立,山峦迭障,有40余座海拔7000米以上的高峰。南面洛子峰海拔8516米,为世界第4高峰;东南面马卡鲁峰海拔8463米,为世界第5高峰;东南方干城章嘉峰(尼泊尔和印度的界峰)海拔8585米,为世界第3高峰;西面卓奥友峰海拔8201米;希夏邦马峰海拔8012米。群峰来朝,峰头汹涌,波澜壮阔。珠峰是中国最美、最令人震撼的十大名山之一。其高大巍峨的形象在当地及全世界一直产生着巨大影响。

〔660〕扎什伦布寺位于日喀则市城西尼色日山东坡,是日喀则地区最大的寺庙,为藏传佛教格鲁派四大寺和国内黄教六大寺之一。其建于明正统十二年(1447年),占地225亩,宫墙长3000余米,堪与布达拉宫媲美,五百年来香火不绝。寺庙背负高山,坐北朝阳。殿宇鳞次栉比,和谐对称,疏密有致。主建筑群高大巍峨,金碧辉煌。寺中有经堂57间、房屋3600间。大殿供奉释迦牟尼佛像,可容2000人诵经。两侧立像为宗喀巴弟子根敦主(寺院兴建者)与四世班禅罗桑·却吉坚赞(寺院扩建者)。殿侧为弥勒殿、度母殿。寺院西侧大弥勒殿及四世以后历代班禅灵塔殿,为寺内最宏伟建筑,藏舍利肉身。寺内设经院。大弥勒殿(即强巴佛殿)高30米,饰铜柱金顶,供世上最大铜佛坐像。在十世班禅额尔德尼·确吉坚赞灵塔祀殿(藏语"释颂南

捷"）顶端，也覆盖着具有民族、宗教特色的金顶。

〔661〕"经筒"为安置经卷的容器，又称如法经筒。传由元魏僧慧思创制。多以木料刳成圆筒形或八角形，附金银泥绘花纹。埋地中者镀以金银或改为铁、陶、石质。转经筒又称嘛呢转经轮，藏传佛教信徒人人持有，在殊胜节日或日常生活中如小溪流水般不停转动，以获得念诵佛经、消除罪障、成熟善根、获取解脱、悉得安乐、脱离苦海、修成功德等不同效果。

〔662〕"那达慕"为蒙古语，亦称那雅尔，意为娱乐、游戏。据《成吉思汗》石文记载，其起源于蒙古汗国建立初期的1206年，意在检阅部队，维护和分配草场，表示团结友谊和祈庆丰收。那达慕大会是居住内蒙古的蒙古、鄂温克、达斡尔等少数民族人民的盛大集会，于每年七、八月举行，为期五天，分大、中、小三型。其间男女老少乘车骑马，着节日盛装，从四面八方前来参赛或观赏，将平日宁静的草原变成繁华的彩城。旧时那达慕期间举行大规模祭祀活动，祈求神灵保佑，消灾避难。今日那达慕有摔跤、赛马、射箭、赛布鲁、套马、下蒙古棋等民族传统项目。国际那达慕大会还涵盖体育、文化、经贸、旅游等多个领域。体育赛事增加了赛驼、毽球、驾驶、球类、田径、拔河、武术、马术等项目。文化艺术活动增加了乌兰牧骑演出、民族服饰展演、舞台剧展演、音乐节、美术展、革命史展、建设成就展、少数民族非物质文化遗产展、国际学术研讨会暨文物精品展。旅游经贸活动增加了国际那达慕乐活营、人体多米诺活动、机器人大赛、招商引资推荐会、住房物资交易交流会和先进表彰会等。2010年8月举办的鄂尔多斯国际那达慕大会，是千年来那达慕规格最高、规模最大、项目最丰富、影响力最广泛的国际性盛会。摔跤那达慕大会第一项比赛。有捉、拉、扯、推、压等13个基本技巧，可演变为100余个动作。允许互捉肩膀、搂腰、钻腋进攻，抓摔跤衣带，不许抱腿、打脸、背后拉人、触及耳目、扯发踢肚、踢膝以上部位，膝盖以上着地为负。赛马是大会重要活动之一。包括快马赛、走马赛、颠马赛，要求具备剽悍纯良的马匹、娴熟高超的骑术和顽强勇猛的精神。骑手身着蒙古服饰，生气勃勃，英姿飒爽，按号角发令策马狂奔，先达终点者便是受人赞誉的草原健儿。射箭比赛分近射、骑射、远射，有25步、50步、100步之分，不分性别年龄，自备弓箭马匹，比赛规则为三轮九箭，逐轮淘汰，以射中靶心、内环、外环得分合计总分，决出前三名。那达慕会的活动是力与美的显现、体能和智慧的较量、速度和耐力的比拼，比较全面地展示草原民族的综合素质，具有广泛的群众性和娱乐性，反映蒙古民族的价值观和审美观，具有广泛深刻的文化内涵。忽必烈的血脉依旧在当地人血液中顽强流淌，耸立山巅的敖包依然接受着人们的祭拜，没有什么东西能比那达慕大会更能体现蒙古人的传统和

精神。那达慕也是蒙古人尽情欢畅的时刻。这个季节草原最美，牛羊最肥，奶酒最醇，是当地居民休假的最佳季节，也是外国游客最为集中的旅游季节，曾列入"中国友好观光年"项目。

〔663〕"三艺"指摔跤、骑马、射箭。蒙古族是尚武的民族，精骑善射是蒙古族牧民的绝技，人们通常把是否善于驯马、赛马、射箭、摔跤，作为鉴别优秀牧民的标准。成吉思汗非常看重培养人的勇敢、机智、顽强，将骑马、射箭、摔跤统称"男儿三艺"，作为士兵和民众素质训练的基本内容。三项基本技能沿袭至今，是那达慕大会的传统保留项目。

〔664〕泸沽湖的摩梭语为"谢纳米"，因湖面竖长横窄，状若曲颈葫芦得名，距宁蒗县城73千米。湖西属云南省宁蒗县，约占1/3面积。湖东属四川省盐源县，约占2/3面积。云南摩梭人划归纳西族，主居永宁坝子周围。四川摩梭人划归蒙古族。泸沽湖面约48.5平方千米，湖水均深45米，湖面海拔约2690米。此地交通不便，较少旅游开发，自然风光优美，民间风俗纯正。摩梭古称摩沙、摩些，自称纳、纳日，《三国志》《后汉书》均有记载。其族源属我国古代游牧民族古羌族旄牛羌的分支牦羌，两千多年前从甘肃及四川西北部迁移至泸沽湖周围居住，有独立语言—摩梭语，属汉藏语系藏缅语族彝语支，无文字。

〔665〕泸沽湖四周生活着五万摩梭人，至今仍实行母系社会"阿夏"婚姻制度，分异居婚与同居婚。"阿夏"为摩梭语，意为亲密情侣。异居婚亦称走婚，即男不娶，女不嫁。女子年满十三岁即举行成年礼，入住花楼，参加社交活动。双方情投意合即交换信物，成为"阿夏"，仍在母亲家中生产生活。男方暮往晨归，偶居女家。子女由女方抚养，随母姓，与生父不在同一家庭，但经常来往。摩梭男女一生可结交多个"阿夏"，但不可同时结交两个。很多人一生只走一个。"阿夏"结合自愿，离异自由。步入中年后"阿夏"关系日趋固定，甚至保持终身。如女方闭门不纳或男方不再登门，关系即告解除。同居婚即男到女家或女到男家共同生产生活，养育子女。同样以情为主。结合自愿，离散自由。一旦终止关系即各自回家，子女问题协商解决，不起冲突。目前大部分摩梭人实行异居婚。绝大多数摩梭家庭为母系大家庭。家庭世系财产由母系血统成员继承。生产生活、财产保管及内外事务，由最能干、最公正、最有威望的妇女（称依杜达布或达布，即一家之长）负责安排。摩梭人以生女为荣。老祖母地位最高。舅父或舅祖父只负责礼仪，晚年由外甥赡养，受社会舆论保护。"阿夏"家庭稳定和睦，上慈下孝，极少分家，家庭人口一般为20人左右。几百年来摩梭人口增长缓慢，为中国56个民族之最，实为天然计划生育。随着外部世界的变化、旅游者的进入和现代文明

的冲击,泸沽湖的一夫一妻制家庭逐渐增多,但"阿夏"婚姻何时成为历史尚难预测。欣赏走婚者认为:走婚是自然和谐的生活方式。合则聚,不合则散,晨离暮合,感情维系,不分贫富贵贱,只讲爱情,更能感受生活与真爱,在婚姻和爱情之间应首选自由。摩梭人无婚约,无财产纠葛,全凭道德约束;摩梭人的生活原则是分享而非独占,生活的主导意识是大我而非小我,可以避免或减少矛盾冲突;摩梭家庭结构体现重女而不轻男的母系文化思维。女人高度自主。男人轻松减压;女人善于协调,平实公允,既有温柔,又有慈爱,身兼父母双重角色,堪为精神支柱;老人因不被遗弃而开心。孩子因有爱而快乐。反对走婚者则认为:走婚属于落后的生活方式;不符合人类社会发展的历史规律,必将为时代潮流淘汰。但无论如何,摩梭人的家庭制度始终被公认为"母系社会的活化石","阿夏"婚姻形态也一直是社会学家、民俗学家难得的研究对象。泸沽湖对众多旅游者始终具有强烈的吸引力。

〔666〕"锅庄"指纳西族锅庄舞。常在晚间进行。届时在院中架一口大锅,燃大堆柴火。摩梭阿妹身着红色绣花金边上衣和白色百褶筒裙。摩梭阿哥头戴白色毡帽。或勾指牵手,或搭背撑腰,随领舞笛声,围篝火转圈跳舞。阿妹几步一摆,阿哥几步一跺,如金龙摆尾,波澜起伏,时快时慢,轻松热烈。游客可插进队列随歌随舞。摩梭人会热心传授族中著名的32步,考察游客的体力、节奏感和方向感,鼓励游客挥舞四肢,摇摆身体,释放热量,享受生活。舞曲结束时,舞者会发出"喏!喏!"的呼唱。在场男女会分站两旁对唱情歌。或二人单挑,或团体比赛。歌声动听的游客会被摩梭男女合力抛向空中。全场气氛热烈,高潮迭起。

〔667〕20世纪30年代,美国学者洛克踏入泸沽湖这片土地,发现了封闭在大山中的摩梭民族及其母系社会,以及掩藏在历史之海的风景。他沉醉于这片母爱编织的凉荫,深感这是"上帝创造的最后一块土地",通过自己的文字,他把"母系家庭""走婚""土司轶事"等神奇的文化密码传向外界,揭开了一个神秘的女性文化世界。这片女人最后的领地,从此被称为"女儿国"。记者说女儿国是"后花园中最后一朵玫瑰";作家说女儿国是"音乐湖畔的浪漫女神";学者说女儿国是"外婆家园的童话世界";旅客说女儿国是"人间的瑶池,未污染的净土"。故事中的女人称自己摩梭女人、女神子民;称泸沽湖为母亲湖;称格姆山为女神山;称金沙江为摩梭江;称自己生存的土地为母亲的田园。这里的山水人物、河流土地无不浸染着母性的色彩,透出女性的灵气。摩梭女人老实巴交而勤劳善良;光彩夺目而平淡无奇;浪漫迷离而平凡实际;生活简单而魅力无穷,令世界瞩目,让外人惊叹。古往今来,她们在母亲的灵旗下主宰着生活,扮演着重要角色,创建了与众不同的家庭与婚姻

制度。在摩梭女人的家乡，天空永远湛蓝，白云轻轻飘浮；四季群山葱绿，长年山花烂漫；湖水碧绿如绸，情歌不绝如缕；木屋炊烟袅袅，茅舍鸡鸣狗吠；群鸟自由飞翔，经幡悠然摆动；百褶裙在湖光山色中飘逸，牧马人在林间小道上行走。这里和平安宁，没有偷盗，没有抢杀，路不拾遗，夜不闭户。人们在宁静地享受大自然的赐予。这是摩梭女人创造的梦一般的世界。（本条摘编自博雅旅游网《最后一块神秘乐土》）

〔668〕傣族女子美艳、清新、自然、洒脱，是西双版纳一道靓丽的风景。在景洪的大街小巷、村村寨寨、田野溪边、赶集路上，到处都有身着紧身薄袄、腿罩五色筒裙、身系纯银腰带的傣族女子。她们身材苗条，纤腰翘臀，露出花蕾般的肚脐，摆动"S"状的形体，梳着美丽柔顺的发髻，插着香味浓郁的鲜花，或手持彩伞，或头戴斗笠，从塘边悠然走过。傣女的筒裙犹如分解的七色光，没有高贵、淡雅、婉约、庄重，只有香艳、明丽、浓烈、张扬，正好般配这方水土。傣族女子爱清洁，每晚必到河中沐浴，将筒裙盘于头顶，边沐浴边嬉戏打闹，显示出佛家的气度。傣族女子热情、浪漫、早熟、奔放。骨子里多有阳光、炎热与温暖，少有冬季、寒风与冰雪。多有欢乐与自在，少有悲愁与忧伤。一旦降临人世，便像孔雀一样翩翩起舞。只要有阳光雨露，便像鲜花一样含苞怒放；傣族女子吃苦耐劳。长年累月从鸡叫忙到鬼叫。清晨点火塘，舂米，蒸饭，切芭蕉，煮猪食。早饭后下地干活。中午在地头吃冷食干粮。月亮升起时回家；傣族女子聪慧灵巧。身上的挎包、屋里的窗帘、被面、垫单，均一针一线亲手织就。其图案栩栩如生，色调鲜艳，风格纯朴，大方优美，生活气息浓郁，针针线线连缀着傣族女子的聪慧和对美好生活的追求；傣家女子姓玉似玉，性格温润，家庭和睦，亲情浓厚，较少离异。她们像柔软、多情、清新、单纯的南方彩云，总是依恋着西双版纳这片美丽富饶的沃土。她们又像热带雨林的藤蔓，总是傍依着古老的大树。在傣族女子的心田中，永远流淌着波光粼粼的澜沧江水；在傣族女子的血液里，始终饱和着远古母系氏族的自在与骄傲；在傣族女子的文化基因里，没有三从四德、男尊女卑；在傣族女子的骨髓里，也没有靠男人养活、让男人干活的欲望。女主外，男主内。从妻娶汉，干活养汉，是傣族女子的本分。婚后男人的三年苦力，是对父母养育的报答，而非"男人是劳力"的脚注。本条摘编自"先锋旅游网"相关资料。

〔669〕"凤尾"指凤尾竹。

〔670〕本句化用《月光下的凤尾竹》歌词。原句为"竹楼里的好姑娘，光彩夺目像夜明珠"。

〔671〕本句化用《月光下的凤尾竹》歌词。原句为"金孔雀般的好姑娘"。

〔672〕"湘西火凤凰"泛喻勤劳、美丽、善良、贤惠、热情的湘西苗家女子。

〔673〕傣族泼水节实为傣族新年,于每年四月十三日至十五日在西双版纳举行。一般大泼三天,小泼七天,可称云南最盛大的节日。其间傣族男女老少均着盛装赶"摆",燃放"高升"焰火,举行浴佛仪式,互相泼水祝福,品尝傣族美食,观看龙舟竞赛,欣赏民族歌舞,参加堆沙、斗鸡等民俗娱乐。

〔674〕相传远古西双版纳季节混乱,傣族聚居地瘟疫不断,民不聊生。为救助生灵,七位善良勇敢的姑娘乘恶魔醉酒时割下魔头。为防魔头落地引发火灾,又抱着魔头泼水冲洗,直至魔头腐烂、自己烧死,以年轻的生命换来人间的风调雨顺。为纪念七女,人们将这一天命名为泼水节,定为辞旧迎新、寓求吉祥的日子。

〔675〕"象鼓"指象脚鼓,因形似象脚得名,象征五谷丰登,生活美好。鼓身以轻质圆木挖空而成。其外表涂漆,加图饰,插孔雀翎,象征吉祥如意。鼓面多蒙羊皮,以细牛皮条勒紧并调节张紧度。象脚鼓广泛用于傣族歌舞和傣戏伴奏,是傣、景颇、佤、傈僳、拉祜、布朗、阿昌、德昂等族及克木人不可或缺的歌舞乐器。击鼓人以绸带挂鼓于肩,夹鼓于胁,边鼓边舞,舞姿婆娑,变化万端。

〔676〕1961 年 4 月,敬爱的周恩来总理身着银灰色傣装,在景洪城参加傣历新年活动。他手持银钵浇洒清水,向西双版纳各族人民致以节日的祝福。总理说:"只有尊重少数民族的风俗习惯,才能和各族人民心连心。"

〔677〕钓鱼城位于重庆市合川区合阳镇嘉陵江南岸钓鱼山,占地 2.5 平方千米。山上有平整巨石,相传有巨神在此垂钓,以解百姓饥馑,山、城因以得名。钓鱼城峭壁千寻,城垣雄固,嘉陵江、涪江、渠江三面环绕,俨然兵家雄关。

〔678〕"苦守孤城"指钓鱼城保卫战。此战从南宋淳祐三年(1243 年)战至南宋祥兴二年(1279 年,即南宋末年),整整进行了三十六年。

〔679〕"余公"指四川安抚制置史兼重庆知府余玠。他于南宋淳祐二年(1242年)始筑钓鱼城,并派守将王坚、张珏率合州军民春事耕耘,秋储粮薪,凭借天险,以战以守,写下中外战争史上罕见的以弱胜强的战例。

〔680〕"元戎"指蒙古孛儿只斤·蒙哥大汗(1209—1259 年),庙号元宪宗,谥号桓肃皇帝。南宋宝祐六年、蒙哥汗八年(1258 年),蒙哥挟征讨欧、亚、非四十余国之威势,分三路伐宋。次年二月亲率元军总帅汪德臣、东川统军合剌、四川总帅汪惟正等 80 余名蒙元将领及 10 万(或 4 万)大军进军四川,兵临钓鱼城。双方浴血奋战,殊死搏斗,历经大小战斗 200 余次,元军终不能越雷池半步。南宋开庆元年(1259 年)七月,蒙哥被城上火炮(或飞矢)击

神州风采——余怀毅格律诗作选

伤,逝于北碚温泉寺(或重庆璧山六塘乡温汤驿),汪德成阵亡。大汗及总帅相继战死引发蒙古贵族内部夺位之争,使南宋政权多延续二十年,即将破城的伊拉克首都巴格达也得以保全。钓鱼城因此被欧洲人誉为"东方麦加城""上帝折鞭处"。

〔681〕据史料:南宋祥兴二年、元至元十六年(1279年)正月,钓鱼城十万军民放弃抵抗,开门降元,免遭屠城。促成此举的是钓鱼城最高将领王立的义妹"熊耳夫人"。其生于蒙汉杂居的中国北方,十六岁嫁元将熊耳,随熊耳来到四川泸州任所。两年前王立攻取泸州,熊耳阵亡,夫人被俘。王立见其能说汉话,自称姓王,便结为义妹,带至钓鱼城。1279年元军攻破重庆城后,集中十万兵力,拟一举拿下钓鱼城,实现蒙哥"攻破钓鱼城立即屠城"的临终遗愿。为使全城生灵免遭涂炭,经王立允许,熊耳夫人致函表兄李德辉(时任元西川枢密院最高军政长官),以"不杀城中一人"为条件,邀其赴钓鱼城受降。元世祖忽必烈准奏。是年正月,南宋最后一个堡垒——钓鱼城终归于元。之后该女子去向不明,只留下重重是非。明弘治年间(1488—1505年)合州军民自发修建忠义祠纪念余玠、张珏、王坚,熊耳夫人未能入祠。清乾隆四十四年(1779年)合州知州陈大文改忠义祠为功德祠,加熊耳夫人牌位。清光绪七年(1881年)合州知州华国英又将功德祠复为忠义祠,撤熊耳夫人牌位,毁其画像。近代有学者认为:蒙、汉民族本为一家。宋朝既已腐朽,历史车轮自当滚滚向前。熊耳夫人顺应天下大势,有助于历史进步,保住钓鱼城百姓生命,与余玠等人保卫钓鱼城的初衷并无二致,理应得到公正的评价。

〔682〕此联化用明代杨慎《二十一史》弹词第三章《说秦汉》开场词《临江仙》,原文为"青山依旧在,几度夕阳红"。

〔683〕"赫哲"指赫哲族,主要分布在中国黑龙江省黑龙江、乌苏里江和松花江沿岸,少数散居桦川、依兰、富锦三县和佳木斯市,是中国北方唯一依靠渔猎为生的民族。其语言属阿尔泰语系满—通古斯语族满语支,多通用汉语汉文,无本族文字,昔以大马哈鱼头记年。

〔684〕"乌苏"指乌苏里江。"杜宇"指杜鹃花。

〔685〕"桦舟"指桦皮舟。"赫尼调"指"赫尼哪"民间小调,多系赫哲族妇女哼唱的劳动歌曲。其明朗轻快,婉转清丽,悠扬嘹亮,优美动听,使人感受到江中波浪的起伏和渔船划行的摇摆。著名赫尼哪调有《乌苏里船歌》《春季生产歌》等。

〔686〕"兽鼓"指兽皮鼓。"依玛"即"伊玛堪"。均为民间说唱形式,类似北方大鼓,有史诗特点。

〔687〕赫哲人世代依山傍水,漂泊流离,居无定所,冬季挖地窖御寒,遇雨张革为屋,取名"撮罗子"。

〔688〕"鄂温"指鄂温克族,系民族自称,意即"住在大山林中的人们"。

〔689〕"鹄鸿"即鸿鹄,指天鹅,鄂温克语称"幹日切"。天鹅为鄂温克族图腾,也是鄂温克妇女喜爱的刺绣图案。天鹅舞为鄂温克族民间舞蹈。

〔690〕鄂温克人能歌善舞。民歌曲调豪放,擅长即景生情,随兴填词,富有草原森林气息。著名歌曲《敖包相会》即根据鄂温克族民歌改编。

〔691〕鄂温克舞蹈主要有阿罕伯舞、爱达哈喜楞舞和哲辉冷舞。舞步简约明快,生动活泼。

〔692〕广东省连南瑶族自治县是充满神奇色彩的瑶族聚居区,也是中国排瑶唯一聚居地、世界经典乐曲《瑶族舞曲》的故乡。该县约有16万人口,少数民族超过一半,多为瑶族。瑶族居住地约占全县土地面积80%。在连绵百里的高山峻岭上到处是瑶家村寨,展现出古老的瑶寨风光、奇特的瑶人生活方式、色彩缤纷的瑶族服饰和浓郁的瑶家风情,民风淳朴,民俗奇特,有"百里瑶山"之谓。瑶族是历史悠久的少数民族。其祖先为秦汉时期"长沙武陵蛮"之一部,即《隋书·地理志》所说的"莫徭"。连南有"排瑶"7.8万余人,"过山瑶"0.5万余人。"排瑶"聚族而居,依山建房,房屋排叠,形成山寨。据史书记载和民间传说,其来自湖南湘、沅流域中下游和洞庭湖地区,于隋唐时期迁徙到连南山区定居,已有一千三百多年历史。唐代大诗人刘禹锡贬官连州时曾写下《连州腊月观莫徭猎西山》等诗,诗中的"莫徭"即是连南排瑶之先祖。明初排瑶定居地已达八排二十四冲。"排"即聚居数千人的大山寨。"冲"即聚居几百人的小山寨。"过山瑶"以祖上耕山为主,"食尽一山过一山"得名。其祖先于清朝道光年间从湖南、广西等地迁到连南山区游耕,于新中国成立后建寨定居,生活习惯与排瑶有较大差异。

〔693〕刺绣是连南八排瑶族妇女世代相传的手工工艺。据《瑶族简史》记载:汉代瑶族妇女即能刺绣五彩缤纷的"斑布"服装。明、清瑶族妇女能"用五色绒杂绣花卉,善以简练生动手法,表现出复杂的自然现象"。刺绣象征着瑶族妇女的精明。姑娘绣品越好,越能赢得小伙子的追求和喜爱,这也是排瑶刺绣历久不衰的原因。排瑶女子从懂事起便学刺绣,无论何时何处都随带绣物,抽空刺绣。其绣图刚柔相应,色彩协调,千变万化;其绣纹针针相构,行行相连,构成对角相称的斜十字形、正十字形及人字形;其绣材涉及花鸟虫鱼、野兽家禽、月亮太阳,极富魅力,活灵活现;其绣品包括花冠花帽、花衣花裤、花裙头帕、绑腿挂袋及马裤,充分反映排瑶妇女的聪明才智和对美好生活的追求,是旅游、民族艺术宝库中的一朵奇葩。

〔694〕排瑶人依山而居，住地离耕地常有几公里至十几公里，因而养成日出而作，日落而息，勤劳勇敢，乐于相助的传统美德。缺乏劳力的人家或丧偶离婚的男女，一旦耕种、收割跟不上季节，就边工边歌，倾诉苦衷，寻求帮助。闻歌者即自带食物、农具，自愿登门，无偿帮工。这种闻歌帮工的习俗展示了瑶族同胞有福同享、有难同当、团结互助的传统美德。

〔695〕昔日排瑶村寨的屋前屋后都架着纵横交错、密如蛛网的笕槽，常年引入高山泉水。笕槽以竹木破半、去节、凿芯制成，或凿通整竹竹节过水。笕路或依山搭架，或悬空引渡，或转弯抹角，或埋入地下。笕槽离房屋有远有近，像一条盘绕于崇山峻岭的韧带。每个瑶排都有2—3名放水公疏通水路，维修水笕，由各家适当付酬。来自高山密林的笕水清澈、透明、甘甜，常饮可使人不患疾病。街边蓄水池以杉木制作，高三米、宽二米，以水满为荣。只需每日挑满备用水池，即方便生产生活，满足人畜饮用。如今许多瑶民迁居平地，已用上自来水，但古老瑶寨的取水方式依然体现出瑶家人的勤劳智慧，令人赞叹佩服。

〔696〕绣蓑衣为排瑶手工工艺之一。在排瑶所处的深山老林生长着大片茎细、叶宽、叶长、繁殖快的箬竹。排瑶人每年八九月采回箬叶，自然风干，利用次年空闲季节制绣蓑衣。排瑶蓑衣古色古香，经久耐用，使用方便，能避风雨。排瑶人出门劳动，上山伐木，皆以蓑衣挂肩盖担。下雨时披上蓑衣，戴上竹帽，仿佛影视屏幕上的武林英雄。过去排瑶人买不起尼龙制品，故年年制绣蓑衣。如今瑶民制绣的蓑衣则成为发展旅游的一种道具，随时彰显着瑶家勤劳勇敢的风范和瑶民简朴实在的生活。

〔697〕阿贵哥是瑶族未婚男青年统称。莎腰妹是瑶族未婚女子统称。

〔698〕昔日排瑶的生产活动以大队为主，生产队为辅。人们每天下地挣分，年尾按劳分配。学生放学回家先做作业，再煮饭，烧水，冲凉，一到夜幕降临，便拿起竹柴，点亮火把，出门迎接远山归来的双亲，为之背柴草，挑猪菜。在过去的时光里，这种火把好似条条火链映红瑶山，照亮瑶族人的心灵，延续瑶家热爱劳动、尊老爱幼的传统美德。

〔699〕"西京"指西安。其风习独具特色。牛羊肉泡馍、胡辣汤、灌汤包、乾州锅盔、秦镇皮子、岐山面、肉夹馍、炒凉粉、麻辣烫、砂锅、烤肉、金钱油塔等，都是西安人钟爱的小吃，油泼辣子还是正经八百的菜肴。西安人喜登古城墙，逛博物馆，上美术街，进书院门，游书画街，步北广场；喜欢观赏复古物件；好到城墙根儿赶集；酷爱秦腔；喜欢听反差鲜明的埙声和摇滚。西安的文学爱好者和文学期刊多如牛毛。纳凉百姓可以从商周聊到大唐；引车卖浆者可能是满腹经纶的专家；其貌不扬、衣饰朴素的陌生人也可能写得一手

好字,或精通佛经道义。老西安人似已厌倦铁马冰河与颠沛流离,都愿守着静静的老城,听着撕心裂肺的秦腔,嚼着先人发明的羊肉泡馍,静观城头亘古不变的明月而悠然入梦。八百里秦川赐给西安富庶,也养成享受生活的习俗。因为历史的原因,人们似乎少了些欲望,多了些安分,习惯了慢的节奏,产生了慢的文化,带来了悠闲的生活。有人说"西安是过日子的好地方"。西安简介参看〔258〕。

〔700〕"金乌"即中国古代神话中驾驭日车的神鸟,此指太阳。汉代王充《论衡·说日》云:"日中有三足乌",《淮南子·精神训》云:"日中有踆乌",故称太阳为金乌、三足乌、踆乌。"古城岗"指西安城墙。其东西长 2.6 千米,南北长 4.2 千米,周长 13.74 千米。高 12 米,顶宽 12—14 米,底宽 15—18 米;以石灰、黏土、糯米汁合砌而成;有城墙、护城河、吊桥、正楼、闸楼、箭楼、角楼、瓮城,4 座城门、5984 个女儿墙垛口、98 个墩台、11 条登城马道,为严密完整的冷兵器时代的城市防御体系。现存西安城墙以公元 6 世纪隋唐城墙为基础,扩建于明洪武年间(1370—1378 年),1983 年后形成含古城墙、绿化带和护城河在内的环城公园。西安城墙是保存最完整的中国古代城垣建筑,是世界现存规模最大、最完整的古代军事城堡,也是古都西安的标志、中华民族灿烂文化的象征。它显示了我国古代劳动人民的聪明才智,为具体了解古代战争提供珍贵的人文景观,为研究明代历史、军事和建筑提供不可多得的实物资料。

〔701〕"辣糊汤"即胡辣汤、胡辣汤,为西安街头早食摊点常见的糊状小吃,类似北京的炒肝、油茶。其口感微辣,营养丰富,味道上口,适合配餐。据考:其产生于胡椒传入唐代中国之后,雏形为酸辣汤和肉粥。前者醒酒消食,后者补气补虚,适合多元人群口味。生姜、胡椒、八角、肉桂等调料则有辛香行气、舒肝醒脾之用。相传胡辣汤出自明朝嘉靖年间阁老严嵩从高僧手中得到的调味药方,烧汤饮之,美味无穷,可助寿延年,被皇帝赐名"御汤"。明亡后,御厨赵纪携此方逃至河南逍遥镇(今西华县逍遥镇)借汤谋生,当地人称"胡辣汤"。此后河南人将清热下火的豆腐脑与胡辣汤掺和食用,谓之"两掺",传至邻近省市。陕西胡辣汤或为河南胡辣汤,或为本地回民烹制的肉丸胡辣汤。品尝胡辣汤的基本方法为"闻、看、尝、品"。

〔702〕"埙"指陶埙,又称陶埙。其大小如鹅蛋;有六孔,吹口在顶端,音孔在侧壁;底平;发音古朴,醇厚,悲壮,似地底之哭泣,历史之回声。埙为我国汉族特有的一种吹奏乐器,主要用于吹奏宫廷音乐,在世界原始艺术史中占有重要地位。据传埙有六七千年历史,起源于"石流星"(用绳系石、泥球投击鸟兽的一种狩猎工具),因部分球体中空,能兜风发音,以嘴吹之,渐成乐器。

神州风采——余恢毅格律诗作选

或云埙系先民为模仿鸟兽叫声而作,用以诱捕猎物。三千年来,埙已由一音孔发展到六音孔,成为可吹曲调的旋律乐器。埙分颂埙、雅埙,前者形体较小,音调稍高,后者形体较大,音响低沉浑厚;埙有卵形、梨形、球形、鱼形、扁圆形、椭圆形、笔管形、葫芦形、握形、鸳鸯形、子母形、牛头形等,以卵形、梨形最为普遍;埙以陶、石、玉、木、象牙等材料制作,多为陶制;埙在中国古乐器"金、石、土、革、丝、竹、匏、木"八种制作材料(简称"八音")中独占土音,用于充填中音,和谐高低音,与钟磬地位等同,音色古朴、醇厚、柔润;埙曲哀婉忧伤,舒缓平和,具有音乐教化功能,故受古人推崇。中国音乐学院教授曹正于20世纪30年代末制作仿古陶埙。天津音乐学院教授陈重设计出新型九孔陶埙,扩展了音量、音域,使埙可以转调。湖北省歌舞团乐师赵良山以红木研制十孔埙,弥补了古埙难吹高音的缺陷。

〔703〕秦腔亦称乱弹、梆子腔(因以枣木梆子为击节乐器)、桄桄子(因敲梆时发出恍恍之声),为中国最古老的戏剧之一,直接影响到梆子腔剧种和京剧的形成、发展,堪称中国戏曲鼻祖。其起于西周,源于西府(核心地区为宝鸡市的岐山、凤翔),形成于秦,精进于汉,昌明于唐,完整于元,成熟于明,广播于清,几经演变,蔚为大观。咸阳秦腔分板式和彩腔,每部分包括苦音和欢音(又称花音)两种体系。苦音腔激越悲壮、深沉高亢,主要表现悲愤、痛恨、怀念、凄凉等感情。欢音腔欢快,明朗,刚健,用于表现喜悦、愉快等感情。秦腔音乐集中反映陕甘人民耿直爽朗、慷慨好义的性格和淳朴敦厚、勤劳勇敢的民风,较早形成适宜表现情绪变化的板腔体音乐体制,逐渐创造出质朴粗犷、细腻深刻、优美动情、夸张通俗的表演技巧。秦腔剧目多取材《列国》、《三国》《杨家将》《说岳》等英雄传奇或悲剧故事及神话、民间故事、公案戏。传统剧目超过一万本。现抄存二千七百余本。秦腔脸谱庄重大方、干净生动、美观动人,与音乐、表演风格一致;以原色为主,间色为副,平涂为主,烘托为副,极少过渡色。以红忠、黑直、粉奸、神奇显示人物性格。以线条粗犷、笔调豪放、着色鲜明、对比强烈、图案壮丽、寓意明朗、性格突出,格调"火暴",展现艺术风格。秦腔是秦人眼中的大戏,是三秦大地必备的精神食粮。板胡响处,锣鼓起时,"挣破头"的吼声高亢激越,强烈急促,充满阳刚。撕不断、扯不尽的苦音慢板响遏行云,幽怨沉缓,慷慨悲怆。最能表达陕西人灵魂的渴望与震颤。在西安城墙根和关中农村,随处可见民间"自乐班"(相当于票友下海)主唱秦腔戏。唱者多为关中汉子,方面阔口,状极威武。提袍抖袖,大吼大唱,其嗓音破空飞去,撞墙而回,余音热耳,使人荡气回肠。陕西省西安秦腔剧院曾获国家首届文化遗产日奖。

〔704〕"齐鲁"之名沿于先秦齐、鲁两国。战国末年民族融合及人文同化基本

完成，齐、鲁文化渐融一体。周赧王末年（公元前 256 年）鲁国为楚国所灭。秦始皇二十六年（公元前 221 年）齐国为秦国所灭。"齐鲁"地域概念遂在齐鲁文化一体的基础上形成。这一地域与后来的山东省区域大体相当，故成为山东代称。

〔705〕"齐烟九点"化用唐人李贺《梦天》诗"遥望齐州九点烟，一泓海水杯中泻"句。齐州原指中国。因济南古称齐州，清代人亦借该诗描绘济南山景。"九"泛指山多。"九点"指九座孤立的山头。清郝植恭《游匡山记》称："自鹊华而外，如历山、鲍山、崛山、粟山、药山、标山、匡山之属，蜿蜒起伏，如儿孙环列，所谓'齐州九点烟'也"。今日"九点"指济南千佛山齐烟九点坊北望所见的卧牛山、华山、鹊山、标山、凤凰山、北马鞍山、粟山、匡山和药山。

〔706〕"地涌"指济南诸泉。

〔707〕汉高祖四年（公元前 203 年）11 月韩信以重兵急袭，攻破齐都临淄，俘杀齐王田广，平定齐地。齐相田横及五百将士退据胶东。刘邦称帝后遣使招降，横不从，兵败自刎。属下将士闻此噩耗，集体挥刀殉节。

〔708〕"明臣"指大明兵部尚书铁铉。铁铉（1366—1402 年）字鼎石，河南邓州（今河南邓州市）人，元代色目人后裔，明惠帝著名忠臣，"靖难之变"时固守济南，不肯投降造反夺位的燕王朱棣明成祖。朱棣称帝后，对铁铉施以磔刑，将其妻女充当官妓，其子流放河池，其父母迁至海南。后人感铁铉忠义，奉为济南城神，在各地建铁公祠，大明湖以祀。南明时赠太保，谥忠襄。清乾隆时谥忠定。

〔709〕李易安即李清照。李清照简介参见〔487〕。

〔710〕"六安"指安徽省六安市。其地处大别山腹地，人称"民歌的海洋"。皖西大别山民歌是植根六安地域、原汁原味、本乡本土的民间歌谣，以山歌为主；既有山的沉稳、豪迈、厚实，又有水的流畅、悠扬、灵性；分高腔、平腔、矮腔，具有极其重要的非物质文化遗产保护价值。如今善唱"挣颈红"和"慢赶牛"的民歌手年岁已高，后继者寥寥无几，亟待挖掘、研究、保护和传扬。

〔711〕"挣颈红腔"又称"过山青""蜜蜂钻天"。因曲调多在高音区活动，唱时挣得脖颈发红得名。其主要流行于安徽金寨、舒城；曲调高亢嘹亮，激昂奔放，音域宽广，音符跳跃，节奏自由，富于变化；唱法以小嗓为主，大、小嗓结合，上下颚连续开合，歌声若断若续；多为二人对唱或两组对唱；歌声如蜜蜂钻天，群蜂过冈，跌宕起伏，层次感强。山民长期辛苦劳作需要消除疲劳。能歌者便开嗓喊唱，听众则闻歌解乏，精力复生。这是大别山民歌多有高腔的原因，也是艺术源于生活、服务于生活的一个佐证。

〔712〕"驱牛慢调"即"慢赶牛"调，原为大别山农民驱赶牛群的即兴小唱，节

奏较为自由。其主要流行于皖西金寨、六安一带,分中、北、南三路。中路慢赶牛为此调主体,以金寨及周围地区流传歌调为代表,其唱词多为七字五句,主要反映青年男女爱慕之情;音域常在10度之间,旋律流畅,刚柔相济;曲调分八句三段,既有单章结构,亦有排歌、加垛句、斩板和快板。北路慢赶牛流传于淮南一带,唱词同为七字五句;音域常在八度左右;曲调为五句二段,段间有锣鼓句;节奏规整鲜明,伴有简单舞蹈。南路慢赶牛传唱于江北安庆一带,多由三对上下句组成段落;旋律起伏小;音域仅在5—6度以内,风格细腻,内在,柔婉。

〔713〕"最美红歌"指《八月桂花遍地开》《送郎当红军》等革命歌曲。前者借用皖西大别山民歌中的《八段锦》曲调,随大型音乐舞蹈史诗《东方红》的演出风靡全国,在大别山民歌中最具代表性,颇有影响力。

〔714〕"天香"为桂花别名。此句化用《八月桂花遍地开》歌名。

〔715〕西递为安徽省黟县东南部的一座古村落,原名西川,因地处交通要道,设官家递铺(即驿站)得名,或以村溪东水西递得名。黟县群峰连接黄山,阻隔古县与外界交往,客观造就了半封闭的生态环境。古镇景色优美,文风昌盛,民习淳厚,有"桃花源里人家"美誉。明清年间此间读书人以尚从文,以文入仕,以仕保商,弃儒从贾,衣锦还乡后又建房修祠,铺路架桥,将故里建设得更加舒适、气派、堂皇。村中履福堂楹联为"孝悌传家根本,诗书经世文章""读书好营商好效好便好,创业难守成难知难不难",显示了儒学向建筑的渗透。大夫第门额题字"作退一步想"语意双关,耐人寻味。临街墙角被人为削去,寓意做人不能有棱角。东园厢房的大幅冰梅图寓意十年寒窗,象征"梅花香自苦寒来"。惇仁堂木刻楹联为"几百年人家无非积善,第一等好事只是读书""寿本乎仁,乐生于智;勤能补拙,俭可养廉",气度不凡,富有哲理,道出了屋主的为人和心志。旷古斋中堂古对"孝悌传家根本,诗书经世文章"为南宋理学家朱熹所书。"孝"字书画一体,右看酷似躬身作揖的孝顺后生,左看活像尖嘴猕猴,表达了"孝则为人,不孝则为兽"的深刻寓意。瑞玉庭楹联上有"快乐每从辛苦得,便宜多自吃亏来"的格言警句。这些匾额楹联饱含着前人的告诫与期望,是西递人的生活体验和价值取向。

〔716〕化用西递楹联"世上让三分天宽地阔,心田存一点子种孙耕"。

〔717〕"递水"指西递村中溪流。此联化用苏东坡《浣溪沙(游蕲水清泉寺)》词句"谁道人生无再少?门前流水尚能西"。

〔718〕"终生"为钟声的谐音。"平"为瓶的谐音。"静"为镜的谐音。西递人家的客厅条案上始终摆着"老三样":东为瓷瓶,中为自鸣钟,西为梳妆镜。以此寄望外出的亲人终生平安康宁,体现徽州人对安居乐业的深切期盼。

〔719〕号称"中国最美乡村"的江西婺源,是镶嵌在"黄山—景德镇—庐山"国际旅游黄金线上的一颗绿色生态与古文化明珠。其东连浙江衢州,南通江西上饶,西接江西景德镇,北临安徽黄山,建制于唐开元二十八年(740年),古属吴中楚尾,为文风鼎盛之所、三省交通要地。婺源文才辈出,代有名家,由宋而下,文风愈劲,素称江南曲阜、书乡。全县考取进士552名,出仕官2665位。诞生文学、学术著作3100余部,其中172部入选《四库全书》。7位名人入选《辞海》。朱弁、朱熹、何震、江永、齐彦槐、詹天佑、程门雪等从这里走向全国,走向世界。婺源民间文化艺术绚丽多彩:典雅的徽剧为京剧源流之一;古朴的傩舞号称古典舞活化石;甲路抬阁艺术享有"中华一绝"美誉;茶艺表演风姿迷人,独具韵味。婺源博物馆珍藏商朝至清代各类文物一万余件,有"中国县级第一馆"称谓。著名的俞氏宗祠、百柱祠堂气势恢宏,工艺精巧,被专家誉为艺术殿堂。婺源的地名、门额富含文化意蕴。或旌扬儒家文化,如仁村、和村、彰睦、善坑、余庆、耕心庄、儒家湾、儒学山、山中邹鲁、理学渊源等;或关乎天象、天色,如"婺"字既属二十八星宿名称,又指女性美德,还意谓出产文才、武俊、美人。虹关、霞港、星塘、月源、云湾、雨谷等村名文辞幽雅,遥相呼应,颇为奇妙;或浸润尊贤崇文乡风,如县城更名紫阳(系朱熹别号),九老芙蓉山更名文公山(系朱熹祖茔所在),定南乡某村取名太白村,源头村村名出自朱熹诗句"问渠哪得清如许,为有源头活水来";或浸透古韵,如虎墠(即用于祭祀的平地)、楚源(典出婺北浙岭"吴楚分源"古碑)、甲路(指甲等驿路,即完好的青石板古驿道)、学堂屋、道观口、古寺下、古蜀地等;或直冠吉字,如安口、昌坞、灵岩、秀水、福山、香田、彦兴等;或关乎吉禽、祥兽、瑞玉,如龙山、虎滩、凤洲、鸳鸯湖、鹤溪、豸峰、玉坦、瑶下等;或充满诗情画意,如赋春、诗春、词坑、秋溪、沱川、朗湖、青石滩、白石源等。

〔720〕婺源理坑村至今犹存明代吏部尚书余懋衡的"'天官上卿'第"、工部尚书余懋学的"尚书第"、兵部主事余维枢的"司马第"和广州知府余自怡的"驾睦堂",扑面而来的是厚重的历史和淳酽的文风。上晓起村的"进士第""大夫第""荣禄第",时时折射着昔日的辉煌。

〔721〕婺源坑头村曾出现"一门九进士、六部四尚书"的文化现象。上晓起村的"一门四进士"和"四代一品"亦是先贤留给后辈的荣耀与光彩。

〔722〕"版纳"指云南西双版纳。此处村寨皆有佛寺,人人信教,家家念佛。常见小和尚执竹竿追打嬉戏,大和尚在市场讨价还价,佛爷骑单车四处闲游,小和尚带少女从街头穿过。西双版纳简介参见〔197〕。

〔723〕傣族是信奉佛教、崇尚知识的民族。傣族男孩从小就进佛寺学习宗教经文,接受文化教育。无论有多少理由,男子也必须出家为僧,履行入教仪

式,剃黑头发,披黄袈裟,生活不依赖父母,三五年不能回家。和尚毕业还俗后可谈情说爱,娶妻生子,务农经商,参军上学,参加工作,受社会爱戴尊重。男孩没进佛寺,不学文化,就得不到姑娘青睐。

〔724〕用香火在和尚光头上烧灼几个疤痕,称为烧香疤(或烫香洞)。六百多年来,汉地入空门者均需剃度烧戒,方为佛门弟子。相传此俗始于元代天禧寺住持志德和尚(1235—1322 年)。他传戒时必用香火灼烧受戒者头顶和手指,以显示信佛之虔诚,这是汉地佛教文化一个小小的特产。世界各国僧人、中国少数民族僧人和宋朝以前的汉族出家人头顶都没有戒疤。1983 年12 月中国佛教协会理事扩大会议《关于汉族佛教寺庙剃度传戒问题的决议》明文规定:受戒时在受戒人头顶烧戒疤的做法"并非佛教原有的仪制,因有损身体健康,今后一律废止"。

〔725〕傣族信仰小乘佛教,认为精神悟道远重于物质守节,没有太多清规戒律,主张自我解脱,自我拯救,以超脱悲欢生死为最高境界,其可爱之处在于不拘小节。傣族人信佛轻松惬意,不必和自己的好胃口过不去,也不必远离红尘,到深山老林陪伴青灯古佛。

〔726〕惠安女是福建泉州惠安县惠东半岛海边的一个特殊族群,主要分布在崇武、山霞、净峰、小岞四镇,自称地道汉族,以美丽、勤劳、贤惠和服饰奇特闻名于世,是惠东半岛一道独特的民俗景观。惠安女擅家务,多才艺,能吃苦。男子出外谋生,女子便成为建设家乡的主力,下海,耕田,雕石,织网,制衣,修路,治水,锯木,扛石,拉车,驾驶,贸易,敬老,育子,事事能干,样样出色。1958 年 7 月至 1960 年 3 月,曾有一万三千名惠安妇女参加惠女水库大坝建设,占民工总数 86%。她们燃烧生命,挑战极限,用锄头、畚箕加地瓜干,一锄一铲建成总库容 1.23 亿立方米的水库和长达 100 余公里的支干渠,至今惠及泽周数十万民众,成为泉州人"爱拼敢赢"精神的生动写照和推动泉州永不止步的精神动力。惠安女的衣着传统古老,独具一格,是中国服饰精华的组成部分,有很强的色彩感染力。解放初期流传至今的一首打油诗,将惠安女的传统服饰勾画为"封建头、民主肚、节约衣、浪费裤"。"封建头"指头部被金色头笠和鲜艳花巾包裹,极少露脸。"民主肚"指腰、腹暴露无遗。"节约衣"指斜襟衣衫短不遮脐。"浪费裤"指大筒裤脚宽达 40 厘米。封建与民主、节约与浪费,在惠安女子身上有机结合,表达出内涵丰富、对立统一的审美理念。惠安女服饰文化的形成与发展,一直是中外人类学家和民俗学家关注的课题。当地人称先祖是几百年前的中原移民。头笠涂漆为避雨遮日,花巾包头为挡风防沙、御寒保暖、保护发型。头戴斗笠与黎族、京族相似;上衣短小与西双版纳傣族相似;衣青裤黑与云南水族相似;逢年过

节梳蝴蝶型发式与古代百越族相似。据史料记载:几百年来惠安女的服饰也在不断变化。清代中、后期上衣为黑紫长袖挖襟衫,下衣为黑色大补褶裤,衣襟较长,胸、腰、背宽阔,下沿略呈弧形外展,袖口改窄,袖子加长。20世纪40年代,过膝的上衣下摆逐渐缩至臀部。头饰由花巾、斗笠变为黑布包头。1949年后上衣越裁越短。据说与1958年集中修建水库有关。如今三十五岁以下的惠安女很少再穿短至露脐的上衣,也不再穿宽大的灯笼裤,只有金色斗笠和五彩花巾风采依旧。

〔727〕颈联、尾联化用舒婷《惠安女子》诗意。原文为:"天生不爱倾诉苦难,并非苦难已经永远绝迹。当洞箫和琵琶在晚照中,唤醒普遍的忧伤,你把头巾一角轻轻咬在嘴里,这样优美地站在海天之间。令人忽略了你的裸足,所踩过的碱滩和礁石。于是,在封面和插图中,你成为风景,成为传奇。"

〔728〕"哈城"指黑龙江省哈尔滨市。其地名源于女真语"哈儿温"(天鹅之意),为黑龙江省会、著名旅游城市,素有"共和国长子""天鹅项下的珍珠"及"冰城夏都"美誉。

〔729〕哈尔滨荟萃北方少数民族历史文化,也融合东、西方文化,人称"东方莫斯科""东方小巴黎"。"哈尔滨之夏音乐会"和"中国哈尔滨经济贸易洽谈会"每年一届,驰名中外。圣索菲亚教堂、哈尔滨文庙、极乐寺、西方古典式建筑及造型奇特的东正教、天主教、基督教教堂,各显异彩,相映生辉。

〔730〕哈尔滨大约在三千年前(殷商晚期)进入青铜时代,位于黑龙江地区最早的古代文明国家—白金宝文化分布区域;19世纪末出现数十个村屯,交通、贸易、人口等经济因素开始膨胀;1903年中东铁路竣工,近代城市雏形形成;20世纪初成为国际性商埠,来自33个国家的16万侨民在此聚集,19个国家在此开设领馆,民族资本亦有较大发展,成为北满经济中心和国际都市;1945年从日伪统治下解放;1946年4月建立人民政权,成为全国解放最早的大城市;第一个五年计划期间,由消费城市转变为新兴工业城市,成为国家重点建设城市和重要工业基地。

〔731〕华山简介参见〔4〕。

〔732〕杂剧《西厢记》讲述学子张生在河中府普救寺遇见相国之女崔莺莺,两人产生爱情,得婢女红娘相助,历经坎坷,终成眷属的故事,来源于唐代元稹传奇《莺莺传》,以金代董解元《西厢记诸宫调》为基础,由王实甫改编。王西厢有鲜明、深刻的反封建主题,在中国文学史上首次正面表达"愿天下有情人都成眷属"的美好愿望,表达了反对封建礼教、封建婚姻制度和封建等级制度的进步主张。剧中主、次冲突相互交织,相互影响,环环相扣,推动剧情发展,具有强烈的戏剧效果,避免了其他元杂剧剧情简单化和相对模式化的

缺点，能游刃有余地展开情节，刻画人物。其最突出的艺术成就，是善于按照人物的地位、身份、教养及相互关系，准确把握并以多种艺术手段展现人物性格特征，成功塑造了崔莺莺、张生、红娘、老夫人等性格各异、栩栩如生的人物形象。

〔733〕王实甫(1260—1336 年)名德信，字实甫，河北定兴(今河北保定定兴县)人，或云大都(今北京市)人，为元代著名杂剧作家，一生写作剧本十四部。代表作《西厢记》写于元贞、大德年间(1295—1307 年)，一上舞台便惊倒四座，博得青年喜爱，在中国文学史上产生广泛而深远的影响。元、明、清众多学者称王西厢为杂剧之冠、压卷之作。《中原音韵》曾将《西厢记》第一本第三折的曲文作为"定格"范例标举。王西厢流传至今的明清刻本约有百种，直到近现代仍活跃于舞台，备受赞赏。19 世纪末《西厢记》被译成拉丁文、英文等多种译本，被称为世界戏剧史上的伟大作品、世界文学宝库中的一颗明珠。

〔734〕王西厢塑造的普救寺法本长老是正面的出家人形象。他为人慈悲善良，乐于助人，为得道高僧。崔老夫人护送崔相国灵柩回乡，在普救寺做道场，他热情接待；素不相识的张生请求借住普救寺复习备考，他慨然允诺；得知张生与崔莺莺发生恋情，他为有情人提供方便；贼兵孙飞虎包围普救寺，欲霸崔莺莺为妻，他到寺外劝说孙飞虎退兵；为将张生求救信安全送交五十里外的白马将军，他特差擅长武术的弟子惠明担任信使；张生赴京赶考，崔莺莺长亭送行，他设宴饯别；得知张生已中状元并未招亲，他又亲自探望老夫人，促成"天下有情人终成眷属"。"法海"为杭州金山寺住持，是《白蛇传》《新白娘子传奇》《青蛇外传》及《青蛇》中的反派人物。他固守"降妖除魔拯救苍生"的信念，拥有极其强大的法力，思想保守，以偏概全，最终酿成"白娘子永镇雷峰塔"的悲剧，遭到历代百姓厌弃。幸会法本而未遇法海，实为张生、崔莺莺之大幸。

〔735〕叛将孙飞虎听说崔莺莺有倾国倾城之容、西子太真之貌，便率五千人马围困普救寺，限老夫人三日内交出莺莺，做压寨夫人。莺莺秉性刚烈，宁死不从。危急中崔夫人声言：无论何人，只要能杀退贼军，就将小姐许配予他。张生的八拜之交武状元杜确乃征西大元帅，时领十万大军镇守蒲关，人称"白马将军"。张生以缓兵之计稳住孙飞虎，再托惠明和尚下山送信，请杜确派兵解围。三日后，白马将军率兵赶到，击溃贼军，生擒孙飞虎，解了莺莺之危。

〔736〕古阳关位于甘肃省敦煌市西南 70 千米处的南湖乡西，因坐落玉门关之南得名。其旧址位于红山口，面对古董滩。古阳关为"一夫当关，万夫莫

开"的军事战略要地,为往返西域的门户之一,是丝绸之路南路必经关隘。《西关遗址考》、清代《甘肃新通志》及《敦煌县志》均有记载。自古以来阳关常成为凄凉悲惋、寂寞荒凉的代名词,是一座被流沙掩埋、为骚客吟唱的古城。三四千年前这里曾为绿洲盆地,有渥洼池、西土沟两大水源和发达的火烧沟文化。汉元狩二年(公元前121年)西汉王朝为抵御匈奴和经营西域,在河西走廊列四郡,据两关。四郡即武威、张掖、酒泉、敦煌。两关即阳关、玉门关。阳关约建于汉元封四年(公元前107年),为阳关都尉治所。魏、晋设阳关县。唐代设寿昌县。宋元后丝绸之路衰落,阳关随之废弃。古阳关与玉门关之间原有七十公里长城,阳关附近有十余座烽燧墩台。其中规模最大、地势最高、保存较好的是古董滩北侧墩墩山顶的烽燧,时称"阳关耳目"。阳关古城早已荡然无存,仅留下阳关耳目遗址,作为阳关历史唯一的实物见证。今日阳关已然花红柳绿,林茂粮丰,泉水清澈,瓜果飘香。墩墩山上新建了碑文长廊,是欣赏当代名人诗词书法,凭吊古阳关遗址,远眺绿洲、沙漠、雪峰,考察当地民俗的好地方。

〔737〕《阳关三叠》为中国十大古琴曲之一,为我国古代音乐精品,千百年来广为传唱。此曲据唐代著名诗人、音乐家王维七绝《送元二使安西》谱写,因诗中有渭城、阳关等地名,又称《渭城曲》《阳关曲》。曲作情绪深沉,曲调缠绵,真切动人,唐时非常流行,惜在宋代失传。《阳关三叠》琴歌始刊于明代弘治四年(1491年)《浙音释字琴谱》。目前流行曲谱原载明代《发明琴谱》(1530年),改编后转载清代张鹤《琴学入门》(1876年)。新中国成立后,作曲家、音乐教育家王震亚将其改编为混声合唱。

〔738〕相传唐天子为与西域于阗国保持友好和睦关系,将女儿西嫁于阗国王,嫁妆中金银珠宝应有尽有。送亲队伍抵达阳关时狂风大作,黄沙四起,天昏地暗,七日方休。风停沙住后,城镇、村庄、田园、送亲队伍和随带嫁妆全部埋于沙丘之下,此地从此荒芜。

〔739〕出敦煌市西南75千米,在南湖以北龙首山下有一片无际的沙滩,分布着道道沙梁。其南、北长三四里,东、西广不可考,人称古董滩。据考,此处即为古阳关关城旧址,被沙丘掩埋的时间和原因不详。在沙梁之间的砾石平地上到处散落着玉器、钱币、兵器、饰品、石磨、铁砖、瓦块、陶片、陶盅等汉代、唐宋古物,随手可拾。当地有"进了古董滩,空手不回还"之说,据云有人曾拾到将军剑和金马驹。沙滩上散佚的古董即是唐朝公主远嫁于阗途中被狂沙掩埋的嫁妆。

〔740〕"瑷珲"指黑龙江省黑河市爱辉镇瑷珲古城。其位于黑河市东南30千米处,为黑龙江畔历史文化名城、20世纪沙俄侵华罪证、黑龙江流域历史文

化重要遗址。城名源于瑷珲河。旧瑷珲统称萨哈连乌拉霍通,意为黑龙江城。三百多年前这里是黑龙江流域最大的城镇,也是区域政治、经济、文化、军事中心。1900 年镇上有四万人口、三千商贾,商业异常繁荣,庙宇香火鼎盛。

〔741〕"龙江"即黑龙江。清咸丰八年(1858 年),沙俄军事当局利用清政府北方封禁政策,派大批哥萨克军队再次入侵黑龙江流域,在江东非法移民,强建村屯,如入无人之境。其总指挥为沙俄东西伯利亚总督穆拉维约夫。

〔742〕清光绪二十六年(1900 年,农历庚子年),沙俄军事当局趁中国义和团运动爆发、八国联军发动侵华战争之机,以保护在建中东铁路为名,派大批军队入侵中国东北,制造震惊中外的"海兰泡惨案"和"江东六十四屯惨案",侵占黑河,攻取瑷珲,将城池焚为废墟,史称"庚子俄难"。

〔743〕清咸丰八年(1858 年),黑龙江将军奕山在沙俄武力威逼下,与穆拉维约夫在瑷珲城签订丧权辱国的《中俄瑷珲条约》,使中国丧失黑龙江以北 60 多万平方千米土地。

〔744〕"海兰泡"为蒙古语"哈喇泊"的音转,意即黑色的泡子,或云满语榆树下的家,本名大黑河屯。其位于阿穆尔河与结雅河交汇处、结雅—布列亚平原西南端、黑龙江省黑河市区对岸,原属中国。清咸丰六年(1856 年)沙俄武装入侵此地,强设哨所。咸丰八年(1858 年)沙俄强迫清朝政府签订《中俄瑷珲条约》,割占海兰泡,改名"布拉戈维申斯克"(俄语"报喜城"),简称"布市",后为俄罗斯阿穆尔州首府。光绪二十六年(1900 年)7 月,沙俄借口"东北地区义和团破坏俄国修筑的铁路,杀害俄国铁路员工和妇女儿童",悍然出动侵略军十余万人,分五路入侵我国东北地区,制造了骇人听闻的海兰泡惨案。7 月 15 日,俄军以清军还击俄轮及回击海兰泡俄军哨所为由,下令扣留中方渡船,派骑兵冲散渡江人群,禁止中国人渡江;16 日,沙俄士兵闯进中国侨民住宅、商店,关押男女老幼,搜出在外躲藏的中国人,用刺刀捅死;17 日,沙俄骑兵用马蹄践踏,刺刀捅翻并开枪齐射在押中国人,将堆积如山的死者和气息未绝的活人投入黑龙江;21 日,俄兵将剩余华侨驱至江边刀砍斧劈,使重伤者毙岸,轻伤者死江,未伤者投溺,仅少数人幸免于难。大屠杀先后夺去五千多位中国人的生命。沙俄军事当局还征用、没收、"拍卖"中国居民的全部田园财产,将住宅、商店改作军用,使海兰泡中国人损失了不少于一百万卢布的财产。这场"庚子俄难"严重违反国际公法,是黑龙江上"有史以来最大的屠杀,最大的悲剧,最大的罪恶",时至今日,仍激起国人的无比义愤和一切善良人民(包括俄罗斯人民)感情的波澜。

〔745〕"寿山"即袁寿山(1860—1900 年),为明朝兵部尚书袁崇焕七世孙、清

代著名爱国将领。其于清光绪二十四年(1898年)率部参加中日甲午战争，英勇杀敌，屡建战功，由步兵统领擢升知府、黑龙江将军，驻齐齐哈尔。光绪二十六年(1900年)庚子之乱爆发后，俄军逼近齐齐哈尔，炮击城内。寿山坚守"军覆则死"诺言，自卧棺中，命卫士枪击，壮烈殉国，葬于今杜尔伯特蒙古族自治县内。1928年黑龙江省公署在齐齐哈尔关帝庙右侧(今龙沙公园内)为建寿公祠。

〔746〕"第一关"指山海关，古名榆关、渝关、临闾关，位于河北省秦皇岛市以东约10千米处，为万里长城起点，有"天下第一关"美誉，是名胜古迹荟萃、风光旖旎、气候宜人的中国历史文化古城和旅游避暑胜地，位居世界"新七大奇迹"之首(余为约旦佩特拉古城、巴西基督像、秘鲁马丘比丘印加遗址、墨西哥奇琴伊查库库尔坎金字塔、意大利古罗马斗兽场、印度泰姬陵)。

〔747〕"梁兄"指万喜梁。"姜女"指孟姜女。万喜梁又名范杞梁、范希郎、范四郎、范士郎、范喜郎、范杞良、范纪良、万喜良、范喜梁，是孟姜女的丈夫。孟姜女姓姜，孟为"庶长"之意，即姜家大女儿，为中国民间传说人物，是一类人之通称。有关故事名列"中国古代四大爱情传奇"(另三为牛郎织女、梁山伯与祝英台、白蛇传)，最先记载于《左传·襄公二十三年》(公元前550年)，为真人实事。主要表现杞梁妻大义凛然的刚烈性格，也隐含反对战争、重视亲情的故事框架；曾子《礼记》"檀弓"增加了哭夫情节；西汉刘向《说苑》增加了崩城情节；《列女传》平添了投水情节；东汉王充《论衡》及邯郸淳《曹娥碑》说杞梁妻哭崩杞城，长约五丈；西晋崔豹《古今注》称杞城"感之而颓"，使杞梁妻故事走出史实范围，演变为"三实七虚"的文学作品；唐代诗僧贯休《杞梁妻》诗把春秋故事挪到秦代，把临淄故事移至长城内外，把杞城嫁接到长城，再定义秦长城，开始靠近孟姜女哭长城的传说；明政府为防瓦剌入侵，大修长城，招致民怨沸腾，又改杞梁妻为孟姜女，改杞梁为万喜梁或范喜梁，并增加招亲、夫妻恩爱、千里送寒衣情节，创造出全新的孟姜女传说。从杞梁妻故事到孟姜女传说，跨度长达二千五百余年，其能长期为民众喜爱并不断改造加工，主要在于它代表了人类向往和平、追求稳定的共同愿望，抒发了劳动者渴望家庭生活幸福安宁的真实心声。

〔748〕此句化用山海关孟姜女庙佚名楹联"白云长长长长长长长消，海水朝朝朝朝朝朝朝落"。原联出句第一、四、六个"长"字念"zhǎng"；第二、三、五、七个"长"字念"cháng"。对句第一、四、六个"朝"字念"cháo"；第二、三、五、七个"朝"字念"zhāo"。本诗尾联上句第一个"长"字念"cháng"，第二个"长"字念"zhǎng"；"朝"字念"zhāo"。

〔749〕"雄关"指长城关隘。长城北京段有"三险"：一为司马台长城"单边

神州风采——余怀教授格律诗作选

墙";二为箭扣长城"鹰飞倒仰";三为黄花岭长城"十八蹬"。

〔750〕"箭扣"指箭扣长城,位于北京市怀柔县西北八道河乡、慕田峪长城以西 10 千米,距怀柔县城约 30 千米,整段蜿蜒呈"W"状,形如满弓扣箭,因以得名。箭扣长城建于险峰断崖,为明长城著名险段之一,也是近年来各种长城画册中出镜率最高的一段,素为长城摄影热点,其最险处为天梯、鹰飞倒仰、北京结、九眼楼等;"黄花"指黄花岭长城,地处京师北门,位于怀柔县城关镇西北 29 千米处,距北京 60 千米,东接箭扣长城,西迄八达岭长城,是北京界内少有的山水相连的长城,每年仲夏,这里的屋宇村舍尽淹于漫天黄花,因以得名。黄花岭长城全长 12.4 千米,始建于北齐,复建于明弘治年间,是明代蓟镇居庸关最东端边守要塞,亦为万里长城著名险景,虽不及八达岭长城雄伟,却保存完整,坚固实用。此处景点尚未开发,断崖、单边墙及松垮残砖随处可见,周围村落古朴,适合探险访古;"司马垣"指司马台长城,位于北京市密云县东北部古北口镇境内、金山岭长城东部、司马台村村北,距京师 120 千米,全长 5.4 千米,城墙依险峻山势而筑,35 座敌楼构思精巧,设计奇特,结构新颖,造型各异,具"险、密、奇、巧、全"五大特点,是我国唯一保留明长城原貌的古建筑遗址,堪称中国长城之最。其东段似巨龙蟠伏绝壁,于陡峰一侧耸立天梯,长约百米,宽仅一砖,几近直立,且无扶手,两侧深渊高达 900 余米,只能爬行通过。此处既有常见的长城城墙,也有沿崖构筑的半边墙体;既有随坡舒展的马道,也有大阶叠进的天梯;空心敌台形式多样,令人叹为观止。

〔751〕孔庙指曲阜孔庙,又称至圣庙,位于山东省曲阜市南门内,为祭祀孔子、孔夫人亓(qí)官氏和孔门七十二贤人的庙宇。其始建于鲁哀公十七年(公元前 478 年、孔子去世次年),在孔子三间故宅基础上按皇宫规格改建,陈列孔子衣、冠、琴、车、书等物,岁时奉祀。历代帝王不断加封孔子,扩建庙宇,大修十五次,中修三十一次,小修数百次,作为祭祀孔子本庙。解放后国家亦多次拨款修护。现存孔庙为明弘治年间(1488—1500 年)规模,仿皇宫建制,分三路布局,设九进院落,以中轴线贯穿东西,占地 0.22 平方千米,长 1.15 千米,有房屋 466 间、门亭 54 座、碑碣近 1000 块。孔庙在"中国三大古建筑群"(另为北京故宫、河北承德避暑山庄)中建筑时间最久远,规模最宏大,保存最完整,东方建筑特色最突出,为中国、朝鲜、日本、越南、印度尼西亚、新加坡、美国等二千余座孔庙之先河与范本,在世界建筑史上占有重要地位。其建筑格局充分说明孔子对中国乃至东方文化有着巨大贡献,中国历史上不乏能工巧匠。

〔752〕"老桧"指孔庙大成门内左侧挺拔苍劲的桧树,传为孔子手植。据史料

记载:孔子在此种植的三棵桧树曾于金贞祐二年(1214年)毁于兵火,树枯而发新枝,历经三枯三荣。本句借用金代文学家、书法家党怀英《七律五首》其一《谒圣林》诗句。

〔753〕本句化用党怀英《谒圣林》诗句"断碑犹是汉文章"。孔庙东庑存汉、魏、隋、唐、宋、元碑刻四十余块,其中二十二块"汉魏北朝石刻"最为珍贵。五凤碑为西汉石刻典范。礼器、乙瑛、孔宙、史晨碑为东汉石刻隶书珍品。张猛龙碑为北朝石刻魏体楷模。孔庙西庑陈列汉画像石刻一百余块,既有神话传说中的青龙、白虎、朱雀、玄武,又有反映当时社会生活的捕捞、歌舞、杂技、行医、狩猎;石刻技法或细致精巧,或粗犷奔放,既是研究我国汉代社会生活的珍贵资料,又是久负盛名的艺术珍品。

〔754〕此句典出严嵩、魏忠贤祭孔故事。相传明嘉靖年间奸相严嵩曾赴北京孔庙代皇帝祭孔,路经大成殿前西侧,被巨柏横枝掀掉乌纱帽。明天启年间权阉魏忠贤亦曾代皇帝祭孔路经此柏,再遇狂风刮断大枝,正中其头。人称此柏"除奸柏""辨奸柏"。传为七百年前元代国子监首任祭酒许衡所植,树高20余米,树径5.3米。

〔755〕孔府后园有一株"五柏抱槐"。五柏实为一松,因年代久远或遭雷劈电打,一松分为五枝,枝中长出一槐,松槐相安无事,但秉性不移。

〔756〕北京孔庙大成门外建有碑亭,分列元、明、清三仪进士题名碑198块,记载51624名进士的姓名、籍贯及名次。进士题名碑始于元皇庆二年(1313年),现存元碑3块(明代曾将大多数元碑刻名磨去,改刻明代进士姓名)、明碑77块、清碑118块,其中不乏史上名士于谦、王阳明、严嵩、张居正、汤显祖、袁崇焕、纳兰性德、纪晓岚、林则徐、曾国藩、翁同龢、沈钧儒等。

〔757〕封建社会新朝取代旧朝,总要批判旧朝,铲除其生存、复辟的土壤,并利用对新朝有用的遗产。孔子倡导正统,强调"名不正言不顺,言不顺事不成",对任何封建统治者都是有用的法宝。尊孔即是正名。正名即为正统。因之孔夫子总被诸多皇帝视为登基的踏步云梯、治国的金字招牌。鲁迅称之"敲门砖"。两千多年来封建王朝不断改朝换代,孔子后裔的"衍圣公"封号亦香火日盛,世代承传。

〔758〕"琴焚鹤煮"即以琴当柴,烹鹤而食,指"文革"中某些人破坏曲阜文物,有丧斯文,大煞风景。"昙花谢"即昙花一现。

〔759〕"经书"指孔子儒家学说。此句化用唐代大诗人杜甫《戏为六绝句》(其二)末句。全诗为"王杨卢骆当时体,轻薄为文哂未休。尔曹身与名俱灭,不废江河万古流"。

〔760〕"山庄"指承德避暑山庄,又名承德离宫、热河行宫。其位于河北省承

德市中心区以北、武烈河西岸狭长谷地,距北京 230 千米,始建于清康熙四十二年(1703 年),成于乾隆五十七年(1792 年),历经康熙、雍正、乾隆三代皇帝。山庄由皇帝宫室、皇家园林和寺庙群所组成,占地 5.64 平方千米,宫墙长 10 千米,为清帝避暑、理政场所,是中国著名的古代帝王宫苑和中国现存占地最大的古典皇家园林。此处最大的特色为山村野趣。山中有园,园中有山,取自然山水本色,收江南塞北风韵,山庄朴素淡雅,寺庙金碧辉煌,拥有众多历史文化遗产,入列"全国十大名胜""中国四大名园"(另为北京颐和园、苏州拙政园、苏州留园)。避暑山庄东面、北面,武烈河两岸及狮子沟北沿山丘分布十二座寺院,即溥仁寺、溥善寺、普宁寺、普佑寺、安远庙、普乐寺、普陀宗乘之庙、广安寺、殊像寺、罗汉堂、须弥福寿之庙及魁星楼,其中八座由清政府直接管理,称"外八庙",寺庙多系"康乾盛世"产物,是清政府为团结蒙、疆、藏等少数民族,以宗教形式实施的笼络手段之一。寺庙建筑分藏式、汉式及汉藏结合式,融汉、藏等民族建筑艺术精华,多建于向阳山坡,主殿突出,层次分明,气势宏伟,极具风范,如众星拱月,围绕着体现皇权的避暑山庄,象征着国家统一和民族团结。溥善寺、广安寺、魁星楼已毁。普佑寺、罗汉堂大部无存。

〔761〕清乾隆三十六年(1771 年),游牧于伏尔加河流域的土尔扈特部首领渥巴锡东归回国,在避暑山庄澹泊敬诚殿接受乾隆赐封。"中草"指中原牧草。

〔762〕"岛樟"指台湾岛出产的樟脑。清乾隆五十五年(1790 年)七月,台湾高山族狮仔社头人怀目怀等十二人携樟脑、乌龙茶等礼品,前往热河行宫为乾隆祝寿,受到与他族同等的热情接待。

〔763〕"垛堞"即城墙上的四凸状女儿墙,由墙垛、缺口交替组成,用于隐蔽、防御,此指长城。本联化用清代民谚"明筑长城清筑庙,一庙胜过十万兵"。清康熙帝很早就看出"修长城不能抵外侵,固人心方可定国本",在后来的清代国策中使皇权与宗教交融,以园林、宗教显示国威与教化,以宗教传播和思想统治代替修筑长城,基本实现了"众生同庆,众望所归"的初衷,达到了有效的谅解与和平,巩固了西北、东北边疆的稳定。

〔764〕清咸丰十年(1860 年)九月中旬英法联军攻陷通州。下旬咸丰帝奕𬣱带领后妃和一批官员仓皇逃往热河,令其弟恭亲王奕䜣留守北京负责和议。十月中旬英法联军攻入安定门,控制北京城,一路烧杀掳掠,大肆抢劫圆明园中的珍贵文物和金银珠宝,将园内建筑付之一炬。下旬清政府代表奕䜣与英、法全权代表分别签订中英《北京条约》、中法《北京条约》,承认《天津条约》有效,并增加"赔偿英法军费恤金,增开天津商埠,允许华人赴英法属地

及外洋各处做工,割让九龙半岛界线街以南给英国,赔还教产给天主教堂"等内容。充当翻译的法国神父还在条约中文本内偷加了"传教士在各省租买田地,建造自便"等条文。十一月中旬奕䜣与俄使签订《中俄续增条约》即《中俄北京条约》,被迫确认《中俄瑷珲条约》,将乌苏里江以东40万平方千米国土划归俄国,增开新疆喀什商埠,准许两国边民自由贸易,准许俄商在乌兰巴托、张家口零星贸易,同意俄国在喀什噶尔和库伦增设领馆,在华俄人享有领事裁判权。进一步加速了中国沦为半殖民地、半封建社会的进程。

〔765〕"离宫"指承德避暑山庄。有关简介参见〔760〕。

〔766〕清咸丰十一年(1861年)忧愤交集的咸丰帝在热河行宫一命呜呼。临终遗诏立载淳为皇太子,肃顺、载垣、端华等八人为顾命大臣,赞襄一切政务,载淳时年六岁。八大臣与两太后围绕掌权展开了激烈争斗。西宫太后慈禧极力策动东宫太后慈安与八大臣争权,并与在京的恭亲王奕䜣取得联系。九月初奕䜣以奔丧为名赶至热河,与两太后密谋后返京布置,由御史董元醇奏请皇太后垂帘听政。八大臣闻之暴跳如雷,当即上奏驳斥。慈禧太后扣折不发,与八大臣发生尖锐冲突。十一月初两太后返京,次日将载垣、肃顺、端华革职拿问处死,将其余五大臣革职充军。三日后载淳登基,改年号为同治,由两太后垂帘听政,史称"辛酉政变"。之后,恭亲王府门庭冷落,东太后患小恙莫名病故,慈禧亲子载淳十九岁病亡,慈禧执掌清政府最高权力长达四十八年。

〔767〕"奕䜣"(1831—1861年)即清文宗,通称咸丰帝。咸丰十年(1860年)太平天国战事不断,英法联军入侵渤海,威逼京畿。八月初奕䜣谕内阁"和硕恭亲王奕䜣著授为钦差全权大臣办理两国换约和好事宜,便宜行事"。十月下旬奕䜣批准奕䜣代表清政府,与英、法代表分别签订中英《北京条约》、中法《北京条约》,承认《天津条约》有效,并新增不平等条款。十一月中旬授权奕䜣与俄使签订《中俄续增条约》即《中俄北京条约》,确认《中俄瑷珲条约》,并新增不平等条款。自此清王朝国道败落。

〔768〕1932年承德被日军占领,交伪满洲国管辖。三月初侵略者进入避暑山庄,烧毁卷阿胜境殿,辟东宫为司令部,在山庄及寺庙练兵,并填平文津阁一带湖区作为靶场。1944年太平洋战争爆发。驻承德日军881部队拆毁珠源寺内铜铸佛殿宗镜阁,将制作精良、雕刻巧妙、可以拆卸的绝大多数铜制文物运往日本作为战争物资,并盗走大量佛像、匾额、珍宝、佛经和法器,强掠以金液书写,具有极高历史、人文、艺术价值的《甘珠尔经》和《丹珠尔经》。其间许多建筑化为瓦砾,不少寺庙成为军火库,上万尊佛像遭到损毁或劫掠,著名的金山岛上帝阁仅剩六根立柱。

〔769〕1945 年 8 月至 1948 年 11 月,国民党十三军军部进驻避暑山庄,将许多古建筑变为军营和枪械库;将 11 间宝物馆中上千件康、乾文物洗劫一空;将藏经楼珍藏的 4 种 120 余函《大藏经》悉数焚毁;将闻名全国的文庙祭品移至军部;盗走外八庙多处铜佛金瓦。1948 年 1 月十三军军长石觉下令拆毁金碧辉煌的广元宫建筑群,局部拆毁普陀宗乘之庙,在避暑山庄修筑战壕、碉堡,企图挽救国民党政权在热辽战场的失败,巩固热河的军事统治。

〔770〕"康雍"指清朝康熙皇帝和雍正皇帝。

〔771〕"木兰"指木兰围场。其位于河北省承德市西北 117 千米处围场县境内,围猎场占地 1.4 万平方千米,北面是平均海拔 1400 米以上的坝上高原,南面是地势较低的燕山山脉,此处山峦迭障,气候温和,雨量充沛,河流纵横,林木参天,鸟兽遍野,适宜军事拉练和狩猎比武。清康熙二十年(1631年)康熙帝选此建立围场,以木栅、柳条边为界,设哨所巡边保护,供皇家狩猎。康熙二十二年(1633 年)清廷规定每年以 1.2 万人规模分三班举行秋狝。诏令清廷各部官员及蒙古王公贵族随班行围,并举行盛大庆功告别宴会,饮酒歌舞,摔跤比武,用以拉练高级官员和八旗子弟,结好国内各族上层人物,维护统治地位,抵御外敌入侵,巩固边防。康熙帝在位六十一年只有两年未来围场,临终之年仍坚持行围,并回顾一生坚持行围习武的军、政意义。雍正帝忙于内部倾轧、巩固皇权和消除异己,停止了行围射猎,但定下了"习武木兰,毋忘家法"的规矩。乾隆六年(1741 年)后木兰行围规模日大,维吾尔、哈萨克、柯尔克孜族等上层人物亦来此纵横驰骋,盘马弯弓。修建北京圆明园和承德避暑山庄时,清廷曾在木兰围场砍伐古松 34 万株。晚清政治腐败,经济萧条,围场森林植被悉遭破坏,野生动物几近绝迹。木兰围场简介参见〔215〕。

〔772〕清同治元年(1862 年)、光绪二十七年(1901 年),慈禧为弥补国库亏空和满足自己挥霍享受,先后开禁木兰围场,在锥子山设置木局收购木材,使围场参天古树被砍伐一光,动植物资源荡然无存,仅剩一棵松树。解放前夕这里成为土匪的地盘。西伯利亚寒风长驱直入,推动沉沙南移。大自然带来的报复性灾难如同洪水猛兽,严重威胁到承德的安宁。

〔773〕"故宫"本意为从前皇帝住过的宫殿,此指北京故宫。其旧称紫禁城,位于北京市中心。明永乐四年(1406 年)明成祖朱棣夺取帝位后迁都北京,仿照南京皇宫营建北京故宫,落成于永乐十八年(1420 年),共动用 23 万工匠、100 万民夫。在近六百年历史中,故宫居住过十四位明朝皇帝、十位清朝皇帝。1911 年辛亥革命爆发后,清逊帝爱新觉罗·溥仪被允许"暂居宫禁"(即"后寝"部分)。1924 年冯玉祥发动北京政变将溥仪逐出故宫,由清

室善后委员会接管紫禁城。1925年10月10日故宫博物院成立并对外开放。紫禁城自此改称故宫。新中国成立前38年间故宫多处宫殿群倒坍,垃圾成山。新中国成立后对此处进行了大规模修整。故宫现占地72万平方米,建筑面积约15万平方米,有楼宇九千余间,由前朝与内廷组成,有城墙围绕,筒子河环抱,城墙四角有角楼,四面有门,正南午门为正门,保持明、清故宫布局。故宫是我国汉族宫殿建筑的精华、无与伦比的古代建筑杰作、我国现存最大最完整的古建筑群、世界现存最大最完整的木结构古建筑群,名列"世界五大宫"(另为法国凡尔赛宫、英国白金汉宫、美国白宫、俄罗斯克里姆林宫),是明清时代中国文明无价的历史见证。故宫拥有文物藏品186.3余万件,其中珍贵文物占比超过90%。2012年客流量突破1500万人次,单日最高客流量突破18万人次,是世界上接待游客最忙的博物馆。

〔774〕明、清宫廷是封建制度十分完备的最高统治中心。宫廷史包含帝后活动、等级制度、权力斗争、宗教祭祀及宫廷生活等,围绕皇权的传承与安危曾发生许多不寻常的事件。如:景泰八年(1457年)明英宗复辟的"夺门之变";嘉靖二十一年(1542年)嘉靖帝被宫女谋刺的"壬寅宫变";万历四十三年(1615年)张差手持木棍闯慈庆宫的"梃击案";万历四十八年(1620年)明神宗死后围绕新皇登基的"移宫奇案";泰昌元年(1620年)泰昌帝服丹丸身亡的"红丸案";清崇德八年(1643年)王公大臣确立皇位继承人的"三官庙之争";咸丰十一年(1861年)慈禧太后谋取最高权力的"辛酉政变"等。

〔775〕"涵元殿"为瀛台主体建筑。瀛台原名南台,是位于中南海南海中的仙岛皇宫。其始建于明朝,续建于清顺治、康熙年间,是明、清帝后听政、避暑、居住之所,因亭台楼阁四面临水,似海中仙岛,由清顺治帝改名瀛台。清光绪二十四年(1898年)戊戌变法失败后,光绪帝被慈禧太后幽禁于此,在长约八年的时日里只能默看湖光树色,充当傀儡皇帝,任由慈禧第三次垂帘主政。

〔776〕"养心斋"指养心殿,建于明嘉靖年间,位于故宫内廷乾清宫西侧,以孟子的"养心莫善于寡欲"得名。后殿为皇帝寝宫,两侧为皇后、贵妃居所。清代有八位皇帝在此居住,三位皇帝死于此殿。清咸丰十一年(1861年)咸丰帝去世后,西太后慈禧施计除掉辅政八大臣,控制了皇权,在养心殿前殿东暖阁垂帘听政。时小皇帝位于前座,西太后位于后座,间隔黄色纱帘,所有决策均由帘后西太后做出。

〔777〕"颐和"指颐和园,位于北京市海淀区,距北京城区15千米,占地2.9平方千米,其中水面约占3/4。其始建于清乾隆十五年(1750年),建成于乾隆二十九年(1764年),系乾隆帝为孝敬其母孝圣皇后而建,耗费448万两

白银。此园为大型天然山水园,以昆明湖、万寿山为基址,以杭州西湖为蓝本,汲取了江南园林的某些设计手法和意境。园中植古树名木 1600 余株,有景点建筑 100 余座、大小院落 20 余处、古建筑 3555 幢、亭台楼阁廊榭 3000 余间,建筑面积约 7 万平方米,代表性建筑为佛香阁、长廊、石舫、苏州街、十七孔桥、谐趣园、大戏台等,为中国"四大名园"之一(另为承德避暑山庄、苏州拙政园、苏州留园),入选"中国现存最大皇家园林",被誉为"皇家园林博物馆",拥有多项"世界之最"和"中国之最"。

〔778〕清成丰十年(1860 年)第二次鸦片战争爆发。北京的"三山五园"(万寿山、香山、玉泉山;山中清漪园、静宜园、静明园及附近畅春园、圆明园)悉遭英法联军焚毁。清漪园《耕织图》遭毁灭性破坏,仅存乾隆御题石碑。佛香阁、排云殿、石舫洋楼被焚毁。长廊烧剩十一间半。智慧海的珍宝佛像被劫掠一空。清光绪年间(1886－1895 年)颐和园成为培养满族海军人才的"昆明湖水操学堂"。光绪十四年(1888 年)慈禧太后以筹措海军经费为由,动用五六百万两白银重建清漪园,改名颐和园,大体恢复园内景观,但许多高层建筑降矮缩小,多处质量下降。光绪十七年(1891 年)清廷重建佛香阁,历时三年,耗银七十八万两。光绪二十六年(1900 年)颐和园再遭八国联军破坏,许多珍宝文物被劫掠一空。光绪二十九年(1903 年)颐和园重新修复。军阀混战、国民党统治时期,颐和园多次遭到不同程度的破坏。解放后人民政府陆续拨款修缮,逐步恢复颐和园原貌。

〔779〕仁寿殿位于颐和园东宫门内,原名勤政殿,于光绪年间重建,改称现名,为慈禧太后和光绪皇帝坐朝听政、会见外宾的大殿。是紫禁城外最重要的政治、外交活动中心,也是中国近代史的重要见证与诸多重大历史事件的发生地。清光绪二十四年(1898 年)光绪帝曾在颐和园仁寿殿接见维新思想家康有为,向其咨询变法事宜。

〔780〕玉澜堂位于仁寿殿西南昆明湖畔,为三合院式建筑,是园中重要的历史遗迹。清光绪二十四年(1898 年)西太后慈禧发动宫廷政变,一度将主张变法的光绪帝囚禁于此,后人戏称颐和园为"最豪华的监狱"。

〔781〕沈阳故宫位于辽宁省沈阳市旧城中心,是清朝(1616—1911 年)最初的皇宫。17 世纪初中国东北游牧民族满族建立后金政权。后金皇帝努尔哈赤以沈阳为都城初建皇宫。其子皇太极继位后改国号为"清",并将沈阳故宫建成。其占地约 6 万平方米,有 114 座建筑、500 余个房间。皇太极和福临在沈阳故宫继位称帝。入主中原后清帝住北京故宫,沈阳成为清政府陪都,沈阳故宫成为陪都宫殿。从严格意义上说,沈阳故宫为清故宫,北京故宫为明故宫。沈阳故宫为举世仅存的少数民族地方政权宫殿,是满族人

从渔猎、采集经济转入农耕经济后,按照本民族社会制度、生活习俗和审美观念,吸收借鉴汉族等民族的建筑技术和艺术,所设计建造的宫殿建筑杰作。其大政殿建筑结构延用宋代(960—1279 年)建筑模式,属汉族传统建筑手法。寝宫名称与汉族命名方式相同。关雎宫、麟趾宫名称来自汉族《诗经》。在十年初建和一百五十余年修缮、增建过程中,沈阳故宫融汇了汉、满、蒙、回、藏等多民族建筑的艺术风格,是中华民族文化的结晶,也是中国作为统一的多民族国家的重要标志。沈阳故宫比北京故宫晚建 200 多年,与北京故宫有相似之处,但规模仅为北京故宫 1/12,更具满族和东北特色。

〔782〕早在战国秦汉时期沈阳即已修筑城池。辽代建沈州城。元代后期改名沈阳。明洪武二十一年(1388 年)在元代土城基址上改筑坚固美观的砖城,设永宁、永昌、保安、安定四门,是当时辽东、辽西地区仅次于辽阳的大城。按中原王朝制度,天子都城一般应有八座城门,城区布局应以宫殿为中心。努尔哈赤在辽阳新建的东京城已经采用这种规制,作为新都城的沈阳自然也要效仿。旧城改建完成后沈阳城墙明显增高;两重护城河加宽合一;城门改为八座,名德盛、天佑、福胜、地载、抚近、内治、怀远、外攘,并各建城楼;城四角建角楼,初步具备了"王者之都"气象。因四门改为八门,贯通各门的"十"字大街变成"井"字大街,城区由"田字格"变成"九宫格",原处十字大街中心偏南大路两侧的大政殿和皇宫,正好位于"九宫"的中心区域,更加符合"天子居中以治四方"的理念。皇宫正门前临抚近门和怀远门之间的大街,既气脉通畅,又方便车驾出行。

〔783〕沈阳故宫大政殿是一座八角重檐亭式建筑,主要用于皇帝即位、颁布诏书、宣布军队出征、迎接将士凯旋等国家大典,正门有两根盘龙柱,像一座装饰华丽的大亭。殿前"十王亭"呈八字形排列,是左、右翼王和八旗大臣办公地点。大政殿和十王亭的建筑格局脱胎于少数民族的帐殿,十座亭子就是十座帐篷的化身。帐篷可流动迁移,亭子则固定不移,显示了满族文化发展的一个里程碑。这种君臣合署办公的现象史上较为少见。

〔784〕沈阳故宫有许多满族的民俗讲究。在中路建筑清宁宫正门前竖立着一根近七米的木杆,下为汉白玉石座,顶套锡斗,与富丽堂皇的皇家宫殿很不协调,但却是满族祭天的"神杆"。此杆名"索伦杆",用此杆祭天时,须在杆顶锡斗放置碎米和切细的猪内脏,供乌鸦啄食,这种习俗源于一个传说。相传清朝奠基者努尔哈赤早年曾遭追杀,无路可逃,只好躺在一条草沟里听天由命。此时天空飞来一群乌鸦,将努尔哈赤严严实实地遮住,助他躲过了追兵。努尔哈赤做了金国皇帝后,下令满族百姓在自家院中竖立木杆,套上锡斗,以美味祭祀乌鸦,报乌鸦救命之恩。

〔785〕东北的冬季寒冷漫长,传统民宅十分重视御寒保暖。清宁宫等主要宫殿十分突出地保留了这一特色习惯,采用了当地延续千年的室内取暖方式。室内火炕转弯,三面相连,下有"火地"连通烟道。供人寝居的平面皆有烧火散热取暖功能。内外墙壁厚重,南向窗户宽阔,都有明显的防寒保暖功效。

〔786〕创建、入住沈阳故宫的清太祖、清太宗两代开国皇帝,在保留本民族优秀传统文化基础上,善于吸收其他民族的先进文化。如从蒙古语发展出满族文字,从西藏佛教建立起自己的国教,全盘吸收汉族文化,巩固自己的政权,对清(后金)从偏安一隅的地方政权发展为统治全中国近二百六十八年的中央集权政府,起到了根本性的指导作用。二百年后努尔哈赤的不肖子孙忘记了老祖宗的发家历史,落得一败再败,不仅丧失政权,还使大片国土沦为外国殖民地,三百年后,连盛京沈阳都成了依附日本的满洲国属地。

〔787〕2010年"上海世博会"中国馆位于世博园区核心地段,包括中国国家馆、地区馆和港澳台馆,建筑总面积约16.01万平方米。国家馆主体造型雄浑有力,犹如华冠高耸。装点馆体的"中国红"由七种红色组成。外表红板借用"故宫红"色彩,以四种红色退晕渐变。四个核心筒和建筑内侧由其余三种红色组成。"中国红"传统时尚,活跃稳重,极富生机活力,展示"热情、奋进、团结"的民族品格。国家馆结构机理借鉴夏商周鼎器文化概念,设计灵感来自中国古代城市的九宫格布局,文化底蕴源于周代王城的形制理论,造型融合了中国古代营造法则和现代设计理念,诠释"天人合一,和谐共生、道法自然"等中国哲学思想,整馆布局隐喻"天地交泰,万物咸亨",体现"东方之冠,鼎盛中华"。支撑斗冠的56根横梁象征56个民族和"只要团结,无所不能"的思想主旨。斗拱层迭,秩序井然,力托千钧,抱合弥紧,象征中华民族"忍辱负重、和衷共济、凝聚向心"。地区馆布局寓意"社泽神州,富庶四方"。外侧环廊立面以叠篆印出中国传统朝代名称,传递二十四节气等人文地理信息,象征中华历史文化源远流长。环廊中部以叠篆镌刻各省、区、市名称,象征中国地大物博,各地团结,共同进取。屋顶平台借鉴《禹贡》"九州"之说,将"田、泽、渔、脊、林、甸、罋、漠"组成半月形,围在"雍"(东方之冠)的周围,形成"新九洲清晏"。每州都有代表中华大地典型地貌的景观布置,可以看遍鬼斧神工的自然造化,其设计灵感源于圆明园。中国馆整座建筑稳妥,大气,壮观,极富中国气派,向世界传达了大国崛起的概念,展示了中国人的文化自信。

〔788〕中国国家馆被命名为"东方之冠",或喻为"四足宝鼎""巨型酒樽""展翅大鹏""天下粮仓",建筑面积为4.65万平方米,共七层,绝对高度63米,四组巨柱像巨鼎之四足,56根横梁借助斗拱架起馆体,形成21米净高的巨

构空间,呈现出挺拔奔放的气势,极具震撼力和视觉冲击力。层叠出挑、制似斗拱极具象征意义,能引发发散思维。出现于公元前 5 世纪的斗拱是我国传统木构架建筑中一个奇特的构件。其下小上大,榫卯穿插,悬挑出檐,层层叠加,将檐口重力均匀传递到立柱,使建筑形成"如鸟斯革,如翚斯飞"的态势。北京天安门、山西应县木塔、西安钟鼓楼等建筑都应用了斗拱工艺。古代建筑斗拱最多探出屋檐 4 米。中国馆采用钢结构和混凝土,将传统曲线拉直,层层出挑,使斗拱最短处伸出 45 米,最斜处伸出 49 米,以简约化的装饰线条,自然完成了传统建筑的当代表达,使主体造型显示出力度美和结构美。

〔789〕"华夏奇珍"指秦俑馆一号铜车马和宋代《清明上河图》。一号铜车马号称"青铜之冠",为双轮、单辕、驷马系驾,总重约 1040 公斤,以青铜浇铸,通体饰精美彩绘,有金银配饰 1000 余件。其制作工艺极端复杂,写实主义造型十分精准,成功运用了秦代铸造、焊接、镶嵌、销接、活铰连接、子母扣连接、转轴连接等工艺技术,反映了中国古代文化艺术成就,代表了两千年前中华文明水平,具有极高的历史研究价值,曾在陕西临潼兵马俑博物馆展出二十余年,接待过全球五千多万观众,是当之无愧的国宝。《清明上河图》是传达中国古典城市智慧的国宝级名画。2002 年曾在上海博物馆展出,引来无数观众排队参观,但只能在 1 米以外的围栏边上远眺。本次展出的《清明上河图》为动画形式,由原长 5 米左右放大到 128 米,使中外观众大开眼界,大饱眼福。两件国宝参展世博会,是中国文博界和展览界的一大盛事,为上海世博会增添了异彩。

〔790〕1910 年上海朱家角人陆士谔所著小说《新中国》,以梦为载体,虚构 2010 年"万国博览会"在上海浦东举行,并在上海滩建成浦东大铁桥、越江隧道及地铁等设施,令人称奇。

〔791〕环境和能源问题是 21 世纪城市化进程中的现实问题。中国馆的建造处处透露出环保和节能信息。外墙材料使用无放射、无污染的绿色产品;所有管线和地铁通风口巧妙隐藏于建筑体内;国家馆顶层景观台使用最先进的太阳能板,将日光转为电能,解决中国馆照明问题;设置雨水收集处理系统,用以冲洗卫生间和车辆;地区馆表皮有气候缓冲带,屋顶运用生态农业景观技术,以土层覆盖,隔热节电;地区馆台阶水景和园林设计引入小规模人工湿地技术;国家馆下层展厅以低碳为核心元素,引导参观者寻找中国城市的未来;环幕电影《和谐中国》紧扣可持续发展、善待地球、关爱自然等主题,展现"以水治理创造城市湿地""以减排净化城市空气""让家庭阳台长满瓜果蔬菜""使生态建筑与城市绿化浑然一体""以风力发电车作为环保大

使""让白鹭在自由的天空畅鸣翱翔"等朴素的想象,给出了未来城市发展的中国式答案;国家馆还以"水的流动"联系各个展层、展项,在不同的区域展示自然"水"、高科技模拟"水"、装置性抽象"水"及"新新水"的不同形态,凝结东方智慧,呼应全球水资源紧缺问题,展现人与人、人与环境、城市发展与自然环境之间的和谐。

〔792〕上海世博会浓缩150余国经济、文化、科技精华,不出国门,尽观世界。参展国围绕本会主题提出了许多创新思维。如:城乡依存,互惠共生(瑞士、哈萨克斯坦);人类、自然与科技完美平衡(瑞士);创建和谐城市(德国);城市与自然共生(日本、安曼、新西兰);不同地区、文化和谐共处(意大利、哈萨克斯坦);环境建筑以人为本(沙特、加拿大、波兰);物种保护、生态平衡(英国);乐观、创新、交流、合作(美国、瑞典);继往开来,可持续发展(葡萄牙、爱尔兰、挪威、瑞典);自然与和谐是快乐的本源(丹麦);城市交通演变(爱尔兰);城市功能合理划分(荷兰);面对挑战的思想碰撞和解决方案(以色列、瑞典)等。展馆建设采用了若干新型材料。如:法国馆外墙采用新型混凝土材料;德国馆设置"新型材料园";西班牙馆以藤条饰墙,以钢结构支撑;日本馆采用双层超轻透光外膜;英国馆以6万多条亚克力"触须"传导光源、信息、图像;芬兰馆采用轻质纸塑复合材料装饰外墙;芬兰、加拿大馆选用环保建材;葡萄牙馆以软木筑墙;波兰馆以剪纸图案饰墙,以内墙播放视频;澳大利亚馆以特殊合金钢制作外墙;国际信息发展网馆以液化玻璃制作外墙;智利馆以透光蔽视的绿色新型异状玻璃制作外墙,以环墙钢丝网隔热等。展馆建设采用了若干新技术。如:日本馆采用循环式呼吸孔道技术;韩国馆将尖端数码和普适计算技术用于城市交流;芬兰、加拿大、葡萄牙、挪威馆采用建材回收利用技术;加拿大馆采用雨水回收利用技术;澳大利亚馆采用外墙颜色渐变技术;以色列馆以三维空间漂浮灯球呈现360度视听演出等。展馆建设采用了若干新方法。如:法国馆制作外墙线网;德国馆设置创新工厂和发明档案馆;瑞士、日本、美国、阿联酋、西班牙、沙特等馆采用太阳能等清洁能源;日本、意大利馆展示对光、水、空气等自然资源的最大利用;沙特、美国、芬兰、智利、新加坡馆以房顶植物均衡热负荷;芬兰、新加坡馆在墙壁和屋顶开口,促进自然通风,以独特的窗户结构减少日照热;加拿大馆以特殊的温室绿叶植物覆盖外墙,馆内禁放大型物品,确保空气流通、视野开阔;新加坡、印度馆通过内置水管制冷降耗;阿联酋馆不用电力或其他能源而让房屋凉爽,将海水脱盐循环使用;安曼馆展示能源的可持续利用;爱尔兰馆展示空间的有效利用;挪威馆展示能源的相互转化以及如何应对气候变化等。

〔793〕"北宋清明"指《清明上河图》,为北宋画家张择端名作。动画版《清明

上河图》生动描绘了北宋宣和年间（1119—1125 年）世界最大城市汴京（今河南开封）的繁盛景象，以全景式构图细致真实地记录了城乡、街市、水道之间的形形色色，以一种奇特的方式将画中人物呈现在人们眼前。《清明上河图》简介参看〔836〕。

〔794〕杭州古称禹杭、余杭、临安、钱塘、武林。"杭"字本意为方舟，专指大禹治水坐过的船。相传公元前 21 世纪夏禹大会诸侯于会稽（今绍兴）时，船经此地并舍舟登岸，杭州因以得名，或云夏禹至此造舟以渡，故称"禹杭""余杭"。其位于中国东南沿海、浙江省北部、钱塘江下游北岸、京杭大运河南端，西部属浙西丘陵区，东部属浙北平原，地势低平，河网密布，物产丰富，具有典型的江南水乡特征，素有"鱼米之乡""丝绸之府""人间天堂"美誉。杭州曾为中国七大古都之一（另为北京、西安、南京、洛阳、开封、安阳）。八千多年前就有人类繁衍生息，现为浙江省政治、经济、文化、科教中心，拥有西湖、"两江一湖"（富春江——新安江——千岛湖）、两个国家级风景名胜区及自然保护区（天目山、清凉峰）、七个国家森林公园（千岛湖、大奇山、午潮山、富春江、青山湖、半山、桐庐瑶琳）、一个国家级旅游度假区（之江）、一个国家级湿地公园（西溪）。著名旅游胜地有瑶琳仙境、桐君山、雷峰塔、岳王庙、三潭印月、苏堤、六和塔、宋城、南宋御街、灵隐寺、跨湖桥遗址等 120 余处，2016 年接待游客 1.4 亿人次以上。隋代大运河是当今旅游热线。钱江观潮为重要旅游节目。杭州市名列全国重点风景旅游城市、全国最佳旅游城市、中国最佳旅游目的地城市、大陆国际形象最佳城市以及世界休闲博览会、中国国际动漫节、中国国际微电影展终身举办城市和中国主要会展城市。杭州简介参见〔290〕。

〔795〕"飞来寺"指飞来峰下的灵隐寺。灵隐寺、飞来峰简介参见〔851〕、〔852〕。

〔796〕"武穆陵"指岳飞墓，建于岳王庙中。岳飞简介参见〔288〕、〔289〕。

〔797〕"甘泉"指虎跑泉，"龙井"指龙井茶，并称杭州双绝。虎跑泉位于杭州市大慈山白鹤峰慧禅寺（俗称虎跑寺）侧院，距市区约 5 千米，居西湖诸泉之首，与龙井泉并誉"天下第三泉"。其泉水由大慈山断层陡壁石英砂中渗出，每日流量约 43—86 立方米；泉眼二尺见方，后壁刻"虎跑泉"三字，泉前筑方池，叠置山石，周环石栏，傍苍松花卉，宛若盆景；水质晶莹，甘冽、无菌、矿化度较低，有保健作用。西湖龙井茶为中国著名绿茶，产于杭州西湖一带，约有一千二百年历史，得名于西湖翁家山龙井茶村之"龙井"。其茶色翠绿，香气浓郁，甘醇爽口，形如雀舌，有"色绿、香郁、味甘、形美"四大特点。"西湖龙井"仅指西湖产区所产茶叶。

〔798〕"醋鲤"指西湖醋鱼。"丐帮鸡"即叫花鸡。醋鱼为杭州传统风味名菜，

以西湖鲩鱼或草鱼为食材;烹制前须将鱼饿养 1 至 2 天,除去肠内杂物和泥土腥味;烹制时间仅限 3—4 分钟,烧毕浇糖醋,口感鲜嫩酸甜,略带蟹味,别具特色。叫花鸡同为江南名吃。据传一百多年前常熟县某乞丐(俗称叫花子)于饥不可耐时就地取材,将带毛鸡去内脏,涂黄泥,以柴火煨烤,泥干鸡熟后剥去泥壳、鸡毛,便成人间美味。当今作法则是将加工好的嫩母鸡包上泥土、荷叶,以烘烤法制作。叫花鸡色泽枣红明亮,芳香扑鼻,板酥肉嫩,为家宴、野餐、馈赠上品。

〔799〕吴昌硕(1844—1927 年)名吴俊,别号缶庐、苦铁,汉族,浙江省孝丰县(今湖州市安吉县)人,为我国近、现代书画艺术发展过渡时期的关键人物,"诗、书、画、印"四绝的一代宗师,晚清、民国著名国画家、书法家、篆刻家、印坛领袖,"清末海派四大家"之一(另为任伯年、赵之谦、虚谷),杭州西泠印社首任社长。其少时受父亲熏陶,喜作书刻印,始学颜真卿、钟繇楷书;继学张迁碑、嵩山石刻及张公方碑隶书;中年后主要临摹石鼓文,复参秦权铭款、琅琊台刻石、泰山刻石等体势笔意。为书凝练遒劲,风格独特,自出新意;六十岁后书法圆熟精悍,刚柔并济,晚年以篆隶笔法作草书,笔势奔腾,苍劲雄浑,不拘成法。其篆刻从浙派入手,上取鼎彝,下把秦汉,后攻汉印,亦受邓石如、吴让之、赵之谦等人影响,以"出锋钝角"的刻刀,创造性地将切、冲刀法结合治印,遂成一代宗师;其篆作常在不经意中见功力,在秀丽处显苍劲,在流畅处见厚朴,雄而媚,拙而朴,丑而美,古而今,变而正;其绘画艺术另辟蹊径,贵于创造。擅将书法篆刻的行笔、运刀、章法融入绘画,主体突出,虚实相生,形成富有金石味的独特画风。

〔800〕凤凰古城简介参见〔91〕。

〔801〕"滚乐"指酒吧、街头劲爆的摇滚乐。

〔802〕"巴乌"为流行于中国西南地区少数民族的单簧吹管乐器,以竹管制成;有八个指孔;吹口有尖舌形铜簧,直吹或横吹上端,可振动簧片发声;常用音域一般不超过 8 度;音量较小,音色柔美悦耳。彝、苗、哈尼族青年常以巴乌传递爱慕,倾诉衷肠,人称"会说话的乐器"。"傩戏"诞生于古代祭祀,属濒临灭绝的地方剧种,人称"原始戏剧活化石"。舞者头戴面具,唱难以听懂的古老曲目,仍在湘、黔边城坚守最后的阵地。

〔803〕夜幕降临后,凤凰古城沱江两岸垂柳之下总聚集着若干卖、放花灯的人群。不少游人点燃蜡烛,置入花灯,许以愿景,任其逐波远航。

〔804〕丽江的夜晚几乎完全属于酒吧。酒吧似乎是丽江之夜的灵魂。因酒吧存在,丽江才成为单身游客的天堂。走进丽江酒吧,总能找到可以相伴同行、终生难忘的朋友,这是在很多地方都找不到的感觉,也是丽江独特的魅

力。丽江简介参见〔264〕。

〔805〕"姑苏"即苏州,古称吴,简称苏,别名姑苏、吴都、吴中、吴郡、东吴、平江、吴门,位于长江三角洲和太湖平原中心地带,占地8488.42平方千米,是著名的鱼米之乡、状元之乡。这里四季分明,雨量充沛,地势低平,平原占区域总面积55%,特产碧螺春茶叶、长江刀鱼、太湖银鱼、阳澄湖大闸蟹等。苏州为中国特大城市之一、江苏省第二大城市,是该省经济最发达、现代化程度最高的城市,全省经济、工商业、外贸和物流中心,全省重要的金融、文化、科教城市及交通枢纽,经济总量长居全省之冠,素以山水秀丽、园林典雅闻名天下,享有"人间天堂""东方水都"美誉。苏州古城占地14.2平方千米,遗存古迹密度仅次于北京、西安,有三张国际级、重量级品牌(昆曲、阳澄湖大闸蟹、周庄)、两座国家历史文化名城(苏州、常熟)、十二个中国历史文化名镇(昆山周庄、吴江同里、吴江震泽、吴江黎里、吴中甪直、吴中木渎、太仓沙溪、昆山千灯、昆山锦溪、常熟沙家浜、吴中东山、张家港凤凰)、两个中国历史文化名村(吴中东山村、明月湾)、两条中国历史文化名街(平江路、山塘街)。苏州园林入列"中国十大名胜古迹"。苏州山塘街东起阊门渡僧桥,西至虎丘望山桥,长约七里,始建于唐宝历年间(824—826年)。其格局水陆并行,河街相邻;建筑精致典雅,疏密有致;街面店肆林立,会馆聚集,最能代表苏州街巷特点。据传:唐宝历元年(824年)苏州刺史白居易见河道淤塞,水路不通,决定环虎丘开河筑路,以利交通、灌溉,故百姓称山塘街为"白公堤"并建祠以纪;晚唐时此街商贾云集,居货山积,招牌列肆,灿若云锦,已成繁华市井;明清时更成为中国商贸、文化最发达的街区和吴文化之窗口。文人墨客、朝野名士一向钟爱山塘街,曾留下许多吟咏之作。曹雪芹《石头记》称:"姑苏城中阊门,最是红尘中一、二等富贵风流之地。"清乾隆帝曾在北京清漪园(后并入颐和园)万寿山北两次复制苏州街,使七里山塘的风貌再现京华。

〔806〕昆曲发源于江苏太仓南码头,为14、15世纪苏州昆山曲唱艺术体系,是我国传统文化艺术珍品。明朝汉族音乐以戏曲音乐为主。明人称南戏为传奇。明以后传奇音乐独主剧坛,糅合唱念做打、舞蹈及武术表演艺术,兼收杂剧音乐,改名昆曲。昆曲以曲词典雅、行腔婉转、表演细腻著称,被誉为"百戏之祖"。我国晋、蒲、湘、川、赣、桂、邕、越、粤、闽、婺、滇等地方剧种都受过昆剧艺术多方面的哺育和滋养;昆曲演唱节奏由鼓、板控制,主要伴奏乐器为曲笛、三弦,唱念语音为中州韵;昆曲曲文秉承唐诗、宋词、元曲文学传统,许多曲牌与宋词、元曲相同;梁辰鱼、汤显祖、洪升、孔尚任、李煜、李渔、叶崖等一大批昆曲作家和音乐家,成为中国戏曲史和文学史上的杰出代

表；昆曲剧作《牡丹亭》《长生殿》《桃花扇》等均为古代戏曲文学中的不朽之作。苏州昆曲馆位于山塘景区北端新民桥堍，是全国唯一全天候演出昆曲传统折子戏的场馆，也是演出、排曲、练功、教学一体的昆曲展示基地。馆内布局还原明清风格家班全貌，有仿古戏台和VIP包厢，可容观众100余人。

〔807〕"秦淮"指秦淮河之内秦淮，对古城南京的政治、经济、文化发展起过重要作用。早在五六千年前的新石器时代，这里就有人类繁衍生息。河岸原始村落遗迹多达五六十处。据传秦始皇东巡会稽经过南京，为方便行船，曾下令开凿方山，使淮水沟通长江，此段运河因以得名。从六朝起秦淮河即为南京地区对外贸易的主要航道。五代吴王杨行密在长干桥一带修筑石头城后，河道开始变窄，分为内、外秦淮。内秦淮由东水关入城，经夫子庙，由西水关出城，与外秦淮汇合，全长5千米，此即古今文人墨客赞美倾倒、寻迹访踪的"十里秦淮"。唐代大诗人李白、刘禹锡、杜牧均等曾为之写诗。清代孔尚任剧本《桃花扇》和吴敬梓小说《儒林外史》均有对十里秦淮的生动描写。夫子庙一带居民密集，市井相连，舟船穿梭，一派繁荣。旧时南京的商女多集中于内秦淮两岸。此处歌楼酒肆比肩接踵，河房水阁争奇斗艳，游艇画舫灯火通明。富豪贵族纸醉金迷，寻欢作乐，下层民众特别是广大妇女饱尝辛酸，以泪洗面。美丽的秦淮河流淌过蛮荒时代的寂寞和六朝以来的奢靡，容纳过旧社会的污垢和劳动人群的泪血。经过历史沉淀和时代变迁的秦淮河现已散发出健康文明的馨香，展现出清纯动人的风韵，成为南京历史的一个见证。

〔808〕"香君"即李香君（1624—1653年），籍贯苏州阊门枫桥吴宅，其父原系武官、东林党成员，因被魏忠贤阉党治罪，家道败落，漂泊异乡。明崇祯四年（1631年）年仅八岁的李香君被秦淮名伎李贞丽收为养女，改名李香，入住秦淮河南文德桥畔。明崇祯十二年（1639年）香君与河南商丘考生侯方域相识，以身相许，约白头偕老，以侯方域所赠宫扇（即后文提及的桃花扇）为定情信物。清顺治元年（1644年）清兵大举入关，明崇祯帝于煤山自缢，明宗室在陪都南京仓促建立弘光小朝廷，阉党余孽阮大铖之流重新执政，大肆报复东林党人与复社人士，下令缉捕侯恂、侯方域父子。侯恂逃安徽避难，侯方域被押送南京大牢，香君留在南京受尽苦难，曾躲进栖霞山葆真庵为尼。清顺治二年、南明弘光元年（1645年）秋侯方域找到香君，历尽艰辛回到商丘，香君以小妾身份入住侯府西园。八年后侯恂得知香君身世，趁侯方域赴南京求子寻亲之机，将香君逐出侯府，移居离城15里的侯氏柴草园——打鸡园。清顺治十年（1653年）春香君在打鸡园产子，因身份低贱，儿随母姓。数月后香君含恨辞世。次年侯方域亦郁闷去世。"傲骨"指香君

退款、坠楼二事。得知侯方域"梳拢"香君礼金出自阮大铖之手,香君立即变卖饰物,借钱退款。阮大铖为讨好权贵,报复侯、李,再次重金行聘,欲送香君与金都御史田仰为妾,遭香君严词拒绝后竟派人强娶。香君以坠楼自尽(未遂)表明心迹,使纳妾之事不了了之。

〔809〕香君坠楼后,侯方域友人杨龙友闻讯赶来,见香君昏迷不醒,院中人去楼空,只余下那把带血的绢扇,深为香君的贞烈感慨嘘唏。事后龙友携扇回家,取出新毫,将扇面血迹略作点染,绘成桃花,再以墨色略衬枝叶,题下"桃花扇"三字,成就了一幅鲜艳欲滴、灼灼动人的桃花图。

〔810〕苏州虎丘原名海涌山,有二千五百多年历史。据《史记》记载:吴王阖闾落葬于此。相传葬后三日有"白虎蹲其上",故名。虎丘位于苏州城西北郊,距城区中心5千米,占地300余亩,丘高36米,有"江左丘壑之表""吴中第一名胜"之誉,是苏州城的象征与标志。此地拥有"三绝""九宜""十八景"之胜。云岩寺塔古朴雄奇,有上千年历史,为世界第二斜塔;虎丘剑池幽奇神秘,留有吴王墓葬的千古之谜及"神鹅易字"的美丽传说;万景山庄借山光塔影,集苏派盆景精华,恬美如画;后山植被茂密,林木丰富,气候宜人,是鸟类栖息的乐园,实为人文资源与自然景观完美结合、山水与历史融于一体的秀美画卷与文化瑰宝。景区曾被评为国家重点公园和全国文明单位,是苏州重要的民间集会场所,开设春季艺术花会和金秋庙会等特色旅游项目。

〔811〕"晚桂"指迟桂,即中秋后二度飘香的桂花。

〔812〕据《史记》等书记载:公元前496年吴王阖闾在吴越之战中阵亡,被王子夫差葬于虎丘。营造阖闾陵墓共征调十万民工,以大象搬运土石,穿土凿池,积壤为丘,历时三年。灵枢外套三重铜椁,墓池灌注水银,随葬金凫玉雁,置于剑池之下。进入"别有洞天"圆门,可见两片陡峭石崖拔地而起,锁住一池绿水。池形狭长,状若平置宝剑。阳光斜射水面,寒光闪烁,凉气逼人。

〔813〕"鱼肠"指鱼肠剑(亦称鱼藏剑),传为铸剑大师欧冶子为越王定制,用赤堇山之锡、若耶溪之铜,经雨洒雷击,得天地精华。同批制作的宝剑一共五口,分名湛卢、纯钧、胜邪、鱼肠、巨阙。鱼肠为勇绝之剑。越国向吴国进献宝物时胜邪、鱼肠、湛卢随之入吴,落于吴王阖闾(公子光)之手。阖闾落葬时,其生前喜爱的扁诸、鱼肠等三千柄宝剑亦随葬幽宫深处。吴亡后,越王勾践、秦始皇、东吴孙权均曾来此寻宝求剑,但无功而返。

〔814〕相传满腹经纶,悟性极高的刘宋高僧竺道生(人称生公)曾从北方来虎丘讲经弘法。因观点超前,不被寺庙住持接纳,只能堂外讲经。孰料是时竟有一千余人列坐虎丘巨石听讲,留下"生公说法,顽石点头"的佳话,以及"生

公讲台""千人坐""点头石"等脍炙人口的古迹。

〔815〕此句化用明代袁宏道《虎丘记》第二段"……从千人石上至山门,栉比如鳞,檀板丘积,樽罍云泻,远而望之,如雁落平沙,霞铺江上……"句意。

〔816〕婺源简介参见〔719〕。

〔817〕镇远县隶属黔东南苗族侗族自治州,位于长江水系上游、贵州东南部,自古为湘楚入黔登陆要冲,为西南边陲与京城、安南(越南古称)、缅甸、暹罗(泰国古称)、印度等国礼物往还捷径和必经之地,素有"南方丝绸之路要津""滇楚锁钥""黔东门户"美誉,拥有国家级水利旅游风景区、中国山地贴崖建筑文化博物馆等著名品牌。秦昭王三十年(公元前277年)镇远设县。元、清两代曾为道、府所在地,时长七百余年。

〔818〕潕阳(舞阳)河自西向东流经镇远,绕出一个巨大的"S"形,将城区一分为二。南端卫城(县城)和北端府城(州治)如同太极图上的两只"鱼眼","八块城"相互呼应,两座石拱桥如同纽带,将卫城、府城连为一体,构成"日月乾坤,阴阳相照""屏山为城,舞水为池"的宏观格局。

〔819〕"宫、商、角、羽"为中国传统五声音阶(宫商角徵羽)中从低到高的四个音符。镇远因武而建、而兴、而商,又因武、因商而盛,曾为中国历史上名噪一时的军事、经济、文化中心。此地战火硝烟与丝竹曼舞相映,粗犷将士与婉转苗女相和,铿锵战鼓与悠扬侗歌相伴,兵戈相击与商贩叫卖相生。举足轻重的军事重镇,便利的水陆交通枢纽,带来了商业的空前繁荣,也带来了外地的文化习俗。每逢节假日,各地客商多到所属"八大会馆""十二戏楼"娱乐休闲,交友言商。

〔820〕镇远始建于铁马金戈、群雄纷争的战国时代,含"远镇一方"之意,秦汉以后军事地位日显,成为连接中原与西南边陲最重要的军事要道。此地曾屯兵二万八千员,建有城墙、烽火台、堡屯、炮台等完备的军事体系,以四官殿供奉白起、王翦、廉颇、李牧四位东方战神,享有"战神之乡"美誉。

〔821〕设府建卫以来,镇远辟学宫,建乡校,尊孔孟,广教化,开科举,以汉文化移扫边地陋习,使人文丕显,风气渐开。正因镇远人千百年来不懈的文化追求,才使这里先贤接踵,人才辈出,古风酽然,民风淳朴。"坊"指牌坊,为中华独有的纪念性建筑物。明代镇远牌坊林立,街巷入口及部分码头水埠都有石作牌坊或木造牌楼,个个精雕细刻,玲珑剔透,巍然耸立,庄严肃穆。它们铭记一方土地的杰出人物、历史事件和重要风物,成为镇远的文化坐标。

〔822〕自明洪武初年(1368年)始,明太祖朱元璋多次发动"平滇"战争,每攻占一地,便留一批官兵驻守,边练兵习武,边耕地种田,严防地方武装东山再

起。留驻贵州的明朝官兵约六千人。在当年屯军之地仍有邑民身着江南水乡服饰，沿袭江南水乡习俗，乘江南乌篷船往返，不少楼房与江南水乡民居极其相似，镇远也因此成为贵州唯一形若江南水乡的古城。

〔823〕白鹤梁为涪陵城北江中的一道天然巨型石梁。其东临长江、乌江汇合处，地处北纬29°43′、东经107°24′，长1600米，宽10—15米，水位标高137.81米，梁脊低于最高水位30米，高出最低水位2米，距长江南岸100米，自西向东呈一字形延伸，与江流平行，以14.5度向江心倾斜，常年伏没于江中，每年冬春之交水位较低时部分露出。梁上镌有一千二百年前唐代图文题刻165段。涪陵城位于长江三峡库区上游，原名枳城，曾为巴国国都，现为重庆市涪陵区区府所在地。白鹤梁称谓演变见于北魏郦道元《水经注》、南宋祝穆《方舆胜览》、北宋乐史《太平寰宇记》、南宋王象之《舆地胜志》、清同治版《重修涪州志》、民国版《涪陵县续修涪州志》等志书。清光绪辛巳年间将"白鹤梁"三字镌于石梁。联合国教科文组织确认白鹤梁为"保存完好的世界唯一古代水文站"。

〔824〕据《水经注》记述："白鹤梁，尔朱真人修炼于此，后乘鹤仙去。"《方舆胜览》记述："(涪陵)州西一里白鹤滩，尔朱真人冲举之处。"《重修涪州志》注释："尔朱真人浮江而下，渔人有白石者举网得之，击磬方醒，遂于梁前修炼，后乘白鹤仙去。"《涪陵县续修涪州志》亦有相同注释。

〔825〕白鹤梁题刻始于唐朝广德元年(763年)之前，现存题刻165段、3万余字、石鱼18尾、观音2尊、白鹤1只。其中108段题刻具有水文价值，是全世界唯一以刊刻石鱼为"水标"的水文观测记录，比1865年我国设立的长江第一水尺—武汉江汉关水文站的水位观测记录早1100多年。据有关部门观测：白鹤梁唐代石鱼的腹高，大体相当于涪陵地区现代水文站历年枯水位平均值。清康熙二十四年(1685年)所刻石鱼的鱼眼高度，大体相当于川江航道部门当地水位的零点。

〔826〕石鱼题刻对研究长江中上游枯水规律、航运及生产设置等具有重要史料价值。长江干流多年实测的水文记录表明：长江最枯水位出现周期约为10年，与石鱼记录颇为吻合。古人有"石鱼出水兆丰年"之说。1953年、1963年、1973年白鹤梁石鱼三次露出水面，当地也大获丰收，石鱼因之被视为年成丰歉预告表。葛洲坝水电站和三峡大坝工程都参考了白鹤梁水文题刻的一些数据。如175米水位高程以白鹤梁1000多年的洪水记录为依据。石鱼的眼睛为长江中上游零点水位，相当于海拔137.91米高程。

〔827〕沉水前，白鹤梁题刻为涪陵市民春游的一处胜地。是时梁侧扁舟如织，江心风帆点点，梁上人声鼎沸，城中春意盎然，一派升平景象。

〔828〕"齐天巨坝"指三峡大坝工程。"惊环宇"典出毛主席《水调歌头·游泳》"高峡出平湖""当惊世界殊"。

〔829〕三峡大坝蓄水175米后,白鹤梁题刻已永沉40米下的江底。根据《威尼斯宪章》"不可移动文物以原地保护为主"的原则,中央到地方各级领导高度重视白鹤梁题刻保护工作,将此列入三峡工程文明建设的重要环节,以十年时间反复论证,先后形成七个保护方案,有十余名中国工程院、科学院院士参与方案评审。1988年8月国务院公布白鹤梁题刻为全国重点文物保护单位;2002年国家采用工程院院士葛修润"无压力容器"保护方案,将白鹤梁原址水下保护工程列为三峡工程"四大文物保护项目"之首,投资2亿元创建世界上唯一建于水下40米处的水下博物馆;2003年该工程启动;2006年国家文物局将白鹤梁列入中国世界文化遗产预备名单;2009年5月该工程完工;2010年4月该工程对外开放,荣获国家文物局"科技创新"一等奖。白鹤梁保护工程由"水下博物馆""连接交通廊道""水中防撞墩""岸上陈列馆"组成。水下博物馆是在白鹤梁原址上修建的保护壳体,分地面陈列和水下参观两部分。地面陈列厅布设"生命之水——世界大河文明中的水文观测""长江之尺——白鹤梁题刻的科学价值""水下碑林——白鹤梁题刻的人文价值"等展览单元。水下参观可通过观察窗观赏,点击显示屏观赏,或进入潜水舱观赏。地面展厅和水下廊道有两条电动扶梯循环相连。

〔830〕白鹤梁题刻不仅具有很高的历史、科学价值,还具有较高的文艺价值,人称"书、艺、文三绝"。文字题刻有一百余段、三万余字。含黄庭坚、朱熹、晁公道、黄寿、朱昂、吴革、刘甲、庞公孙、王士禛等三百余位骚人墨客的一百八十余幅真迹题刻。其内容或诗,或文,或记事抒情,或吊古怀旧;其书体真、草、篆、隶皆备,颜、柳、苏、黄并呈;其画刻有著名唐代石鱼和清代双鲤。文学、书法、绘画、石刻相得益彰,浑然一体,享有"水下石铭"美誉。

〔831〕北宋著名文学家、书法家黄庭坚曾在涪陵白鹤梁留下"元符庚辰涪翁来"的墨宝。"来"字上部似"去",下部似"来",或释为涪翁仕途多舛,进退维谷,踟蹰于去、来之间。

〔832〕"中原"本意为天下至中的原野。广义指以河南省为中心,涵盖周边的大中原地区,狭义指河南省。四千多年前河南曾名豫州,简称豫,亦称中原、中州、中国、中土,为中国九州中心、中华民族摇篮。中原文化博大精深,源远流长,璀璨夺目。主要涵盖史前、神龙、政治、圣贤、思想、名流、英雄、农耕、商业、科技、中医、汉字、诗文、宗教、民俗、武术、姓氏、饮食等十八种文化,具有"根源性、原创性、包容性、开放性、基础性"五大特点,是中华文化的中流砥柱、文化之本、文明之根。中原政治文化积累了丰富的政治智慧和政

治经验。中华民族的先祖黄帝在这里开创了初始的政权制度,建立了国家治理的雏形。从夏、商到宋、金有二十多个朝代分别在河南禹州、商丘、安阳、郑州、洛阳、南阳、开封等地定都。许多民族、种族、国家为争夺控制权逐鹿中原。大批中原人士为躲避战乱迁往异域他乡,极大地促进了祖国多地的开发,传播了中华文明。中国农业最早在中原地区兴起。中原农耕文化包含了众多特色耕作技术和科学发明;中国商人、商品、商业起源于河南商丘;中原民俗文化斑斓多姿,特色鲜明;中原武术文化德播神州,技冠天下;中原姓氏文化与中华姓氏的肇始与衍生密切相关;中原豫菜是中国"八大名菜"的母菜。河南有3项世界文化遗产、4个世界地质公园、4个古都、8个国家历史文化名城、12处国家级风景名胜区、13处国家5A级景区、15处国家地质公园、358处全国重点文物保护单位、24个中国民间文化之乡。据统计,有141位古代名人生于河南。其中包括:黄帝、炎帝、舜帝为首的44位政治家;风后、吴起、张良领衔的22位军事家;老子、庄子、列子领衔的18位思想家;许穆夫人、李斯、庄子、韩非领衔的28位文学家;石申、墨子、孙叔敖领衔的11位科学家;王亥、范蠡、白圭领衔的6位著名商人;冉闵、谢安、谢玄领衔的7位民族英雄;邯郸淳、吴道子、褚遂良领衔的5位书画家。河南有93位近、当代名人。其中包括当代诗人、著名政治家、杰出军事家、杰出文学家、著名专家学者、著名企业家、体育明星、知名演员、著名主持人、感动中国的河南人及其他知名人士。千百年来,从中原大地走出的千古风流人物,如滔滔黄河之水,在不同的领域引领中华文明的进程,影响社会风尚的形成与发挥,其伟岸的人格、丰富的知识、深邃的思维及经典的著作,成为中华文化发展史上的不朽丰碑。

〔833〕龙门石窟位于洛阳市洛龙区龙门镇,距城区6千米。龙门山和香山在此对峙,伊水从山间穿流,故称伊阙。因隋炀帝洛阳皇宫宫门正对伊阙,又称龙门。"奉先"指奉先寺,为大卢舍那像龛所在地。龙门伊阙山清水秀,气候宜人,地形险要,石质优良,水岸洞窟密集,石雕星罗棋布,向为兵家必争之地、墨客怡情之所。龙门石窟全长一公里,今存窟龛2345个、造像10万余尊、碑刻题记2800余品,是中国现存窟龛最多的石窟,为"中国四大石窟"之一(另为甘肃敦煌莫高窟、山西大同云冈石窟、甘肃天水麦积山石窟)。石窟开凿于北魏孝文帝迁都洛阳之际(493年)。东魏、西魏、北齐、隋、唐、五代、宋朝连续大规模营造四百余年,其中北魏洞窟占30%,唐代洞窟占60%,其他朝代洞窟占10%。主要洞窟有潜溪寺、古阳洞、宾阳中洞南洞、万佛洞、莲花洞、奉先寺、石窟寺等十五处,兼具异域格调,充满人文涵养,从不同侧面反映中国古代政治、经济、宗教、文化等发展变化,反映中华民族向

往美好生活的精神追求和卓尔不凡的创造能力,是洋溢信仰情感的文化遗存,也是古代民众意愿诉求的物质折射。窟中北魏造像面部修长,双肩瘦削,胸部平直,衣纹竖劲质朴,神态活泼、清秀、温和、生活气息渐浓。唐代造像面部浑圆,双肩宽厚,胸部隆起,衣纹流畅,在继承北魏传统基础上汲取了汉民族文化精华,开创了雄健生动、纯朴自然的写实作风,达到了佛雕艺术顶峰。卢舍那大佛通高 17.14 米,头高 4 米,耳长 1.9 米,雍容大度,气宇非凡。像龛群雕规模宏伟,气势磅礴,极富情态质感,将佛国世界充满祥和色彩的理想意境表达得淋漓尽致,体现了唐帝国强大的物质和精神力量,代表唐代雕刻艺术的最高成就。北魏时期的 20 方造像题记(即《龙门二十品》)上承汉隶,下开唐楷,端庄大方,刚健质朴,兼具隶、楷神韵,是魏碑书法的代表。褚遂良手书"伊阙佛龛之碑"为初唐楷书典范。千余年间龙门石窟屡经磨难,卢舍那大佛被人砸去双臂,大多数佛像头部受损,面容神韵难辨。

〔834〕此句写"天子驾六"车马坑遗址。"天子驾六"为中国古代礼制的行为规则之一。遗址位于洛阳市河洛文化广场人防工程规划原址,2002 年 7 月至 2003 年 3 月于人防工程钻探时发现。中有墓葬 710 座(其中有墓道的大型墓葬 4 座)、车马坑 36 座。5 号车马坑长 42.6 米,宽 7.4 米,葬车 26 辆,马70 匹,规模为国内少见。西排 2 号车为六马拉一车,合乎文献中"天子驾六"的记述,据考为东周时期大型墓地及车马坑群。2006 年 3 月考古工作者又在王陵遗址内发现一座东周晚期"天子驾六"车马坑。中有车马 3 辆,其中"驾六"一辆,进一步证实周天子"驾六马"古制客观存在。之后洛阳市改河洛文化广场为东周王城广场,修建东周专题博物馆,公开展示世间独一无二的文物瑰宝。博物馆占地 1700 多平方米,分两个展区。第一展区展示洛阳地区五大都城与当代洛阳的位置关系、东周王城概况、王陵探索发现及东周珍贵文物。第二展区展示两座车马坑(含殉车、殉马、殉狗、殉人)。洛阳东周"天子驾六"车马坑的出土,使东汉至宋代的"古制天子驾数"的经学争论终于得出定论:这座车马坑中的车马遗存即当年东周天子的出巡车队;这座大型东周贵族墓地即东周王陵陵园遗址;这处王陵遗址是安阳殷墟王陵出土后,中国考古史上又一处被确认的、早于秦始皇陵的中国帝王陵园遗址;东周专题博物馆是中国唯一原址展示"天子驾六"的历史博物馆。

〔835〕"关帝庙"指洛阳关林,位于洛阳市南郊 8 千米处的关林镇。其北依隋唐故城,南临龙门石窟,西接洛龙大道,东傍伊水清流,为宫殿式建筑群。旧时帝王墓称"陵",圣人墓称"林",王侯墓称"冢",百姓墓称"坟"。历代王朝尊关羽为武圣、武帝,故墓称"关林",俗名"关帝冢"。现存关林位于汉代关庙原址,于明万历二十年(1592 年)至万历二十四年(1596 年)扩建,占地

200 余亩,有四进院落、150 余间殿宇廊庑。此处冢隆碑丰,宇峻甍连,古柏森然,威严肃穆,关公文化氛围十分浓厚:正门有 12 幅明代浮雕木刻,演绎桃园三结义、三英战吕布等故事;门上镶嵌 81 颗金色门钉,体现关林的崇高地位和关公身后的殊荣;明代石狮分立大门两侧,赳赳而踞,大气凛然,不可侵犯;仪门上端"威扬六合"匾额系慈禧题写;门侧明代铁狮重达三千余斤,肃穆威严,系善信敬奉;连接仪门、拜殿的石狮御道为海内外关庙所独有,其甬柱顶端雕刻 104 尊石狮,百狮百态,圆润生动,代表乾隆时期中原石刻艺术最高成就;二殿门楣悬挂"光昭日月"匾额,为清光绪帝御笔。洛阳关林为海内外三大关庙之一,是我国唯一的"冢、庙、林"三祀合一的古代经典建筑群,因厚葬关羽首级名闻天下。民间将关羽奉为"忠、勇、仁、义"楷模,以之体现中华民族精神。关公信仰这一特殊的文化现象,已成为沟通海内外华人和亲情的桥梁纽带。关羽简介参见〔254〕、〔400〕。

〔836〕清明上河园位于河南省龙亭湖西岸,是一座大型宋代文化实景主题公园,以北宋画家张择端传世写实画作《清明上河图》为建园蓝本,以《营造法式》为建设标准,按 1∶1 比例,集中复制原图的风物景观和宋代民俗风情,再现一千年前古都汴京的繁华胜景。园区(含水面)占地 180 庙,景观建筑逾 3 万多平方米,有房屋 400 余间、古船 50 余艘,为中原地区最大的复原宋代古建筑群。园内芳草如茵,宋音萦绕,钟鼓时鸣,一派古风神韵。主要建筑有仿宋城楼、虹桥、街景、店铺、河道、码头、船坊、宋代科技馆、宋代名人馆、宋代犹太文化馆、张择端纪念馆;主要景点有拂云阁、宣德殿、宣和殿、趣园、官驿、牌坊、汴河、主题馆、主题广场、东京食街、东京码头、"情系东京"、东大门民俗街、十千脚店;日常用具有水车、磨房、织布机、太平车;街市风情有酒楼茶肆、当铺官瓷、汴绣纺织、木版年画、面人糖人、手工技艺、匠作生活;游艺节目有包公迎客、包公巡案、杨志卖刀、林冲寻妻、燕青打擂、好汉劫囚、武松救兄、师师宴客、员外招婿、汴河漕运、大宋科举、宋式婚俗、晟钟乐舞、马术气功;街头表演有曲艺盘鼓、神课博彩、驯鸟杂耍、蹴鞠马毬、斗鸡赛狗、皇家皮影;游乐活动有汴河游览、宋代攀岩、水上秋千、水上傀儡、水上竞标、鬼谷探险、大宋风情歌舞晚会。主要亮点是:将束之高阁的传世名画演绎为触手可及的现实生活;引领游人穿越时空隧道,走进历史画卷;将古代市井文化、民俗风情、皇家园林和民间娱乐融入现代旅游题材;以游客参与为项目重点;在优雅的园林景观中展示古代民俗风情和市井文化;将舞蹈、音乐、服饰熔于一炉,激发诗情画意,燃烧民族激情。开封清明上河园是中国和世界旅游的著名品牌,曾获"中国第一座以绘画作品为原型的仿古主题公园""中国非物质文化遗产展演基地"和"全国文明旅游风景区示范点"等称誉。

〔837〕"塔"指开封铁塔,位于开封城东北隅铁塔风景区,以精湛绝妙的建筑艺术和雄伟秀丽的修长身姿驰名中外,有"天下第一塔"美誉。铁塔前身为木塔,由北宋著名建筑学家喻浩主建,耗时八年,落成于宋端拱二年(989年),为八角十三层,造工精细,高于京城诸塔,时称"天下之冠"。宋庆历四年(1044年)夏木塔为雷火所焚。五年后宋仁宗降旨仿木塔样式重建琉璃砖塔(时称开宝寺塔),选址木塔附近夷山,因其外表以褐色琉璃砖镶嵌,如同铁铸,自元代起民间改称铁塔。现存砖塔约高55.88米,同为八角十三层,底层每面边长约4米,逐层递减;塔内有168步盘旋登道上至塔顶;第五层可观城内景色;第七层可观城外原野;第九层可观浩瀚黄河,领略"天河"之义;第十二层祥云缭绕,薄雾扑面,似入太空幻景(此景位列"汴京八景",名"铁塔行云")。塔壁以粗壮的塔心柱支撑,每层仅开明窗一扇,供采光,通风,瞭望。一层窗户向北,二层窗户向南,三层窗户向西,四层窗户向东,以上类推,可减缓强风冲击。明嘉靖、万历年间(1522—1620年)又在塔心柱正对明窗处镶嵌琉璃佛砖,避免风力侵蚀。铁塔采用仿木结构工艺,制作了大量形状大小各异、有榫有眼、严丝合缝的结构砖。檐、椽、瓦用琉璃砖。砖瓦构件通过登道与塔心柱紧密衔接,具有很强的抗震能力,此为我国佛塔建筑技术之一大进步。铁塔外壁镶嵌50余种花纹砖刻,上有飞天、降龙、麒麟、坐佛、玉佛、菩萨、狮子、伎乐、花卉等图案纹饰,造型优美,生动精妙,具有鲜明的宋代艺术风格。九百多年来,此塔历经地震、暴风、水患及日军炮轰仍巍然屹立,仅北面四至十三层的檐角、塔壁局部毁坏。

〔838〕开封龙亭公园午门以北、南北大道两侧有两个大湖,东为潘家湖,西为杨家湖。史载东湖浑浊,西湖清澈。据传潘湖原在北宋太师潘仁美住地,潘为宋朝奸佞,谗言误国,故潘湖水浊。杨湖原在宋朝名将杨业住地,杨家满门忠良,赤胆保国,故杨湖水清。尽管湖水连接,但泾渭分明,忠奸自辨。探究其源,盖因杨湖四周居民稀少,无手工作坊,湖面为潘湖两倍,故清澈见底。潘湖周围人烟稠密,造纸、制皮、制粉、豆芽作坊比岸而立,时有废水、脏物入湖,故水质浑浊,浊气难闻。也可能存在人们有意保护杨湖,故意污染潘湖的心理因素。解放后人民政府将龙亭公园辟为大众休憩之所,陆续迁移居民,发展旅游,清淤治水,使两湖与汴河相通,清浊分明的景观成为历史。

〔839〕"古刹"指大相国寺,位于开封市自由路西段北面。中国古典文学名著《水浒传》第七回"花和尚倒拔垂杨柳,豹子头误入白虎堂"的故事即发生于此。开封相国寺简介参见〔861〕。

〔840〕"大观"指大观楼,位于云南省昆明市西南部滇池之滨,初建于清康熙

年间，楼为方形、三重檐、四角攒尖顶，面积 224 平方米，以登楼四顾景致壮观得名。清乾隆三十年（1765 年）昆明寒士孙髯翁为其撰写一百八十字长联，由名士陆树堂书写刊刻；道光八年（1828 年）该楼修葺，增为三层；咸丰五年（1855 年）咸丰帝为之题"拔浪千层"匾；咸丰七年（1857 年）长联与楼毁于兵燹；同治五年（1866 年）重建此楼，复遭大水；光绪九年（1883 年）再修此楼；光绪十四年（1888 年）清末著名学者、书法家，剑川人赵藩重以楷书刊刻。大观长联才情横溢，气魄恢宏，笔力遒劲，被誉为古今、海内、天下"第一长联"，大观楼也因之驰誉九州，位列"中国十大名楼"之四（前三为武昌黄鹤楼、岳阳岳阳楼、南昌滕王阁。后六为嘉兴烟雨楼、广州镇海楼、贵阳甲秀楼、成都望海楼、南京阅江楼、杭州城隍阁）。

〔841〕"赤县硝烟"指"文革"动乱。其间长联与名楼侥幸留存。

〔842〕据考：大观楼长联问世时，官场腐败，民不聊生。诗人触景生情，有感而发，以长联抨击封建王朝统治，揭示清王朝必然衰亡的客观规律，埋下了历史的伏笔。1911 年 10 月武昌起义爆发。1912 年 2 月辛亥革命推翻清王朝统治，结束了长达二千余年的封建专制，印证了长联的预言。

〔843〕尾联赞长联作者孙髯翁。孙翁（1685—1774 年）祖籍陕西三原，博学多识，人尊"联圣"。其早年愤慨科场搜身，发誓永绝秋闱之试；中年丧妻；晚年穷困潦倒，寄居昆明圆通寺咒蛟台，凭卜筮果腹，以石洞栖身；后移居云南省红河哈尼族彝族自治州弥勒县女儿家中，于甲午岁正月跨鹤西去，享年九十上寿。至交苗雨亭公感念旧情，将先生殡葬于弥勒县城西苗氏茔地。

〔844〕乌镇古名乌戍，宋元丰初年（1078 年）改名乌墩、青墩；南宋绍熙元年（1190 年）改称乌镇、青镇；乌镇在车溪河西，属湖州府乌程县；青镇在车溪河东，属嘉兴府桐乡县；1950 年乌、青两镇合为乌镇，属嘉兴桐乡。乌镇地处浙江省桐乡市北端二省三市交界处，西临浙江省湖州市，北界江苏省苏州市吴江区，有六千余年人文史和一千三百年建镇史，为典型的江南水乡古镇，素有"鱼米之乡、丝绸之府"美誉。此处有淳朴秀美的水乡风景、风味独特的美食佳肴、缤纷多彩的民俗节日、底蕴深厚的人文积淀和亘古不变的生活方式，人称"东方古老文明活化石"。古代乌镇最显赫的名人为南北朝梁朝昭明太子萧统。其曾在乌镇筑馆读书多年，所编《昭明文选》与《诗经》《楚辞》齐名，对中国文坛影响极大。中国山水诗派开创者谢灵运、齐梁文坛领袖沈约、书画大家唐朝宰相裴休、江西诗派"三宗"之一陈与义、南宋中兴"四大诗人"之一范成大、宋太祖赵匡胤七世孙宋孝宗、编选《唐宋八大家文抄》的明代散文家茅坤等人也曾游学或寓居乌镇，留下珍贵的文化遗产。当代文学巨匠茅盾生于乌镇。乌镇曾入选"中国十佳古镇""中国最美十大村镇"

"中国十大历史文化名镇""欧洲游客最喜爱的中国旅游景区""全国二十个
黄金周预报景点"。

〔845〕茅盾(1896—1981年)姓沈,名德鸿,字雁冰,为中国现代著名作家、文
学评论家、文化活动家、社会活动家,"五四"新文化运动先驱者之一、我国革
命文艺奠基人之一、中国共产党最早的党员之一,曾任中国文联副主席、新
中国首任文化部长、中国作协主席、全国政协副主席。其家乡乌镇为太湖南
部鱼米之乡和近代中国农业最发达地区,毗邻现代城市上海,为人文荟萃之
地。父母开明的初期教育,促成了茅盾面向世界的文化心态和细致入微的
文学笔触。其代表作主要有《子夜》《林家铺子》《蚀》三部曲和《鼓吹集》,所
著《子夜》《春蚕》《林家铺子》为"五四"以来优秀文学作品典范。以茅盾生前
积蓄设立的"茅盾文学奖"用于奖励优秀长篇小说创作。

〔846〕《林家铺子》为茅盾著名短篇小说,原名《倒闭》。作于1932年7月,原
载《申报月刊》第一卷第一期,后收入短篇小说集《春蚕》。1959年夏衍将这
篇小说改编为电影,由著名导演水华执导,以乌镇为外景地,使之成为"文
革"前将文学名著改编为银幕经典的一个创作范例。此片在葡萄牙第12届
"菲格拉达福兹国际电影节"获奖,是1986年在香港举办的"世界经典影片
展"中唯一的中国电影。

〔847〕"吴王靠"即美人靠,又名飞来椅、鹅颈椅,为徽州古民宅天井骑楼四周
靠椅之雅称。其通常设置于回廊或亭阁围槛临水一侧,可供休憩,更收凌波
倒影之趣;下为条凳,上连靠栏,靠背探出,曲似鹅颈,曲线优雅曼妙,设计吻
合人体,靠坐十分舒适。徽州古民宅常将骑楼作为日常憩息、活动的主要场
所。闺中女子不能轻易下楼出户,只能倚美人靠遥望外界,窥视楼下的迎来
送往。

〔848〕《子夜》为茅盾著名长篇小说,原名《夕阳》,共19章,约30万字,作于
1931年10月至1932年12月,由上海开明书店出版,先后被译为英、德、俄、
日等十几种文字,为中国无产阶级革命文学长篇创作开辟了道路。1981年
上海电影制片厂将该小说改编、摄制为同名电影,由著名导演桑弧、傅敬恭
执导,李仁堂、乔奇、顾也鲁等主演,以乌镇为外景地。

〔849〕"年华似水"指电视剧《似水年华》。由黄磊自导自演,在乌镇、台北隔
山隔水地上演了一段三十岁的爱情童话,给观众留下深刻印象。部分外景
摄于乌镇水乡。

〔850〕"四月人间"指电视剧《人间四月天》。此剧由大陆、台湾合拍,主要描
述徐志摩与原配张幼仪、心仪对象林徽因及最后伴侣陆小曼的爱情故事。
1999年起在台湾、大陆和香港播出。外景地选在乌镇水乡。

〔851〕"灵隐"指灵隐寺,又名云林寺,坐落于杭州西湖灵隐山麓,背靠北高峰,面朝飞来峰,林木幽深,云烟万状,为杭州最早名刹、江南著名古刹、"中国佛教禅宗十大古刹"之一。开山祖师为西印度僧人慧理和尚。东晋咸和初年(326年)慧理由中原云游至武林(今杭州),于峰前建寺,取名"灵隐"。

〔852〕"奇峰"指飞来峰,又名灵鹫峰,高168米,由石灰岩构成,怪石嵯峨,风景绝异,为江南少见的古代石窟艺术瑰宝,可与重庆大足石刻媲美。慧理曾云:"此乃中天竺国灵鹫山之小岭,不知何以飞来? 佛在世日,多为仙灵所隐",飞来峰因以得名。

〔853〕"梵音"指佛音,亦指读经的声音。佛音清净相为佛教"三十二相"之一,有"正直、和雅、清澈、清满、周遍远闻"五大特点。

〔854〕"百代娑罗"指灵隐寺大雄宝殿东、西两侧的娑罗树,又名七叶树,为佛门标志之一。据传佛教创始人释迦牟尼降生于菩提树下,写经于贝树叶上,涅槃于娑罗林中,故菩提、贝叶、娑罗合称"佛国三宝树"。据《灵隐寺志》记载:灵隐寺的娑罗树籽由慧理从印度带来。大雄宝殿以西、紫竹林以南的两株娑罗树约高27米,躯干需数人合抱,树身斑驳,古老苍劲,葱茏挺秀,生机盎然,为慧理手植,有一千六百余年历史,是杭州西湖数十里湖山最老的古树,也是中华大地最古老的佛树,为灵隐古刹镇寺之宝。

〔855〕悬空寺地处山西省浑源县,建于恒山金龙峡翠屏峰悬崖峭壁之间,距大同市65千米,离地面约50米。其上坐危崖,下临深谷,由古代工匠按道家"不闻鸡鸣犬吠之声"理念构建;殿楼布局不同于平川寺院,既非中轴突出,左右对称,也非依山就势,层叠高耸,而是紧贴崖壁,巧依凹凸,顺应自然,凌空布局,于对称中有变化,于分散中有连贯,曲折回环,虚实相生,小巧袖珍,结构紧凑,远望有玲珑剔透之感,近看有凌空欲飞之态,令人叹为观止。该寺始建于北魏后期,由平城(今山西大同)南移至此。距今一千五百余年,比同时入选"全球十大最奇险建筑"的意大利比萨斜塔和德国利希腾斯坦城堡早七百年。建筑特色为"奇、悬、巧、奥"。"奇"指寺院处峡谷盆地以内,挂悬崖陡壁之间,崖顶突出,形如雨伞,免受雨水冲刷、山洪泛滥,少受阳光曝晒。"悬"指40间殿阁仅由十几根碗口粗细的木柱支撑,重心在坚硬的岩石之中。飞梁半插入石,以梁为基,构建庙宇。梁材系当地铁杉木,经桐油浸泡,可防蛀、防腐、防震。"巧"指建寺因地制宜,充分利用峭壁自然状态,将山门、钟鼓楼、大殿、配殿及八十多尊造像建于立体空间,设计十分精巧。"奥"指建寺初衷超常脱俗,文化多元,内涵深奥。悬空寺乃恒山"第一胜景",为国内现存最早、保存最好的高空木构摩崖建筑,是华夏文明的一大奇迹、中国古建的一处精华、国内唯一真正的"三教合一"寺庙,堪称"世界一

绝"。唐开元二十三年(735年)李白曾在悬空寺崖壁题书"壮观"。明代大旅行家徐霞客称悬空寺为"天下巨观"。这座融建筑学、力学、美学、宗教学为一体的伟大建筑,至今仍吸引众多学者和观众探究求索。

〔856〕"三教"指释教、道教、儒教。元陶宗仪《南村辍耕录》曾对三教进行比较:"李术鲁肿子公在翰林时,进讲罢,上问曰:'三教何者为贵?'对曰:'释如黄金,道如白璧,儒如五谷。'上曰:'若然,则儒贱耶?'对曰:'黄金、白璧,无亦何妨。五谷于世,其可一日阙哉!'上大悦。"君臣于此达成"儒家对统治最为实用"的共识。中国人同信三教,盖因"三教虽殊,同归于善"。悬空寺是中国较为有名的"三教合一"寺庙。寺内最高处的三教殿供奉释迦牟尼、孔子和老子。释氏居中,孔子居左,老子居右,同享人间香火。这种"三教同归"的宗教文化在现实世界中堪称奇绝。恒山纯阳宫前"儒而圣道而玄释而禅妙用总持都归一贯,上而天中而人下而地化缘参两岂外中虚"的楹联,巧妙道出了三教互融的玄机,表达了万众期待天地人神和谐相处的意境。数遍海内名山,也许唯有北岳方才具备"融天地灵气,纳万方神宗"的宽广胸怀。

〔857〕"宋陵"指北宋帝陵,建于北宋建隆元年(960年)至北宋靖康二年、南宋建炎元年(1127年),位于河南省郑州市巩义市嵩山北麓、洛河南岸、郑州洛阳之间,总面积约30平方千米。除徽、钦二宗被金兵掳去,死于漠北五国城外,宋陵共有"七帝八陵"。分别为永安陵(葬宣祖赵弘殷)、永昌陵(葬太祖赵匡胤)、永熙陵(葬太宗赵光义)、永定陵(葬真宗赵恒)、永昭陵(葬仁宗赵帧)、永厚陵(葬英宗赵曙)、永裕陵(葬神宗赵顼)、永泰陵(葬哲宗赵煦)。宋陵是中国中部规模庞大、气势雄伟的皇家陵墓群,建皇帝、皇后、大臣等陵墓三百余座;后妃、宗室、亲王、王子、王孙及功臣名将陵墓六百余座。其坐北朝南,面山背水,建制统一,布局相同。各陵均由上宫、宫城、地宫、下宫组成;陵台置于低处,有别历代皇陵;陵周建寺院、庙宇、行宫,分植松柏、枳橘,横竖成行,四季常青,环境幽静肃穆。八座皇陵相对完好。其他陵墓于靖康、建炎年间(1127年)惨遭金兵破坏、盗掘,元代时地面建筑全毁,文物仅存出土玉册及青、白、黑釉瓷片八十余件以及一批墓志、碑记、绿釉琉璃瓦和瓦当。宋陵石刻造型雄浑质朴,表现手法细腻,雕刻技术精湛。着重反映世俗生活风貌,充分展现形神兼备的艺术造诣,是研究宋代典章制度和石刻艺术的十分珍贵的实物资料,堪称"露天艺术博物馆"。前期石刻作于10世纪末至11世纪初,位于永安、永昌、永熙、永定四陵,人物造型带晚唐遗风,相对粗犷;中期石刻作于11世纪前半叶,位于永昭、永厚二陵,人物造型渐趋修长,文雅武儒;晚期石刻作于11世纪后半叶至12世纪初,位于永裕、永泰

二陵，瑞兽神情渐失活泼，神秘色彩增浓，人物体态修长，文气十足，威风日减，有如赵宋山河。宋陵石刻人物特征鲜明。如永定、永裕、永泰三陵的驯象人卷发及肩，以发带、额珠、臂钏、腕镯、耳环暗示所属国度和民族；诸陵客使以面目、服装及手中方物代表所在国家或地区；宫人双肩瘦削，束发簪珥，女性特征惟妙惟肖；内侍手执球杖拂尘，体态微胖，神情拘谨；武士身躯高大，手执斧钺，形象威猛；文臣执笏在前，武臣挂剑于后，反映抑武扬文的北宋官制。宋陵石刻动物栩栩如生。如永熙、永定、永裕三陵的奔狮披鬃卷尾，昂首举步，神情庄严豪迈；永定、永裕、永泰三陵的石象身披锦绣，背置莲座，长鼻委地，体态宏伟，生动传神；石虎尊严高贵；石羊柔顺淑美，均为难得的雕刻艺术珍品。

〔858〕"洛伊"指伊洛河，由洛河与纳伊河汇成。洛河古称雒水、洛水，发源于陕西蓝田，从洛南东入河南，从巩义汇入黄河，是中国文化史上一条著名的河流。古都洛阳因位于洛河以北得名。洛神的传说源自洛河。洛河与黄河汇流的河洛地区，曾经创造出源远流长的河洛文化，出土享誉全国的《洛书》，培育历代善良、勤劳、聪慧的河洛儿女，是中国原始农业、中华文明和中华民族重要发源地之一。

〔859〕宋代"三关"指瓦桥关（今河北雄县境内）、益津关（今河北文安县境内）、淤口关（今河北霸县境内），设于唐时。五代时期著名"儿皇帝"石敬瑭为登帝位，曾将幽云十六州作为谢礼割让给契丹。这片国土东起河北遵化，西界山西神池，北迄长城，南至天津，总面积12万平方千米，相当于三个台湾岛。此举不仅使中原丧失大片土地，更使中原北部门户洞开，留下巨大的边防隐患。五代时期唯一有作为的周世宗柴荣，曾于显德六年（959年）春亲率五路大军，水陆并进，直抵沧州，以四十天收复瀛洲、莫州及三关、十七县，在瓦桥关、益津关新置雄县、霸县。正当北伐节节胜利之时，柴荣突发重病，被迫班师，不久去世，致使功败垂成。北宋初年国力不强，几次北伐和御驾亲征均以损兵折将告终，几乎未获寸土，三关一带遂成宋朝与契丹交兵的前沿阵地。因位于"界河"（今海河、大清河、白沟河一线）南岸，地处平原，此地无险可据，只能集结数十万重兵，由北宋名将杨延昭把守，与辽兵相持二十余年。三关的稳固、两宋的隆兴与历代宋陵的规模格局休戚相关，命运相系。

〔860〕"宏图"指王安石变法。变法失败后，北宋统治危机四伏，每况愈下。宋徽宗赵佶与权相蔡京腐朽集团大肆搜刮民脂民膏，挥霍国库金银。阶级矛盾日益尖锐，农民纷纷揭竿而起，招致金兵南下，徽、钦被掳，北宋灭亡。"熊罴"指北方南侵的虎狼之师和两宋王朝的破坏者、盗墓者。北宋末年金

扶植的"大齐"皇帝刘予元之子刘麟大规模盗掘北宋皇陵。北宋靖康元年（1126年），金兵攻破宋京汴梁（今河南开封），焚毁宋陵建筑，将小墓揭顶，大墓挖洞缒绳而下，公然盗陵。金占据中原后宋陵建筑被彻底毁坏，珍宝被盗掘一空，部分墓主尸骨无存，宋哲宗尸骨也一度露掷永泰陵外。元时陵区尽犁为墟，南宋皇陵片瓦无存。

〔861〕"相国寺"亦名大相国寺，位于河南省开封市自由路西段路北，为中国著名佛教寺院，供奉弥勒佛坐像，现存天王殿、大雄宝殿、罗汉殿、八角琉璃殿、藏经楼、千手千眼佛等殿宇古迹。此寺建筑宏伟，高僧辈出，名传遐迩，曾吸引众多中外僧侣和使者参拜交流，切磋佛法。唐贞元二十年（804年）日本真言宗开山祖师弘法大师空海曾寄居大相国寺学习佛法，归国后参照中国草书偏旁创日本文字平假名、片假名，作《伊吕波歌》传世。宋太祖（960年—976年）在位时，印度王子曼殊室利曾出家为僧，来此居住多年。宋熙宁七年（1074年）朝鲜画家崔思训曾来寺临摹壁画。宋政和六年（1116年）高丽贡使王字之还国，曾获赐金函、佛牙、头骨及太宗御笔"大相国寺"匾额。相传相国寺原为战国魏公子信陵君故宅，始建于北齐天保六年（555年），原名建国寺，后遭损毁；武则天长安元年（701年）慧云禅师募款造寺，仍用原名；唐延和元年（712年）敕名相国寺；唐大顺年间（890—891年）此寺灾后重建；宋至道元年（995年）至咸平四年（1001年）此寺大规模扩建，占地540亩，辖64所禅、律院，养僧1000余人，作为宫廷观赏、祈祷、寿庆及外事活动的重要场所，有"皇家寺"之谓；明时此寺两毁六修，易名崇法寺；清时此寺一毁七修，复名相国寺；民国时期曾为中山市场、省立民众教育馆；新中国成立后重新建寺，恢复佛事活动。相国寺元宵灯会火树银花，钟鼓齐鸣，人流如织，充盈祥瑞之气。金秋十月水陆法会祈祷世界和平、人民安乐、五谷丰登、百业兴旺。届时寺满黄花，城溢芬芳，一派和睦景象。

〔862〕新科进士于相国寺题名刻石，为北宋惯例。

〔863〕"大德"指高僧。北宋时大相国寺住持由皇帝册封。

〔864〕八角琉璃殿（亦称罗汉殿）重修于清乾隆三十一年（1766年）。其设计奇巧，结构独特，精美无比，别具一格，为汉地佛寺罕见的古代建筑。殿内回廊塑释迦牟尼讲经会大型群像，五百罗汉姿势各异，造型生动，形态逼真，情趣无限，堪称艺术精品。殿中八角亭有木雕密宗四面千手千眼观世音巨像，刻于清乾隆年间，高6.6米，为罕见男像。由民间艺术巨匠以整株银木雕成，历时58年，为我国古代木雕杰作、镇寺之宝。20世纪80年代初八角琉璃殿遭受水患，陷入泥沙，当地曾将其整体撬升1.67米，取得古建修缮技术重大突破，获国家"科技进步奖"。寺院东角铜钟高约2.7米，重1万余斤，

铸于清乾隆三十三年(1768 年),入列"开封八景",有"相国霜钟"美誉。

〔865〕岳阳楼前身为三国东吴大将鲁肃阅军楼,耸立于湖南省岳阳市西门城头,紧靠洞庭湖,与南昌滕王阁、武汉黄鹤楼并称"江南三大名楼",素有"岳阳天下楼"美誉。此楼创意独特,风格奇异,气势壮阔,构制雄伟。现存楼体沿袭清光绪六年(1880 年)建制。楼顶由如意斗拱层叠相衬,交互托举,拱而复翘,呈古将头盔形状,在我国古代建筑中尚无二例。一千七百年来,岳阳楼饱经沧桑,屡修屡毁,毁而复修三十余次,无数文人墨客来此选胜登临,凭栏抒怀,记文咏诗,抚琴作画,经久不衰。北宋范仲淹撰写《岳阳楼记》,更使此楼闻名于世。

〔866〕鲁肃(172—217 年)字子敬,汉族,临淮东城(今安徽定远)人,为东汉末年杰出的战略家、外交家。其体貌魁伟,性格豪爽,喜读书,好骑射,仗义疏财,治军有方,深得乡人、属下敬慕,为周瑜之后吴国最重要的名臣名将。曾向孙权提出"鼎足江东"的战略策划,颇得赏识。周瑜卒,鲁肃代领其兵,镇守陆口。去世时孙权亲为其发丧,诸葛亮为其致哀。

〔867〕"宋墩"指岳阳楼遗存的宋代柱础。"楠柱"指直径半米、直贯楼顶、主承楼重的四根楠木大柱。此外还有十二根圆木支撑二楼,十二根梓木顶托飞檐,支撑檐柱。梁、柱、檩、椽均以榫接,相互咬合,彼此牵制,浑然一体。

〔868〕"纯阳"指吕纯阳(798—？年),本名绍先,后名嵒(或作岩、巖),字洞宾,道号纯阳子,籍贯为河中府永乐县招贤里(今山西省芮城县永乐镇),其父吕让曾任海州刺史。洞宾自幼好学,淹博百家,然三举不第,于四十六岁赴考途中看破混乱时世,抛弃功名富贵,携妻同往山中修行,行前散尽家财,广施恩惠,多办好事,得道后遍游山水,传道度人,扶危济困,深得百姓敬仰,在"八仙"中名气最大,传说最多,相传曾写下"朝游岳鄂暮苍梧,袖里青蛇胆气粗。三醉岳阳人不识,朗吟飞过洞庭湖"等诗句,岳阳楼右"三醉亭"因此得名。又传其好酒,能诗,爱色,放浪形骸,不拘小节,常到酒楼、茶馆、饭铺吃喝并留下仙迹。这些世俗生活传闻反使他更有人情味,更为百姓喜爱。吕洞宾简介参见〔150〕。

〔869〕滕宗谅(990—1047 年)字子京,河南洛阳人,为北宋大中祥符八年(1015 年)进士,与范仲淹同科,曾授泰州军事判官,迁当涂(今安徽省当涂县)、邵武(今福建省邵武市)知县,于庆历四年(1044 年)春谪守岳州巴陵郡(今湖南岳阳一带)。滕子京治岳三年,成就三事。即:承前制重修岳阳楼;崇教化兴建岳州学宫;治水患拟筑偃虹堤。重修岳阳楼不靠财政拨款、集资摊派,而靠催收州民捐献的烂债聚财,令人称奇。楼成后滕子京致信范仲淹,附《洞庭秋晚图》,请为作记。范仲淹应邀写下了名闻遐迩、人所尽知的

《岳阳楼记》，滕子京亦广为人知。庆历七年(1047年)初滕子京调任苏州，三月后病逝于任所。同朝史学家司马光赞其岳州所治"为天下第一"。《宋史》评价："宗谅尚气，倜傥自任，好施与，及卒，无余财。""百废兴"典出《岳阳楼记》首段"庆历四年春，滕子京谪守巴陵郡，越明年，政通人和，百废俱兴"。

〔870〕"子美"为杜甫字。唐大历三年(768年)冬，杜甫携家眷由湖北江陵、公安流寓岳州，泊舟城下；唐大历四年(769年)春复登岳阳楼；次年冬窆卒潭岳间，旅殡岳阳。"五言"指杜甫五律《登岳阳楼》。1962年春岳阳楼公园新建"怀甫亭"，由全国人大常委会委员长朱德题写匾额。1976年春夏一代伟人毛泽东手书杜甫五律《登岳阳楼》，陈列岳阳楼中。杜甫简介参见〔262〕〔478〕。

〔871〕范仲淹(989—1052年)字希文，世称范文正公，汉族，祖籍邠州(今陕西省邠县)，迁苏州吴县(今江苏省苏州市)。其少时发奋读书，以苦为乐，终成北宋著名政治家、思想家、军事家、文学家。宋仁宗亲政时范仲淹任右司谏；北宋景祐五年(1038年)任陕西经略安抚招讨副使，协助平息西夏战乱；北宋庆历三年(1043年)参与"庆历新政"，提出"明黜陟，抑侥幸，精贡举，择长官，均公田，厚农桑，修武备，推恩信，重命令，减徭役"等十项改革建议，并得诏令全国，实施一年有余；后宋仁宗临阵退缩，废弃新政，范仲淹被撤去军政要职，贬任地方官职；晚年任杭州知府，曾设义庄；后病逝徐州，谥"文正"。"二字"指"忧""乐"。典出《岳阳楼记》"先天下之忧而忧，后天下之乐而乐"。本联化用岳阳楼楹联出句。原文为："一楼何奇？杜少陵五言绝唱，范希文两字关情，滕子京百废俱兴，吕纯阳三过必醉。诗耶？儒耶？吏耶？仙耶？前不见古人，使我怆然涕下。"

〔872〕西递建置于北宋皇祐年间(1049—1053年)，发展于明朝景泰(1450—1457年)中叶，鼎盛于清朝初期，历经九百六十年社会动荡和风雨侵袭，古民居、祠堂、书院、牌坊多半损毁，仅余124幢古雅民居，整体保存明清村落的基本风貌。古镇呈船形布局，村落形同船体；民居仿佛船舱；村头古桥和十三座牌楼好比桅杆、风帆；村前月湖和百亩良田恰似停靠巨舶的港湾；村周山峦连绵起伏，宛如大海波涛。村头青石牌坊建于明万历六年(1578年)，为单体三间四柱五楼仿木结构，峥嵘巍峨，结构精巧，凸显徽派风格，是胡氏家族地位显赫的象征。村中两条清流、九十九条高墙深巷和各具特色的古代民居，屡使游人如处迷宫，如入幻境。西递居室配天井、花园，梁枋、斗拱、雀替、门罩、隔扇、栏窗、漏窗，不乏精美的砖、木、石雕，多用黑色大理石建材。室内有绚丽的彩绘、壁画、屏风、家具、器皿，无声地展示着精心的设计和精湛的手艺，默默传承着中国古代建筑与古代文化的精粹。西递简介参见

〔715〕。

〔873〕据《胡氏宗谱》记载：聚居西递的胡氏宗族始祖姓李，为唐昭宗李晔幼子，因梁王朱温篡位，逃难至江西婺源，改名胡昌翼。九百年前，家族五世祖胡士良途经西递，为此处山水形胜吸引，遂举家来迁，写下胡氏家族在西递繁衍生息的悠久历史。唐太宗李世民万没料到，其后代竟流落皖南山区，改姓为胡。

〔874〕从北宋皇佑年间建镇起算，西递古镇约有九百六十年历史。雕床是近千年的雕床，明月是近千年的明月，江山依旧，人事已非。

〔875〕都江堰地处四川成都都江堰市城西，位于岷江从山区泻入成都平原入口，是全世界迄今年代最久、唯一留存、以无坝引水为特征的宏大水利工程。被称为古代水利建设的灿烂明珠，居秦代三大水利工程之首。以前岷江水一出山口流速骤减，易淤易决，常泛滥成灾。秦昭襄王五十一年（公元前256年），秦国蜀郡太守李冰父子吸取前人及邑人治水经验，率领地方民众，结合当地西北高、东南低的地理条件和江河山口特殊的地形、水脉、水势，因势利导，因时制宜，分洪减灾，无坝引水，自流灌溉，变害为利。此项工程主要由鱼嘴分水堤、飞沙堰溢洪道和宝瓶进水口构成。鱼嘴把汹涌的岷江分成外江和内江，外江排洪，内江灌溉农田；飞沙堰泄洪排沙，调节水量；宝瓶口控制进水流量。三者首尾相接，相互照应，浑然天成，巧夺天工，科学地消除了水患，使逢雨必涝的西蜀平原变成"水旱从人，不知饥馑"的"天府之国"。

〔876〕岷江为长江上游较大的支流，发源于四川省北部高山地区。都江堰建成前，每年春夏山洪暴发，江水奔腾而下，因河道狭窄引起洪灾。洪水退后沙石千里。加之江东玉垒山阻碍江水东流，遂致西涝东旱。

〔877〕李冰父子带给都江堰的不仅是一座惠泽千年的水利工程，还是一部如何与自然相处的哲学著作、一部天地人和的巨制鸿篇。早在一千八百年前的东汉时代，灌区人民就开始纪念李冰，齐建武年间（494—498年）间，益州刺史刘季连将都江堰渠首"望帝祠"迁至郫县，以原庙改祀李冰，名崇德庙；唐太宗（712—756年）褒封李冰"神勇大将军"；唐玄宗幸蜀时敕封李冰为"司空相国"；宋太祖赵匡胤治修崇德庙，扩大庙基，增塑二郎像；北宋初年（960—976年）离堆上的伏龙观（后名老王庙、李公祠、李公庙）改祭李冰；宋开宝七年（974年）改封李冰"广济王"，将崇德祠改名二王庙。现存建筑系清代重修。庙宇依山取势，宏伟秀丽，古木葱茏，环境幽美；大殿及后殿有李冰及二郎塑像；庙内石壁刻有"深淘滩，低作堰"和"遇湾截角，逢正抽心"等李冰治水口诀，二王庙于2008年汶川地震时损坏，至今尚未修复；伏龙观前

殿李冰石像高 2.9 米,重 4.5 吨,造于东汉灵帝初年,距今一千八百多年,是我国现存最早的圆雕石像,于 1974 年修建外江节制闸时从河床中取出。从唐代起,每年清明节均在岷江岸边举行"春秋设牛戏",此为最早的"放水节";太平兴国三年(978 年)北宋将清明节定为放水节;此后每年清明都江堰市都举行隆重的放水大典,举办二王庙庙会,当地群众自发到二王庙祭祀李冰父子;1957 年修建节制闸门后,都江堰不用全部断流,砍杩槎放水仪式停止举行;1990 年都江堰市为弘扬民族文化,重新恢复都江堰清明模拟放水活动。

〔878〕"鱼嘴"指鱼嘴分水堰。宝瓶口引水工程虽然起到了分流和灌溉作用,但江东地势较高,江水难以流入宝瓶口。为此,李冰父子又率众在玉垒山附近的岷江上游修筑分水堰,将装满卵石的大竹笼置于江心,堆成形如鱼嘴的狭长小岛,把汹涌的岷江分成内、外二江。西边外江俗称金马河,为岷江正流,主要用于排洪。东边内江为人工引水渠道,通过宝瓶口流入成都平原,主要用于灌溉。为观测和控制内江水量,李冰命人雕刻三座石桩人像置于水中,以"枯水不淹足,洪水不过肩"确定水位,还凿制石马置于江心,作为每年最小水量时淘滩的标准。

〔879〕"宝瓶"指宝瓶口,起"节制闸"作用,能自动控制内江进水量,是在湔山(今名灌口山、玉垒山)伸向岷江的虎头岩上凿开的一个口子,为控制内江进水之咽喉,因形似瓶口、功能奇特得名。留在宝瓶口外侧的山丘因与山体分离,取名离堆。"离堆锁峡"属史上著名的"灌阳十景"之一。

〔880〕"遇湾截角,逢正抽心"八字格言,是李冰治理岷江、解决灌区输水和疏通排洪河道的主要方法,也是治理疏浚河道之通则。"遇湾截角"指岁修时遇河流弯道,在凸岸截去锐角,减缓冲势,使其顺直,减轻主流对河岸的冲刷。"逢正抽心"即在顺直的、又沟很多的河段,将河床中间部位适当淘深,以集中主流,使江水"安流顺轨",避免泛流毁岸淹田。飞沙堰溢洪道位于金刚堤尾、离堆前端。长约 200 米,高 2.15 米,前有弯道,可形成环流,是确保成都平原不受水灾的关键所在。内江水量较小时可拦水进宝瓶口,起河堤作用,保证灌区水量。水量超过溢洪道高度时,多余水量会自动排至外江。遇特大洪水时,会自行溃堤,让大量江水回归岷江正流,同时自动排去内江 75% 的泥沙乃至大型石块,不让其淤塞宝瓶口和灌区。李冰巧妙结合宝瓶口前三道崖的弯道地形和环流水势,利用弯道流体力学原理,简单易行地解决了河沙淤积这个国际上水利工程的难题,令中外学者钦佩不已。古时飞沙堰以竹笼装卵石,就地取材,费省效宏,如今飞沙堰改用混凝土浇筑,有一劳永逸之效。

〔881〕"深淘滩,低作堰"是都江堰水利工程的治水名言。这六字真经体现了古人卓越的治水理念。"深淘滩"指凤栖窝下面的一段内江河道。每年洪水过后均有沙石淤积,须岁岁勤修。岁修时河床淘沙只能淘到一定深度。过深则宝瓶口进水量偏大,会造成涝灾;过浅则宝瓶口进水量不足,难保灌溉。相传李冰曾埋石马,明代改埋卧铁,作为深淘标志。"低作堰"指修筑飞沙堰时宜低作堰顶,以便泄洪排沙,引水灌田,分洪减灾,切忌用高作堰的方式于枯水季节增加宝瓶口进水。高作堰这种急功近利的做法,只会造成洪水季节严重淤积,导致工程逐渐废弃。

〔882〕水利是农业的命脉。都江堰水利工程科学地解决了江水自动分流、自动排沙、控制进水流量等问题,消除了水患,直到今天还在发挥作用。目前都江堰灌溉面积已达四十余县,接近两千万亩。两千年来,都江堰人将自己的家园安置在都江堰周围,世世代代像年轮一样扩张,从泥墙木梁的茅舍草屋,到雕梁画栋的高楼大厦,在都江堰周边建成了一座因水而生,因水而盛的城市。2008年汶川地震之后都江堰依然坚固,暴躁的岷江水依然顺服地分成内外两江,泽濡西蜀大地。地震可以摧毁都江堰高楼广厦的梁木,却摧毁不了都江堰遇弯截角的精神;可以摧毁都江堰的当下,却摧毁不了都江堰的历史与创造未来的意志。

〔883〕"剑门"指剑门关,位于四川省剑阁县城南15千米、四川盆地北缘、大小剑山中断处,为古蜀道最重要的关隘。古代四川盆地曾为内海,在白垩纪地壳运动中海水下跌,底石隆起,遂形成坚硬的砾岩山体。此处大、小剑山对峙,形状如门,蜀道从门缝穿过,使剑门关成为一夫当关,万夫莫开的兵家必争之地,有志称王蜀中者,必先攻克剑门天险。三国时期,蜀将姜维曾在剑门关下以三万人马抵御魏将邓艾十万大军。1935年,李先念曾指挥红军迂回后关门,奇袭营盘嘴,攻占剑门关。此外,无任何兵家正面攻下剑门关。剑门之险、峨眉之秀、青城之幽、九寨之奇并称"四川四绝",剑门关享有"剑门天下险""天下第一关""天下雄关""蜀之门户""我国最著名的天然关隘"诸多美誉。"蜀道"指剑门蜀道,古称金牛道,为古代川北三条蜀道之一(另为阴平道、米仓道),对川人的生产、生活影响深远。其北起陕西宁强,南至四川成都,全长450千米,开辟于战国中期,取夏、商、周原始路道。据《括地志》载:"昔秦伐蜀,路无由入,乃刻石牛五头,置金於后,伪言此牛能屎金,以遗蜀。蜀侯贪,信之,乃令五丁共引牛,堑山堙谷,致之成都。秦遂寻道伐之,因号曰石牛道。"《华阳国志·蜀志》《十三州志》《水经注》也有"五丁开道"记载。五丁为概数,实为多人。蜀相诸葛亮北伐中原路经此地,见地形易守难攻,遂在大剑山中段依崖砌石,建关设尉,在大、小剑山之间架筑三十

里栈道运送军需。民国政府曾在古蜀道基础上扩建、改建川陕公路。新中国修建高速公路时多辟它径,将古蜀道基础留供后人研究观赏。古人于蜀道两旁广植柏树,后人精心维护补充,也是剑门蜀道留存至今的重要原因之一。剑门蜀道沿线三国文化深厚。流传庞统、蒋琬、姜维、邓艾、马超、鲍三娘等人的精彩故事;棋布三星堆遗址、德阳文庙、昭化古城、七曲山大庙、皇泽寺、千佛崖等重要古迹;密集富乐山、翠云廊、明月峡等如画美景。

〔884〕唐代大诗人李白所作《蜀道难》中,有"剑阁峥嵘而崔嵬,一夫当关,万夫莫开""危乎高哉,蜀道之难,难于上青天""使人听此凋朱颜"和"侧身西望长咨嗟"等名句。

〔885〕"皓月"即明月,指明月峡。"飞梁"指诸葛亮架设于大、小剑山之间的飞梁阁道。

〔886〕"清风"指清风峡,位于"川北蜀门"朝天镇(古名飞霞镇,为唐玄宗幸蜀时蜀官接驾处)北,与镇南明月峡、岭头朝天关构成"两峡夹一镇"的天堑式地理格局。"险道"指朝天关栈道,建于山险水急的清风、明月两峡之内,为古代川、陕之间著名蜀道的遗迹。两峡峭壁凿有上、中、下三排石孔,中排石孔插枋为梁,铺板为路;下排石孔插木撑梁;上排石孔搭板遮雨。该处栈道保存完好,仍可饱览古蜀道"飞梁架绝岭,栈道接危峦"的秀丽风光。

〔887〕"昭仪"指武昭仪,即中国历史上唯一的女皇帝武则天(624—705 年)。其本名武照,称帝后改武曌。祖籍并州文水(今山西省文水县),生于四川广元(古名利州),其生母为陇右大士族、隋朝宰相、遂宁公杨达之女,后为武士彟续妻。武则天沿剑门蜀道出川,适逢唐太宗"贞观之治",此为大唐乃至整个中国封建社会政治最清明、人民生活最安定、思想文化最活跃的一个著名时期。生于广元,长在剑门,走出蜀道,坐拥天下的则天女皇,使剑门蜀道参与了大唐盛世的辉煌,为灵山异水和崎岖古道增添了许多传奇色彩。西安、文水、广元都在打造"武则天故乡"品牌,呼声较高的当属广元。广元有皇泽寺(原名乌奴寺、川主庙,武则天称帝后更为现名),是纪念武则天且保存完好的唯一唐代祀庙;寺内出土的后蜀主孟昶"广政碑",是武则天生于广元的重要依据;广元民间一直留传纪念武则天生辰的习俗,并正式命名"广元女儿节";广元城内有为武则天兴建的凤凰楼;当代著名考古学家郭沫若也曾留下"政启开元治宏贞观,芳流剑阁光被利州"的楹联。

〔888〕"弱帝"指唐玄宗、唐僖宗。二帝逃蜀使剑门蜀道见证了大唐帝国由盛而衰乃至灭亡的历史命运。唐天宝十四年(755 年),唐三镇(平卢、范阳、河东)节度使安禄山以诛宰辅杨国忠为名,在范阳(今北京)发动叛乱(史称安史之乱),迅速攻占太原、洛阳,在洛阳称帝。次年六月叛军进攻潼关,兵指

长安。附近郡吏弃城而逃,京畿难民拥堵,街巷狼藉,混乱不堪。杨国忠力劝玄宗幸蜀。行至马嵬驿时,护驾士兵因饥累哗变,乱刀砍死杨国忠,逼诛杨贵妃,玄宗被迫赐杨贵妃自尽。十月,玄宗一行在四川官员迎候下,经益昌县(今广元市昭化区)、普安郡(今剑阁县)、巴西郡(今绵阳市)抵达成都,随行官员及护驾士兵仅余一千三百人,宫女仅余二十四人。杨贵妃之死对玄宗打击极大,从此心如枯槁,不理军国大事,只过太上皇生活。唐至德二年(757年)九月郭子仪收复两京。十月唐肃宗李亨遣中使入蜀,于次年初将唐玄宗迎回长安。唐广明元年(880年)底,黄巢起义军占领东都洛阳,进逼潼关,守将望风而逃,长安行将沦陷。把持军政大权、被唐僖宗称为“阿父”的神策军中尉、宦官田令孜再度挟持十九岁的僖宗皇帝,携皇子、嫔妃及御林军数百骑偷离京城,走玄宗入蜀故道,重演仓皇出逃一幕。僖宗在成都住了四年。于唐中和四年(884年)六月黄巢义军撤离后回到长安。此时山河依旧,人事已非,“朝廷号令所在,惟河西、山南、剑南、岭南数十州而已”。二十多年后唐王朝终为后梁朱温取代。诗人李白在《上皇西巡南京歌》中留下的“地转锦江成渭水,天回玉垒作长安”千古名句,正是对大唐天子丢失江山的讽喻。

〔889〕“石宝”指石宝寨,传为女娲补天所遗五彩巨石,明末谭宏起义曾据此为寨,故得此名,因形如印玺,又名玉印山。其位于重庆市忠县境内长江北滨,距县城45千米;主体为孤峰,四壁如削,拔地而起,高逾十丈;塔楼由寨门、寨身、阁楼组成,分十二层,高56米,全木结构,倚山耸势,飞檐展翼,造型奇特,蔚为壮观;寨顶有古刹天子殿、文物陈列室、鸭子洞、流米洞及三组雕塑,一为巴蔓子刎首保城,二为张飞义释严颜,三为巾帼英雄秦良玉;寨下石宝街古朴雅致。石宝寨初建于明万历年间(1573—1620年);清乾隆初年(约1736年)借助壁上铁索建庙山顶;清嘉庆年间(1760—1820年)依山取势,建九层楼阁,免去香客、游人攀缘之苦;1956年改为十二层塔楼;2005年底至2009年春,有关部门拨款亿元治理危岩,修筑围堤、护坡、步道、交通桥,破解了“三峡库区水位升高危及文物安全”的难题,景区重新对外开放。石宝寨以其独特的外形和珍贵的文物价值入列“世界八大奇异建筑”,是“我国现存体积最大、层数最多的穿斗式木结构建筑”,被中外游客誉为“世界上最大的盆景”“长江上的明珠”“长江小蓬莱”“库区第一名岛”。

〔890〕“严公”指严颜(?—219年),为东汉末年武将、刘璋治下巴郡太守。汉建安十九年(214年)刘备进攻江州,俘获严颜。张飞谓之曰:“大军至,何以不降而敢拒战?”严答:“卿等无状,侵夺我州,我州但有断头将军,无降将军也!”飞怒,命牵出斩首。严面不改色:“砍头便砍头,何为怒邪!”飞敬其

勇,释为宾客,与黄忠、廖化并列"蜀汉三老将"。因巴蔓子、严颜"意怀忠信",唐太宗李世民于贞观八年(634年)赐临州名"忠州"(为中国大地上唯一以"忠"字命名的州县),谥严颜为"壮烈将军",追封忠州刺史。宋代文天祥《正气歌》将严颜列为"四烈臣"之首(另为嵇侍中、张睢阳、颜常山)。忠州人将严颜出生地取名将军溪,居住地取名将军村,在县城设严颜路、严颜桥、严颜碑。

〔891〕"玉帅"指著名女将秦良玉。秦良玉简介参见〔419〕。

〔892〕此句指石宝寨上新添武圣关羽石像。

〔893〕此句指忠州三校在校门内壁绘制"张飞义释严颜"和"秦良玉率兵勤王"等历史故事,意使"忠州精神"对学生潜移默化,耳濡目染。

〔894〕"巴裔"指巴族后裔。据古文献记载:巴人远祖为西北高原黄帝部落分支,与黄帝同为姬姓。据《山海经》记载:巴人于炎、黄二帝时期出现在长江三峡地区。相传春秋前巴人居住武落钟离山(又名偎山,位于湖北省宜昌市长阳土家族自治县),首领为廪君。春秋战国时期巴人受商殷王朝武丁部威胁,被迫举族西迁,溯清江而上,在清江源头转郁江,经彭水(今重庆市彭水苗族土家族自治县),下乌江,入枳城(今重庆市涪陵区),再以此为据,东下临江(今重庆市忠县),西取江州(今重庆市渝中区),建立以廪君为君、四姓(樊、瞫、相、郑)为臣的初期奴隶制国家——巴国,形成巴文化。忠县是巴文化主要发祥地之一,有文字记载的历史长达二千三百余年。周朝时为巴国属地。秦时属巴郡。自忠州而上的三峡地区,河面明显开阔,耕地面积渐大,兼有盐业辅佐,是容留过境移民理想之地。长江三峡以其特殊的自然地理环境,孕育了习性刚猛、勇武善战的土家族。他们从小到大,由弱到强,助周灭纣,助刘伐项,打出了地跨渝、鄂、陕、湘、黔的一片新天地。沿江的巴王台、巴王庙、得胜台、巴子营等古文化遗址和数座汉阙遗存,即是民族融合的历史佐证。故有专家学者认为土家族是巴族文明的传承,是中华民族中一个伟大的民族,曾在中国古代史上留下不可磨灭的印记。

〔895〕"橘城"指忠县。1997年该县曾引入"施格兰·三峡柑橘产业化项目",被列入"全国标准化农业示范区"。此项目总投资9.85亿元,为当时三峡库区最大的农业招商引资项目。据介绍:目前忠县柑橘育苗规模居世界第一。其鲜冷橙汁生产线的建成投产,结束了亚太地区不产鲜冷橙汁的历史。该县正在打造"中国柑橘"城,建设"国家级农业旅游示范区"。

〔896〕三亚南山简介参见〔192〕。

〔897〕"山门"指南山景区大门,上书"不二"两字,古色古香,岸然巍峨,生机勃勃,气宇不凡。"不二"指不二法门,据称是佛家八万四千法门中第一法

门。法门可理解为门道或途径。"不二"即彼此无分别。"心经"即《摩诃般若波罗蜜多心经》,简称《般若心经》,收于《大正藏》第八册,汉传佛教通行版为玄奘所译。"心"指心脏,含精要、心髓等意。《心经》在佛教三藏中地位殊胜,相当于释迦牟尼佛的心脏。它将内容庞大的《般若经》浓缩为表现"般若皆空"精神的简洁经典,举出三科、四谛、五蕴、十二因缘等法,总述"诸法皆空"之理。"色即是空,空即是色"一语即出自《心经》。

〔898〕"鉴真"为唐代大和尚、律宗祖师。相传唐天宝年间(742—756 年)鉴真第五次东渡日本遇险,曾漂流三亚,登陆南山,住一年半。其间建造佛寺,传法布道。第六次东渡得观世音菩萨护持,终获成功。

〔899〕"大士三观"指位于南山海滨的"一体三面"观音造像。像高 108 米,为全世界最高的海上观音像,也是当代"世界级、世纪级"经典佛像的代表。造像脚踏一百零八瓣莲花宝座,在直径 120 米的海上金刚洲(观音岛)凌波伫立,宝相庄严,妩媚多姿。北面像手持经箧,东面像手持莲花,西面像手持佛珠,分别象征智慧、和平、慈悲。莲花座下为金刚台,台内圆通宝殿面积达 15700 平方米。

〔900〕"金造像"指供奉在"得大自在观音阁"中的"金玉观世音"像,内装释迦牟尼舍利子,通高 3.8 米,耗用黄金 100 余公斤、南非钻石 120 多克拉,红、蓝宝石、祖母绿、珊瑚、松石、珍珠数千颗,翡翠 100 多公斤,是兼具民族风格和时代精神的造像珍品、当代工艺美术史和佛教造像艺术史上的稀世瑰宝,也是全世界最大的金玉佛像,已录入《世界吉尼斯大全》。金玉观音周围供奉上百座金光灿灿的观音小塑像,整殿庄严肃穆,金碧辉煌。

〔901〕南山寺中有石刻经墙,上篆《心经》,每行 3 字,约 90 行,长 300 米,取王羲之《兰亭集序》笔意,经书辉映,蔚为壮观。

〔902〕西夏王陵位于宁夏回族自治区银川市西郊贺兰山东麓,距市区约 35 千米,东西约长 5 千米,南北约长 10 千米,营建年代约在 11 世纪初至 13 世纪初。在 53 平方千米的岗丘垄阜上布列着 9 座帝王陵墓和 253 座王侯勋戚陪葬墓,陵区规模大体相当于河南巩县宋陵和北京明十三陵。现存帝陵分名裕、嘉、泰、安、献、显、寿、庄、康。第八、九代帝王死于蒙古与西夏战乱。献城投降的末代帝王被蒙军带到成吉思汗出生地祭杀,故无陵。三号王陵(泰陵)为西夏开国皇帝李元昊墓地,俗称昊王坟,是其中占地最大、保护最好的王陵。南宋宝庆三年(1227 年)蒙古灭西夏时,陵区地面建筑全部被毁,陵墓大部损坏,但王陵骨架犹存,仍显示出西夏王朝特有的气息和风貌。"西夏"即大夏王朝,西夏语称"大白高国",建于 11 世纪初,是以党项羌族为主体,与宋、辽鼎立的少数民族王国。其疆域"东尽黄河,西界玉门,南接萧

关，北控大漠，地方万余里，倚贺兰山以为固"。鼎盛时期面积约 83 万平方千米，含今宁夏、甘肃大部、内蒙古西部、陕西北部、青海东部、新疆东部及蒙古共和国南部等广大地区，前期与北宋、辽国平分秋色，中后期与南宋、金国鼎足而立，人称"三分天下居其一，熊踞西北两百年"。从北宋景祐五年、宝元元年（1038 年）李元昊称帝建国起，至南宋宝庆三年、西夏保义二年（1227 年）被蒙古灭亡止，西夏立朝 189 年（或云 982 年立国，1227 年亡国，历时 246 年），前后传位十主。西夏王朝灭亡后，党项族随之消失。直到 1972 年 6 月西夏王陵才被意外发现。西夏王陵将汉族文化、佛教文化和党项族文化有机结合，创造了我国陵园建筑中别具一格的形式。王陵坐北面南，左昭右穆（即父昭子穆），列东西两行，呈纵长方形，组北斗星图案。陪葬墓按星象布列；陵园有角楼、门阙、碑亭、外城、内城、献殿、塔状陵台，为完整建筑群体；平面布局按中国传统，以南北中线为轴，力求左右对称；采用别具一格的西夏建筑形式；陵台均为塔式，偏离中轴，如黄色小丘，蔚为壮观；陵台前设献殿，内置墓道入口；陵台与献殿间有鱼脊梁封土，下为墓道，这在帝王陵寝中绝无仅有，在中国建筑史上尚属首例；墓室为"三室土洞式"结构，陪葬品相对较少。以上鲜见的特征均出自党项民族的创造，虽无秦陵的铺张、唐陵的华彩、宋陵的考究和明陵的气派，却表现出磅礴的气势。西夏王陵为我国现存规模最大、地面遗址最完整的帝王陵园之一，是我国最大的西夏文化遗址，也是我国 119 处国家重点风景名胜区中唯一以单一帝王陵墓构成的景区。它承接鲜卑拓跋氏从北魏平城到党项西夏的一段历史，被世人誉为"神秘的奇迹"和"东方金字塔"。

〔903〕"鸟""雀"指人头鸟身石雕，被发现于西夏三号王陵东南角阙和东门，为西夏王陵博物馆镇馆之宝。此物大体完整，带翅，造型独特，专家确认名为"迦陵频伽"（汉译妙音鸟），原型为喜马拉雅山中一种能发妙音的鸟类，传为佛教"极乐世界"之鸟。出土妙音鸟有三种质地（陶质、泥质红陶、绿琉璃）、两种造型（甲型、乙型）。甲型为女头鸟身，双目下垂，表情端庄慈祥，以串珠拢发，戴莲花形冠，手腕饰钏，胸前合十，腹如蚕节，上身前倾，体侧、尾部有长条形孔，分插翅膀、尾羽，下肢如鸟腿，粗壮有力，向后平伸，底座饰卷云纹，造型若展翅飞翔。乙型眉心有吉祥痣，秀发垂肩，头戴花冠，身着短衫，挂璎珞飘带。妙音鸟花纹精细，工艺精美，带有浓厚的佛教色彩，说明唐宋时期佛教在中国已走向世俗化，许多神化崇拜物已走出佛经故事，成为艺术题材，得到广泛应用。

〔904〕"番书"指西夏少数民族文字，号称"绝学"，为西夏大臣野利仁荣等人创造，曾借"蕃汉学"在西夏迅速推广。此书每字笔画均在 25 画（或云 10

画)以上,无竖钩,多撇、捺,粗看似曾相识,细看无字能识,具有美学观赏价值。西夏语言属汉藏语系,与彝、傈僳、纳西族语言属同一语族。1972年6月,解放军某部在贺兰山下修筑小型军用机场时,意外挖出一些形状规则的方砖,上刻方块文字。同年8月,宁夏考古队在同一地段找到1775块西夏文字碑片,据以拼成16字残碑。其中360块残碑出自西夏三号陵碑亭(文字最多的残片为5字),63块残碑出自五号陵西碑亭。据此确认这片墓群即为中国历史上一度消失的西夏王陵。碑文即是人们视为"番书"的西夏文字。此时距西夏王朝灭亡已过去整整745年。

〔905〕西夏王朝的神秘面纱正在一层层揭开,但仍有许多谜底未解。如:王陵上为何不长草? 王陵的夯土主体为何没有损坏? 王陵上为何不落鸟……几乎无籍查考。元人主修了《宋史》《辽史》《金史》,在三史中立了《夏国传》或《党项传》,唯独没有编修西夏专史。后世研究者一直在废弃建筑、出土文物和残缺经卷中苦苦寻找西夏的踪迹。西夏博物馆是我国第一座以西夏皇家陵园为背景,真实形象地揭示西夏王国兴衰历史的博物馆。其占地7.95亩,仿西夏建筑造型,既有现代建筑气势,又与陵区遗址呼应。馆内陈列671件最具代表性的西夏文物,含雕龙石柱、石马、琉璃鸱吻、西夏碑文、石雕人像座、佛经、佛画、西夏瓷器、官印等,其中鎏金铜牛重达188公斤,集冶炼、模具雕塑、浇铸、焊接、抛光和鎏金工艺于一体,为国家一级文物,为西夏文物中的瑰宝。西夏博物馆按6∶1比例复制了西夏古塔,还陈列了精选临摹的8幅西夏壁画、西夏石窟艺术精华及413册(篇)专著、论文、杂志、文章,用以展示西夏王国昔日的辉煌。1999年我国新编的《中国通史》已将西夏置于辽、金同等地位。

〔906〕西夏太祖李继迁因参与镇压黄巢起义,被唐朝赐姓李。任北宋定难军节度使时,又被宋朝赐姓赵。太祖李继迁、太宗李德明曾在北宋为官。太宗李德明、景宗李元昊、惠宗李秉常、崇宗李乾顺曾被宋朝封王;太祖李继迁、太宗李德明又被契丹封王;太宗李德明、崇宗李乾顺曾被辽国封王;桓宗李纯祐、襄宗李安全曾被金国封王;景宗李元昊改姓,废王,称帝;太祖李继迁、太宗李德明、景宗李元昊、毅宗李谅祚、惠宗李秉常、崇宗李乾顺、仁宗李仁孝、桓宗李纯祐、襄宗李安全、神宗李遵顼死后追谥皇帝;仁宗李仁孝敕封下属为王;景宗李元昊、桓宗李纯祐、襄宗李安全被篡位废位加害;毅宗李凉祚、惠宗李秉常、崇宗李乾顺幼承王位,被母舅垂帘听政。以上种种导致西夏与宋、辽、金、蒙时战时和,若即若离,国策多变,政局不稳,仅有仁宗李仁孝总体尊汉为师,与宋交好。西夏王朝迅速灭亡的历史原因,于此可见端倪。

〔907〕涌泉寺位于福州鼓山山腰,前对香炉峰,后倚白云峰,占地约 1.7 公顷,海拔 455 米。其始建于唐建中四年(783 年),初名华严寺,后改名国师馆、涌泉禅院、涌泉寺,经五建三毁,形成今制。该寺建筑格局奇特,"进山不见寺,进寺不见山";佛像奇特,只披汉装,不着梵服;供桌奇特,"三圣立像"供桌可示晴雨,屡经火劫仍完好如初。寺内有唐代以来陶器、瓷器;有宋代观音陶像及白玉佛像;有明清书画、佛像、法器;有泰国铜钟;有缅甸、印度贝叶经;有 300 余处宋、元、明、清题咏;藏 13375 块佛经、佛像雕版。寺前两座千佛陶塔烧制于北宋元丰五年(1082 年),高约 7 米,为八角九层,仿宋代木构楼阁建筑风格,具有很高的历史价值,属全国罕见。香积厨中的四口宋代铁锅有九百余年历史。大锅一次煮米五百斤,可供千人食用。寺中"寿"字高达 4 米,传为朱熹手书,为福建省最大的古代石刻。涌泉寺有"闽刹之冠"美誉。

〔908〕宋咸平二年(999 年)宋真宗曾赐额"涌泉禅院"。清康熙三十八年(1699 年)康熙帝曾御书"涌泉寺"泥金匾额。后者仍高悬天王殿寺门之上。

〔909〕涌泉寺"三圣立像"供桌以桑丝木(亦称铁木)制成。据记载:此桌系康熙五年(1666 年)海外华侨弟子捐赠,通热见潮,入水即沉,遇阴则润,逢晴渐干,失火无恙,名列"镇寺三宝"。

〔910〕涌泉寺方丈室天井有三株铁树。左、右雌树特别粗大,传里株为涌泉寺开山祖师神晏所植,外株为五代闽王王审知所植,距今有一千多年历史。中间雄树于 1972 年移自福州西禅寺,亦有几百年历史。近年来三株铁树年年开花,黄色花果大如绒球,人称奇观。

〔911〕此联化用涌泉寺山门楹联,原文为"净地何须扫,空门不用关",或云此联出自福建宁德天王禅寺当代僧人释智圆之手。

〔912〕"阿逸"指阿逸多,为弥勒佛(亦称布袋佛)别名。此联化用清代福建按察使王廷珍撰联(或云明人撰联)。上联为:"日日携空布袋,少米无钱,却剩得大肚宽肠,不知众檀樾信心时,用何物供养?"下联为:"年年坐冷山门,接张待李,总见他欢天喜地,请问这头陀得意处,有什么来由?"通俗风趣,耐人寻味。

〔913〕峨眉山万年寺是峨眉山历史最悠久的古刹,为峨眉山八大寺庙之一,传为汉代采药老人蒲公礼佛处。其始建于东晋隆安五年(401 年),时名普贤寺,唐代易名白水寺,宋代改称白水普贤寺,明代赐额圣寿万年寺,沿用至今。主要景点有无梁砖塔、巍峨宝殿、白水池。佛牙、贝叶经、御印为寺藏"三宝"。佛牙为明代嘉靖年间(1522—1566 年)斯里兰卡僧人所奉,长 1.28 尺,重 6.5 公斤,为古代剑齿象化石,约有二十万年历史,传由普贤坐骑坐

化。贝叶经为明代暹罗(今泰国)国王所赠,上书梵文(古印度文)《法华经》。御印为敕建无梁砖殿时明神宗所赐。寺中名碑为宋代书法家米芾手书"第一山碑"。峨眉山简介参见〔60〕。

〔914〕考古资料表明:一万年前峨眉山地区就有古代先民活动,人文历史有两千余年。古代先民在漫长的岁月中创造了光辉的历史文化,留下了丰富的历史遗产。佛教的传入,寺庙的兴繁更为这座雄奇秀丽的"蜀国仙山"增添了传奇色彩。

〔915〕"桫"指桫椤,又称树蕨,属蕨类植物门桫椤科,为古老蕨类家族后裔,是现存唯一木本蕨类植物,被多国列为一级保护濒危植物,堪称国宝。"珙"指珙桐,系落叶乔木,为一千万年前新生代第三纪孑遗植物。大部分地区的珙桐已在第四纪冰川期相继灭绝,仅在我国南方部分地区幸存,人称植物"活化石"。

〔916〕"蛙"指峨眉山弹琴蛙,属无尾目蛙科,为两栖纲动物,中文学名"仙姑弹琴蛙"。相传唐时万年寺和尚广浚善弹琴,每日念完经文,便在毗卢殿后听琴台焚香弹琴,琴声柔如松涛细语,急如百鸟啼啭,缓如行云流水,宏如寺钟共鸣。每闻琴声,林中山雀、塘蛙便停止鸣叫,还有绿衣姑娘倚门听琴,带琴求教。广浚去世后姑娘不再出现,但每日黄昏毗卢殿后仍传来叮咚琴声,如琴弦初拨,略似广浚琴音,近观不见琴师,惟闻蛙鸣,方知绿衣姑娘系青蛙所变,遂名"弹琴蛙"。

〔917〕"洗象池"位于峨眉山钻天坡,距下方仙峰寺 25 华里,海拔 2070 米,明时称初喜亭,后改初喜庵,清康熙三十八年(1699 年)改初喜寺,清乾隆初年(1736 年)改寺前小池为六方池,畔置石象,应普贤洗象之说,名洗象池,亦称天花禅院,现存弥勒殿、大雄宝殿、观音殿、藏经楼、客寮。

〔918〕峨眉山万年寺原有七重殿宇,规模宏大,几经兴废,仅存无梁砖殿,系明万历二十八年(1600 年)万历帝为其母祝寿而建。此殿仿印度、缅甸建庙技术及风格,为巨型金刚宝座式塔;高约 17 米,阔约 16 米,深约 16 米;上为半圆中空拱顶,下为方形底座;四壁砖砌,至 7.7 米处逐渐内收,建成穹窿形拱顶。全殿无梁柱,门楣、额枋、斗拱、窗棂皆为砖砌,故称"无梁殿"。

〔919〕"秋风白水"指"白水秋风"佳景,为古"峨眉十景"之一。"普贤"(曾译遍吉)指普贤菩萨,为中国佛教四大菩萨之一,象征理德、行德,对应文殊菩萨的智德、正德。文殊、普贤为释迦牟尼佛左右胁侍,三者合称"释迦三尊"或"华严三圣"。峨眉山位列"中国佛教四大名山"(另为山西五台山、浙江普陀山、安徽九华山),为普贤菩萨教化众生之道场。民间有"金五台、银普陀、铜峨眉、铁九华"之谓。

神州风采——余恢毅格律诗作选

〔920〕"后海"为北京什刹海之组成部分(另为前海、西海。其东起地安门外大街,西至新街口大街,南起平安大街,北至北二环,总面积约1.47平方千米,其中水域面积0.34平方千米,绿地面积0.115平方千米,为七百年前元大都时期的古老水域。元代后海周边为繁华商业街区、漕运终点,人称"北京古海港"。时后海沿岸遍布酒楼歌台、商肆作坊,设"九庵一庙"。其街巷结构及大小金丝胡同、南北官方胡同、鸦儿胡同、白米斜街、烟袋斜街、南锣鼓巷等许多建筑都具有北京传统建筑典型特征。此处有文物保护单位四十余处,含恭亲王府、醇亲王府、宋庆龄故居、郭沫若故居等。共和国十大元帅有八位曾在什刹海柳荫街居住。据史书记载:后海为老北京久负盛名的消夏、游乐场所。藕局、茶社、食品、商品、曲艺等各式摊棚沿岸而设。仕宦官家、文人雅士、平民百姓纷至沓来,场面火爆。此处有小桥流水、江南人家、清羹雅味。随时散发出爆肚、卤煮的香气,流窜着豆汁诱人的酸味。这里垂柳依依,望山近水,至今能听到秋日清脆的虫鸣,看见四合院的缩影,咀嚼远去的皇家轶事,铺陈首都的京味和历史的遗韵。

〔921〕"什刹"指什刹海。"数九"指数九寒冬。按民间说法:从冬至起,每九天为"一九"。"一九"到"九九"共八十一天,大致包括三个月的冬令时节。民谚云:"一九二九不出手,三九四九冰上走,五九六九看河柳,七九河开,八九雁来,九尽杨花开!"形象概括了数九期间的气温变化。

〔922〕此句化用杜甫《绝句》"窗含西岭千秋雪"。

〔923〕此指什刹海一带仿照《红楼梦》大观园建筑格局修建的酒楼。

〔924〕"京韵"指京韵大鼓,属鼓词类曲艺音乐,广泛流行于河北省及华北、东北部分地区,是我国北方说唱音乐中艺术成就较高的曲种,在全国说唱音乐曲种中占有相当重要的地位。京韵大鼓由河北沧州、河间流行的木板大鼓发展而来,形成于京、津两地,是由"鼓王"刘宝全改以北京语音声调吐字发音,吸收石韵书、马头调和京剧部分唱法而创作的新腔专唱短篇曲目,主要以大三弦与四胡伴奏,有时佐以琵琶,由演员自击鼓板,掌握节奏。传统曲目有《单刀会》《战长沙》《博望坡》《长坂坡》《白帝城》《探晴雯》《樊金定骂城》等数十段。曲种名家有冯凤喜、于瑞凤、良小楼、白银宝、何金桂、刘宝全、白云鹏、张筱轩、骆玉笙等。

〔925〕"杜康"指杜康酒,为我国浓香型历史名酒,因杜康始造得名,有"贡酒、仙酒"之誉。其酿酒原料为优质小麦和精选糯高粱。采取"香泥封窖,低温入池,长期发酵,混蒸续槽,量质摘酒,分级贮存,陈酿酯化,精心勾兑"等先进工艺,1979年打入国际市场,1988年定为国宴用酒。历代文人墨客常觥筹交错,华章汗牛;以诗咏酒,以酒酿诗;诗增酒意,酒助诗兴。曹操《短歌

行》诗云："慨当以慷，忧思难忘。何以解忧，唯有杜康。"

〔926〕鹳雀楼地处山西省永济市蒲州古城以西黄河东岸，位于晋、秦、豫"黄河金三角"区域中心，为山西省南大门。楼高六层，前瞻中条山，下瞰黄河，传当年常有鹳雀栖其上，因以得名。鹳雀楼所在地为五千年中华文明发祥地之一。永济古称蒲坂，尧、舜曾在此建都；西侯度古人类文化遗址距鹳雀楼仅20千米；一百八十万年前旧石器时代的人类开始在这里用火，使用打制石器；华夏民族先祖伏羲、女娲、黄帝曾在这一带留下史迹。"华夏"之"华"指黄河西岸华山一带先民，"华夏"之"夏"指河东一带大夏民族，鹳雀楼正好坐落在华夏历史坐标的中点，这一巧合使它蒙上了一层神奇的色彩。因楼体壮观，结构奇巧，区位优越，风景秀丽，唐、宋文人学士多登楼赏景，留下许多不朽诗篇。李益、王之涣、畅当等人的咏楼诗作堪称千古绝唱，一直在海内外流传，对提振中华民族之志产生深远影响。

〔927〕据史料记载：鹳雀楼始建于北周（557—581年），由大将军宇文护修筑，以镇河外之地，为唐代河中府著名风景胜地，金章宗明昌年间（1190—1196年）仍屹立如故。元初（1222年）毁于战火，给天下游客留下无限遗憾。1997年底鹳雀楼复建工程在黄河岸畔破土动工。2002年秋重新对游人开放。

〔928〕盛唐诗人王之涣为鹳雀楼写下了"白日依山尽，黄河入海流。欲穷千里目，更上一层楼"的千古绝唱。此诗情景交融，虚实相生，理入景势，志由物出。虽寥寥二十字，却似巨椽千钧，尺幅万里，融汇了北国河山的磅礴气势与壮丽景象，将哲理、景物、情势熔为一炉，令人胸襟开阔，目光远大，豪情满怀，奋发向上，并使鹳雀楼名传千古。

〔929〕"迥临飞鸟上，高出世尘间。天势围平野，河流入断山"，是中唐诗人畅当为鹳雀楼写下的名作。前两句在精心营构的雄浑图景中寄托诗人孤高傲世、独步青云的风姿，壮志凌云、豪情满怀的胸襟和志不苟俗、冲决樊篱的情志。后两句在写景状物，图形绘貌中暗含情志理势。从当时的历史条件看，其诗的思想内容是进步的，励进的精神也是可取的。宋人对这首五绝评价甚高，认为可与王之涣同题名作相提并论。

〔930〕鹳雀楼是现存最大的仿唐建筑。其外观四檐三层，内分六层，总高73.9米，总建筑面积约33206平方米，总重量5.8万吨。一层主题为"千古绝唱，蒲州盛景"。二层主题为"源远流长，华夏祖根"。三层主题为"恢宏深远，亘古文明"。四层主题为"厚重叠叠，黄土风韵"。五层主题为"琳琅满目，旷世盛荣"。六层主题为"极目千里，广阔胸襟"。全楼充分展示了盛唐氛围和华夏文明，流传着"宇文护戍边筑楼""王季凌题诗扬名""毛泽东墨宝增辉"等名人

佳话。

〔931〕鹳雀楼是国内唯一采用唐代彩画艺术复原的仿唐建筑。外表经磨平处理，施以油漆彩绘，达到了古典风雅、修旧如旧的艺术效果。

〔932〕"鹤"指武昌黄鹤楼。"岳"指洞庭岳阳楼。"滕王"指南昌滕王阁。黄鹤楼、岳阳楼、滕王阁、鹳雀楼并称"中国古代四大名楼"（亦云第四大名楼为烟台蓬莱阁或绵阳越王楼）。

〔933〕黄水镇位于重庆市石柱土家族自治县东北部黄水坝，原名凤凰山，因山幽林茂，积叶化土，溪水色黄，于清初改称现名。此处为重庆市"七大出口"之东北出口，历史悠久，文化古朴，民风淳厚，生态良好，资源富集，经济繁荣，为渝、鄂省界重镇，是著名的"中国黄连之乡""中国莼菜之乡""全国造林绿化百佳县"之核心林区。

〔934〕1969年3月至1971年7月，余曾在彭水、黔江、酉阳三县交界处的彭水土家族苗族自治县梅子镇（原名双鹤公社、梅子乡）插队落户，在彭水县务农、工作十二年，在涪陵地区工作十八年，三十年后始返主城。

〔935〕2012年7月作者将满六十五岁之际，曾与妻、子在石柱县黄水镇避暑一月有余。

〔936〕"桃源"即桃花源，指石柱土家族自治县黄水镇的原始自然人文生态。

〔937〕重庆市铜梁区安居镇原名赤水县，因境内赤水源得名。其位于涪江、琼江交汇处，始建于隋代开皇八年（588年），曾两废两置，明成化十六年（1480年）更名安居县，取安居乐业之意。县邑王家大院为翰林王恕祖宅。科甲坊是皇帝御赐王家的牌坊。

〔938〕涪、琼两江交汇带来的水运交通优势，是安居古城繁荣千年的主因。在以水运为主的时代，此地一直是棉、麻、盐等物资进出四川的交通枢纽，为"日有千人拱手，夜来万盏明灯"的繁荣之地。明、清朝代这里同时出现福建、湖广、江西、广东四座会馆，形成名震川东的九宫十八庙和令人叹为观止的安居八景。该镇集县城文化、古巴渝文化、庙宇文化、书香文化、码头文化和龙文化于一体，为中国龙文化发源地之一；宋代有龙门书院、乐活书院，明代有棠文书院、文庙，清代有琼江书院、崇德乡学、玉堂书院、青藜书院、玉成乡学、丛桂乡学、琼林乡学、三味乡学。据史料记载：宋代至清代此地出过4位翰林、38位进士、87名举人及礼部尚书、河南巡抚、安徽巡抚、福建巡抚等高官。过去二十年间，几乎年年都有安居学子考上北大、清华。20世纪90年代初，因公路代替水路成为主要交通路径，安居场镇人口由十年前的1.5万人减至1万余人，但尚文好学之风留传至今。

〔939〕安居"九宫十八庙"主要有万寿宫、玄天宫、上紫云宫、下紫云宫（商船

公所)、紫桐宫、文昌宫、帝王宫,天后宫、南华宫;城隍庙、武庙、川主庙、东岳庙、火神庙、药王庙、龙王庙、桓侯庙、禹王庙、奎阁庙、上王爷庙、下王爷庙、文庙、波仑寺、龙兴寺、赛龙兴寺、雷祖庙、古佛庙。

〔940〕王家三代举人以上计十余人。王恕、王汝璧、王汝嘉父子三人为进士。王恕、王汝嘉为翰林。王恕生于康熙二十年(1681年),字中安,号楼山,四十岁中进士,点选翰林院庶吉士。历任康熙、雍正、乾隆吏部员外郎、郎中、广东道监察御史、按察史、布政史、福建巡抚等职,官至从二品。据史料记载:其为官清廉,治事不苟,遇事秉公决断,任内多次平反冤狱,归葬安居。王汝璧曾任安徽巡抚、兵部左侍郎、刑部右侍郎等职。王汝嘉曾在翰林院掌修国史,为《四库全书》馆编修及重要献书人,是参编《四库全书》的两名重庆籍人士之一。

〔941〕吴家翰林文名颇盛,才盖京华,曾受聘主持北京愿学堂和观善堂。光绪二年(1876年)丙子科殿试中,三鼎甲(状元、榜眼、探花)悉出吴门。

〔942〕翰林王恕自幼家贫。有记载称其十八岁夜读无钱买烛,燃竹槁照明。

〔943〕清嘉庆二年(1797年)礼部尚书李志举办五旬寿宴,与铜梁安居王翰林之子王玉林相识,见其玉树临风,才华横溢,即托知县主媒,将女儿月英许配玉林。月英表哥杜文友因妒生恨,以重金买通尚书府孙婆,从月英房中偷走碧玉簪,并伪造月英手书,离间玉林、月英夫妻之情。李尚书闻女儿无端受辱,前往安居讨还公道。月英丫鬟春兰忠心护主,深明事理,提醒尚书验对笔迹,迫使孙婆当堂招供,文友跪地求饶,终使真相大白。月英泪流满面,口吐鲜血,人事不省。玉林摆好香案,长跪不起,对天谢罪。川剧高腔《碧玉簪》在"但愿人长久,但愿花长秀,琵琶声声诉衷肠,泪湿罗裳透……"的唱词中徐徐落幕。

〔944〕"川江号子"主要流传于金沙江、长江及其支流岷江、沱江、嘉陵江、乌江、大宁河等流域。这一带航道曲折,山势险峻,水急滩多,水位落差较大,经三峡出渝,举步维艰。川江号子是此地船工为统一动作、节奏,由号工领唱,众船工帮腔合唱的传统民间歌唱形式。四川东部和重庆是川江号子的主要发源地和传承地。川江号子包括上水号子和下水号子。上水号子包括撑篙、扳桡、竖桅、起帆、拉纤等号子,下水号子包括拖扛、开船、平水、二流桡、快二流桡、幺二三交接、见滩、闯滩、下滩等号子,由此形成拥有数十类和数千计曲目的川江水系音乐文化。不同节奏、不同音调、不同情绪的号子,均由号子头根据江河的水势水性、明滩暗礁对行船的危险以及摇橹扳桡的劳动节奏编创。船行下水或平水时号子悠扬悦耳,节奏较慢,配合摇橹扳桡动作,使船工的体力和情绪得到舒缓和调剂;闯滩时号子雄壮激越,具有强

烈的劳动节奏,适应闯滩行船需要;上水拉纤时号子旋律性较强,可缓解紧张情绪,统一脚步,集中力点。川江号子历经千年,流传至今,形成了悠远的历史传统,获得了"长江文化活化石"美誉。学术界普遍认为:川江号子是长江水路运输史上的文化瑰宝,是船工与险滩恶水搏斗时,用热血和汗水凝铸的生命之歌,具有传承历史悠久、品类曲目丰富、曲调高亢激越、"一领众和"及徒歌多种特征。它体现了自古以来川江流域劳动人民面对险恶自然环境不屈不挠的抗争精神和粗犷豪迈不失幽默的性格特征。其音乐形式和内容的发展较为完善,具有文化历史价值。

〔945〕"印象"指《印象武隆》大型山水实景演出,由武隆县政府与著名导演张艺谋、王潮歌、樊跃领衔的北京印象创新艺术发展有限公司共同打造。它融合了"川江号子""哭嫁""抬滑竿""麻辣火锅"等重庆民俗文化形式,艺术再现了极具重庆地方特色的劳动生活景象,展现了巴渝人坚韧不拔、团结协作、顽强拼搏、乐观豁达的精神面貌。王潮歌说:之所以将"川江号子"作为演出主体,就因为重庆和川东地区是"川江号子"的主要发源地和传承地。随着机械船只的出现,这种拥有千年历史、由号工领唱、众船工帮腔合唱的"一领众和"式民间歌唱形式已成绝唱。《印象武隆》这台艺术作品在愉悦大家心灵的同时,也能唤起对正在消失的文化的传承,绝不能中断历史文化的脉络。

〔946〕长寿湖位于素有"寿星之乡"美誉的重庆市长寿区,距重庆主城区100千米,为西南地区最大的人工湖。中央湖泊面积为65.5平方千米,湖面辽阔,港滩交错,岛屿众多,林木青翠,有多处名人遗迹,以"岛湖风光""长寿文化""乡土文化"享誉四方,入列重庆市十佳旅游风景区、三峡国际旅游热线黄金水道重要节点和国家级生态旅游休闲度假区。

〔947〕"渝州异女"指巴寡妇清。巴清是秦代富甲天下的巴蜀奇女、中国最早女企业家、养生医药鼻祖、著名冶炼家、化工专家、社会活动家、军事女首领、军事指挥家,生于长寿。景区有秦代怀清台遗址,演出《大秦丹魂》。此节目由炼丹、练兵、祭祀三部分组成,演绎巴清的人生传奇。

〔948〕二十世纪初,共和国开国元帅刘伯承血战丰都后曾在长寿湖畔疗伤。

〔949〕1958年3月15日周恩来总理六十寿辰之际,周总理和李富春、李先念副总理一行从武汉乘船而上,视察长江三峡水力资源。其间专程视察龙溪河、长寿湖并题词留念,长寿湖建有总理纪念亭——红星亭及周总理视察长寿雕塑。2005年底重庆卫视航拍长寿湖景区时,发现湖中天然岛屿组成一个巨大的"寿"字,似魏碑体繁写,长约1280米,宽约704米,笔意起伏跌宕,笔锋刚劲有力,笔画简约明快,结构疏密相宜,神韵与意境完美统一,堪称天

赐书法珍品。

〔950〕"狮滩"指狮子滩。狮子滩水电站是开发龙溪河流域的第一级水电站，为中国"一五"期间苏联援助的156个重点建设项目之一，与北方丰满水电站齐名。1954年春国家电力工业部成立狮子滩水力发电工程局；1954年8月1日狮子滩水电工程奠基开工；此工程历时四年，开挖土石方189万立方米，浇筑混凝土36万余立方米，移民3.9万余人，于1957年3月建成投产，总装机容量4.8万千瓦。长寿湖记录了中国水电事业艰苦卓绝的发展历程，开创了中国水电史上梯级开发的先河，培养、造就、输送了一大批水电建设和管理人才，在中国水电史上写下了不朽的篇章。

〔951〕"龙水"指龙溪河。长寿湖是拦截龙溪河形成的人工湖，由区内一江、二湖、三河、十三溪作为水源补给，水资源得天独厚，发展观光旅游、水上运动、生态居所前景广阔。

〔952〕拙政园坐落于江苏省苏州市平江区，占地面积约5.56公顷，开放面积约4.87公顷，为唐代诗人陆龟蒙故宅、元代大弘寺旧址。明正德四年（1509年）弘治进士、嘉靖年间御史王献臣仕途失意，归隐苏州，买下此地，聘吴门画派代表人物文徵微明参绘蓝图，以十六年光阴建成此园。园名借用西晋文人潘岳《闲居赋》"筑室种树，逍遥自得……灌园鬻蔬，以供朝夕之膳（馈）……是亦拙者之为政也"句意，暗喻浇园种菜为拙者之政。不久王献臣去世，其子一夜豪赌，将整园输予徐氏。五百多年来拙政园屡易其主，曾改为私园、官府、民居，名称各异，20世纪50年代方完璧合一，恢复初名。现有建筑多系清咸丰九年（1850年）太平天国忠王府重建，至清末形成东、中、西三个相对独立的小园。全园以水为中心，山水萦绕，庭院错落，亭榭精美，花木繁茂，自然典雅，充满诗情画意，具有浓郁的江南水乡特色，被誉为"天下园林典范""中国园林之母""中国私家园林经典""江南园林代表"，入列"中国四大名园"（另为承德避暑山庄、苏州留园、北京颐和园）、"全国特殊游览参观点"。

〔953〕"沧波"即沧浪。"虹霓"指虹桥。拙政园中花园二景区南面有一座三开间水阁，南窗北槛，两面临水，跨水而居，构成"小沧浪"闲静水院，以屈原《楚辞·渔父》"沧浪之水清兮，可以濯我缨；沧浪之水浊兮，可以濯我足"句意命名。

〔954〕此句化用唐代著名诗人李商隐《宿骆氏亭寄怀崔雍崔衮》诗句"留得枯荷听雨声"。

〔955〕此句化用清人郑板桥《竹石》诗句"咬定青山不放松"。

〔956〕此联化用苏东坡《点绛唇》词句"与谁同坐？明月清风我"。

〔957〕留园位于江南古城苏州阊门外,原为明嘉靖年间太仆寺卿徐泰时的东园,清嘉庆年间(1760—1820 年)著名书画家、藏书家刘恕以故园改筑寒碧山庄,又称刘园。清同治年间(1862—1874 年)著名实业家、政治家、北洋大学(即天津大学)及南洋公学(即上海交通大学)创始人盛宣怀购下此园,重加扩建,修葺一新,始称留园。全园占地约 2 公顷,分四部分,分别突出山水、田园、山林、庭园景色。中部为全园精华,以水景见长;东部有十余处著名斋、轩及三座著名石峰,以曲院回廊取胜;北部盆景园以农村风光怡人;西部土石相间,堆砌自然,颇有野趣,假山为叠石名家周秉忠(时臣)所制。留园建筑集住宅、祠堂、家庵、园林于一体;善用大小、曲直、明暗、高低、收放等布局手法吸取周围风景;以厅堂、走廊、粉墙、洞门与假山、水池、花木组合出数十个大小不等的庭园小品;形成层次丰富、错落有致、节奏明快、色彩缤纷、对比鲜明的空间体系,充分体现了古代造园家的高超技艺和卓越智慧,彰显了江南园林的艺术风格和建筑特色。园内建筑数量居苏州诸园之冠,享有"中国著名古典园林""吴下名园之冠"美誉。

〔958〕"三弄梅花"指古曲《梅花三弄》。此曲初为东晋桓伊所奏笛曲,后改为古琴曲。全曲借物咏怀,通过赞颂梅花的洁白芬芳和凌霜傲雪,歌颂具有高尚节操的人物。曲调采用循环再现手法和泛音奏法,三次重复整段主题,故称"三弄"。"牡丹亭"指明代大曲家汤显祖代表作《牡丹亭还魂记》,取材于明代话本小说《杜丽娘慕色还魂》,与《紫钗记》《邯郸记》《南柯记》合称"玉茗堂四梦"。剧中歌颂青年男女对自由爱情的大胆追求,坚决反对封建礼教,是对封建社会后期思想、文化专制的一次冲击。

〔959〕"吴娃"原为战国时期赵武灵王宠妃、赵惠文王母后,此处泛指苏州女子。"弹评话"指演奏苏州评弹和演唱昆曲。

〔960〕此联化用唐代大诗人白居易《琵琶行》诗句"大珠小珠落玉盘",描写琵音珠落玉盘、唱腔穿户裂牖的生动场景。琵琶属拨弦类弦鸣乐器,分直项、曲项两种,素称民乐之王。直项琵琶由秦末弦鼗发展而来。曲项琵琶于南北朝时期由波斯(亦说印度)经丝绸之路传入中国。琵琶以木制;音箱呈半梨形;张四弦;颈与面板设"相""品"确定音位;奏时竖抱,左手按弦,右手五指弹奏;可独奏、伴奏、合奏。琵琶名曲有壮丽辉煌、雄伟奇特的《十面埋伏》,抒情写意、雅致优美的《夕阳箫鼓》(《春江花月夜》前身),质朴丰满、乐观向上的《阳春白雪》等。

〔961〕"高山泄水"指《高山流水》名曲,为俞伯牙所奏。"丝桐"指瑶琴。"唱晚归舟"化用初唐才子王勃《滕王阁序》"渔舟唱晚,响穷彭蠡之滨"句意。"落英"即落花,此指名曲余韵。俞伯牙简介参见〔256〕〔326〕。

〔962〕"敦煌壁画"为敦煌莫高窟、西千佛洞、安西榆林窟壁画之统称，共有石窟 735 个，是我国，也是世界壁画最多的石窟群，窟中历代壁画共有 4.5 万多平方米，规模巨大，内容丰富，技艺精湛，是敦煌艺术的主要组成部分。敦煌壁画属宗教艺术，主要描写神的形象、神的活动、神神关系和神人关系，寄托善良愿望，安抚人们心灵，具有与世俗绘画共同的艺术语言、表现技巧和民族风格，分佛像画和经变画两个大类。佛像画是壁画的主要部分，多绘于说法图，仅莫高窟就有 933 幅说法图、12208 身神态各异的佛像；经变画以绘画手法通俗易懂地表现深奥的佛教经典内容。壁画题材主要包括供养人（即信仰佛教，出资建窟者）画像、装饰图案（如藻井、椽间、边饰图案及桌围、冠服、器饰）、故事画（含佛传、本生、因缘、佛教历史、比喻故事及山水、飞天画）及建筑、器物、花鸟、动物画，北魏晚期洞窟还有富于道家思想的神话题材。壁画的结构布局、人物造型、线描勾勒和赋彩设色系统反映各个历史时期的艺术风格、传承演变及中西艺术交流融汇的历史面貌，是人类艺术的宝库。有情节的壁画，特别是经变画和故事画，还反映大量的现实社会生活，如统治者出行、宴会、审讯、游猎、剃度、礼佛；劳动者农耕、狩猎、捕鱼、制陶、冶铁、屠宰、炊事、营建、行乞、嫁娶、就学、练武、歌舞、百戏、商旅，以及少数民族和外国使者的社会活动，堪称历史文献宝库。

〔963〕"飞天"指佛教世界空中飞行的天神。敦煌飞天即画在敦煌石窟中的飞神，是敦煌壁画艺术的一个专用名词。唐代画工塑造飞天形象时既以人间美女为蓝本，又倾注内心深切的爱慕，使飞天体态流风迴雪，丰姿绰约；神韵妩媚动人，娴雅温婉；动作迅疾矫健，轻盈舒缓；舞姿异彩纷呈、仪态万千，极具灵动之美。"反弹琵"指中唐第 112 窟经变画中的"反弹琵琶"舞伎，为唐代舞蹈人物画之优秀代表。尽管飞天伎乐在佛教活动中只能烘托气氛，担任配角，但飞天的神情风采却赋予敦煌艺术以强大的生命力，一直受到古今众生的普遍赞美。

〔964〕敦煌壁画的内容、形式和表现手法受新疆龟兹壁画影响。龟兹壁画来自印度、阿富汗。印、阿佛教艺术又吸收西方艺术营养。印度民族能讴善陈，其壁画人物特别是菩萨比例适度，解剖合理，姿态优美，手式纤巧，能真实表现人体之美。敦煌画家接受西域写实手法，借鉴人物解剖原理，生成新的民族风格，弥补了汉晋绘画之不足。我国绘画原不事晕染，西域佛教壁画人物则以朱红通身晕染，低处深暗，高处浅明，鼻梁涂白，以示隆起，这种画法源于印度的"凹凸法"，传至敦煌后又融合民族传统，变为一面受光晕染，既表现人物面部色泽，又富有立体感。这种新式晕染法至唐时达于极盛。

〔965〕十六国和北魏各窟壁画是敦煌壁画中较早的壁画，明显带有域外和新

疆的绘画风格。西魏时期壁画既吸收传统形式,又将更多的生活情节和人物形象融入佛教壁画创作,使传统画风进一步发展。北周时期壁画通常为大型本生及佛法故事连环画,其整体形象风格已呈现汉族传统绘画面貌;唐代净土变相构图利用建筑物透视原理,造成空间深广印象,是绘画艺术发展的重要突破,被后世模仿复制,长期流传;经变故事画更加精彩纷呈,真实有趣。佛像和菩萨像出现了坐立、行走、飞翔等动作,表情愈加丰富多彩;供养人壁画精心描绘上层社会生活,留下了宝贵的历史资料;唐代菩萨形象更成为古代美术理想与现实成功结合的重要范例。

〔966〕云冈石窟位于山西省大同市以西16千米的武周山南麓、武州川北岸,依山开凿,东西绵延1千米,现存主要洞窟45个、小龛1100余个、造像51000余尊,是我国规模最大的石窟群之一。其开凿于北魏中期,经历过"太武灭佛"和"文成复法",于北魏和平年间(460—465年)大规模营造,于北魏正光五年(524年)建成。窟中造像多为神态各异的宗教人物,也有形制多样的仿木构建筑、主题突出的佛传浮雕、精雕细刻的装饰纹样及栩栩如生的乐舞雕刻,琳琅满目,美不胜收。云冈石刻继承发展秦汉雕刻传统,融汇佛教艺术精华,以造像气魄雄伟、内容丰富多彩见长,对隋唐艺术的发展产生过深远影响。现存洞窟大部分开凿于北魏太和十八年(494年)孝文帝迁都洛阳之前。1至4窟(东部窟群)塔洞是研究北魏建筑的形象资料;3窟为云冈最大洞窟,其后室南面的一佛三菩萨似为初唐作品;4窟中的北魏正光年间(520—525年)铭记是云冈石窟现存最晚的铭记;5—6窟集中期造像艺术之大成,是云冈石窟最有代表性的洞窟,后室北壁的17米释迦牟尼坐像为云冈最大佛像;7—8窟的形制、内容、造像构成及题材变化,折射出北魏社会变革的洪流;9—13窟(即云冈五华洞)是研究北魏历史、艺术、音乐、舞蹈、书法、建筑的珍贵资料,也是云冈石窟的重要组成部分,11窟东壁上部造像题记是研究云冈开凿史的重要资料,12窟伎乐天是研究音乐史的重要资料,13窟的交脚弥勒菩萨右臂下有力士托扛,既产生力学作用,又具装饰效果。南壁上层七佛立像、东壁下层供养天人亦为窟中精品;16—20窟(即昙曜五窟)规模宏大,气魄雄伟,是云冈石窟最引人注目的组成部分,19窟释迦牟尼坐像为云冈第二大造像,20窟释迦牟尼露天坐像为云冈石窟代表作;21—45窟(即西部窟群)及未编号小窟小龛多属北魏太和十八年(494年)以后作品,具有浓厚的汉化色彩,十分接近龙门石窟的雕刻风格,38窟北壁"幢倒乐神"浮雕是研究北魏杂伎的形象资料,39窟五层塔柱是研究早期造塔的重要资料,40窟整体布局巧妙运用装饰艺术,提升了石窟艺术的品格。云冈石窟名列我国"三大石窟"(另为甘肃敦煌莫高窟、河南洛阳龙门

石窟），在我国艺术史上占有重要地位，是闻名世界的艺术宝库，也是中国与亚洲国家友好往来、文化交流的见证和桥梁。

〔967〕昙曜系北魏僧人，籍贯、生卒年表不详，少时出家，在凉州修习禅业，为太子拓跋晃礼重。北魏太武帝"废佛灭佛"后，北地经像零落，佛事断歇，沙门纷纷还俗，惟昙曜独坚道心，持守其身。文成帝即位后再兴佛教，特任昙曜为昭玄都统，绥辑僧众，整修寺宇，以师礼事之。昙曜借鉴西域佛影窟体制和敦煌鸣沙山石窟实物，融入丰富想象，创制出云冈石窟总体构想和设计方案，聘用技术娴熟、经验丰富的凉州石工，先于武周山谷北壁凿窟龛五所，建灵岩寺一座，作为云冈石窟开端。五窟造像皆高 60—70 尺，石窟皆高 20 余丈，可容三千人众，规模宏大，雕饰奇秀，造像精美，令人叹为观止。文成帝以后历代帝王亦倾全国赀赋收入，旷日持久地继续浩大的凿窟雕像工程，逐渐形成鳞次栉比、数量众多的石窟洞群。北魏和平三年（462 年）昙曜在武周山石窟寺约集学问僧、印度僧，译出《称扬诸佛功德经》《方便心论》《付法藏因缘传》《杂宝藏经》等十八卷，并奏请设立"僧祇户""僧祇粟""佛图户"，为寺院打造稳固的经济基础，均获文成帝批准。昙曜主译的佛学经典至今流传不绝，云冈石窟更成为祖国传统优秀文化的一处精华。以此而论，昙曜既是复兴佛教的功臣，又是创造文化奇迹的巨人。云冈石窟即是记载他卓绝精神和杰出贡献的一座丰碑。

〔968〕"隆准宽睟"即高鼻深目。云冈石窟 20 窟释迦牟尼露天坐像高达 13.75 米，面部半圆，高鼻深目，大眼薄唇，巨耳垂肩，两肩齐挺，造型雄伟，气势浑厚。其艺术风格显然受到西域佛影窟和敦煌鸣沙山石窟造像影响。

〔969〕黄山为中国山水画发祥地之一。黄山简介参见〔40〕。

〔970〕大足石刻是重庆市大足、潼南、铜梁、璧山区域内以摩崖造像为主流的石窟艺术的总称，以石刻佛像为主，儒、道造像并陈，代表中国唐末宋初南方石刻艺术，大足北山、宝顶山摩崖造像尤负盛名。大足县（今重庆市大足区）建制始于唐乾元元年（758 年），以"大丰大足"得名，为驰名中外的石刻之乡。北山摩崖造像位于大足区城北 1.5 千米处，开凿于晚唐景福元年（892 年），历经五代（后梁、后唐、后晋、后汉、后周），于南宋绍兴三十二年（1162 年）完成，历时二百五十余年。宝顶山摩崖造像位于大足区龙岗街道东北 15 千米处，开凿于南宋淳熙至淳祐年间（1174—1252 年），历时七十余年，是有总体构思组织的大型佛教密宗道场。发起人、主持人赵智凤号称"第六代祖师传密印"。宝顶山石刻的重点保护范围为 7.93 公顷，一般保护范围为 37.14 公顷，建设控制地带面积为 53.30 公顷，现存摩崖造像 75 处、雕像 5 万余尊、铭文 10 万余字。因地处内陆山区，早年交通不便，大足摩崖造像基

本幸免了历代战争浩劫和人为破坏。仅圣寿寺曾遭元、明兵燹。大足石刻
"千手观音"是国内唯一真正的千手观音(有手 1006 只)。因环境干湿交替
和酸雨作用,造像表面曾出现大面积剥落、空鼓和龟裂。2001 年 4 月至
2014 年 5 月,国家文物局对其进行了史上规模最大、最为科学系统的修复,
并对其保存环境加以改善,正常情况下可完保五十年。大足石刻是中国晚
期和中国南方石窟造像艺术的典范。具有很高的文物、艺术、旅游价值。其
规模之宏大,艺术之精湛,内容之丰富堪与"中国四大石窟"(敦煌莫高窟、大
同云冈石窟、洛阳龙门石窟、天水麦积山石窟)比肩。

〔971〕佛湾为宝顶摩崖石刻所在地。宝顶山四周 2.5 千米内的山岩上遍刻
佛像,其中包括以川东古刹圣寿寺为中心的大、小佛湾造像。大佛湾位于圣
寿寺左下,形似"U"字,崖面长约 500 米,高约 8—25 米,造像刻于东、南、北
三壁,通编 31 号,含巨型石雕 360 余幅,依次雕刻护法神像、六道轮回图、广
大宝楼阁、华严三圣、千手观音、佛传故事、释迦涅槃圣迹图、九龙浴太子、孔
雀明王经变相、毗卢洞、父母恩重经变相、雷音图、大方便佛报恩经变相、观
无量寿佛经变相、六耗图、地狱变相、柳本尊行化图、十大明王、牧牛图、圆觉
洞、柳本尊正觉像等佛教造像,图文并茂,无一重复。其中最著名的是六道
轮回图、广大宝楼阁、华严三圣像和千手观音像。小佛湾位于圣寿寺右侧,
坐南向北。主建筑为石砌坛台。其石壁、石室遍刻佛祖、菩萨造像,通编 9
号。含祖师法身经目塔、七佛龛壁、报恩经变洞、殿堂月轮佛龛及十恶罪报
图、毗卢庵洞、华严三圣洞、灌顶井龛等。

〔972〕冰雕世界指黑龙江省哈尔滨市"冰雪大世界"旅游景观。其位于哈尔
滨市松花江畔及江心沙滩地带,每届选址略有不同,占地 0.2—0.6 平方千
米,用冰量 6—18 万立方米,用雪量 8—16 万立方米,设 5—9 个主题景区,
始创于 1999 年,已举办 17 届,办园主题有"迎接千年庆典""中俄友好年"
"奥运梦想""喜迎大冬会""林海雪原 动漫天地""梦幻炫动冰火 神奇冰雪动
漫"等。哈尔滨"冰雪大世界"集冰雪艺术精华,总冰雪娱乐大成,充分展示
北方名城的冰雪文化和冰雪旅游魅力,是哈尔滨市的冰雪旅游名片,在冰雪
旅游项目中享有"五最"之誉:即活动规模最大、冰雪景观最多、冰雪娱乐最
全、冰雪夜景最美、冰雪活动最精彩,曾获"全国文化产业示范基地"称号及
世界"文化艺术特殊贡献奖"。每年有数百万国内外游客来哈尔滨过冰雪
节。党和国家领导人及多国驻华使节曾亲临参观,给予高度评价。

〔973〕"洪都"指洪都拉斯共和国,位于中美洲北部。"玛雅殿"指玛雅神庙
(亦称玛雅金字塔),位于洪都拉斯境内。玛雅文明为古代玛雅人创造的印
第安文明,是中美洲印第安古文明的杰出代表。名列"古代美洲三大文明"

（另为印加文明、阿兹特克文明）和"世界著名古代文明"，也是唯一诞生于热带丛林而非大河流域的古代文明。玛雅金字塔为玛雅文明的标志性建筑，塔体呈方形，底大顶小，逐层相叠；塔台建庙宇，一般用于祭祀或观察天象；塔高可达 70 米；由重达数十吨的巨石砌成，规模之巨、施工之难令人震撼。玛雅金字塔冰雕在哈尔滨冰雪大世界中自成一景，别有风趣。

〔974〕"罗马竞技场"指科洛塞奥大斗兽场（亦译作罗马大角斗场、罗马圆形竞技场）。"科洛塞奥"系意大利语，为高大、巨大之意。竞技场位于意大利首都罗马市中心威尼斯广场东南面、古罗马市场附近，公元 69—71 年由古罗马弗拉维王朝初建，公元 72—80 年由韦帕芗皇帝重建，以庆祝征服耶路撒冷的胜利。古罗马角斗士曾在这里与猛兽搏斗厮杀，以博皇帝、王公、贵族和自由民一笑。人与兽、人与人的搏斗表演直到公元 523 年才被完全禁止。除竞技、比赛外，场中亦可歌舞，阅兵，举行庆典，表演海战。竞技场平面为椭圆形，占地约 2 万平方米，直径 188—156 米，周长 527 米；墙高 57米，外包大理石；建筑结构四层，下三层各 80 个圆拱，柱形按多立克式、爱奥尼式和科林斯式标准顺序排列，第四层以小窗和壁柱装饰；角斗台呈椭圆形，长 86 米，宽 63 米，约足球场大小；地窖关押猛兽和角斗士；看台分三区，容 5 万人，底层一区为皇帝和贵族座席，二层为高层市民座席，三层为一般平民座席，四层为一般观众站台；底层有 80 个出入口，可在 15—30 分钟内疏散全部观众；竞技场西侧为君士坦丁凯旋门。是古罗马最大、最著名、保存最完好的凯旋门，为法国巴黎凯旋门蓝本。竞技场总设计建筑师传为多米斯亚诺宫的设计建筑者拉比利奥。建设者据说主要是沦为奴隶的 8 万犹太战俘和阿拉伯战俘，也可能是拥有相当技艺的建筑师和技术工人。庞大的建设支出来自出售俘虏为奴的巨额收入。竞技场曾遭雷击、大火和两次强烈地震，受到严重损坏；中世纪时期曾用作碉堡，部分石料曾被拆除，用于建造教堂和枢密院；1749 年被罗马教廷宣布为"圣地"后，竞技场方得到保护。罗马竞技场名列"世界八大名胜"，是欧洲也是全世界保存至今的最古老、最宏伟的竞技场，是古罗马帝国和罗马城的象征，是罗马古迹中最卓越、最著名的代表，堪称建筑史上的杰作、奇迹和典范。虽仅余大半个骨架，雄姿气势犹存。

〔975〕"古老文明"指最早诞生人类文明的古印度文明、古埃及文明、古代中国文明和古巴比伦文明。古印度文明代表恒河与印度河流域的文明；古埃及文明代表尼罗河流域的文明；古代中国文明即黄河与长江流域的文明；古巴比伦文明是底格斯河和幼发拉底河的流域文明的一个重要时期。秦朝宫殿、罗马竞技场、印度佛塔、希腊神庙和玛雅金字塔齐聚哈尔滨冰雪大世界，

昭示了世界文明的历史。

〔976〕独乐寺俗称大佛寺,位于天津蓟县西大街。寺内主像为辽代十一面观音(本面加头顶十张小佛面)塑像,约高16米,是我国现存最高大的彩色泥塑站像、国内唯一的十一面观音塑像,也是全世界仅存的十三尊十一面观音塑像之一。造像面容慈善,身姿优美,体态丰腴,肤色绚丽,衣着得体,仪态端庄;像内木结构仿人体骨架;飘带从手腕垂至莲台,有助支撑;塑像敷彩以青、绿、朱、赭、白交绘,色彩灿烂,清新淡雅,爽朗明快。两座胁侍菩萨各高3.2米,与主像的威严高大形成强烈反差。其头、身、足呈"S"形曲线;面部丰润,表情温恭;神态逼真,亲切感人;衣着华丽,服饰严谨;造型匀称,线条流畅,与唐代仕女画一脉相承,是古代雕塑家以时人形象施于佛图的典型实例。山门稍间的金刚力士(俗称"哼、哈"二将)身高4.5米,相向而立;上身袒露,下着袍裙;手持剑、杵,目光如炬;居高临下,气势威猛;造型生动,形象逼真。这五尊辽代泥塑继承唐人风格,彰显辽代早期佛教艺术特征,保存完好,为中国古代雕塑精品,在中国美术史和雕塑史上具有极高价值。

〔977〕"三层造像"指独乐寺观音阁的观世音塑像。此阁外观两层,内为三层,以中间暗层装饰加固。塑像立须弥座,穿二、三层平台直入藻顶。上、下斗拱粗大雄伟,排列疏朗,用于承重。"八隅"即八方。1932年我国著名建筑学家梁思成先生一行赴蓟县考察,曾借十一面观音之眼,观察出独乐寺、白塔与蓟州古城的关系,对寺、塔、城的规划设计构思给予高度评价。

〔978〕独乐寺观音阁壁画是隐没二百余年的艺术瑰宝,绘于元代,描于明代,于1972年修缮寺壁时偶然发现,全长45米,总面积142.85平方米,彩泽锦色,浑然一体。壁画绘十六罗汉、两明王图像及民间神话故事,主像造形严谨,笔法畅达;画法粗中有细,收中有放;结构以密托疏,以繁衬简;人物为主,背景充实。此画法古代少见,在我国佛教壁画中占有特殊地位,为不可多得的艺术珍品。

〔979〕广州五羊石雕建于1960年,位于越秀公园西侧木壳岗,由130余块花岗岩雕砌而成,连基座高11米,体积约53立方米。五羊大小不一,公羊居中,四羊环绕,造型优美,姿态各异,凸显了羊群中的多种角色与状态,富有诗情画意。五羊传说为广州留下了五羊石像、五羊邮、五仙观、五仙门、羊城晚报、五羊牌雪糕、广州亚运会吉祥物等相关印记,为广东省非物质文化遗产,有"广州城徽"之誉。羊城简介参见〔217〕。

〔980〕"长髯主簿"为羊的别称,指石雕高处公羊。其羊角朝天,雄姿勃发;羊髯微拂,彰显俊逸;口衔谷穗,喻示丰衣足食;昂首远望,似在关注人寰。

〔981〕"卷娄"亦为羊的别称。石雕低处四羊环绕头羊,亲密依偎,或吃草饮

水，或嬉戏打闹，或回首顾盼，或娴静跪乳，情趣横溢，栩栩如生。

〔982〕"三画一棋"是枫泾特有的文化民俗。"三画"即丁聪漫画、程十发国画和金山农民画。"一棋"即围棋国手顾水如。在枫泾的古巷幽弄穿梭游走，迎面而来的是一幢幢木楼、一扇扇花窗、一只只竹篮、一盏盏明灯、三百六十行行当、防空洞、军大衣、毛主席像章、粮票、布票、救火会……仿佛踏入时光的隧道。石板老街和青砖老屋贴水枕河，散发出质朴生动的水乡情韵。清冽的界河如同画布，收进了白墙黑瓦、廊桥街树和楼台亭阁，随意截取，便是一幅图画。

〔983〕枫泾古镇的市河是春秋时期吴国和越国的界河。因长跨吴、越两地，枫泾古镇又称"吴越古镇""吴越名镇""吴跟越角"，形成独有的文化特质。因交通相对闭塞，经济相对落后，现代文明浸渗较慢，古风雅韵得以留存。

〔984〕丁聪是我国当代最负盛名的漫画家之一，其幼敏于画，以父亲丁悚为启蒙老师。丁悚（1881—1969 年）字慕琴，生于枫泾镇南栅，20 世纪上半叶在上海各大新闻媒体发表大量讽刺社会现象的漫画，是刘海粟所创上海美专的首任教务长，曾创办中国第一个漫画协会——漫画会。丁悚的连环画十分写实，而"丁聪"七岁速写的京剧人物却很有讽刺意味。丁聪擅长讽刺漫画，个人生活也像漫画一样有趣。他餐餐吃红烧肉，却享有九十三岁高龄。从 20 世纪 30 年代起便以"小丁"署名，在报刊发表漫画作品，对旧社会的反动统治和腐朽没落的社会生活给予辛辣的讽刺，对新中国欣欣向荣的景象和人民热火朝天的工作生活给予真情的歌颂，对落后的社会现象给予无情的鞭挞，其作品处处透射出正义与良知。丁聪漫画陈列馆位于枫泾古镇北大街 421 号，由黄苗子先生题写馆名，总面积 360 平方米，展出作品 100 余幅。前厅有丁聪半身雕像及生平介绍。六个展室展出丁聪讽刺幽默作品、名著插图作品和人物肖像作品。一个展室展出丁悚作品。馆中有一株四百多龄的雄性银杏，树干上长着一棵茁壮的枸杞，这种同树共生的现象仿佛昭示着一种契合。

〔985〕"十发"指程十发（1921—2007 年），名潼，枫泾镇人，承接吴越文化脉络，继承吴门画风，为中国海派书画大师。其父辈雅好书画艺术。其妻为美专同窗，身怀优秀的吴门画技。十七岁时程十发凭才智考入上海美术专科学校国画系，业师有王个簃、李仲乾、汪声远、顾坤伯等。王个簃为现代著名书画家、篆刻家、艺术教育家，是海派宗师吴昌硕的得意弟子。李仲乾为著名书法家、篆刻家、画家。汪声远为著名画家。顾坤伯为现代国画家、教育家。二十岁时程十发毕业于该校。二十一岁举办个人画展。1949 年后从事美术普及工作。1952 年进入上海人民美术出版社（华东人民美术出版

社)任专职创作员。1956 年参与筹办上海画院,历任画师、院长、上海美协副主席、杭州西泠印社副社长等职,是成就斐然、享誉国内的画坛泰斗。程十发山水画颇具功力,人物画、花鸟画独树一帜;连环画、年画、插画、插图等均有造诣;早年画作受明末清初著名书画家、诗人陈洪绶(号老莲)影响;晚年花鸟画笔法、墨法更趋灵动,色彩明艳,构成新颖;其兼工书法,得益秦汉木简及怀素狂草,善将草、篆、隶结为一体。其国画《歌唱祖国的春天》曾获全国青年美展一等奖;《儒林外史》插图获莱比锡国际书籍装帧展银质奖;连环画《画皮》获全国连环画评选二等奖。程十发曾获全国先进文化工作者称号,被列入英国剑桥国际名人传记中心所编《世界名人录》。其祖居建于清代,位于枫泾镇和平街 151 号,现已整修并对外开放。祖居恢复了程氏祖辈行医的诊所厅堂和程十发早年居住的卧室,展出他的部分画作和画具。

〔986〕"游子"指吕吉人,出生枫泾,旅居美国,为新工笔真彩国画家,系著名画家陈逸飞同班同学,在枫泾镇和平街 51 号有一所画馆。其虽定居美国,却始终在中国画园地辛勤耕耘,用中国人的眼睛看世界,用中国人的审美目光和艺术手段画国外风景,着力把自创的传统工笔重彩打入西方画坛。他受过传统教育,具有现代思维,兼有中西绘画造型基础。他把西洋画的一些观念和技巧融入中国画,在色彩、用光、质感、构图上打破传统国画束缚,经过十多年艰苦努力,终于闯出一条新路。家乡的水景像他的乡愁,隐隐约约随他漂洋过海。其成名作大多描绘家乡场景,充满回忆、深思和联想。中有柔情的流水、悠远的古桥、宁静的街弄、天真的孩童和娇羞的少女。海外游子的情愫,始终在家乡的涟漪中荡漾。他曾在国内外举办 66 次个展,得到同行和观众赞赏,9 次获国外画坛大奖,是国内唯一在美国获得国画金奖的华人。代表作有巨幅国画《中华锦绣全图》,创作时长 3 年零 2 个月,画面达612 平方尺,集中描绘中华风景名胜;有国画《凤凰早春》,创作于湖南,在美国获奖;有巨幅国画《浦江灿烂图》,画面达 210 多平方尺,描写新上海黄浦江夜景;还有巨幅国画《飞瀑图》,系为兴国宾馆制作,悬挂于接见外宾的会议大厅正中墙上。

〔987〕枫泾人热爱生活,民间印染、家具雕刻、灶壁画、花灯、剪纸、刺绣、编织等民间文化艺术源远流长,由此孕育的金山农民画乡土气息浓郁,艺术风格独特,在海内外产生广泛影响。1975 年上海画院一批画家曾到中洪村"接受再教育",被当地农民奉为上宾,不少青年男女缠着他们学画。一经画家点拨,画技便突飞猛进。中国画最讲立意,要求对生活充满热情,有吸收生活的能力,虚实结合,运用夸张。金山农民画家生活在社会基层,不受生活逻辑约束,不恪守公认的技巧,不浪费毫厘空间,绘画手法近似原始艺术。

虽有悖于法,但可爱可赏,从侧面印证了"文无定法"。枫泾镇中洪村建有农民画村生态休闲园,规划面积3平方千米,其中"丹青人家"景区占地6.67公顷。村内到处是竹篱茅舍、菜园池塘、果林修篁。农舍青砖黑瓦,外观古朴,内设农民画创作室、精品陈列室和销售点,集中展示农民画家的创作过程,既是艺术的圣地、创作的乐园,又是休闲娱乐、放飞心灵的"世外桃源"。中洪村农民画家在金山农民画创作队伍中占据"半壁江山"。以陈富林、曹秀文、陈卫雄、姚喜平、李林根等家庭为代表的五十多位农民画家的作品,被国内外美术权威机构收藏并获奖,枫泾地区有5万多幅画品远销国外。因村级经济强大,民间艺术灿烂,中洪村被评为首批"中国特色村"和"2006年度中国十大魅力乡村"。

〔988〕农民画家画的都是自己见过的、熟悉的东西,多取材房、船、桥、荷、桃、猪、鱼等,在方寸之间表现的往往是自己浪漫的想象力和对生活的真挚期待。

〔989〕乌镇具有典型的江南水乡特征,完整保存晚清、民国时期水乡古镇的原貌和格局。以河成街,街桥相连;依河筑屋,水镇一体;贯穿水阁、桥梁、石巷、故居等独具江南韵味的建筑元素;体现中国古典民居"以和为美"的人文思想;展示自然、人文环境的和谐相处;散发江南水乡古镇的空间魅力。乌镇曾地跨两省(浙江省、江苏省)、三府(嘉兴府、湖州府、苏州府)、七县(乌程县、归安县、崇德县、桐乡县、秀水县、吴江县、震泽县),积淀了丰厚的吴越文化,建筑理念明显受到中国儒家文化和运河商业文化的影响。这里少有因风水而设的斜门左道、为避免气冲而立的屏墙照壁和当路放置的"泰山石敢当"符镇,展现于世人的景观多为轴线分明、卑尊有序的各式民居。乌镇简介参见〔844〕。

〔990〕"宋版参差句"指宋词。"词"为中国古代诗歌的一个品种,亦称曲子词、乐府、乐章、长短句、诗余、琴趣,是合乐的歌词,始于唐代,定型于五代,盛于宋代,是中国古代文学皇冠上一颗璀璨夺目的巨钻、中国古代文学阆苑里一座芬芳绚丽的园囿。她以姹紫嫣红、千姿百态的神韵与唐诗争奇,与元曲斗艳,代表一代文学之盛。

〔991〕"起凤腾蛟"化用唐人王勃《滕王阁序》名句"腾蛟起凤,孟学士之词宗"。

〔992〕"绍兴台门"指当地规模较大的住宅。据传早前绍兴城有台门三千,鳞次栉比,一派胜景。绍兴台门多为南北走向、狭长矩形,多为一至二层;设计因地制宜,布局灵活;通常沿入口纵向发展,依次设置大门、厅堂、正屋、后堂;两侧厢房多为次卧、杂物间、厨房;每进屋宇以天井联系,向天井敞开;天

井可大可小,或长或扁;天井二层多建环廊(俗称跑马廊),构成上下通透的空间体系,便于通风采光,方便对话;山墙很少开窗,以防火防盗;较大的台门可达五进以上。传统台门大致按官衔、行业、建筑特点、姓氏命名,保持聚族而居传统。每座台门都记录家族的兴衰,积淀无数的史事,反映社会结构的变迁。弥漫在老台门中的生活方式与生活气息纯朴亲切,使人感觉古越文风犹存。台门之间常为狭窄巷道,多以青石铺路。道侧山墙多以青石奠基护墙。讲究的台门有较多的木雕和石雕。木雕多用于门窗隔扇和斜撑,题材包括吉祥图案、动物、历史人物,基本不施彩绘,或刷黑漆,刀法细腻,栩栩如生,别具古韵。石雕多用于门罩和屋脊,多为装饰性小件,亦有镂空石雕花窗,图案以线性纹样衬托中心文字或吉祥物,比例匀称,构图精美。绍兴建筑艺术是"黑、白、灰"的艺术。漫步在传统聚落,迎面而来的是粉墙、黛瓦、青灰色石桥、暗栗色隔扇和绍兴独有的"三乌文化"(乌篷船荡漾、乌毡帽覆顶、乌干菜飘香),带来一股静谧素雅的江南水乡气息,使人们的美学观也随之含蓄淡泊,宽厚博大。绍兴简介参见〔273〕。

〔993〕"鲁镇"为鲁迅在《孔乙己》《社戏》《风波》《明天》《祝福》等小说中多次提及的地名,是作者对东浦、樊江、东关、皇甫庄、安桥头等几处水乡小镇儿时记忆的艺术概括。现实生活中的鲁镇位于浙江省绍兴市绍兴县柯岩风景区鉴湖左侧,为一个主题公园。走进鲁镇,便可看到粉墙黛瓦、小桥流水,河岸民居、错落商铺、青石小巷、巡街兵丁等文化元素;看到贡品店、锡箔店、油烛店、茶漆店、钱庄、当铺等历史场景;看到阿Q、祥林嫂、假洋鬼子、鲁四老爷等小说人物及其表演的一幕幕活剧;看到阿Q革命、阿Q挨打、阿Q调戏小尼姑及恶人抢亲等形象雕塑;看到复制当地风俗民情、展示鲁迅笔下人物性格命运的数十尊人物铜像。这里有桥可依,有水可戏,有船可坐,有石可品,有酒可酌,有树可荫,有戏可听,有艺可观,虽是模拟古镇,却浓缩了旧日绍兴。

〔994〕"灵湖"指绍兴镜湖和东湖。镜湖位于绍兴大城市绿化核心区域,为淡水湖泊型国家城市湿地公园,人文资源积淀深厚,堪称"水乡、酒乡、桥乡、名士之乡"的缩影。园西东浦是以小桥流水人家著称的江南水乡古镇,拥有216座桥梁、36道清流、徐锡麟故居、茶湖避塘、东浦老街等名胜;园东梅山有勾践斋戒台、唐代永觉寺、巫山之穴、梅子真泉、适南亭、尚书墓、茶坞等古迹,山上动植物众多,部分为国家二级保护动物。东湖位于绍兴古城东面6千米处,原为青石山,秦始皇东巡曾在此驻驾饮马,故名箬箦山,汉代以后成石料场。经千百年凿穿斧削及特殊方法取石,已搬走半座青山,留下高达50余米的悬崖峭壁,以崖壁、岩洞、石桥、湖面组成著名园林。此处奇潭深

渊宛如天开;湖中陶公洞、仙桃洞景色奇绝,最富情趣,号称"天下第一水石盆景";湖西"陶社"为纪念辛亥革命烈士陶成章而建;近代孙中山、毛泽东、刘少奇、鲁迅、郭沫若等名人均在此留下踪迹。

〔995〕"社"原指土地神或土地庙,在绍兴为某区域名称。"社戏"即年规戏,指每年在社中进行的戏艺活动。其涉及宗教与风俗,略分为庙会戏、节令戏、祠堂戏、喜庆戏、事务戏和平安大戏;以传统越剧为主,也有绍兴莲花落、的笃板;通常由绍兴乱弹戏班表演,具有浓郁的地方色彩;社戏一般在庙台、草台演出,戏台或建于庙殿天井,或筑于庙前水面,可坐船看戏;社戏一般演3—10日;时至今日,在岁末农闲或重大节庆期间,绍兴乡村仍请剧团演戏,邀亲友看戏。届时各户杀猪宰羊,制备酒肴,款待宾客,颇有旧时遗风。浙江绍兴有"戏曲之乡"称谓,曾为全国"四大声腔"盛行区。大文豪鲁迅在《社戏》《无常》《女吊》等名作中曾对社戏多加赞扬。

〔996〕"霉干"即霉干菜、乌干菜,为绍兴著名特产,是价廉物美的传统副食。霉干菜分芥菜干、油菜干、白菜干;或味鲜,或性平,或质嫩,各有风味;由绍兴农家自制,每户常备,通年不断;可佐餐,可作烹调辅料;营养价值较高,兼有多种疗效。清时霉干菜曾列"绍兴八大贡品",亦受鲁迅先生、周恩来总理青睐。"醉蟹"传由绍兴师爷研创。时淮河两岸蟹多为患,庄稼遭害,驱赶无方,百姓惊恐。在安徽作幕僚的某绍兴师爷建议以食盐、黄酒腌制,储于大缸,对外销售,俗称"淮蟹"。绍兴醉蟹据此改良,按选蟹、养蟹、制卤、浸泡、酸制等工序精制,清香肉活、味鲜吊舌,为不可多得之美食。"茴香"指茴香豆,是绍兴民间普遍喜爱的闲食,价廉物美,经济实惠,四季常备,妇幼皆宜,也是具有浓郁乡土气息的风味特产。

〔997〕蒙古包是蒙古民族的传统住房,古称穹庐、毡帐、毡房、帐幕、毡包,有上千年历史,其材料非木即毛,不用泥水土坯砖瓦,可谓建筑史上之奇观,是游牧民族的一大贡献。蒙古包最大的优点是易拆易装,便于搬迁。一顶蒙古包只需两峰骆驼或一辆勒勒车即可运走,两三小时就能搭盖。可就地取材制造。看似外形较小,但包内面积较大,空气流通,利于采光,冬暖夏凉,不惧风雨,适合经常移场放牧的游牧民居住;蒙古包向东南方向架设,与古代北方草原民族崇尚太阳有关,但更多的是为了抵御高地的严寒和来自西北的风雪;蒙古包为圆形,由条木椽子、网状编壁(即哈那)、圆形天窗和包门构成,外覆毡子,以鬃毛绳或皮绳加固,哈那底部有一层围毡,夏天掀开通风,冬天放下保暖;蒙古包的规格由所用哈那的数量决定,通常为4—12个哈那,牧民蒙古包一般为5—6个哈那。同类型蒙古包又分大、中、小三种规格;搭盖蒙古包有严格的次序:先铺地盘,再竖包门,支撑哈那,系内围带,支

撑木圆顶,安插椽子,铺盖内层毡,围哈那毡,包顶衬毡,覆盖包顶套毡,系外围腰带,围哈那底部围毡,最后以绳索围紧加固,便成为浑然一体的蒙古包。拆卸次序与此相反。蒙古包内中央为饮食取暖炉灶,烟囱从天窗伸出,炉灶围铺毛毡或地毯,进门正面及西面为家庭主要成员起居处,东面多为晚辈座位及寝所,包内摆设面积、形状、高低适宜的箱柜、桌椅、板架。蒙古族家具多饰图纹,其构图丰满端庄,色彩明快凝练,以红色象征生活快乐美满,以黄色象征爱情、理想和希望,以蓝色象征安宁、真诚和善良,以白色象征纯洁和平安。草原牧民的作息时间常根据射进蒙古包天窗的日影判定。计算时刻最标准的蒙古包为 4 个哈那、60 根椽子(乌尼),两椽形成 6 度夹角,与现代钟表时间刻度吻合。蒙古包符合薄壳原理、火罐原理、保温原理、力学原理、几何原理、光学原理(郭雨桥《细说蒙古包》)、天文学原理,体现蒙古民族的审美观与高超技能;有不可替代的观赏、实用、艺术、经济价值。东西方许多旅行家、探险家和学者在其历史著作里都提及蒙古包。

〔998〕"芙蕖"为莲花古称,有白、粉、深红、淡紫等色。无论从哪个方向看,蒙古包都像莲花瓣、云头花。蒙古包外罩有红有蓝,宛如红莲、青莲,鲜艳夺目。

〔999〕蒙古包包门开向东南方,这个部位主生气勃勃、蒸蒸日上,象征"天圆"。包门为方形,象征"地方"。

〔1000〕"明墙暗瓦"指白墙黛瓦。"檐挑马"指马头墙,亦称风火墙、防火墙、封火墙,为古代民居山墙墙顶部分,因状似马头得名。中国古建筑屋面多以正脊为界,前后分坡,左右山墙与屋面平齐,或高出屋面,循屋顶坡度迭落,呈水平阶梯形。江西、安徽一些村落聚族而居,建筑密度较大,故马头墙多高出屋面,以利防火。马头墙为赣派、徽派建筑的重要特色,一般为 2—3叠,设前、后厅的民居多至 5 叠(俗称五岳朝天)。

〔1001〕"藏"指隐藏。"防"指防备。"透"指通透。"采"指采纳。西递古镇民居多设天井。三间屋天井设于厅前,四合屋天井设于厅中,应藏富、防盗之需,供透气、采光之用。此亦徽派建筑一大特色。

〔1002〕"鲁公"指我国春秋末期至战国初期出色的发明家鲁班(公元前507—公元前 444 年),别名公输般、公输子,出身工匠世家,在机械、土木、手工工艺、木匠工具等方面有诸多发明,被历代建筑工匠奉为祖师爷。

〔1003〕"圆深浅透"指江西婺源俞氏宗祠木雕技法。该祠位于婺源县城东北30 千米处江湾镇汪口村,占地 1116 平方米,建于清乾隆九年(1744 年),为中轴歇山式建筑,气势雄伟,布局严谨。祠内斗拱、梁坊、脊吻、檐檬、雀替、柱础、檩托、花门等无不考究形制。木质构件均巧琢雕饰。各种形体、图案

计有一百余组,使用浅雕、深雕、透雕、圆雕等多种技法,细腻纤巧,精美绝伦,被古建筑专家誉为"建筑艺术宝库",为江西省文物保护单位。

〔1004〕"琴岛小筑"指福建省厦门市鼓浪屿上的建筑,分领事、传教士修建的欧式建筑、华侨主建的中西合璧建筑、厦门海关建筑三个大类。代表性建筑有 10 处 13 座,含美、日领事馆旧址、汇丰银行公馆旧址、天主堂、三一堂、安献堂、八卦楼、西林·瞰青别墅、亦足山庄、菽庄花园等。鼓浪屿建筑风格的变迁约分七个时段:1300—1700 年为渔农时期,多建简易民居;1700—1870年为中原移民入迁时期,形成汉式大厝;1870—1911 年为鸦片战争后期,洋人相继入岛,引进各国建筑;1911—1941 年为辛亥革命后期,东南亚华侨来此定居,带动本岛首次大建;1941—1950 年为抗日、解放战争时期,房屋建设基本中止;1950—1990 年为建国时期,主建厂房,生产自救;1990 年至今为二次大建时期。20 世纪 80—90 年代的建筑既有中西艺术结晶(如青年宫),也有新潮式样追求(如音乐厅)。近十年来,鼓浪屿建筑承先启后,新的建筑风格正在形成和兴起。鼓浪屿建筑汲取了欧洲建筑的艺术精华。古罗马、哥特、拜占庭、文艺复兴及古典主义建筑,哥特式尖顶钟塔、伊斯兰清真寺圆顶、陶立克柱式、科林斯柱式、爱奥尼克柱式、罗马竞技场连拱环廊、北欧壁炉、澳大利亚阳台和铁栏杆等建筑元素均得到较为完美的应用。岛上最具个性的西式建筑是天主教堂。最辉煌的建筑为八卦楼,它糅合了巴勒斯坦耶路撒冷阿克萨清真寺、希腊雅典神庙、罗马教堂和中国古典装饰等多种风格,是厦门近代建筑的代表。鼓浪屿建筑延续了"汉式大厝"格局。"四房看厅"的平面布局来自中原,颇具中国伦理观念。最早的汉式大厝于1768 年建于复兴路;较有代表性的汉式大厝为海坛路"大夫第"等八幢建筑;英式番仔楼与汉式大厝有千丝万缕的联系;日本领事馆以汉式大厝为基本格局。岛上最具观赏性的建筑为华侨出资兴建的海天堂构、亦足山庄和春草堂。这批建筑虽然参考借鉴欧美建筑的外观装饰、东南亚建筑的风貌特色和国外先进的建筑手法,但聘用温州木工、台湾泥水工和上海铁匠,大多保留"四房看厅"格局,谨守中华文化传统。还有部分华侨受中国古代"生克"理论影响,将中式屋顶压于西式建筑之上,借以表达朴素的反帝情绪,舒畅在海外饱受压抑的郁闷之情。鼓浪屿尚存 250 座别墅门楼。或为古典柱式装饰;或镶雅典娜盾形浮雕;或饰金瓜龙凤;或刻中国古典人像;多刻建筑年代和楼名,在国内较为少见。岛上遍布私家花园,配筑假山、石凳、鱼池、喷泉、水井、循环水及陪楼,栽培亚热带奇花异果,充满南国韵味。鼓浪屿建筑是我国民居建筑由传统向现代转折时期的产物。浓缩了鼓浪屿近现代发展史,为研究我国近现代建筑的发展提供了重要的实物资料,人称"万国建

筑博览"。

〔1005〕"四合民居"指四合院,为我国古老、传统的建筑文化。"四"代表东、西、南、北四面,"合"即合在一起,呈"口"字形,此为四合院的基本特征。四合院建筑之雅、结构之巧、数量之多,当推北京为最。北京四合院历史悠久,驰名中外,是老北京人世代居住的主要建筑形式,与元代宫殿、衙署、街区、坊巷、胡同同时出现,或建于繁华街面,或建于近郊深巷;或圈地数亩,或占基数丈;或单家独院,或数户合居,日益形成符合人性心理、保持传统文化、融洽邻居关系的人居环境,逐渐织就以家庭院落为中心,以街坊邻里为干线,以社区地域为平面的社会网络。其主要特点是:由四面房舍围合成内院式住宅;以"四房一院"为结构单元;围墙和临街房屋一般不对外开窗;院中环境封闭幽静;外观规矩,中线对称,用法灵活;院落宽绰疏朗,四房独立,游廊相连,起居方便;关门自成天地,私密性强;房门开向院落,家人和美相亲;院中植树栽花,饲鸟养鱼,叠石迭景,可享大自然美好;营建讲求传统,符合中国古代建筑理论;装修、雕饰、彩绘体现民俗民风,承载传统文化,反映人们对幸福美好和富裕吉祥的愿望与追求。

〔1006〕南锣鼓巷为北京市二十五片旧城保护区之一,原为"昭回坊"与"靖恭坊"的分界巷,是元大都"左祖右社,面朝后市"格局中"后市"的组成部分,也是我国唯一完整保存元代胡同院落肌理,规模最大、品级最高、资源最丰的棋盘式传统民居区。其北起鼓楼东大街,南止地安门东大街,全长786米,宽8米,东、西各八条胡同,形同蜈蚣,故名"蜈蚣巷",亦名"罗锅巷",清乾隆十五年(1750年)改称现名。此巷及周边区域曾是都市中心,明清时更是大富大贵之地。这里有僧格林沁王府及祠堂;武英殿大学士文煜住宅及花园;清宣统皇后婉容后邸;内务府总管大臣索家府邸;四川总督、兵部尚书奎俊府邸;明末降将洪承畴府邸;清代庆亲王次子府邸;清代直隶总督、兵部尚书荣禄宅邸;段祺瑞政府陆军总长、代理国务总理靳云鹏住宅;抗战胜利后曾为蒋介石北平行辕;解放后国画大师齐白石曾在雨儿胡同居住;文物界"国宝"朱家溍曾在帽儿胡同、炒豆胡同居住;文学大师茅盾曾在后圆恩寺胡同居住。中央戏剧学院位于东棉花胡同路北,曾培养出陈宝国、陈道明、姜文、巩俐、章子怡等一批著名影星。因保护北京古城的提案得到重视,南锣鼓巷得以幸存。近年来这里又开起风格百变的个性店铺,使元朝古巷新旧混血,借壳重生,成为北京古都一块保存完整的碧玉、全球游客"迷失北京"的一块宝地和新的时尚地标。怀念老北京的人喜爱这里,因为有最地道的北京味儿;老外喜爱这里,因为有雅致情调和浪漫情怀。建筑大师吴良镛主持设计的"菊儿胡同危房改造工程"曾获"亚洲建筑金奖"和"世界人居奖"。在美国

《时代》周刊精选的"亚洲25处不得不去的好玩儿的地儿"中,中国有6处入选,南锣鼓巷榜上有名。

〔1007〕广东省开平区是著名的华侨之乡、建筑之乡和艺术之乡,碉楼是它的一大特色。在不到700平方千米的土地上矗立着1833座建于清末、民国的碉楼,每村多者十几座,少者二三座,纵横数十公里,连绵不断,蔚为壮观。碉楼见证了开平政治、经济和文化的发展,反映了侨乡人民艰苦奋斗、保家卫国的历史,也是活生生的近代建筑博物馆和别具特色的艺术长廊。开平碉楼多为单体建筑,分钢筋水泥、青砖、泥楼、石楼四种类型,不与院落相连。碉楼主人在村里通常有庐(即中西合璧的别墅),庐高2—3层,带院落,有不同程度的防御功能,平时住庐,台风登陆、洪水泛滥(每年有几个月或半年时间)时则住碉楼。多数碉楼每层均设厨房,下层淹了,上层仍能开伙。20世纪20年代后期开平匪患成灾,故数家或数十家合建一座碉楼,对抗土匪海盗。碉楼门窗窄小,装铁门钢窗;顶层四面设长方形或"T"字形枪眼;有的在顶层四角构筑突出楼体的"燕子窝",形成全方位火力控制;楼顶多设瞭望台;不少碉楼有枪械、火炮、石块、铜钟、警报器、探照灯等防患装置。《开平县志》卷二十三称:"非此则牛猪谷米不能保存,妇人孺子不能安睡。"侨民荣归故里自建碉楼,也成为炫富的一种方式。中国邮政曾发行"世界文化遗产——开平碉楼与村落"个性化异形版票,以开平瑞石楼外形作为版票的基本轮廓,以单票展现迎龙楼、铭石楼、瑞石楼、方氏灯楼、天禄楼等五座精品碉楼,首次以连票形式反映锦江里和自力村村落景象,展示碉楼与村落的和谐统一。

〔1008〕开平碉楼下半部为碉堡造型,四墙笔直,扶摇而上,在笔直的简约之上是繁复的造型,像一棵生命力顽强的植物,在超越周围的阴霾后释放树冠。"树冠"上生长着古希腊柱廊、古罗马券拱和柱式、伊斯兰叶形券拱和铁雕、哥特时期的券拱、巴洛克建筑的山花、爱奥尼克卷涡、新文艺运动的装饰手法以及工业派建筑艺术。异彩纷呈,千姿百态。

〔1009〕位于开平县塘口镇的立园是华侨归乡建房的最大手笔。园中碉楼名乐天楼,据说得名于"本立道成",或关乎园主谢维立名讳,寄予十年立树、百年立人的愿望。开平县赤坎镇的司徒氏图书馆和关族图书馆分立堤东、堤西,对外开放,其尖顶钟楼异常醒目;馆壁满贴本族华侨在海外的风光历史及对乡里的贡献;馆中有书报杂志;有老者伏案研究;院里各有两株龙杉盘旋而上,形同巨龙。司徒氏和关氏是开平两大宗族,互相较劲谁的图书馆更能造福乡里。每到整点,两座图书馆的大钟会同时鸣响,已经百年风雨,仍在一竞雌雄。

〔1010〕由于社会环境变迁、主人出国进城及功能设施落后,开平碉楼多已人去楼空,不复使用,但碉楼依然是侨乡人家日常生活不可或缺的部分,依然维系海外乡亲的牵挂和思念,是他们的精神家园。

〔1011〕"兰州拉面"指兰州牛肉拉面,以肉烂汤鲜、面质精细蜚声中外,为兰州最具特色的大众经济小吃,被定为"中式三大快餐试点推广品种",有"中华第一面"美誉。兰州堪称"世界牛肉面之乡",中国各省、自治区、直辖市乃至世界许多国家和地区都有兰州牛肉面馆。相传此面源于唐代,或始于清朝嘉庆年间(1795—1820 年),由河南省怀庆府(今河南省博爱县)陈维精首创,东乡族人马六七引入兰州,后人陈和声、马宝仔等统一制作标准。亦说由回族人马保子于 1915 年首创。兰州拉面特点为"一清、二白、三红、四绿、五黄",即牛肉汤气香汤清;萝卜片净白;辣椒油漂红;香菜蒜苗鲜绿;面条柔滑透黄。汤料为草原肥嫩牦牛肉、黄牛肉、牛头、牛骨;以特大铁罐熬制;加传统佐料;兑适量牛肝汤和鸡汤;面料以高筋面粉、蓬灰及过滤水和制。蓬灰是戈壁蓬草烧制的碱性物质,主成分为碳酸钾,有特殊香味,能使面条筋韧有劲。据专家称微量碳酸钾对人体无害。

〔1012〕"紫砂"指质地细腻、含铁量高、以紫砂泥烧制的无釉细陶器,以原产地江苏宜兴命名。宜兴紫砂泥质细腻,成色丰富,形质新颖,特别重视选料炼泥,所用陶土须经窖藏、淘洗;成品多为赤褐、淡黄、紫色,亦有朱砂、暗肝、雪莉、松花、豆碧、轻赭、淡黑、古铜等色;常模仿鸟、兽、瓜、果形象;辅以丰富的纹饰。据传紫砂器源起春秋时代越国大夫范蠡,距今有两千四百多年历史。明正德年间(1505—1521 年)紫砂开始成壶,明中叶以后紫砂器盛行,五百年间时有精品传世。宋代饮家尤其珍赏褐黑色建窑茶具。东南亚对紫砂的喜爱亦给紫砂陶艺的发展和繁荣带来新的机遇。随着文化内涵的丰富与制造技术的提高,近、现代紫砂陶艺愈见精妙,成为具有收藏价值的"古董",名家大师之作往往一壶难求。

〔1013〕按通常说法,紫砂壶创始人为明代正德至嘉靖年间(1506—1566 年)的龚春(亦名供春)。吴梅鼎《阳羡瓷壶赋·序》云:"余从祖拳石公读书南山,携一童子名供春,见土人以泥为缸,即澄其泥以为壶,极古秀可爱,所谓供春壶也。"时人赞其壶"栗色暗暗,如古今铁,敦庞周正"。

〔1014〕紫砂壶泡茶不夺茶香,无熟汤气,泡茶年代愈久,壶色愈光润古雅,茶汤愈芳馨醇郁,空壶注入沸水也有清淡茶香。据科学分析,紫砂壶确有保持茶汤原味功能,能吸收茶汁,耐冷耐热。

〔1015〕乐山饮食风味以麻辣闻名,享有"烹饪天国"美誉,佐证"食在中国,味在四川"之说。其主打菜品有西坝豆腐、岷江河鱼、东坡肘子等。岷江边上

的西坝小镇水质清冽,宜磨豆腐。西坝豆腐细嫩鲜美,均由处女点制,菜品逾二百种,入列四川"三大豆腐"和"川内名食"。岷江、青衣江、大渡河水清沙细,盛产鲜鱼,河中"江团"(学名长吻鲍)无鳞甲,少细刺,体浑圆,肉肥美,宜清蒸,堪称淡水河鱼极品,常为国宴食材。东坡肘子传承北宋著名文学家、美食家苏东坡烹调方法,肥而不腻,粑而不烂,色香味形俱佳,为千年文化名菜。东坡墨鱼、跷脚牛肉汤锅、珍珠鱼、仔姜鸭脯、牛肉豆腐脑、叶儿粑、珍珠丸、酥芙蓉等亦为乐山佳肴。乐山简介参见〔43〕。

〔1016〕20世纪30年代初百姓贫病交加,民不聊生。相传四川乐山罗老中医怀济世之心,精岐黄之术,在乐山苏稽镇河边悬锅烹药,救助行人。其药汤防病止渴,治风寒感冒、牙疼、胃病。他将大户人家弃于河中的牛杂(即毛肚、牛心、牛肝、牛舌、牛脑、牛髓、牛筋、牛肠、牛鞭等)捡回洗净,放入汤锅,按比例投放荜拔、白芷、山奈、八角、香皮、小茴、草果、砂仁、白蔻、丁香、甘松、桂皮、木香、蜘蛛香、草扣、香叶等中草药,加宜宾芽菜同锅熬制。所熬汤品汁鲜味特,食材细嫩,滋补强身,美容养颜,致使门庭若市,食客不绝。未候到席位者或站食,或蹲食,或坐门前台阶跷腿而食。久之,食客们为此菜起名"跷脚牛肉",流传至今。

〔1017〕阆中位于四川省东北部,坐落于嘉陵江西岸,山围四面,水绕三方,两千多年来素为巴蜀要冲,军事重镇,清时为保宁府治,区域面积1878平方千米,交通便捷,资源丰富,有"阆苑仙境""风水宝地"美誉,是我国保存较为完好的四大古城(另为为丽江古城、平遥古镇、安徽歙县)之一。城中古街巷占地2平方千米,为唐宋格局、明清风貌;有人文景观220余处,其中国家级重点文物保护单位8处(汉桓侯祠、川北道贡院、巴巴寺、玉台山石塔、永安寺、老观古镇、五龙庙、观音寺),省级文物保护单位22处。杜甫、元稹、李淳风、袁天罡、吕洞宾、司马光、苏轼、陆游、张善孖、丰子恺等先后来阆,留下不少著名诗篇、珍贵墨宝。"阆中五绝"指白糖蒸馍、张飞牛肉、保宁醋、保宁压酒、油酥蚕蛹。"白糖蒸馍"色白如银,酥散绵软,鲜香回甜,有淡桂花香,耐运耐贮,久存不坏,为清乾隆年间(1736—1795年)阆中回民哈公奎所创名小食,曾获"巴拿马国际博展会银奖";"张飞牛肉"为保宁干牛肉的一个品牌,干而不硬,润而不软,色泽红亮,纹理紧密,肉质细嫩,回味绵长,营养丰富,强筋壮骨,为明末清初阆中王氏兄弟创制,曾获"全国首届食品博览会铜奖""中商部优质产品奖""中国优质清真食品金奖";"保宁醋"色泽棕黄,汁浓挂碗,酸味适度,香醇合口,久存不腐,历久愈香,为明末清初山西难民索义廷创制,与山西老陈醋、江苏镇江香醋、福建米醋并列"全国四大名醋",曾获"巴拿马太平洋万国博展会金奖""中国传统产品优秀奖""中国首届食品博览会

神州风采——余恢毅格律诗作选

金奖""中国首届医疗保健精品博览会金奖",为"国家轻工部优质产品",声名远播,备受好评;"保宁压酒"亦称陈年压酒,风味独特,甜美柔和,香气馥郁,回味绵长,有果酒色味和醪糟醇香,人尽皆宜,后劲十足,由南充城郊沙溪场兰家独家相传,据称有300多年历史,含17种氨基酸和丰富的维生素、蛋白质、糖类、脂肪,曾入列"全国名特产品"。阆中素产丝绸,"油酥蝉蛹"亦为著名小吃。

〔1018〕"三爷"指蜀汉猛将张飞。三国初期刘备、关羽、张飞曾在桃园结义。张飞行三,人称张三爷。"三爷肉"指张飞牛肉,因表黑心红,令人联想到镇守阆中的张飞,因以得名。

〔1019〕制作张飞牛肉需选上等好肉,切一斤左右方块,去绵筋;以食盐、香料浸腌;用力搓揉,挤尽血污、水分,使肉质松酥入味;再置入土缸,密封4—15天;出缸后以百草霜(俗称"锅烟墨")涂黑肉面;以烈火烹煮4—5小时,水沸出锅,晾干即成。表面敷黑色涂层是为衬托肉质红亮,于人无害,不会污口。

〔1020〕"醋"指保宁醋,酿材为阆中小麦,药曲以五味子、白叩、砂仁、杜仲、枸杞、建曲、荆芥、薄荷等60余种中药配制,采集阆中城南嘉陵江中流冬季之水,以沙缸过滤,储存备用。

〔1021〕"醇"指保宁压酒,酒料为大麦、小麦、本地红高粱,酒曲以天麻、肉桂、枸杞、半夏曲、大枣、砂仁、白叩等100余种名贵中药配制。先将药曲放入浸蒸原粮,固体发酵,产生母糟;后以普通酒曲加适量母糟,与浸蒸原粮一起发酵,形成基础酒;再配冰糖、花粉;以瓦缸装酒入窖保温,存放1—3年;再出窖开缸。经此一压,原本60度左右的基础酒会奇迹般地变成26度左右的低度酒,呈半透明琥珀色。宋代大诗人陆游《阆中作二首》曾以"挽住征衣为濯尘,阆中斋酿绝芳醇"诗句为赞。著名数学家何鲁称保宁压酒"色如琥珀,味醇香浓"。

〔1022〕勒勒车又名大辘轳车、罗罗车、牛牛车、辘辘车、蒙古式牛车、哈尔沁车、草原列车,是蒙古民族为适应北方草原自然环境和蒙古族生活习惯使用的传统交通运输工具,"勒勒"是牧人赶车吆喝牲口的声音,"勒勒车"因此得名。从秦汉到20世纪70—80年代的两千多年中,勒勒车一直是草原牧人最重要的交通运输工具,在乌拉特中旗几公海勒斯太山岩画中,绘有多幅双辕双轮车辆,车厢有毡帐,可乘坐居住,式样与北魏车型十分相似;勒勒车有文字记载的起源为《汉书》中记载的"辕辐";辽代蒙古族的造车技术已很发达,并广泛用于游牧生活。按动力分,勒勒车有牛马拉车、马拉轿车、牛车;按功能分,又有库房车、大篷车、箱子车、佛爷车、水车、柴薪车、闲物车、备用车。勒勒车通常以草原常见的桦木制作。桦木坚硬,耐磕碰,车体轻盈,不

易变形,适宜通行。为了结实,常在车辋外扣一铁瓦,车毂轴孔中放一铁箍,车轴上套一铁圈,车轴外插一车辖,解放后逐渐改用轴承胶皮铁轮;勒勒车车身长逾4米,一部分为车轮,一部分为车辕。车辕顶端系绳状柳条,套于牛脖横木,以供拉行。车体上端以柳条弯成半圆形车棚,棚周包羊毛毡篷,形同船舱,行则为室,止则为庐,遮阳挡雨,防雪御寒;为适应北方草原的自然环境和蒙古族的生活习惯,轮大车小,结构简单,使用方便,适于行走草地、雪地、沼泽和沙漠地带,载重数百斤乃至千斤,可用牛、马、骡、骆驼拉动;勒勒车的主要用途是储粮,载人,运送衣服、食物、用水、佛教用品、贵重物品、日常用品、燃料、引火柴,转场搬家,婚丧嫁娶,赶那达慕。平时是库房,战时是战车,可驮运军队辎重;勒勒车常首尾串联,一人驾驭多辆,牛角以绳相连,尾车与前车以铃声联系;为避烈日照晒,勒勒车多半在日暮之前启程,行至子夜,次日天亮前出发,午前停止。随着经济的发展和社会的进步,勒勒车已逐渐被摩托车、小汽车等取代,只有东、西乌珠穆沁旗及周边地区还有一定数量、种类齐全的勒勒车,仍具备保护勒勒车制作技艺的条件,但资深匠人多已年迈,后继乏人,此项传统技艺亟待抢救和保护。

〔1023〕蒙古袍是蒙古民族的传统服式,13世纪中外旅行家对其式样和制料均有记述,《黑鞑事略》亦有记载。长期的南征北战、游牧迁徙,使蒙古族很早就与北方各民族及中原汉族建立广泛的联系。在内蒙古、新疆等地牧区,男女老幼春秋穿夹袍,夏季穿单袍,冬季穿皮袍、棉袍,通称"蒙古袍"。蒙古袍的特点为宽衣、长袖、高领、右衽;以绒布、绸缎、盘肠、云卷或虎豹、水獭、貂鼠皮毛装饰袍沿、袖口、领口;或开叉或不开叉;或下摆宽或下摆窄;或马蹄袖或非马蹄袖;男袍肥大,多为棕色、蓝色;女袍紧窄,多为红色、粉色、绿色、天蓝色,节庆时佩戴珠宝、金银、玉质头饰。穿蒙古袍骑马放牧,冬天能防寒护膝;夏天能防蚊虫叮咬、烈日暴晒;行可当衣;卧可作被;束宽大腰带能保持腰肋稳定垂直。作为传统服饰,蒙古袍已成为蒙古民族的象征。哪里有蒙古袍出现,哪里就有蒙古人的豪爽和豁达,就有悠扬的长调和优美的舞蹈。

〔1024〕"围栏"喻指蒙古袍的衣领。

〔1025〕"贝尔呼伦"指呼伦贝尔,为内蒙古巴尔虎地区别称,陈、新巴尔虎草原隶属呼伦贝尔草原。在千百年历史更迭中,众多北方游牧民族从这里登上世界历史舞台,经历过无数次国家兴亡和民族消失,唯有巴尔虎人始终生活在这一区域,成为呼伦贝尔的主要居民,巴尔虎民俗文化即是呼伦贝尔蒙古族文化的缩影。巴尔虎蒙古服饰的款式风格较多保留了古代蒙古民族服饰的特点和部落服饰的传统风格。每逢节日庆典,巴尔虎男子都穿传统团

花缎、锦缎面羊皮或羔皮长袍;巴尔虎妇女都穿灯笼袖、无腰带长袍和四个摆衩的对襟长坎肩;妇女头饰的基本款式类似绵羊角,古代蒙古人认为绵羊是最可靠的动物,代表生育和繁殖力量;巴尔虎人脚上名叫"苏黑"的靴子保留了蒙古古代制靴工艺,靴底和靴邦以整块材料制作;巴尔虎新郎娶亲时身穿缎面长袍,配黑色锦褂,头戴圆顶帽子,配貂尾皮和红色算盘结,腰挂烟荷包、火镰袋,背挎五箭弓,骑骏马,数人同往新娘居住的浩特。这种打扮和行程保留了古代蒙古人抢婚习俗的部分内容,具有一定的风俗文化价值。

〔1026〕马奶酒在蒙语中称"阿日里""忽迷思",因色白如玉,又名元玉浆。以鲜马乳或乳清经微生物发酵酿制的饮料呈半透明状,酒精含量较低。以蒸馏法酿制的奶酒酒精度高于发酵奶酒,如反复蒸馏,度数会逐次提高。马奶酒是北方草原地区少数民族的传统饮料,为"蒙古八珍"(奶酪、獐羔、驼蹄、犴唇、麋肉、烤天鹅、元玉浆、紫玉浆之一,元玉浆即马奶酒),元朝时期曾为宫廷和贵族的主要饮料。其源于春秋;始于秦朝;汉代有"马逐水草,人仰潼酪"的文字记载;元代皇帝将马奶酒列为祭天祭祖不可或缺的供品,相传元世祖忽必烈曾以金碗盛马奶酒犒劳将士。马奶酒香而不腻,甘醇可口,酒性绵长,有驱寒、活血、舒筋、健胃、强身、助兴之效,为白酒、啤酒、果酒、黄酒、露酒之后的第六大酒种。敬献哈达和奶酒是蒙古族待客的最高礼仪。马可·波罗在元朝为官时曾经饮用忽必烈亲赐的宫廷秘制奶酒,对中国奶酒技术衷心叹服,视为天下至味,通过《马可·波罗游记》最先将蒙古奶酒的美名传播到西方世界。每逢盛夏,辽阔草原到处飘溢着马奶酒的清香,此为饮用马奶酒的最佳时节。

〔1027〕"昭君"即王昭君,此处泛指致力于民族团结的各族友人。

〔1028〕蒙古马是四五千年前中国乃至全世界较为古老的马种之一,原产于蒙古高原,形成于高寒地带的原始群牧,属典型的草原马种。匈奴马、突厥马、延陀马、同罗马、仆固马都是蒙古马的祖先。北宋时东北的契丹马亦属蒙古马。蒙古马长期处于半野生状态,生命力极强,既能忍受夏日的酷暑蚊虫,又能耐受冬季零下40度的严寒;既能忍饥耐渴,也能踢碎狐狼的头颅。蒙古马头大额宽,颈项短厚;背腰平直,胸廓深长;肌腱发达,肢短有力;蹄质坚实,关节牢固。由于骨骼结实,肌肉紧致,蒙古马不易得内科病,运动中不易受伤,体力恢复较快;由于耐粗饲,不易掉膘;由于肺部发育良好,能超负荷驮载;由于睫毛致密,无眼疾,视力、辨色力强;由于关节不突出,善于负重行走,能走多种步伐,乘骑平稳,舒适度较高。蒙古帝国被誉为"马之帝国"。史称成吉思汗以"弓马之利取天下"。据史料记载:13世纪大量蒙古马曾随蒙古大军征伐西亚、东欧,一路势如破竹。成吉思汗屡靠蒙古马的惊人速度

及耐力,以长途奔袭取胜。蒙古军马对草料需求较低,耐得严酷的自然条件,上战场不惊不乍,勇猛异常,不仅供军队作战驱驰,且以马肉、马奶、马血为将士充饥果腹,故蒙古大军可以"兵马先动,粮草后行",随时展开惊人的大范围不停歇机动并远涉戈壁荒漠。蒙古马为马种遗传资源,有重要的保种价值。俄国西伯利亚、东欧都有蒙古马的足迹;蒙古马对朝鲜、日本北海道的马种曾产生很大影响;数百年来蒙古马输入内地,已分布于我国北方广大农村。乌珠穆沁走马体型结构较好,体格较大,是现代蒙古马中最好的类群;百岔铁蹄马善走山路,步伐敏捷,蹄质坚硬,有"铁蹄"之称;乌审马体质干燥,体格小,善在沙漠驰骋,也是蒙古马中较好的类群。当前蒙古马境遇总体堪忧,不够引人注目,缺乏定向培养,没有血统谱系,不能保障基本供给,未能有效遏制马种退化,正逐渐趋于自生自灭。作为一个优良品种,蒙古马存在的合理性不容忽视。如果亚运会设置耐力马赛,蒙古马的体能恢复力和途中保健能力必将凸现,谢世七百余年的蒙古马必将回归世界,再创辉煌。

〔1029〕化用姜渔火《英雄的蒙古马》诗句"昼也沙漠,夜也中原"。

〔1030〕"可汗刀"又名蒙古弯刀。蒙古民族素称"马背上的民族",拥有一支震惊世界的蒙古铁骑。早期骑兵作战以长兵器为主。成吉思汗时期发现弯刀更适合劈砍,弯形刀遂广为流传,成为冷兵器时代的利器。可汗刀刀身多用优质钢打造;长十几至数十厘米;刀刃弯部长长伸出;近刀柄部分既直而长,可免误伤。陈列于新巴尔虎右旗博物馆的蒙古弯刀为史上可汗佩刀,做工精良,削铁如泥,展示几百年前蒙古工匠精湛的冶铁技术和铸造工艺,属蒙古弯刀极品。内蒙古通辽市有世代铸造可汗刀的工匠家族,传人名那日苏,先祖属汪古特部,专为蒙古可汗及部落首领打造御用兵器,已传三十九代、八百余年。其手制可汗刀典雅精美,经久耐用;选材、铸造、淬火、打磨每道工序都体现出可汗刀工艺精华;刀柄装饰融入了蒙古文化,有"马头""高锰钢鹰头""折花鹰头""折花马头"等多种样式。在史上中原人眼中,工匠工艺属于奇淫技巧,难登大雅之堂。在成吉思汗和历代蒙古可汗治下的草原,行业工匠却备受尊重,类似那日苏家族的御用工匠更被可汗尊为"达尔罕",即神圣的人。蒙古人心中的蒙古弯刀是长生天赐予的圣物,不仅承载蒙古人的热情,更承载蒙古人的神勇,能给佩刀的安达带来好运和平安。新兴科技的高速发展和热兵器的兴起使可汗刀成为历史,但无损可汗刀的价值。刀鞘精美、刀锋锐利的可汗刀不仅是蒙古人家中的珍贵饰物,更是款待远方朋友的礼仪和礼品。

〔1031〕可汗刀的刀柄和刀鞘有钢制、银制、木制、角制、骨制多种。表面有精

美花纹,有的还填烧珐琅,镶嵌宝石。

〔1032〕经过改良的蒙古弯刀符合流体力学原理。战时反握平端,仅靠马匹冲击便可划破盾牌战甲,直取敌人首级,可节省骑兵体力,弥补敌我双方的身体和力量差异。

〔1033〕诗题借用《东方之珠》(1991 年版)歌名。此歌旋律优美舒展,歌词深情凝重,由罗大佑作词、曲并演唱。作者将香港比作饱经沧桑的恋人,深情追忆她坎坷的岁月,热情赞叹她迷人的风采,对她发出海枯石烂的誓言,借以表达对香港历史的慨叹、对国家民族的认同、对香港回归的期盼和对香港本土的热爱。1997 年香港回归时,香港滚石出版了收录《东方之珠》的专辑《皇后大道东》。7 月 1 日晚香港举行盛大的交接仪式和有史以来最大的电视卡拉 OK,数百万人同唱《东方之珠》,使之成为妇孺皆知的名曲。2007 年《东方之珠》被中国第一颗探月卫星嫦娥一号搭载,飞上太空。

〔1034〕香港有铜锣湾、旺角、中环三大闹市,摩天大楼鳞次栉比,各类商品琳琅满目,宽阔的街道人流如潮,入夜便成灯的海洋,一串串明亮的车灯如同闪光的长河奔流不息,港湾闪耀的灯饰像五颜六色的焰火溅落人间。

〔1035〕香港是成衣、钟表、玩具、游戏、电子及多种轻工业产品的主要出口地,又是自由港,号称"购物天堂"。绝大多数货品没有关税,世界各地物资都来此竞销,有些比原产地廉宜。香港会聚了世界各地美食,快餐店甚为流行,也是小食的天堂。

〔1036〕"旗山"指太平山,原名硬头山,古称香炉峰,海拔 554 米,为香港岛最高峰。港人多称此山为山顶或太平山顶。山顶由扯旗山、炉峰峡、歌赋山、观龙角和奇力山组成。相传清嘉庆年间(1796—1820 年)海盗张保仔曾以该峰作瞭望台,以旗语通知山下营寨截劫海上商船;1842 年英国人治港,曾于山顶悬挂英国国旗宣示主权,扯旗山因以得名。狮子亭和山顶公园是观赏香港美妙夜景的最佳去处。每当夜幕降临、万千灯火映照,港岛和九龙宛如镶嵌在维多利亚港湾的两颗交相辉映的明珠,中环地区更是高楼林立,灯火璀璨,壮观无比。

〔1037〕"青马"指青马大桥。1992 年 5 月开建,1997 年通车,在同类建筑中耗时最短;造价 71.44 亿港元;桥身连引道长 2.2 千米,主跨长 1377 米;高出海面 62 米,桥塔高 206 米;吊缆钢线总长 16 万千米,所用细缆长度可绕地球四周;结构钢重达 5 万吨,是全球最长的行车铁路双用悬索式吊桥,也是全球第八长悬索式吊桥。大桥跨越马湾海峡,连接青衣、马湾,为香港青屿干线组成部分,为连接大屿山、香港国际机场及市区的干线公路,是香港主要建筑标志和旅游观光景点。包括青马大桥在内的"香港机场核心计划"曾

获美国建筑界"20世纪十大建筑成就奖"。

〔1038〕"卡通乐苑"指香港迪士尼乐园。其位于香港大屿山欣澳,占地1.26平方千米;以加州迪士尼为蓝本;香港政府投入230亿港元;2003年1月正式动工,2005年9月开园;拥有全球第二条迪士尼铁路专线;乐园主题曲《让奇妙飞翔》由张学友主唱;是世界第五个也是全球面积最小的迪士尼乐园,该园包括七个主题区,即美国小镇大街、反斗奇兵大本营、探险世界、幻想世界、明日世界、灰熊山谷和迷离庄园。灰熊山谷和迷离庄园为全球独有。反斗奇兵历奇地带为亚洲独有。园内有迪士尼经典故事及游乐设施,还有配合香港文化特点的专设游乐设施、娱乐表演及化装巡游,可见到米奇老鼠、小熊维尼、花木兰、灰姑娘、睡美人、白雪公主、海盗船长等童话卡通人物,还有两家迪士尼主题酒店及多彩多姿的购物、饮食、娱乐设施,既是儿童的乐园,也是成人的天堂。

〔1039〕"宝莲"指宝莲禅寺,初名大茅蓬,始建于光绪三十二年(1906年),位于大屿山昂平高原,介于凤凰山、弥勒山之间,是香港最著名的十方丛林。山门左边有木鱼峰天坛大天坛佛、法华塔,右边有莲花山、狮子石,堪称屿山胜境。木鱼峰海拔482米。大佛由202块青铜组成;高23米,连基座高34米;重202吨;坐南朝北,稍微偏东,面朝北京;从设计、铸造、装嵌、迎送到焊合、安装,历时三年有余;其间克服了重重困难,使用了尖端的航天技术数据;造像庄严祥和,焊接天衣无缝。

〔1040〕"帝后"指影帝、影后。"尖沙"指香港九龙尖沙咀海滨花园。2003年5月至2004年4月,新世界发展有限公司斥资四千万港元在此建设"星光大道",得到香港旅游事务署、旅游发展局、康乐及文化事务署及电影金像奖协会鼎力支持及全面参与。此项目仿效美国好莱坞星光大道建造,意在褒扬香港电影业界杰出人士,地面镶嵌73位杰出电影工作者纪念牌匾、30多块香港电影名人掌印,中有德高望重的老牌电影人狄龙、楚原、谢贤,当代国际港片大师吴宇森、徐克、洪金宝、冯宝宝、杨紫琼、刘德华、成龙等,立武打巨星李小龙铜像。原拟保存100位名人掌印,其中47人因已过世未留掌印。4位在世名人的掌印仍然是空白石板,分别是邵逸夫、周润发、王家卫、周星驰(邵逸夫已于2014年去世)。

〔1041〕"期年"指百年。语本《礼记·曲礼上》云:"百年曰期、颐。"

〔1042〕香港又称香江、香海、香岛、香州,为中国的两个特别行政区之一,由香港岛、九龙、新界和离岛组成。香港岛是香港主要的金融商业区,占香港陆地面积7%;九龙是位于北边港口的半岛;新界占香港陆地面积91%;离岛有大小岛屿263座。香港位于南中国海沿岸,地处广东省珠江口以东,北

接深圳,南望珠海万山群岛,与西边的澳门隔江相对。2012 年香港总面积为 1070 平方千米,人口约 713 万,为全球人口最密集地区之一。香港地名由来有四:因转运粤东香料;因溪水甘香;因海盗之妻香姑曾占此岛;因渔民陈群为英军带路。香港历史可追溯到五千年前的新石器时代。秦始皇二十三年(公元前 214 年)秦军平定百越,置南海郡,将香港一带纳入番禺县管辖;汉时属南海郡博罗县;东晋属东莞郡宝安县;隋朝属南海郡宝安县;唐朝属东莞县;宋、元时期内地人口大量南迁香港;元朝属江西行省;明朝属新安县;1841 年 1 月 26 日英军强占香港岛;1842 年 8 月清政府与英国签订《南京条约》,将香港岛割让给英国;1860 年 10 月中、英签订《北京条约》,将九龙半岛界限街以南地区割让给英国;1898 年 6 月英国强迫清政府签订《展拓香港界址专条》,租借九龙半岛界限街以北地区及附近 262 个岛屿,租期 99 年;1941 年 12 月日军进犯香港,开始"日治时期",为时 3 年零 8 个月;1945 年 9 月日本签署降书,撤出香港,英国重占香港。第二次世界大战后,香港在特殊的历史、地理与政治环境下,由原先的渔村逐步发展成亚太地区具有重要地位、以工商业为主的现代化城市。20 世纪 60—80 年代香港经济起飞,入列"亚洲四小龙",获得"纽伦港之一"的美名。纽伦港即纽约、伦敦、香港的英文合称,三地均为港口城市,交通便利,经济发达,均从制造业转型服务业,是各种文化和人才的汇聚之地。1984 年 12 月,中、英签署《联合声明》,决定 1997 年 7 月 1 日起中国对香港恢复行使主权,香港成为中国特别行政区,实行"一国两制""高度自治"。香港是位居世界前三的国际大都会、世界最重要的三大国际金融中心,有"中国特色魅力城市"称号及"东方之珠""购物天堂""饮食天堂"美誉。

〔1043〕"股暴"指股市风暴。"金危"指金融危机。1997 年 1 月,素有"金融强盗"之称的美国金融投机商乔治·索罗斯等人对觊觎已久的东南亚金融市场发动攻击;1997 年夏亚洲金融危机爆发,泰国、菲律宾、马来西亚、印尼等国汇市、股市一路狂泻,一蹶不振;8 月中旬,一些实力雄厚的投资基金进入香港汇市,以三个月或半年的港元期货和约买入港元迅速抛空,使港元对美元汇率一度下降。香港金融管理当局迅速抽紧银根,扯高同业拆息,提高银行贷款利息,迫银行交还多余头寸,使借钱沽港元买美元的投机者在极高的投机成本下望而却步;8 月 20 日港市恢复平静,投机商无功而返;10 月下旬国际炒家移师香港,矛头直指香港联系汇率制。香港股市下跌 1621.80 点,跌破 9000 点大关。请示中央政府后,香港特区政府果断决策,入市干预,动用庞大的外汇储备吸纳港元,调高利息,抽紧银根,止住下跌,强劲飙升。因中资及外地资金入市,24 家蓝筹、红筹上市公司回购股份,推动大市

上扬,中国电讯重上招股价以上水平,祖国内地减息,恒指急速反弹,港元汇价恢复稳定。经过几轮"肉搏",国际炒家弹尽粮绝,落荒而逃。香港艰难取胜,保住了几十年的发展成果。1998年8月初,国际炒家趁美国股市动荡、日元汇率持续下跌,对香港发动新一轮进攻,使恒生指数一度跌至6600多点。香港特区政府动用外汇基金进入股市、期货市场,吸纳国际炒家抛售的港币,将汇市稳定在7.75/1的水平。经过近一月的苦斗,国际炒家损失惨重,把香港作为"超级提款机"的阴险企图终遭破灭;1999年金融危机结束。在此期间,中国政府从维护本地区稳定发展的大局出发,做出"人民币不贬值"的决定,承受了巨大压力,付出了很大代价,并努力扩大内需,保持国内经济健康稳定增长,通过国际机构和双边援助支持东南亚国家发展经济,对缓解亚洲经济紧张形势、促进世界金融、经济稳定发展、带动亚洲经济复苏发挥了重要作用。

〔1044〕"禽流"指禽流感。"典疫"指非典疫情。1997年世界首次人禽流感病例出现于香港。11月下旬至12月中旬,H5N1型禽流感病毒感染导致18人发病,其中6人死亡;12月中旬香港长沙湾禽类批发市场停业,全港市场卖鸡地点进行大清洗,禁止肉鸡入口,两周后香港食物环卫署、有关部门与业界通力合作,于三日内宰杀市场供售禽鸟130万只,由香港特区政府赔偿鸡贩8000万港币,并彻底清洁街市,成为世界性新闻,此后两年国内未发生禽流感。2003年3月非典(港人称沙士)疫症在香港爆发。感染1755人,死亡299人,淘大花园为重灾区,有300多人感染,40多人死亡。特区政府带领社会各界全力抗疫,有关社区团结抗疫,医护人员日夜坚守岗位,有的奉献生命;内地为香港提供物资支援,加强信息沟通,党和国家领导人深入疫区考察疫情,慰问"抗非"工作者。凭借港人的团结坚强及内地的无私援助,这场持续数月的疫情终被控制。2003年6月23日世界卫生组织正式宣布将香港从非典疫区名单中除名。

〔1045〕"三心"指国际金融中心、贸易服务中心、航运中心。在2010年国际金融中心指数排名中,香港位居第三,仅次于伦敦、纽约。在2011年世界经济论坛《金融稳定指数发展报告》中,香港排名首位。在"全球最自由经济体系"评级中,香港经济自由度指数排名第一。香港为全球第六大外汇市场、第十五大银行中心、亚洲第二大股票市场(仅次于东京)。香港成为重要的国际金融中心的主要原因,在于地理位置优越,与内地和其他东南亚经济体系联系紧密,与世界各地建立了良好的资讯流通网络,能够提供高效率的配套设施及服务;香港是全球第十一大贸易经济体系,出口总值位列全球高位,还是全球第十一大服务出口地,服务业占本地生产总值87.4%,主要包

括旅游和旅游服务业、与贸易相关的服务、运输服务、金融和银行服务及专业服务,香港还是全球第三大黄金市场,金银业贸易场有超过百年的历史;香港岛及九龙之间的维多利亚港水深港阔,四面抱拥,有利于船只航行,入列世界三大天然良港(余为美国的旧金湾及巴西的里约热内卢港)。

〔1046〕"四要"指四大要素。即一国两制、实施《基本法》、发展经济改善民生、社会和谐稳定。

〔1047〕"东珠"指东方之珠。

〔1048〕邵逸夫(1907—2014 年)原名邵仁楞,号逸夫,在兄弟姐妹中排行第六,旧上海时代人称"邵老六",来港后被尊称为"六叔",祖籍浙江宁波镇海,为香港大紫荆勋贤、知名电影制作人、娱乐业大亨、慈善家,也是全球寿岁和任期最长的上市公司 CEO;邵先生成立的邵氏兄弟电影公司拍过逾千部华语电影,旗下香港无线电视主导香港电视行业,多年来占据本地收视领先地位,其影视王国冠绝亚洲,曾获金马、金像等几十项大奖,邵先生为香港娱乐业获英王"爵士"头衔第一人;邵先生乐善好施,历年捐助社会公益、慈善事务累计一百余亿港元,所捐教育资金项目遍布神州大地,晚年设立有"东方诺贝尔"之称的"邵逸夫奖",表彰科技拔尖人物,支持香港、中国大陆及世界有关地区的科学研究。中国多任领导人都曾表彰邵逸夫对华人影视文化和华人社会的贡献。1990 年中国科学院紫金山天文台将一颗新发现的行星命名为邵逸夫星。这是该台首次以当代知名人士命名小行星。

〔1049〕1999 年春余随中国教育代表团应邀访问香港,参观邵氏集团捐建的香港中文大学逸夫书院、香港大学邵逸夫楼、香港城市大学邵逸夫图书馆、邵氏电影城及邵先生府邸,受到邵先生伉俪盛情款待。

〔1050〕"天坑"指重庆市武隆县天坑三桥。2002 年秋邵先生以耄耋之躯,亲临重庆城乡视察教育捐赠项目,余陪邵先生伉俪一行参观此地。

〔1051〕1926 年刚从中学毕业的邵逸夫南下新加坡,协助三哥邵仁枚开拓南洋电影市场。邵氏兄弟带着一架破旧的无声放映机和"天一"影片,在举目无亲的南洋乡村巡回放映,开设游艺场、电影院,饱经磨难,备尝艰辛,挺过大萧条,在南洋市场逐渐站稳脚跟。他工作勤奋,善于钻研,在兄长的片场中由伙计逐次升任摄影、编剧、导演,对电影制片环节了如指掌;1931 年邵逸夫前往美国购买有声电影器材,所乘轮船触礁沉没。他抱着一小块舢板,在茫茫大海上漂泊一夜,终获生还,并从好莱坞买回所需"讲话机器",次年在香港摄制完成有声片《白金龙》,开创了中国电影从无声进入有声的新时代;1957 年邵逸夫只身从新加坡赴港创业,一年后邵氏兄弟(香港)有限公司成立;20 世纪 60 年代邵氏影视王国已具相当规模,但先生勤勉不减当

年。据说他古稀之年仍每天工作 16 小时,并将所坐劳斯莱斯的车内酒吧改为小型办公桌,连途中时间都不浪费。他对影片质量严格把关,若出现劣片无法补救,宁可烧掉。据称从影三十七年间曾烧掉影片数十部。

〔1052〕邵先生十分重视人才培养。曾为华人演艺界培育出无数巨星及多位幕后精英。邵逸夫所到之处,一定众星拱照,星光熠熠。他开创于 1971 年的无线艺员训练班为亚洲演艺圈输送了周润发、周星驰、梁朝伟、刘德华等天王巨星及大量中坚人才;杜琪峰、王晶、关锦鹏、韦家辉等著名导演得益于 TVB 的全力栽培;当年风靡亚洲的影星胡蝶、阮玲玉、李丽华、林黛、凌波等无不出自邵氏门下。

〔1053〕邵先生考察武隆天坑三桥时已届九十五岁高龄。因路途崎岖,山道险峭,当地乡民以竹竿、毛毯捆扎滑竿,请先生伉俪乘坐。先生家人有感民风淳朴,欲付小费,乡民坚辞不受,直至地方官员点头方肯笑纳,一时传为佳话。

〔1054〕"弟子房"指邵先生捐建的图书馆、教学楼、科技楼、实验楼、体育馆、艺术楼、学术交流中心等。截至 2012 年 10 月 19 日,邵逸夫基金会已向中国内地捐赠教育经费 47.5 亿港币,对口 6013 个教育项目,惠及大、中、小学、职业技术学校、师范学校和特殊教育学校,遍及全国 31 个省、自治区、直辖市。邵逸夫基金会教育赠款项目是当时海内外爱国人士通过中国教育部实施,持续时间最长,赠款金额最大,建设项目最多的教育赠款项目,使数以千万计的学生从中受益,有效促进了中国中西部地区教育事业发展。

〔1055〕2011 年某要员视察某校,指示铲掉"逸夫楼"三字,理由是援建校舍不能以捐助者命名。之后少数学校取消了相关楼名,但多数学校保持静默,消极应对。如今该要员东窗事发,邵先生寿终正寝。天理昭昭,于此可鉴。

〔1056〕澳门别名濠江、梳打埠,是中华人民共和国两个特别行政区之一,由澳门半岛、氹仔岛、路环岛和路氹城四部分组成。其位于中国东南沿海珠江三角洲西侧,东面与香港相距 60 千米,以珠江口相隔;总面积 32.8 平方千米;居民 50 余万人,为全球人口密度最高的地区之一;纺织品、玩具、旅游业、酒店、娱乐场久负盛名,长盛不衰;澳门为自由港,名列世界四大赌城(另为摩纳哥蒙地卡罗、美国大西洋城和拉斯维加斯),也是全球最富裕城市之一。明嘉靖十四年(1535 年)葡萄牙人贿赂明朝官吏,取得停靠澳门码头之便利;明嘉靖三十二年(1553 年)葡人又贿赂广东海防官员,以货船遇风浪为由,在澳门借地曝晒浸水贡物,并上岸搭棚暂住,一住便 446 年。经过几百年欧洲文明的洗礼和东、西文化的融合共存,澳门已成为一个风貌独特的城市,留下了大量历史文化遗迹。著名景点有澳门历史城区、大三巴牌坊、

观光塔、葡京赌场、妈阁庙、谭公庙等。"松山"又名东望洋山，位于澳门正中最高处，海拔90余米，因松树茂密得名。松山古堡为澳门的一处景致。此处林荫夹道，清风徐来，松涛翻动，鸟语花香，极富野趣。

〔1057〕"三胜"指松山古堡的东望洋灯塔、圣母雪地殿教堂和炮台遗址。灯塔建于清同治四年（1861年），为东亚第一座欧式灯塔，由土生葡人罗沙主建，以白色大理石修筑，塔总高15米，塔顶旋转透镜光力可达40.2千米。此处可俯瞰澳门全景、四周岛屿及大陆山河，是澳门的一大标志和重点保护文物；教堂极具17世纪葡国修院建筑特色，供奉葡人护航之神，四壁绘日月相照、繁星交辉、飞云冉冉，下绘天使展翅、渔女晒网、花木迎风，既有西洋写实描摹，又得国画写意技法，为目前华南地区教堂所仅有；炮台建于明崇祯十年（1637年），居古堡面海一侧，炮径不大，炮身锈迹斑斑，主要用于御敌及观测。

〔1058〕"妈祖阁"原称娘妈庙、天妃庙、正觉禅林、海觉寺，俗称妈阁庙、天后庙、妈祖庙，位于澳门半岛西南端妈祖山下，倚崖而建，枕山临海，是澳门最早的东方式庙宇和最著名的名胜古迹之一。妈祖阁主供道教女仙妈祖（又称天后娘娘、天妃娘娘），香火鼎盛；阁分四层，高32.3米，取农历三月廿三妈祖诞辰之意；庙内弘仁殿、神山第一殿、观音阁、正觉禅林先后建于明弘治元年（1488年）、明万历三十三年（1605年）、清道光八年（1828年）；庙后摩崖石刻为历代政要名流、文人骚客手书；阁庙石狮镇门，飞檐凌空，雄伟壮观，古朴典雅；阁周古树参天，花木错杂，岩石纵横，风光绮丽，富有浓烈的闽南文化特色。据古代史料和福建莆田地方志记载：妈祖（960—987年）为福建莆田湄洲郡巡检林愿第六个女儿，原名林湄娘，因满月前从不啼哭，又名默娘。相传其自幼聪颖，得老道秘传，能预言吉凶，为人善良，乐于助人。因经常搭救海难船只，为百姓消灾解难，被奉为护航海神，尊称"妈祖"（福建话母亲之意）；宋代封妈祖为"夫人"；元、明二朝加封"天妃"；清朝晋封"天后"，经千年演绎，妈祖文化已成为中华民族优秀传统文化的重要组成部分，成为沟通世界的纽带和桥梁，凝聚着中华子孙爱国爱乡、虔诚向善的心愿。全球有妈阁庙近四千座，信众达两亿余人。联合国曾授予中国妈祖"和平女神"称号。"妈阁紫烟"为"澳门八景"之一。澳门简介参见〔1056〕。

〔1059〕"澳山"指位于澳门湄洲湾北岸山亭镇山柄村的麒山，为妈祖阁所在地。

〔1060〕"泽润生民"借用妈祖阁门侧下联。"后土"又称地母、后土娘娘，系道教四御之一，为主宰大地的女神。对后土的崇拜源于上古对大地的崇拜，后被人格化和神格化，并根据道家的阴阳思想，由开始的男神（共工之子）转化

为女神(地母)。人们把后土塑造为端庄的女性,相信她是农业丰收的保护之神、生育之神、大地之神。自古以来中国就是以农业为根本的国家,上自皇帝下至百姓都非常崇拜后土,每年举行对后土的大型祭祀,通常由皇帝主持。

〔1061〕"德周化宇"借用妈祖阁门侧上联。"皇天"指道教神话中的皇天(昊天)上帝,泛指主宰天地宇宙的神。旧时皇天常与后土并用,合称天地。《诗经·大雅·周颂》云"天生蒸民,有物有则"。说皇天生养人民,创造万物,制定律法。《诗经·小雅·大雅》云:"明明上天,照临下地。"说皇天具大慈爱,为万民之主。《礼记·盛德》云:"夫民思其德,心称其人,朝夕祝之,升闻于皇天,上帝歆焉,故永其世而丰其年。夫民恶之,必朝夕祝之,升闻于皇天,上帝不歆焉,故水旱并兴,灾害生焉。"说皇天听人祷告,对人民称道者喜而福,对人民怨恨者恼而惩。妈祖所为颇得皇天真传。

〔1062〕相传20世纪80年代妈阁庙正觉禅林深夜失火,殿宇烧塌,横梁坠于妈祖神像之前,神像仅被熏黑,其余无损。

〔1063〕据庙内"洋船石"记载:四百多年前明代闽商在澳门附近遭遇飓风,危在旦夕,得妈祖救援,转危为安。后来此人在天后显圣处设庙纪念,以谢神恩,此处始称"娘妈角"。

〔1064〕澳门博彩业有167年历史。博彩业是投注社会福利彩票、体育彩票、地方发展彩票的一种经济活动,或称维持、增加个人与机构收入的一种行业,在澳门经济中扮演重要角色。澳门有"东方蒙地卡罗"和"东方拉斯维加斯"之称,不少游客喜欢在澳门赌博,很多本地人经常出入赌场。起初澳门曾经禁赌,后为解除贸易衰落、收入拮据之窘,转为公开招商设赌,以开赌抽饷增加收入,并于清道光二十七年(1847年)宣布赌博合法。19世纪60年代中期,澳葡当局财政收入主要靠赌饷和鸦片烟税,收支结余上交葡萄牙国库。澳门简介参见〔1056〕。

〔1065〕"梭哈"为澳门博彩的一种热门游戏,又名"港式五张"。澳门博彩分赌场赌博、赛马、赛狗、彩票和足球博彩五个大类,早年盛行番摊、牌九。20世纪西方博彩游戏传入澳门,融合本土赌法,形成多元博彩架构。一般博彩有斗地主、诈金花、梭哈、牛牛、捕鱼达人、四川麻将等热门游戏;线上博彩包括百家乐、多台百家乐、轮盘、骰宝、龙虎、21点、温州牌九、二八杠、德州扑克等近百款电子游艺,囊括所有主流和多种创新玩法。

〔1066〕"白粉"又称海洛因,来源于鸦片,是半合成的阿片类毒品。

〔1067〕"章台"原系西汉长安街名,时为长安妓院集中处。后人以章台代指妓院、赌场。

〔1068〕台湾别名宝岛、中华台北,包括本岛、兰屿、绿岛、钓鱼岛等 21 个附属岛屿和澎湖列岛 64 个岛屿,是中国不可分割的一部分。其位于中国大陆东南沿海大陆架,东临太平洋,东北邻琉球群岛,南界巴士海峡与菲律宾群岛相对,西隔台湾海峡与福建省相望,面积约 3.6 万平方千米,为中国第一大岛,七成土地为山地、丘陵,平原主要集中在西部沿海,地形海拔变化较大。17 世纪前原住民高山族在此定居;明末清初始,福建南部和广东东部移垦者渐多,最终形成以汉族为主体的社会;南宋时澎湖属福建路;元、明在澎湖设巡检司;明末台湾被荷兰、西班牙侵占;南明永历十六年、清康熙元年(1662 年)郑成功收复台湾;清康熙二十三年(1684 年)置台湾府,属福建省;清光绪十一年(1885 年)建台湾省;清光绪二十一年(1895 年)清政府签订《马关条约》,将台湾割让给日本;1945 年抗战胜利后台湾光复;1949 年国民党政府内战失利,退守台湾,海峡两岸分治至今。台湾文化是中华文化的重要组成部分,以中华文化为主体,亦受原住民族南岛文化影响,近现代又融合日本、欧美文化,呈现多元风貌。壮丽的海洋、高耸的山岳、多样的自然生态与独特的人文风情,构成独一无二的美丽宝岛。著名自然景观有日月潭、阿里山、玉山、爱河、垦丁、太鲁阁峡谷、阳明山等九大公园、十三处风景区;著名城市景点有世界第一高楼台北 101、台北故宫博物院、中正纪念堂、国父纪念馆。台北故宫博物院是著名的历史与文化艺术史博物馆,拥有 69.6 万余件(册)文物,为世界上颇负盛名的古代中国艺术品珍藏之所;著名观光小镇有新北市瑞芳区九份老街、台北市北投区、彰化县鹿港镇、新北市莺歌区。这里地方风情浓郁,是寻幽访古的旅游胜地;著名购物商圈有各处夜市和台北信义商圈、忠孝东路商圈、西门町商圈等。

〔1069〕龙山古庙指台北龙山寺,有二百多年历史,被视为"台北最灵验的寺庙"。其布局为"回"字形,是传统寺庙建筑中非常尊贵的布局。寺内典藏诸多艺术珍品,每年有多次节庆,长年香火鼎盛,非常热闹。寺前广场石板古老,边缘不齐。据传其中有最早渡过海峡来到台湾的移民船中的压舱石。

〔1070〕"鹿港"指台北鹿港小镇,是世界各地背包客必往之地。歌曲《鹿港小镇》为台湾知名创作歌手、音乐家罗大佑成名作,曾使许多人耳熟能详,为之感动。鹿港是 17—18 世纪台湾中部门户港口。当时街道上罩顶棚,商店鳞次栉比,形成著名的"不见天"店街奇景。20 世纪初民风保守,拒绝铁路、公路通行,且港淤为患,致使鹿港从全台第二大都市沦为小镇。正因如此,其古老风貌方得保留。鹿港迷人之处在于古巷。古巷门面狭窄,屋宇深长,极有特色,为现今台湾少有。鹿港古庙集艺术大成,为建筑精华,亦值得细细鉴赏。

〔1071〕"小镇"指台北瑞芳镇(原名九份)。此处背山面海,风光卓绝,是美丽的度假之地。最初这里仅有九户人家,每次外出到市集购物都是每样买"九份",故名"九份小镇",曾从宁静走到喧嚣,再回复宁静。19世纪末当地发现金矿。20世纪30年代小镇地位随金价上涨,成为"亚洲金都"。其时灯火灿烂,商业繁华,人称小上海、小香港。金矿没落后小镇沉寂了十年。"悲情"指电影《悲情城市》,由香港著名演员梁朝伟主演,以九份小镇为背景和外景,1989年在威尼斯电影节获奖,小镇也再度勾起人们的注视与回忆。这里是香港、新加坡影迷必到之处。当地人,特别是喜欢休闲度假、体验浪漫情调的年轻人,常于周末来此小住。不少艺术家前来寻找灵感。

〔1072〕"圆芋"指芋圆,为九份最地道的甜品。据说很多人来九份,都会到海边半山别具特色的茶楼品尝芋圆,坐观大海,直至夜色阑珊,再将芋圆打包回府。

〔1073〕"骚人"指台湾诗人余光中。《乡愁》为余光中名作。1937年抗日战争爆发后,10岁的余光中随父母辗转上海、重庆等地;1949年,22岁的余光中随家人来到台湾,就读台湾大学外文系,对中国传统文化产生浓厚兴趣,在诗歌、散文、评论、翻译方面发表大量著述,以诗歌成就最为杰出,因之名列台湾"现代派十大诗人"。专家评论其诗融汇了传统与现代、中国与西方的笔法,题材广泛,风格多样,技巧娴熟;1971年,阔别大陆22年的余光中思乡情切,心潮澎湃,在台北厦门街旧居内,写成被海外游子不断传唱的诗歌《乡愁》。此诗分四个小节,对应人生的四个阶段。即小时候母子分离;长大后夫妻分离;再后来母子死别;二十年间游子与大陆分离。每段乡愁又分别对应邮票、船票、坟墓、海峡四个元素,以空间阻隔为四个阶段的共同特征,以时空隔离变化推进诗情逐层深化,将个人的故乡之思上升到民族家国之情。全诗至此戛然而止,留下长长余韵。这首诗从内容到形式都映射着中国古典诗词的神韵和魅力,是中华传统乡愁诗在新时代和特殊地理条件下的变奏,具有以往乡愁诗不可比拟的广度和深度,其结构美和音乐美也令人瞩目。它有如柔美而略带哀伤的"回忆曲",是海外游子一曲深情凄美的恋歌。

〔1074〕"倩女"指台湾著名女歌手张清芳。"溪"指台北淡水河。"怨曲"指郑华娟作词曲、刘安健编曲、张清芳演唱的《MEN'S TALK》。歌中有"你说你有个朋友 住在淡水河边 心里有事 你就找他谈天 相识在你最沮丧的那一年 直到我的出现 你才满心快乐 爱人 不能是朋友吗 后来 我才明白 有些事你只对朋友说 我和你 就像天和地 你是云 天上飞 而我的泪水滴成了河"等句。张清芳是华语世界"天后级"歌手、电视与广播节目主持人,名列"华语

神州风采——余怀毅格律诗作选

流行音乐史上最杰出、最成功的艺人",迄今约发行 30 余部个人专辑,代表作为《花雨夜》等,有华语乐坛"东方不败"之誉。

〔1075〕"诚品书斋"指台北市有名的诚品书店,是以书店为主业的复合产业,宗旨为"用书店攻占人心,让阅读永不打烊",追求是"好书不寂寞"。这里有强烈的人文艺术氛围,既售书,也经营家具、画廊、花店、瓷器、珠宝、餐厅产业,集合人文、创意、艺术、生活内涵,每年举办 400—500 场演讲与展览,遍及文学、戏剧、环保、舞蹈、美术,实现书店与读者互动。诚品敦南店明亮、柔和、开阔,通宵营业,色调沉稳,温馨优雅,雅座的咖啡香与店内的书香奇妙结合,令人陶醉。据说店中没有庸俗读物,不以畅销书为发行重点,音像出版物种类繁多,无盗版,可试听试看。

〔1076〕《论语》即语言论纂,由中国儒家弟子及再传弟子编纂命名,以语录体和对话为主要文体,记录孔子及其弟子言行,集中体现孔子的政治主张、伦理思想、道德观念及教育原则。《论语》与《大学》《中庸》《孟子》《诗经》《尚书》《礼记》《易经》《春秋》并称"四书五经",通行本共 20 篇、11705 字,后世多结合时事或实用功能对其评析解说,以有明一代为盛,张居正《论语别裁》、冯梦龙原著《四书指月》和陈忠远《论语指月》是其中的杰出代表。

〔1077〕"春江"指《春江花月夜》,为著名琵琶独奏曲,原名《夕阳箫鼓》《浔阳月夜》《浔阳琵琶》《浔阳曲》,后取初唐诗人张若虚诗意,更为现名,素称"中国古典民乐的代表",入列"中国古典十大名曲"。此曲结构严谨细密,旋律古朴典雅,节奏平稳舒展,配器巧妙细腻,演奏丝丝入扣;把春天静谧的夜晚、东山升起的明月、江面荡漾的小舟和江岸摇曳的花影,一幕幕展现在世人眼前,宛如一幅笔触细腻、色彩柔和、清丽淡雅的山水长卷,能含蓄地表现深远的意境。

〔1078〕日月潭北半湖状如圆日,名日潭,南半湖状如弯月,名月潭,统称日月潭,旧称水沙连、龙湖、水社大湖、珠潭、双潭、水里社,位于台湾省南投县鱼池乡水社村,地处玉山山脉之北、能高瀑布之南,潭西为集集大山,潭东为水社大山,由玉山、阿里山之间的断裂盆地积水而成。日月潭是台湾最大的天然淡水湖,满水面积 10 平方千米;常态水域 7.73 平方千米;周长约 37 千米;最深 27 米,能见度约 10 米;湖面海拔 748 米。岛上有天池。潭中有拉鲁岛(旧名珠屿岛、光华岛)、慈恩塔、文武庙、德化、孔雀园等环湖胜景。三百年来,日月潭凭借"万山丛中突现明潭"的奇景名列"中国最美湖泊""国内著名高山湖泊",冠于宝岛诸胜,驰名五洲四海。

〔1079〕"孟宗竹"别名毛竹、江南竹、猫头竹、貌儿竹、貌头竹、茅茹竹,属禾本科,为中国南方山区广泛生长、经济价值最大的竹种和我国优良栽培品种。

其竹节修长,结构坚韧,七十天左右成竹,是建筑、装饰、造纸、食品工业的优质原料;林相优美,气氛宁静,引人注目。在方文山作词、周杰伦作曲的《无双》一歌中,有"苔藓绿了木屋,路深处,翠落的孟宗竹,乱石堆上有雾,这种隐居叫做江湖"等句。

〔1080〕"逆旅"即旅舍。"鸡蛋花"别名缅栀子、蛋黄花,属夹竹桃科或小乔木。其小枝多肉,大叶肥厚;叶脉在近叶缘处连成边脉;夏季枝顶开花数朵,花期呈筒状,分五裂,瓣沿乳白,瓣心鲜黄,芳香优雅;落叶后秃干自然弯曲,形态优美,适于庭院、草地、盆中栽植;可入药。

〔1081〕"高山"指高山族,亦指高山上的族群。台湾高山族包括阿美、泰雅、排湾、卑南、鲁凯、赛夏、雅美、邵族等十一个族群,均能歌善舞,每逢耕种、收获、喜庆、节日都要举行歌舞盛会。高山族舞蹈主要包括祭舞、酒舞和模拟舞;舞姿自然淳朴,热情奔放;是劳动与生活的再现,也是力与美的结合。每到中秋月圆时节,族中青年男女就会穿上美丽的服装,扛着又长又粗的竹竿,携带彩球,在日月潭边跳起古老的托球舞,将象征太阳、月亮,曾被恶龙吞噬的彩球抛向天空,并以竿顶球,不使下坠,以此纪念大尖哥、水社姐这对征服恶龙的少年英雄,让日月潭永享日月的光华。

〔1082〕阿里山位于台湾省嘉义市东 75 千米处,属玉山支脉,与玉山主峰隔溪相望,由十八座高山组成,总面积 14 平方千米,最高海拔 2663 米。相传很早以前邹族酋长阿巴里追逐白鹿来到此地,被迷人景色和丰富物产吸引,将此地辟为新的猎场,并击退作乱的恶龙,给部落带来安定富足,此山因以得名。日出、云海、晚霞、森林、高山铁路合称"阿里山五奇"。日出最佳观赏地在祝山观日楼;云海最佳观赏时间为秋天清晨或薄暮,最佳观赏地点为二万坪、慈云寺、阿里山宾馆、阿里山火车站、沼平公园、祝山观日楼、第一停车场等处;晚霞最佳观赏地与云海观赏地大致相同,其艳丽景象与高山空气稀薄、紫外线辐射增强有关;阿里山居"台湾三大原生林地"之首,有"台湾森林宝库"之誉,涵盖"热、暖、温、寒"四个气候带,林相丰富,奇景多变,适于多种动物栖息。"阿里山五木"(红桧、台湾扁柏、台湾杉、铁杉、小姬松)为世界罕见高级木材。其最大红桧高 60 米,径 6.5 米,树龄三千余年,为世界已发现最大红桧,号称"阿里山精神地标""神木"(已于 18 年前倒伏)。千年以上红桧尚有 4 株,仍居台湾巨木群之首;阿里山森林铁路是世界仅存的三条高山铁路之一。主、支线总长千余公里,轨距约 0.762 米,坡度 6.25%,途经 82 条隧道,穿过"四带"林区,由海拔 30 米升至 2450 米,最险路段为独立山的三次螺旋环绕及第一分道的"Z"字形爬升处。樱花、神木、云海、日出并称阿里山"四大胜景"。每年三月中旬至四月中旬,千岛樱、吉野樱、大岛樱、普贤

象樱、枝垂樱、八重樱依序绽放,把阿里山装点成美丽缤纷的花海,赏樱游人络绎不绝。阿里山保留原住民二百多年的人文资源,提供知性与感性兼具的森林之旅,歌曲《高山青》即为阿里山邹族文化部落的写照。山中知名景点还有慈云寺、贵宾馆、树灵塔、高山植物园、塔山断崖、石猴、三代木、三兄弟、象鼻木、光武桧、高山博物馆、妹妹潭、受镇宫等。

〔1083〕"银蛾"比喻吉野樱花瓣。吉野樱为樱花季主角,花期4—10天,花瓣洁白似雪,璀璨夺目。樱花之美不仅在于盛开时的热烈,更在于怒放后纷纷飘落的清高、纯洁和果断。

〔1084〕澎湖县位于台湾本岛西部海峡,县域由本岛及周边63个岛屿组成,本岛与中屯、白沙、西屿三岛相衔似"湖","湖"外海水汹涌,波涛澎湃,"湖"内波平浪静,清澄如湖,因以得名。澎湖县是台湾地区唯一的海岛县,东与云林、嘉义两县相望,西与福建厦门相对,陆地总面积126.9平方千米,其中本岛面积约64平方千米,白沙、西屿、虎井、吉贝、望安等10个岛屿面积超过1平方千米,44个岛屿无人居住。此地居民多"以海为田,以船为家",兼采珊瑚、珍珠。列岛开发时间可追溯到秦汉以前,比台湾本岛早380年;从宋代起澎湖正式收入中国版图;南宋祥兴二年、元至元十六年(1279年)元世祖设澎湖巡检司;明时澎湖两度失陷于荷兰;郑成功收复台湾后在澎湖设安抚司;清代在澎湖设巡检、通判;日据时期澎湖被日本人占领;台湾光复后设澎湖县。澎湖列岛位居台湾海峡中枢,扼亚洲东部海运要冲,素有"东南锁匙"之称,因史上大陆移民经此去台,又有"台湾海峡之键"和"海上桥墩"之谓。这里有良好的港湾、林立的帆樯,是台湾海峡船只的活动区、集汇点及海峡两岸的交通跳板,在传播大陆文化方面起着重要作用。每当夕阳沉海,暮色苍茫,烟雾迷蒙,渔火渐起,海上便出现"不夜之城"。闪烁的渔火、天空的星光与头顶的明月遥相辉映,构成"台湾八景"中的"澎湖渔火"。在风柜尾半岛上还有风柜、巨树、落霞等天然奇观。

〔1085〕澎湖每片田地周围有珊瑚墙,用以防风。珊瑚礁凹凸不平,遇水微溶,进而胶结。珊瑚墙虽经风吹雨打也不会坍塌,反更牢固。

〔1086〕"蜜舍"指蜂巢。澎湖海滨老房多以珊瑚礁砌筑而成,人称"蜂巢墙",为澎湖建筑一大特色。

〔1087〕"风柜"指澎湖马公港对面的风柜尾半岛,此处有澎湖本岛最靠西边的村落。风柜尾风浪特大,白色水沫漫天飞溅,大有"惊涛拍岸,卷起千堆雪"的气势。半岛北部外侧有风柜洞,径约四米。每当巨浪涌入,巨洞深处就传出惊雷般的回响,人称"风柜听涛"。风柜洞的形成缘于半岛所处地理位置及岩石结构。每年夏、秋之交太平洋和南海的暖流经过半岛,常有猛烈

台风来袭。半岛外侧正值风口,海蚀作用格外强烈。半岛海岸为玄武岩柱状节理发育。有助海浪沿节理侵蚀,掏空岩壁,形成风洞。

〔1088〕"通梁巨树"指澎湖白沙岛上著名的通梁大榕树,树龄约三百年,主干业已枯朽,其枝下沉入土,在周围长出20余条盘根错节、枝繁叶茂的枝干,覆盖面广达660平方米,犹如撑开巨伞,状似天然凉亭,树下设石桌椅,可在此喝茶讲古。相传清康熙十二年(1673年)福建商船路经澎湖,在通梁村海面遇大风沉没,仅有盆栽小榕树漂至岸边,被移至保安宫前灌溉培植。孰料两株小榕竟在植被稀少的澎湖岛上成活,长成澎湖列岛乃至台湾省屈指可数的巨型榕树。

〔1089〕"西屿"指渔翁岛,为澎湖第二大岛,面积16平方千米,因位于澎湖以西得名。西下的夕阳、美丽的岛屿、绚丽的彩霞和湛蓝的大海相互辉映,构成"西屿落霞"著名景致。观景最佳处在马公市的观音亭到澎湖水产学校一带的新月形海湾。每年夏、秋傍晚,海滩游人如潮。

〔1090〕"桃珊"指桃色珊瑚。"月娥"指月宫嫦娥,此处泛指美女。台湾省是我国乃至全世界最主要的珊瑚产地。澎湖珊瑚量多质优,光润坚硬,色彩绚丽,有白、红、桃几种颜色,是女士至爱的饰品。桃色珊瑚色调粉红,色泽高雅,淡柔莹洁,枝体均匀,形态迷人,最为名贵。人们常将完整无缺、外形漂亮的原状珊瑚作为摆设,观赏其天然之美。

〔1091〕"鲁阁"原意为"桶",系高山族泰雅语。此地以地势险要、石碉遍布、易守难攻、犹如铁桶得名,亦说太鲁阁乃山峦绵延之意。太鲁阁公园成立于1986年11月,总面积9.2万公顷,横跨花莲、南投、台中三县。台湾第一条东西横贯公路(中横公路)从园区通过。区内主要水系为立雾溪,流域面积涵盖全境2/3,溪水数千万年侵蚀下切和地壳不断隆起上升,造就了区内的断崖峭壁和幽深峡谷,形成了独特的高山地貌,孕育了丰富的野生动、植物资源。园区号称"台湾第二大自然风景公园",入列著名的"台湾八景",名列"中国最美的十大峡谷"之六(前五为雅鲁藏布江大峡谷、金沙江虎跳峡、长江三峡、怒江大峡谷、澜沧江梅里大峡谷。后四为黄河晋陕大峡谷、大渡河金口大峡谷、太行山大峡谷和天山库车大峡谷)。园中著名景点有太鲁阁峡谷、长春祠、九曲洞、天祥村、清水断崖、娃娃谷等。

〔1092〕"夔门"指重庆奉节夔门,位于瞿塘峡口。"东台"指台东。瞿塘峡西起奉节县白帝城,东至巫山县大溪镇,全长8千米,是长江三峡中最窄、最短峡谷,其谷窄如走廊,岸陡似城垣,以"夔门天下雄"著称于世。郭沫若过此曾发出"若言风景异,三峡此为魁"的赞叹。太鲁幽峡奇峰突兀,悬壁万仞,怪石狰狞,瀑湍溪蜿,颇似夔门胜景,其入选"中国最美十大峡谷"的主要理

由，便是"陡峭险峻雄伟壮丽，颇有长江三峡气势风韵"。

〔1093〕文天祥（1236—1283年）字履善、宋瑞，自号文山、浮休道人，汉族，籍贯吉州（今江西吉安），为南宋民族英雄，官拜右丞相兼枢密史，曾赴元军营中谈判，为其所扣，后脱险南归，坚持抗元。南宋祥光元年（1278年）天祥兵败被俘，在狱中坚持斗争三年，于从容就义，生前有《过零丁洋》《文山诗集》《指南录》《指南后录》《正气歌》等作。太鲁阁天祥村有文天祥塑像，屏墙镌《正气歌》全文。此地原为泰雅人村落，因纪念文天祥改名。

〔1094〕"壮士"指开凿中横公路的退除役官兵及工职人员。开筑中横公路的目的是：打通中央山脉，形成横贯东西的便捷通道；配合经济建设，开发山区资源；安置万名退役官兵就业。其间因工程意外及天灾殉难212人，受伤702人，平均每公里牺牲一人有余。大峡谷中的长春祠为供奉殉难员工而设。燕子口步道尽头的"靳珩桥"为纪念合流工务段长、工程师靳珩而建。他于1957年10月被地震坠石击落山谷，是施工期间首先殉职的工作人员。

〔1095〕"九曲回廊"指九曲洞，位于中横公路太鲁阁西行14.4千米处，途经流芳桥。该处刻有"如肠之回，如河之曲，人定胜天，开此奇局"十六个大字，洞名取曲折洞天之意，原通道已设为景观道路，洞旁有双线隧道、解说牌、停车场供游客步行观赏。